PEARL S. BUCK

Das Mädchen Orchidee

Roman

WILHELM GOLDMANN VERLAG

MÜNCHEN

7037 · Made in Germany · IV · 45155
Genehmigte ungekürzte Taschenbuchausgabe. Titel des englischen Originals: Imperial Woman. Ins Deutsche übertragen von Hans B. Wagenseil. Gesamtdeutsche Rechte beim Verlag Kurt Desch, München-Wien-Basel. Umschlagentwurf: Ilsegard Reiner. Gesetzt aus der Linotype-Garamond-Antiqua. Druck: Presse-Druck- und Verlags-GmbH Augsburg. Verlagsnummer 895 · K/Hu
ISBN 3-442-00895-6

VORWORT

Tsu Hsi, die letzte regierende Kaiserin von China, war eine so reich und verschiedenartig begabte Frau, eine so widerspruchsvolle, aber auch so vielseitige Persönlichkeit, daß es schwer ist, sie ganz zu verstehen. Sie lebte an einem Wendepunkt der Geschichte, als China sich gegen fremde Eingriffe zur Wehr setzen mußte, während gleichzeitig Reformen unabweislich waren. In dieser Zeit bewahrte Tsu Hsi ihre konservative Gesinnung und ihre Unabhängigkeit. Ihre Gegner fürchteten und haßten sie, und sie waren beredter als die Freunde und Verehrer Tsu Hsis. Westliche Schriftsteller lassen sie, mit wenigen Ausnahmen, in ungünstigem Lichte erscheinen, ja manche ihrer Schilderungen sind sogar gehässig.

Ich habe versucht, in diesem Buche ein möglichst genaues Bild von Tsu Hsi zu entwerfen, und zwar sowohl nach den zur Verfügung stehenden geschichtlichen Quellen wie auch nach den Urteilen vieler Chinesen, die ich in meiner Kindheit gehört habe. Für diese Chinesen war sie die große Kaiserin. Gute und böse Eigenschaften vereinten sich in ihr, aber immer in heroischem Ausmaße. Sie widersetzte sich den Neuerungen, solange sie konnte, denn sie hielt das Alte für besser als das Neue. Doch wenn sie sah, daß Änderungen unvermeidbar waren, fügte sie sich ihnen gutwillig.

Ihr Volk liebte sie außer den Revolutionären und den Ungeduldigen, denen die Fortschritte zu langsam gingen. Diese haßten sie, und ihr Haß wurde von der Kaiserin ebenso gründlich erwidert. Die Bauern und Kleinstädter verehrten sie. Jahrzehnte nach ihrem Tode kam ich im Inneren Chinas in Dörfer, wo die Leute sie noch am Leben glaubten und erschraken, als sie hörten, daß sie tot war. »Wer wird sich jetzt unser annehmen?« riefen sie.

Dies ist wohl das entscheidende Urteil über einen Herrscher.

I

Jehonala

Es war der vierte Monat des Sonnenjahres 1852, der dritte Monat des Mondjahres, das zweihundertachte Jahr der Mandschu-, der großen Tsching-Dynastie, und April in der Stadt Peking. Der Frühling ließ auf sich warten. Die Nordwinde, die aus der Wüste Gobi Wolken feinen gelben Sandes nach Süden führten, bliesen so kalt wie im Winter über die Hausdächer. Der Sand trieb wie Staubwirbel durch die Straßen und sickerte durch Türen und Fenster, häufte sich in Ecken, lag auf Tischen, Stühlen und in den Falten der Kleider, er verkrustete die Gesichter der Kinder, wenn sie weinten, und setzte sich in den Runzeln alter Leute fest.

Im Hause des Mandschu-Bannermanns Muyanga in der Zinngasse war der Sand noch lästiger als gewöhnlich, denn die Fenster schlossen nicht dicht, und die Türen hingen lose in ihren hölzernen Angeln. An diesem besonderen Morgen erwachte Orchidee, seine Nichte, das älteste Kind seines verstorbenen Bruders, durch das Geräusch des Windes und des knarrenden Holzes. Sie setzte sich auf in dem großen chinesischen Bett, das sie mit ihrer jüngeren Schwester teilte, und verzog das Gesicht, als sie den Sand wie gefärbten Schnee auf der roten Bettdecke liegen sah. Gleich darauf kroch sie vorsichtig aus dem Bett, um die noch schlafende Schwester nicht zu wecken. Unter den bloßen Füßen fühlte sie den Sand auf dem Boden und seufzte. Erst gestern hatte sie das Haus reingefegt, und die ganze Arbeit mußte nun von neuem getan werden, sobald der Wind sich gelegt hatte.

Sie war ein hübsches Mädchen, diese Orchidee. Durch ihre Schlankheit und aufrechte Haltung erschien sie größer, als sie war. Sie hatte stark ausgeprägte, aber keine groben Gesichtszüge, eine gerade Nase, schön abgesetzte Augenbrauen, einen wohlgeformten und nicht zu kleinen Mund. Ihre große Schönheit lag in ihren Augen. Sie waren lang, groß und außergewöhnlich klar, das Weiße und das Schwarze war fein säuberlich getrennt. Doch diese Schönheit hätte bedeutungslos sein können, wenn ihre Natürlichkeit und Intelligenz nicht ihr ganzes Wesen belebt hätten. Obschon sie noch sehr jung war, hatte sie sich fest in der Gewalt. Ihre Kraft zeigte sich in der Geschmeidigkeit ihrer Bewegungen und in der ruhigen Gesetztheit ihres Auftretens.

In dem sandgrauen Licht des Morgens zog sie sich schnell und geräuschlos an. Sie schob die blauen Baumwollvorhänge, die als Tür dienten, beiseite, ging in das große Zimmer und von dort in die anstoßende kleine Küche. Aus dem großen Eisenkessel, der in den irdenen Ofen eingelassen war, stieg Dampf auf.

»Lu Ma«, grüßte sie die Dienstfrau, »du bist heute schon früh an der Arbeit.« Sie sprach absichtlich leise. Ihre schöne Stimme hatte etwas äußerst Reizvolles an sich, auch in ihr kam ihre Selbstbeherrschung zum Ausdruck.

Hinter dem Ofen erwiderte eine rasselnde Stimme: »Ich konnte nicht schlafen, junge Herrin. Was sollen wir tun, wenn du von uns gehst?«

Orchidee lächelte. »Du weißt ja noch gar nicht, ob mich die Kaiserinwitwe erwählt. Meine Kusine Sakota ist weit hübscher als ich.«

Sie blickte hinter den Ofen. Lu Ma hockte dort und stopfte trokkene Grasbüschel in das Feuer, und zwar so, daß möglichst jeder Halm des knappen Brennmaterials voll ausgenützt wurde.

»Dich wird man erwählen.« Die alte Frau sagte das in einem bestimmten, aber traurigen Ton. Als sie sich jetzt aufrichtete, sah sie sehr elend aus, eine kleine bucklige Chinesin in einem verblichenen und geflickten Baumwollkleid; die gebundenen Füße waren nur noch Stummel, die braunen Runzeln ihres eingesunkenen Gesichts waren durch den eingedrungenen Sand deutlich abgezeichnet. Sand lag auch auf ihrem grauen Haar, überzog ihre Augenbrauen und den Rand ihrer Oberlippe wie mit Reif.

»Dieses Haus kann ohne dich nicht bestehen«, ächzte sie. »Zweite Schwester kann nicht einmal einen Saum nähen, weil du immer alles für sie getan hast. Und die beiden Jungen, deine Brüder, verschleißen jeden Monat ein Paar Schuhe. Was soll aus deinem Verwandten Jung Lu werden? Bist du nicht seit Kindesbeinen mit ihm so gut wie verlobt?«

»Ja, man könnte wohl sagen, wir sind verlobt«, erwiderte Orchidee mit ihrer schönen Stimme. Sie nahm ein Waschbecken vom Tisch und einen eisernen Löffel von der Ofenplatte und schöpfte aus dem Kessel heißes Wasser. Dann zog sie ein kleines graues Handtuch von der Wand, tauchte es in das Wasser, wrang es dampfheiß trokken und rieb sich damit Gesicht und Hals, Handgelenke und Hände ab. Ihr glattes ovales Gesicht wurde von der feuchten Wärme rot. Sie sah in den kleinen Spiegel, der über dem Tisch hing. Sie sah darin nur ihre außerordentlichen, lebhaften dunklen Augen. Sie war auf ihre Augen stolz, aber sie hütete sich sorgfältig, jemals eine Spur von diesem Gefühl zu zeigen. Wenn Frauen aus der Nachbarschaft von ihren nachtfaltergleichen Brauen und ihren blattförmigen Augen sprachen, tat sie, als hörte sie das nicht, aber sie hörte es doch.

Die Alte betrachtete sie. »Ah, ich habe immer gesagt, daß du eine große Zukunft hast. Man sieht sie in deinen Augen. Wir müssen dem Kaiser, dem Sohn des Himmels, gehorchen, und wenn du Kaiserin bist, mein Täubchen, wirst du an uns denken und uns helfen.«

Orchidee lachte leise. »Ich werde ja nur eine Konkubine werden, eine von Hunderten.«

»Du wirst werden, wozu dich der Himmel bestimmt«, erklärte die Alte. Sie wrang das Handtuch ganz trocken und hängte es an seinen Nagel. Dann brachte sie das Waschbecken nach draußen und goß das Wasser vorsichtig aus.

»Kämme dir die Haare, junge Herrin. Jung Lu wird bald kommen. Er sagte mir, es könnte sein, daß er dir heute die goldene Vorladung bringt.«

Orchidee sagte nichts darauf, sondern ging anmutig wie immer in ihr Schlafzimmer. Sie sah, daß ihre Schwester noch schlief. Sie war so schlank, daß man unter der Decke kaum ihre Gestalt sah. Ruhig löste sie ihr langes schwarzes Haar, kämmte es mit einem chinesischen Holzkamm und parfümierte es mit wohlriechendem Zimtbaumöl. Dann legte sie ihr Haar in zwei Zöpfen über die Ohren, und in jeden Zopf steckte sie eine kleine Blume aus Staubperlen, die mit Blättern aus dünnem grünem Nephrit eingefaßt war.

Sie war noch nicht ganz fertig, da hörte sie die Schritte ihres Verwandten Jung Lu im anstoßenden Zimmer und dann seine Stimme, die selbst für eine Männerstimme sehr tief klang. Er fragte nach ihr. Zum erstenmal in ihrem Leben ging sie ihm nicht gleich entgegen. Sie war ein Mandschumädchen, und Gesetz und Sitte des alten China, die ein Zusammentreffen der Geschlechter nach Erreichung des siebenten Lebensjahres verboten, hatten die beiden nicht gehindert, sich dann und wann zu sehen. Sie waren in ihrer Kindheit Spielkameraden gewesen und hatten später als Vetter und Kusine freundschaftlich miteinander verkehrt. Er gehörte jetzt dem Garderegiment an, das die Tore der Verbotenen Stadt bewachte, und deshalb kam er jetzt nicht oft in Muyangas Haus. Aber an Feiertagen und Geburtstagsfesten fehlte er nie, und an dem chinesischen Fest Frühlings-Erwachen vor zwei Monaten hatte er ihr einen Heiratsantrag gemacht.

An jenem Tage hatte sie weder abgelehnt noch zugestimmt. Sie hatte mit ihrem bezaubernden Lächeln gesagt: »Du mußt nicht mit mir, sondern mit meinem Onkel darüber sprechen.«

»Wir sind Vetter und Kusine«, entschuldigte er sich.

»Im dritten Grade«, hatte sie erwidert.

So hatte sie weder ja noch nein gesagt. Jetzt dachte sie daran, was sich an jenem Tag ereignet hatte, ja, bei allem, was sie tat, war es ihr immer in Erinnerung. Sie schob den Vorhang zurück. Groß und festgewurzelt, die Füße in geziemendem Abstand, stand er im Zimmer. An jedem anderen Tag hätte er seine Mütze aus rotem Fuchsfell und vielleicht sogar seinen Mantel abgenommen, aber heute stand er da, als wäre er ein Fremder, in der Hand ein in gelbe Seide eingewickeltes Päckchen. Sie sah es sofort, und er merkte es natürlich. Wie immer, errieten sie gegenseitig ihre Gedanken.

»Du erkennst die kaiserliche Vorladung«, sagte er.

»Da müßte man schön dumm sein, wenn man die nicht erkennen würde«, antwortete sie.

Sie hatten nie formelle Redensarten gebraucht oder höfliche Floskeln gewechselt. Sie kannten sich zu gut.

Er sah sie unverwandt an und fragte: »Ist mein Onkel Muyanga schon auf?«

Auch sie sah ihn an und erwiderte: »Du weißt, daß er nie vor Mittag aufsteht.«

»Heute muß er aufstehen«, entgegnete Jung Lu, »ich benötige seine Empfangsbestätigung, da er dein Vormund ist.«

Sie drehte den Kopf und rief: »Lu Ma, wecke meinen Onkel! Jung Lu ist hier und muß seine Unterschrift haben, bevor er zum Palast zurückkehrt.«

»Ja, ja«, seufzte die alte Frau.

Orchidee streckte die Hand aus. »Laß mich das Päckchen sehen.«

Jung Lu schüttelte den Kopf. »Es ist für Muyanga.«

Sie ließ die Hand sinken. »Aber ich weiß, was es besagt. Ich muß heute in neun Tagen mit meiner Kusine Sakota in den Palast kommen.«

Unter den schweren Brauen blickten sie seine schwarzen Augen finster an.

»Woher weißt du das?«

Sie sah ihn nicht mehr an. Ihre länglichen Augen waren unter den geraden schwarzen Wimpern halb verborgen. »Die Chinesen wissen alles. Gestern sah ich auf der Straße Wanderschauspielern zu. Sie spielten: *Die Konkubine des Kaisers,* ein altes Stück, aber sie machten es neu. Im sechsten Monat, am zwanzigsten Tage, so erfuhr ich aus dem Stück, müssen die Mandschujungfrauen vor der Kaiserinmutter und dem Himmelssohn erscheinen. Wie viele von uns sind es in diesem Jahr?«

»Sechzig«, sagte er.

Sie hob ihre langen schwarzen Wimpern von ihren schwarzweißen Onyxaugen. »Ich bin also eine von sechzig?«

»Ich zweifle nicht, daß du schließlich die Erste sein wirst«, meinte er.

Seine tiefe, ruhige Stimme drang ihr mit prophetischer Kraft ins Herz.

»Wo ich bin, wirst auch du sein. Darauf werde ich bestehen. Bist du nicht mein Verwandter?«

Sie blickte ihn wieder an und vergaß im Augenblick alles, außer sich selbst. Er sagte förmlich, als hätte er ihre Worte überhört: »Ich bin mit der Absicht gekommen, deinen Vormund zu bitten, dich mir zur Frau zu geben. Jetzt weiß ich nicht, was er tun wird.«

»Kann er die kaiserliche Aufforderung ablehnen?« fragte sie.

Sie blickte von ihm weg und ging dann mit besonderer Anmut und Geschmeidigkeit zu dem langen Rosenholztisch, der an der inneren Wand des Zimmers stand. Zwischen zwei hohen Messingleuchtern blühten unter dem Bilde des heiligen Berges Wu T'ai in einem Topf gelbe Orchideen.

»Sie haben sich heute morgen geöffnet – die kaiserliche Farbe. Es ist ein Omen«, murmelte sie.

Ihre schwarzen Augen blitzten zornig auf, als sie sich ihm wieder zuwendete. »Ist es nicht deine Pflicht, dem Kaiser zu dienen, wenn ich erwählt werde?« Wieder blickte sie von ihm weg, und ihre Stimme wurde wieder sanft, wie sie gewöhnlich war. »Wenn ich nicht erwählt werde, erhältst du mich bestimmt zur Frau.«

Lu Ma kam herein. Sie blickte von dem einen jungen Gesicht zum anderen. »Dein Onkel ist jetzt wach, junge Herrin. Er will im Bett frühstücken. Inzwischen soll dein Verwandter hineinkommen.«

Dann ging sie wieder fort. Man hörte sie in der Küche mit dem Geschirr klappern. Das Haus erwachte jetzt zum Leben. Bei der Hoftür draußen stritten sich die beiden Jungen. Aus dem Schlafzimmer hörte Orchidee das klägliche Rufen ihrer Schwester.

»Orchidee – ältere Schwester! Ach, ich habe Kopfschmerzen.«

»Orchidee.« Jung Lu wiederholte den Namen. »Dieser Name ist jetzt zu kindisch für dich.«

Sie stampfte mit dem Fuß auf. »Ich heiße immer noch so! Und warum gehst du nicht, tu deine Pflicht, und ich werde die meine tun.«

Dann wandte sie sich schnell um. Er sah ihr nach, als sie den Vorhang beiseite zog und ihn hinter sich niederfallen ließ.

Aber während dieses kurzen Streites hatte sie ihren Entschluß gefaßt. Sie würde in den Kaiserpalast gehen. Die Wahl würde – mußte auf sie fallen. So beendete sie in einem Augenblick die Unschlüssigkeit, in der sie so lange gelebt hatte. Sollte sie Jung Lus Frau werden, die Mutter seiner Kinder – sie würden viele Kinder haben, denn sie waren beide leidenschaftlich –, oder sollte sie eine Konkubine des Kaisers werden? Er liebte nur sie, und sie liebte ihn – und noch etwas mehr.

Am einundzwanzigsten Tage des sechsten Monats erwachte sie im Winterpalast der Kaiserstadt. Der Gedanke, mit dem sie am Abend eingeschlafen war, beschäftigte sie jetzt wieder.

»Ich bin innerhalb der vier Mauern der Kaiserstadt.«

Die Nacht war vorüber. Endlich war der große und wichtige Tag da, auf den sie seit ihrer frühen Kindheit, seit Sakotas ältere Schwester ihr Haus für immer verlassen hatte, um eine Konkubine des Kaisers zu werden, im geheimen gewartet hatte. Jene Schwester war gestorben, bevor sie Kaiserin hätte werden können, und kein Angehöriger ihrer Familie hatte sie jemals wiedergesehen. Aber sie, Orchidee, würde leben ...

»Halte dich von den anderen abseits«, hatte ihre Mutter gestern gesagt. »Unter den Jungfrauen bist du nur eine von vielen. Sakota ist eine kleine zierliche Schönheit, und da sie die jüngere Schwester der toten Prinzessin ist, wird sie dir sicher vorgezogen werden. Aber was für einen Platz du auch erhältst, du kannst dich über ihn hinausheben.«

Anstatt liebevoller Abschiedsworte hatte ihre Mutter, die eine ernste und harte Frau war, ihr diesen Rat mit auf den Weg gegeben, und Orchidee hatte ihn wohl beherzigt. Ihre Augen wurden nicht feucht, als sie in der Nacht andere weinen hörte, die sich fürchteten, vom Kaiser erwählt zu werden. Denn wenn die Wahl auf sie fiel, das hatte ihre Mutter ihr ganz klar gesagt, würde sie vielleicht nie ihr Haus und ihre Familie wiedersehen, ja, sie könnte nicht einmal zu Besuch nach Hause kommen, ehe sie nicht einundzwanzig Jahre alt wäre. Zwischen siebzehn und einundzwanzig lagen vier einsame Jahre. Aber mußte sie denn einsam sein? Wenn sie an Jung Lu dachte, wäre sie es allerdings, aber sie dachte auch an den Kaiser.

In der letzten Nacht, die sie zu Hause zubrachte, hatte sie vor Aufregung nicht schlafen können. Auch Sakota war wach geblieben. In der Stille hatte Orchidee Schritte gehört und auch erkannt, wer da umhertappte.

»Sakota!« hatte sie gerufen. In der Dunkelheit hatte sie die weiche Hand ihrer Kusine auf dem Gesicht gefühlt.

»Orchidee, ich hatte Angst. Laß mich zu dir ins Bett.«

Sie schob ihre jüngere Schwester, die im Schlaf wie ein Klotz im Bett lag, beiseite und machte für ihre Kusine Platz. Sakota kroch zu ihr. Ihre Hände und Füße waren kalt, sie zitterte.

»Hast du keine Angst?« flüsterte Sakota und schmiegte sich unter der Decke an den warmen Körper ihrer Kusine.

»Nein«, sagte Orchidee. »Was kann mir geschehen? Und warum solltest du Angst haben, war doch deine ältere Schwester des Kaisers Erwählte?«

»Sie ist im Palast gestorben«, flüsterte Sakota. »Sie fühlte sich dort nicht glücklich – sie war krank vor Heimweh. Vielleicht muß auch ich sterben.«

»Ich werde dort bei dir sein«, sagte Orchidee. Sie schlang ihre starken Arme um den zarten Körper. Sakota war immer zu mager und zu zart, nie hungrig, nie stark.

»Wenn wir aber nicht in dieselbe Klasse kommen?» hatte Sakota gefragt.

Und so war es geschehen. Sie waren getrennt worden. Als die Mädchen zum erstenmal der Mutter des Himmelssohnes vorgeführt wurden, wählte diese achtundzwanzig aus. Weil Sakota die Schwester der verstorbenen Prinzessin war, wurde sie in die F'ei, in die erste Klasse, aufgenommen, während Orchidee zu den Kuei Jen, der dritten Klasse, kam.

»Sie ist von heftiger Gemütsart«, sagte die erfahrene Kaiserinwitwe, als sie Orchidee betrachtete. »Sonst würde ich sie in die zweite Klasse, die P'in, einreihen, denn es ist nicht angebracht, sie mit ihrer Kusine, der Schwester meiner Schwiegertochter, die zu den Gelben Quellen gegangen ist, in die erste Klasse zu tun. Sie soll in die dritte Klasse kommen, denn es ist besser, wenn mein Sohn, der Kaiser, sie nicht bemerkt.«

Orchidee hatte scheinbar sittsam und ergeben dieser Rede zugehört. Jetzt, da sie nur der dritten Klasse angehörte, erinnerte sie sich an die Abschiedsworte ihrer Mutter.

Durch den Schlafsaal drang die Stimme der ersten Kammerfrau, deren Aufgabe es war, die Jungfrauen auf die Vorstellung vorzubereiten.

»Meine jungen Damen, es ist Zeit zum Aufstehen. Es ist Zeit, sich schön zu machen. Heute ist euer Glückstag.«

Die anderen erhoben sich auf diese Mahnung hin sofort, nur Orchidee nicht. Sie wollte nicht dasselbe tun, was die anderen taten. Sie wollte für sich bleiben, abseits stehen. Sie rührte sich nicht, lag fast ganz verborgen unter der seidenen Steppdecke und beobachtete, wie die jungen Mädchen unter den Händen der Dienerinnen, die sich ihrer annahmen, zitterten. Die Morgenluft war kühl, der nördliche Sommer hatte kaum begonnen, und aus den flachen, mit heißem Wasser gefüllten Holzkübeln stieg der Dampf wie Nebel auf.

»Alle müssen baden«, befahl die erste Kammerfrau. Sie saß dick und streng, an Gehorsam gewöhnt, in einem großen Bambussessel.

Die Mädchen stiegen jetzt nackt in die Kübel. Die Dienerinnen rieben ihnen den Körper mit parfümierter Seife ein und wuschen sie mit weichen Tüchern, während die erste Kammerfrau sich jede einzelne ansah. Plötzlich rief sie:

»Von den sechzig wurden achtundzwanzig auserwählt, ich zähle nur siebenundzwanzig.« Sie sah auf den Bogen Papier, den sie in der Hand hielt, und rief die Mädchen namentlich auf. Jede antwortete von ihrem Standort aus. Aber die letzte gab keine Antwort.

»Yehonala!« rief die alte Kammerfrau noch einmal.

Das war Orchidees Sippenname. Bevor sie gestern das Haus verlassen hatte, hatte ihr Onkel und Vormund Muyanga sie in sein Zimmer gerufen, um ihr einen väterlichen Rat zu geben.

Sie hatte vor ihm gestanden, während er in einem Lehnsessel saß, der fast überquoll von seinem großen, in himmelblauen Satin gekleideten Körper. Sie war immer gut mit ihm ausgekommen, denn er war von nachlässiger Güte, aber sie liebte ihn nicht, denn auch er liebte niemanden. Er war zu faul, um lieben oder hassen zu können. »Jetzt, da du die Stadt des Kaisers betreten wirst«, sagte er mit seiner öligen Stimme, »mußt du deinen Kindernamen Orchidee aufgeben. Von heute an heißt du Yehonala.«

»Yehonala!« Wieder rief die Kammerfrau den Namen, aber Orchidee gab noch immer keine Antwort. Sie schloß die Augen und tat so, als ob sie schliefe.

»Ist Yehonala entwischt?« wollte die Kammerfrau wissen.

Eine Dienerin antwortete: »Herrin, sie liegt im Bett.«

Die erste Kammerfrau war entsetzt. »Was! Noch im Bett? Und sie kann schlafen?«

Die Dienerin trat ans Bett und schaute nach. »Sie schläft.«

»Sie hat ein Herz von Stein!« rief die alte Kammerfrau. »Weck sie auf! Zieh ihr die Decke weg! Kneif sie in die Arme!«

Die Dienerin gehorchte. Yehonala tat so, als wachte sie gerade auf. Sie öffnete die Augen. »Was soll das heißen?« fragte sie schläfrig. Sie setzte sich auf, faßte sich an die Wangen. »Oh... oh!« stammelte sie mit taubensanfter Stimme. »Wie konnte ich das nur vergessen!«

»Ja, wie konntest du!« sagte die erste Kammerfrau entrüstet. »Weißt du nichts von dem Befehl der Kaiserin? In zwei Stunden müßt ihr alle im Audienzsaal stehen, jede muß sich von der besten Seite zeigen – in zwei Stunden, sage ich, müßt ihr gebadet, parfümiert und angezogen sein, die Haare müssen geölt werden, und frühstücken müßt ihr auch noch.«

Yehonala gähnte hinter ihrer Hand. »Wie herrlich ich geschlafen habe! Die Matratze ist hier viel weicher als bei mir zu Hause.«

Die alte Kammerfrau schnaubte: »Man kann sich kaum vorstellen, daß eine Matratze im Palast des Himmelssohnes so hart wäre wie dein Bett.«

»Viel weicher, als ich dachte«, sagte Yehonala.

Mit nackten kräftigen Füßen trat sie auf die Bodenfliesen. Die Mädchen waren alle Mandschus und keine Chinesinnen, und ihre Füße waren daher nicht gebunden.

»Vorwärts, vorwärts!« rief die Kammerfrau. »Beeile dich, Yehonala. Die anderen sind schon fast angezogen.«

»Ja, Ehrwürdige.«

Aber sie hatte es gar nicht eilig. Sie ließ sich von einer Dienerin auskleiden und gab sich nicht die geringste Mühe, dieser zu helfen. Als sie nackt war, trat sie in den flachen Kübel mit heißem Wasser und rührte keine Hand, um sich zu waschen. »Du!« fauchte die Dienerin leise. »Willst du mir nicht helfen, dich fertigzumachen?«

Yehonala schlug ihre großen schwarzen, glänzenden Augen auf. »Was soll ich tun?« fragte sie hilflos.

Niemand sollte merken, daß sie zu Hause nur eine Dienerin hatten, Lu Ma, die Küchenmagd. Sie hatte nicht nur immer sich selbst gebadet, sondern auch ihre jüngere Schwester und ihre Brüder. Sie hatte deren Kleider mit ihren eigenen gewaschen und sie als Babys auf ihrem Rücken getragen, wo sie mit breiten Tuchstreifen festgebunden wurden, während sie ihrer Mutter bei der Hausarbeit half und sogar oft mit den Kindern auf dem Rücken in den Ölladen und auf den Gemüsemarkt lief. Ihr einziges Vergnügen war, auf der Straße einem Trupp umherziehender chinesischer Schauspieler zuzuhören. Ihr guter Onkel Muyanga ließ sie wohl mit seinen eigenen Kindern von dem Hauslehrer unterrichten, aber die Summe, die er ihrer Mutter für Essen und Kleidung gab, reichte nicht für Luxusausgaben.

Die Dienerin hatte auf die Frage keine Antwort gegeben. Dazu war keine Zeit mehr. Die erste Kammerfrau drängte zur Eile.

»Es ist am besten, wenn sie jetzt etwas essen«, erklärte sie. »Die Zeit, die dann noch verbleibt, kann auf ihre Frisur verwendet werden. Wir brauchen mindestens eine Stunde, um sie ordentlich zu frisieren.«

Die Küchenmädchen brachten das Frühstück, aber die jungen Mädchen konnten nichts essen. Sie hatten alle starkes Herzklopfen, einige weinten wieder.

Die erste Kammerfrau wurde wütend. Ihre tiefe Stimme schwoll zu einem Brüllen an: »Was weint ihr denn? Kann es ein größeres Glück geben, als vom Sohn des Himmels erwählt zu werden?«

Aber nun weinten die Mädchen erst recht. »Ich möchte lieber daheim sein«, schluchzte eine. »Ich will gar nicht erwählt werden«, wimmerte eine andere.

»Schändlich, schändlich!« rief die alte Kammerfrau und fletschte die Zähne nach diesen verrückten Mädchen.

In einem solchen Wehklagen wurde Yehonala nur noch ruhiger. Mit vollkommener Anmut machte sie Schritt für Schritt der ganzen Prozedur durch, und als das Frühstück gebracht wurde, setzte sie sich zu Tisch und aß nach Herzenslust. Selbst die Kammerfrau war überrascht und wußte nicht, ob sie entrüstet oder entzückt sein sollte.

»Ein so hartes Herz habe ich wahrhaftig noch nicht gesehen«, sagte sie laut. Yehonala lächelte, die Eßstäbchen in der rechten Hand. »Dieses gute Essen schmeckt mir«, sagte sie mit lieblicher Kinderstimme. »So gut habe ich daheim nicht gegessen.«

Die Kammerfrau entschloß sich, entzückt zu sein. »Du bist ein vernünftiges Mädchen«, verkündete sie. Aber nach einer Weile flüsterte sie einer Dienerin zu: »Schau nur, wie große Augen sie hat! Die hat ein wildes Herz –.«

Die Dienerin verzog das Gesicht. »Ein Tigerherz«, stimmte sie zu, »wahrhaftig, ein Tigerherz.«

Als sie gefrühstückt hatten, kamen die Eunuchen, angeführt von dem Obereunuch An Teh-hai. Er hatte eine noch jugendliche Gestalt und trug ein blaßblaues Satinkleid, das in der Mitte mit einer rotseidenen Schärpe gegürtet war. Sein Gesicht war glatt und breit, die Nase leicht gekrümmt, die Augen schwarz, der Blick stolz.

Ziemlich unbekümmert gab er den Jungfrauen den Befehl, an ihm vorbeizugehen, und zu diesem Zweck nahm er wie ein kleiner Kaiser in einem großen geschnitzten Rosenholzsessel Platz und sah sich jede genau an, die vorbeiging, wobei er ein ziemlich verächtliches Gesicht machte. Neben ihm auf einem Tisch lagen sein Merkbuch, sein Pinsel und sein Tuschkasten.

Mit halb geschlossenen Augenlidern betrachtete ihn Yehonala. Sie stand abseits von den anderen, halb verborgen hinter dem Türvorhang aus rotem Satin. Der Obereunuch vermerkte mit Pinsel und Tusche den Namen jeder Jungfrau, die an ihm vorbeiging.

»Eine fehlt«, rief er.

»Hier bin ich«, sagte Yehonala. Scheu, mit gesenktem Kopf und abgewandtem Gesicht trat sie vor. Ihre Stimme klang so leise, daß sie kaum zu hören war.

»Die war schon den ganzen Morgen die letzte«, erklärte die erste Kammerfrau mit ihrer lauten, tiefen Stimme. »Sie schlief noch, als die anderen schon auf waren. Sie wollte sich nicht selbst waschen und anziehen und hat gegessen wie ein Bauernmädchen – drei Schalen Hirse hat sie vertilgt. Jetzt steht sie da, als könnte sie nicht bis fünf zählen. Vielleicht ist sie geistesschwach.«

»Yehonala«, las der Obereunuch mit hoher piepsender Stimme. »Älteste Tochter des verstorbenen Bannermanns Tschao. Vormund: Bannermann Muyanga. Vor zwei Jahren im Nördlichen Palast als Fünfzehnjährige registriert, jetzt siebzehn Jahre alt.«

Er sah auf und betrachtete Yehonala, die mit bescheiden gesenktem Kopf, die Augen, wie der Brauch es verlangte, auf den Boden geheftet, vor ihm stand.

»Bist du dieselbe, die ich soeben verlesen habe?«

»Ja, die bin ich«, sagte Yehonala.

»Weitergehen!« befahl der Obereunuch. Aber seine Augen folgten ihr. Dann erhob er sich und befahl den Untereunuchen: »Führt die Jungfrauen in die Wartehalle. Wenn der Himmelssohn bereit ist, sie zu empfangen, werde ich sie selbst eine nach der anderen vor den Drachenthron führen und sie vorstellen.«

Vier Stunden warteten die Jungfrauen. Die Dienerinnen waren bei ihnen und schimpften, wenn ein Satinrock zerknittert war oder eine Haarlocke sich gelöst hatte. Dann und wann betupfte eine das Gesicht eines Mädchens mit Puder oder zog ihre Lippen nach. Zweimal durften die Mädchen Tee trinken.

Um Mittag hörten sie in fernen Höfen Hörnerklang und Trommelwirbel, dann wurde im Marschrhythmus ein Gong geschlagen. An Teh-hai, der Obereunuch, betrat mit seinen Untereunuchen wieder die Wartehalle. Unter diesen Eunuchen fiel Yehonala ein großer, hagerer junger Mann auf. Sein Gesicht war häßlich, aber es war so dunkel und raubvogelartig, daß Yehonalas Augen unwillkürlich darauf verweilten. Der Eunuch sah ihren Blick und erwiderte ihn in unverschämter Weise. Sie wandte den Kopf weg.

Der Obereunuch jedoch hatte diesen Blick bemerkt. »Li Lien-ying«, rief er scharf. »Was tust du hier? Habe ich dir nicht gesagt, daß du bei den Mädchen der vierten Klasse, den Tsh'ang Ts'ai, bleiben sollst!«

Ohne ein Wort zu erwidern, verließ der große, junge Eunuch die Halle. Dann hielt der Obereunuch eine Ansprache.

»Meine jungen Damen, Sie werden hier warten, bis Ihre Klasse aufgerufen wird. Zuerst werden die F'ei von der Kaiserinmutter dem Kaiser vorgestellt, dann die P'in. Erst wenn diese gemustert sind und der Kaiser seine Wahl getroffen hat, dürfen die von der dritten Klasse, die Kuei Jen, sich dem Throne nähern. Niemand darf dem Kaiser ins Gesicht sehen. Er schaut Euch ins Gesicht.«

Während dieser Ansprache standen die Mädchen mit gesenkten Köpfen da. Yehonala hatte sich ganz hinten aufgestellt, als wäre sie die Bescheidenste von allen, aber ihr Herz klopfte heftig. In den nächsten Stunden, ja vielleicht schon in einer Stunde oder in noch kürzerer Zeit würde der große Augenblick kommen, auf den sie so lange gewartet hatte. Der Kaiser würde sie anschauen, sie abschätzen, ihre Gestalt und Hautfarbe abwägen, und in diesem kleinen Augenblick mußte sie ihre ganzen Reize zur Wirkung bringen.

Sie dachte an ihre Kusine Sakota, die sich jetzt gerade den Augen des Kaisers darbot. Sakota war ein liebes, sanftes und kindliches Mädchen. Da sie die Schwester der verstorbenen Prinzessin war, die der Kaiser als Prinz geliebt hatte, war es so gut wie sicher, daß sie erwählt wurde. Das war gut. Yehonala war drei Jahre alt gewesen, als ihre Mutter nach dem Tode des Vaters in ihr Elternhaus zurückgekehrt war, und seit dieser Zeit hatte sie mit Sakota zusammengelebt. Sakota hatte ihr immer nachgegeben, sich an sie gelehnt und ihr vertraut. Sakota könnte sogar dem Kaiser sagen: »Meine Kusine Yehonala ist schön und klug.« Es hatte ihr, als sie in der letzten Nacht zusammen schliefen, auf der Zunge gelegen, sie zu bitten: »Sprich für mich –.« Aber ihr Stolz hatte das nicht zugelassen. Obschon Sakota sanft und kindlich war, hatte sie doch die reine Würde eines Kindes, die eine solche Vertraulichkeit verbot.

Ein Murmeln ging durch die Gruppe der wartenden Mädchen. Jemand hatte eine Nachricht aus dem Audienzsaal gehört. Die F'ei waren schon entlassen. Sakota war unter ihnen als erste kaiserliche Konkubine auserwählt worden. Der P'in waren nicht viele. Noch eine Stunde –.

Bevor die Stunde um war, kehrte der Obereunuch zurück. »Jetzt kommen die Kuei Jen«, verkündete er. »Stellt euch auf, junge Damen! Der Kaiser wird schon müde.«

Die Mädchen stellten sich in Reih und Glied auf. Die Kammerfrauen sahen noch einmal Haar, Lippen und Augenbrauen nach. Es wurde still, das Lachen hörte auf. Ein Mädchen lehnte sich in einem Ohnmachtsanfall gegen eine Dienerin, die ihr in die Arme und in die Ohrläppchen kniff, um sie wieder zum Bewußtsein zu bringen. Im Audienzsaal rief der Obereunuch bereits Namen und Alter aus. Jede mußte sofort eintreten, wenn sie ihren Namen hörte. Eine nach der anderen gingen sie an dem Kaiser und der Kaiserinmutter vorüber. Aber Yehonala verließ als letzte ihren Platz, um noch einen kleinen Palasthund zu streicheln, der durch die offene Tür gelaufen kam. Es war ein sogenannter Ärmelhund, eines jener winzigen Tierchen, die bald nach der Geburt durch Hunger verzwergt werden, so daß sie in einem bestickten Ärmel Platz haben. An der Tür wartete der Obereunuch.

»Yehonala!« An Teh-hais Stimme dröhnte ihr in die Ohren, und sie stand schnell auf.

Er stürzte auf sie zu und faßte sie am Arm. »Hast du vergessen? Bist du wahnsinnig? Der Kaiser wartet. Er wartet, sage ich dir. Du hättest hierfür den Tod verdient –.«

Sie riß sich los, er eilte an die Tür und rief wieder ihren Namen. »Yehonala, Tochter des verstorbenen Bannermanns Tschao, Nichte Muyangas aus der Zinngasse. Siebzehn Jahre, drei Monate und zwei Tage alt –.«

Sie trat geräuschlos und ohne sich zu zieren ein und ging langsam durch den großen Saal. Ihr langer rosaseidener Satinrock fiel ihr bis auf die gestickten Schuhe, die dicke weiße Sohlen hatten, so daß sie sehr groß erschienen. Ihre schmalen, schönen Hände trug sie gefaltet in Hüfthöhe. Sie drehte den Kopf nicht nach dem Thron, als sie langsam vorbeiging.

»Sie soll noch einmal vorbeigehen«, befahl der Kaiser.

Die Kaiserinmutter betrachtete Yehonala mit unwillkürlicher Bewunderung.

»Ich warne dich«, sagte sie. »Dieses Mädchen hat eine heftige Gemütsart. Ich sehe es an ihrem Gesicht. Für eine Frau ist sie zu kräftig.«

»Sie ist schön«, sagte der Kaiser.

Noch immer wandte Yehonala nicht den Kopf. Sie hörte die Worte wie Geisterstimmen.

»Was macht es, wenn sie von heftiger Gemütsart ist«, sagte der Kaiser. »Mit mir kann sie ja wohl nicht streiten.«

»Bleib stehen«, befahl er ihr. Sie stand still. Sie bot ihr Gesicht und ihren Körper im Profil dar. Sie hatte den Kopf hoch erhoben und schien in weite Ferne zu blicken, als wenn ihre Gedanken irgendwo anders wären.

»Dreh mir dein Gesicht zu«, befahl der Kaiser.

Langsam, wie wenn ihr alles gleichgültig wäre, gehorchte sie. Ein anständiges, bescheidenes Mädchen, war ihr immer gesagt worden, hebt ihre Augen nicht höher als bis zur Brust eines Mannes. Bei dem Kaiser aber durfte sie den Blick nicht über seine Knie erheben. Doch Yehonala blickte ihm voll ins Gesicht und sah ihn mit großer Eindringlichkeit an. Sie bemerkte, daß die Augen des Kaisers flach unter seinen knabenhaft dünnen Brauen lagen. Sie sah ihn an und ließ mit ihrem Blick die Macht ihres Willens in seine Augen strömen. Eine Weile saß er unbeweglich. Dann sagte er: »Diese wähle ich.«

»Wenn du vom Himmelssohn erwählt wirst«, hatte ihre Mutter ihr eingeschärft, »mache dich zuerst bei seiner Mutter, der Kaiserinwitwe, beliebt. Bring ihr die Überzeugung bei, daß du Tag und Nacht an sie denkst. Suche herauszubekommen, was sie gern hat, achte auf ihre Eigenheiten, vernachlässige sie nie. Sie wird nicht mehr lange leben. Du aber hast noch viele Jahre vor dir.«

An diese Worte erinnerte sich Yehonala. In der ersten Nacht nach ihrer Wahl lag sie schon in ihrem eigenen kleinen Schlafzimmer. Ihre Wohnung bestand aus drei Zimmern. Eine alte Kammerfrau wurde ihr vom Obereunuchen als Dienerin zugewiesen. In dieser Wohnung mußte sie allein leben und durfte sie nur verlassen, wenn der Kaiser sie holen ließ. Das konnte oft oder auch nie sein. Manchmal lebte eine Konkubine innerhalb der Mauern der Kaiserstadt als Jungfrau bis zu ihrem Tode. Wenn sie sich nicht durch Bestechung der Eunuchen dem Kaiser in Erinnerung bringen konnte, geriet sie in Vergessenheit. Aber ihr, Yehonala, konnte das nicht passieren. Wenn er Sakotas müde wurde, die ihm ja als Schwester seiner verstorbenen Gemahlin näherstand, konnte er vielleicht, ja mußte er an sie denken. Aber würde er sich erinnern? Er war an schöne Frauen gewöhnt, und wenn sie sich auch tief in die Augen gesehen hatten, konnte sie sicher sein, daß er an sie denken würde?

Sie lag auf dem Backsteinbett, das durch drei übereinandergelegte Matratzen wohlig weich war, und überlegte. Tag für Tag mußte sie nun jeden Schritt, den sie tat, sorgfältig abwägen und durfte keinen Tag planlos vorübergehen lassen, sonst könnte sie ihr Leben als vergessene Jungfrau in Einsamkeit zubringen. Sie mußte wach und schlau sein und die Kaiserinwitwe als Mittel zum Zweck benutzen. Sie würde sich ihr nützlich machen, sie liebevoll umhegen, es nie an kleinen Aufmerksamkeiten fehlen lassen. Darüber hinaus aber würde sie sich geistig weiterbilden und um Zuweisung von Lehrern bitten. Dank der Güte ihres Onkels konnte sie bereits lesen und schreiben, aber ihr Durst nach wirklichem Wissen war nie befriedigt worden. Sie wollte um Geschichts- und Gedichtbücher bitten, Musik und Malen lernen, die Künste, die den Ohren und den Augen schmeichelten. Zum erstenmal in ihrem Leben hatte sie jetzt Zeit für sich, Muße, ihren Geist auszubilden. Sie wollte auch ihren Körper pflegen, die besten Speisen essen, ihre Hände mit Hammelfett weich reiben, sich mit getrockneten Orangen und Moschus parfümieren, ihre Dienerin bitten, ihr zweimal täglich nach dem Bade das Haar zu bürsten. Das wollte sie für ihren Körper tun, damit der Kaiser Vergnügen an ihr fände. Aber lernen wollte sie, um sich selbst Vergnügen zu machen, und zu diesem Zweck Schriftzeichen so kunstvoll wie Gelehrte pinseln und Landschaften malen, wie es Künstler tun, vor allem aber viele Bücher lesen.

Die Seide ihrer Steppdecke blieb an der rauhen Haut ihrer Hände haften. »Ich werde nie mehr Kleider waschen«, dachte sie, »nie mehr heißes Wasser schleppen oder Korn mahlen. Bin ich nicht glücklich?«

Zwei Nächte hatte sie nicht geschlafen. Die letzte Nacht, die sie daheim zugebracht und die zarte Sakota getröstet hatte, und die vorige Nacht, als sie mit den Jungfrauen wartete. Wer konnte da schlafen? Aber heute abend war alle Angst vorbei.

Sie war erwählt worden, und hier in diesen drei Zimmern war ihr kleines Heim. Die Zimmer waren zwar klein, aber prächtig ausgestattet, an den Wänden hingen Bildrollen, auf den Stuhlsitzen lagen rote Seidenkissen, die Tische waren aus Rosenholz und die Deckenbalken bunt bemalt. Der Boden war mit glatten Fliesen belegt, und die vergitterten Fenster öffneten sich auf einen kleinen Hof und einen runden Teich, in dem Goldfische in der Sonne schimmerten. Ihre Dienerin schlief auf einer Bambusbank vor der Türe. Sie brauchte keine Angst zu haben.

Vor niemand? In der Dunkelheit sah sie plötzlich das schmale, böse Gesicht des jungen Eunuchen Li Lien-ying vor sich. Ah, die Eunuchen! Ihre kluge Mutter hatte sie vor ihnen gewarnt.

»Ich fürchte dich nicht«, sagte sie zu dem dunklen Gesicht Li Lien-yings.

Und gerade weil sie sich fürchtete, dachte sie plötzlich an ihren Verwandten Jung Lu. Sie hatte ihn nicht mehr gesehen, seitdem sie den Palast betreten hatte. Kühn wie sie war, hatte sie den Vorhang ihrer Sänfte ein wenig beiseite geschoben, als sie sich den dunkelroten Toren näherte. Vor ihnen standen in gelbem Rock, mit gezogenen und hochgehaltenen Schwertern die kaiserlichen Wachsoldaten. Zur Rechten, am Haupttor, ragte Jung Lu über alle hinaus. Er blickte geradeaus auf die belebte Straße und verriet mit keinem Zeichen, daß für ihn nur eine Sänfte unter den vielen von Bedeutung war. Auch sie konnte ihm kein Zeichen geben. Leicht gekränkt hatte sie ihn aus ihren Gedanken entlassen. Auch jetzt wollte sie nicht an ihn denken. Sie konnten beide nicht wissen, ob sie sich je wiedersehen würden. In den Mauern der Verbotenen Stadt konnten ein Mann und eine Frau ein ganzes Leben zubringen, ohne sich ein einziges Mal zu begegnen.

Aber warum hatte sie plötzlich an ihn gedacht, als sie sich an das dunkle Gesicht des Eunuchen erinnerte? Sie seufzte und vergoß ein paar Tränen. Sie war selbst überrascht darüber, wollte aber nicht nach der Ursache ihrer Tränen fragen. Dann schlief sie, da sie jung und müde war, allmählich ein.

Die geräumige alte Palastbibliothek war selbst im Hochsommer kühl. Um Mittag wurden die Tore geschlossen, damit die Hitze nicht von draußen hereindrang. Die glitzernde Sonne schien nur trübe durch die Schildpattfenster. Kein Geräusch störte die Stille, nur Yehonalas Murmeln war zu vernehmen, als sie dem alten Eunuchen, der zu ihrem Lehrer bestellt war, vorlas.

Sie las aus dem *Buch der Veränderungen* und war so von dem

Rhythmus der Verse bezaubert, daß ihr das lange Schweigen ihres Lehrers nicht auffiel. Als sie dann eine Seite umblätterte und aufblickte, sah sie, daß der alte Gelehrte eingeschlafen war. Der Kopf war ihm auf die Brust gesunken, der Fächer den Fingern der rechten Hand entglitten. Sie lächelte und las für sich selbst weiter. Zu ihren Füßen schlummerte ein kleiner Hund. Er gehörte ihr, denn sie hatte den Haushofmeister durch ihre Dienerin um ein Spieltier gebeten, das ihre Einsamkeit vertreiben sollte.

Sie war jetzt schon zwei Monate im Palast und hatte noch immer keine Aufforderung vom Kaiser erhalten. Keinen ihrer Familie hatte sie wiedergesehen, nicht einmal Sakota, und da sie immer innerhalb der Tore blieb, hatte sie auch Jung Lu nicht mehr erblicken können, der dort Wache stand. So ganz auf sich selbst angewiesen, hätte sie vielleicht unglücklich sein können, wenn sie sich nicht in Gedanken mit ihrer Zukunft beschäftigt hätte. Eines Tages würde sie vielleicht Kaiserin sein. Dann konnte sie tun, was ihr beliebte. Wenn sie wollte, konnte sie dann Jung Lu zu sich rufen und ihm einen Auftrag geben, vielleicht den Auftrag, ihrer Mutter einen Brief zu überbringen.

»Ich übergebe dir den Brief selbst«, würde sie sagen, »und du sollst mir einen Brief von ihr als Antwort zurückbringen.«

Nur sie beide würden wissen, ob der Brief für ihre Mutter bestimmt war. Aber jetzt mußte sie noch warten, ob der Kaiser sie rief, und inzwischen konnte sie nichts anderes tun als sich auf diesen Ruf vorzubereiten. Hier in der Bibliothek studierte sie jeden Tag mit ihrem Lehrer fünf Stunden. Der Eunuch war ein berühmter Gelehrter, der einstmals bekannte Achtzeiler im T'angstil geschrieben hatte. Wegen seines Ruhmes hatte er den Befehl erhalten, sich zum Eunuchen zu machen, um den jungen Prinzen, der jetzt Kaiser war, und späterhin des Kaisers Konkubinen zu unterrichten. Unter diesen seien alle mehr oder weniger lerneifrig gewesen, aber keine habe je einen solcher Eifer gezeigt, erklärte der alte Lehrer, wie Yehonala. Er sprach lobend von ihr zu den Eunuchen und gab gute Berichte über sie an die Kaiserinmutter, so daß diese sie eines Tages bei einer Audienz wegen ihres Fleißes lobte.

»Du tust gut daran, in den Büchern zu lernen«, sagte sie. »Mein Sohn, der Kaiser, ermüdet leicht, und wenn er schwach oder unruhig ist, mußt du ihn durch den Vortrag von Gedichten und durch selbstgemalte Bilder unterhalten.«

Ergeben hatte Yehonala den Kopf gesenkt.

Sie dachte gerade über eine Seite nach, die sie soeben gelesen hatte, da fühlte sie sich an der Schulter berührt. Als sie den Kopf wandte, sah sie das Ende eines gefalteten Fächers und eine Hand, die sie schon vom Sehen kannte, eine große, weiche, mächtige Hand. Sie gehörte dem jungen Eunuchen Li Lien-ying. Sie hatte schon seit Wochen gemerkt, daß er sich bestrebte, ihr Diener zu werden. Es war nicht seine Pflicht, in ihrer Nähe zu sein, er war nur einer der vielen unteren Eunuchen, aber er hatte sich in vielen kleinen Dingen nützlich gemacht. Wenn sie Lust auf Obst oder Süßigkeiten hatte, stand er mit ihnen bereit. Besonders aber hörte sie von ihm, was in den vielen hundert Hallen, Durchgängen und Höfen der Verbotenen Stadt geklatscht wurde. Nur Bücher zu lesen genügte nicht. Man mußte auch bis ins einzelne alle Intrigen, kleinen Begebenheiten und Liebesgeschichten kennen, Macht konnte nur gewinnen, wer über alles unterrichtet war.

Sie hob den Kopf, legte einen Finger an die Lippen und zog fragend die Brauen hoch. Er deutete mit seinem Fächer an, daß sie ihm in den Pavillon vor der Bibliothek folgen solle. Seine Stoffsohlen glitten geräuschlos über den Boden, sie folgte ihm ebenso leise in den Pavillon, wo der Lehrer sie nicht mehr hören konnte. Der kleine Hund erwachte und schlich ihr, ohne zu bellen, nach.

»Ich habe eine wichtige Nachricht«, sagte Li Lien-ying. Mit seinen mächtigen Schultern, seinem viereckigen großen Kopf und seinen groben Gesichtszügen überragte er sie, eine gewaltige und dräuende Gestalt. Sie hätte Angst vor ihm bekommen können, wäre sie nicht schon soweit gewesen, niemanden mehr zu fürchten.

»Was für eine Nachricht?« fragte sie.

»Die junge Kaiserin hat empfangen!«

Sakota! Sie hatte ihre Kusine, seitdem sie zusammen den Palast betreten hatten, nicht mehr gesehen. Sakota war jetzt an Stelle ihrer verstorbenen Schwester offizielle Gemahlin, während sie, Yehonala, nur eine Konkubine war. Sakota war ins Bett des Kaisers gerufen worden und hatte ihre Pflicht erfüllt. Wenn Sakota einen Sohn gebar, würde dieser Erbe des Drachenthrones sein, und Sakota würde den Rang einer Kaiserinmutter erhalten. Und sie, Yehonala, würde dann noch immer nichts als eine Konkubine sein. Um solch geringen Preises willen sollte sie ihr Leben und ihren Geliebten weggeworfen haben? Das Blut schoß ihr so zum Herzen, daß sie tief Atem holen mußte.

»Ist es erwiesen, daß sie schwanger ist?« fragte sie.

»Ja«, erwiderte der Eunuch. »Ihre Kammerfrau steht in meinem Sold. Dies ist der zweite Monat, in dem sich bei ihr kein Blut gezeigt hat.«

»So!« sagte Yehonala ratlos. Dann gewann die Selbstbeherrschung, in der sie sich immer geübt hatte, die Oberhand. Niemand konnte ihr jetzt helfen. Auf sich selbst mußte sie sich nun verlassen. Aber das Schicksal konnte ihr gnädig sein. Sakota konnte einem Mädchen das Leben schenken. Nur die Mutter eines Sohnes würde zur Kaiserin erhoben werden.

»Warum sollte ich nicht diese Mutter sein?« dachte sie. Als sie dieses Hoffnungsfünkchen sah, wurde ihr Geist ruhig, und ihr Herz schlug wieder gleichmäßig.

»Der Kaiser hat seine Pflicht gegen seine verstorbene Gemahlin erfüllt«, fuhr der Eunuch fort. »Jetzt wird er sich nach einer anderen umsehen.«

Sie schwieg. Vielleicht war sie diese andere.

»Sie müssen sich nun bereithalten«, sagte der Eunuch. »Ich schätze, daß er in sechs oder sieben Tagen an eine Konkubine denken wird.«

»Wieso weißt du das alles?« Obschon sie sich vorgenommen hatte, sich nicht zu fürchten, beschlich sie doch Angst.

»Eunuchen wissen das«, erklärte er und sah sie dabei unverschämt an.

Würdevoll sagte sie: »Du vergißt dich vor mir.«

»Verzeihung, wenn ich Sie beleidigt habe«, entschuldigte er sich schnell. »Ich tue unrecht. Sie tun immer recht. Ich bin Ihr Diener und Ihr Sklave.«

Sie war so allein, daß sie sich zwang, die Entschuldigung dieses furchterregenden Gesellen anzunehmen. »Aber warum«, fragte sie jetzt, »willst du mir dienen? Ich habe kein Geld, mit dem ich dich belohnen könnte.«

Tatsächlich hatte sie nicht einen Pfennig Geld. Sie aß täglich die köstlichsten Gerichte, denn was die Kaiserinmutter übrigließ, bekamen die Konkubinen, und Speisen jeder Art waren stets im Überfluß vorhanden. Die Schränke in ihrem Schlafzimmer waren mit schönen Kleidern gefüllt. Sie schlief unter seidenen Decken und wurde Tag und Nacht von ihrer Kammerfrau bedient. Aber sie konnte sich selbst nicht einmal ein Taschentuch oder eine Schachtel Süßigkeiten kaufen, und seitdem sie in der Verbotenen Stadt lebte, hatte sie noch kein Schauspiel gesehen. Die Kaiserinmutter trauerte noch um den verstorbenen Kaiser T'ao Kuang, den Vater ihres Sohnes, und gestattete nicht einmal den Konkubinen, sich an einem Theaterstück zu vergnügen, die Schauspielkunst aber entbehrte Yehonala mehr als ihre Familie. Wenn sie mit Arbeit überhäuft gewesen, ihre Mutter sie gescholten hatte und die Tage freudlos gewesen waren, hatte sie sich aus dem Haus geschlichen, um auf der Straße oder auf einem Tempelhof den Schauspielern zuzusehen. Wenn sie zufällig einmal ein Geldstück in die Hand bekam, sparte sie es für eine Theateraufführung, und wenn sie keines hatte, versteckte sie sich in der Menge, wenn gesammelt wurde.

»Glauben Sie, daß es mir um Geschenke zu tun ist?« sagte Li Lienying. »Dann beurteilen Sie mich falsch. Ich weiß, daß Sie zu Hohem bestimmt sind. Sie haben eine Kraft in sich, die allen anderen fehlt. Habe ich das nicht gleich bemerkt, als mein Blick auf Sie fiel? Ich habe es Ihnen angesehen. Wenn Sie zum Drachenthron aufsteigen, werde ich mit Ihnen steigen, immer Ihr Diener und Sklave.«

Sie war klug genug, zu sehen, wie er ihre Schönheit und ihren Ehrgeiz für seine eigenen Zwecke benutzte, während er das Band der Dankbarkeit zwischen sich und ihr immer enger knüpfte. Wenn sie einmal den Thron besteigen sollte – und sicher würde das eines Tages geschehen –, würde er dasein und sie erinnern, daß er ihr geholfen hatte.

»Warum solltest du mir umsonst dienen?« fragte sie, als ob sie ihn nicht durchschaute. »Jeder, der etwas gibt, erwartet eine Gegenleistung dafür.«

»Wir verstehen uns«, sagte er lächelnd.

Sie blickte weg. »Dann bleibt uns nichts anderes übrig, als zu warten.«

»Warten wir«, sagte er, verbeugte sich und ging fort.

Nachdenklich kehrte sie in die Bibliothek zurück, der Hund trippelte hinter ihr her. Der alte Lehrer schlief noch immer, sie setzte sich wieder und las weiter. Alles war wie zuvor, nur die Sanftmut einer Jungfrau war in dieser kurzen Zeit aus ihrem Herzen gewichen. Sie war nun eine Frau, bereit, ihr Schicksal selbst zu gestalten.

Wie konnte sie sich jetzt in die alten Gedichte vertiefen? Ihre Gedanken kreisten um den Augenblick, in dem der Ruf an sie ergehen würde. In welcher Form würde er erfolgen und wer würde ihr die Botschaft überbringen? Würde sie noch Zeit haben, sich zu baden und ihren Körper zu parfümieren, oder mußte sie gleich, so wie sie war, davoneilen? Die kaiserlichen Konkubinen tuschelten oft zusammen, und wenn eine geholt wurde und wieder zurückkam, wurde sie bis in die letzte Einzelheit über alles ausgefragt, was zwischen ihr und dem Kaiser vor sich gegangen war. Yehonala hatte keine Fragen gestellt, aber sie hatte die Ohren aufgemacht. Besser, man wußte alles.

»Der Kaiser wünscht nicht, daß man ihm etwas erzählt«, hatte eine Konkubine gesagt. Sie hatte einmal Gnade gefunden, aber jetzt lebte sie vergessen im Palast der vergessenen Konkubinen mit anderen, die der Kaiser nicht lange geliebt hatte. Auch die alternden Konkubinen seines verstorbenen Vaters wohnten dort. Obwohl sie noch keine vierundzwanzig Jahre war, hatte diese Konkubine ihre Liebeszeit schon hinter sich. Sie war erwählt, umarmt und verschmäht worden. Weder Frau noch Witwe, würde sie den Rest ihres Lebens vertrauern, und da sie nicht schwanger geworden war, hatte sie nicht einmal ein Kind als Trost. Sie war schön, faul und oberflächlich und sprach immer nur von dem einen Tag, den sie in den Privatgemächern des Kaisers hatte zubringen dürfen. Diese kurze Geschichte erzählte sie den neuen Konkubinen, die auf ihren Ruf warteten, immer wieder.

Yehonala hörte sich diesen Bericht an und sagte nichts. Sie würde den Kaiser zerstreuen. Sie würde ihn zum Lachen bringen, ihm etwas vorsingen und ihm Geschichten erzählen; sie würde ihn auch mit den Banden des Gesetzes an sich fesseln und sich nicht auf den Körper allein verlassen. Sie schloß das *Buch der Veränderungen* und legte es beiseite. Es gab noch andere, verbotene Bücher: *Der Traum der roten Kammer*, *Pflaumenblüte in einer goldenen Vase*, *Die weiße Schnecke* – diese würde sie alle lesen und Li Lien-ying beauftragen, sie ihr aus Buchläden in der Stadt zu holen, wenn es sie hier in der Bibliothek nicht geben sollte.

Der Lehrer erwachte plötzlich und ruhig, wie alte Leute erwachen, bei denen der Unterschied zwischen Schlafen und Wachen nur noch gering ist. Er betrachtete sie, ohne sich zu rühren. »Nun«, fragte er, »haben Sie Ihr Pensum für heute beendet?«

»Ja«, entgegnete sie, »aber ich möchte jetzt andere Bücher haben, unterhaltsame Geschichten und Zauberbücher.«

Er blickte ernst drein und strich sich das bartlose Kinn mit einer Hand, die so trocken und welk war wie ein abgefallenes Palmenblatt. »Solche Bücher vergiften das Denken, besonders bei Frauen«, erklärte er. »Hier in der kaiserlichen Bibliothek gibt es solche nicht, nein, unter den sechsunddreißigtausend, die in den Regalen stehen, ist nicht ein einziges Buch dieser Art zu finden. Sie sollten von einer tugendhaften Dame nicht einmal erwähnt werden.«

»Nun, dann werde ich sie nicht erwähnen«, versetzte Yehonala lächelnd.

Sie bückte sich, schob den kleinen Hund in ihren Ärmel und ging in ihre Wohnung.

Was sie am Nachmittag dieses Tages erfahren hatte, war bereits am nächsten Tag in aller Munde. Das Flüstern und Tuscheln ging von Hof zu Hof. Erregung lag in der Luft. Trotz seiner Gemahlin und seiner vielen Konkubinen hatte der Kaiser noch nie ein Kind gezeugt. Die großen Mandschu-Sippen waren bereits unruhig geworden. Wenn kein Erbe da war, mußte einer aus ihren Reihen gewählt werden. Die Fürsten beobachteten sich gegenseitig eifersüchtig. Wessen Sohn würde wohl als Thronfolger in Betracht kommen? Da Sakota, die neue Gemahlin, jetzt empfangen hatte, blieb ihnen nichts anderes übrig als weiter zu warten. Wenn sie eine Tochter anstatt eines Sohnes gebar, würde der Streit von neuem beginnen.

Yehonala stammte aus einer der mächtigsten dieser Sippen. Drei Kaiserinnen waren schon aus ihrem Geschlecht hervorgegangen. Sollte sie nicht die vierte werden? Wenn sie vom Kaiser ins Bett gerufen, wenn sie sofort schwanger würde und Sakota nur eine Tochter bekäme, stände der Weg zu einer hohen Bestimmung offen – zu offen vielleicht, denn wer hatte ein solches Glück, daß ein erfolgreicher Schritt sogleich den nächsten nach sich zog? Doch möglich war alles.

Als Vorbereitung las sie von nun an regelmäßig die Hofberichte und studierte genau die Edikte, die der Kaiser herausgab. So konnte sie sich über den Zustand des Reiches informieren und bereit sein, wenn die Götter Großes mit ihr vorhatten. Langsam begriff sie die riesige Ausdehnung des Reiches und die Größe des chinesischen Volkes. Ihre Welt war bis jetzt die Stadt Peking gewesen, wo sie vom Kind zum Mädchen gereift war. Sie kannte die regierende Schicht, die Mandschu-Sippen, die seit dem Einbruch ihrer Vorfahren die Herrschaft über das große chinesische Volk ausübten. Zweihundert Jahre hindurch hatte die nördliche Dynastie sich hier in Peking ihr Herz, die Stadt innerhalb der Stadt, geschaffen. Sie hieß die Verbotene Stadt, weil nur ein einziger Mann, der Kaiser, nachts in ihren Mauern schlafen durfte. Denn bei Einbruch der Dämmerung ertönten auf jedem Hof und in jeder Straße die Trommeln, um alle Männer, die sich tagsüber im Palast aufgehalten hatten, zum Fortgehen zu mahnen. Der Kaiser blieb unter seinen Frauen und seinen Eunuchen allein.

Aber diese Hauptstadt und diese innere Stadt, so begriff sie nun, war nur der Mittelpunkt eines ewigen, mit seinen Bergen, Flüssen, Seen und Küsten, seinen unzählbaren Städten und Dörfern, seiner Hunderte von Millionen zählenden verschiedenartigen Bevölkerung von Bauern, Gelehrten und Handwerkern unerschütterlichen Landes. Ihre lebhafte Einbildungskraft schweifte weit über die Tore ihres Gefängnisses hinaus. Aus den kaiserlichen Edikten erfuhr sie noch mehr, nämlich, daß sich im Süden ein mächtiger Aufstand ausgebreitet hatte, der durch die hassenswerte Lehre einer fremden Religion entstanden war. Diese chinesischen Aufrührer nannten sich T'ai Ping und wurden von einem fanatischen Christen namens Hung angeführt, der sich für den leiblichen Bruder eines sogenannten Christus hielt. Dieser Christus war der Sohn eines fremden Gottes und einer Bäuerin. Diese Abstammung war nicht so sonderbar, denn in den alten Büchern standen viele solcher Geschichten. Eine Bauersfrau berichtete dort von einem Gott, der sie wie eine Wolke umhüllt hatte, als sie das Feld bestellte, und sie durch Zauberei so schwängerte, daß sie in zehn Mondmonaten einen göttlichen Sohn gebar. Oder es wurde von der Tochter eines Fischers erzählt, daß ein Gott aus dem Fluß gestiegen war, während sie die Netze ihres Vaters flickte, und sie schwängerte, obschon sie Jungfrau blieb.

Aber unter dem christlichen Banner der T'ai-Ping-Rebellen sammelten sich alle unruhigen und unzufriedenen Elemente, und wenn der Aufstand nicht unterdrückt wurde, konnten sie sogar die Mandschu-Dynastie beseitigen. T'ao Kuang war ein schwacher Kaiser gewesen, und sein ebenso schwacher Sohn, Hsien Feng, wurde von seiner Mutter wie ein Kind beherrscht.

Durch die Kaiserinmutter mußte Yehonala Zugang zu ihm finden. Keinen Tag versäumte sie, dieser ihre Aufwartung zu machen, und immer brachte sie aus den kaiserlichen Gärten eine seltsame Blume oder eine besonders köstliche Frucht mit.

Es war jetzt die Jahreszeit, in der die Sommermelonen reiften. Die Kaiserinmutter aß leidenschaftlich gern die kleinen gelbfleischigen süßen Melonen. Yehonala ging täglich durch die Melonenreihen und suchte nach den ersten, unter Blättern verborgenen Früchten. An die fast reifen steckte sie Streifen gelben Papiers, auf die sie den Namen der Kaiserinmutter pinselte, damit kein gieriger Eunuch oder eine naschhafte Gärtnerin die Früchte stahl. Jeden Tag prüfte sie die Früchte mit Daumen und Zeigefinger. Es waren jetzt sieben Tage vergangen, seitdem ihr Li Lien-ying die Nachricht über Sakota mitgeteilt hatte. Da hörte sie beim Klopfen, daß eine Melone so hohl wie eine Trommel klang. Sie war reif. Yehonala löste sie vom Stengel und trug sie zu der Wohnung der Kaiserinmutter.

»Unsere ehrwürdige Mutter schläft«, sagte eine Dienerin. Sie war eifersüchtig auf Yehonala, weil ihre Herrin diese begünstigte.

Yehonala erhob ihre Stimme. »Wenn die Kaiserinmutter jetzt noch schläft, muß sie krank sein. Denn sonst ist sie schon immer um diese Zeit wach.«

Yehonala hatte, wenn sie wollte, eine drosselklare Stimme, die durch mehrere Zimmer klang. Die Kaiserinmutter hörte sie, denn sie schlief nicht, sondern saß in ihrem Schlafzimmer und stickte auf einen schwarzen Gürtel einen goldenen Drachen als Geschenk für ihren Sohn. Sie hätte diese Arbeit auch von anderen ausführen lassen können, aber sie konnte nicht lesen und stickte daher, um sich die Zeit zu vertreiben. Immer aber wurde sie der Arbeit bald überdrüssig, und als sie jetzt Yehonalas Stimme hörte, rief sie:

»Komm herein, Yehonala, wer sagt, daß ich schlafe, lügt!«

Yehonala lächelte der erbosten Dienerin zu: »Ich habe mich nur verhört, Ehrwürdige, niemand hat gesagt, daß Sie schlafen.«

Mit dieser höflichen Lüge trippelte sie durch die Räume bis in das Schlafzimmer der Kaiserinmutter, wobei sie die Melone immer in beiden Händen hielt. Die alte Dame hatte wegen der Hitze ihr Obergewand abgelegt. Yehonala überreichte ihr die Frucht.

»Wie schön!« rief die Kaiserinmutter. »Ich habe nämlich gerade an süße Melonen gedacht und hatte Lust auf eine. Du kommst im richtigen Augenblick.«

»Es wäre gut, wenn ein Eunuch sie zur Kühlung an der Nordseite des Hofes über einen Brunnen hinge«, sagte Yehonala.

Aber die Kaiserinmutter wollte davon nichts wissen. »Nein, nein!« rief sie. »Wenn ein Eunuch diese Melone in die Hände bekommt, wird er sie heimlich essen und mir dann eine grüne bringen, oder er wird sagen, die Ratten hätten sie angenagt oder sie sei in den Brunnen gefallen und er habe sie nicht mehr herausholen können. Ich kenne diese Eunuchen! Ich will sie auf der Stelle essen, um ihrer sicher zu sein.«

Sie rief einer Dienerin zu: »Hole mir ein großes Messer!«

Drei oder vier liefen eilig nach einem Messer. Yehonala schnitt die Melone mit geschickten Händen in Scheiben, und die Kaiserinmutter aß Stück für Stück gierig wie ein Kind.

»Ein Handtuch!« sagte Yehonala zu einer Dienerin, und als diese es brachte, band Yehonala es der alten Dame um den Hals, damit deren seidenes Unterkleid nicht feucht würde.

»Die Hälfte will ich übriglassen«, sagte die Kaiserinmutter, als sie satt war. »Wenn mein Sohn mir heute abend seine Aufwartung macht, was er nie unterläßt, bevor er sich schlafen legt, muß er auch davon kosten. Aber laßt sie nur hier, sonst wird ein Eunuch sie stibitzen.«

»Laß mich nur machen«, sagte Yehonala zu einer Dienerin. Sie ließ sich einen tiefen Teller bringen und legte die Melone hinein, dann stülpte sie eine Porzellanschüssel darüber und stellte den Teller in ein Gefäß mit kaltem Wasser. Diese Mühe machte sie sich, damit die Kaiserinmutter bei dem Kaiser ihren Namen erwähnte und sie ihm so vielleicht in Erinnerung gerufen würde.

Auch Li Lien-ying war inzwischen nicht müßig. Er bestach die Kammerdiener des Kaisers, damit sie, wenn ihr Herr unruhig würde und an eine Frau dachte, ihm gegenüber Yehonalas Namen erwähnten.

So wurde alles von beiden Seiten vorbereitet, und schon am nächsten Tage fand Yehonala in ihrem Buch, als sie es in der Bibliothek öffnete, ein kleines zusammengefaltetes Blatt Papier, auf das in unbeholfener Schrift zwei Zeilen geschrieben waren:

Der Drache erwacht wieder
Der Tag des Phönix ist gekommen

Sie wußte sofort, wer diese Worte geschrieben hatte, aber woher wußte Li Lien-ying das? Sie wollte ihn nicht fragen. Was er tat, um ihrem Zweck zu dienen, mußte selbst vor ihr geheim bleiben. Ruhig las sie stundenlang in ihren Büchern, während der alte Lehrer schlief. Heute war der Tag, an dem sie am frühen Nachmittag ihre Malstunde hatte. Sie freute sich darauf, denn ihr Geist war unruhig und konnte nicht lange bei den Worten eines toten Weisen verweilen. Beim Malen mußte sie ihren Geist anspannen, denn ihre Lehrerin war eine noch junge Frau und sehr anspruchsvoll. Es war Frau Miao, eine chinesische Witwe, deren Mann früh gestorben war. Die Chinesinnen waren am Mandschuhof für gewöhnlich nicht zugelassen, und so erlaubte man dieser Frau, ihre Füße aufzubinden und Haare und Kleidung nach Mandschuart zu tragen, so daß sie wenigstens wie eine Mandschufrau aussah. Das aber wurde ihr erlaubt, weil sie eine vollendete Künstlerin war. Sie stammte aus einer chinesischen Künstlerfamilie, ihr Vater und ihre Brüder waren ebenfalls Maler, aber sie übertraf sie alle, besonders in der Wiedergabe von Hähnen und Chrysanthemen. Die Konkubinen konnten bei ihr Unterricht nehmen. Aber sie war so geschickt und ungeduldig, daß sie keine unterrichtete, die nicht lernen wollte oder kein Talent hatte. Doch Yehonala besaß sowohl Fleiß als auch Talent. Als Frau Miao das entdeckte, widmete sie sich ganz diesem stolzen jungen Mädchen, obschon sie als Lehrerin streng blieb und große Anforderungen stellte.

An diesem Tage erschien Frau Miao wie immer pünktlich um vier Uhr. In der kaiserlichen Bibliothek gab es viele Uhren, die fremde Herrscher in früheren Jahrhunderten den Kaisern zum Geschenk gemacht hatten, ja, es waren derer so viele, daß drei Eunuchen nichts anderes zu tun hatten als sie aufzuziehen. Diese Frau Miao jedoch schaute nicht auf ausländische Uhren, sondern nur auf die Wasseruhr an dem einen Ende des Saales. Sie mochte überhaupt keine ausländischen Dinge, denn sie behauptete, sie störten die zum Malen erforderliche Ruhe.

Man hätte diese Frau schön nennen können, wenn ihre Augen nicht zu klein gewesen wären. Heute trug sie ein pflaumenfarbenes Kleid und auf dem hochgekämmten Haar das Perlendiadem der Mandschus. Ein Eunuch, der sie begleitete, holte aus einem großen Schrank Pinsel, Farben und Wassernäpfchen. Yehonala stand auf und blieb vor ihrer Lehrerin stehen.

»Setzen Sie sich«, forderte Frau Miao sie auf.

Aber erst nachdem sie selbst Platz genommen hatte, setzte sich auch Yehonala. Jetzt sah Yehonala noch aus einem anderen Fenster das große Land und das Volk, in dessen Mitte sie lebte. Die Kultur von Jahrhunderten breitete sich vor ihr aus, als die Lehrerin ihr von dem berühmtesten chinesischen Künstler, Ku K'ai-tschih, erzählte, der vor fünfzehn Jahrhunderten gelebt hatte. Besonders gefielen Yehonala die frühen Bilder des Künstlers, Göttinnen, die auf Wolken fuhren und deren Wagen von Drachen gezogen wurden. Es waren Gemälde von kaiserlichen Palästen darunter, die auf lange seidene Rollen gemalt waren. Der Kaiser Tschien Lung hatte sie vor hundert Jahren mit seinem Privatsiegel versehen und mit eigener Hand die Worte darauf geschrieben: »Das Bild hat seine Frische nicht verloren.« Die Rolle war über drei Meter lang und einen viertel Meter breit und von brauner Farbe. Von den neun Szenen, die sie schilderte, hatte Yehonala eine am liebsten. Ein von Tierbändigern zur Belustigung des Hofes vorgeführter Bär riß sich los und stürzte auf den Kaiser zu. Eine Dame warf sich ihm in den Weg, um den Himmelssohn zu retten. Diese Dame, dachte Yehonala, hatte Ähnlichkeit mit ihr selbst. Groß, kühn und schön stand sie mit gekreuzten Armen und furchtlosen Blicken vor dem Tier, während Leibwachen mit vorgehaltenen Speeren auf den Bären losgingen. Es war noch eine andere Szene da, die sie viel betrachtete. Sie stellte den Kaiser und die Kaiserin mit ihren zwei Söhnen dar. Kindermädchen und Lehrer standen bei den Knaben. Das Bild strömte die Wärme eines guten Familienlebens aus. Der jüngere Knabe war so widerspenstig und schnitt solche Grimassen, während ein Barbier ihm den Kopf rasierte, daß Yehonala lachen mußte. Solch einen Sohn würde sie gern haben, wenn der Himmel ihr einen schenken wollte. Aber die heutige Stunde war Wang Wei gewidmet, einem Arzt, der vor dreizehn Jahrhunderten gelebt hatte. Er hatte den Beruf seiner Väter aufgegeben und war Dichter und Maler geworden.

»Heute«, sagte Frau Miao mit ihrer durchdringenden, glockenhellen Stimme, »werden Sie diese Skizzen von Wang Wei studieren. Schauen Sie sich diese Bambusblätter an, die so zart gegen das schwarze Gestein abstechen. Beachten Sie die mit Chrysanthemen gemischten Pflaumenblüten.«

Sie gestattete keine Unterhaltung, die nicht mit Malerei zu tun hatte, und Yehonala, die in Gegenwart ihrer Lehrerin immer folgsam war, lauschte und beobachtete. Jetzt aber konnte sie sich nicht enthalten zu fragen:

»Ist es nicht sonderbar, daß Pflaumenblüten und Chrysanthemen auf derselben Seite sind? Bringt man dadurch nicht die Jahreszeiten durcheinander?«

Frau Miao gefiel diese Frage nicht. »Bei Wang Wei darf man nicht den Ausdruck ›durcheinanderbringen‹ gebrauchen«, sagte sie. »Wenn der Meister Pflaumenblüten zwischen Chrysanthemen setzt, so hat das eine Bedeutung. Es ist kein Fehler. Bedenken Sie, daß eines seiner berühmtesten Bilder Bananenblätter unter Schnee darstellt. Kann es möglich sein, daß Schnee auf Bananenblättern liegt? Wenn aber Wang Wei das malt, so ist es möglich. Denken Sie bitte an seine Gedichte. Einige stellen den Dichter Wang Wei über den Maler. Ich sage, seine Gedichte sind Gemälde und seine Gemälde Gedichte, und das ist wahre Kunst. Eine Stimmung und nicht eine Tatsache zu schildern – das ist ideale Kunst.«

Während sie sprach, mischte sie die Farben und wählte Pinsel aus. Yehonala sah ihr zu. »Sie möchten sicher gern wissen, warum ich Sie die Werke Wang Weis kopieren lasse. Ich will, daß Sie Genauigkeit und Feinheit lernen. Sie haben einen starken Willen. Aber dieser muß von innen her aufgeklärt sein, und man muß ihn im Zügel haben. Dann erst wird er genial sein.«

»Ich möchte meiner Lehrerin eine Frage stellen«, sagte Yehonala.

»Fragen Sie«, antwortete Frau Miao. Sie pinselte feine, schnelle Striche auf einen großen Bogen Papier, der auf einem von dem Eunuchen herbeigebrachten viereckigen Tische lag.

»Wann darf ich einmal ein eigenes Bild malen?« fragte Yehonala.

Die Lehrerin hielt die Hand einen Augenblick still und warf ihr von der Seite her aus ihren kleinen Augen einen Blick zu. »Wenn ich Ihnen nichts mehr befehlen kann.«

Mitten in der Nacht, sie wußte nicht, wie spät es war, wurde sie wachgerüttelt. Sie hatte nicht einschlafen können, und als sich endlich ihre Augen schlossen, war sie in tiefen Schlaf gesunken. Jetzt stieg sie wie aus einem dunklen Brunnen empor und bemühte sich, die Augen zu öffnen. Sie hörte die Stimme ihrer Dienerin.

»Wach auf, wach auf, Yehonala, der Sohn des Himmels hat nach dir verlangt.«

Da wurde sie sofort wach. Ihr Geist wurde rege. Sie warf die seidenen Decken zurück und sprang von dem hohen Bett.

»Ich habe das Bad bereits angerichtet. Schnell in die Wanne! Ich habe Parfüm ins Wasser gegeben und das beste Kleid zurechtgelegt – das aus lila Satin.«

»Nicht das lilafarbene«, sagte Yehonala, »ich will das pfirsichrote anziehen.«

Andere Frauen betraten das Zimmer. Sie waren ebenfalls aus dem Schlaf gerissen worden und gähnten, unter ihnen die Kammerfrau und die Friseuse. Auch der kaiserliche Juwelier war da. Konkubinen durften erst, wenn sie zum Kaiser bestellt wurden, Juwelen anlegen.

Yehonala kniete in der Wanne. Ihre Dienerin seifte den Körper ein und wusch den Schaum ab.

»Jetzt tritt auf dieses Tuch. Ich will dich trockenreiben. Die sieben Öffnungen müssen parfümiert werden, besonders die Ohren. Der Kaiser liebt bei einer Frau besonders die Ohren. Du hast kleine und schöne Ohren, aber vergiß nicht die Nasenlöcher. Die geheimen Öffnungen muß ich selbst nachsehen und parfümieren.«

Ohne ein Wort zu sagen, ließ sich Yehonala diese Dienstleistungen gefallen. Es mußte alles sehr schnell gehen. Der Kaiser war wach. Er trank Wein und aß heiße Semmeln, die mit gewürztem Fleisch gefüllt waren. Von Zeit zu Zeit überbrachte Li Lien-ying neue Nachrichten.

»Zögern Sie nicht länger«, rief er mit heiserer Stimme durch die Vorhänge. »Wenn die eine, die er haben will, nicht bereit ist, läßt er eine andere kommen. Seine Drachennatur gerät leicht in Zorn.«

»Sie ist fertig!« rief die Dienerin. Sie steckte Yehonala zwei Blumen aus Edelsteinen hinter die Ohren und schob sie sanft aus der Tür.

»Geh, meine Süße, geh, mein Täubchen.«

»Mein Hündchen!« rief Yehonala. Das kleine Wesen lief schon hinter ihr drein.

»Nein, nein«, fauchte Li Lien-ying. »Den Hund können Sie nicht mitnehmen.«

Yehonala, die plötzlich Angst bekam, bückte sich und nahm den Hund auf den Arm. »Ich will ihn aber mitnehmen!« rief sie und stampfte dabei mit dem Fuße auf.

»Nein!« brüllte der Eunuch.

»Zum Henker noch mal!« rief die Dienerin verzweifelt. »Laß sie doch den Hund mitnehmen, du Stück Schusterpech, du! Wenn du sie ärgerst, wird sie überhaupt nicht gehen, und was wird denn dann aus uns?«

So kam es, daß Yehonala um Mitternacht mit ihrem kleinen Löwen auf dem Arm, ihrem Spielhund, zum Kaiser ging, und von jenem Tage an wurde Li Lien-ying, der tatsächlich vor seiner Entmannung bei einem Schuster in die Lehre gegangen war, von allen, die ihn fürchteten und haßten, »Schusterpech« genannt.

In der weichen Dunkelheit der Sommernacht folgte Yehonala Li Lien-ying durch die schmalen Straßen der Kaiserstadt. Er trug eine Laterne aus Ölpapier in der Hand. Die Kerze darin warf einen kleinen Lichtkreis, dem Yehonala nachging. Ihre Dienerin folgte ihr. Das Pflaster war feucht vom Tau. Der Tau lag auch wie Reif auf dem Unkraut, das zwischen den Steinen wuchs. Es herrschte tiefe Stille, die nur ab und zu durch das Wehklagen einer Frau unterbrochen wurde.

Obschon sie noch nie im Palast des Kaisers gewesen war, wußte Yehonala doch wie jede andere Konkubine, daß er im Herzen der Verbotenen Stadt inmitten der kaiserlichen Gärten lag, im Schatten des dreialtarigen Tempels, des Turmes des Regens und der Blumen, dessen Dach auf goldenen, von Drachen umschlungenen Säulen ruhte. In diesem Tempel standen drei Altäre, an denen der Kaiser allein den Göttern seine Andacht darbrachte. Seit der Zeit des großen K'ang Hsi hatten alle Kaiser ihre Andachten dort abgehalten, und die Götter hatten sie beschützt.

An dem Tempel vorbei kamen sie zu dem Eingangshof des Palastes. Er öffnete sich still vor ihnen. Der Eunuch führte sie durch einen großen inneren Hof und durch eine geräumige Halle, von der es wieder durch stille leere Gänge ging, wo nur einige Eunuchen Wache hielten, bis sie schließlich die hohe, mit goldenen Drachen geschmückte Doppeltür erreichten. Hier erwartete sie der Obereunuch An Teh-hai selbst, eine hohe, prächtige Gestalt mit ernstem, stolzem Gesicht und gekreuzten Armen. Sein langes Gewand aus purpurnem Brokat, das in der Mitte durch einen Goldgürtel zusammengehalten wurde, glitzerte im Licht der Kerzen. Die Kerzen brannten auf hohen Leuchtern aus geschnitztem und poliertem Holz. An Teh-hai sagte kein Wort zu Yehonala, ja, deutete nicht einmal durch ein Zeichen an, daß er sie erkannte, als sie näher kam, er schickte nur mit einer Geste der rechten Hand Li Lien-ying fort, der sogleich ergeben zurückwich.

Plötzlich sah der Obereunuch den Kopf des Spielhundes in Yehonalas Ärmel. »Sie dürfen den Hund nicht in das Schlafgemach mitnehmen«, sagte er finster.

Yehonala hob den Kopf und richtete ihre großen Augen auf den Eunuchen. »Ohne ihn gehe ich nicht hinein«, sagte sie.

Der Eunuch konnte nicht zweifeln, daß diese Worte ernst gemeint waren, obwohl sie nicht mit erhobener Stimme und ganz gleichgültig gesprochen waren, als wenn ihr gar nichts daran läge, ob sie eintreten durfte oder nicht.

An Teh-hai konnte seine Überraschung nicht verbergen. »Können Sie dem Sohn des Himmels Trotz bieten?« fragte er.

Sie antwortete nicht und streichelte mit der freien Hand den Kopf des Hundes.

»Älterer Bruder«, grollte jetzt Li Lien-ying, »diese Konkubine will sich gar nichts sagen lassen. Sie spricht wie ein Kind, aber sie ist wilder als eine Tigerin. Wir alle fürchten sie. Wenn sie nicht eintreten will, ist es besser, man schickt sie wieder fort. Es hat keinen Zweck, sie zu zwingen, denn sie ist hartnäckiger als ein Stein.«

Hinter An Teh-hai wurde jetzt mit einem Ruck ein Vorhang zurückgezogen und ein Eunuch streckte das Gesicht heraus. »Man fragt nach dem Grunde der Verzögerung. Man sagt: Soll er etwa selber kommen und die Sache in Ordnung bringen?«

Der Obereunuch machte ein finsteres Gesicht, aber Yehonala sah ihn noch immer mit ihren großen unschuldigen Augen an, und was konnte er anderes tun als nachgeben? Er knurrte etwas in sich hinein, ließ sie dann aber hinter sich hergehen. Sie kamen wieder durch ein großes Zimmer, an dessen Ende seidene Vorhänge aus kaiserlichem Gelb mit rot gestickten Drachen hingen. Hinter ihnen war eine schwere geschnitzte Holztür. Der Obereunuch schob die Vorhänge beiseite, öffnete die Türe und ließ Yehonala eintreten. Dieses Mal ging sie allein. Die Vorhänge schlossen sich hinter ihr, und sie stand vor dem Kaiser.

Er saß aufrecht in seinem Bett, das auf einem Podium stand. Das Bett und seine Säulen waren aus Bronze, um die Bettsäulen wanden sich kletternde Drachen. Goldene Fäden, die netzartig von dem Baldachin herabhingen, waren zu fünfklauigen Drachen, Früchten und Blumen zusammengewebt. Der Kaiser saß auf einer mit gelbem Satin bedeckten Matratze. Über den Beinen lag eine gelbe mit Drachen bestickte Satindecke, und hinter ihm lagen Kissen aus demselben Stoff, an die er sich anlehnen konnte, wenn er saß. Er trug ein Nachthemd aus roter Seide, dessen Ärmel bis zu den Handgelenken gingen und das bis hoch an den Hals geschlossen war. Seine weichen, schmalen Hände waren gefaltet. Sie hatte ihn nur einmal bei ihrer Vorführung gesehen, und da hatte er seine Krone auf. Jetzt war sein Kopf unbedeckt, so daß man seine kurzen schwarzen Haare sah. Sein Antlitz war lang und schmal unter einer zu großen und überhängenden Stirn. Eine Weile sahen sie sich beide an, Mann und Frau. Dann bedeutete er ihr, näher zu kommen. Sie ging langsam auf ihn zu, die Augen auf sein Gesicht geheftet. Dann blieb sie stehen.

»Du bist die erste Frau, die mit erhobenem Kopf in dieses Zimmer kommt«, sagte er mit schwacher, hoher Stimme. »Sie haben immer Angst, mich anzusehen.«

Sakota, dachte sie, war sicher mit gesenktem Kopf eingetreten. Wo war Sakota? Sie schlief wohl nicht weit von hier entfernt. Ängstlich, ergeben und sprachlos hatte Sakota hier gestanden.

»Ich fürchte mich nicht«, sagte Yehonala leise, aber bestimmt. »Schau, ich habe meinen kleinen Hund mitgebracht.«

Die vergessenen Konkubinen hatten ihr gesagt, wie man den Sohn des Himmels anreden müsse. Herr über zehntausend Jahre, Höchster, Verehrungswürdigster – so mußte man ihn anreden. Aber Yehonala benahm sich dem Kaiser gegenüber, als wäre er ein Mensch.

Sie streichelte wieder den weichen Kopf des Hundes und sah auf ihn nieder. »Bis jetzt habe ich noch nie einen solchen Hund gehabt. Ich hatte aber schon viel von Löwenhunden gehört, und jetzt habe ich einen ganz für mich.«

Der Kaiser sah sie an, als wüßte er nicht, was er zu solch einem kindischen Geschwätz sagen sollte. – »Komm, setz dich zu mir aufs Bett«, befahl er ihr. »Sag mir, warum du keine Angst vor mir hast.«

Sie trat auf das Podium und setzte sich auf die Kante des Bettes, wobei sie ihn ansah, ohne ihren Hund loszulassen. Der kleine Löwe schnupperte die stark riechende Luft ein und nieste. Da mußte Yehonala lachen. »Was ist das für ein Parfüm, das den Hund zum Niesen bringt?« fragte sie.

»Es ist Kampferholz«, erklärte der Kaiser, »aber sag mir, warum du keine Angst hast.«

Sie fühlte, als sie den Hund streichelte, daß seine Augen auf ihrem Gesicht, ihren Lippen und Händen ruhten. Da wurde es ihr plötzlich eisig kalt, und sie zitterte, obschon es Hochsommer war und der Morgenwind noch nicht wehte. Sie zwang sich, aufzusehen und sanft und schüchtern zu sprechen, als wäre sie ein Kind.

»Ich kenne mein Schicksal«, sagte sie.

»Und wie hast du es kennengelernt?« fragte er. Er fand langsam Gefallen an ihr. Seine dünnen Lippen zogen sich hoch, seine schattendunklen Augen waren nicht mehr ganz so kalt.

»Als ich die Aufforderung erhielt, in den Palast zu kommen«, sagte sie mit derselben sanften und schüchternen Stimme, »ging ich zu dem Altar, der auf dem Hof meines Onkels unter dem Granatapfelbaum steht. Mein Onkel ist mein Vormund, weil mein Vater tot ist. Dort betete ich zu meiner Göttin, der Kua Yin. Ich zündete Weihrauch an, und da –«

Sie machte eine Pause, ihre Lippen zitterten, sie versuchte zu lächeln.

»Und da?« fragte der Kaiser. Er war bereits von ihrem glatten jungen Gesicht bezaubert.

»An jenem Tage ging kein Wind. Der Rauch des brennenden Weihrauchs stieg kerzengerade zum Himmel. Dort breitete er sich zu einer Duftwolke aus, und in der Wolke sah ich ein Gesicht –«

»Das Gesicht eines Mannes«, ergänzte er.

Sie nickte, wie ein Kind, wenn es zu scheu ist, um zu sprechen.

»War es mein Gesicht?« fragte er.

»Ja, Majestät«, sagte sie, »Ihr kaiserliches Gesicht.«

Zwei Tage und zwei Nächte vergingen, und sie war noch immer im Schlafgemach des Kaisers. Dreimal schlief er. Jedesmal ging sie dann zur Tür und winkte ihre Dienerin herein, die schnell durch die Vorhänge in das anstoßende Ankleidezimmer schlüpfte. Dort hatten die Eunuchen in einem Kessel Wasser heiß gemacht, so daß die Frau das Wasser nur in die große Porzellanschale zu gießen brauchte, um ihre Herrin zu waschen. Die Dienerin hatte reine Wäsche und verschiedene Kleidungsstücke geholt. Sie bürstete Yehonalas Haar und legte es in Wellen. Yehonala sprach nur, um Anweisungen zu geben, und nicht einmal stellte die Dienerin eine Frage. Wenn die Frau ihre Aufgabe erledigt hatte, ging Yehonala wieder in das kaiserliche Schlafzimmer zurück.

Sie setzte sich in dem großen Zimmer auf einen Stuhl in die Nähe des Fensters, um zu warten, bis der Kaiser erwachte. Was geschehen war, war geschehen. Sie wußte jetzt, was dieser Mann war, ein schwacher Zappler, von einer Leidenschaft besessen, die er nicht befriedigen konnte, von einer Geisteslust, die stärker war und noch schlimmer als Fleischeslust. Jedesmal wenn er eine Niederlage erlitt, weinte er an ihrer Brust. Das war der Sohn des Himmels!

Wenn er aber erwachte, war sie ganz Hingabe und Pflichtgefühl. Wenn er Hunger verspürte, lief sie nach dem Obereunuchen und befahl ihm, die Lieblingsgerichte des Kaisers zu bringen. Sie aß mit dem Kaiser und fütterte dabei den kleinen Hund, den sie dann und wann auf den kleinen Hof vor dem Fenster setzte. Wenn das Mahl beendet war, befahl der Kaiser dem Oberneunuchen, die Fenstervorhänge zuzuziehen, damit kein Sonnenstrahl ins Zimmer dringe, und gab ihm strikte Anweisung, nur zu erscheinen, wenn er von ihm selbst gerufen würde. Auch seine Minister wollte der Kaiser an diesen Tagen nicht sehen, ja, überhaupt nur, wenn er sich dazu geneigt fühlte.

An Teh-hai machte ein ernstes Gesicht. »Majestät, schlimme Nachrichten sind aus dem Süden gekommen, denn die T'ai-Ping-Rebellen haben schon wieder fast eine ganze Provinz erobert. Die Minister und Prinzen verlangen ungeduldig nach einer Audienz.«

»Ich will keine geben«, sagte der Sohn des Himmels verdrießlich und fiel in die Kissen zurück. Dem Obereunuchen blieb nichts anderes übrig, als aus dem Zimmer zu gehen.

»Schieb den Riegel vor«, erklärte der Kaiser zu Yehonala. Sie verriegelte die Tür, und als sie sich ihm wieder zukehrte, starrte er sie mit erschreckendem, unbefriedigtem Verlangen an.

»Komm her«, stammelte er, »ich bin jetzt stark. Die Fleischspeisen haben mich gestärkt.«

Wieder mußte sie gehorchen. Dieses Mal war er wirklich stark. Da erinnerte sie sich an etwas, das die Frauen im Palast der vergessenen Konkubinen in ihrem Klatsch erwähnt hatten. Sie sagten, der Kaiser bekäme, wenn er zu lange in seinem Schlafzimmer verweile, ein Stärkungsmittel in seine Lieblingsspeise gemischt, das ihm plötzlich ungewöhnliche Kräfte verleihe. Aber so gefährlich sei diese Droge, daß man diese Kraft nicht zu sehr in Anspruch nehmen dürfe, denn dann könne die eintretende Erschöpfung zum Tode führen.

Am dritten Morgen trat dieser Schwächezustand ein. Fast bewußtlos lag der Kaiser in seinen Kissen. Seine Lippen waren blau, die Augen halb geschlossen, er konnte sich nicht bewegen, sein zusammengekniffenes Gesicht überzog sich mit Blässe, so daß er, da seine Haut gelb war, wie ein Toter aussah. In großer Angst lief Yehonala zur Tür, um Hilfe zu holen. An Teh-hai stand schon bereit, er hatte nichts anderes erwartet.

»Man soll sofort die Leibärzte holen«, befahl sie.

Sie sah so stolz und kalt aus, ihre Augen waren so schwarz, daß An Teh-hai ihrem Befehl unverzüglich nachkam.

Yehonala kehrte ans Bett zurück. Der Kaiser schlief jetzt. Sie sah in sein lebloses Gesicht. Sie hätte am liebsten weinen mögen. Sie zitterte wieder von der sonderbaren Kälte, die sie in diesen zwei Tagen und drei Nächten oft befallen hatte. Sie lief zu der Tür und öffnete sie so weit, daß sie ihren schlanken Körper hindurchzwängen konnte. Draußen hockte schläfrig vom langen Warten ihre Dienerin. Yehonala legte ihr die Hand auf die Schulter und schüttelte sie sanft.

»Wo ist der kleine Hund?« fragte die Dienerin.

Yehonala starrte sie an, ohne sie zu sehen. »Ich habe ihn heute nacht auf den Hof gesetzt. Ich vergaß –«

»Er wird uns schon wieder finden«, sagte die Frau voll Mitleid. »Komm mit mir, nimm mich alte Frau bei der Hand.«

Yehonala ließ sich wegführen. Wieder kam sie durch die schmalen Straßen, deren Mauern jetzt in der aufgehenden Sonne rosarot schimmerten. So gelangte sie wieder in ihre stille Wohnung. Die Dienerin eilte hin und her und schnatterte in einem fort, um ihre Herrin zu trösten.

»Noch nie ist bis jetzt eine Konkubine so lange bei dem Himmelssohn geblieben. Selbst die Gemahlin hat jedesmal nur eine Nacht bleiben dürfen. Der Eunuch Li Lien-ying sagt, du wärest jetzt die Favoritin. Du hast nun nichts mehr zu fürchten.«

Yehonala lächelte, aber ihre Lippen zitterten. »So, das sagt man also.« Sie hielt sich aufrecht und bewegte sich mit ihrer üblichen Anmut.

Aber als sie gebadet war und in ihrem weichsten Schlafgewand im Bett lag, die Vorhänge zugezogen waren und die Dienerin fort war, überkam sie ein Schüttelfrost. Ihr ganzes Leben mußte sie nun schweigen, denn mit wem sollte sie sprechen? Sie war allein. Nie hatte sie geglaubt, daß man so einsam sein könnte, wie sie es jetzt war. Es war keiner da.

Keiner? War Jung Lu nicht noch immer ihr Verwandter? Die Bande des Blutes konnte niemand lösen. Sie setzte sich im Bett auf, trocknete ihre Tränen und rief nach ihrer Dienerin.

»Was jetzt noch?« fragte die Frau an der Tür.

»Schick mir den Eunuchen Li Lien-ying«, befahl ihr Yehonala.

Die Frau zögerte. Mißtrauen stand deutlich in ihrem runden Gesicht. »Liebe Herrin«, sagte sie »sei mit diesem Eunuchen nicht zu freundlich. Was könnte er für dich tun?«

»Etwas, das nur er tun kann«, beteuerte Yehonala hartnäckig.

Die Dienerin ging fort, um den Eunuchen zu holen, der in freudiger Erregung sogleich herbeistürzte.

»Was habe ich gesagt, Dame Phönix?« sagte er beim Eintreten.

Yehonala schob den Bettvorhang beiseite. Sie hatte sich ein dunkles Kleid angezogen, das sie noch ernster und bleicher erscheinen ließ. Unter ihren Augen waren Schatten, aber sie sprach mit großer Würde. »Bring mir meinen Vetter Jung Lu her.«

»Den Hauptmann der kaiserlichen Garde?« fragte Li Lien-ying überrascht.

»Ja«, erwiderte sie sehr von oben herab.

Als er ging, fuhr er sich mit dem Ärmel über das Gesicht, als ob er sich das Lächeln wegwischen wollte.

Sie hörte den Eunuchen fortgehen und zog den Bettvorhang wieder zu. Wenn sie erst Macht hätte, dachte sie, würde sie Jung Lu hoch erheben, so daß ihn keiner mehr, selbst ein Eunuch nicht, »Torwächter« nennen könnte. Sie würde ihn zum mindesten zum Herzog, vielleicht sogar zum Großkanzler machen. Während sie diesen Gedanken nachhing, spürte sie eine solche Sehnsucht in ihrem Herzen, das sie vor sich selbst erschrak. Sie wollte doch nur das aufrichtige Gesicht ihres Vetters sehen, seine feste männliche Stimme hören und ihn fragen, was sie jetzt tun solle. Oder wollte sie mehr von ihm? Warum wollte sie ihn überhaupt sehen? Konnte sie ihm denn sagen, was ihr in diesen zwei Tagen und drei Nächten widerfahren war und welche tiefe Veränderung dieses Erlebnis in ihr hervorgerufen hatte? Konnte sie ihm mitteilen, daß sie nur den einen Wunsch hatte, nie in die Verbotene Stadt gekommen zu sein, und ihn bitten, ihr zur Flucht zu verhelfen? Sie ließ sich niederfallen, preßte den Kopf gegen die Wand und schloß die Augen. Aus ihren Eingeweiden fühlte sie einen sonderbaren Schmerz bis in die Brust aufsteigen. Wenn er nur nicht käme.

Vergebliche Hoffnung! Sie hörte seine Schritte. Er war sofort herbeigeeilt und stand schon an der Türe. Li Lien-ying rief durch die Vorhänge: »Ihr Verwandter ist hier!«

Da stand sie auf, ohne daran zu denken, ihr Gesicht im Spiegel zu betrachten. Für ihn brauchte sie nicht mehr schön zu sein. Sie zog den Türvorhang zurück. »Komm herein, Vetter«, bat sie.

»Komm heraus«, antwortete er, »ich darf dein Schlafzimmer nicht betreten.«

»Ich muß mit dir allein sprechen«, sagte sie, denn Li Lien-ying spitzte schon die Ohren.

Aber Jung Lu wollte die Schwelle nicht überschreiten. Sie mußte also ihr Zimmer verlassen. Als er ihr Gesicht sah, ihre bleichen Lippen und dunklen Augen, machte er eine besorgte Miene. Er ging mit ihr in den Hof. Sie verbot dem Eunuchen, ihr zu folgen. Nur ihre Dienerin stand auf den Stufen der Treppe, so daß man nicht sagen konnte, sie sei mit einem Mann, und mochte es auch nur ihr Vetter sein, allein gewesen.

Sie konnte daher nicht einmal seine Hand berühren noch ihm gestatten, seine Liebe auf die gleiche Weise zum Ausdruck zu bringen, wie sehr sie sich auch danach sehnte. Sie ging so weit wie möglich von der Türe weg und setzte sich unter einer Gruppe Dattelpalmen am äußersten Ende des Hofes auf eine Gartenbank aus Porzellan.

»Setz dich zu mir«, forderte sie ihn auf.

Aber Jung Lu wollte nicht Platz nehmen. Er stand so starr und steif vor ihr, als hielte er draußen vor dem Tor Wache.

»Willst du dich nicht setzen?« fragte sie wieder und blickte ihn mit flehenden Augen an.

»Nein«, sagte er, »ich bin nur gekommen, weil du nach mir geschickt hast.«

Da bat sie ihn nicht mehr. »Hast du gehört?« fragte sie so leise, daß ein Vogel auf einem Zweige über ihr nicht vernommen hätte, was sie sagte.

»Ja«, flüsterte er, ohne sie anzublicken.

»Ich bin die neue Favoritin.«

»Auch das habe ich gehört.«

»Ich habe töricht gehandelt«, sagte sie.

Er gab darauf keine Antwort. Was hätte er auch sagen sollen?

»Ich will wieder nach Hause«, sagte sie.

Er verschränkte die Arme und sah betrübt über ihren Kopf in die Bäume.

»Dies ist jetzt dein Haus«, murmelte er.

Sie biß sich in die Unterlippe. »Du kannst mir helfen, hier herauszukommen.«

Er rührte sich nicht. Wenn jemand ihn beobachtet hätte, würde er den Eindruck gehabt haben, daß Jung Lu unterwürfig vor der Frau stand, die unter den Dattelpalmen auf der Gartenbank saß. Aber seine Blicke senkten sich jetzt zu dem zu ihm erhobenen lieblichen Gesicht, und in seinen Augen las sie die Antwort.

»Mein Herz, wenn ich könnte, würde ich dich retten, aber ich kann es nicht.«

Der heftige Schmerz in ihrem Leib hörte plötzlich auf.

»Dann hast du mich also nicht vergessen.«

»Tag und Nacht denke ich an dich«, gestand er.

»Was soll ich tun?« fragte sie.

»Du kennst dein Schicksal«, sagte er, »du hast es selbst gewählt.«

Ihre Unterlippe zitterte, und silberne Tränen schimmerten in ihren Augen.

»Ich habe nicht gewußt, was mir bevorstand«, sagte sie kleinmütig.

»Was geschehen ist, kann nicht ungeschehen gemacht werden«, sagte er. »Du kannst nicht mehr werden, was du warst.«

Sie konnte nicht sprechen. Sie senkte den Kopf, damit ihr die Tränen nicht die Wangen hinabliefen. Sie wagte nicht, die Tränen abzuwischen, damit der Eunuch, der sie sicher von drinnen beobachtete, sie nicht weinen sah.

»Du hast ein großes Schicksal gewählt«, sagte er in ihr Schweigen hinein, »deshalb mußt du jetzt groß sein.«

Sie schluckte die Tränen hinunter, hob aber immer noch nicht den Kopf. »Nur wenn du mir versprichst –«, begann sie mit schwacher, zitternder Stimme.

»Was soll ich versprechen?«

»Daß du zu mir kommst, wenn ich dich rufen lasse. Diese Sicherheit und diesen Trost muß ich wenigstens haben. Ich kann nicht immer allein sein.«

In dem Sonnenlicht, das durch die Bäume auf sein Gesicht fiel, sah sie, daß ihm Schweißperlen auf die Stirne traten. »Ich will zu dir kommen, wenn du mich rufst«, versprach er, ohne sich zu rühren. »Wenn du in Not bist, dann laß mich rufen, aber nur wenn es nicht anders geht. Ich werde diesen Eunuchen bestechen. Einen Eunuchen bestechen – das habe ich noch nie getan! Ich begebe mich dadurch in seine Gewalt, aber ich werde es tun.«

Sie stand auf. »Ich habe dein Versprechen«, sagte sie.

Sie warf ihm einen langen, sehnsüchtigen Blick zu und hielt die Hände fest verschlungen, damit sie sich nicht nach ihm ausstreckten.

»Du verstehst mich?« fragte sie.

»Ja.«

»Das genügt«, sagte sie, ließ ihn stehen und ging direkt in ihr Zimmer. Hinter ihr schloß sich der Vorhang.

Sieben Tage und sieben Nächte verließ Yehonala ihr Bett nicht. Gerüchte schwirrten durch die Gänge des Palastes. Sie sei krank, so hieß es, wütend, habe ihre goldenen Ohrringe verschluckt, wolle sich nie wieder zum Kaiser begeben. Denn der Kaiser hatte nach ihr verlangt, sobald die Wirkung der starken Droge nachgelassen hatte und die Leibärzte ihn als genesen erklärten. Sie weigerte sich, dem Rufe zu folgen. Noch nie in der Geschichte der Dynastie hatte eine Konkubine einem solchen Verlangen zu trotzen gewagt. Niemand wußte, was man mit Yehonala tun sollte. Sie lag unter rosaroten Satindecken in ihrem Bett und wollte mit niemandem sprechen. Der Eunuch Li Lien-ying war außer sich, als er seine Pläne gefährdet und das ersehnte Ziel in nebelhafte Ferne gerückt sah. Aber er durfte nicht einmal den Vorhang ihrer Tür heben, so zornig war sie auf ihn.

»Sie sollen nur denken, daß ich sterben will«, sagte sie zu ihrer Dienerin. »Jedenfalls will ich nicht mehr hier leben.«

Diese Äußerung berichtete die Frau umgehend dem Eunuchen, der vor Wut die Zähne fletschte. »Wenn der Kaiser nicht vor Liebe nach ihr verrückt wäre, würde man mit ihr kurzen Prozeß machen«, schnaubte er. »Sie könnte in einen Brunnen fallen, oder man könnte sie vergiften, aber er möchte sie frisch und gesund haben – und gleich.«

Schließlich kam der Obereunuch An Teh-hai selbst, hatte aber nicht mehr Erfolg. Yehonala wollte ihn nicht sehen. Ihre Ohrringe lagen auf dem kleinen Tisch neben ihrem Bett bei der porzellanenen Teeschale und der irdenen, in Silber eingefaßten Teekanne.

»Wenn der Obereunuch einen Schritt über die Schwelle tut«, erklärte sie so laut, daß er es hören konnte, »verschlucke ich meine Ohrringe.«

So ging es einen Tag nach dem anderen. Der Kaiser wurde mürrisch und mißtrauisch, denn er glaubte, wie er selbst sagte, daß ein bestochener Eunuch sie von ihm fernhielt. »Bei mir war sie sehr folgsam«, beteuerte er, »sie tat alles, was ich verlangte.«

Niemand wagte ihm zu sagen, daß Majestät dem schönen Mädchen verhaßt war. Ihm selbst wäre dieser Gedanke nie in den Sinn gekommen. Im Gegenteil, er fühlte sich jetzt stark und männlich und wollte seine Kraft, solange er Yehonala liebte, nicht an eine andere Konkubine verschwenden. In der Tat hatte er noch nie eine Frau so geliebt wie sie. Da er wußte, daß er einer Frau leicht überdrüssig wurde, freute er sich jetzt wie ein Kind, daß er noch nach sieben Tagen mehr als je nach ihr verlangte, aber desto größer war natürlich seine Ungeduld, weil sie nicht kam.

Am Abend des dritten Tages verlor auch An Teh-hai die Geduld, ging zu der Kaiserinmutter und sagte ihr, Yehonala wolle, obschon sie ihre Macht kenne, dem Kaiser nicht gehorchen.

»Solange unsere Dynastie besteht«, rief die Kaiserinmutter entrüstet, »hat es noch nie eine solche Frau gegeben. Die Eunuchen sollen sie mit Gewalt zu meinem Sohn bringen.«

»Verehrungswürdige«, sagte der Eunuch zögernd, »diese Methode dürfte nicht die richtige sein. Man muß sie gewinnen und überreden, denn zwingen kann man sie sicher nicht. Obwohl sie schlank wie eine junge Weide ist, besitzt sie doch weit mehr Kraft als der Sohn des Himmels und ist so wild, daß sie ihn beißen und kratzen wird, wenn sie allein sind.«

»Entsetzlich!« rief die Kaiserinmutter. Sie war alt und leberkrank und verbrachte die meiste Zeit im Bett. Ihr Bett war so groß, und sie war so in seine Tiefen eingesunken, daß es aussah, als läge sie in einer Höhle. »Ist denn niemand im Palast, der sie überreden kann?« fragte sie nachdenklich.

Der Obereunuch deutete an, welchen Weg man vielleicht wählen könnte. »Die offizielle Gemahlin, Verehrungswürdige, ist ihre Kusine.«

Die Kaiserinmutter billigte diesen versteckten Vorschlag nicht. »Man kann des Kaisers Gemahlin doch nicht zumuten, eine Konkubine zu ihrem eigenen Gemahl zu führen.«

»Das ist allerdings weder üblich noch schicklich«, gab der Eunuch zu.

Die alte Dame schwieg so lange, daß der Eunuch glaubte, sie sei eingeschlafen. Schließlich aber hob sie die Augenlider und meinte:

»Nun, dann laß diese Yehonala zu der Gemahlin des Kaisers gehen.«

»Und wenn sie nicht gehen will, Ehrwürdige?« fragte der Obereunuch.

»Wieso – wenn sie nicht will?«

»Sie hat sich sogar geweigert, zu dem Sohn des Himmels zu gehen«, erinnerte sie der Eunuch.

Die Kaiserinmutter seufzte tief auf. »Nein, eine solche wilde Katze ist mir noch nie vorgekommen. Aber die Gemahlin hat eine sanfte Natur. Sag ihr, sie soll Yehonala einen Krankenbesuch abstatten.«

»Ja, Ehrwürdige«, sagte der Eunuch. Er hatte die Instruktionen bekommen, die er wünschte, und erhob sich sofort, um sie auszuführen. »Schlafen Sie wohl, Ehrwürdige.«

»Geh nur«, erwiderte die Kaiserinmutter. »Ich bin zu alt, um mich um die Streitigkeiten zwischen Männern und Frauen zu kümmern.«

Er ging leise fort, während sie einschlief, und begab sich sogleich zu Sakotas Wohnung. Er traf sie bei der Arbeit. Sie stickte gerade Tigerköpfe auf Schuhe, die für ihr noch nicht geborenes Kind bestimmt waren.

Der Eunuch drückte sein Erstaunen über ihren Fleiß aus.

»Hat die Gemahlin des Kaisers nicht viele Frauen, die für sie sticken können?« fragte er.

»Ja«, erwiderte Sakota, »aber dann hätte ich selbst nichts zu tun. Ich bin nicht so klug wie meine Kusine Yehonala. Ich will keine Bücher studieren und auch nicht malen lernen.«

»Schön!« sagte er und blieb vor ihr stehen. Mit einer Bewegung ihrer kleinen Hand bat sie ihn, Platz zu nehmen. Am zweiten Glied des Mittelfingers dieser Hand war ihr goldener Nähring.

»Wegen Ihrer Kusine komme ich zu Ihnen«, fuhr der Eunuch fort, »und zwar auf Befehl der Kaiserinmutter.«

Sie schlug ihre hübschen Augen zu ihm auf, denn er stand noch immer. »So?«

Der Obereunuch räusperte sich. »Ihre Kusine macht uns viel zu schaffen.«

»Wieso?« erkundigte sich Sakota.

»Sie will nicht zum Kaiser gehen, obgleich er nach ihr verlangt.«

Sakota beugte sich tiefer über ihre Stickerei und wurde rot wie eine Pfirsichblüte. »Ja, davon habe ich durch meine Frauen gehört.«

»Sie hat die Gunst des Kaisers errungen, aber sie will nicht zu ihm zurückkehren.« Das Pfirsichrot vertiefte sich noch. »Was hat das mit mir zu tun?« fragte Sakota.

»Man meint, sie würde auf die Gemahlin des Kaisers hören«, sagte der Eunuch.

Während sie sich diese Worte durch den Kopf gehen ließ, stickte Sakota langsam und mit der äußersten Sorgfalt an dem gelben Auge des winzigen Tigers weiter. »Geziemt es sich, eine solche Forderung an mich zu stellen?« fragte sie schließlich.

»Allerdings nicht«, sagte der Eunuch unverblümt. »Wir müssen uns jedoch alle vor Augen halten, daß der Sohn des Himmels kein gewöhnlicher Mensch ist. Niemand darf ihm etwas abschlagen.«

»Er liebt sie so?« murmelte Sakota.

»Kann man sie deswegen tadeln?« fragte der Eunuch als Erwiderung.

Die kleine Sakota seufzte, faltete ihre Stickerei zusammen und legte sie neben sich auf den eingelegten Tisch. »Wir sind immer Schwestern gewesen«, sagte sie dann mit einer kindlichen weinerlichen Stimme. »Wenn sie mich braucht, dann will ich sogleich zu ihr gehen.«

»Wir danken, hohe Frau«, sagte der Eunuch, »ich werde Sie selbst hinbegleiten und wieder zurückbringen.«

So kam es, daß Yehonala, die in tränenloser Verzweiflung im Bett lag, plötzlich ihre Kusine in der Tür stehen sah. Gerade noch war ihr das ganze Leben hassenswert vorgekommen. Sie bedauerte, daß sie für sich Größe und Macht gewählt hatte, denn jetzt, da sie wußte, wie teuer sie bezahlt werden mußten, hatte sie kein Verlangen mehr nach ihnen.

»Sakota!« rief sie aus und streckte ihr beide Arme entgegen.

Sakota, von einem solchen Sehnsuchtsschrei gerührt, eilte sofort auf sie zu, und die beiden jungen Frauen umarmten sich unter Tränen. Niemand wagte von dem zu sprechen, was ihnen am Herzen lag. Sakota wußte, daß die Erinnerung daran Yehonala ebenso peinlich war wie ihr.

»O arme Schwester!« schluchzte sie. »Drei Nächte! Ich hatte mit einer genug.«

»Ich will nicht mehr zu ihm«, flüsterte Yehonala. Sie erwürgte ihre Kusine fast, denn sie hielt mit beiden Armen deren Hals umklammert und zog so Sakota aufs Bett nieder.

»Aber du mußt, Schwester!« drängte sie. »Denn was wird man sonst mit dir tun? Wir gehören nicht mehr uns selbst.«

Da schüttete Yehonala ihr Herz aus. Sie flüsterte, weil die lauschenden Eunuchen sie nicht hören sollten. »Für mich ist es schlimmer als für dich, Sakota. Du liebst keinen Mann, nicht wahr? Aber ich weiß jetzt, daß ich liebe. Das ist das ganze Elend. Wenn ich nicht liebte, wäre mir alles gleich. Was ist schon ein Körper? Ein Ding, das man behalten oder verschenken kann. Es ist kein Stolz in ihm, wenn man nicht liebt. Er ist nur kostbar, wenn man liebt und wiedergeliebt wird.«

Den Namen brauchte sie nicht zu sagen. Sakota wußte, daß es Jung Lu war. »Es ist zu spät, Schwester«, sagte Sakota. Sie streichelte Yehonalas weiche, feuchte Wangen. »Jetzt gibt es kein Entkommen mehr.«

Yehonala stieß ihre Hände weg. »Dann muß ich sterben«, stöhnte sie mit brechender Stimme, »denn leben will ich nicht mehr.« Sie legte den Kopf wieder auf die Schulter ihrer Kusine und weinte. Nun hatte diese Sakota ein so sanftmütiges und mitleidiges Herz, daß sie überlegte, wie sie Yehonala helfen könnte, wobei sie fortfuhr, ihr zur Beruhigung über Stirn und Wangen zu streicheln. Den Palast oder gar die Verbotene Stadt zu verlassen, war nicht möglich. Selbst wenn eine Konkubine entkam, gab es für sie nirgends ein Unterkommen. Wenn Yehonala zu ihrem Onkel zurückkehrte, der ja Sakotas Vater war, müßte vielleicht die ganze Familie wegen Yehonalas Sünde den Tod erleiden. Aber wo kann sich sonst eine geflüchtete Frau verbergen? Wenn sie sich unter Fremde mischt, setzt sie sich der Gefahr aus, über ihre Herkunft Auskunft geben zu müssen, denn wenn eine Konkubine aus dem Palast des Drachenkaisers geflüchtet ist, wird das an allen Ecken bekanntgemacht. Hilfe und Trost konnte man also nur innerhalb der Mauern des Palastes finden. Geheime Verbindungen gab es genug, und wenn auch kein Mann außer dem Himmelssohn nachts in der Verbotenen Stadt bleiben durfte, so empfingen doch die Frauen ihre Liebhaber bei Tage.

Aber wie konnte sie, die Gemahlin des Kaisers, sich in einen Handel mit Eunuchen einlassen und sich so in deren Macht begeben? Das war nicht nur gefährlich, sondern verletzte auch den Anstand.

Sie verbarg ihre Gedanken und sagte: »Liebe Kusine, du mußt mit Jung Lu sprechen. Er kann dann meinem Vater sagen, daß du hier nicht bleiben kannst. Vielleicht kann er dich freikaufen oder gegen eine andere eintauschen, oder er kann sagen, du seiest wahnsinnig geworden. Verstehe mich recht, liebe Kusine, nicht gleich, denn wie ich höre, ist der Kaiser jetzt sehr verliebt in dich. Aber später, wenn er deiner überdrüssig geworden ist und eine andere deinen Platz einnimmt, läßt sich das vielleicht bewerkstelligen.«

Sakota sagte das in aller Unschuld, denn sie liebte nicht und war nicht eifersüchtig, aber Yehonalas Stolz bäumte sich auf. Wie? Sie sollte also ersetzt werden? Wenn Sakota das sagte, mußte sie es von den Frauen und Eunuchen gehört haben. Sie setzte sich auf und strich das in Unordnung geratene Haar aus dem Gesicht.

»Ich kann meinen Verwandten nicht auffordern, zu mir zu kommen, das weißt du, Sakota. Das würde ein endloses Gerede geben. Aber du kannst ihn kommen lassen, du bist mit ihm ja genauso verwandt wie ich. Bestell ihn zu dir und sage ihm, ich würde mich umbringen oder werde alles tun, um mich zu befreien. Wir sind hier alle im Gefängnis, Sakota!«

»Ich fühle mich ganz wohl hier«, beteuerte Sakota, »es ist doch sehr angenehm hier.«

Yehonala sah ihre Kusine von der Seite an. »Na ja, du bist schon glücklich, wenn du ruhig dasitzen und Satinläppchen besticken kannst.«

Sakota senkte die Lider, ihre Mundwinkel zogen sich nach unten. »Was kann man sonst tun?« fragte sie traurig.

Yehonala schüttelte ihr Haar zurück, umfaßte es mit einer Hand und drehte es im Nacken zu einem großen Knoten. »Habe ich es nicht gesagt? Nichts kann man tun. Ich kann nicht einmal auf die Straße gehen und nachsehen, ob an der Ecke ein Theaterstück aufgeführt wird. Seitdem ich hier bin, habe ich noch keins gesehen, und du weißt, wie gern ich immer zugeschaut habe. Ich habe allerdings meine Bücher – ja. Und malen tue ich auch. Für wen denn? Für mich selbst. Aber das allein genügt mir nicht – noch nicht. Und nachts –.«

Sie schauerte zusammen, zog die Beine hoch und legte den Kopf auf die Knie.

Sakota saß eine Weile still da. Sie sah, daß sie ihre stürmische Kusine nicht trösten konnte. Sie war anders, sie verstand Yehonala nicht. Eine Frau konnte ihr Schicksal doch nicht durch wildes Auftrumpfen ändern.

Sie stand auf. »Liebe Kusine«, sagte sie mit einschmeichelnder Stimme, »ich will jetzt gehen, damit du dich baden und anziehen kannst. Und dann nimm etwas zu dir, iß, was dir schmeckt. Ich will dann unseren Verwandten verständigen, aber du mußt ihn empfangen, wenn er kommt. Ich habe mich nun entschlossen, ihn zu dir zu schicken. Und wenn ein Gerede entsteht, werde ich sagen, er sei in meinem Auftrage gekommen.«

Sie legte ihre Hand so leicht auf Yehonalas Kopf, den diese noch immer über die Knie gesenkt hatte, daß sich die Hand nicht schwerer anfühlte als ein Blatt. Dann ging sie.

Als sie fort war, warf sich Yehonala auf die Kissen zurück und blieb regungslos liegen. Sie starrte in den Betthimmel. Was zuerst nur ein Traum gewesen war, wurde jetzt zu einem festen Plan, der nur unter Sakotas Schutz durchgeführt werden konnte. Sokata war die offizielle Gemahlin des Kaisers, und niemand konnte gegen sie Anschuldigungen vorbringen.

Ihre Dienerin kam herein, wagte aber nicht zu sprechen oder sie anzurufen. Yehonala wandte den Kopf.

»Ich will jetzt mein Bad haben«, sagte sie, »und dann etwas Neues anziehen – mein grünes Kleid. Dann will ich etwas essen.«

»Schön, schön«, sagte die Dienerin erfreut. »Sofort, meine Königin, sofort, mein Kindchen.«

Sie verschwand hinter den Vorhängen, und Yehonala hörte, wie sie eilig wegtrippelte, um ihre Befehle auszuführen.

Am Nachmittag dieses Tages, zwei Stunden vor der Zeit, da alle Männer die Kaiserstadt verlassen mußten, hörte Yehonala die Schritte, auf die sie wartete. Sie hatte den Tag allein in ihrem Zimmer verbracht und allen den Eintritt untersagt. Nur ihre Dienerin saß draußen vor der Tür. Yehonala rief sie herein und sagte ohne jede Verstellung:

»Ich bin in schlimmer Bedrängnis. Meine Kusine, die Gemahlin des Kaisers, kennt meinen Kummer. Sie hat unserem gemeinsamen Verwandten befohlen, mich zu besuchen, mich anzuhören und mein Leid meinem Vormund zu berichten. Während er bei mir ist, sollst du nicht von der Tür weggehen, es darf niemand hereinkommen, ja nicht einmal auf den Hof schauen. Merke dir, daß mich mein Vetter auf Befehl meiner Kusine besucht.«

»Ich verstehe«, sagte die Frau.

So waren die Stunden vergangen. Die Dienerin stand vor der Tür, und Yehonala erwartete ihren Vetter in ihrem Zimmer. Ihr Körper ruhte aus, aber ihr Geist war in größter Spannung, und ihr Herz schlug wild. Konnte sie Jung Lu dazu bringen, seine Rechtlichkeit zu vergessen? Sie mußte seine Selbstbeherrschung erschüttern.

Zwei Stunden vor dem abendlichen Torschluß kam er endlich. Sie hörte seinen festen Schritt, dessen Rhythmus seiner Größe angepaßt war. Sie hörte, wie er die Dienerin fragte, ob ihre Herrin schliefe, und wie diese antwortete, er werde erwartet.

Sie hörte, wie sich die Tür öffnete und schloß, und sah, wie seine Hand, diese große, aber weiche Hand, die sie so gut kannte, den inneren Vorhang ergriff, aber zögerte, ihn beiseite zu ziehen. Sie saß aufrecht und bewegungslos in ihrem Sessel aus geschnitztem Rosenholz. Dann zog er den Vorhang beiseite, blieb stehen und blickte sie an. Auch sie sah ihn an. Ihr Herz schlug heftig, ihre Augen verschleierten sich mit Tränen, ihre Lippen zitterten.

Durch nichts anderes hätte sie seine Festigkeit so ins Wanken bringen können. Er hatte sie schon vor Schmerz weinen sehen und vor Wut schluchzen hören, aber er hatte sie noch nie so bewegungslos, tonlos und hilflos dasitzen und weinen sehen, als wäre ihr Leben im Kern zerbrochen.

Er stöhnte auf, streckte seine Arme aus und ging auf sie zu. Sie sah nur diese ausgestreckten Arme, lief auf sie zu und fühlte sich fest von ihnen umschlossen. So standen sie eng beisammen, schweigend, wie lange, wußte keiner von beiden. Wange an Wange standen sie, bis ihre Lippen sich instinktiv begegneten. Dann entzog er ihr seinen Mund. »Du weißt, daß du hierbleiben mußt«, sagte er stöhnend. »Du mußt deine Freiheit innerhalb dieser Mauern finden, denn eine andere Freiheit gibt es jetzt nicht mehr für dich.«

Sie hörte seine Stimme von fern, sie wußte nur, daß sie in seinen Armen war.

»Je höher du steigst«, fuhr er fort, desto freier wirst du sein. Steige hoch – du hast die Macht dazu. Nur eine Kaiserin kann befehlen.«

»Aber wirst du mich dann lieben?« fragte sie. Die Worte blieben ihr fast in der Kehle stecken.

»Wie könnte ich dich nicht lieben?« erwiderte er. »Die Liebe zu dir ist mein ganzes Leben. Mit jedem Atemzug liebe ich dich.«

»Dann – gib mir ein Unterpfand deiner Liebe.«

Diese kühnen Worte sprach sie so leise, daß er sie kaum hören konnte, aber sie fühlte, daß er sie gehört hatte. Er rührte sich nicht, er seufzte tief auf. Ein Zittern lief ihm von den Schultern durch den ganzen Körper.

»Wenn ich einmal die Deine gewesen bin, kann ich selbst hier leben.«

Noch keine Antwort. Er konnte nicht sprechen. Seine Seele hatte sich noch nicht ganz ergeben.

Sie hob den Kopf und blickte ihm ins Gesicht. »Was macht es mir aus, wo ich lebe, wenn ich dir gehöre! Ich weiß, was du sagst, ist richtig. Fliehen kann ich nur in den Tod. Das ist nicht so schwer in einem Palast – ich kann Opium nehmen oder meine goldenen Ohrringe verschlucken, mir mit einem kleinen Messer die Adern öffnen. Man kann mich nicht Tag und Nacht bewachen. Ich schwöre dir, ich werde den Tod wählen, wenn du mich nicht zu der Deinen machst. Wenn ich aber dir gehöre, tue ich alles, was du willst – immer und mein ganzes Leben lang. Dann würde es sich lohnen, Kaiserin zu werden.«

Ihre Stimme hatte einen zauberhaften Klang. Sie war schmeichelnd, bittend, tief und sanft, warm und süß wie Honig in der Sommersonne. War er nicht ein Mann? Er war jung und stürmisch, noch unberührt, weil er nur sie geliebt hatte. Sie waren beide Gefangene. Altmodische Lebensgewohnheiten hatten sie beide in den Kerker des Kaiserpalastes geworfen. Er war nicht freier als sie. Sie konnte sogar leichter einen Ausweg finden. Sie konnte Kaiserin werden oder Selbstmord begehen, beides lag in ihrer Macht. Er kannte ihren Charakter. Und sollte er nicht sein Leben daransetzen, ihr zu helfen und weiterzuleben? Hatte sich nicht Sakota selbst Ähnliches vorgestellt, als sie ihn bat, Yehonala aufzusuchen? Als er schon gehen wollte, hatte sie ihn am Arm ergriffen und gesagt, er solle alles tun, »was Yehonala verlangt« – genau das waren ihre Worte gewesen.

Die Stimme seines Gewissens kam zum Schweigen. Er hob das schöne Mädchen auf und trug es aufs Bett.

Die Trommeln, die das Schließen der Tore ankündigten, dröhnten durch die Höfe und die Korridore der Kaiserstadt. Es war die Stunde des Sonnenuntergangs, in der jeder Mann die Verbotene Stadt verlassen mußte. Dieses alte Gebot schreckte die Liebenden in Yehonalas Schlafzimmer auf. Jung Lu stand auf und ordnete seine Kleidung, während sie lächelnd im Halbschlaf liegenblieb.

Er beugte sich über sie. »Sind wir verschworen?« fragte er.

»Verschworen für immer!« Sie umarmte ihn und zog sein Gesicht zu sich herab.

Der Trommelklang erstarb. Er beeilte sich. Jetzt stand auch sie auf, glättete ihr Kleid und bürstete ihr Haar zurück. Als ihre Dienerin an der Tür hustete, saß sie schon in ihrem Sessel.

»Komm nur herein!« sagte sie. Dabei nahm sie ihr Taschentuch und tat so, als ob sie sich die Augen trocknete.

»Schon wieder Tränen?« fragte die alte Dienerin.

Yehonala schüttelte den Kopf. »Nein, geweint wird jetzt nicht mehr!« sagte sie wie für sich. »Ich weiß nun, was ich tun muß. Mein Verwandter hat mir klargemacht, was meine Pflicht ist.«

Die Frau hörte sich das an, machte große Augen und neigte wie ein Vogel den Kopf zur Seite.

»Deine Pflicht?«

»Wenn der Sohn des Himmels nach mir verlangt«, erklärte Yehonala, »werde ich zu ihm gehen. Ich muß tun, was er will.«

Yehonala studierte jetzt eifriger als je in ihren Büchern, aber sie sprach nicht mehr viel dabei, lächelte nur still in sich hinein. Scheinbar hatte sie ihren Widerstand aufgegeben. Wenn der Kaiser nach ihr verlangte, ließ sie sich von ihrer Dienerin baden und anziehen und ging zu ihm. Er bewahrte ihr seine Gunst. Das zwang sie, sehr klug zu sein, denn die anderen Konkubinen wurden unruhig und fühlten sich vernachlässigt. Li Lien-ying hatte Schwierigkeiten mit den anderen Eunuchen, die ihm seine Stellung bei der neuen Favoritin mißgönnten. Daß Yehonala von diesen Reibereien wußte, ließ sich höchstens daraus entnehmen, daß sie zu allen von vollendeter Höflichkeit war und sich noch mehr als früher bemühte, sich der Kaiserinmutter unentbehrlich zu machen. Jeden Morgen begann sie damit, daß sie der alten Dame einen Besuch abstattete, um sich nach deren Wohlergehen zu erkundigen. Yehonala kochte ihr alle Arten Kräutertee, rieb ihr die welken Füße und Hände und bürstete ihr das weiße, spärliche Haar mit beruhigenden Strichen. Keine Dienstleistung war ihr zu gering oder zu niedrig, und bald bemerkten alle, daß das schöne Mädchen nicht nur vom Kaiser, sondern auch von seiner Mutter am liebsten von allen gesehen wurde.

So wußte Yehonala auch, wie sehnsüchtig die Kaiserinmutter auf Sakotas Kind wartete. Es gehörte zu ihren täglichen Pflichten, die alte Dame zu dem buddhistischen Tempel zu begleiten, wo diese zu den Göttern betete, Weihrauch abbrannte und den Himmel anflehte, er möge der Gemahlin einen Sohn schenken. Erst wenn ihre Pflichten erfüllt waren, nahm Yehonala ihre eigene Arbeit in Angriff. Sie kehrte in die Bibliothek zurück und studierte unter Anleitung alter, gelehrter Eunuchen, nahm Musikstunden oder bemühte sich, im Stil der großen Kalligraphen der Vergangenheit mit dem Kamelhaarpinsel zu schreiben.

Mittlerweile verbarg sie ein Geheimnis oder glaubte wenigstens, es ganz für sich zu haben, bis eines Tages ihre Dienerin davon sprach. Die alte Frau behandelte in der letzten Zeit Yehonala nicht mehr wie ein Kind, sie redete sie jetzt als »Herrin« an. Es war ein Tag wie alle anderen. Die Luft war jetzt nachts und morgens kühler als sonst, aber mittags war es noch immer heiß. Yehonala blieb an diesem Tage lange im Bett, denn sie hatte die Nacht beim Kaiser verbracht wie schon viele Nächte vorher, ohne daß sie deswegen unwillig geworden wäre.

»Herrin«, begann die Dienerin, als sie an diesem Tage ins Schlafzimmer kam und die Tür hinter sich schloß, »haben Sie nicht bemerkt, daß der Vollmond schon vorüber ist und sich kein Tröpfchen Blut gezeigt hat?«

»So?« sagte Yehonala, als wäre ihr das gleichgültig. Aber wie sehr hatte sie gewartet und wie genau ihren Körper beobachtet!

»Ja, so ist es«, sagte die Dienerin stolz. »Der Same des Drachen ist in Ihnen, Herrin. Soll ich die gute Nachricht nicht der Mutter des Himmelssohnes überbringen?«

»O nein, damit werden wir warten, bis die Gemahlin ihr Kind geboren hat, denn wenn es ein Sohn ist, fragt niemand mehr, was ich unterm Herzen trage.«

»Aber wenn es eine Tochter ist?« fragte die Frau listig.

Yehonala warf ihr einen langen dankbaren Blick zu. »Dann will ich es der Kaiserinmutter selbst sagen. Und das merke dir«, setzte sie hinzu, während ihre großen Augen funkelten, »wenn du meinem Eunuchen ein Wort davon sagst, werde ich dich aufschlitzen und dein Fleisch in Streifen auf Stangen hängen lassen, um es als Hundefutter zu trocknen.«

Die Frau lachte zwar über diese Drohung, aber es wurde ihr sichtlich schwer. »Ich schwöre bei meiner Mutter, daß ich zu niemandem etwas sagen werde.« Aber wer konnte wissen – diese Frage stand auf ihrem bleichen Gesicht geschrieben –, ob diese zu schöne Konkubine eine solche scherzhafte Drohung nicht einmal wahr machen würde?

Schwer und lang schleppten sich die Tage weiter, und alle Vorzeichen waren unheilvoll. Schlimme Nachrichten kamen aus dem ganzen Reich. Die langhaarigen Rebellen hatten die südliche Hauptstadt Nanking erobert, wo sie ein großes Gemetzel angerichtet hatten. So wild waren diese Aufrührer, daß die kaiserlichen Soldaten nicht eine einzige Schlacht gewinnen konnten. Als weiteres schlimmes Zeichen wurden die Stürme angesehen, die zu dieser Zeit Peking durchbrausten, die Kometen, die man nachts am Himmel sah, und die Gerüchte, daß an vielen Orten Frauen Zwillinge und Mißgeburten zur Welt gebracht hatten.

Am letzten Tage des achten Mondmonats kam ein Gewitter auf und entwickelte sich zu einem Taifun, wie er sonst nur in südlichen Meeren beobachtet wurde, aber für die trockenen Ebenen in der Umgebung Pekings ganz ungewöhnlich war. Selbst ältere Leute hatten nie so grelle Blitze gesehen noch einen so dröhnenden Donner gehört. Heiße Winde aus dem Süden wehten mit solcher Gewalt, als ob Teufel auf den Wolken ritten. Als schließlich der Regen einsetzte, fiel er nicht als erwünschtes Naß auf die ausgetrockneten Felder und staubigen Straßen, sondern prasselte peitschend in solchen Strömen herab, daß die Fluten die Erde wegschwemmten. Ob nun aus Furcht oder aus tiefer Verzweiflung, setzten an diesem Tage bei Sakota die Wehen ein. Bei ihrem ersten Aufschrei verbreitete sich die Nachricht sofort in der ganzen Kaiserstadt. Alle Tätigkeit hörte auf, jeder wartete nur auf weitere Nachrichten.

Yehonala war zu dieser Stunde wie gewöhnlich in der Bibliothek. Der Himmel war so finster, daß die Eunuchen Lampen anzündeten, und bei einer solchen Lampe schrieb sie unter den Augen ihres Lehrers einen alten geheiligten Text, den der Lehrer ihr vorlas. Er lautete wie folgt:

»Tschung Kung, der Minister des Hauses Tschi, erbat sich Rat über die Kunst des Regierens. Der Meister sagte: Lerne vor allem, deine Untergebenen richtig zu behandeln. Übersehe kleinere Schwächen und befördere nur die Ehrlichen und Tüchtigen.«

In diesem Augenblick schlug Li Lien-ying den Vorhang zurück

und machte Yehonala hinter dem Rücken des Lehrers Zeichen, deren Bedeutung diese sofort verstand. Sie legte den Pinsel hin und stand auf.

»Ehrwürdiger«, sagte sie zu ihrem Lehrer, »ich muß jetzt zu der Kaiserinmutter eilen, die mich plötzlich dringend braucht.«

Was sie tun würde, wenn Sakota in Wehen lag, hatte sie sich schon lange vorher überlegt. Sie wollte zu der Kaiserinmutter gehen und so lange bei ihr bleiben und sie beruhigen und unterhalten, bis bekannt war, ob Sakota einen Knaben oder ein Mädchen geboren hatte. Bevor der Lehrer noch etwas erwidern konnte, hatte sie schon die Bibliothek verlassen und eilte zum Palast der Kaiserinmutter, gefolgt von dem Eunuchen. Die Höfe waren von fahlem Licht erfüllt, wenn die Blitze über die Bäume zuckten, und durch die überdachten Durchgänge blies der Wind den Regen wie Meeresgischt. Aber Yehonala eilte weiter, Li Lien-ying hinter ihr her.

Ohne ein Wort an die Hofdamen zu richten, ging sie in das Gemach der Kaiserinmutter. Wie immer bei einem Gewitter hatte sich die alte Dame zu Bett begeben. Von Kissen gestützt, saß sie aufrecht, ihre Finger hielten eine buddhistische Gebetskette, deren Kügelchen aus Juwelen bestanden, ihr mageres Gesicht war kreidebleich. Diesmal lächelte sie nicht, als sie Yehonala sah, sondern sagte ernst und feierlich: »Wie kann bei solchem Wetter ein gesundes Kind geboren werden. Der Himmel selbst zürnt uns.«

Yehonala kniete an ihrem Bett nieder. »Beruhigen Sie sich, kaiserliche Mutter«, sagte sie sanft, »nicht unsertwegen zürnt der Himmel. Schlechte Menschen sind gegen den Thron aufgestanden, und dieses Kind wird uns alle erretten. Der Himmel ist auf sich selbst zornig und nicht auf das Kind oder uns.«

»Glaubst du wirklich, daß es so ist?« erwiderte die alte Dame.

»Ja, sicher«, beteuerte Yehonala. Sie blieb knien und sprach besänftigend auf die Kaiserinmutter ein, und nur dann und wann stand sie auf, um heiße Brühe zu holen, damit sich die ängstliche Frau stärken konnte. Dann las sie ihr Geschichten vor, spielte auf der Laute, trällerte ein Liedchen und betete mit der alten Dame, und so verging die Zeit.

Bei Sonnenuntergang legte sich der Sturm, und ein sonderbares gelbes Licht überflutete die Paläste und Höfe. Da zog Yehonala die Vorhänge zu und zündete die Kerzen an. Der Eunuch brachte ihr hin und wieder Nachricht. Die Geburt mußte jetzt nahe bevorstehen, aber Yehonala sagte der Kaiserinmutter nichts. Das gelbe Licht machte der Dunkelheit Platz, und als es Nacht war, kam der Obereunuch An Teh-hai zum Palast der Kaiserinmutter. Yehonala ging ihm entgegen und sah an seinem Gesicht, daß er keine gute Nachricht brachte. »Ist das Kind tot?« fragte sie.

»Tot nicht«, sagte er ernst, »aber es ist ein Mädchen und dazu noch schwächlich –«

Yehonala brachte ihr Taschentuch vor die Augen: »Grausamer Himmel!«

»Wollen Sie es der ehrwürdigen Mutter sagen? Ich muß schnell wieder zum Kaiser. Er ist vor Wut krank.«

»Ich will es ihr sagen«, versprach Yehonala.

»Und machen Sie sich darauf gefaßt, daß Sie heute nacht zum Kaiser müssen«, fügte der Eunuch hinzu, »er wird Sie brauchen.«

»Ich bin bereit«, sagte sie.

Dann ging sie langsam wieder in den Palast zurück, ohne die Hofdamen zu beachten, die bereits die schlechte Nachricht ahnten und mit gesenkten Köpfen und feuchten Augen dastanden. Als sie wieder in das große Schlafzimmer kam und die Kaiserinmutter ihr Gesicht sah, wußte auch sie alles.

»Kein männliches Kind«, sagte sie. Ihre Stimme war müde von dem jahrelangen Warten. »Es ist ein Mädchen«, sagte Yehonala sanft.

Sie kniete wieder am Bett nieder und streichelte mit ihren starken jungen Händen die welken Hände der Kaiserinmutter.

»Warum lebe ich überhaupt noch?« rief die alte Frau kläglich.

»Sie müssen leben, Ehrwürdige Mutter«, beruhigte Yehonala sie in tiefem, zärtlichem Ton. »Sie müssen leben – bis mein Sohn geboren ist.«

Damit gab sie zum erstenmal ihre Hoffnung kund. Sie hatte ihr Geheimnis bewahrt und überreichte es nun der Kaiserinmutter wie ein Geschenk.

Ein Zittern lief über das alte Gesicht, und aus den Runzeln stahl sich ein Lächeln. »Sprichst du die Wahrheit? Kann dies der Wille des Himmels sein? Ja, es ist so! Aus deinem starken Körper wird ein Sohn kommen! Buddha hört mich. Es muß so sein. Und ich habe dich wild genannt und gesagt, du seiest zu stark. O Tochter, wie wohl tun mir deine warmen Hände!«

Sie blickte in das junge, so zärtlich schöne Gesicht, und Yehonala las in den Augen der Kaiserinmutter Verehrung und Anbetung.

»Meine Hände sind immer warm«, sagte sie, »stark bin ich, und wild kann ich auch sein, und ich werde einen Sohn bekommen!«

Als sie das hörte, sprang die alte Dame mit solcher Behendigkeit aus dem Bett, daß alle erschraken.

»Schonen Sie sich, kaiserliche Mutter«, rief Yehonala und wollte ihr behilflich sein.

Aber die alte Dame wehrte ab. »Schickt Eunuchen zu meinem Sohn!« rief sie mit zitternder Stimme. »Sie sollen ihm sagen, daß ich ihm gute Nachricht bringe.«

Die draußen stehenden Hofdamen hörten diese Worte. Sie blickten sich fragend und freudig an, und in allgemeiner Aufregung wurden Eunuchen zum Kaiser geschickt.

»Mein Bad!« befahl die Kaiserinmutter ihren Frauen, und während sie es anrichteten, wandte sie sich wieder Yehonala zu. »Und du, mein Herz, stehst mir jetzt näher als jeder andere Mensch außer meinem Sohn. Du bist die vom Schicksal Bestimmte. Ich sehe es dir an den Augen an. Oh, diese schönen Augen! Nichts Böses darf dir zustoßen. Kehre jetzt in deine Wohnung zurück, meine Tochter, und ruhe dich aus. Ich werde dir eine neue Wohnung in den Innenhöfen des westlichen Palastes anweisen lassen, wo die Sonne auf die Terrassen fällt. Du mußt dich unverzüglich in ärztliche Behandlung begeben.«

»Aber ich bin nicht krank, Ehrwürdige«, beteuerte Yehonala lachend, »sehe ich krank aus?«

Sie streckte und reckte sich, ihre Wangen waren rot, ihre dunklen Augen glänzten.

Die Kaiserinmutter betrachtete sie: »Schön! Schön!« stellte sie fest. »Die Augen so klar, die Brauen wie Schmetterlingsflügel, das Fleisch so zart wie bei einem Kind! Ich wußte, daß die Gemahlin nur ein Mädchen gebären würde. Habe ich euch das nicht gesagt, Frauen? Ihr werdet euch wohl noch erinnern, daß ich euch gesagt habe, ein Geschöpf mit so weichen Knochen und so schlaffem Fleisch könne nur ein Mädchen bekommen.«

»Ja, ja, Ehrwürdige«, bestätigten die Dienerinnen eine nach der anderen, »genauso haben Sie das gesagt.«

Yehonala aber verabschiedete sich förmlich mit einem Hofknicks und den Worten: »Ich werde Ihnen in allen Dingen gehorchen, Ehrwürdige.« Draußen vor der Tür warteten ihre eigene Dienerin und Li Lien-ying. Der große Eunuch rieb sich grinsend die Hände und ließ seine Fingergelenke knacken.

»Ich warte auf die Befehle der Phönixkaiserin«, sagte er.

»Sei still, noch ist es nicht soweit«, antwortete Yehonala.

»Habe ich Ihnen Ihr Schicksal nicht gleich angesehen? Ich sehe es klar vor mir. Ich sage nur, was ich schon immer gewußt habe.«

»Du kannst jetzt gehen«, sagte Yehonala zu ihm und eilte mit schnellen schwebenden Schritten fort, wandte sich dann aber noch einmal zu dem Eunuchen um. »Etwas kannst du noch tun. Geh zu meinem Vetter und sage ihm, was du gehört hast.«

Der Eunuch streckte seinen faltigen Hals vor wie eine Schildkröte. »Soll ich ihn bitten, zu Ihnen zu kommen?« fragte er mit gedämpfter Stimme.

»Nein«, erwiderte Yehonala so laut, daß es jeder hören konnte. »Es paßt sich nicht, daß ich jetzt noch mit einem Mann spreche, außer mit meinem kaiserlichen Herrn.«

Dann legte sie die Hand auf die Schulter ihrer Dienerin und ging weiter.

In ihrem Schlafzimmer wartete sie auf die Aufforderung des Kaisers, denn er würde sie doch sicher rufen lassen, wenn er die Nachricht hörte. Ihre Dienerin badete sie, zog ihr frische Unterwäsche an und ordnete ihr Haar so, daß sie das Diadem aus Edelsteinen tragen konnte.

»Was für ein Kleid wollen Sie anziehen, Ehrwürdige?«

»Bring mir das blaßblaue, mit rosa Pflaumenblüten bestickte und das gelbe mit dem Bambusgrün.«

Sie hatte sich noch nicht entschieden, welche Farbe heute am besten zu ihrem Gesicht paßte, als von den äußeren Höfen ein Wehklagen über die Mauern drang.

»Ist ein Unglück geschehen?« rief die Dienerin, ließ ihre Herrin vor den ausgebreiteten Kleidern stehen und lief hinaus. Am Hoftor kam ihr der Eunuch Li Lien-ying entgegen. Sein Gesicht war grün wie ein unreifer Pfirsich, die groben Kinnbacken klafften ihm auseinander.

»Die Kaiserinmutter ist tot«, würgte er mit heiserer Stimme hervor.

»Was? Tot?« schrie die Frau, »aber meine Herrin war doch vor zwei Stunden noch bei ihr!«

»Tot«, wiederholte Li Lien-ying. »Sie kam, gestützt auf ihre Damen, in den Audienzsaal gewankt, und als der Kaiser auf sie zueilte, öffnete sie den Mund und schnappte nach Atem, als würde ihr die Kehle durchgeschnitten. Dann keuchte sie noch, er würde einen Sohn bekommen, und das waren ihre letzen Worte, denn sie fiel ihren Frauen tot in die Arme. Ihre Seele ist zu den ewigen Gelben Quellen entschwebt.«

»O du Teufel, wie kannst du so schlimme Nachrichten bringen!« wehklagte die Frau.

Sie lief zu ihrer Herrin zurück, aber Yehonala stand schon in der äußeren Tür und hatte alles gehört.

»Ich habe der kaiserlichen Mutter zu große Freude bereitet«, sagte sie traurig.

»Nein, die Freude kam nur zu schnell nach dem großen Kummer, den sie hatte, und dadurch wurde ihre Seele zerrissen«, meinte die Frau.

Yehonala sagte nichts mehr. Sie ging wieder in ihr Schlafzimmer und betrachtete die beiden Kleider, die ausgebreitet vor ihr lagen.

»Nimm sie weg«, befahl sie schließlich, »denn jetzt wird mich der Kaiser nicht mehr kommen lassen, bis die Hoftrauer vorüber ist.«

Seufzend und wehklagend über ein so böses Mißgeschick faltete die alte Frau die schönen leuchtenden Kleider zusammen und hängte sie wieder in den rotlackierten Schrank, dem sie entnommen worden waren.

Die Monate glitten ruhig vorüber, und es kam die Zeit der ersten Kälte. Still lag die Verbotene Stadt, sie trauerte um die Kaiserinmutter, und der Sohn des Himmels trug weiße Trauerkleider und lebte ohne Frauen. Yehonala vermißte die warme Zuneigung der toten Frau, aber sie wußte, daß sie nicht vergessen war. Sie fühlte sich frei, wenn sie auch auf Befehl des Kaisers behütet wurde wie ein Kind. Was sie verlangte, bekam sie, aber sie mußte sich den Anordnungen, die sie erhielt, fügen.

Jeden Morgen, wenn sie gebadet hatte und angezogen war, kamen Ärzte in Schwärmen, um ihren Puls zu fühlen, ihr unter die Augenlider zu schauen und ihre Zunge zu besehen. Dann hielten sie eine zweistündige Konferenz, und wenn sie sich einig geworden waren, bereiteten sie selbst die Rezepte, die sie für diesen Tag verschrieben hatten. Diese grünlichen Mischungen schmeckten einfach scheußlich. Aber gewöhnlich schluckte sie die Medizin hinunter, denn sie wußte wohl, daß sie kein gewöhnliches Kind im Leibe trug, sondern eines, das wie der Kaiser dem ganzen Volke gehörte, und nicht einmal zweifelte sie daran, daß es ein Knabe war. Sie aß tüchtig, schlief gut und vertrug bei ihrer gesunden Natur sogar die Medizin.

Eine dankbare, freudige Stimmung verbreitete sich wie heitere Musik in der ganzen Kaiserstadt und sogar im ganzen Lande. Die Leute sagten, es sei eine Wende eingetreten, die schlimmen Zeiten seien vorüber, und dem Reich werde es nun wieder gutgehen.

Yehonala hatte sich inzwischen verändert. Bis zu dem Tage, an dem sie über ihre Schwangerschaft Gewißheit erlangt hatte, war sie trotz ihrer Liebe zu Büchern und ihres Lerneifers ein eigensinniges, mutwilliges, launenhaftes und stürmisches Kind gewesen. Zwar las sie nach wie vor die alten Bücher und malte die alten Schriftzeichen, aber jetzt hüllte sie sich und ihr Kind bewußt in dieses Wissen ein. So stieß sie einmal auf die Worte Laotses: »Geringschätzig von seinem Feinde zu denken, ist die größte aller Gefahren.« Sie war betroffen von diesen altweisen Worten. Dieser weise Mann hatte vor vielen Jahrhunderten gelebt, und doch waren seine Worte ganz gegenwärtig. Feinde! Das Reich, das ihr Sohn einmal regieren sollte, war von vielen Feinden umstellt. Bis jetzt hatte sie das gleichgültig gelassen, aber nun erkannte sie, daß es die Feinde ihres Sohnes und daher ihre eigenen waren. Sie blickte von dem Buche auf.

»Sagen Sie mir bitte, wer unsere jetzigen Feinde sind«, bat sie den Lehrer.

Der alte Eunuch schüttelte den Kopf. »Von Politik verstehe ich nichts«, antwortete er, »ich kenne nur die alten Weisen.«

Yehonala schloß das Buch. »Aber Sie kennen doch sicher jemanden, der mir darüber Bescheid geben könnte.«

Dem Lehrer kam diese Bitte nicht ganz geheuer vor, aber er hütete sich, Fragen zu stellen. Er wandte sich um Rat an An Teh-hai, den Obereunuchen. Dieser ging zu Prinz Kung, dem sechsten Sohn des verstorbenen Kaisers. Dessen Mutter war eine Konkubine, er war deshalb ein Halbbruder des jetzigen Kaisers Hsien Feng. Die zwei Halbbrüder waren zusammen aufgewachsen, hatten unter denselben Lehrern studiert und gefochten. Prinz Kung war ein kluger Mann mit schönem, männlichem Gesicht. Seine Intelligenz war sogar so groß und sein Urteil so abgewogen, daß Minister, Prinzen und Eunuchen sich in wichtigen Angelegenheiten im geheimen an ihn anstatt an den Kaiser wandten. Er verriet niemanden, und deshalb hatte jeder Vertrauen zu ihm. An Teh-hai ging zum Palast dieses Prinzen, der außerhalb der Verbotenen Stadt lag. Er trug ihm Yehonalas Bitte vor und bat ihn, selbst die Favoritin zu unterrichten. »Sie ist so kräftig und so gesund«, berichtete er, »und hat einen so männlichen Geist, daß sie sicher einen Sohn gebären wird, und dieser wird dann einmal Kaiser werden ...«

Prinz Kung überlegte sich die Sache eine Weile. Er war jung, und es schickte sich eigentlich nicht, einer Konkubine so nahezukommen. Aber er war ja durch seinen kaiserlichen Bruder mit ihr verwandt, und deshalb brauchte man die Sitte nicht so genau zu nehmen. Überdies waren sie keine Chinesen, sondern Mandschus, und diese konnten sich freier bewegen. Dann dachte er auch daran, wie trüb die Zeiten waren. Sein älterer Bruder, der Kaiser, war ausschweifend und schwach, die Höflinge waren korrupte und faule Gesellen, die Minister und Prinzen ohne Tatkraft, ohne Hoffnung und anscheinend unfähig, den Verfall des Reiches aufzuhalten. Die Staatskasse war leer, mehrere Mißernten hatten Hungersnöte zur Folge gehabt. Der Hunger und die allgemeine Unzufriedenheit schürten den Aufruhr. Geheimbünde wühlten die Bevölkerung gegen den Drachenthron auf, man erklärte schon offen, jetzt sei die Zeit zur Vertreibung der Mandschu-Dynastie gekommen, die das chinesische Volk zweihundert Jahre regiert hatte. Vertreibung der Mandschus, Wiederherstellung der alten chinesischen Ming-Dynastie! Das war die Parole. Die Rebellen hatten sich schon unter dem langhaarigen Tobsüchtigen Hund zu einer großen Horde zusammengerottet. Dieser Hund nannte sich einen chinesischen Christen, als ob es nicht schon genügte, daß die Ausländer im Namen dieses selben Christus in ihren Schulen und Kirchen die jungen Leute verführten, ihre angestammten Götter aufzugeben! Was gab es also für eine Hoffnung, als die Trümmer des Reiches so lange zusammenzuhalten, bis ein Erbe geboren wurde, ein starker Sohn einer starken Mutter?

»Ich will die Favoritin selbst unterrichten«, sagte er, »aber ihr alter Lehrer soll dabei zugegen sein.«

Am nächsten Tage, als Yehonala wie gewöhnlich in die Bibliothek kam, sah sie dort neben ihrem Lehrer einen großen, jungen und schönen Mann stehen, dem ganzen Aussehen nach eine machtvolle Persönlichkeit. Auch An Teh-hai war da, der ihr Prinz Kung vorstellte und ihr erklärte, zu welchem Zweck dieser gekommen war.

Yehonala verbeugte sich, wobei sie den Ärmel vor das Gesicht hielt. Prinz Kung aber sah sie nicht an, sondern wandte den Kopf weg.

»Nehmen Sie bitte Platz«, sagte Yehonala mit ihrer schönen Stimme. Sie selbst setzte sich auf ihren gewohnten Platz, während der Lehrer sich an das Ende des Tisches setzte. Der Obereunuch stand hinter dem Prinzen, während ihre vier Damen sich hinter Yehonala stellten.

Auf diese Art begann Prinz Kung die Konkubine des Kaisers zu unterrichten. Nicht einmal sah er sie an, sondern sprach immer nur mit weggewandtem Kopf. Diese Belehrung fand nun viele Monate lang alle sieben Tage statt. Er schilderte ihr den ganzen Zustand der Nation, beschrieb, wie die Schwäche des Thrones die Untertanen zum Aufruhr und die Feinde jenseits der nördlichen Ebenen und des Ostmeeres zum Einfall in China veranlaßte. Er erklärte ihr, daß diese Eindringlinge vor dreihundert Jahren zuerst Portugiesen gewesen seien, die Gewürze gesucht hatten. Da sie reichen Gewinn davontrugen, verlockte ihr Beispiel andere Europäer, es ihnen nachzutun. Es kamen Spanier und Holländer und dann die Engländer, die mit China Krieg führten, um ihren Opiumhandel betreiben zu können, und schließlich die Franzosen und die Deutschen.

Yehonala machte große Augen, sie waren noch dunkler als sonst. Sie wurde abwechselnd blaß und rot, und ihre Hände ballten sich auf den Knien zu Fäusten. »Und wir haben nichts dagegen getan?« rief sie.

»Was konnten wir tun?« entgegnete Prinz Kung. »Wir sind kein seefahrendes Volk wie die Engländer. Ihr kleines, unfruchtbares Land ist vom Meere eingeschlossen, und es bleibt ihnen nichts anderes übrig, als über See zu fahren und zu plündern, oder sie müssen verhungern.« – »Aber trotzdem glaube ich –«

So begann Yehonala, aber Prinz Kung hob die Hand.

»Warten Sie – es kommt noch mehr.«

Dann erzählte er, wie die Engländer einen Krieg nach dem anderen angezettelt hätten und jedesmal siegreich gewesen wären.

»Warum?« fragte Yehonala.

»Sie haben ihren Reichtum für Kriegswaffen verwendet«, erwiderte Prinz Kung.

Dann berichtete er von einem neuen Feinde, der dieses Mal von Norden her gekommen sei. »Wir kennen diese Russen schon lange«, setzte er hinzu. »Vor fünfhundert Jahren hat der große Kublai Khan, der Beherrscher Chinas, Russen als Leibwache gehabt, wie später alle Kaiser seiner Dynastie. Zweihundert Jahre nach ihm führte ein gewisser Jermak, ein russischer Landräuber und Abenteurer, auf dessen Kopf ein Preis gesetzt war, seine wilde Bande über den Ural, um für die Kaufleute, in deren Diensten er stand, Pelze zu besorgen. Er kämpfte gegen die nördlichen Stämme, die im Tal des großen Flusses Ob wohnen, und nahm ihre Stadt Siber ein. Er beanspruchte das Land im Namen des russischen Herrschers, des Zaren, und so wurde später die ganze Gegend Sibirien genannt. Für diese Eroberung wurden ihm seine Sünden verziehen, und sein Volk nennt ihn noch heute einen großen Mann.«

»Ich habe genug gehört«, sagte Yehonala plötzlich.

»Nein, noch nicht genug«, widersprach Prinz Kung höflich. »Die Engländer ließen uns keine Ruhe. In der Zeit Tschia-Tschings, des Sohnes des mächtigen Tschien Lung, schickten die Engländer einen Abgesandten namens Amherst. Als dieser Mann zur üblichen Morgenstunde in den Audienzsaal befohlen wurde, weigerte er sich zu kommen und gebrauchte als Ausrede, seine Staatskleider seien noch nicht da, und er sei krank. Der Sohn des Himmels schickte ihm seine eigenen Ärzte, die ihn untersuchen sollten. Sie meldeten dem Kaiser, Amherst schütze nur Krankheit vor. Der Sohn des Himmels wurde zornig und befahl dem Engländer, wieder nach Hause zu fahren. Die Weißen sind störrische Menschen, sie wollen sich vor unseren Himmelssöhnen nicht verbeugen und nicht vor ihnen knien. Sie erklären uns, daß sie nur vor Göttern und vor Frauen knien.«

»Vor Frauen?« wiederholte Yehonala erstaunt.

Es erschien ihr ungemein komisch, daß Weiße vor Frauen knien. Sie hob die Hand vors Gesicht, um ihr Lachen hinter dem Ärmel zu verbergen. Aber diese Vorstellung brachte sie so sehr zum Kichern, daß die anderen es hörten. Da blickte Prinz Kung zum erstenmal nach ihr hin, und als er ihre spitzbübischen Augen sah, brach er selbst in lautes Lachen aus. So ermutigt, lachte auch der Obereunuch, die Hofdamen lachten und hielten ihre seidenen Ärmel vor das Gesicht.

»Wollen die Weißen noch immer nicht vor den Himmelssöhnen knien?« fragte Yehonala, als alle sich ausgelacht hatten.

»Nein, noch immer nicht«, erwiderte Prinz Kung.

Yehonala war einen Augenblick lang sprachlos. ›Aber wenn mein Sohn regiert‹, dachte sie, ›werden sie vor ihm knien. Wenn sie ihre Köpfe nicht bis auf den Boden beugen, werde ich sie ihnen abschlagen lassen.‹

»Und wie ist es jetzt?« fragte sie dann. »Sind wir noch immer hilflos?«

»Wir müssen Widerstand leisten, wenn auch nicht mit Waffen, denn diese fehlen uns, aber was die Ausländer von uns verlangen, müssen wir ablehnen. Die Amerikaner zum Beispiel, die erst nach den Engländern gekommen sind, verlangen von uns, daß auch ihnen die Vorteile eingeräumt werden, die wir in Verträgen anderen westlichen Mächten gewähren müssen. Daraufhin haben wir gefordert, ihre Regierung solle die Amerikaner, die mit Opium handeln, nicht beschützen, und die Regierung ist auch darauf eingegangen.«

»Und wie soll das enden?« fragte Yehonala.

»Wer weiß?« seufzte Prinz Kung. Sein Gesicht umwölkte sich. Es lag ein Schatten von Traurigkeit auf diesem Gesicht. Um den schmalen Mund und zwischen den schwarzen Brauen hatten sich bereits tiefe Furchen eingegraben.

Er stand auf und verbeugte sich. »Für diesen Tag dürfte es genug sein. Ich habe Ihnen, Hochbegnadete, eine kleine Geschichtsskizze gezeichnet. Wenn Sie wollen, will ich sie erweitern und ausfüllen, bis die ganze Wahrheit zutage tritt.«

»Bitte, tun Sie das«, sagte Yehonala; auch sie stand auf und verbeugte sich.

So ging der Tag zu Ende. In der Nacht konnte sie nicht schlafen. Was für ein Schicksal stand ihr bevor? Ihr Sohn mußte das Reich zurückgewinnen und seine ausländischen Feinde ins Meer treiben.

Yehonala fühlte sich jetzt nicht mehr als Gefangene. Die Hoffnung des Volkes richtete sich auf sie. Was sie aß, ob sie gut schlief,

Langeweile oder Schmerz empfand, ihr Aussehen, ihr Lachen, ihr Eigensinn und ihre Launen – das war auf einmal alles von großer Wichtigkeit. Sie stand plötzlich in vollem Licht und war eine wichtige Persönlichkeit. So verstrichen allmählich die Wintermonate. Vom wolkenlosen Himmel strahlte die Sonne und belebte die ganze Stadt. Die Leute waren fröhlich, weil sie neue Hoffnung faßten, und das Geschäftsleben war rege. Im Süden machten es sich die langhaarigen Rebellen in der Stadt Nanking bequem. Die Kunde kam nach Norden, daß ihr Führer viele Frauen nahm und durch Trinken und Schmausen seine Kraft verlor. Diese gute Nachricht verminderte Yehonalas Sorgen nur unerheblich, denn dieser chinesische Revolutionär war nicht der wirkliche Feind. Die Feinde waren die Ausländer. Aber sie brauchten nur in ihr Land zurückzukehren, dann würde es keine Feindschaft mehr zwischen ihnen und China geben. ›Wir wollen ja nur in Ruhe gelassen werden‹, dachte Yehonala.

Im dritten Frühlingsmonat des neuen Jahres – warum der Himmel gerade diesen Tag auserwählt hatte, wußte man nicht – gab Yehonala einem Sohn das Leben. Bei der Geburt waren die älteren Hofdamen zugegen, die die verstorbene Kaiserinmutter vertraten. Die Hebammen erklärten sofort, der ersehnte Erbe sei da.

»Seht, Ehrwürdige, ein männliches Kind in voller Gesundheit und Kraft!«

Yehonala, fast einer Ohnmacht nahe, sah auf und erblickte ihren Sohn. Er lag in den Händen der Hebamme, strampelte mit Armen und Beinen, öffnete den Mund und tat einen ersten lauten Schrei.

An dem milden Frühlingsabend brannten auf dem Hofe vor ihrem kleinen Palast Laternen auf einem Opferaltar. Von ihrem Bett aus sah Yehonala durch das Gitterwerk der niedrigen Fenster die Versammlung von Prinzen, Hofdamen und Eunuchen, die um den Altar standen. Das Licht spielte auf ihren Gesichtern und ihren vielfarbigen, mit Gold- und Silberstickerei verzierten Satinkleidern. Man brachte dem Himmel das Geburtsopfer dar. Der Kaiser stand vor dem Altar, gab dem Himmel die Geburt seines Erben kund und sprach seine Dankgebete. Auf dem Altartisch lagen drei Weihegaben: der weiße, borstenlose Kopf eines Schweines, ein gedämpfter Hahn, der nur noch an Kopf und Schwanz befiedert war, und zwischen Schwein und Hahn ein lebendiger Fisch, der in einem Netz aus roter Seide zappelte.

Die Durchführung dieses Ritus war schwierig, und nur der Himmelssohn konnte ihn richtig vollziehen, denn dieser Fisch war aus einem Lotosteich genommen und mußte wieder lebend in das Wasser zurückgebracht werden, sonst würde der Erbe sein Mannesalter nicht erreichen. Der kaiserliche Vater konnte auch nicht durch Eile die feierliche Handlung stören, denn damit würde er den Himmel beleidigen. In tiefem Schweigen breitete er die Arme aus, schweigend kniete er nieder, denn er allein konnte dem Himmel seine Andacht darbringen. Psalmodierend sprach er dann seine Gebete. Genau im richtigen Augenblick beendete er sie, erfaßte den noch lebenden Fisch mit beiden Händen und überreichte ihn dem Obereunuchen, der zu dem Teich eilte, den Fisch hineinwarf und sich überzeugte, ob er fortschwamm. Wenn er sich nicht bewegte, würde der Erbe als Kind sterben. Mit hocherhobener Laterne blickte der Obereunuch ins Wasser. Schweigend wartete der Hof, bewegungslos stand der Kaiser vor dem Altar.

Im Licht der Laterne blitzte es silbrig im Wasser auf.

»Der Fisch lebt!« rief der Eunuch.

Auf diese freudigen Worte hin begann die Versammlung ebenfalls ihrer Freude Ausdruck zu geben. Ein Feuerwerk wurde abgebrannt. In allen Palästen wurden Vögel aus ihren Käfigen freigelassen. Raketen zogen ihre Lichtbahnen am Himmel. Auf den Ellenbogen gestützt, sah Yehonala diesem Schauspiel zu. Der ganze Himmel schien vor ihren Augen zu bersten. Von seiner Mitte aus schwebte gegen die funkelnde Dunkelheit eine große goldene Orchidee mit rotgefärbten Blättern.

»Herrin, dies alles geschieht Ihnen zu Ehren!« rief ihre Dienerin.

Für die Pekinger war das Feuerwerk das Zeichen zur Festesfreude. Lachend sank Yehonala in die Kissen zurück. Wie oft in ihrem Leben hatte sie sich gewünscht, ein Mann zu sein, aber nun war sie froh, daß sie eine Frau war. Welcher Mann könnte einen solchen Triumph genießen wie sie, die dem Kaiser einen Sohn geboren hatte?

»Ist meine Kusine, die Gemahlin, auch auf dem Hofe?« fragte sie.

Die alte Frau spähte auf den Hof, auf dem Licht und Schatten abwechselten. »Ich sehe sie unter ihren Damen«, berichtete sie.

»Geh zu ihr hin und bitte sie, zu mir zu kommen. Sag ihr, ich sehne mich danach, sie zu sehen.«

Die Dienerin trat stolz an Sakota heran und überbrachte ihr den Wunsch Yehonalas. »Sie betrachtet die Gemahlin als ihre ältere Schwester«, fügte sie schmeichelnd hinzu.

Aber Sakota schüttelte den Kopf. »Ich bin mit Mühe aufgestanden, um dem Opfer beizuwohnen, und gehöre gleich wieder ins Bett. Ich fühle mich gar nicht wohl.«

Mit diesen Worten verschwand sie in der Dunkelheit eines runden Mondtores, gestützt auf zwei ihrer Damen und begleitet von einem Eunuchen, der ihr mit einer Laterne voranleuchtete.

Alle waren über diese Weigerung überrascht. Die Frau ging zu Yehonala zurück.

»Herrin, die Gemahlin will nicht kommen. Sie sagt, sie sei krank, aber ich glaube es nicht.«

»Warum wollte sie denn nicht kommen?« fragte Yehonala.

»Wer kann sagen, was in ihrem Herzen vor sich geht?« erwiderte die Dienerin. »Sie hat eine Tochter, Sie haben einen Sohn.«

»So engherzig ist Sakota nicht«, sagte Yehonala. Aber gleichzeitig dachte sie daran, daß ein Dolch über ihrem Haupte schwebte, weil Sakota ein Geheimnis von ihr kannte.

»Wer kennt das Herz des Menschen?« sagte die Frau, und dieses Mal antwortete Yehonala nichts mehr.

Yehonala fühlte sich in ihrem Bett sonderbar verlassen. Sakota, die immer so sanft und lieb gewesen war, hatte weder sie noch ihren Sohn besucht. Eunuchen hatten sicher Unfrieden gestiftet und sie bei Sakota verleumdet. Der Großkanzler Su Schun, dieser Emporkömmling, oder sein Freund Prinz Yi, der Neffe des Kaisers, waren vielleicht an diesen Verleumdungen beteiligt, denn sie waren eifersüchtig auf die neue Favoritin. Bis zu ihrem Erscheinen, so hatte Li Lien-ying ihr erzählt, hatten sie das Vertrauen des Kaisers genossen und waren immer in seiner Nähe gewesen, bis er sie durch seine unersättliche Liebe zu Yehonala vernachlässigte.

Ich habe ihnen nie Böses getan, dachte sie, und bin höflicher zu ihnen gewesen, als es nötig war.

Der Großkanzler, ein Mann von niederer Herkunft, war hochmütig und ehrgeizig, und doch hatte Yehonala seine Tochter Mei, ein sechzehnjähriges Mädchen, zu ihrer Hofdame erwählt. Prinz Kung jedoch mußte ihr Freund sein. Sie dachte an sein hageres, hübsches Gesicht und beschloß, ihn zu ihrem Bundesgenossen zu machen. In der Geborgenheit ihres großen, mit Vorhängen umgebenen Bettes kuschelte sich ihr Sohn unter ihre rechte Achselhöhle, und Yehonala dachte über ihre und seine Zukunft nach. Sie und ihr Sohn standen allein gegen die Welt. Der Mann, den sie liebte, konnte nie ihr Gatte werden. Solange sie allein war, hätte sie tot oder lebend davonkommen können, aber von Selbstmord konnte jetzt nicht mehr die Rede sein. Sie hatte einen Sohn geboren, und nur sie konnte ihn inmitten der vielen Palastintrigen beschützen. Die Zeiten waren schlimm, die Zeichen, die der Himmel gab, deuteten auf Unheil, der Kaiser war schwach, und nur sie konnte den Thron für ihren Sohn freihalten.

In jener Nacht – und so sollte es in vielen späteren Nächten, ja in allen Nächten ihres Lebens sein – lag sie in den Stunden vor der Dämmerung wach, sah ihrem Schicksal mit offenen Augen und bangem Herzen entgegen und erkannte, daß nur in ihr selbst Kraft genug war, dem dämmernden Tage mit neuem Mut entgegenzugehen. Gegen Feinde und Freunde mußte sie sich zur Wehr setzen und sogar gegen Sakota, die ihr Geheimnis kannte. Das Kind, das sie im Arm hielt, mußte für immer der Sohn des Kaisers Hsien Feng sein. Keinen anderen Namen konnte sie dulden. Sohn des Kaisers und Erbe des Drachenthrones! So begann sie den schicksalsschweren Kampf, der ihr ganzes Leben hindurch andauern sollte.

II

Tsu Hsi

Nach alter Sitte gehörte ihr Sohn im ersten Monat seines Lebens ganz ihr. Nicht einmal eine Amme durfte ihn aus dem Palast seiner Mutter tragen. Die Zimmer ihres Hauses lagen um einen von Päonien leuchtenden Hof, und hier verbrachte Yehonala alle Tages- und Nachtstunden. In diesem Monat herrschte eitel Freude und Vergnügen. Als Favoritin des Kaisers wurde die junge Frau verhätschelt und umschmeichelt und Glückliche Mutter genannt. Den ganzen Tag kamen Besucher, um das Kind zu besichtigen, und alle erstaunten über seine Größe, seine gesunde braune Farbe, sein hübsches Gesicht, seine kräftigen Hände und Füße. Alle kamen, außer Sakota, und durch ihr Fernbleiben wurde die Freude der jungen Mutter getrübt. Die Gemahlin hätte die erste sein sollen, die das Kind besuchte und ihn als Erben anerkannte, und gerade sie kam nicht. Sie entschuldigte sich damit, daß ihr eigener Geburtsmonat nach den Sternen dem Geburtsmonat des Kindes feindlich sei. Wie durfte sie es dann wagen, den Palast zu betreten, in dem das Kind behütet wurde?

Yehonala nahm das zur Kenntnis, ohne etwas darauf zu erwidern. Sie verbarg ihren Groll im Herzen, und dort wuchs er in all den Tagen des Geburtsmonats. Aber drei Tage vor dem Ende des Monats schickte sie den Eunuchen Li Lien-ying mit folgender Botschaft zu Sakota:

»Da du, liebe Kusine, mich nicht besucht hast, muß ich zu dir kommen, um dich um deine Gunst für meinen Sohn zu bitten, denn er gehört nach dem Gesetz und der Sitte uns beiden.«

Es war richtig, daß Sakota als Gemahlin des Kaisers Yehonalas Sohn beschützen sollte, denn das war ihre Pflicht, aber Yehonala fürchtete noch immer, daß Sakota eifersüchtig wäre oder ein von Eunuchen und streitsüchtigen Prinzen genährtes Gerücht Eingang in ihr einfaches Herz gefunden haben könnte. Solche Zwischenträgereien verpesteten die Verbotene Stadt.

Darum schickte sie sich an, ihr Haus zu verlassen und zu Sakota zu gehen. Inzwischen dachte sie alle möglichen Sicherheitsmaßnahmen für ihr Kind aus. Li Lien-ying mußte bei dem besten Goldschmied der Stadt eine Kette mit kleinen, aber starken Goldgliedern kaufen. Sie schloß die beiden Enden mit einem goldenen Vorhangschloß fest zusammen. Den Schlüssel trug sie an einer feinen goldenen Kette um den Hals auf der bloßen Haut, und sie nahm sie bei Tag und Nacht nie ab. Obwohl ihr Sohn auf diese Weise symbolisch an die Erde gebunden war, genügte das noch nicht. Andere mächtige Mandschu-Familien mußten das Kind adoptieren. Aber wie viele Freunde hatte sie denn? Lange dachte sie nach und faßte schließlich folgenden Plan: Von dem Oberhaupt einer jeden der hundert mächtigsten Familien im Reich erbat sie sich eine Länge feinster Seide. Aus diesen hundert Stücken Seide ließ sie von den kaiserlichen Schneidern ein Kleid für ihr Kind machen. So war ihr Sohn symbolisch von hundert mächtigen und vornehmen Familien adoptiert, und unter deren Schutz würden die Götter nicht wagen, ihm Schaden zuzufügen. Denn es ist allgemein bekannt, daß Götter eifersüchtig auf schöne, von Menschenfrauen geborene männliche Kinder sind und Krankheiten und Unfälle herabsenden, um solche Kinder zu vernichten, bevor sie zu gottähnlichen Menschen werden.

Am dritten Tage vor dem Ende des ersten Mondmonats ihres Sohnes machte sich Yehonala auf den Weg zu Sakota. Sie trug ein neues Seidenkleid in kaiserlichem Gelb, das mit granatapfelroten kleinen Blüten bestickt war, und einen Kopfputz aus schwarzem, mit Perlen besetztem Satin. Ihr Gesicht wurde zuerst mit geschmolzenem Hammelfett und dann mit parfümiertem Wasser gewaschen, dann gepudert und geschminkt. Ihre schönen Augen waren mit einem in geölte Tusche getauchten Pinsel nachgezogen. Ihr Mund, der an sich schon verführerisch war – er verriet ihr warmes Herz, denn er war voll und zart –, wurde durch roten Lack noch hervorgehoben. An den Fingerringen blitzten Edelsteine, und ein Daumenring war aus feinem Nephrit. Um ihre langen polierten Fingernägel nicht abzustoßen, trug sie an ihnen Schutzschilde von dünnem geschlagenem Gold, die mit kleinen Edelsteinen besetzt waren. Die Ohrringe waren aus Nephrit und Perlen. Ihre hochsohligen Schuhe und ihr Kopfputz ließen sie größer erscheinen, als sie war. Vor soviel Schönheit klatschten selbst ihre Damen in die Hände, als sie angezogen vor ihnen stand.

Ihr Sohn war von Kopf bis Fuß in scharlachroten Satin gekleidet, der mit kleinen goldenen Drachen bestickt war. Sie trug ihn selbst in die Sänfte, in der sie beide, Mutter und Sohn, zum Palast der Gemahlin getragen wurden. Eunuchen gingen voran, um ihr Kommen anzukünden, ihre Damen folgten hinterdrein. Sie kamen zum Ziel, Yehonala stieg aus der Sänfte und trat über die Schwelle. Vor ihr in der Empfangshalle sah sie Sakota. Sakota war noch blasser und gelber als sonst, denn sie hatte sich von der Geburt ihrer Tochter nicht erholt. Ihre Haut war welk geworden, ihre Hände zusammengeschrumpft wie die eines kranken Kindes.

Wie eine junge Zeder stand Yehonala stark und schön vor diesem kleinen, ängstlichen Wesen.

Nach der Begrüßung sagte Yehonala: »Ich komme wegen unseres Sohnes zu dir, Kusine. Ich habe ihn zwar geboren, aber du hast noch größere Verpflichtungen gegen ihn als ich, denn ist nicht sein Vater der Sohn des Himmels, der in erster Linie *dein* Herr ist? Ich bitte dich, meinem Sohn deinen Schutz zu gewähren.«

Sakota erhob sich und blieb halb gebeugt stehen, wobei sie sich an der Lehne festhielt. »Nimm bitte Platz, Kusine«, sagte sie mit weinerlicher Stimme. »Es ist das erste Mal seit einem Monat, daß du dein Haus verlassen hast. Setz dich und ruhe dich aus.«

»Ich will mich nicht ausruhen, bis ich dein Versprechen für unseren Sohn habe«, sagte Yehonala.

Sie blieb stehen und sah Sakota fest an, während ihre schwarzen Augen noch schwärzer wurden und ihre Pupillen sich weiteten und glühten.

Sakota sank in den Sessel zurück. »Aber – aber warum?« stammelte sie. »Warum sprichst du so zu mir? Sind wir nicht Verwandte? Ist nicht der Kaiser Herr über uns beide?«

»Ich suche deine Gunst um meines Sohnes willen«, sagte Yehonala, »nicht für mich. Ich brauche sie nicht. Aber ich muß die Sicherheit haben, daß du für unseren Sohn und nicht gegen ihn bist.«

Jede von beiden wußte, was die andere sagen wollte. Bei den Intrigen, die unter den Eunuchen und Prinzen im Gange waren, meinte Yehonala, sicher sein zu müssen, daß Sakota sich nicht an die Spitze jener stellen würde, die womöglich den Erben beseitigen und einen anderen auf den Drachenthron setzen wollten. Durch ihr Schweigen gab Sakota zu, daß eine solche Absicht bestand, sie davon wußte und nichts versprechen wollte.

Yehonala reichte ihren Sohn einer Hofdame, die ihn halten sollte, während sie zu Sakota vortrat. »Gib mir deine Hände, Kusine.« Ihre Stimme war ruhig und entschlossen. »Versprich mir, daß niemand uns trennen kann. Wir müssen hier in diesen Mauern in Frieden leben. Wir wollen in Freundschaft und nicht in Feindschaft leben.«

Sie wartete, aber Sakota zögerte und streckte ihre Hände nicht aus. Da funkelten Yehonalas Augen plötzlich vor Wut, sie beugte sich nieder, ergriff die kleinen weichen Hände ihrer Kusine und drückte sie so fest, daß Sakota Tränen in die Augen traten. So hatte Yehonala es oft gemacht, als sie Kinder waren. Wenn Sakota damals schmollte oder sich auflehnte, drückte Yehonala ihr die Hände so fest zusammen, bis sie vor Schmerz schrie.

»Ich . . . ich verspreche es«, sagte Sakota mit gebrochener Stimme.

»Und ich gebe dir auch mein Versprechen«, sagte Yehonala mit fester Stimme.

Sie ließ die kleinen Hände wieder auf Sakotas Schoß fallen und sah, was alle anderen auch sofort bemerkten, daß die dünnen Goldschilder ihrer Fingernägel rote Streifen in das zarte Fleisch geschnitten hatten. Sakota drückte die Hände zusammen, und Schmerzenstränen rollten ihr über die Wangen.

Aber Yehonala äußerte kein Wort des Bedauerns, sie entschuldigte sich nicht. Sie lehnte die Schale Tee ab, die ihr eine Hofdame anbot, und verbeugte sich.

»Ich will nicht bleiben«, sagte sie mit ihrer gewohnten Liebenswürdigkeit. »Ich bin nur gekommen, um dieses Versprechen von dir zu erhalten, und jetzt habe ich es. Es gilt, solange ich lebe und solange mein Sohn lebt. Ich vergesse nicht, daß auch ich mein Versprechen gegeben habe.«

Stolz ließ die schöne Frau ihre Blicke von einem zum andern wandern. Dann raffte sie ihre goldstrahlenden Kleider, nahm ihren Sohn wieder auf die Arme und wandte sich dem Ausgang zu.

Am Abend, als die Amme das Kind gestillt und in ihren Armen in Schlaf gewiegt hatte, ließ Yehonala Li Lien-ying kommen. Er war jetzt nie weit weg und erschien gleich. Yehonala befahl ihm, den Obereunuchen An Teh-hai zu ihr zu führen.

»Sage ihm, daß mir gewisse Dinge Sorgen machen und ich mit ihm sprechen will.«

Der Obereunuch ließ über eine Stunde auf sich warten. »Verzeihen Sie, Ehrwürdige, daß ich so spät komme«, entschuldigte er sich beim Eintreten, »aber ich hatte beim Kaiser zu tun und wurde aufgehalten.«

»Dann verzeihe ich«, sagte Yehonala. Sie zeigte auf einen Stuhl, auf dem er Platz nehmen sollte. Sie selbst setzte sich auf einen thronartigen Sessel, der an dem langen geschnitzten Tisch an der Innenwand des Zimmers stand. Ihre Damen hatte sie entlassen, und nur Li Lien-ying und ihre Dienerin blieben mit im Zimmer.

Li Lien-ying wollte sich ebenfalls zurückziehen, aber Yehonala forderte ihn auf, dazubleiben.

»Was ich zu sagen habe, ist für euch beide, denn ich betrachte euch als meine linke und meine rechte Hand.«

Sie erbat dann gleich Aufklärung über die Intrigen, von denen sie durch ihre Damen gehört hatte. »Stimmt es«, fragte sie den Obereunuchen, »daß sich gewisse Leute verschworen haben, meinem Sohn den Thron zu rauben, wenn –«, sie hielt ein, denn niemand durfte, wenn er vom Kaiser sprach, das Wort »Tod« gebrauchen.

»Das stimmt leider«, sagte der Obereunuch und nickte dabei mit seinem schönen großen Kopf.

»Erklären Sie das!«

»Sie müssen wissen, Ehrwürdige«, begann der Eunuch gehorsam, »daß in den mächtigen Familienverbänden niemand glaubte, der Kaiser könne einen gesunden Sohn zeugen. Als die Gemahlin ein kränkliches Mädchen gebar, verabredeten einige Prinzen, sie wollten, sobald der Kaiser zu den Gelben Quellen gegangen wäre, das kaiserliche Siegel stehlen.«

Hierbei legte der Eunuch seine großen weichen Hände auf die Knie und sprach so leise, daß Li Lien-ying sich vorbeugen mußte, um ihn zu verstehen.

»Mit kühler Überlegung«, sagte der Obereunuch feierlich, »müssen wir unsere Freunde und Feinde zählen.«

Während er sprach, saß Yehonala regungslos da. Mit Anmut und Leichtigkeit konnte sie stundenlang bewegungslos sitzen, eine aufrechte, königliche Erscheinung. Ohne ein Zeichen von Furcht sah sie nun den Eunuchen an. »Wer sind unsere Feinde?« fragte sie.

»Zuerst der Großkanzler Su Schun«, flüsterte der Obereunuch.

»Der?« rief sie aus. »Und ich habe seine Tochter zur Hofdame genommen und sie zu meinem Liebling gemacht!«

»Er und mit ihm der Neffe des Kaisers, Prinz Yi, und nach ihm Prinz Tscheng. Diese drei, Ehrwürdige, sind unsere Hauptfeinde, weil Sie uns einen Erben geschenkt haben.«

Sie senkte den Kopf. Die Gefahr war wirklich so groß, wie sie gedacht hatte. Es waren mächtige Prinzen, durch Blut und Sippe mit dem Kaiser verbunden. Und sie war nur eine Frau.

Stolz hob sie den Kopf. »Und meine Freunde?«

Der Eunuch räusperte sich. »Vor allen anderen Prinz Kung, der jüngere Bruder des Himmelssohnes.«

»Wenn er wirklich mein Freund ist«, sagte sie, »wiegt er alle anderen auf.« Sie war noch so jung, daß jede Hoffnung sie glücklich machte und sie vor Freude rot wurde.

»Als Prinz Kung Sie erblickte«, erklärte der Eunuch, »sagte er zu einem neben ihm stehenden Adeligen, der es mir nachher wiedererzählte, Sie seien eine so kluge und schöne Frau, daß Sie dem Reich entweder Glück bringen oder den Drachenthron umstürzen würden.«

Yehonala dachte lange über diese Worte nach und schwieg eine ganze Weile. Dann holte sie in einem langen Seufzer Atem.

»Wenn ich Glück bringen soll, muß ich Waffen in der Hand haben«, sagte sie.

»Sicherlich, Ehrwürdige«, erwiderte der Eunuch und wartete.

»Meine erste Waffe«, fuhr sie fort, »muß die Macht sein, die der Rang verleiht.«

»Richtig, Ehrwürdige«, sagte der Eunuch und wartete wieder.

»Gehen Sie wieder zum Kaiser«, befahl ihm Yehonala, »und machen Sie ihm klar, daß der Erbe in Gefahr ist. Erklären Sie ihm, daß nur ich das Kind beschützen kann. Hämmern Sie ihm ein, daß er mir denselben Rang geben muß, wie ihn die Gemahlin hat, so daß sie keine Macht über den Erben hat und nicht von jenen, die nach solcher Macht streben, als Werkzeug benützt werden kann.«

Dieser Schachzug gefiel dem Obereunuchen. Er lächelte, aber Li Lien-ying lachte offen heraus und ließ seine Fingergelenke knacken, um seine Freude zu zeigen.

»Ehrwürdige«, sagte der Obereunuch, »ich werde dem Kaiser nahelegen, daß er Ihnen diese Auszeichnung am ersten Monatsgeburtstag seines Erben verleiht. Welcher Tag könnte verheißungsvoller sein?«

»Keiner«, gab sie zu.

Sie blickte in seine kleinen schwarzen Augen, die tief unter der glatten hohen Stirn lagen, und plötzlich bildeten sich Grübchen in ihren Wangen, sie lachte über das ganze Gesicht, ein triumphierendes Leuchten stand in ihren Augen.

Der erste Lebensmonat ihres Sohnes war vollendet. Es war Vollmond gewesen, als er geboren wurde, und wieder stand jetzt der Mond rund am Himmel. Der Erbe war jetzt dick und gesund, hatte bereits einen gebieterischen Willen und ständig einen solchen Hunger, daß seine Amme Tag und Nacht für ihn bereit sein mußte. Diese Amme hatte Yehonala selbst ausgewählt. Sie war Chinesin, eine starke junge Bauersfrau, die ebenfalls ihr erstes Kind geboren hatte und deren Milch daher für den kaiserlichen Säugling geeignet war. Aber Yehonala hatte sich nicht damit begnügt, daß die Hofärzte die Frau für gesund erklärten. Sie hatte diese selbst am ganzen Leib untersucht und festgestellt, ob ihre Milch süß und ob sie keinen übelriechenden Atem hatte. Sie selbst bestimmte, was die Frau zu sich nehmen durfte, und sorgte dafür, daß sie nur die besten und reichhaltigsten Speisen bekam. Von solcher Milch gedieh der junge Prinz wie ein Bauernkind.

Für diesen ersten Monatsgeburtstag hatte der Kaiser Feierlichkeiten im ganzen Reiche angeordnet. In der Verbotenen Stadt sollte der Tag ganz der Festesfreude und den musikalischen Veranstaltungen gewidmet sein. Er ließ durch den Obereunuchen bei Yehonala anfragen, was ihr wohl an diesem verheißungsvollen Tage am meisten Freude machen würde. Sie gab ihrer Herzenssehnsucht offenen Ausdruck.

»Ich möchte gern ein gutes Theaterstück sehen«, gestand sie An Teh-hai. »Seitdem ich unter diesen goldenen Dächern lebe, habe ich noch kein Schauspiel gesehen. Die Kaiserinmutter wollte von Schauspielern nichts wissen. Zu ihren Lebzeiten wagte ich nicht, einen solchen Vorschlag zu machen, während der Hoftrauer konnte ich es nicht. Wird mir wohl jetzt der Sohn des Himmels meine Bitte gewähren?«

Ihr leuchtendes, erregtes Kindergesicht, ihre großen hoffnungsvollen Augen brachten An Teh-hai zum Lächeln.

»Der Sohn des Himmels wird Ihnen jetzt nichts verweigern«, sagte An Teh-hai, und dabei zwinkerte und nickte er vielmals, um ihr zu bedeuten, daß sie ein viel größeres Geschenk erhalten würde als ein Theaterstück. Dann eilte er fort, um dem Kaiser ihre Bitte vorzutragen.

So kam es, daß Yehonala an dem Festtage zwei Wünsche auf einmal erfüllt wurden, der kleinere, ein Schauspiel zu sehen, und der größere der Rangerhöhung. Aber zuerst mußten die Geschenke dargeboten und empfangen werden. Für diese Zeremonie wählte der Kaiser den Thronsaal, Palast des Strahlenden Glanzes genannt. Hier warteten in der Morgendämmerung Abgesandte aus allen Teilen des Reiches. Eunuchen gingen unter ihnen hin und her, um die von der Decke herabhängenden großen Laternen anzuzünden, die mit den kaiserlichen fünfkralligen Drachen bemalt waren. Die Laternen waren aus Horn hergestellt. Ihr Licht ließ die Goldstickereien auf den Kleidern der Eunuchen und denen der Gäste und die Edelsteine, mit denen der Thron übersät war, in besonderem Glanze aufleuchten. Jede Farbschattierung hob sich hervor, Rot und Purpur strahlten in tieferem Glanz, Scharlachrot und Hellblau wirkten besonders lebhaft, und Gold und Silber bekamen ungewöhnliche Leuchtkraft.

Schweigend warteten alle auf die Ankunft des Himmelssohnes. Gleich nach Anbruch der Morgendämmerung nahte sich der feierliche Zug, die Banner, von Leibwächtern in roten Röcken getragen, flatterten im Morgenwind. Dann kamen die Prinzen und dann die Eunuchen, die paarweise in purpurroten, mit goldenen Gürteln gerafften Gewändern langsam einherschritten. In ihrer Mitte trugen zwölf Träger in der heiligen gelben Drachensänfte den Sohn des Himmels. Im Thronsaal fielen alle auf die Knie, stießen neunmal den Kopf auf den Boden und riefen: »Zehntausend Jahre – zehntausend Jahre – zehntausend Jahre!«

Der Kaiser stieg aus der Sänfte und ging, mit der Rechten auf den Arm seines Bruders, mit der Linken auf den Arm des Großkanzlers Su Schun gestützt, zum Thron. Er setzte sich würdevoll und genau nach der Vorschrift nieder, die Handflächen auf die Knie gelegt. In dieser Stellung empfing er nacheinander die Prinzen und die Minister, die Geschenke für den Erben überreichten. Die Geschenke durften nicht mit der Hand berührt werden, sie wurden auf silbernen Tabletts von Eunuchen herbeigetragen. Prinz Kung las von einer Liste Art und Herkunft der Gaben ab, aus welcher Provinz, aus welchen Häfen und Städten, von welcher Landgemeinde sie kamen, und der Obereunuch An Teh-hai verzeichnete mit Pinsel und Tusche den Namen des Gebers und den Wert des Geschenkes. Damit er ihn hoch ansetzte, hatten ihn die Stifter insgeheim mit Sachwerten und Geld bestochen.

Hinter dem Thron stand eine große, kunstvoll mit fünfkralligen Drachen ausgeschnitzte Platte aus wohlriechendem Holz. Hinter ihr saßen Yehonala und die Gemahlin mit ihren Damen. Als alle Geschenke überreicht waren, rief der Kaiser Yehonala. Der Obereunuch führte sie von ihrem Platz vor den Drachenthron. Einen Augenblick stand sie groß und aufrecht mit erhobenem Haupt da und blickte weder rechts noch links. Dann ließ sie sich langsam auf die Knie fallen, legte die Hände, eine über die andere, auf die Fliesen des Bodens und berührte dann mit der Stirn die gekreuzten Hände.

Als sie so in Ergebung kniete, begann der Kaiser zu sprechen. »Ich bestimme heute, daß die Mutter des kaiserlichen Erben, die hier vor dem Throne kniet, in den Rang einer Gemahlin erhoben und in jeder Weise der jetzigen Gemahlin gleichgestellt wird. Damit keine Verwirrung entsteht, soll die jetzige Gemahlin den Namen Tsu An, Kaiserin des Östlichen Palastes, führen und die glückliche Mutter Tsu Hsi, Kaiserin des Westlichen Palastes, genannt werden. Das ist mein Wille. Er soll im ganzen Reich verkündet werden, damit er allen Untertanen bekannt wird.«

Als Yehonala diese Worte hörte, klopfte ihr das Herz vor Freude. Wer konnte ihr jetzt noch schaden? Sie war vom Kaiser selbst hoch emporgehoben worden. Dreimal, wieder dreimal und dann noch dreimal berührte sie mit der Stirn ihre Hände. Dann richtete sie sich auf und blieb stehen, bis der Obereunuch ihr den Arm reichte und sie zurück auf ihren Platz hinter den Drachenschrein führte. Sie nahm wieder neben Sakota Platz, würdigte diese aber keines Blickes.

Schweigend hatte die Menge im Thronsaal gestanden, keine Hand hatte sich gerührt. Nur die Stimme des Kaisers hatte die Stille durchbrochen. Von jenem Tage an nannte sie niemand mehr Yehonala. Tsu Hsi, Gesegnete Mutter, war jetzt ihr offizieller Name.

Am selben Abend wurde Tsu Hsi zum Kaiser gerufen. Ein Vierteljahr hatte sie keine Aufforderung mehr erhalten, zwei Monate vor der Geburt ihres Sohnes und einen Monat nachher. Der Ruf war ihr willkommen, denn er war ein Zeichen, daß sie noch immer in Gunst stand, nicht nur ihres Sohnes wegen, sondern um ihrer selbst willen. Sie wußte sehr gut, daß der Kaiser in diesen Monaten die eine und die andere Konkubine gehabt hatte, und jede hatte gehofft, sie würde nun an die Stelle der Favoritin treten. Heute würde sie erfahren, ob das möglich war. Schnell machte sie sich fertig, denn der Obereunuch wartete schon vor der Türe ihres Palastes.

Aber wie schwer war es jetzt, zu gehen! Die Wiege des Kindes stand noch immer neben ihrem Bett. Seine eigenen Zimmer waren schon vor seiner Geburt für ihn hergerichtet, aber sie hatte ihn nicht eine einzige Nacht allein gelassen und würde das auch heute nicht tun. Sie war fertig angezogen und hatte ihre Juwelen angelegt, aber sie konnte sich nicht von dem schlafenden Kinde trennen, das sich an der Brust der Amme satt getrunken hatte. Die Amme und ihre treue Dienerin hielten bei ihm Wacht.

»Nicht einen Atemzug lang dürft ihr ihn allein lassen«, warnte sie die beiden. »Es ist möglich, daß ich erst morgen früh zurückkomme, aber wenn er weint oder ihm etwas fehlt, wenn er einen roten Flecken auf seinem Körper hat, werde ich euch durchprügeln lassen. Wenn ihm ein ernstliches Leid geschieht, haftet ihr mit eurem Kopf.«

Beide Frauen waren über die Heftigkeit, mit der sie das sagte, betroffen. Die Amme erschrak, während sich die Dienerin nicht erklären konnte, daß ihre sonst so freundliche Herrin zu einem solchen Ausbruch fähig war.

»Seitdem die Kaiserin des Westlichen Palastes ein Kind hat«, sagte die Dienerin besänftigend, »ist sie eine Tigerin geworden. Sie können sich darauf verlassen, Ehrwürdige, daß wir kein Auge von ihm wenden werden.«

Aber Tsu Hsi hatte noch weitere Anordnungen zu geben. »Li Lien-ying muß vor der Türe Wache halten, und meine Damen dürfen nicht fest einschlafen.«

»Es wird alles so geschehen, wie Sie sagen«, versprach die Alte.

Noch immer konnte sich Tsu Hsi nicht losreißen. Sie beugte sich über das schlafende Kind, betrachtete sein rosiges Gesicht, die roten aufgeworfenen Lippen, die großen Augen, die tief angesetzten und am Kopf anliegenden Ohren mit den langen Läppchen. Das alles waren Anzeichen hoher Intelligenz. Woher hatte das Kind seine Schönheit, die ihrige allein reichte sicher nicht aus, um eine solche Vollkommenheit zu erzielen? Sein Vater –

Weiter dachte sie nicht. Sie nahm zuerst seine rechte, dann seine linke Hand, öffnete sanft die eingerollten Finger und schnupperte, wie Mütter tun, die kleinen, weichen Handflächen ab. Wie reich war sie doch jetzt!

»Ehrwürdige!«

Sie hörte die sanfte Mahnung An Teh-hais, der in das anstoßende Zimmer gekommen war. Nicht seinetwegen, sondern ihretwegen wurde der Obereunuch ungeduldig. Sie wußte jetzt, daß er in dem geheimen Palastkrieg ihr Verbündeter war, und sie durfte ihn nicht vergrämen. Sie hatte nur noch eine Kleinigkeit zu erledigen. Von ihrem Ankleidetisch nahm sie einen goldenen Ring und ein dünnes Armband mit Staubperlen. Den Ring schenkte sie ihrer Dienerin und das Armband der Amme. Es war immer gut, wenn man jemanden für seine Pflichterfüllung bezahlte. Draußen bei dem Obereunuchen stand auch Li Lien-ying. Ihm überreichte sie, ohne ein Wort zu sagen, ein Goldstück. Er wußte schon, was sie damit sagen wollte. Er mußte dableiben, um ihren Sohn zu bewachen.

Für den Obereunuchen trug sie ein ganzes Päckchen Gold bei sich, aber sie würde es ihm erst geben, wenn sie wußte, ob der Kaiser gnädig war. Ginge die Nacht gut herum, dann würde er sein Geschenk erhalten. An Teh-hai verstand das sehr gut und führte sie durch die bekannten schmalen Straßen zum Mittelpunkt der Verbotenen Stadt.

»Komm zu mir«, sagte der Kaiser. Sie war auf der Schwelle des großen Zimmers stehengeblieben, damit er sie in ihrer ganzen Kraft und Schönheit sähe. Nun ging sie mit der Anmut, die sie so gut zu gebrauchen wußte, langsam auf ihn zu. Sie nahm keine demütige Haltung an, gab sich aber etwas scheu und reizend verlegen. Das war zum Teil echt, zum Teil gespielt. Sie hatte die Fähigkeit, fast ganz das zu sein, was sie sein wollte, und so wirkte ihr Auftreten in jedem Augenblick und an jedem Ort echt. Sie heuchelte nicht, denn meistens täuschte sie sich selbst ebensosehr wie die Person, mit der sie es gerade zu tun hatte.

Als sie sich nun dem Bett des Kaisers näherte, das mit seinen gelben Vorhängen und mit seinem Goldnetz groß wie ein Zimmer war, fühlte sie plötzlich Mitleid. Der Mann, der sie erwartete, war offensichtlich dem Tode verfallen. Er war noch jung, aber er hatte seine Kraft zu schnell vergeudet.

Die letzten Schritte lief sie beinahe. »Ach, mein Herr und Gebieter«, rief sie, »Sie sind ja krank, und niemand hat mir ein Wort davon gesagt!«

Im Licht der großen Kerzen sah er tatsächlich so elend aus, seine gelbe Haut spannte sich so straff über seine feinen Gesichtsknochen, daß er in dem gelben Kissen wie ein lebendes Skelett aussah. Seine Hände lagen mit den Flächen nach oben leblos auf der Steppdecke.

Sie setzte sich auf das Bett und umfaßte mit ihren starken warmen Händen seine mageren und kalten Finger.

»Hast du Schmerzen?« fragte sie besorgt.

»Schmerzen nicht, aber ich fühle mich so schwach –«

Sie hob seine linke Hand auf. »Aber diese Hand fühlt sich kälter und steifer an als die andere.«

»Ich kann sie nicht mehr so gebrauchen wie sonst«, sagte er unwillig.

Sie schob ihm den Ärmel hoch. Sein bloßer Arm war dünn und gelb wie altes Elfenbein.

»Ach«, seufzte sie, »und mir hat man nichts gesagt!«

»Was ist da viel zu sagen! Auf dieser Seite spüre ich eine sich immer weiter ausbreitende Kälte.«

Er entzog ihr die Hand. »Komm in mein Bett. Keine andere kann mich zufriedenstellen. Nur du – nur du –«

Sie sah wieder die heiße Flamme in seinen eingesunkenen Augen. Sie legte sich zu ihm. Aber als es auf den Morgen zuging, versank sie in eine grenzenlose Traurigkeit. In diesem armen Mann, dem Herrscher eines mächtigen Reiches, steckte ein tiefes Weh. Todeskälte hatte den Nerv seines Lebens erfaßt. Er war kein Mann mehr. Hilflos wie ein Eunuch versuchte er, sich als Mann zu zeigen, aber es gelang ihm nicht.

»Hilf mir!« bat er sie immer wieder. »Hilf mir, damit ich nicht an diesem ungestillten Verlangen sterbe.«

Aber sie konnte ihm nicht helfen. Als sie sah, daß nicht einmal sie ihm Erleichterung bringen konnte, stieg sie aus dem Bett, setzte sich an sein Kopfkissen und nahm ihn wie ein Kind in die Arme, und wie ein Kind schluchzte er an ihrer Brust, da er nun endlich wußte, daß das, was seine Hauptfreude gewesen war, für immer vorbei war. Obschon er noch nicht dreißig war, hatte ihn sein Lebenswandel so geschwächt, daß er körperlich ein Greis war. Er war erschöpft, und der Tod wartete auf ihn.

Diese Erkenntnis überwältigte die Frau, die den Mann an ihrer Brust hielt. Sie besänftigte ihn schmeichelnd, sie erschien so ruhig und so stark, daß er ihr schließlich glaubte.

»Du bist nur müde«, sagte sie, »du bist von Sorgen bedrückt. Ich kenne unsere vielen Feinde und weiß, wie die Männer aus dem Westen uns mit ihren Flotten und Heeren bedrohen. Während ich mein

Leben als Frau führte, haben dir diese Sorgen auf der Seele gelegen und deine Kraft geschwächt. Während ich meinen Sohn unter dem Herzen trug, hast du unter der Last der Staatsgeschäfte geächzt. Ich möchte dir helfen, mein Gebieter. Laß mich deine Last teilen. Laß mich morgens, wenn du deine Minister empfängst, immer hinter dem Schrein im Thronsaal sitzen, damit ich höre, was sie sagen. Ich komme leicht dahinter, was sie dir sagen wollen oder ob sie dir etwas vorenthalten, und wenn sie fort sind, werde ich dir meine Gedanken darüber sagen, aber alle Entscheidungen, wie es meine Pflicht ist, dir überlassen.«

So lockte sie ihn mit girrenden Worten von seiner ungestillten Gier weg zu den Staatsgeschäften. Denn jetzt, da er einen Erben hatte, mußte er seine ganze Aufmerksamkeit auf die Festigung des Thrones richten. Jetzt sah sie erst, wie schwer diesen Mann seine Bürde gedrückt hatte. Er seufzte tief, ließ sich dann wieder auf die Kissen fallen und sprach mit ihr zum erstenmal über die Schwierigkeiten, in denen er sich befand, wobei er ihre Hand in der seinen hielt.

»Unablässig setzt man mir zu, und es ist kein Ende abzusehen«, klagte er. »Zur Zeit meiner Vorväter kam der Feind immer von Norden, aber die Große Mauer gebot seinen Reiterscharen Einhalt. Aber jetzt nützt uns die Mauer nichts mehr. Die Weißen schwärmen vom Meer herein – Engländer und Franzosen, Holländer, Deutsche und Belgier. Ich weiß wahrhaftig nicht, wie viele Völker jenseits der Grenzberge von K'un Lun wohnen. Sie führen Krieg mit uns, um ihr Opium zu verkaufen, und sie sind nie zufriedenzustellen. Jetzt sind auch die Amerikaner hinzugekommen. Woher nur? Sie sollen etwas besser als die anderen sein, aber wenn ich jenen Vorrechte zugebilligt habe, fordern auch die Amerikaner diese für sich. In diesem Jahr wollen sie ihren Vertrag mit uns erneuern. Ich will aber keinen Vertrag mehr mit Weißen schließen.«

»Dann erneuere ihn nicht!« sagte Tsu Hsi heftig. »Warum solltest du etwas tun, was du nicht möchtest? Sage deinen Ministern, sie sollen alle Verhandlungen ablehnen.«

»Die Weißen haben fürchterliche Waffen«, stöhnte er.

»Aber man kann alles hinauszögern, wenn man ihre Zuschriften nicht beantwortet, ihre Drohungen mißachtet und ihre Gesandten nicht empfängt. Dadurch gewinnen wir Zeit. Solange sie hoffen, daß wir den Vertrag erneuern werden, greifen sie uns nicht an. Darum sage weder ja noch nein.«

Ein so kluger Rat machte Eindruck auf den Kaiser. »Du bist für mich mehr wert als ein Mann, mehr sogar als mein Bruder. Er drängt mich, die Weißen zu empfangen und neue Verträge mit ihnen zu schließen. Er will mir Angst einjagen, indem er mir von ihren großen Schiffen und ihren langen Kanonen erzählt. ›Verhandle‹, sagte er.« Tsu Hsi lachte. »Laß dich nur nicht bange machen, mein Gebieter, selbst von Prinz Kung nicht. Das Meer ist weit von hier, und könnte eine Kanone wohl lange genug sein, um über unsere hohen Stadtmauern schießen zu können?«

Sie glaubte, was sie sagte, und er hätte es gerne auch geglaubt, und sein Herz hing mehr als je an ihr. Schließlich schlief er ein. Sie wachte an seiner Seite, bis es Morgen wurde. Um diese Zeit kam der Obereunuch, um den Kaiser zu wecken, weil seine Minister schon auf die übliche Frühaudienz warteten. Der Kaiser schlief noch. Tsu Hsi erhob sich und sagte zu dem Eunuchen:

»Von heute an werde ich hinter dem Drachenschrein im Thronsaal sitzen. Der Sohn des Himmels hat es so befohlen.«

An Teh-hai kniete vor ihr nieder, verbeugte sich bis auf den Boden und stieß den Kopf auf die Fliesen. »Ehrwürdige«, rief er aus, »jetzt bin ich glücklich.«

Von jenem Tage an stand Tsu Hsi auf, wenn es noch dunkel war. Bei Kerzenlicht ließ sie sich von ihren Frauen baden und anziehen, dann stieg sie in eine Sänfte mit geschlossenen Vorhängen; Li Lien-ying ging mit einer Laterne in der Hand vor ihr her. Im Thronsaal setzte sie sich hinter den großen geschnitzten Schrein, vor dem der Drachenthron stand. Li Lien-ying stand mit dem gezückten Dolch in der Hand immer in ihrer Nähe.

Von jenem Tage an schlief auch der Erbe nicht mehr im Schlafzimmer seiner Mutter. Es wurde ihm ein eigener Palast angewiesen. Der Obereunuch wurde sein Diener, und Prinz Kung, der Bruder des Kaisers, wurde zu seinem Vormund gemacht.

Der Winter kam früh in jenem Jahr. Wochenlang war kein Regen mehr gefallen, schon Mitte Herbst hatten die trockenen, kalten Winde aus Nordwesten geweht und ihre in der fernen Wüste aufgenommene Sandlast über der Stadt abgeladen. Peking war in einen feinen Goldmantel aus Sand gehüllt. Die Sonne glitzerte auf gelben, mit Wüstenstaub bedeckten Dächern. Nur in der Verbotenen Stadt schüttelten die glatten Dachziegel von königsblauer und kaisergelber Farbe den Sand ab und schimmerten klar im Sonnenlicht.

Wenn mittags die Sonne eine milde Wärme verbreitete, kamen die alten Leute, in dicke wattierte Kleidung eingehüllt, aus den Häusern oder saßen in geschützten Mauerwinkeln. Die Kinder spielten lärmend auf der Straße, bis der Schweiß ihnen die braunen Backen hinablief. Doch wenn die Sonne unterging, ließ die trockene Kälte das Blut alter und junger Leute erstarren. Die Kälte erreichte dann in den Stunden nach Mitternacht und in den Stunden vor Tagesanbruch ihren Tiefstand. Die Straßenbettler, die keine Unterkunft hatten, liefen umher, um sich warm zu halten, und selbst die wilden Hunde konnten nicht schlafen.

Zu so einer stillen und kalten Stunde, an einem Tage, der von den kaiserlichen Astronomen vorher festgesetzt worden war, erhob sich Tsu Hsi, um wie gewöhnlich ihren Platz im Thronsaal einzunehmen. Wenn der Messinggong des Nachtwächters in je drei Schlägen neunmal durch die Straßen hallte, stand die treue Dienerin, die neben Tsu Hsi schlief, auf, legte frische Holzkohle auf die Glut und setzte einen Kessel mit Wasser darauf. Wenn das Wasser kochte, brühte sie in dem mit Silber eingefaßten irdenen Topf Tee auf, zog die großen Bettvorhänge zurück und berührte Tsu Hsi an der Schulter. Sie brauchte sie nur einmal anzufassen, denn Tsu Hsi hatte einen leichten Schlaf. Sie setzte sich im Bett auf, ihre großen Augen blickten sogleich klar und forschend drein.

»Ich bin wach«, sagte sie.

Keiner von beiden sprach ein Wort, die Dienerin nicht, weil sie noch schläfrig war, und Tsu Hsi nicht, weil ihr Geist mit düsteren Gedanken beschäftigt war. Erst gestern hatte Prinz Kung in einer Privataudienz zu ihr gesagt: Bei allen Völkern ist es den Leuten gleichgültig, wer sie beherrscht, wenn nur Friede und Ordnung im Lande sind, wenn sie vergnügt sein und ins Theater gehen können. Aber wenn kein Friede herrscht und die Ordnung gestört ist, macht man der Regierung Vorwürfe. Unglücklicherweise leben wir in solchen Zeiten. Es ist ein Jammer, daß mein kaiserlicher Bruder so schwach ist. Heute fürchten weder die Weißen noch die chinesischen Aufrührer den Thron.«

»Wenn diese weißen Ausländer nicht über das Meer gekommen wären, würden wir der Rebellen im Inland leicht Herr werden.«

Dieser Ansicht stimmte er ernst und nachdenklich zu. »Aber was sollen wir tun?« fragte er dann. »Sie sind hier. Die Dynastie muß jetzt darunter leiden, daß unsere Vorfahren nicht verstanden, daß die Ausländer aus dem Westen sich von allen anderen unterscheiden. Unsere Vorfahren waren zuerst von der Geschicklichkeit dieser Fremden und von deren fein ausgeklügelten Spielsachen und Uhren bezaubert. Sie ahnten nichts Böses und erlaubten ihnen daher, uns zu besuchen, denn sie nahmen an, die Fremden würden so höflich sein und wieder von selbst abfahren. Wir wissen jetzt, daß wir sie sogleich alle ins Meer hätten werfen sollen, denn wenn einer kommt, folgen ihm bald hundert nach, und keiner geht wieder weg.«

»Es ist in der Tat sonderbar«, bemerkte Tsu Hsi, »daß der ehrwürdige Tschien Lung, ein so großer und kluger Kaiser, in den vielen Jahrzehnten seiner Regierung den Charakter der Männer aus dem Westen nicht erkannte.«

Mit traurigem Kopfschütteln antwortete Prinz Kung: »Tschien Lung hat sich durch seine Macht und sein gutes Herz täuschen lassen. Es kam ihm gar nicht in den Sinn, daß einer sein Feind sein könnte. Ja, er verglich sich sogar mit dem Amerikaner George Washington, seinem Zeitgenossen, und sagte oft, er und Washington seien Brüder, obschon sie sich nie gesehen hatten, sondern nur gleichzeitig regierten.«

Solche Gespräche führte sie jetzt oft mit Prinz Kung. Wenn sie ihm zuhörte und sein hübsches, hageres, wenn auch für einen so jungen Mann schon zu melancholisches Gesicht betrachtete, dachte sie, um wieviel besser es gewesen wäre, wenn er der ältere Bruder und jetzt anstatt ihres eigenen schwachen Gebieters Hsien Feng Kaiser wäre.

»Sie sind fertig angezogen, Ehrwürdige«, sagte die Frau, »ich möchte nur, daß Sie noch etwas Warmes zu sich nehmen, bevor Sie sich hinter den Drachenthron begeben. Wie wäre es mit einem Teller warmer Hirsesuppe?« – »Ich werde essen, wenn ich zurückkomme«, erwiderte Tsu Hsi. »Ich muß einen klaren Kopf haben und kann daher meinen Magen nicht belasten.«

Aufrecht und mit gemessenen Schritten ging sie zur Tür. Ihre Damen hätten bei ihr sein sollen, aber sie, die manchmal so streng und barsch sein konnte, war zu ihren Damen immer milde. Sie verlangte nicht, daß sie so früh aufstanden. Es genügte, wenn ihre Dienerin bereit war und ihr Eunuch Li Lien-ying an der Tür wartete. Aber eine stand oft auf, und das war Fräulein Mei, die jüngere Tochter des Großkanzlers Su Schun. An diesem Morgen nun war Fräulein Mei schon auf, sie war zwar etwas bleich, aber sonst so frisch wie eine weiße Gardine. Sie war ein kleines, zierliches Persönchen von achtzehn Jahren, ein so zartes, liebevolles und gefälliges Wesen, daß Tsu Hsi sie sehr ins Herz geschlossen hatte, obschon sie wußte, daß Su Schun ihr geheimer Feind war. Es war ein Glück, daß Tsu Hsi großherzig und außerordentlich gerecht war und daher die Bosheit des Vaters nicht der Tochter zu Last legte.

»Du bist ja viel zu früh auf«, sagte sie lächelnd zu dem jungen Mädchen.

»Ehrwürdige, mich fror so, daß ich nicht schlafen konnte«, gestand die kleine Mei.

»Ach, ich muß dir doch bald einen Gatten suchen, der dir das Bett wärmt«, sagte Tsu Hsi noch immer lächelnd.

Sie hatte diese Worte so ganz unbekümmert dahingesagt, ohne zu wissen, warum, aber als sie ihr über die Lippen gekommen waren, wurde ihr bewußt, daß sie aus einem Instinkt entsprangen, den sie nicht gern näher untersuchen wollte. Ja, ja, ihr war das Gerede auch schon zu Ohren gekommen, die Frauen auf den vielen Höfen hatten ja nichts anderes zu tun als zu klatschen, und seit dem Monatsfest des kaiserlichen Erben ging das Gerücht um, Fräulein Mei habe Jung Lu, den hübschen Hauptmann der kaiserlichen Garde und Verwandten der Glücklichen Mutter, mehr als einmal verliebt angesehen.

»Verzeihung, Ehrwürdige, ich will keinen Mann«, stammelte Fräulein Mei, der plötzlich das Blut ins Gesicht geschossen war.

Tsu Hsi kniff sie in die volle Wange. »Wie? Keinen Mann?«

»Ich möchte immer bei Ihnen bleiben, Ehrwürdige«, bat die junge Dame.

»Warum nicht?« erwiderte Tsu Hsi. »Aber das soll nicht heißen, daß du keinen Mann haben sollst.«

Fräulein Mei wurde abwechselnd blaß und rot. Warum mußte das Gespräch nun gerade aufs Heiraten kommen! Die Kaiserin des Westlichen Palastes brauchte ihr nur zu befehlen, irgendeinen Mann zu heiraten, und sie mußte gehorchen, während doch ihr ganzes Herz –

Groß und häßlich erschien der unheimliche Schatten Li Lien-yings vor ihnen. Das Licht der Laterne beleuchtete flackernd seine groben Züge.

»Die Zeit rückt vor«, sagte er mit seiner hohen Eunuchenstimme.

Tsu Hsi faßte sich sofort wieder. »Ja, und ich muß ja noch meinen Sohn besuchen.«

Es war ihr zur Gewohnheit geworden, jeden Morgen, bevor sie zur Audienz ging, zuerst ihren Sohn aufzusuchen. Sie stieg in die Sänfte, die Vorhänge fielen zu, die sechs Träger schulterten die Tragstangen und trippelten in schnellem Tempo zum Palaste des Prinzen. In einer kleineren Sänfte folgte Fräulein Mei.

Am Eingang setzten sie, da sie es schon so gewohnt waren, die Sänfte ab. Tsu Hsi stieg aus, während ihre Dame draußen blieb. Die Eunuchen, die den Eingang bewachten und auf den Gängen standen, verbeugten sich tief. Auf einem Tisch im Schlafzimmer brannten dicke Kerzen aus Rindertalg in goldenen Leuchtern, und in dem flackernden Licht sah sie ihr Kind. Es schlief bei seiner Amme in einem weichen Bett auf einem heizbaren Podium aus Backsteinen. Die Amme hatte ihn im Arm, seine Wange lag an ihrer nackten Brust. In der Nacht mußte er wach geworden sein und geweint haben, und die Amme hatte ihm die Brust gereicht, worauf beide wieder eingeschlafen waren.

Mit sonderbar schmerzlicher Sehnsucht betrachtete Tsu Hsi die beiden. Sie hätte ihn in der Nacht aufnehmen und ihn stillen sollen, dann könnte sie jetzt so friedlich bei ihm schlafen. Als sie ihr Schicksal selbst gewählt hatte, war sie sich des hohen Preises nicht bewußt gewesen.

Sie zwang diese Herzensregung nieder. Die Wahl war getroffen. Durch die Geburt dieses Sohnes war ihr Schicksal jetzt vorgezeichnet. Sie war ja nicht Mutter irgendeines Kindes, sondern eines Thronfolgers, der einmal ein Riesenreich von vierhundert Millionen Einwohnern regieren würde, und alle ihre Gedanken mußten sich nun auf die Zeit richten, wann er Kaiser werden würde. Nur sie allein konnte die Mandschu-Dynastie retten. Hsien Feng war schwach, aber ihr Sohn mußte stark werden. Sie würde ihn stark machen. Auf dieses Ziel war ihr ganzes Leben abgestellt. Selbst die angenehmen Stunden, die sie in der Bibliothek verbracht hatte, wurden jetzt weniger, und die Malstunden bei Frau Miao wurden ebenfalls eingeschränkt. Vielleicht hatte sie einmal eines Tages Zeit, die Bilder zu malen, die sie bei ihrer Lehrerin nicht hatte in Angriff nehmen dürfen, aber noch nicht jetzt.

Sie saß bald wieder in ihrer Sänfte, die Vorhänge wurden fest zugezogen, um den aufkommenden Morgenwind abzuhalten. Das Bild ihres schlafenden Kindes hatte sich ihr fest ins Herz geprägt. Sie hatte einmal den Ehrgeiz gehabt, Kaiserin zu werden. Wie mächtig war ihr Ehrgeiz nun, da sie ihrem Sohn ein Reich erhalten mußte!

Durch die Spalten der Vorhänge konnte sie die Lichtkreise der Laternen auf dem Pflaster sehen, und so ging es durch schmale Gassen und über Höfe, bis die Träger die Sänfte vor dem Audienzsaal niedersetzten. Prinz Kung erwartete sie schon.

»Sie kommen spät, Ehrwürdige!« sagte er vorwurfsvoll.

»Ja, ich habe zu lang bei meinem Sohn verweilt«, gestand sie.

»Hoffentlich haben Sie ihn nicht aufgeweckt, Ehrwürdige. Er muß eine schlimme Erbschaft antreten, die er nur in voller Kraft und Gesundheit übernehmen kann.«

»Ich habe ihn nicht aufgeweckt«, sagte sie würdevoll. Mehr wurde nicht gesprochen. Prinz Kung verbeugte sich und führte sie durch einen besonderen Eingang in den Raum hinter dem Drachenthron. Das Licht der großen Laternen, die hoch an den bemalten Deckenbalken hingen, fiel auf die kühn in die riesige Wand des Baldachins geschnitzten Drachen, deren vergoldete Schuppen und fünfzehigen Klauen in der Beleuchtung glitzerten. Im Schutz dieser Wand nahm Tsu Hsi Platz. Rechts von ihr stand die junge Mei, links der Eunuch Li Lien-ying.

Durch die Zwischenräume der Wand konnte sie die große, im Schatten liegende Terrasse vor dem Audienzsaal sehen. Sie war bereits mit Prinzen, Ministern und höheren Beamten gefüllt, die zum Teil schon vor Mitternacht eingetroffen waren, um dem Kaiser Gesuche und Bittschriften zu überbringen. Sie hatten sich nach ihrem Rang zusammengestellt und standen gruppenweise, jede Gruppe unter ihrem Banner aus heller Seide und schwarzem Samt. Ringsum und über ihnen herrschte noch tiefe Dunkelheit, aber die Terrasse war durch die im unteren Hof brennenden Fackeln erhellt.

An den vier Ecken des Hofes standen bronzene, mit Öl gefüllte Elefanten, und dieses Öl nährte die Fackeln, welche die Elefanten in den hocherhobenen Rüsseln trugen. Das zum Himmel flackernde Feuer warf ein hin und her huschendes unruhiges Licht auf die Terrasse.

Kurz vor der Dämmerung verkündete ein Trompetenstoß, daß der Kaiser seinen Palast verlassen hatte und sich in feierlichem Zuge langsam durch die großen Tore und breiten unteren Hallen auf den hochgelegenen Thronsaal zubewegte, wo er, gerade als es Tag wurde, eintraf. – Jetzt hörte man die Vorläufer im Chor rufen: »Achtung! Es naht der Herr über zehntausend Jahre!«

Der Zug erschien am Eingang des unteren Hofes. Goldene Banner wehten im Morgenwind. Hinter den Läufern marschierte in ihrer roten, goldbestickten Uniform die kaiserliche Garde, voraus an ihrer Spitze Jung Lu. Hinter ihr trugen hundert gelbuniformierte Träger die kaiserliche Sänfte aus schwerem Gold, und ihr folgten die Vertreter der Mandschu-Sippen.

Alle, Prinzen, Beamte und Eunuchen, fielen auf die Knie und riefen den zeremoniellen Gruß: »Zehntausend Jahre – zehntausend Jahre!« Jeder senkte im Knien das Gesicht bis auf den Boden und blieb in dieser Stellung, während die Träger die kaiserliche Sänfte die Marmorstufen hinauf zur Drachenterrasse vor den Audienzsaal trugen. Dort stieg der Kaiser aus und ging in seiner mit Drachen bestickten goldfarbenen Staatskleidung zwischen den roten Säulen hindurch langsam zu dem Baldachin. Er stieg die paar Stufen hinauf und setzte sich auf den Drachenthron, die mageren Hände auf die Knie gebreitet, die Augen geradeaus gerichtet.

Wieder wurde es still. Die Menge kniete regungslos, die gesenkten Stirnen auf den Händen. Jetzt nahm Prinz Kung seinen Platz auf der rechten Seite des Thrones ein und verlas stehend die Namen der Prinzen und Minister nach ihrer Rangordnung und in der Reihenfolge, in der sie vor den Thron treten sollten. Die Audienz hatte begonnen.

Tsu Hsi lehnte sich vor, um kein Wort zu verlieren. In dieser Stellung sah sie nur den Kopf und die Schultern des Kaisers über die niedrige Lehne des Thrones ragen. Dieser Mann, der von vorne so erhaben und hochmütig aussah, konnte ihr, die hinter ihm saß, seine Schwächlichkeit nicht verbergen. Unter dem Hut mit der

Quaste schien sein dünner und gelblicher Nacken eher einem kränklichen Kind als einem Mann zu gehören. Der Hals saß zwischen zwei mageren, schmalen Schultern, die sich unter der Last der schweren Kleidung nicht aufrecht halten konnten. Mitleid und Widerwille kämpften in Tsu Hsi um die Herrschaft, denn sie dachte beim Anblick der Schultern unwillkürlich an den ausgemergelten Körper. Da war es erklärlich, daß sie ihre Blicke am Thron vorbei in den Saal schweifen ließ. Dort stand in der vollen Kraft seiner Jugend und seiner Männlichkeit Jung Lu. Und doch waren sie jetzt himmelweit voneinander getrennt. Die Zeit war noch nicht gekommen, in der sie ihn zu hohen Ehren erheben konnte. Und er konnte nicht einmal die Hand nach ihr ausstrecken. *Sie* mußte den ersten Schritt tun, aber die Gelegenheit würde sich erst dann geben, wenn sie so stark wäre, daß alle vor ihr zitterten. Sie mußte erst so hoch stehen, daß niemand wagen würde, sie anzuklagen oder ihren Namen zu beschmutzen. Plötzlich glitt ihr Blick instinktiv zu Fräulein Mei hinüber. Das Gesicht nahe vor der Wand des Baldachins, stand das junge Mädchen da und blickte gespannt –

»Zurück!« Sie ergriff Fräulein Mei am Handgelenk und verdrehte ihr heftig und grausam den Arm, bevor sie ihn wieder losließ.

Erschreckt blickte das junge Mädchen in Tsu Hsis große zornflammende Augen. Fräulein Mei konnte diesem Blick nicht lange standhalten. Sie senkte den Kopf, und Tränen rannen ihr die Wangen hinab. Erst dann ließ Tsu Hsi sie aus den Augen, und erst dann bezähmte sie ihre Aufwallung. Ihr Herz durfte nicht über ihren Verstand triumphieren. Bevor sie herrschte, mußte sie erst lernen, sich selbst im Zaum zu halten. Die Liebe sollte ihre Pläne nicht durchkreuzen.

In diesem Augenblick trat Yeh, der Vizekönig der Kwang-Provinzen, vor den Thron. Er war zu Schiff und zu Pferde aus dem Süden gekommen. Er kniete nieder und las von einer Papierrolle, die er in beiden Händen hielt, laut ab. Er hatte eine hohe, gleichmäßige Stimme, die zwar nicht laut, aber sehr klar war, und als berühmter Gelehrter hatte er seinen Vortrag im alten klassischen Stil in Vierzeilern abgefaßt. Nur klassisch Gebildete konnten verstehen, was er sagte, und wenn Tsu Hsi nicht soviel Zeit auf das Studium der Klassiker verwendet hätte, würde auch sie kein Wort verstanden haben, wie sehr sie sich auch angestrengt hätte. Ihre Intelligenz half ihr, der sprachlichen Schwierigkeiten Herr zu werden, und was sie nicht begriff, erriet sie.

Der Bericht schilderte folgenden Tatbestand: Der Druck der Weißen verstärkte sich im Süden. Die Engländer waren deren Wortführer und Antreiber. Die Angelegenheit, die ihnen den Vorwand geliefert hatte, war so lächerlich unbedeutend, daß der Vizekönig, wie er betonte, sich schäme, sie hier vor dem Drachenthron überhaupt zu erwähnen. Aber schon in der Vergangenheit seien aus so kleinen Ursachen Kriege entstanden und verloren worden, und er, der Vertreter des Himmelssohnes, könne es nicht wagen, einen neuen Krieg heraufzubeschwören. Wenn die Weißen, so sagte er, nicht sofort ihren Willen bekämen, drohten sie gleich mit den Waffen. Man könne mit ihnen nicht vernünftig reden, denn sie seien Barbaren, Menschen ohne jede Bildung. Der Streit drehe sich nur um eine Flagge.

Der Kaiser murmelte etwas, und Prinz Kung gab seine Worte laut wieder.

»Wie können die Engländer einen Streit wegen eines Banners vom Zaun brechen, das doch weiter nichts ist als ein Fetzen Tuch und jederzeit ersetzt werden kann?«

»Hochwürdigster«, erklärte der Vizekönig weiter, noch immer mit niedergeschlagenen Augen, »die Engländer sind ein abergläubisches Volk. Sie sind gänzlich ungebildete Menschen und schreiben daher einem rechteckigen rot und weißblau gefärbten Tuch zauberische Eigenschaften zu. Es ist für sie ein Symbol, das dem von ihnen verehrten Gott heilig ist. Sie verlangen nicht nur, daß auch andere diesem Tuch Verehrung zollen, sondern behaupten auch, daß jedes Stück Land oder jedes Schiff, auf dem sie es aufpflanzen, ihnen gehört. In diesem Fall war es an einer Stange auf dem Achterdeck eines kleinen Handelsschiffes gehißt, das chinesische Seeräuber an Bord hatte. Diese Seeräuber sind schon seit Generationen ein Fluch für unsere südlichen Provinzen. Bei Tage schlafen sie, und nachts greifen sie vor Anker liegende Schiffe und selbst Küstendörfer an. Der Kapitän dieses kleinen Schiffes hatte den Engländern eine Geldsumme für die Überlassung ihrer Flagge bezahlt, da er glaubte, ich, der Vizekönig, würde dann nicht wagen, ihm sein übles Handwerk zu legen. Aber ich, der Vizekönig, der unwürdige Diener des Allerhöchsten, fürchtete mich nicht. Ich beschlagnahmte das Schiff und legte den Kapitän in Ketten. Dann befahl ich, die Flagge herunterzuholen. Als der Engländer Bowring, britischer Handelskommissar in Kanton, hiervon hörte, erklärte er, ich hätte das heilige Symbol beleidigt, und forderte von mir, ich solle mich im Namen des Thrones entschuldigen.«

Ein Schauder des Entsetzens ging durch die ganze Versammlung. Selbst der Kaiser war empört. Er setzte sich straffer auf und sprach nun selbst:

»Entschuldigen? Weswegen?«

»Allerhöchster«, sagte der Vizekönig, »dasselbe habe ich den Engländer gefragt.«

»Aufstehen!« befahl der Kaiser.

»Aufstehen befiehlt der Kaiser«, wiederholte Prinz Kung. Dies war ungewöhnlich, aber der Vizekönig gehorchte. Er war ein großer, älterer Mann, ein Nordchinese, aber dem Thron treu ergeben wie alle Gelehrten, da die Mandschus sie begünstigten und sie, wenn sie die Prüfungen ehrenvoll bestanden hatten, zu hohen Verwaltungsbeamten machten. So waren seit Jahrhunderten die Interessen solcher Chinesen mit der herrschenden Dynastie verbunden gewesen.

»Haben Sie sich entschuldigt?« fragte der Kaiser, der jetzt wieder selbst sprach, um seine tiefe Besorgnis zu bekunden.

»Allerhöchster«, erwiderte der Vizekönig, »wie konnte ich mich entschuldigen, wenn ich, so unwürdig ich auch sein mag, der Vertreter des Drachenthrones bin? Ich sandte die gesamte Mannschaft des Schiffes mit ihrem Kapitän zu Bowring, damit sie sich bei ihm entschuldigten. Doch das genügte diesem hochmütigen und unwissenden Bowring nicht. Er schickte mir diese Übeltäter wieder zurück und erklärte, er wolle nicht sie sehen, sondern mich. Das verursachte mir einen solchen Ärger, daß ich ihnen allen die Köpfe abschlagen ließ, weil sie solchen Unfrieden gestiftet hatten.«

»Genügte auch das dem Engländer Bowring nicht?« fragte der Kaiser.

»Nein, Hochwürdigster, nichts kann ihn zufriedenstellen. Er sucht Streit, damit er einen neuen Krieg beginnen und uns noch mehr Land und Geld wegnehmen kann. Jeder Vorwand ist ihm dazu recht. Obschon es das Gesetz verbietet, Opium aus Indien über unsere Grenze zu bringen, unterstützt er den Schmuggel, indem er erklärt, solange chinesische Händler schmuggelten, hätten auch Engländer, Inder und sogar Amerikaner das Recht, dieses verderbliche Gift, das unser Volk demoralisiert und schwächt, bei uns einzuführen. Und jetzt werden sogar Gewehre eingeschmuggelt und an die Rebellen im Süden verkauft, und als die portugiesischen Weißen Chinesen zu Kulidiensten zwangen, erklärte Bowring sich damit einverstanden. Überdies will er sich mit dem Land, das wir den Weißen zur Ansiedlung überlassen haben, nicht zufriedengeben, sondern verlangt von uns, daß die Tore Kantons den Weißen und ihren Familien zu öffnen sind, so daß sie auf unseren Straßen inmitten unserer Leute einhergehen können. Das würde zur Folge haben, daß ihre Männer offen unsere Frauen anglotzen, und ihre Frauen, die keinen Verstand haben, sondern frei wie die Männer umherwandeln, die Sitten verderben. Was aber einem weißen Stamm gewährt wird, verlangen sofort, wie wir in der Vergangenheit gesehen haben, auch alle anderen. Würde das nicht zur Zerstörung unserer Kultur und zur Verderbnis des Volkes führen?«

Der Kaiser bejahte das. »Nein, wir können Ausländern nicht erlauben, unsere Straßen zu benützen.«

»Ich habe das alles abgeschlagen, Hochwürdigster, aber ich fürchte, die Engländer werden das als einen Vorwand zu einem neuen Krieg benützen, und da ich nur ein kleiner schwacher Mensch bin, kann ich die Verantwortung dafür nicht übernehmen.«

Dies alles hörte Tsu Hsi hinter dem Baldachin. Sie hätte am liebsten laut Rache gefordert, aber sie war eine Frau und mußte schweigen.

»Haben Sie selbst unsere Meinung dem Engländer Bowring vorgetragen?« fragte der Kaiser.

Er war jetzt so erregt, daß er beinahe schrie, und das beunruhigte den Vizekönig, denn er hatte den Kaiser noch nie mit erhobener Stimme sprechen hören. Er erhob aber sein Gesicht noch immer nicht zum Thron, sondern wendete den Kopf Prinz Kung zu.

»Allerhöchster«, sagte er, »ich kann Bowring nicht empfangen, weil er darauf besteht, als Gleichgestellter mit mir zu verhandeln. Aber wie kann er mir gleichgestellt sein, wenn ich der Vertreter des Drachenthrones bin? Das wäre ja eine Beleidigung für den Thron. Ich habe ihm geantwortet, daß ich ihn wie einen Abgesandten abhängiger Staaten empfangen werde und daß er also vor mir auf die Knie sinken muß, aber er weigert sich, das zu tun.«

»Sie haben richtig gehandelt«, sagte der Kaiser mürrisch und verärgert.

Hierdurch ermutigt, machte der Vizekönig noch eine andere Enthüllung. »Weiter besteht dieser Bowring darauf, daß ich den Einwohnern Kantons verbiete, Plakate gegen die weißen Eindringlinge an die Stadtmauern und an die Tore zu kleben. Bowring ist ungehalten, weil die Engländer auf diesen Plakaten Barbaren genannt und aufgefordert werden, mit allen anderen Weißen unser Land zu verlassen.«

»Das ist ihr Recht«, sagte der Kaiser.

»Durchaus! Wie könnte ich den Kantonesen das verbieten? Es ist ihr uraltes Recht, ihre Meinung zu äußern und ihren Herrschern durch öffentlichen Protest ihre Wünsche kundzugeben. Soll ich ihnen nun sagen, daß sie nicht den Mund auftun dürfen? Würde ich damit nicht neuen Aufruhr anzetteln? Seitdem ich im vorigen Jahre den Soldaten befohlen habe, alle Rebellen zu töten, ist etwas Ruhe eingetreten. Wie ich dem Drachenthron schon berichtet habe, wurden damals achtzigtausend Rebellen umgelegt, aber wenn nur einer am Leben bleibt, schießen gleich wieder zehntausend wie Unkraut aus dem Boden. Würde ich nicht durch das Verbot der Plakate den Rebellen in die Hand arbeiten, die ja unablässig verkünden, die Chinesen sollten von Chinesen und nicht von Mandschus regiert werden?«

Dieses Argument schlug durch. Der Kaiser hielt die rechte Hand vor den Mund, um zu verbergen, wie ihm die Lippen zitterten. Er fürchtete seine chinesischen Untertanen noch mehr als die Weißen.

»Der Bevölkerung darf kein Zwang auferlegt werden«, stammelte er mit versagender Stimme.

Sofort wiederholte Prinz Kung pflichtgemäß diese Worte. »Der Bevölkerung darf kein Zwang auferlegt werden«. Die Prinzen und Minister äußerten durch gedämpfte Beifallsrufe ihre Zustimmung.

»Sie werden morgen meine Befehle erhalten«, sagte der Kaiser zu dem Vizekönig, als wieder Stille eingetreten war.

Der Vizekönig berührte mit der Stirn neunmal den Boden und machte dem nächsten Minister Platz. Aber alle wußten, warum der Kaiser seine Befehle noch zurückhielt.

Als sie an diesem Abend zum Kaiser bestellt wurde, wußte Tsu Hsi, was sie sagen mußte. Sie hatte es sich den ganzen Tag überlegt und nicht einmal ihren Sohn kommen lassen. Sie mußte ihre ganze Kraft aufwenden, um ihren Zorn niederzukämpfen. Wenn sie ihm nachgegeben hätte, würde sie den Kaiser gedrängt haben, seine Feinde sofort anzugreifen und sie für immer mit Kind und Kegel von den Küsten Chinas zu vertreiben. Aber dazu war die Zeit noch nicht reif. Sie begriff, daß sie zuerst sich selbst beherrschen mußte, wenn sie über andere herrschen wollte, denn sie hatte erst vor kurzem in den *Sprüchen der Weisen* gelesen: »Wenn ein Herrscher sich richtig verhält, ist seine Regierung in Ordnung, ohne daß er Befehle erteilen muß. Wenn sein persönliches Verhalten aber falsch ist, werden seine Befehle nicht befolgt, und wenn er noch so viele herausgibt.«

Die Gier des Kaisers nahm immer mehr zu, je weniger er sie befriedigen konnte, aber an diesem Abend wurde sie von seiner Furcht überschattet. Sie merkte an dem Empfang, daß er sie sehnlich erwartet hatte, und daran erkannte sie, daß er sich fürchtete. Während er ihre rechte Hand umfaßte und ihre Handfläche streichelte, stellte er die Frage, die sie erwartet hatte.

»Was sollen wir mit diesem Engländer Bowring tun? Verdient er nicht den Tod?«

»Allerdings«, entgegnete sie ruhig, »wie jeder, der den Sohn des Himmels beleidigt. Aber wenn man eine Natter zertreten will, muß man zuerst den Kopf zermalmen, sonst richtet sie sich auf und greift an. Daher muß die Waffe scharf sein und sicher treffen. Wir wissen nicht, ob wir eine solche Waffe haben, wohl aber, daß die Natter gefährlich ist und stark. Daher bitte ich meinen Gebieter, Geduld zu haben und abzuwarten, nicht im geringsten nachzugeben, aber auch nichts zu verweigern, bis wir klarsehen.«

Sein fahles Gesicht runzelte sich vor Angst, aber er hörte auf jedes Wort, das sie sprach, als vernähme er eine Stimme vom Himmel. Dann sagte er begeistert: »Du bist Kuan Yin selbst, die Göttin der Barmherzigkeit, und mir in diesem schrecklichen Augenblick vom Himmel gesandt, um mich zu stützen und zu führen.«

Er hatte ihr schon viele Liebesworte gesagt, sie sein Herz und seine Leber genannt, aber was er jetzt sagte, war ihr angenehmer als alles andere.

»Kung Yin steht mir unter den himmlischen Wesen am nächsten«, sagte sie, und ihre Stimme, die von Natur aus wohlklingend und kräftig war, hatte jetzt einen Beiklang von Zärtlichkeit.

Der Kaiser setzte sich im Bett auf und sagte mit plötzlicher Energie: »Der Obereunuch soll meinen Bruder holen!« Wie alle Schwächlinge war er ungeduldig, wenn eine Entscheidung getroffen war, und wollte sie sofort durchgeführt sehen.

Tsu Hsi führte den Auftrag aus. Nach wenigen Minuten war Prinz Kung da. Wieder fühlte Tsu Hsi, als sie sein ernstes schönes Gesicht sah, daß sie diesem Manne trauen durfte. Sie mußten miteinander auskommen, denn sie saßen in einem Boot.

»Setz dich, setz dich«, sagte der Kaiser ungeduldig zu seinem jüngeren Bruder.

»Erlaube, daß ich stehen bleibe«, erwiderte Prinz Kung höflich. Er blieb stehen, während der Kaiser nach Worten suchte und mit hoher, nervöser Stimme hervorstammelte:

»Wir haben – ich habe beschlossen, die weißen Fremdlinge nicht sofort anzugreifen und mit einem Schlage zu vernichten, wie sie es verdient haben. Aber wenn man eine Natter zertritt – einer Natter sollte man allerdings sofort den Kopf zermalmen oder abschneiden –, gleichviel, du verstehst schon –.«

»Ich verstehe«, sagte Prinz Kung, »es ist besser, wir greifen nicht an, wenn wir nicht die Gewißheit haben, den Feind sofort und für immer vernichten zu können.«

»Das meine ich. Eines Tages muß es natürlich geschehen. Inzwischen müssen wir eine Verzögerungstaktik treiben, nicht nachgeben, aber auch nicht ablehnen.«

»Den Weißen keine Beachtung schenken?« fragte Prinz Kung.

»Das meine ich«, wiederholte der Kaiser und legte sich auf die Kissen zurück.

Prinz Kung überlegte. Wenn sein Bruder die Entscheidung allein getroffen hätte, so hätte man sie seiner Gewohnheit, allen Schwierigkeiten aus dem Wege zu gehen, seiner Lethargie, die ihn nicht zum Handeln kommen ließ, zuschreiben können. Aber Prinz Kung wußte, daß ihm Tsu Hsi diesen Rat gegeben hatte. Er hatte schon erkannt, daß in diesem hübschen Kopf ein starkes, gut arbeitendes Gehirn verborgen war. Aber diese Frau war noch jung – und eben eine Frau! Konnte ein solcher Entschluß gut sein?

»Majestät –«, begann er.

Aber der Kaiser wollte nichts mehr hören. »Ich habe gesprochen!« sagte er ärgerlich.

Prinz Kung verbeugte sich. »Ich werde den Befehl dem Vizekönig Yeh überbringen.«

Der brüchige Friede dauerte an. An einem Wintermorgen im letzten Monat des alten Mondjahres und im ersten des neuen Sonnenjahres, als ihr Sohn neun Monate alt war, wachte Tsu Hsi mit einem Seufzer auf. Sie hatte schon in der Nacht wiederholt wach gelegen. Die Einsamkeit bedrückte sie wie eine dräuende und noch ungreifbare Gefahr, der sie nicht entkommen konnte. Dies war ein anderes Erwachen als ehemals in der Zinngasse, wo an den ruhigen Morgen die Sonne durch die Fenster schien. Das Bett, das sie mit ihrer Schwester geteilt hatte, erschien ihr jetzt wie eine Zuflucht, die sie für immer verloren hatte. Wie hatte sie sich doch immer bei ihrer Mutter geborgen gefühlt! Wer sorgte sich in diesem Gewirr von Durchgängen, Höfen und Palästen darum, ob sie lebte oder tot war? Selbst den Kaiser hatte sie nicht ganz für sich, er hatte genug Konkubinen.

»Ach Mutter«, stöhnte sie leise in die seidenen Kissen.

Niemand gab ihr Antwort. Sie hob den Kopf und sah das graue Licht der Morgendämmerung über die hohen Hofmauern vor dem Fenster einfallen. Die Mauern und der Garten waren tief verschneit. Der Teich war mit Schnee bedeckt, und die Föhren beugten sich unter seiner Last.

Ich bin entsetzlich traurig, dachte sie, ich fühle, wie mir das Mark in den Knochen vor Traurigkeit kalt ist.

Krank war sie nicht. Ihre Arme unter der Decke waren warm und stark. Das Blut floß ihr ruhig durch die Adern, ihr Geist war klar. Sie hatte nur Heimweh.

Wenn ich nur meine Mutter sehen könnte! dachte sie. Sie hat mich unter dem Herzen getragen, und nun sind wir uns ganz fern.

Sie stellte sich das ehrliche und gütige, fröhliche und kluge Gesicht ihrer Mutter vor und sehnte sich, wieder bei ihr zu sein und ihr zu sagen, daß sie sich in den Palästen fürchtete und verlassen fühlte. In dem Hause ihres Onkels in der Zinngasse brauchte man keine Angst oder dunkle Ahnungen im Hinblick auf die Zukunft zu haben. Wenn man dort morgens erwachte, dachte man nur an die einfachen Bedürfnisse des Lebens und an die Arbeit des Tages. Dort wußte man nichts von Luxus und dem Streben nach Größe und Macht.

»Ach Mutter!« seufzte sie wieder und fühlte den ganzen Jammer eines einsamen Kindes. Oh, wenn sie doch zu dem Ursprung ihres Daseins zurückkehren könnte!

Mit dieser Sehnsucht im Herzen stand sie auf und war den ganzen Tag traurig. Der verhangene Schneetag förderte diese Stimmung, um Mittag war es noch so dunkel, daß in den Zimmern die Lampen brannten. Sie ging in ihre Bibliothek, die sie sich in einem kleinen anstoßenden Palast, der lange leer gestanden, eingerichtet hatte. Hier hatte sie ihre Lieblingsbücher aufstellen und die Rollbilder unterbringen lassen, die sie gern von Zeit zu Zeit betrachtete. Aber Bücher sagten ihr heute nichts, und sie verbrachte viele Stunden nur mit den Bildern, die sie eines nach dem anderen aufrollte, bis sie das gesuchte fand, eine sechs Meter lange Bildrolle, die von dem Künstler Tschao Meng-fu unter der mongolischen Dynastie Yüan gemalt worden war. Das Bild war über fünfhundert Jahre alt und ließ den Einfluß ihres Lieblings, des großen Wang Wei, des Meisters der Landschaftsmalerei, erkennen, der Szenen aus seiner Heimat malte, in der er dreißig Jahre hindurch bis zu seinem Tode gelebt hatte. An diesem Wintertage nun, als sie nur grauen Himmel und fallenden Schnee sehen konnte, betrachtete Tsu Hsi die grüne Landschaft eines ewigen Frühlings. Als sie das Bild langsam aufrollte, ging eine Landschaft allmählich in die andere über, so daß sie Bäume, Bäche und ferne Berge in allen Einzelheiten betrachten konnte. So überstieg sie in Gedanken die hohen Mauern, die sie einschlossen, sie spazierte durch eine reizende Landschaft an sprudelnden Bächen und weiten Seeflächen vorbei, kam in das Flußtal, ging über hölzerne Brücken und klomm auf steinigen Pfaden zu einem hohen Bergrücken empor und sah in die Schlucht hinab, durch welche der Fluß sich hindurchzwängte, während von oben neue Zuflüsse in Form von Quellen und Wasserfällen hinabstürzten. Als sie von dem Berge abstieg, konnte sie den Fluß weit in die Ebene hinein verfolgen, sie kam in kleine, unter Föhren versteckte Dörfer und durch wärmere Quertäler, in denen Bambus wuchs. Eine Weile hielt sie sich in der Klause eines Einsiedlers auf und erreichte dann die Küste, wo der Fluß in eine Bucht mündete. An einem Rohrdickicht schaukelte dort auf der steigenden Flut ein Fischerboot. Darüber hinaus lagen das offene Meer und die vom Nebel umhüllten Berge der Unendlichkeit. Mit diesem Bilde, hatte Frau Miao ihr einmal gesagt, hatte der Künstler die menschliche Seele geschildert, die, nachdem sie durch die lieblichen Landschaften der Erde gewandert ist, zuletzt in eine unbekannte Zukunft blickt.

»Warum«, fragte sie der Kaiser in der Nacht nach diesem langen, einsamen Tage, »warum sind deine Gedanken so fern von mir? Du kannst mich nicht täuschen, dein Körper ist zwar hier, aber er ist wie tot.«

Er nahm ihre Hand, deren letzte Rauheiten sich längst geglättet hatten und die nun weich und schön war.

»Sieh diese Hand an«, sagte er, »sie ergreift zwar meine, aber sie könnte einer beliebigen Frau gehören.«

Sie gab zu, daß sie mißgestimmt war. »Heute war ich traurig«, sagte sie, »ich habe den ganzen Tag mit niemandem gesprochen. Ich habe nicht einmal mein Kind gesehen.«

Er fuhr fort, ihre Hand zu streicheln. »Warum solltest du traurig sein, da du dir doch jeden Wunsch erfüllen kannst?«

Sie sehnte sich danach, ihm ihre dumpfe Angst anzuvertrauen, aber sie wagte es nicht. Er vor allem, der sich doch an sie klammerte, weil er sie für stark hielt, durfte nie merken, daß sie sich fürchtete. Ah, wie bedrückte sie diese Notwendigkeit, stark zu sein! Und von wem konnte sie selbst Kraft bekommen? Über ihr war niemand. Sie war ganz allein. Gegen ihren Willen füllten sich ihre Augen mit Tränen. Er sah ihr Schimmern in dem Licht der Kerzen, die neben dem Bett brannten, und erschrak.

»Was ist mit dir?« rief er. »Ich habe dich noch nie weinen sehen.«

Sie zog ihre Hand weg und wischte sich graziös mit dem Ärmel die Augen. »Ich habe den ganzen Tag nach meiner Mutter gejammert«, gestand sie. »Ich weiß nicht, warum. Könnte es sein, daß ich meine Kindespflicht verletzt habe? Ich habe seit dem Tage, an dem ich auf deinen Befehl in diese Mauern kommen mußte, ihr Gesicht nicht mehr gesehen. Ich weiß nicht, wie es ihr geht. Vielleicht liegt sie im Sterben, und vielleicht kommen mir deshalb die Tränen.«

Der Kaiser konnte sie nicht rasch genug besänftigen. »Du mußt sie besuchen«, sagte er. »Warum hast du mir das nicht längst anvertraut? Mein Herz und meine Leber, geh gleich morgen. Ich gebe dir für einen Tag Urlaub, aber abends mußt du zurückkommen, ich kann nicht eine Nacht ohne dich sein.«

So kam es, daß Tsu Hsi ihre Mutter für einen Tag wiedersehen durfte, wofür sie dem Kaiser mit vermehrtem Eifer und noch größerer Liebenswürdigkeit dankte. Aber am nächsten Tage konnte der Besuch noch nicht stattfinden, denn er mußte erst angekündigt werden, damit das Haus ihres Onkels für ihren Empfang hergerichtet werden konnte. Am übernächsten Tage wurden dann in aller Frühe zwei Eunuchen mit der Meldung geschickt, daß sie mittags eintreffen würde. In der Zinngasse herrschte große Aufregung. Auch Tsu Hsi war freudig erregt, so fröhlich war sie nicht mehr gewesen, seitdem sie hier wohnte. Eine Stunde brauchte sie nach dem Aufstehen, um zu entscheiden, wie sie sich anziehen sollte.

»Ich will keine große Pracht entfalten«, erklärte sie der Dienerin, »denn dann werden sie glauben, ich sei stolz geworden.«

Sie sah ihre ganzen Kleider durch, probierte zuerst dieses, dann jenes, bis sie schließlich ein Satinkleid von zartem Orchideenrot mit grauem Pelzfutter wählte. Seine Schönheit lag nicht in der Neuheit und Kühnheit der Form, sondern in der herrlichen Stickerei an Ärmeln und Säumen. Sie war mit sich zufrieden, als sie angezogen war und ihren geliebten Nephritschmuck angelegt hatte.

Ihre Damen baten sie dringend, vorher einige Bissen zu sich zu nehmen, was sie schließlich tat. Ihre Sänfte stand schon auf dem Hofe bereit. Die Träger zogen die gelben Vorhänge zu, und die Reise begann. Eine ganze Meile weit ging es durch die Verbotene Stadt in südlicher Richtung, denn der Kaiser hatte ihr als Krönung seiner Liebe das Vorrecht gewährt, das große Südtor benützen zu dürfen, durch das gewöhnlich nur er allein in seine Stadt einzog und sie verließ. Sie hörte, wie der Kommandant der kaiserlichen Garde die Soldaten unter die Waffen treten ließ, als sie vorbeizog. Wie gut kannte sie diese Stimme! Sie hob den Vorhang etwas beiseite und sah durch den kleinen Spalt Jung Lu keine drei Meter weit von sich stehen. Den Körper zur vollen Höhe gestrafft, das gezückte Schwert in der Hand, blickte er geradeaus. Weder nach rechts noch nach links schweiften seine Blicke, aber an der dunkelroten Färbung seiner Wangen erkannte sie, daß er wußte, wer da vorbeizog. Sie ließ den Vorhang zufallen.

Es war gerade Mittag, als Tsu Hsi den Eingang der Zinngasse erreichte. Obschon ihr die Vorhänge die Aussicht verwehrten, wußte sie, daß sie sich der Stätte ihrer Kindheit näherte. Die Gerüche waren unverkennbar; es duftete nach Kartoffelpuffern, die in Bohnenöl gebacken wurden, nach Kampferholz, das wie Moschus roch, aber es stank auch nach Kinderurin und aufgewirbeltem Staub, der das Atmen erschwerte. Auf der fahlen, trockenen Erde sah man die Schatten der Häuser in schmalen schwarzen Streifen dicht an den Mauern, woran Tsu Hsi, als sie zwischen Vorhang und Sänftenwand nach unten blickte, die genaue Uhrzeit ablas. So oft war sie durch diese Gasse hin und her gelaufen, daß sie sich kaum um ein paar Minuten irrte. Morgens reichten die Schatten weit nach Westen und nachmittags wuchsen sie nach Osten. Im vollen Sonnenlicht näherte sich die Sänfte jetzt der wohlbekannten Haustüre, und als sie wieder durch die Vorhänge schaute, sah sie, daß die Tür offenstand und ihre Familie im Eingang auf sie wartete. Auf der rechten Seite standen ihr Onkel und ihre Mutter und bei ihnen die Vettern der älteren Generation mit ihren Frauen, auf der linken Seite sah sie ein großes, hageres junges Mädchen, das sicher ihre Schwester war, und neben ihr ihre zwei Brüder, die so groß geworden waren, daß sie sie nur schwer erkannte, hinter ihnen Lu Ma. An den Hauswänden zu beiden Seiten hatten sich die Nachbarn und Bekannten aus der Zinngasse aufgestellt.

Als sie die ernsten und feierlichen Gesichter sah, traten ihr Tränen in die Augen. Für diese Menschen war sie noch immer dieselbe, und das mußte sie ihnen kundtun! Aber sie konnte die Vorhänge nicht öffnen und die Wartenden beim Namen rufen, denn wie ihr auch ums Herz war, sie war jetzt Tsu Hsi, Kaiserin des Westlichen Palastes und Mutter des Thronfolgers, und danach mußte sie, wo immer sie auch war, ihr Verhalten einrichten. Sie machte ein Zeichen, und die Eunuchen gingen weiter, allen voran der Obereunuch, denn der Kaiser hatte ihm befohlen, Tsu Hsi zu begleiten und sie nicht aus dem Auge zu lassen. Die Träger brachten sie also über die Treppe durch das Tor bis in den Eingangshof, und dort erst setzten sie die Sänfte nieder. Der Obereunuch zog die Vorhänge beiseite. Tsu Hsi trat in den hellen Sonnenschein und sah die Türen ihres alten Hauses weit geöffnet. Sie sah die vertrauten Zimmer, Tische und Stühle blank geputzt und den Boden säuberlich gefegt. Oft hatte sie selbst diese Arbeit getan, die Stühle zurechtgestellt und die Möbel abgestaubt, und nun war es genauso, als ob sie noch hier wäre. Eine Vase mit roten Papierblumen stand auf dem langen Tisch an der Wand, frische Kerzen waren in die Leuchter gesteckt, und der Teetisch mit den hohen Lehnstühlen war wie an einem Feiertag gedeckt.

Der Obereunuch führte sie zu dem höchsten Sitz auf der rechten Seite des Tisches. Sie setzte sich und stellte die Füße auf den Schemel. Er glättete ihr Kleid, und sie legte die Hände gefaltet in den Schoß. Dann ging der Obereunuch an die Eingangstüre zurück und verkündete, daß sich die Familie jetzt der Kaiserin des Westlichen Palastes nähern könnte. Sie kamen in einer bestimmten Reihenfolge, zuerst ihr Onkel, dann ihre Mutter, die Vettern der älteren Generation und deren Frauen, nach ihnen ihre Brüder und ihre Schwester und schließlich die jüngeren Vettern, und jeder verbeugte sich bis auf den Boden vor ihr. Hinter ihr standen die Eunuchen, rechts von ihr der Obereunuch.

Zuerst verhielt sich Tsu Hsi in der Tat so, wie es sich für eine Kaiserin geziemt. Sie nahm die Ergebenheitsbezeigungen ihrer Familie mit ernstem, würdevollem Gesicht entgegen, nur als ihr Onkel und ihre Mutter vor ihr niedersanken, bedeutete sie dem Obereunuchen, sie aufzuheben und sie zum Sitzen einzuladen. Als die Zeremonien vorüber waren, trat allgemeine Stille ein. Niemand wagte zu sprechen, denn die Kaiserin mußte das erste Wort an sie richten. Tsu Hsi blickte von Gesicht zu Gesicht. Sie wäre gern von ihrem hohen Sitz herabgestiegen und durchs Haus gelaufen wie früher. Aber der Obereunuch beobachtete alles, was sie tat. Sie überlegte eine Weile, wie sie sich aus dieser unangenehmen Lage befreien konnte. Von ihren Verwandten hatten die älteren Platz genommen, die jüngeren standen, und alle warteten, daß sie das Wort an sie richtete, aber wie konnte sie ihnen sagen, wie ihr ums Herz war? Plötzlich bedeutete sie dem Obereunuchen, daß sie ihm etwas zu sagen hätte. Er beugte den Kopf zu ihr herab, und sie flüsterte ihm ins Ohr:

»Sie und die anderen Eunuchen sollen beiseite treten. Wie kann ich mich freuen, wenn ihr jedes Wort hört, das ich spreche, und jede Bewegung beobachtet, die ich mache?«

Der Obereunuch machte ein bekümmertes Gesicht, als er diesen

Befehl hörte. »Ehrwürdige«, sagte er ziemlich laut, »der Sohn des Himmels hat mir aufgetragen, nicht von Ihrer Seite zu weichen.«

Tsu Hsi geriet sofort in Zorn. Sie stieß mit dem Fuße auf, trommelte heftig auf die Tischplatte und machte eine so energische Kopfbewegung zu dem Obereunuchen, daß die Perlen ihres Kopfschmukkes an den Drähten zitterten.

Ob nun der Obereunuch Tsu Hsi oder dem Kaiser gehorcht haben würde, läßt sich nicht ausmachen, aber da er leicht ermüdete und es schon satt hatte, immer zu stehen, ergriff er die günstige Gelegenheit und zog sich in ein anderes Zimmer zurück. Li Lien-ying war für sie nicht mehr als ein Möbelstück, das zur Aufnahme der Gegenstände diente, die sie brauchte. Sie stieg also von ihrem hohen Sitz herab, ging zu ihrem Onkel und verbeugte sich vor ihm, umarmte dann ihre Mutter, legte den Kopf auf deren starke Schultern und weinte.

»Ach«, seufzte sie, »wie allein bin ich doch in dem Palast!«

Alle waren über diese Klage betroffen, und selbst ihre Mutter wußte nicht, was sie sagen sollte, und konnte ihre Tochter nur fest an sich drücken. Und in diesem langen Augenblick erkannte Tsu Hsi an ihrem Schweigen, daß selbst die Menschen, die sie liebte, ihr nicht helfen konnten. Stolz hob sie wieder den Kopf, lachte mit noch feuchten Augen und sagte zu ihrer Schwester:

»Komm, nimm mir das schwere Ding vom Kopf!«

Ihre Schwester nahm ihr den Kopfputz ab, und Li Lien-ying stellte ihn sorgfältig auf einen Tisch. Ohne dieses Zeichen der Würde erschien nun Tsu Hsi trotz ihrer prächtigen Kleidung und den Edelsteinen an Fingern und Handgelenken allen wieder als das fröhliche Mädchen, das sie immer gewesen war. Jetzt fingen alle an zu sprechen, die Frauen kamen näher, streichelten ihr die Hände, besahen sich ihre Ringe und Armbänder und rühmten ihre Schönheit.

»Womit reibst du dir nur die Haut ein«, fragten sie, »sie ist so weich und weiß.«

»Mit einer indischen Salbe, die aus frischer Sahne und zerstoßenen Orangenschalen bereitet wird. Sie ist noch besser als unser Hammelfett.«

»Und was für eine Sahne ist das?«

»Sie wird von Eselsmilch abgerahmt.«

Um solche kleine Dinge drehte sich das Gespräch, denn niemand wagte, sie nach dem Leben in der Verbotenen Stadt, dem Kaiser oder dem Thronfolger zu fragen, damit man nicht aus Unachtsamkeit ein Wort gebrauchte, das Unglück bringen konnte. Das Wort »gelb« zum Beispiel war als Bezeichnung der kaiserlichen Farbe harmlos, aber es konnte auch auf die Gelben Quellen, den Ausdruck für Tod, hindeuten, und in bezug auf den Kaiser oder seinen Erben durfte der Tod nie erwähnt werden. Aber Tsu Hsi konnte es natürlich nicht über sich bringen, ihre Freude an dem Kinde zu verbergen, und stolz und glücklich erzählte sie:

»Wenn ich euch doch nur einmal meinen kleinen Sohn mitbringen könnte! Aber als ich meinen Herrn, den Allerhöchsten, darum bat, wollte er es nicht erlauben, damit nicht ein böser Wind oder Schatten oder ein grausamer Geist ihm Schaden zufügen könnte. Aber ich kann dir sagen, Mutter, du wärest entzückt, wenn du ihn sähest, eines Tages mußt du ihn besuchen, da ich ihn nicht hierherbringen kann. So große Augen hat er« – dabei machte sie mit Daumen und Zeigefinger zwei Kreise –, »und so mollig ist er, riecht so gut, und er schreit nie, aber immer hat er Hunger. Seine Zähne sind weißer als diese Perlen, und so klein er ist, will er doch schon auf den Beinen stehen, die wie zwei feste Pfosten unter seinem starken Körper sind.«

»Still, still!« rief ihre Mutter. »Wenn dich die Götter hörten! Sie werden sicher versuchen, das Kind zu vernichten, wenn du es so rühmst!« Dabei blickte sie um sich und sagte sehr laut: »Es ist gar nicht so, wie du sagst! Ich habe gehört, daß es ein schwaches und kränkliches Kind ist und –«

Tsu Hsi hielt ihrer Mutter lachend den Mund zu. »Ich habe keine Angst.«

»Sag das nicht!« protestierte ihre Mutter.

Aber Tsu Hsi konnte nur lachen, und bald lief sie durch das ganze Haus, sah sich die Zimmer an, die sie so gut kannte, neckte ihre Schwester, die jetzt das ganze Bett für sich hatte, und als sie mit ihrer Mutter wieder allein war, versprach sie ihr, sie würde sich unter den jungen Adeligen nach einem guten Mann für die Schwester umsehen.

»Ich werde schon einen jungen und hübschen finden und ihn bitten, meine Schwester zu heiraten.«

»Ein solches Bemühen wäre in der Tat einer braven Tochter würdig«, sagte ihre Mutter dankbar.

Schnell vergingen so die Stunden, und die ganze Familie freute sich, weil es Tsu Hsi zu Hause so gut gefiel. Am späten Nachmittag wurde ein leckeres Mal serviert. Die Köche hatte man eigens für diesen Tag gemietet, aber Lu Ma kommandierte sie nur so herum und war mit nichts zufrieden. Als es Abend wurde, ließ sich der Obereunuch wieder sehen und erinnerte Tsu Hsi, daß sie jetzt Abschied nehmen müsse.

»Es ist Zeit, Ehrwürdige. Ich muß den Befehlen des Allerhöchsten gehorchen.«

Sie mußte sich beugen und tat es mit Anmut, da es keinen Ausweg gab. Sie wurde wieder Kaiserin. Li Lien-ying brachte ihren Kopfschmuck, sie nahm wieder auf dem hohen Sitz in würdevoller Haltung Platz. Sogleich wurden die Mitglieder ihrer Familie zu Untertanen. Nacheinander verabschiedeten sie sich mit einer tiefen feierlichen Verbeugung. Sie sagte jedem ein paar freundliche Worte und überreichte allen Geschenke. Lu Ma bekam eine Geldsumme. Dann blieb Tsu Hsi noch eine Weile still sitzen. Es war ein glücklicher Tag gewesen, sie hatte sich wieder ganz als Kind gefühlt. Und doch ahnte sie, daß sie zum letztenmal in diesem Hause war. Alles erschien wie früher, und doch war es nicht mehr dasselbe. Man liebte sie noch wie früher, aber diese Liebe war jetzt mit allerlei Hoffnungen und Wünschen verbunden. Jeder erwartete etwas von ihr. Ihr Onkel machte Andeutungen über unbezahlte Schulden, ihr Bruder sehnte sich, einen Blick in die große Welt zu tun, ihre Mutter bat sie, ihr Versprechen, die Schwester unter die Haube zu bringen, nicht zu vergessen. Und auch die anderen hatten alle kleine Bitten, deren Erfüllung sie von ihr erhofften. Aus Dankbarkeit und Mitleid machte sie allen Versprechungen. Aber das Gefühl der Einsamkeit kehrte nun zurück und lastete zehnmal schwerer auf ihrem Herzen.

So kehrte Tsu Hsi wieder in die Verbotene Stadt zurück, und als sie sich dem großen Südtor näherte, kündigte die kaiserliche Garde das Ende des Tages an. Die Töne, die der Trommler der großen Trommel entlockte, klangen so rhythmisch wie die Schläge eines mächtigen Herzens. Die Trompeter in ihrer bunten Kleidung begannen mit einem lauten Geschmetter, das nach langgezogenen Fanfaren leise zitternd ausklang, immer im selben Rhythmus von den Trommeln begleitet. Drei gemessene Trommelschläge bildeten den Abschluß. Es folgte eine Pause, dann wurde von Jung Lu dreimal eine Bronzeglocke angeschlagen.

Die Wachen bezogen überall ihre Posten. Hinter Tsu Hsi schlossen sich die großen Tore, und auf die Verbotene Stadt sank die Nacht herab.

Der Winter endete spät. Der Frühling wurde durch die bösen Nordwinde aufgehalten. Sandstürme suchten die Stadt heim, und wenn man auch Türen und Fenster fest schloß, drang doch der feine gelbe Sand durch jede Ritze und häufte sich in allen Ecken. Dazu kamen aus dem Süden schlechte Nachrichten. Der Vizekönig Yeh hatte die erhaltenen Befehle befolgt. Er hatte den Engländer Sir John Bowring hingehalten und auf seine vielen Schreiben nicht geantwortet, und als der französische Geschäftsträger Sühne für die Ermordung eines französischen Priesters verlangte, ließ er diese Aufforderung ebenfalls unbeachtet. Der Vizekönig berichtete jedoch jetzt dem Drachenthron, daß die Weißen durch dieses Verhalten nicht etwa unterwürfiger, sondern immer frecher würden, und bat um neue Richtlinien. Dazu verlangten jetzt auch die Angehörigen der geköpften Besatzung des Schiffes *Der Pfeil* von ihm Schadenersatz, und ihre Söhne und Neffen waren bereits zu den Rebellen übergegangen, um sich an dem Vizekönig, dem Vertreter des Drachenthrones, zu rächen. Am schlimmsten von allem aber war, daß der Engländer Elgin, ein vornehmer und sehr mächtiger Lord, gedroht hatte, mit seiner Flotte nach Norden zu fahren, in den Hafen von Tientsin einzudringen und die Taku-Forts anzugreifen, welche Peking beschützten.

Als der Kaiser diese Nachricht las, wurde er krank, legte sich zu Bett und wollte keine Nahrung mehr zu sich nehmen. Schweigend überreichte er das Dokument seinem Bruder, Prinz Kung, und befahl ihm, es auch Tsu Hsi zu lesen zu geben, es mit ihr zu beraten und ihm dann den Entschluß mitzuteilen, den sie gefaßt hatten. Zum erstenmal nun konnte sich Tsu Hsi mit Prinz Kung nicht einig werden. Sie berieten in der kaiserlichen Bibliothek, ihrem üblichen Treffpunkt, in Gegenwart des Obereunuchen und Li Lien-yings, die alles hörten, was sie sprachen.

»Ehrwürdige«, sagte Prinz Kung mit einem Appell an die kühle Vernunft, »ich sage Ihnen noch einmal, es ist nicht klug, diese Weißen vollständig zu verärgern und in Wut zu bringen. Sie haben Kanonen und Kriegsschiffe und sind im Herzen Barbaren.«

»Sie sollen in ihr Land zurückkehren! Wir haben genug Geduld gehabt, aber nichts damit ausgerichtet«, entgegnete Tsu Hsi. Sie war sehr schön, wenn sie so hochmütig war, und Prinz Kung seufzte beim Anblick solcher Schönheit und solchen Stolzes. Er mußte bei sich zugeben, daß diese Frau eine Energie hatte, die ihm und noch mehr seinem älteren Bruder fehlte, und in der Tat waren jetzt energische Maßnahmen nötig. »Wir haben nicht die Mittel, sie zur Rückkehr zu zwingen«, hielt er ihr vor.

»Wir haben die Mittel, wenn wir nur den Willen haben«, entgegnete sie. »Wir können sie einen nach dem anderen töten, solange sie noch wenige sind, und ihre Leichen ins Meer werfen. Kehren Tote zurück?«

Eine solche Unbedachtheit entsetzte Prinz Kung. »Es ist nicht damit getan, daß man sie tötet. Wenn ihre Völker davon hören, werden für einen Toten tausend Lebendige kommen, und zwar auf Kriegsschiffen, die Zauberwaffen haben.«

»Ich fürchte sie nicht«, erklärte Tsu Hsi.

»Aber ich! Ich fürchte sie sehr. Es sind nicht nur die Waffen, die ich fürchte, sondern die Weißen selbst. Wenn sie angegriffen werden, geben sie zehn Schläge für einen zurück. Nein, nein, Ehrwürdige – verhandeln, hinhalten, hinauszögern, dieser Weg ist sicherer, wie Sie früher selbst zugegeben haben. Das müssen auch jetzt unsere Waffen sein. Wir müssen sie hinhalten mit Versprechungen, die wir nicht erfüllen, und den Tag, an dem sie uns angreifen werden, möglichst weit hinausschieben. Wir müssen sie ermüden und entmutigen, immer höflich mit ihnen verhandeln, so tun, als ob wir nachgäben, ohne wirkliche Zugeständnisse zu machen. Dies ist ein Gebot der Klugheit, und wir müssen an ihm festhalten.«

So wurde es schließlich auch beschlossen. Um Tsu Hsi abzulenken, denn sie fügte sich nur widerwillig, riet Prinz Kung seinem älteren Bruder, sie die heiße Jahreszeit im Sommerpalast außerhalb Pekings verbringen zu lassen. Dort konnte sie sich auf den Seen und in den Gärten mit dem Thronfolger und ihren Damen vergnügen und die Wirren der Nation vergessen.

»Die Kaiserin des Westlichen Palastes sieht gern Theaterstücke«, sagte er listig. »Da soll man doch im Sommerpalast eine Bühne bauen und einen Trupp Schauspieler engagieren. Inzwischen werde ich mit den Räten überlegen, was wir dem Vizekönig antworten wollen. Ich darf Majestät auch daran erinnern, daß wir im Frühling den ersten Geburtstag des Thronfolgers feiern müssen. Wir sollten dieses Ereignis bald ankündigen, damit die Untertanen rechtzeitig ihre Geschenke bringen können. So wird von den drohenden Gefahren abgelenkt, über die wir dann beraten können.«

So hoffte Prinz Kung, Tsu Hsi zu besänftigen und sie davon abzubringen, in ihrem Stolz auf Rache gegen die Weißen zu sinnen. Im Grunde seines Herzens war er sehr besorgt und wollte mit Ministern und Prinzen und allen anderen Fühlung nehmen, auf deren Rat er Wert legte, denn er sah, daß sich bald der Druck der Männer aus dem Westen immer mehr verstärken würde.

Die Zeiten waren so ernst, daß der Kaiser im fünften Monat des Mondjahres einen alten Brauch erneuerte, den seine Vorfahren seit dem Untergang der Ming-Dynastie selten beachtet hatten. Er verkündete am Frühlingstotenfest, daß er im Heiligen Tempel der Kaiserlichen Ahnen für sein Volk beten wolle. Dieser alte Tempel stand in einem großen Park unter breiten Föhren, die sein Dach vor der Sonne schützten. Diese Bäume waren von Wind und Sand zerzaust und so alt, daß kein Mensch mehr wußte, wann sie gepflanzt worden waren. Wie ein dicker Samtteppich lag der Moosrasen unter ihnen. In dem Tempel befanden sich die heiligen Schreine toter Kaiser, ihre Namen waren auf Tafeln von kostbarem Holz geschnitzt, jede Tafel stand auf einem Kissen aus gelber Seide. Nur Priester mit gelben Gewändern sah man im Park, sie waren die Hüter des Tempels. Das Schweigen vergangener Jahrhunderte hing schwer über dem ganzen Tempelbezirk. Keine Vögel sangen an diesem stillen Ort, aber im Frühling bauten weiße Reiher in den knorrigen Kronen der Föhren ihre Nester und zogen dort ihre Jungen auf. Im Herbst verschwanden sie wieder. Zu diesem Ort zog also der Kaiser am Totenfest mit den Prinzen und Herzögen, seinen Ministern und Räten. Es war eine Stunde vor Sonnenaufgang, und der in diesem trockenen, nördlichen Klima ungewöhnliche Nebel war so dicht, daß der eine nicht das Gesicht des anderen erkennen konnte. Die Ahnentafeln der toten Mandschu-Kaiser waren schon zwei Tage vorher aus der Verbotenen Stadt in den Tempel gebracht worden. Die Eunuchen hatten sie auf den elf Altären aufgestellt.

Alle warteten auf die Ankunft des Himmelssohnes. Er hatte die Nacht schlaflos im Saal der Enthaltsamkeit verbracht und weder Speise noch Trank zu sich genommen. Auch das ganze Volk hatte drei Tage kein Fleisch gegessen, auch keine Speise mit Knoblauch oder Öl bereitet, keinen Wein getrunken, keine Musik gehört und kein Theaterstück gesehen, auch keine Gäste eingeladen. Die Gerichte waren drei Tage geschlossen.

In der grauen Stunde vor Tagesanbruch berichtete der Hofmetzger, daß er die Opfertiere geschlachtet, ihr Blut in Schalen gegossen und die Knochen und das Fell vergraben hatte. Die Prinzen und Herzöge berichteten, daß das heilige Gebet geschrieben war, das der Sohn des Himmels an die kaiserlichen Vorfahren richten sollte.

Der Kaiser nahm diese Berichte entgegen und erhob sich, um sich von dem Obereunuchen die purpurroten und mit Gold besetzten Opfergewänder anlegen zu lassen. Auf zwei seiner Vettern gestützt, betrat er den Tempel. Dort empfing ihn sein jüngerer Bruder, Prinz Kung. Seine zwei Verwandten blieben am Eingang stehen, und selbst die Eunuchen durften dem Kaiser nicht folgen. Vor jedem der elf Altäre machte er erneut tiefe Verbeugungen und opferte Speisen und Wein, und vor jedem Altar verrichtete er dasselbe Gebet. Er bat um Sicherheit vor den neuen Feinden aus dem Westen.

Als er das Gebet elfmal vorgelesen hatte, dämmerte es bereits. Die weißen Tauben, die unter den breiten Traufen des Tempeldaches schliefen, erwachten und kreisten über den alten Föhren. Der Kerzenschein der Laternen verblaßte, und Staubteilchen tanzten in den bleichen Sonnenstrahlen, die in die großen Tempeltore fielen. Das Opfer war beendet. Der Kaiser bestieg die Sänfte und kehrte in seinen Palast zurück. Da nahmen im ganzen Volk die Leute gestärkt und ermutigt ihre gewohnten Beschäftigungen wieder auf.

Diese alte Zeremonie am Frühlingsfest der Toten hatte den Kaiser so belebt, daß er im sechsten Monat des Mondjahres, als es heiß wurde, beschloß, mit seinen zwei Gemahlinnen, dem Thronfolger und dem Hof in den Sommerpalast zu ziehen. Die politischen Sorgen drückten ihn jetzt nicht mehr so. Zwei Ereignisse, die er befürchtet hatte, waren nicht eingetreten. Die chinesischen Rebellen hatten keine weiteren Fortschritte gemacht, und die Fremden waren mit ihren Schiffen nicht nordwärts gefahren, wie sie schon seit langem gedroht hatten. Der Vizekönig Yeh sah zwar noch immer trübe in die Zukunft, aber seine Verzögerungstaktik hatte sowohl die chinesischen Aufrührer als auch die Weißen in Schach gehalten.

Tsu Hsi verhieß dem Kaiser Wunder von dem Zauber einer gewissen Vollmondnacht.

»Komm mit mir in den Sommerpalast«, schlug sie vor, »die Kühle der Berge wird deine Gesundheit wiederherstellen.«

Der Sommerpalast war vor mehreren Jahrhunderten als Lustschloß von den damals regierenden Kaisern erbaut worden, und zwar an einer Stelle, wo eine so klare und frische Quelle hervorsprudelte, daß man sie die Jadequelle nannte. Der erste Sommerpalast wurde in einem Kriege zerstört und vor zweihundert Jahren von dem damals regierenden Kaiser Kang Hsi wiederaufgebaut. Sein Sohn Tschien Lung vereinigte alle Gebäude in einem großen Park. Es gab darin viele Seen und Bäche, die von Brücken aus Marmor oder reichgeschnitztem und bemaltem Eichenholz überquert wurden. Tschien Lung liebte sein Werk sehr, und als er hörte, daß der damalige König von Frankreich in seinem fernen Land auch einen solchen Lustpark besaß, erkundigte er sich bei französischen Gesandten und Jesuiten, wie ihr König seinen Park eingerichtet hätte, denn die chinesischen Kaiser der damaligen Zeit hießen die Männer aus dem Westen willkommen und ließen es sich nicht träumen, daß sie später in böser Absicht kommen würden. Tschien Lung vervollkommnete nun seine eigenen Anlagen nach westlichem Muster, denn die Jesuiten, die bei dem großen Tschien Lung Gunst zu finden hofften, hatten ihm aus Frankreich und Italien Abbildungen der europäischen Paläste mitgebracht. Der chinesische Kaiser studierte sie eifrig, und was ihm daran gefiel, ließ er nachmachen. Später war der Sommerpalast lange geschlossen, denn Tschien Lungs Nachfolger, Tschia Tsching, gefiel es im nördlichen Palast in Jehol besser. Dort wurde er bei einem Gewitter in Gegenwart seiner Lieblingskonkubine vom Blitz erschlagen. Tao Kuang, sein Sohn, der Vater des jetzt regierenden Kaisers Hsien Feng, war ein Geizhals und ließ den Hof nicht einmal in der heißen Jahreszeit in den Sommerpalast übersiedeln, weil es ihm zu teuer war.

An einem Sommermorgen brach also der Hof in fröhlichster Stimmung auf. Der Tag war schön, die Bäume hingen voll Tautropfen, ein leichter Frühnebel, um diese Jahreszeit eine Seltenheit, verschleierte die Landschaft. Tsu Hsi war früh aufgestanden und hatte, wie es sich für eine Landpartie gehörte, ein einfaches, blaßgrünes Kleid aus Ananasfasern, die von den südlichen Inseln importiert waren, angelegt. Sie trug keine Juwelen, sondern nur Perlen. Sie hatte es so eilig, daß sie schon fertig war, als der Kaiser aus dem Schlaf erwachte und noch angezogen werden und sein Frühstück einnehmen mußte. Daher setzte sich der Kaiserliche Zug erst am Vormittag in Bewegung. Die Bannerleute zogen voran, dann kamen die Prinzen mit ihren Familien und schließlich die kaiserliche Garde zu Pferde, ihr voran ritt Jung Lu auf einem großen weißen Hengst. Hinter der Garde und vor der mit gelben Vorhängen verschlossenen Sänfte des Kaisers folgten in ihren Sänften Tsu Hsi mit ihrem Sohne und dessen Amme und neben ihr Sakota, die Kaiserin des Östlichen Palastes. Monatelang waren sich die beiden Frauen nicht mehr begegnet, und als Tsu Hsi jetzt das bleiche Gesicht ihrer Kusine sah, machte sie sich deswegen Vorwürfe.

Die Straßen, die der Zug passierte, waren still und leer. Am frühen Morgen war die ganze Strecke mit gelben Fahnen, die in Dreiecken geordnet waren, abgesteckt worden, damit sich die Bevölkerung von diesen Straßen fernhalten konnte. Die Türen aller Häuser waren verschlossen, die Fenster verhängt, auch von den Nebenstraßen her durfte niemand die Hauptstraße betreten. Als der Sohn des Himmels das Südtor verließ, gaben Trommeln und Gongs das Signal, worauf alle in die Häuser gingen und sich verbargen. Auf ein zweites Signal hin mußten sich auch die Arbeiter, welche die Straßen mit gelbem Sand bestreuten, zurückziehen. Auf das dritte Signal hin fiel der spalierbildende Adel aller Mandschu-Sippen auf die Knie und ließ den Sohn des Himmels mit seiner tausendköpfigen Garde vorüberziehen. Früher waren die Kaiser auf feurigen arabischen Pferden geritten, deren Zügel mit Gold beschlagen und deren samtene Satteldecken mit Edelsteinen besetzt gewesen waren. Aber Hsien Feng konnte kein Pferd besteigen und mußte deshalb in der Sänfte getragen werden. Da er wegen seines kränklichen Aussehens zudem menschenscheu war, mußten die Vorhänge der Sänfte fest geschlossen bleiben. Und so wurde er über die mit gelbem Sand bestreuten Straßen getragen, und nicht einmal die knienden Adeligen bekamen ihn zu Gesicht oder hörten seine Stimme.

Gegen Abend erreichte der Zug das hohe, von zwei goldenen Löwen bewachte Eingangstor des Parkes. Tsu Hsis Neugier war so groß, daß sie die Vorhänge ihrer Sänfte ein wenig beiseite zog. Sie tat einen Blick in ein Traumland. An den grünen Hängen standen Pagoden, die in der Luft zu schweben schienen, an den Wegen rieselten klare Bäche, und weiße Marmorbrücken führten zu Hunderten von Pavillons, die alle verschieden waren und von Gold und buntfarbigen Ziegeln schimmerten. Ein ganzes Leben hätte nicht genügt, um alles in Augenschein zu nehmen. Aber das, was sie sah, war nichts im Vergleich zu dem, was sie noch nicht sehen konnte: die großen Paläste, die von mehreren Kaisern gebaut und von jedem vergrößert und verschönert worden waren, die berühmte Wasseruhr, deren zwölf Tiere je zwei Stunden lang Wasser aus der Jadequelle ausspien. Und jeder Palast, hatte sie gehört, war mit Schätzen nicht nur aus dem Osten, sondern auch aus Europa gefüllt. Von Natur aus vergnügungssüchtig, konnte sie es kaum abwarten, bis sie frei umherwandern und alles besichtigen konnte.

Die Sänfte wurde niedergesetzt, Li Lien-ying zog die Vorhänge zurück, sie stieg in der bezaubernden und noch geheimnisvollen Feenlandschaft aus. Sie sah sich um, und durch einen sonderbaren Zufall erblickte sie in diesem Augenblick völlig unvorbereitet Jung Lu. Er stand allein, denn die Sänfte des Kaisers befand sich schon in der großen Eingangshalle. Auch er war nicht auf den Anblick gefaßt. Er hob den Kopf und sah ihr gerade in die Augen. Ihre Blicke tauchten ineinander, ihre Herzen flogen sich entgegen. Schnell wandten sie den Kopf, der Augenblick war vorüber. Tsu Hsi betrat, gefolgt von ihren Damen, den ihr zugewiesenen Palast. Ein Glücksgefühl sprang plötzlich in ihr auf. Mit lebhafter Freude nahm sie alles in Augenschein, als sie durch die Zimmer ging. Dieses Haus, das jetzt ihre Wohnung war, hieß der Palast der Zufriedenheit. Es war ein altes Gebäude, aber gerade sein Alter entzückte sie. Viele Kaiser hatten hier schon von der Last der Staatsgeschäfte ausgeruht und mit fröhlichen Sinnen Frieden gefunden. Als sie nach einem ersten schnellen Gang alles besichtigt hatte, kehrte sie an den Eingang zurück. Die weiten Türen standen offen, und das Licht der Abendsonne strömte golden in sie ein. Von den Strahlen der untergehenden Sonne umflossen, stand sie hoch aufgerichtet in heiterer Ruhe auf der Schwelle und breitete freudig die Arme aus.

»Ich wollte, ich könnte hier mein ganzes Leben verbringen!« sagte Tsu Hsi. »Ach, wenn ich doch nie mehr in die Verbotene Stadt zurückkehren müßte!«

Dagegen nun lehnten sich die Hofdamen natürlich mit einer Schmeichelei auf. Was sollte wohl die Nation, sagten sie, im Mittelpunkt ihres Lebens ohne sie anfangen!

»Jedenfalls wollen wir hier nur fröhlich sein. Alles, was Sorgen, Ärger und Schmerz bereitet, wollen wir hier vergessen.«

Damit waren die Damen gern einverstanden und gaben das durch leises Gemurmel und schmachtende Seufzer kund.

Als das dunkle Nachglühen auf Seen und Bächen erlosch, die Schatten der Pagoden und Brücken nicht mehr auf dem Wasser lagen und schließlich der Mond aufging, zog sich Tsu Hsi in ihre Gemächer zurück. Auf ihr Gemüt senkte sich ein tiefer Friede, der das Vorspiel zum Schlaf zu sein schien, und doch war sie hellwach. Sie fühlte sich nicht mehr einsam, sie hatte keine Furcht vor Kriegen und Aufruhr mehr, ihr stürmisches Herz wurde ruhig, sie wünschte allen Gutes. Zur Rechten stand der Palast der Schwimmenden Wolke, der Sakota zugewiesen war. Morgen – nein, morgen noch nicht, aber eines Tages, wenn ihr Glück voll war, würde sie ihren Entschluß wahrmachen und ihre schwesterliche Freundschaft mit Sakota erneuern. Wie sonderbar war es doch, daß sie beide, die zusammen unter demselben Dach in der Zinngasse aufgewachsen waren, jetzt nebeneinander in zwei Palästen wohnten und als gemeinsamen Herrn den Kaiser hatten.

Aber da sie einen unruhigen Geist hatte, dachte sie gleich darauf an Jung Lu, an den Moment, da sich ihre Blicke getroffen hatten, ineinandergetaucht waren und sich unwillig wieder getrennt hatten, und plötzlich bekam sie ein wildes Verlangen, seine Stimme zu hören und ihn in ihrer Nähe zu sehen. Und warum sollte sie nicht mit einem Verwandten sprechen können – ihn etwa um Rat in irgendeiner Angelegenheit fragen? Um welchen Rat wohl und in welcher Angelegenheit? Da fiel ihr das Versprechen ein, das sie ihrer Mutter gegeben und noch nicht eingelöst hatte, nämlich für ihre Schwester einen Mann zu suchen. In dieser Angelegenheit konnte sie doch wohl einen Verwandten um Rat fragen. Ihrem treuen Eunuchen konnte sie dann, ohne zu lügen, sagen:

»Ich möchte meinen Verwandten, den Kommandanten der kaiserlichen Garde, in einer familiären Angelegenheit um Rat fragen. Es handelt sich um ein Versprechen, das ich meiner Mutter gegeben habe.«

Das Mondlicht wurde noch goldener, der Duft aus den Gärten noch berauschender, sie seufzte vor Glück. Hier an diesem zauberischen Ort war sicher Zauberei möglich. Sie mußte über sich selbst lächeln. Welche Schleichwege doch ihre Gedanken einschlugen. Ihre Freude war nicht so ganz allgemein, sie hatte einen besonderen Grund. Eine alte Sehnsucht und eine verlockende Erinnerung, die lange geschlummert hatten, wachten plötzlich auf. Sie sollten bleiben, was sie waren, dachte sie, ohne mehr zu sein. Sie brauchte nicht auf sich achtzugeben – das würde er tun. Seine rechtliche Gesinnung würde ihr Schutz, das Schloß sein, zu dem er den Schlüssel besaß. Ihm konnte sie vertrauen, er war keiner Bestechung zugänglich.

Wieder ein klarer Morgen, es ging kein Wind, aber die Luft war kühl von einem im Norden niedergegangenen Gewitter. Tsu Hsi erkannte an diesem Tage, an dem sich ihre Augen an Schönheit satt tranken, daß sie noch lange brauchen würde, um alles in sich aufzunehmen, denn wenn Paläste, Seen und Höfe, Terrassen und Gärten besichtigt waren, blieben immer noch die Schatzhäuser, in denen seit zweihundert Jahren die den Kaisern überbrachten Geschenke aufgestapelt waren. Tausende von Ballen Seide, Stapel von sibirischen Pelzen, Seltsamkeiten aus allen Ländern Europas, Tributgaben aus Tibet und Turkestan, Geschenke aus Korea und Japan und allen jenen kleineren Nationen, die, obschon sie frei waren, doch den Sohn des Himmels als ihren Schirmherrn anerkannten, schöne Möbel und kostbare Gebrauchsgegenstände aus den südlichen Provinzen, Schmucksachen aus Jade und silberner Zierat, goldene Vasen und Edelsteine aus Indien und den südlichen Meeren – alle diese Schätze warteten darauf, von Tsu Hsis scharfen Augen und schnellen Händen nach Form, Gewicht und Qualität abgeschätzt und gewogen zu werden.

Jeden Abend wurde von den neun engagierten Hofschauspielern ein Stück aufgeführt, und zum erstenmal konnte Tsu Hsi ihre leidenschaftliche Vorliebe fürs Theater voll befriedigen. Sie hatte Bücher über die Vergangenheit gelesen, sie hatte die alten Bilder und Schriften gründlich studiert, aber in den Theaterstücken sah sie geschichtlich bedeutsame Personen vor ihren Augen wieder zum Leben erwachen. Sie lebte mit anderen kaiserlichen Gemahlinnen und Kaiserinnen und sah sich selbst in einem früheren Leben herrschen und sterben. Wenn das Spiel nachdenklich stimmte, ging sie nachdenklich zu Bett, und lustig, wenn es ein Lustspiel gewesen war. Alles aber, was sie tat, bereitete ihr Freude und Lust.

Unter den Schätzen, an die sie vor allen anderen dachte, war die Bibliothek, die der Kaiser Tschien Lung aus den großen Büchern einer viertausendjährigen Vergangenheit hatte anlegen lassen. Auf seinen Befehl waren diese Bücher von den Gelehrten des Reiches abgeschrieben und in einer großen Bibliothek gesammelt worden. Von jedem Buch waren zwei Abschriften hergestellt worden, die eine verblieb in der Verbotenen Stadt, und die andere kam nach Yüan Ming Yüan, damit nicht eine Feuersbrunst oder ein feindlicher Einfall beide gleichzeitig zerstören könnte. Bis jetzt hatte Tsu Hsi noch keine dieser beiden Bibliotheken gesehen, denn die in der Verbotenen Stadt befindliche wurde in der Halle Literarischen Ruhmes unter strengem Verschluß gehalten und nur einmal im Jahr, am Fest der Klassiker, geöffnet, wo es dann Pflicht der angesehenen Gelehrten war, die Bedeutung der alten Schriften dem Kaiser zu erklären. Denn seitdem ein Kaiser vor achtzehnhundert Jahren die Bücher verbrennen und die Gelehrten hatte umbringen lassen, um der Beschäftigung mit den Klassikern ein Ende zu bereiten und sich selbst zum alleinigen Herrn zu machen, war es die erste Sorge der Gelehrten gewesen, Achtung vor Kunst und Wissenschaft zuerst den Kaisern und dann allen ihren Untertanen beizubringen. Damit die Worte des weisen Konfuzius nicht durch Willkürakte eines Herrschers zerstört werden konnten, wurden die Vier Bücher und die Fünf Klassiker sogar in Stein gehauen, und diese steinernen Monumente standen in der Halle der Klassiker, deren Tore geschlossen waren. Aber hier in Yüan Ming Yüan waren diese alten Schriften auch Tsu Hsi zugänglich, wenn sie auch eine Frau war, und sie nahm sich vor, sie an einem regnerischen Tage oder, wenn sie sich satt geschaut hatte, zu lesen.

Aber was sie auch in den nächsten zwanzig Tagen tat, ob sie mit den Hausbooten Vergnügungsfahrten auf den Seen machte, ob sie in den Blumengärten spazierenging oder mit ihrem Sohn spielte, der in dieser reinen Luft herrlich gedieh, ja, nicht einmal, wenn sie zum Kaiser gerufen wurde, schwand das leidenschaftliche Verlangen, mit ihrem Vetter Jung Lu zu sprechen. Dieser aufregende Plan lag wie ein Samenkorn in ihr verborgen und würde aufsprießen, wenn der Augenblick dafür gekommen war.

Eines Tages, als sie von dem Umherschweifen und den vielen Vergnügungen in der richtigen Stimmung war, winkte sie Li Lien-ying mit ihrer beringten Hand zu sich heran. Der Eunuch war es gewohnt, auf jeden kleinen Wink zu achten, und als er ihre erhobene Hand sah, kam er sofort herbeigeeilt, kniete vor ihr nieder und erwartete mit tief gesenktem Kopf ihre Befehle.

»Es liegt mir etwas auf dem Herzen«, sagte sie mit ihrer klaren gebieterischen Stimme, »es handelt sich um ein Versprechen, das ich meiner Mutter wegen der Verheiratung meiner jüngeren Schwester gab. Die Monate vergehen, und ich tue nichts. Inzwischen wartet meine Familie in großer Unruhe. Doch an wen soll ich mich um einen guten Rat wenden? Gestern erinnerte ich mich, daß der Kommandant der kaiserlichen Garde unser Verwandter ist. Er allein kann mir in dieser Familienangelegenheit, die meiner Mutter so sehr am Herzen liegt, helfen. Sage ihm, ich bäte ihn um seinen Besuch.«

Sie sagte das absichtlich vor ihren Damen, denn sie konnte kein Geheimnis vor ihnen haben, dazu stand sie zu hoch. Alle sollten wissen, was sie tat. Sie setzte sich ruhig auf ihren hübschen kleinen Thron, einen fein geschnitzten und mit birmanischem Elfenbein eingelegten Sessel. Ihre Damen standen im Halbkreis um sie herum und machten, als sie ihre Worte hörten, so unschuldsvolle Gesichter, wie es ihnen nur möglich war.

Li Lien-ying kannte seine Herrin jetzt schon zu gut, um nicht zu wissen, daß sie nichts so sehr in Wut bringen konnte wie eine zögernde Ausführung ihrer Befehle. Was er in seinem dunklen Herzen dachte, wußte niemand, es fragte auch keiner danach, aber sicher erinnerte er sich jenes Tages, da er einen ähnlichen Befehl erhalten und Jung Lu zu Yehonala hatte führen müssen. Damals hatte er lange Nachmittagsstunden auf dem Hofe vor der verschlossenen Türe gesessen mit der strengen Anweisung, keinen Menschen hereinzulassen. Nur er und die Dienerin hatten gewußt, daß Jung Lu bei ihr war. Als bei Sonnenuntergang der große Hauptmann mit stolzem, aber verstörtem Gesicht wieder zum Vorschein gekommen war, hatten sie kein Wort gesprochen, ja, Jung Lu hatte den Eunuchen nicht einmal angesehen. Am nächsten Tage war Yehonala beim Kaiser gewesen. Zehn Mondmonate waren bis zu der Geburt des Thronfolgers verflossen. Wer konnte sagen – wer konnte wissen? Er grinste in sich hinein und ließ seine Fingerglieder knacken, als er Jung Lu herbeiholte.

Während Yehonala ihren Verwandten insgeheim hatte zu sich kommen lassen, empfing ihn Tsu Hsi jetzt offen vor ihren Damen. Sie erwartete ihn auf ihrem Thron in der großen Halle ihres Palastes. An den Wänden hingen Rollbilder, hinter dem Thron erhob sich eine Alabasterwand, und rechts und links standen in großen Porzellantöpfen blühende Bäume. Auf dem Boden tollten ihre kleinen Hunde mit vier weißen Katzen herum, und als sie deren Spielen zusah, erwachte das Kind in der Kaiserin. Tsu Hsi mußte über ihre kleinen Freunde so lachen, daß sie schließlich von dem Thron stieg und die Kätzchen ausgelassen mit ihrem seidenen Taschentuch lockte, wobei sie einer Hofdame wegen ihres frischen Aussehens, einer anderen wegen ihres Kopfputzes Komplimente machte. Erst als sie die Schritte des Eunuchen und hinter ihm den ihr so gut bekannten festen Tritt hörte, stieg sie schnell wieder auf ihren Thron, faltete ihre beringten Hände und blickte stolz und gebieterisch drein, während ihre Damen hinter ihren Fächern lächelten.

Ihr Gesicht hatte einen ernsten und sittsamen Ausdruck, aber ihre großen Augen blitzten, als Jung Lu in scharlachrotem Uniformrock und schwarzen Samthosen über die hohe Schwelle trat. Er machte neun Schritte auf sie zu, ohne sie anzusehen, und erst als er niederkniete und bevor er den Kopf senkte, blickte er kurz zu der Frau auf, die er liebte.

»Willkommen, Vetter«, sagte Tsu Hsi gnädig. »Lange haben wir uns nicht mehr gesehen.«

»Sehr lange, Ehrwürdige«, sagte Jung Lu und wartete kniend.

Sie blickte von ihrem Thron auf ihn herab, und ihre Mundwinkel verzogen sich zu einem Lächeln. »Ich habe dich kommen lassen, weil ich in einer gewissen Angelegenheit einen Rat brauche.«

»Ich stehe zu Ihrer Verfügung, Ehrwürdige.«

»Meine jüngere Schwester ist jetzt alt genug, um zu heiraten«, fuhr sie fort. »Erinnerst du dich, was sie für ein lästiges, ungezogenes Kind war? Immer lief sie mir nach und wollte alles haben, was ich hatte.«

»Ehrwürdige, ich vergesse nichts«, sagte er mit noch immer gesenktem Kopf.

Tsu Hsi hörte den geheimen Sinn dieser Worte und bewahrte sie in ihrem Herzen.

»Ja, meine Schwester braucht einen Mann. Sie hat jetzt ihre Ungezogenheit abgelegt und ist ein hübsches schlankes Mädchen geworden, schöne Augenbrauen hat sie ja immer gehabt.«

Hier strich sie sich mit ihren Zeigefingern über die Brauen, die wie Weidenblätter geformt waren. »Ich habe ihr einen Prinzen versprochen. Aber ich weiß nicht recht, welcher wohl für sie in Betracht käme. Nenne mir die Prinzen!«

»Ehrwürdige«, erwiderte Jung Lu betrübt, »wie kann ich die Prinzen so gut kennen wie Sie selbst?«

»Oh, du kennst sie, denn du weißt alles. Alles kommt dir am Tor der Verbotenen Stadt zu Ohren.«

Sie wartete auf seine Antwort, und als er nichts sagte, erfaßte sie schnell die Gelegenheit und wandte sich an ihre Damen:

»Fort mich euch!« befahl sie ihnen. »Ihr seht, mein Vetter will vor euch nicht reden. Er weiß, wie ihr eure Ohren spitzt, und fürchtet eure Geschwätzigkeit. Geht, laßt mich allein!«

Als sie fort waren, stieg sie lachend von ihrem Thron. Er rührte sich nicht. Sie bückte sich ein wenig und berührte seine Schulter.

»Steh auf, Vetter! Jetzt sieht uns niemand mehr außer meinem Eunuchen – und was ist er? Nicht mehr als ein Tisch oder ein Stuhl!«

Er stand ungern auf und ging auf ihren leichten Ton nicht ein. »Ich fürchte jeden Eunuchen«, murmelte er.

»Meinen brauchst du nicht zu fürchten. Wenn er mich auch nur mit einem Wort verriete, würde ich ihm den Kopf abknipsen lassen wie einer Fliege«, sagte sie herzlos.

»Setz dich dort auf den Marmorsitz«, befahl sie ihm, »und ich werde mich hierher setzen. Die Entfernung ist groß genug, denke ich. Du brauchst keine Angst vor mir zu haben, Vetter. Ich weiß, daß ich brav sein muß. Ich habe alles, was ich haben wollte – meinen Sohn, den Thronfolger!«

»Still!« sagte er ärgerlich.

Unschuldig schlug sie ihre schwarzen Wimpern zu ihm auf.

»Und welchen Prinzen soll ich für meine Schwester wählen?« fragte sie jetzt wieder.

Steif auf der Kante des Stuhles sitzend, den sie ihm zugewiesen hatte, überlegte er sich diese Frage.

»Wem von den sieben Brüdern meines Herrn soll ich meine kleine Schwester geben?«

»Es paßt sich nicht, daß sie eine Konkubine wird«, erklärte Jung Lu bestimmt.

Sie sah ihn groß an. »Warum nicht? War ich nicht auch bis zur Geburt meines Sohnes eine Konkubine?«

»Des Kaisers – und jetzt sind Sie Kaiserin. Die Schwester einer Kaiserin aber kann nicht einmal die Konkubine eines Prinzen sein.«

»Dann muß ich den siebenten Prinzen wählen«, sagte Tsu Hsi, »denn er allein hat noch keine Frau. Er ist leider der häßlichste von allen, mit seinem dicken, hängenden Mund und seinen glanzlosen Augen! Ich hoffe, meiner Schwester kommt es weniger darauf an als mir, daß ein Mann ein schönes Gesicht hat.«

Sie blickte ihn unter ihren langen, geraden Wimpern von der Seite an. Er blickte weg.

»Prinz Tschuns Gesicht ist nicht übel. Es ist ein Glück, wenn ein Prinz wenigstens keinen schlechten Charakter hat.«

»Wenn du mir zu Prinz Tschun rätst, werde ich ihn wählen und meiner Mutter das mitteilen.«

Sie ärgerte sich plötzlich über seine Steifheit und erhob sich, um ihm zu bedeuten, daß die Audienz zu Ende sei. Doch dann machte sie, ganz nebenbei, noch eine Bemerkung. »Und du? Du wirst doch wohl inzwischen geheiratet haben?«

Er hatte sich gleichzeitig mit ihr erhoben und stand nun groß und ruhig vor ihr. »Sie wissen, daß das nicht so ist.«

»Aber du mußt heiraten, du mußt!« Ein plötzliches Glücksgefühl machte ihr Gesicht weich und jung, so wie er es von früher kannte.

»Ich möchte, daß du heiratest«, sagte sie dann nachdenklich und ernst und schloß ihre Hände zusammen.

»Das ist nicht möglich.« Er verbeugte sich und ging ohne ein Abschiedswort, ja, ohne sich einmal umzublicken, fort.

Sie war überrascht, daß er so schnell gegangen war, bevor sie ihn endgültig entlassen hatte. Da sahen ihre schnellen Augen, wie sich ein Türvorhang bewegte. Hatte man sie belauscht? Ein Sprung, und mit hartem Griff faßte sie in den Vorhang und sah hinter ihm eine sich windende Gestalt. Es war Fräulein Mei, ihr hübscher Liebling, die jüngste Tochter des Großkanzlers Su Schun.

»Du? Was tust du hier?« fragte Tsu Hsi.

Die junge Dame senkte den Kopf und steckte den Zeigefinger in den Mund.

»Nun, antworte. Wen wolltest du hier belauschen?«

»Nicht Sie, Ehrwürdige.«

»Wen denn?«

Fräulein Mei behielt den Finger im Mund.

»Keine Antwort?«

Tsu Hsi sah ihre zarte, kindliche Gestalt voll Demut vor sich stehen, und plötzlich, ohne ein weiteres Wort, packte sie die junge Dame bei den Ohren und schüttelte sie heftig.

»Ihn also!« zischte sie heraus. »Erscheint er dir so schön? Liebst du ihn etwa?«

Zwischen ihren Fäusten, an denen die Juwelen blitzten, sah das junge Ding hilflos zu ihr auf.

Wieder schüttelte Tsu Hsi sie mit aller Kraft. »Wag es, ihn zu lieben!«

Fräulein Mei brach in lautes Schluchzen aus, und Tsu Hsi ließ ihre Ohren los. So fest hatte sie zugepackt, daß Blut herabtropfte, denn die Ohrringe hatten ihr ins Fleisch geschnitten.

»Meinst du, daß er dich liebt?« fragte Tsu Hsi zornig.

»Ich weiß, daß er mich nicht liebt, Ehrwürdige«, schluchzte die junge Dame. »Er liebt nur Sie – das wissen wir alle –, nur Sie –«

Darauf war Tsu Hsi einen Augenblick unentschlossen, was sie nun tun sollte. Sie hätte die Dame wegen einer solchen Behauptung am liebsten gezüchtigt, und doch hätte ihr diese nichts Angenehmeres sagen können. Sollte sie nun lächeln oder dem Mädchen eine Ohrfeige geben? Sie tat beides. Sie lächelte, und als sie sah, daß ihre Damen die Köpfe durch die Vorhänge steckten, gab sie der kleinen Mei ein paar Ohrfeigen, daß es zwar klatschte, aber nicht sehr weh tat.

»Da – da – da! Geh mir aus den Augen, bevor ich dich aus Scham umbringe, und laß dich sieben volle Tage nicht sehen!«

Sie drehte sich um und ging mit vollendeter Anmut wieder zu ihrem Thron. Als sie hörte, wie eilig die kleinen Füße der jungen Dame über die Fliesen der Korridore klapperten, verzog sich ihr Gesicht zu einem Lächeln.

Von diesem Tage an setzten sich Jung Lus Gesicht und Gestalt von neuem in ihren Gedanken fest. Sie konnte ihn zwar nicht noch einmal zu sich bestellen, aber sie zerbrach sich den Kopf, wie sie, anstatt verstohlen, frei und offen mit ihm zusammenkommen könnte. Tag und Nacht verfolgte sie sein Bild. Sie mußte Jung Lu so hoch erheben, daß sie ihn in ihrer Nähe haben konnte, wobei sie anderen gegenüber immer ihre Verwandtschaft betonen, diese aber für ihre Zwecke benützen konnte. Wie konnte sie ihn nun aber erheben, ohne aller Augen auf sich zu lenken? In den engen Mauern der Paläste herrschte immer eine fiebrige Atmosphäre, die Skandale ausbrütete. Und sie dachte an ihre Feinde, den Großkanzler Su Schun, der sie haßte, weil sie mehr Einfluß hatte als er, und zu ihm kamen seine Freunde, die Prinzen Tscheng und Yi. In An Teh-hai hatte sie einen Verbündeten, den sie sich warmhalten mußte. Vorsicht war jedoch am Platze, denn es ging das Gerücht, er sei kein richtiger Eunuch und im geheimen hinter den Hofdamen her.

Dadurch dachte sie wieder an Fräulein Mei. Sie war, was man nicht vergessen durfte, die Tochter Su Schuns. Sie durfte sich nicht auch noch den Haß der Tochter zuziehen, denn dann konnte ihr Vater sie als Spionin benutzen. Im Gegenteil, sie mußte die kleine Mei zu ihrer Freundin machen und dadurch unter Kontrolle halten. Kam es ihr da nicht zustatten, daß die junge Dame Jung Lu liebte? Daran war kein Zweifel, denn sonst hätte sie aus Eifersucht nicht so zornig auf sie sein können. Sie mußte sie wieder versöhnen und ihr sagen, sie solle Mut fassen, denn sie selbst, Tsu Hsi, würde bei geeigneter Gelegenheit bei dem Kommandanten der kaiserlichen Garde für sie ein gutes Wort einlegen. Eine Heirat würde einem doppelten Zweck dienen, denn sie gab ihr die Möglichkeit, Jung Lu zu einem hohen Posten zu erheben. Es wurde ihr plötzlich klar, daß dies das beste Mittel dazu war.

Sie hatte die Entscheidung ganz plötzlich getroffen, aber sie handelte nicht mit derselben Schnelligkeit. Erst als die bösen sieben Tage vorüber waren, ließ sie Fräulein Mei durch Li Lien-ying holen. Sie fiel sofort vor ihrer Herrscherin auf die Knie. Tsu Hsi saß auf ihrem Phönixthron im Pavillon der Favoritin, einem kleinen Nebenpalast, den sie gleichfalls für sich beanspruchte.

Tsu Hsi ließ die junge Dame erst eine Weile knien, dann stieg sie von ihrem Thron herab und hob sie auf. »Du bist in diesen sieben Tagen mager geworden«, sagte sie freundlich.

»Ehrwürdige«, sagte Fräulein Mei mit kläglichem Gesicht, »wenn Sie böse auf mich sind, kann ich weder essen noch schlafen.«

»Jetzt bin ich nicht mehr böse«, erwiderte Tsu Hsi. »Setz dich zu mir, armes Kind, wir wollen einmal ganz offen miteinander sprechen.«

Sie zeigte auf einen Stuhl und setzte sich dann neben sie, nahm die weiche, schmale Hand des Mädchens in ihre und tätschelte sie.

»Mir ist es ganz gleichgültig, Kind, wen du liebst. Warum solltest du nicht den Kommandanten der kaiserlichen Garde heiraten? Ein schöner Mann und jung –.«

Die Dame traute ihren Augen nicht. Ihr Gesicht überzog sich mit einer zarten Röte, ihre dunklen Augen wurden feucht, sie ergriff die gütigen Hände, die sie streichelten.

»Wenn der Thronfolger seinen ersten Geburtstag hat, soll ein großes Fest stattfinden. Zu diesem Fest will ich meinen Verwandten einladen, damit alle sehen, daß ich ihn auszeichnen will. Wenn das einmal geklärt ist, kann Schritt auf Schritt folgen, und wer wird es wagen, sich mir dabei in den Weg zu stellen? Nur deinetwegen will ich ihn auszeichnen, damit er denselben Rang hat wie du.«

»Aber, Ehrwürdige –«

Tsu Hsi hob die Hand. »Keine Zweifel, Kind! Er wird tun, was ich sage.«

»Ja, aber –«

Tsu Hsi sah, daß die Wangen noch immer glühten. »Du meinst, so viele Monate könntest du nicht mehr warten?«

Fräulei Mei verbarg ihr Gesicht hinter ihrem Ärmel.

Tsu Hsi lachte. »Wenn man zu einem neuen Ort reisen will, muß zuerst die Straße gebaut werden.«

»Zweihundert Jahre lang«, sagte Prinz Kung, »war der Handel der ausländischen Kaufleute allein auf die Stadt Kanton beschränkt und konnte überdies nur durch chinesische Kaufleute, die dafür eine besondere Erlaubnis benötigten, betrieben werden.«

Der Sommer war zu Ende, der Herbst schon halb vorbei. Tsu Hsi hörte sich diese politische Lektion an und blickte nachdenklich durch die weit offene Tür in die Nachmittagssonne. Rote, gold- und bronzefarbene Chrysanthemen blühten in Porzellantöpfen. Sie hörte und hörte doch nicht, die Worte fielen auf ihren Geist wie welke Blätter auf die Oberfläche eines Teiches.

Prinz Kung erhob die Stimme, um sie aus ihrer Träumerei zu reißen.

»Hören Sie zu, Majestät?«

»Ja.«

Er sah ziemlich ungläubig drein, fuhr aber fort: »Wollen Sie sich bitte erinnern, Majestät, daß die zwei Opiumkriege für unser Volk unglücklich ausgingen! Aus dieser Niederlage zogen wir die bittere Lehre, daß wir die westlichen Nationen nicht als von uns abhängige Staaten ansehen können. Wenn diese gierigen, rücksichtslosen Völker sich auch nie mit uns vergleichen können, so ist es doch möglich, daß sie sich durch die brutale Macht der von ihnen erfundenen üblen Kriegswerkzeuge in der nahen Zukunft zu unseren Herren aufschwingen.«

Diese mit einer mächtigen Stimme gesprochenen Worte weckten sie aus ihrer Träumerei. Sie weilte in Gedanken noch immer in der jetzt vergangenen Sommerzeit. Wie ungern war sie doch hinter die hohen Mauern und verschlossenen Tore zurückgekehrt!

»Zu unseren Herren?« wiederholte sie.

»Ja, wenn wir nicht sehr aufpassen«, sagte der Prinz mit Überzeugung. »Wir haben leider jeder Forderung nachgegeben, hohe Entschädigungssummen bezahlt, uns damit einverstanden erklärt, daß viele neue Häfen diesem verhaßten ausländischen Handel geöffnet wurden. Und wenn wir einer Nation etwas zugestehen, fordern sofort alle anderen das gleiche. Sie haben ein Zaubermittel – das heißt Gewalt.«

Sein schönes Gesicht hatte einen besorgten Ausdruck, seine in ein graues Seidengewand gehüllte große Gestalt war auf dem geschnitzten Stuhl zusammengesunken. Sie saß etwas erhöht auf dem Phönixthron in der kaiserlichen Bibliothek, der jetzt ihr Lieblingssitz war. Neben ihr lehnte Li Lien-ying an einem der massiven, mit Email ausgelegten Holzpfeiler.

»Warum sind wir so schwach?« fragte Tsu Hsi. Sie war jetzt

wieder ganz bei der Sache, saß hochaufgerichtet, während ihre Hände die Seitenlehnen des Thrones fest umklammerten. Jung Lus Gesicht, das ihr soeben noch so deutlich vor Augen gestanden hatte, verschwamm.

Prinz Kungs melancholische Augen sahen wie immer ihre eindrucksvolle Schönheit, die noch durch die Stärke eines lebhaften Geistes erhöht wurde. Wie konnte er sie so formen, daß sie durch diese beiden Eigenschaften die Dynastie retten konnte? Sie war noch zu jung und leider eine Frau. Doch sie hatte nicht ihresgleichen.

»Die Chinesen sind für unsere Zeit zu kultiviert«, sagte er, »ihre Weisen haben sie gelehrt, daß Gewalt ein Übel ist und daß man den Soldaten verachten muß, weil er nur zerstört. Aber diese Weisen lebten in alten Zeiten, sie wußten nichts von dem Aufstieg dieser neuen, wilden Stämme im Westen. Unsere Untertanen haben keine Kenntnis von anderen Völkern. Sie leben heute noch so, als wären wir die einzige Nation auf Erden. Selbst jetzt, da sie sich gegen die Mandschu-Dynastie auflehnen, sehen sie nicht, daß nicht wir ihre Feinde sind, sondern die Männer aus dem Westen.«

Tsu Hsi hörte diese furchterregenden Worte und erfaßte sofort deren Bedeutung.

»Hat der Vizekönig Yeh die Stadt Kanton den Weißen nun gänzlich ausgeliefert?«

»Noch nicht, Majestät, und wir müssen es um jeden Preis verhindern. Sie werden sich erinnern, daß ich Ihnen erzählt habe, wie die Weißen vor neun Jahren unsere Forts an der Mündung des Perlflusses bombardiert haben, an dessen Ufern Kanton liegt. Dadurch zwangen sie uns, ihnen am Südufer eine große Strecke Landes für ihre Lager- und Wohnhäuser zu übereignen. Damals wurde auch festgesetzt, daß die Tore Kantons ihnen nach Verlauf von zwei Jahren geöffnet werden mußten, aber der Vizekönig erfüllte diese Vertragsbestimmung nicht, und die Engländer drängten ihn auch nicht sehr. Aber damit ist kein Friede geschaffen. Wenn diese Weißen scheinbar nachgeben, so bedeutet das nur, daß sie später um so größere Forderungen stellen werden.«

»Wir müssen sie hinhalten«, sagte Tsu Hsi, »wir dürfen nicht mit ihnen verhandeln, bis wir stark genug sind.«

»Sie sehen die Dinge zu einfach, Majestät«, erwiderte Prinz

Kung und seufzte wieder tief auf, was ihm jetzt schon zur Gewohnheit geworden war. »Es handelt sich nicht nur um die Weißen. Seitdem das chinesische Volk die fremden Waffen kennt, seitdem es weiß, daß mit Gewalt mehr ausgerichtet werden kann als mit geschicktem Verhandeln, geht eine tiefe Veränderung in ihm vor. Gewalt, so sagen die Leute jetzt, ist stärker als Vernunft. Wir Chinesen sind auf dem falschen Wege gewesen, sagen sie, denn nur Waffen können uns frei machen. Diese neue Denkart, Kaiserin des Westlichen Palastes, müssen wir in ihrer ganzen Tiefe verstehen, denn in ihr verbirgt sich eine so tiefe Veränderung unserer Nation, daß unsere Dynastie, wenn sie sich ihr nicht anpaßt, enden wird, ehe der Thronfolger den Drachenthron besteigen kann.«

»Dann müssen wir dem Volk Waffen in die Hand geben«, sagte Tsu Hsi.

»Ach«, seufzte Prinz Kung, »wenn wir den Chinesen Waffen geben, werden sie diese zuerst gegen uns richten, da sie uns noch immer als Fremde ansehen, obschon unsere Vorfahren schon vor zweihundert Jahren aus dem Norden gekommen sind. Majestät, der Thron zittert in seinen Fundamenten.«

Konnte sie begreifen, wie gefährlich die Zeit war? Ängstlich ruhten seine Augen auf dem Gesicht der schönen Frau. Er konnte die Antwort, die er suchte, nicht in ihm lesen, denn er wußte, daß der Geist einer Frau nicht von ihrem Dasein zu trennen ist. Sie kann sich nicht wie ein Mann in drei Teile spalten, kann nicht nur Fleisch, nur Geist oder nur Herz sein. Alle Stufen des Seins durchdringen sich in ihr zu einem unteilbaren Ganzen. Während also Prinz Kung nur ahnen konnte, wie seine Worte ihren Geist zu beeindrucken vermöchten, wirkten diese auf ihr ganzes Wesen, auf alle ihre Sinne ein. Nicht die Dynastie allein bedrohten die Weißen, sondern die Gefahr richtete sich gegen sie und ihren Sohn ganz persönlich. Zwar gehörte auch ihr Sohn schon zur Dynastie, weil er der nächste Anwärter auf den Thron war, aber darüber hinaus war er Kaiser aus eigenem Recht, weil sie ihn geboren und ihm ihre ganze Kraft und Energie mitgegeben hatte.

Als der erste Schnee auf die Paläste fiel, meldete der Vizekönig der Kwang-Provinzen die Ankunft neuer Schiffe bei Kanton, die nicht nur stärker bewaffnet seien als die früheren, sondern auch Personen von hohem Rang aus England mitgebracht hätten. Er wage nicht, die Stadt zu verlassen, schrieb der Vizekönig, sonst würde er selbst vor dem Sohn des Himmels seine Schande bekennen, daß er die Feinde nicht hatte hindern können, über das schwarze Wasser zu fahren. Er erbäte durch einen Sonderkurier neue Befehle, er werde sie befolgen, welcher Art sie auch wären.

Der Kaiser, der einer Entscheidung selbst nicht mehr gewachsen war, konnte nur seine Regierung zur Beratung zusammenrufen. Jeden Morgen zu früher Stunde kamen alle Amtsvorsitzenden im Audienzsaal zusammen: die vier ersten Kanzler des Sekretariats, zwei Mandschus und zwei Chinesen, zwei Staatssekretäre, ein Mandschu und eine Chinese, und vier Unterkanzler, zwei Mandschus und zwei Chinesen, trafen sich mit dem Staatsrat, der aus den Prinzen von Geblüt, den Präsidenten und Vizepräsidenten der sechs Ministerien der Finanzen, des Innern, des Kultus, des Krieges, der Justiz und der Arbeit bestand. Prinz Kung war Berichterstatter. Nach seinem Vortrag fand eine Diskussion statt. Dann zogen sich die einzelnen Körperschaften zurück, um getrennt zu beraten, welche Empfehlung dem Kaiser vorgelegt werden solle. Am nächsten Tage kam das von ihnen abgefaßte Schriftstück mit den Bemerkungen des Kaisers an sie zurück.

Nun wußte jeder, daß nicht der Kaiser diese Bemerkungen verfaßt und niedergeschrieben hatte, sondern die Kaiserin des Westlichen Palastes.

Niemand wagte diese Anweisungen zu mißachten, denn sie waren mit dem kaiserlichen Siegel versehen, das außer dem Kaiser selbst nur sie allein aus der verschlossenen Truhe holen konnte. Diese stand zur größeren Sicherheit im Schlafzimmer des Kaisers. Alles, was sie anordnete, wurde in der Staats- und Hofzeitung abgedruckt, in der seit achthundert Jahren alle Dekrete, Verordnungen und Empfehlungen erschienen waren. Diese Zeitung wurde durch besondere Boten dem Vizekönig jeder Provinz und den Behörden jeder Stadt überbracht, so daß die Bevölkerung überall wissen konnte, was der Wille des Kaisers war. Und das war jetzt der Wille einer jungen schönen Frau, die allein im Schlafzimmer des Kaisers saß, während der Sohn des Himmels schlief.

Als Prinz Kung die scharlachroten Worte las, wurde er vor Angst krank.

»Majestät«, sagte er am nächsten Tage in der winterlichen Dämmerung der Bibliothek, »ich muß Ihnen immer wieder warnend sagen, daß die Weißen nicht die gleiche Geduld haben wie wir. Sie sind Söhne junger Völker und wie Kinder. Wenn sie etwas sehen. was sie haben wollen, strecken sie sofort die Hand aus, um es zu ergreifen. Nichtgehaltene Versprechungen bringen sie in Zorn. Wir müssen mit ihnen verhandeln, sie überreden, ja, sie sogar bestechen, wenn wir wollen, daß sie unser Land verlassen.«

Tsu Hsi blitzte ihn mit ihren strahlenden Augen an. »Bitte, was können sie tun? Können ihre Schiffe tausend Meilen weit an unserer langen Küste hinauffahren? Mögen sie Kanton schikanieren, den Sohn des Himmels können sie nicht bedrohen.«

»Ich halte das für möglich«, sagte er ernst.

»Die Zeit wird es lehren«, entgegnete sie.

»Hoffentlich wird es dann nicht zu spät sein«, seufzte er.

Sein sorgenvolles Gesicht, das viel zu ernst für einen noch jungen und hübschen Mann war, bekümmerte sie. Sie neckte ihn mit scherzenden Worten. »Sie machen Ihre Last absichtlich schwer. Sie fühlen sich wohl in Ihrer melancholischen Stimmung. Sie sollten sich zerstreuen, wie es andere Männer auch tun. Ich sehe Sie nie im Theater.«

Prinz Kung ging auf solche leichtfertigen Redensarten nicht ein, sondern verabschiedete sich. Tsu Hsi hatte die Schauspieler aus dem Sommerpalast mit nach Peking gebracht. Sie bewohnten einen Pavillon außerhalb der Verbotenen Stadt. Innerhalb der Mauern wurde ein anderer für das Theater eingerichtet. Sie wurden ausgezeichnet verpflegt, noch nie war es ihnen so gut gegangen. An jedem Festtag war eine Aufführung, zu der oft der Hof und manchmal der Kaiser erschien, aber sicher die Hofdamen und die Konkubinen, die Eunuchen und die Prinzen mit ihren Familien. Das Spiel dauerte zwei bis drei Stunden, und mit solchen angenehmen Unterhaltungen ging der Winter in den Frühling über, und der Friede dauerte noch immer an.

Als die hochstämmigen Päonien blühten, traf der Hof Vorbereitungen für das Geburtsfest des Thronfolgers. Der Frühling ließ sich gut an. Der Regen kam rechtzeitig und beseitigte den Staub, die Luft war milde, und es war bereits so warm, daß Luftspiegelungen eintraten; wie Gemälde aus fernen Ländern hingen sie über der

Landschaft. In allen Provinzen herrschte ein schläfriger Friede, und Prinz Kung fragte sich, ob die Kaiserin des Westlichen Palastes eine besondere Gabe der Voraussicht hätte. Die Schiffe der Weißen ankerten noch immer vor Kanton, wo die täglichen Streitigkeiten andauerten, aber nicht schlimmer waren als früher. Der Vizekönig war noch Herr über die Stadt. Lord Elgin, den Gesandten Englands, hatte er aber noch immer nicht empfangen, denn dieser Lord wollte sich nicht bis auf den Boden verneigen, und der Vizekönig, der sich als Stellvertreter des Kaisers fühlte, bestand auf diesem äußeren Zeichen der Unterwürfigkeit. Keiner gab nach, jeder verteidigte die Stellung seines Herrschers.

Es herrschte also zwar Friede, aber keiner traute ihm recht. Da war es den Leuten ganz willkommen, daß sie sich durch Feierlichkeiten und Vergnügungen ablenken konnten. Warum sollte man weiter als bis morgen denken? Wer wußte, ob man in der Zukunft noch Feste würde feiern können? Für Tsu Hsi hatte diese Geburtstagsfeier noch eine tiefere Bedeutung. Den ganzen schlimmen Winter hindurch hatte sie Geduld gehabt und den Wünschen ihres Herzens nicht nachgegeben. Doch hatte sie dabei immer an Jung Lu gedacht und ihre Absicht, ihm einen höheren Rang zu geben, nicht vergessen. Einen Tag vor dem Fest bemerkte sie zufällig – oder war es kein Zufall? –, daß Fräulein Mei ein sorgenvolles Gesicht machte. Sie fuhr ihr streichelnd über die weichen Wangen.

»Glaub ja nicht, daß ich dich vergessen habe, Kind!«

Sie sah es den schönen Augen an, daß das »Kind« wohl verstanden hatte, was sie sagen wollte. Es war Tsu Hsis Stärke, daß sie sich mit größerer Anteilnahme, als Prinz Kung ahnte, bis tief in die Nacht hinein den Staatsgeschäften widmen konnte, ohne dabei ihre privaten Angelegenheiten aus den Augen zu verlieren. So hatte sie vor einigen Nächten, als sie scheinbar in halbem Schlaf in den Armen des Kaisers lag, gemurmelt: »Beinahe hätte ich vergessen –«

»Mein Herz und meine Leber, was hättest du vergessen?« fragte der Kaiser sogleich. Er war in guter Laune, weil er in dieser Nacht so viel Befriedigung gefunden hatte, daß er sich wieder einmal als Mann fühlte.

»Ach, es ist nur eine Kleinigkeit. Du weißt vielleicht, mein Gebieter, daß Jung Lu, der Kommandant der kaiserlichen Wachgarde, mein Verwandter ist?«

»Ja, das habe ich gehört.«

»Ich habe nämlich meinem Onkel Muyanga vor einiger Zeit ein Versprechen gegeben, das ich bis heute – es fiel mir gerade ein – nicht eingelöst habe.«

»Ja, und was ist das?«

»Wenn du Jung Lu zum Geburtstagsfest unseres Sohnes einladen würdest, wäre mein Gewissen sehr erleichtert.«

Der Kaiser war leicht überrascht. »Was? Einen einfachen Wachoffizier? Wird das keine Eifersucht unter den Prinzen der Seitenlinie und ihren Familien erwecken?«

»Unter den Kleinen herrscht immer Eifersucht, aber ganz wie du willst, mein Gebieter.«

Der Kaiser erwiderte nichts darauf.

Es dauerte nicht lange, da rückte sie etwas von ihm ab. Sie gähnte und sagte, sie sei müde.

»Ich habe Zahnschmerzen«, gab sie vor, obwohl alle ihre Zähne weiß und fest waren wie Elfenbein.

Nach einer Weile schlüpfte sie aus dem Bett und zog ihre Satinschuhe an.

»Laß mich bitte morgen abend nicht holen, wenn du etwa Lust dazu hättest, denn ich möchte dem Obereunuchen nicht gern sagen, daß ich nicht kommen will.«

Der Kaiser wurde unruhig, denn er kannte ihren unbeugsamen Willen und wußte, wie er sich um ihre Gunst bemühen mußte, wenn sie störrisch wurde. Doch ließ er sie gehen. Es vergingen zwei Nächte. Sie kam nicht, und er selbst wagte auch nicht, sie jetzt holen zu lassen.

»Ich wünschte, ich liebte eine Frau, die mir nicht soviel zu schaffen machte«, stöhnte er am nächsten Tage seinem Obereunuchen vor.

Aus Respekt stöhnte auch An Teh-hai. »Das wünschen wir alle, Majestät, und doch lieben wir sie – es gibt nur wenige, die sie hassen.«

Auch dieses Mal gab der Kaiser nach und versprach, ihren Wunsch zu erfüllen. In der dritten Nacht, der letzten vor dem Fest, ging daher Tsu Hsi sehr stolz, schön und heiter zu ihm. Da sie, wenn alles nach ihrem Willen ging, sehr großherzig und dankbar war, belohnte sie ihn reichlich. Noch in derselben Nacht erhielt Jung Lu die kaiserliche Einladung.

Schön und klar dämmerte der Festmorgen herauf. Tsu Hsi wurde von Musik geweckt, alles war schon in Bewegung. In jedem Hof der Stadthäuser gingen bei Sonnenaufgang Knallfrösche los, Gongs, Trommeln und Trompeten machten einen Heidenlärm. So war es in allen Städten und Dörfern des Reiches. Drei Tage lang ruhte jede Arbeit.

So stolz, wie sie sich noch nie gefühlt hatte, erhob sich Tsu Hsi an diesem Morgen, vergaß aber dabei nicht, zu der niedrigsten Dienerin ebenso höflich zu sein wie zu der höchsten Hofdame. Nach dem Frühstück wurde ihr Sohn ihr in seinem scharlachroten Festkleid gebracht. Als Zeichen seines hohen Ranges trug er die kaiserliche Kopfbedeckung. Sie nahm ihn in die Arme, ihr Herz brach fast vor Stolz und Liebe. Sie beroch seine parfümierten Wangen und die kleinen fleischigen Hände und flüsterte ihm zu: »Heute bin ich die glücklichste Frau auf der ganzen Welt.«

Er lächelte sie an, und Tränen traten ihr in die Augen. Nein, sie würde selbst die eifersüchtigen Götter nicht fürchten. Sie war stark, und niemand auf Erden oder im Himmel konnte sie angreifen. Ihr Schicksal war ihre Wehr und ihr Wappen.

Als die Stunde gekommen war, zog sie mit ihrem ganzen Hofstaat, sie selbst dem Thronerben in einer Sänfte voraus, zum Hohen Thronsaal, dem Mittelpunkt der Verbotenen Stadt. Diesen heiligsten und größten aller Paläste hatte der Kaiser für die Entgegennahme der Geburtstagsgeschenke bestimmt.

Dieser Hohe Thronsaal war so heilig, daß keine Frau ihn je betreten hatte, und selbst Tsu Hsi konnte nicht durchsetzen, daß an diesem Tage für sie eine Ausnahme gemacht wurde. Mit einem Blick auf das goldene Dach, die geschnitzten Tore und die bemalten Traufen zog sie sich in eine der kleineren Hallen zurück, und zwar in die Halle der Zentralen Harmonie, die sie der anderen, der Halle der Erhabenen Harmonie, vorzog.

Doch der Kaiser vergaß sie nicht. Als er auf dem Drachenthron, neben ihm Prinz Kung mit dem Thronfolger auf dem Arm, die Geschenke der Nation entgegennahm, befahl er, alle überreichten Geschenke in die Halle der Zentralen Harmonie zu bringen, damit Tsu Hsi sie besichtigen konnte. Sie nahm sie in Augenschein, ohne in Rufe des Entzückens auszubrechen, denn kein Geschenk konnte für ihren Sohn prächtig genug sein. Aber alle sahen die Freude in ihren lebhaft glänzenden Augen, denn der Tribut war in der Tat reichhaltig und kostbar.

Der Tag war nicht lang genug, alle Geschenke entgegenzunehmen, und die weniger wertvollen wurden vorläufig zurückgestellt. Als der Mond aufging, begann das Festmahl in dem großen Bankettsaal, der nur für ganz große Festlichkeiten benützt wurde. Allen voran zog der Kaiser mit seinen zwei Gemahlinnen dort ein und nahm mit ihnen an einem besonderen Tisch Platz. Neben ihm, an einem anderen Tisch, saß Prinz Kung mit dem Thronerben auf den Knien. Der Kaiser konnte die Augen nicht von dem Kind wegwenden, denn der Kleine war in der fröhlichsten Stimmung. Er blickte mit seinen großen Augen auf die strahlenden, über jedem Tisch hängenden Lampen, streckte die Hände nach ihnen aus, klatschte sie zusammen und lachte. Er trug ein Kleid aus gelbem Satin, das vom Halse bis auf die mit kleinen Drachen in roter Seide bestickten Samtschuhe reichte. Auf dem Kopf trug er einen Hut aus rotem Satin, an den eine kleine Pfauenfeder gesteckt war, um den Hals die goldene Kette, die ihm Tsu Hsi gleich nach seiner Geburt angelegt hatte, um ihn vor bösen Geistern zu schützen. Alle bewunderten ihn, wagten aber nicht, sein gesundes Aussehen oder seine schöne Gestalt laut zu rühmen, denn sonst hätten böse Dämonen leicht neidisch werden können.

Die etwa tausend Gäste saßen an niedrigen Tischen auf roten Kissen, und Eunuchen in prächtigen Gewändern huschten hin und her, um sie zu bedienen. Am einen Ende des Saales saßen die Hofdamen, die Frauen von Prinzen, Ministern und Adeligen, und am anderen die Adeligen selbst. Nicht weit von Tsu Hsi hatte Fräulein Mei ihren Platz. Tsu Hsi lächelte ihr zu. Beide wußten, wo Jung Lu saß, obschon er weit entfernt von ihnen war. Manche Gäste wunderten sich offenbar, warum dem Wachoffizier eine solche Auszeichnung zuteil geworden war, aber wenn sie hinter vorgehaltener Hand einen vorübergehenden Eunuchen fragten, hatte dieser die Antwort bereit:

»Er ist der Verwandte der Kaiserin des Westlichen Palastes und auf ihren Befehl hier.«

Auf diese Auskunft hin konnte man keine weiteren Fragen stellen.

So nahm das Bankett seinen Fortgang, schnell vergingen die

Stunden, die Hofkapelle spielte auf ihren alten Harfen, Flöten und Trommeln. Wer sich dabei langweilte, hatte Gelegenheit, sich ein Schauspiel anzusehen. Die Bühne stand hoch genug, daß der Kaiser und seine Gemahlinnen dem Spiel leicht folgen konnten. Der Thronerbe sank bald in festen Schlaf, der Obereunuch trug ihn fort. In den Lampen brannten die Kerzen nieder. Das Fest näherte sich seinem Ende.

»Tee für die Adeligen!« rief Prinz Kung, als der Obereunuch zurückkehrte.

Die Eunuchen servierten allen Adeligen Tee, aber Jung Lu wurde übergangen, weil er nicht adelig war. Tsu Hsi, die ihre Augen überall hatte, winkte sofort Li Lien-ying heran, der auch gleich an ihrer Seite war.

»Bring diese Schale Tee meinem Verwandten«, befahl sie ihm laut. Sie legte den Porzellandeckel auf ihre eigene Schale, die sie noch nicht berührt hatte, und überreichte sie mit beiden Händen Li Lien-ying. Der Eunuch überbrachte sie Jung Lu, der aufstand, um sie mit beiden Händen entgegenzunehmen. Als er sie niedersetzte, verbeugte er sich zum Dank neunmal vor der Kaiserin des Westlichen Palastes.

Die Unterhaltung verstummte, alle sahen sich erstaunt an. Aber Tsu Hsi schien das nicht zu bemerken. Sie sah lächelnd nach Fräulein Mei hin. Der Obereunuch gab den Musikanten schnell ein Zeichen, und der peinliche Augenblick war vorüber.

Es wurde spät, der Mond stand schon hoch am Himmel. Alle warteten darauf, daß der Kaiser aufstehen und sich zu seiner Sänfte auf die Terrasse begeben würde.

Aber er blieb sitzen, klatschte in die Hände, und die Musik verstummte.

»Was nun?« fragte Tsu Hsi Prinz Kung.

»Keine Ahnung«, erwiderte er.

Der Sohn des Himmels beugte sich zu Tsu Hsi hin und flüsterte ihr zu:

»Mein Herz, richte deine Blicke auf die große Tür.«

Tsu Hsi folgte seiner Aufforderung und sah sechs Eunuchen hereinkommen. Sie trugen ein goldenes Tablett über ihren Köpfen. Es war so schwer, daß sie gebückt und langsamen Schrittes gehen mußten. Auf dem Tablett lag die Attrappe eines großen Pfirsichs. Sie war an einer Seite golden, an der anderen rot. Ein Pfirsich war das Symbol langen Lebens.

»Kündige mein Geschenk für die Glückliche Mutter des Thronfolgers an!« befahl jetzt der Kaiser seinem Bruder.

Prinz Kung stand auf: »Das Geschenk des Himmelssohnes für die Glückliche Mutter des Thronfolgers!«

Alle erhoben und verbeugten sich, während die Eunuchen das Tablett vor Tsu Hsi niederstellten.

»Nimm den Pfirsich in die Hände«, sagte der Sohn des Himmels.

Tsu Hsi legte die Hände um die Riesenfrucht, die sich dabei in zwei Teile spaltete. Drinnen erblickte sie ein Paar Pantoffeln aus rotem Satin, die mit Blumen aus Silber- und Goldfäden bestickt waren. An diesen Fäden waren Edelsteine aller Farbschattierungen befestigt. Auch die Absatzstege, die sich nach Mandschuart in der Mitte der Sohlen befanden, waren ganz mit rosaroten indischen Perlen bedeckt.

Tsu Hsi sah den Sohn des Himmels mit leuchtenden Augen an. »Für mich, mein Gebieter?«

»Für dich allein!« sagte er. Es war ein kühnes Geschenk, ein Symbol der wollüstigen Liebe eines Mannes zu einer Frau.

Bald darauf kamen vom Süden schlechte Nachrichten. Schlimm genug war es schon vorher gewesen, aber Yeh, der Vizekönig der Kwantung-Provinzen, hatte das Schlimmste zurückgehalten, bis die Feierlichkeiten vorüber waren. Nun aber konnte er die Katastrophe nicht mehr verbergen. Er berichtete durch Eilkuriere, daß Lord Elgin wiederum gedroht hatte, die Stadt Kanton anzugreifen, diesmal mit sechstausend Mann, die schon auf den an der Mündung des Perlflusses ankernden Kriegsschiffen bereitstünden. Selbst wenn in der Stadt keine chinesischen Rebellen wären, betonte Yeh, würde man sie nicht halten können. Aber es wimmelte in Kanton von solchen Aufrührern, die unter Leitung des tollen Hung standen, eines unwissenden, aber mächtigen Mannes, der ständig erklärte, er sei von einem fremden Gott namens Jesus geschickt, um den Mandschu-Thron zu stürzen.

Prinz Kung erhielt diese Hiobsbotschaft zuerst und wagte nicht, sie dem Kaiser mitzuteilen. Seit dem Geburtstagsfest des Thronfolgers lag der Kaiser im Bett. Er hatte zu gut gegessen und zuviel getrunken und hatte dann, um seine Schmerzen zu betäuben, Opium geraucht, bis er Tag und Nacht nicht mehr unterscheiden konnte. Prinz Kung bat daher Tsu Hsi um eine sofortige Audienz. Noch am selben Tage, eine Stunde nach Mittag, begab sich Tsu Hsi in die kaiserliche Bibliothek, wo sie hinter einem Wandschirm Platz nahm, denn Prinz Kung kam nicht allein. Mit ihm kamen der Großkanzler Su Schun und sein Freund Prinz Tsai, dazu Prinz Yi, ein jüngerer Bruder des Kaisers, ein Schwächling ohne Kenntnisse und Verstand, dafür aber um so mürrischer und neidischer. Diese vier und ihre Eunuchen, die in geziemender Entfernung standen, vernahmen nun die Nachrichten, die der Vizekönig selbst auf eine Papierrolle gepinselt hatte.

»Sehr ernst – sehr ernst«, murmelte Su Schun.

Er war ein großer, breiter Mann mit knochigem, großem Gesicht, so daß sich Tsu Hsi wunderte, wie er der Vater einer so zarten Schönheit wie ihrer Hofdame Mei sein konnte.

»Sehr ernst«, stimmte Prinz Yi mit hoher schwacher Stimme bei.

»So ernst«, sagte Prinz Kung, »daß wir die Frage erörtern müssen, ob dieser Elgin, nachdem er Kanton erobert und sich dort festgesetzt hat, nicht die Forderung stellen wird, hier am kaiserlichen Hofe empfangen zu werden.«

Tsu Hsi schlug die Hände zusammen. »Niemals!«

»Ehrwürdige«, sagte Prinz Kung betrübt, »ich wage zu behaupten, daß wir einem so starken Feinde eine solche Forderung nicht abschlagen können.«

»Wir müssen es nur schlau anfangen«, entgegnete sie. »Wir müssen unsere bisherige Taktik des Versprechens und Hinauszögerns fortsetzen.«

Jetzt mischte sich der Großkanzler Su Schun ein. »Aber vor zwei Jahren, als der Engländer Seymour die Stadt besetzte, sind die Engländer vor uns zurückgewichen. Daran werden Sie sich erinnern, Prinz. Damals wurde ein Preis von dreißig Silberstücken auf den Kopf jedes Engländers gesetzt. Der Vizekönig ließ dann die abgeschlagenen Köpfe durch die Stadt tragen. Er ließ auch alle ausländischen Lagerhäuser niederbrennen. Darauf zogen sich die Engländer zurück.«

Prinz Yi pflichtete ihm bei.

So jung Prinz Kung war und so kühn es schien, dem Großkanzler zu widersprechen, konnte er doch nicht umhin, dessen Worte zu berichtigen: »Die Engländer haben sich nur zurückgezogen, weil sie damals nicht stark genug waren. Jetzt haben sie Verstärkungen herangeholt. Überdies haben die Franzosen, die unsere Provinz Indochina besetzen wollen, dieses Mal den Engländern Hilfe versprochen. Sie haben wieder den Vorwand gebraucht, ein französischer Priester sei in Kwangsi gefoltert und ermordet worden. Ferner soll dieser Lord Elgin von seiner Herrscherin die Anweisung erhalten haben, er solle von uns die Zulassung eines Gesandten an unserem Hofe fordern.«

Tsu Hsi änderte wegen dieser Worte ihre Meinung nicht, aber ihre Achtung vor Prinz Kung und ihr Wunsch, ihn weiter auf ihrer Seite zu haben, waren so groß, daß sie ihre Erwiderung in sehr höfliche Form kleidete.

»Ich zweifle nicht, daß Sie gut unterrichtet sind, frage mich aber, ob Sie die richtigen Folgerungen daraus ziehen. Sicher weiß meine Schwesterkönigin im Westen nicht, was dieser Lord in ihrem Namen fordert. Sonst ist es nicht verständlich, warum solche Forderungen nicht damals, als wir die Engländer vertrieben haben, an uns gerichtet wurden.«

Mit großer Geduld erklärte Prinz Kung: »Die Verzögerung ist nur auf den Aufstand in Indien zurückzuführen, von dem ich Ihnen vor einigen Monaten berichtet habe. Diesen Aufstand haben die Engländer mit brutaler Gewalt unterdrückt und nun ganz Indien unter ihre Botmäßigkeit gebracht. Jetzt kommen sie zu neuen Eroberungen hierher. Ich fürchte – ich fürchte, sie haben die Absicht, mit uns eines Tages ähnlich zu verfahren wie mit Indien. Wer weiß, wie weit ihre Gier gehen wird! Ein Inselvolk ist immer gierig, denn es weiß nicht, wohin es sich ausbreiten soll, wenn seine Bevölkerung wächst. Wenn wir aber geschlagen werden, wird unsere ganze Welt mit uns versinken. Das müssen wir um jeden Preis verhindern.«

»Allerdings«, stimmte Tsu Hsi zu.

Sie war jedoch nicht überzeugt. Mit ruhiger Stimme und unbesorgt fuhr sie fort: »Aber die Entfernungen sind groß, unsere Mauern sind stark, und ich glaube, so leicht und so bald wird uns nichts geschehen. Überdies ist der Sohn des Himmels zu krank, um sich jetzt mit solchen Fragen zu beschäftigen. Wir wollen den Sommer nicht in der Stadt verbringen. Wir müssen die Entscheidung hinausschieben, bis die heiße Jahreszeit vorüber ist und wir aus dem Sommerpalast zurückgekehrt sind. Der Vizekönig soll dem Engländer versprechen, dem Thron ihre Forderungen vorzulegen. Wenn wir seine Denkschrift bekommen, werden wir ihnen mitteilen, der Sohn des Himmels sei jetzt zu krank, um Entscheidungen zu treffen, sie müßten bis zum Beginn der kalten Jahreszeit warten.«

»Sehr klug«, bemerkte der Großkanzler.

»In der Tat sehr klug«, sagte Prinz Tsai, und Prinz Yi nickte beifällig. Prinz Kung schwieg und deutete nur durch tiefe Seufzer an, daß er diese Klugheit nicht billigte.

Aber Tsu Hsi beachtete diese Seufzer nicht und machte der Konferenz ein Ende. Von der Bibliothek begab sie sich in den Palast ihres Sohnes, wo sie stundenlang mit ihm spielte. In ihm lag die Quelle ihrer Kraft und Entschlossenheit.

In diesen Monaten bereitete sie die Heirat ihrer Schwester mit dem siebten Prinzen Tschun vor, dessen persönlicher Name J-huan war. In privatem Zusammensein mit dem Prinzen erkannte sie in ihm einen ehrlichen und einfachen Menschen, der keinen Ehrgeiz für sich selbst hatte und ihr für die Verbindung mit ihrer Schwester dankbar war. Er hatte zwar ein häßliches Gesicht und einen für seinen Körper zu großen Kopf, aber das störte sie nicht. Die Hochzeit fand vor der Abreise des Hofes nach Yüan Ming Yüan statt. Wegen der Krankheit des Kaisers gab es keine Feierlichkeiten. Tsu Hsi sorgte nun dafür, daß ihre Schwester mit dem üblichen Zeremoniell in Prinz Tschuns Palast übersiedelte, der außerhalb der Verbotenen Stadt lag.

Selbst in Yüan Ming Yüan war der Sommer nicht erfreulich, denn da der Kaiser krank war, konnte nicht musiziert werden, Theateraufführungen und Lustbarkeiten durften nicht stattfinden. Das Wetter war herrlich, aber Tsu Hsi war sich des Ernstes der Lage so bewußt, daß sie nicht einmal eine Bootsfahrt auf dem Lotossee unternahm. Sie zog sich ganz zurück. Auch ihren Verwandten Jung Lu wagte sie nicht mehr zu treffen, denn nach dem Geburtstagsfest war ein böses Gerede entstanden. Es war jetzt allgemein bekannt, daß sie einmal mit ihm verlobt gewesen war. Solange ihre Macht noch nicht ganz gefestigt war, konnte sie nichts mehr für Jung Lu tun, um den Kaiser nicht mißtrauisch zu machen oder nach seinem Tode

Verdachtsgründe gegen ihren Sohn zu liefern. So jung und leidenschaftlich sie war, so konnte sie sich doch bezähmen und große Geduld aufbringen, wenn sie wollte.

Schon im Frühherbst kehrte der Hof in die Verbotene Stadt zurück. Das Erntedankfest wurde ruhig begangen und der Friede nicht gestört. Tsu Hsi glaubte jetzt, daß ihr Entschluß, einen Krieg gegen die Fremden zu verhindern, klug gewesen war, denn der Vizeköng Yeh schickte nun bessere Nachrichten. Die Engländer, berichtete er, ärgerten sich zwar über die Verzögerungstaktik, wüßten aber nicht, was sie tun sollten, und Lord Elgin verbringe seine Zeit in Hongkong damit, »mit den Füßen aufzustampfen und zu seufzen«.

»Ein Beweis«, erklärte Tsu Hsi triumphierend, »daß die Königin des Westens auf meiner Seite steht.«

Nur die Krankheit des Kaisers machte Tsu Hsi traurig. Sie machte sich nicht einmal selbst vor, daß sie die bleiche, bewegungslose Gestalt, die fast stumm auf den gelben Seidenkissen lag, liebte, aber sie fürchtete die Streitigkeiten um den Thron, die nach seinem Tode eintreten würden. Der Thronfolger war noch so jung, daß heftige Kämpfe um die Regentschaft entbrennen mußten. Sie, und sie allein, mußte Regentin werden, aber konnte sie die Herrschaft selbst ergreifen und sie für ihren Sohn bewahren? Mächtige und ehrgeizige Männer aus den Mandschu-Sippen würden sicher ihre Ansprüche geltend machen. Man konnte sogar den Thronfolger beiseite schieben und einen neuen Herrscher einsetzen. Solche Pläne wurden schon erörtert. Sie erfuhr von Li Lien-ying, daß Su Schun mit Prinz Yi konspirierte und Prinz Tscheng der dritte in diesem üblen Bunde war. Verschwörer, wenn auch nicht so einflußreiche wie diese, gab es viele. Wer konnte sie alle kennen? Es war ein Glück für Tsu Hsi, daß ihr Berater, Prinz Kung, sich an diesen Intrigen nicht beteiligte und ein ehrenwerter Mann war und daß der Obereunuch An Teh-hai mit seinem großen Einfluß am Hofe und bei den anderen Eunuchen ihr treu ergeben war, weil sein Herr, der Kaiser, sie liebte. Teils aus Gewohnheit, teils weil es ihm unter seinem Herrn gut ging, liebte der Obereunuch diesen schwachen Herrscher und ging selten aus dessen Nähe. Er wachte an seinem Bett, gab immer acht, ob der Kranke flüsternd einen Wunsch äußerte. Manchmal ging der Obereunuch mitten in der Nacht, wenn alles schlief, zu Tsu Hsi und holte sie. Der Kaiser fühle sich allein, sagte er, und sehne sich nach der Berührung ihrer Hand und nach dem Anblick ihres Gesichtes. Dann folgte sie, in dunkle Gewänder gehüllt, dem Obereunuchen über die stillen Straßen und betrat das Schlafgemach, in dem ständig die Kerzen brannten. Sie setzte sich an das große Bett, nahm die kalten leblosen Hände des Kaisers und wärmte sie, beugte sich zu ihm nieder, damit er ihr Gesicht ganz nahe sehe, und tröstete ihn mit zärtlichen Blicken. An Teh-hai, der jetzt immer anwesend war, bemerkte ihre unendliche Geduld, ihre sich stets gleichbleibende Höflichkeit und Güte und übertrug auf sie dieselbe Ergebenheit und Treue, mit der er seinem Kaiser seit seinem zwölften Lebensjahr gedient hatte. In jenem Jahr hatte ihn sein eigener Vater kastriert, um ihm den Dienst beim Kaiser zu ermöglichen.

Niemand war deshalb auf die schreckliche Nachricht vorbereitet, die eines Tages im Frühwinter in der Abenddämmerung die Verbotene Stadt erreichte. Es war ein grauer kalter Tag wie andere. Schnee lag in der Luft. Die Stadt war wie ausgestorben. Auch im Palast war es sehr still gewesen, keine Audienz hatte stattgefunden, denn die wichtigsten Dinge erledigte jetzt Prinz Kung für den Kaiser, und alle Entscheidungen wurden hinausgeschoben.

Tsu Hsi hatte den Tag mit Malen verbracht. Frau Miao gab ihr jetzt keine strengen Anweisungen mehr, sondern sah ihr nur zu, wie sie einen blühenden Pfirsichbaum hinpinselte. Es war nicht leicht, ihre Lehrerin zufriedenzustellen. Tsu Hsi gab sich große Mühe und arbeitete schweigend. Sie mußte ihre Pinsel so anfeuchten, daß sie mit einem Strich einem Zweig seinen Umriß und seine Schattierung geben konnte. Das gelang ihr bereits bis zur Vollkommenheit.

Frau Miao lobte sie. »Ausgezeichnet, Ehrwürdige.«

Während Tsu Hsi ihre großen Augen auf Frau Miaos Gesicht gerichtet hatte und ihren Worten lauschte, kam der Obereunuch hereingestürzt. Verdutzt wandten sich beide ihm zu, denn er bot in der Tat einen erschreckenden Anblick. Er rang nach Atem, seine Augen rollten und traten ihm beinahe aus dem Kopf, sein Gesicht war bleich, und der Schweiß drang ihm in Strömen aus seinem verfetteten Fleisch. Trotz der Kälte rannen ihm von seinen gallertartig zitternden Backen zwei Bäche herab.

»Ehrwürdige«, stöhnte er, »bereiten Sie sich vor, Ehrwürdige –«

Tsu Hsi sprang von ihrem Sessel auf. Es mußte jemand gestorben sein – wer wohl?

»Ein Bote aus Kanton«, keuchte der Eunuch, »die Stadt verloren, von den Fremden besetzt – Der Vizekönig gefangen! Er wollte gerade die Stadtmauer herunterklettern, um zu fliehen –«

Sie setzte sich wieder. Es war zwar ein großes Unglück, aber kein Tod. »Nun fasse dich endlich!« sagte sie ärgerlich zu dem zitternden Eunuchen. »Nach deinem Gesicht habe ich angenommen, der Feind wäre bereits in die Mauern der Kaiserstadt eingedrungen.«

Aber sie legte doch den Pinsel hin. Frau Miao zog sich unauffällig zurück. Der Obereunuch wartete und wischte sich den Schweiß mit den Ärmeln ab. »Sage Prinz Kung, er soll zu mir kommen. Dann gehe zum Kaiser und weiche nicht von seiner Seite.«

»Ja, Ehrwürdige«, sagte der Obereunuch demütig und eilte wieder fort.

Nach einer Weile kam Prinz Kung allein, er hatte weder einen Staatsrat noch einen anderen Prinzen mitgebracht. Er wußte das Schlimmste schon, denn er selbst hatte das Schreiben dem erschöpften Boten aus der Hand genommen. Es war von einer fremden Hand verfaßt, trug aber das Siegel des Vizekönigs. Prinz Kung hatte es mitgebracht.

»Lesen Sie es mir vor«, bat ihn Tsu Hsi, als er in gebeugter Haltung vor ihr stand.

Sie saß auf dem kleinen Thron in ihrer eigenen Bibliothek. Er las langsam, und sie hörte aufmerksam zu, die Augen nachdenklich auf einen Strauß gelber Orchideen gerichtet, der auf dem Tisch stand. Sie hörte alles, was der Bote dem Obereunuchen erzählt hatte, und noch viel mehr. Sechstausend ausländische Soldaten waren auf Kanton marschiert und hatten die Stadt angegriffen. Die kaiserliche Streitmacht hatte zuerst tapfer gekämpft, sich dann aber zur Flucht gewandt. Die chinesischen Rebellen in der Stadt hatten die Tore geöffnet und den Feind hereingelassen. Der Vizekönig war von seinem Palast auf die Stadtmauer geeilt, von der ihn seine Offiziere an einem Seil herabließen. Aber als er in der Mitte der Mauer baumelte, hatten ihn Chinesen bemerkt und die Feinde verständigt. So fiel er ihnen als Gefangener in die Hände. Auch alle hohen Beamten waren gefangengenommen worden, der Vizekönig selbst aber wurde nach Kalkutta im fernen Indien gebracht. Dann hatten die Ausländer in ihrem Übermut und in ihrer Mißachtung allen Herkommens eine neue Regierung eingesetzt, die nur aus Chinesen bestand, womit sie offenbar der Mandschu-Dynastie einen Schlag versetzen wollten. Noch schlimmer war, wie es in dem Schreiben hieß, daß die Engländer erklärten, sie hätten neue Forderungen von ihrer Königin zu überbringen, würden diese aber nur vor dem Kaiser selbst bekanntgeben.

Noch vor einer Stunde hatte Tsu Hsi in aller Gemächlichkeit Pfirsichblüten gemalt, und nun mußte sie eine so schreckliche Nachricht hören. Sie sagte zuerst kein Wort, sondern saß nur nachdenklich da. Prinz Kung hatte Mitleid mit dieser schönen einsamen Frau und wartete auf ihre Antwort.

»Wir können diese uns so verhaßten Fremden nicht an unserem Hofe empfangen, aber ich glaube noch immer, daß sie Viktorias Namen mißbrauchen, ohne daß sie das weiß. Aber sie sitzt auf einem so fernen Thron, daß ich mich nicht an sie wenden kann, auch kann ich unserem Volke nicht mitteilen, daß der Kaiser todkrank ist. Der Thronfolger ist noch zu jung, die Nachfolge noch nicht geklärt. Wir müssen den Fremden den Eintritt in Peking verwehren, auf jeden Fall aber müssen wir sie weiter mit Versprechungen hinhalten und sagen, daß während des Winters weitere Verhandlungen nicht möglich wären.«

Sie tat ihm leid, obschon er selbst tief bekümmert war, und er brachte daher seinen Einwand in sehr mildem Tone vor.

»Ich muß leider wiederholen, was ich schon oft gesagt habe. Sie haben von diesen Menschen keine richtige Vorstellung, Kaiserin. Es ist zu spät. Ihre Geduld ist zu Ende.«

»Wir wollen sehen«, sagte sie. Mehr konnte er nicht aus ihr herausbringen. Auf alle seine dringenden Vorstellungen antwortete sie immer wieder: »Wir wollen sehen – wir wollen sehen«, aber ihr Gesicht war bleich, und schwarze Schatten lagen unter ihren schwermütig blickenden Augen.

Der Himmel hilft mir, sagte sich Tsu Hsi, und in der Tat war der Winter so kalt, wie ihn noch kein Mensch erlebt hatte. Jeden Morgen, wenn sie aufstand und aus dem Fenster sah, lag der Schnee tiefer als am Tage vorher. Die kaiserlichen Kuriere brauchten vom Süden bis zur Hauptstadt dreimal soviel Zeit wie sonst, und dann dauerte es wieder Monate, bis sie mit der Antwort in Kanton waren. Der alte Vizekönig Yeh schmachtete nun in einem Gefängnis in Kalkutta, aber Tsu Hsi hatte kein Mitleid. Er hatte dem Thron nicht zum Siege verholfen, und keine Entschuldigung war stark genug, um eine solche Niederlage vergessen zu lassen.

Mit der Plötzlichkeit eines Gewitters, das lange in der Luft gelegen hatte, kamen auf einmal schlimme Nachrichten aus dem Süden, und sie gab sofort jede Hoffnung auf, dieses Jahr nach Yüan Ming Yüan gehen zu können. Die Engländer fuhren mit ihren Kriegsschiffen die Küste hinauf. Unablässig berichteten Eilkuriere von ihrem Vorrücken. Es war vorauszusehen, daß sie bald die Taku-Forts bei Tientsin erreichen würden, und Tientsin war nur knapp achtzig Meilen von der Hauptstadt entfernt. Jetzt griff nicht nur am Hofe, sondern auch in der Stadt allgemeine Bestürzung um sich. Der Kaiser raffte sich plötzlich auf und bestellte alle Räte, Minister und Prinzen zu einer Versammlung im Audienzsaal, zu der auch die beiden Gemahlinnen eingeladen waren. Tsu Hsi setzte sich auf den höheren der zwei kleinen Throne, die hinter der Wand des Baldachins standen. Als dann Tsu An, die Kaiserin des Östlichen Palastes, eintraf, stand Tsu Hsi höflich wie immer auf und wartete so lange, bis sich ihre Kusine gesetzt hatte. Tsu An war noch nicht zweiunddreißig, sah aber viel älter aus. Auf ihrem langen, mageren und melancholischen Gesicht zeigte sich ein schwaches Lächeln, als Tsu Hsi ihr die Hand drückte.

Aber wer konnte jetzt, da alle bedroht waren, an einen einzelnen denken? Die hohe Versammlung hörte sich schweigend die schlimmen Nachrichten an, die Prinz Kung ihr mitzuteilen hatte. Der Kaiser saß mit tief gebeugtem Haupt auf dem Drachenthron und verbarg das Gesicht hinter einem seidenen Fächer, den er in der rechten Hand hielt.

»Trotz aller Bemühungen des Thrones«, erklärte Prinz Kung, »sind die Fremden nicht im Süden geblieben. Ihre vollbemannten Kriegsschiffe fahren jetzt die Küste hinauf nach Norden. Wir müssen hoffen, daß sie vor den Taku-Forts haltmachen und nicht in die Stadt Tientsin eindringen, von wo aus sie nur einen kurzen Marsch bis zu diesem heiligen Ort hätten.«

Ein Stöhnen ging durch die kniende Versammlung, und alle beugten die Köpfe bis auf den Boden.

Prinz Kung fuhr mit bebender Stimme fort: »Ich kann noch nichts voraussagen, aber ich fürchte sehr, daß diese Barbaren sich weder nach unseren Gesetzen noch nach unserer Etikette richten werden. Wenn wir noch weiter zögern, werden sie bald vor den Toren des Kaiserpalastes stehen. Wir müssen sie allenfalls durch Bestechung dazu bringen, wieder nach dem Süden abzuziehen. Fassen wir das Schlimmste ins Auge, hören wir auf zu träumen. Es ist die letzte Stunde. Vor uns liegen nur Sorgen.«

Als der volle Text der von Prinz Kung verfaßten Denkschrift verlesen war, beendete der Kaiser die Audienz und befahl den Versammelten, ihm ihre Meinung und ihre Ratschläge mitzuteilen. Von zwei Prinzen gestützt, wollte er gerade von dem Thron steigen, da hörte man plötzlich Tsu Hsis klare Stimme hinter der Wand.

»Obzwar ich nicht berechtigt bin, zu sprechen, kann ich doch nicht schweigen.«

Der Kaiser wandte den Kopf unschlüssig nach rechts und links. Vor ihm kniete die ganze Versammlung. Niemand sprach ein Wort.

In dem Schweigen hörte man wieder Tsu Hsis Stimme. »Ich bin es gewesen, die zur Geduld geraten hat, aber jetzt muß ich bekennen, daß ich unrecht gehabt habe. Ich erkläre hiermit, daß ich nun gegen jedes weitere Warten und Hinzögern bin. Ich rufe zum Kriege gegen den Feind aus dem Westen auf – Krieg und Tod ihnen allen, Männern, Frauen und Kindern!«

Hätte ein Mann so gesprochen, würde man ja oder nein gerufen haben, aber es war die Stimme einer Frau, und es spielte keine Rolle, daß sie eine Kaiserin war. Niemand sagte ein Wort, niemand rührte sich. Der Kaiser stand eine Weile mit gesenktem Haupt da und wurde dann von seinen Brüdern zu seiner Sänfte geführt. Die Versammlung kniete noch immer mit gesenkten Köpfen.

Auch die beiden Gemahlinnen zogen sich nun zurück und wechselten nur die üblichen Höflichkeitsworte, als sie sich verabschiedeten. Tsu Hsi sah, daß ihre Kusine sie schnitt und den Kopf wegwandte. Sie wartete, als sie wieder in ihrem Palast war, den ganzen Tag darauf, daß der Kaiser sie holen ließe, aber nichts erfolgte. Zerstreut saß sie über ihren Büchern. Li Lien-ying erzählte ihr abends, daß der Kaiser den Nachmittag mit jungen Konkubinen verbracht und ihren Namen nicht erwähnt hatte. Er hatte das von dem Obereunuchen gehört, der heute nur mit Mühe die Launen seines Herrn ertragen hatte.

»Ehrwürdige«, setzte Li Lien-ying hinzu, »sicher hat der Kaiser

Sie nicht vergessen, aber er hat jetzt Angst vor der Zukunft und wartet auf die Ratschläge seiner Minister.«

»Dann bin ich verloren!« rief Tsu Hsi.

Diese Worte waren nach Meinung des Eunuchen eine unzulässige Kritik am Verhalten des Kaisers, und er tat so, als hätte er sie nicht gehört. Er behauptete, der Tee sei kalt geworden, und nahm die Kanne, um sie mit heißem Wasser zu füllen. Kein Lächeln lag jetzt auf seinem ausdruckslosen, häßlichen Gesicht.

Am nächsten Tag hörte Tsu Hsi die Nachricht, die sie vorausgesehen hatte. Selbst jetzt sollte gegen die Eindringlinge aus dem Westen kein Widerstand geleistet werden. Statt dessen hatte der Kaiser auf Anraten seiner Minister drei Männer ernannt, die in Tientsin mit dem Engländer Lord Elgin verhandeln sollten. Der Führer war Kwei Liang, der Vater der Gemahlin Prinz Kungs, der wegen seiner Umsicht und Vorsicht bekannt war.

»O weh!« rief Tsu Hsi, als sie seinen Namen hörte. »Dieser ausgezeichnete Mann wird dem Feinde nie Widerstand leisten. Er ist dafür zu alt, zu vorsichtig und zu nachgiebig.«

Das erwies sich als richtig. Am vierten Tage des siebenten Monats unterzeichnete Kwei Liang einen Vertrag mit den Ausländern, der im Laufe eines Jahres vom Kaiser selbst bestätigt werden mußte. Mit diesem Vertrag kehrte die Delegation zurück. Mit dem Schwert in der Hand hatten die Engländer und Franzosen, unterstützt von ihren Freunden, den Amerikanern und Russen, ihre Forderungen durchgesetzt. Ihre Regierungen durften von nun an Gesandtschaften in Peking unterhalten, ihren Priestern und Kaufleuten wurde gestattet, durch das ganze Reich zu reisen, ohne seinen Gesetzen unterworfen zu sein, Opium wurde zu einem erlaubten Handelsartikel erklärt, und der große Flußhafen Hankau, im Herzen des Reiches, tausend Meilen vom Meer entfernt, wurde zum Vertragshafen gemacht, in dem Weiße mit ihren Familien wohnen konnten.

Als Tsu Hsi diese Bedingungen hörte, zog sie sich in ihr Schlafzimmer zurück, wusch sich drei Tage lang nicht, wechselte nicht ihre Kleidung und nahm keine Nahrung zu sich. Auch hatte keine ihrer Damen Zutritt zu ihr. Li Lien-ying ging insgeheim zu Prinz Kung und berichtete ihm, seine Herrin liege wie tot auf dem Bett und sei vor Weinen und Kummer ganz erschöpft.

Prinz Kung bat um eine Audienz. Da stand Tsu Hsi endlich auf, badete, ließ sich frisch anziehen und nahm eine Tasse Fleischbrühe zu sich. Gestützt auf ihren Eunuchen, empfing sie Prinz Kung in der kaiserlichen Bibliothek.

»Majestät«, begann Prinz Kung, »glauben Sie denn, daß ein so ehrenwerter Mann wie mein Schwiegervater den Feinden nachgegeben hätte, wenn ihm ein anderer Weg übriggeblieben wäre? Es gab keine andere Wahl. Hätten wir uns ihren Forderungen widersetzt, wären die Feinde geradewegs auf Peking marschiert.«

Tsu Hsi wölbte ihre rote Unterlippe vor. »Nur eine Drohung!«

»Keine Drohung!« sagte Prinz Kung fest. »Eines habe ich gelernt. Was die Engländer sagen, das tun sie.«

Ob dieser gute Prinz nun recht oder unrecht hatte, Tsu Hsi kannte ihn als einen weit über sein Alter hinaus verständigen und klugen Mann. Sie konnte auch jetzt, da der Vertrag geschlossen war, nichts unternehmen. Sie war tieftraurig. Mußte sie ihre Hoffnungen begraben, da ihr Sohn noch zu jung war, um zu kämpfen? Sie entließ den Prinzen ziemlich ungnädig. In den nächsten Tagen und Nächten schmiedete sie geheime Pläne. Niemand durfte vorläufig davon erfahren, sie würde sich verstellen, gegen alle freundlich sein, sich vor allem dem Kaiser ganz unterwerfen, ihm auch den kleinsten Vorwurf ersparen und – warten. Sie machte ihren Willen so hart wie Eisen und so kalt wie Stein.

Inzwischen rückte die Weißen, zufrieden mit dem für sie so günstigen Vertrag, nicht weiter nach Norden vor. Das Jahr ging vorüber wie andere, und im Sommer des nächsten Jahres kam die Zeit, da der Vertrag vom Kaiser besiegelt werden mußte. Nun hatte Tsu Hsi bei sich beschlossen, diese Bestätigung zu verhindern, und sie hatte Erfolg damit, nicht durch Reden und Drohungen, sondern durch Verführen des schwachen Kaisers. Als er sie ein ganzes Jahr lang sanft und willig fand, wurde er wieder körperlich und geistig ihr Gefangener. Auf ihren Rat, den sie jetzt viel feiner dosierte als früher, schickte er Unterhändler nach Kanton, die von den Weißen durch Überredung und Bestechung erreichen sollten, nicht wieder nach Norden zu kommen, weil der Vertrag nicht besiegelt werden würde.

»Sagt ihnen«, befahl der Kaiser, »sie können im Süden soviel Handel treiben, wie sie wollen. Nur sollen sie dort bleiben, wo sie sind.«

»Und wenn sie sich weigern?« fragte Prinz Kung.

Der Kaiser dachte an den Rat, den ihm Tsu Hsi nachts gegeben hatte, und erwiderte: »Wenn es nicht anders geht, so versprecht ihnen, daß wir später in Schanghai den Vertrag besiegeln wollen. Wenn wir ihnen so halbwegs entgegenkommen, können sie sich nicht beklagen, daß wir engherzig sind.«

Tsu Hsi hatte nämlich, ohne sich den Anschein zu geben, sich in Staatsgeschäfte einzumischen, gesagt: »Warum willst du ohne weiteres dein Siegel unter den Vertrag drücken? Wenn sie ungeduldig werden, sag ihnen, er würde später in Schanghai, das etwa in der Mitte zwischen Peking und dem Süden an der Küste liegt, endgültig unterzeichnet. Wenn sie dorthin kommen, ist es immer noch Zeit, eine letzte Entscheidung zu treffen.«

Dabei hatte sie als letztes Ziel den Krieg im Auge. Wenn die Fremden nach Schanghai kämen, wäre das ein Beweis, daß nur bewaffneter Widerstand ihr Vorrücken aufhalten könnte.

Mit diesen Anweisungen reisten die Unterhändler im Frühling ab. Sobald die Erde frostfrei war, gab der Kaiser den Befehl, die Taku-Forts bei Tientsin durch Kanonen, die man von den Amerikanern gekauft hatte, zu verstärken. Dies sollte in aller Stille geschehen, damit die Engländer nichts davon merkten. Das alles war ihm von Tsu Hsi so nebenher beigebracht worden, wenn sie bei ihm im Bett lag oder ihm Geschichten aus den verbotenen Büchern vorlas, die sie bei den Eunuchen gefunden hatte.

Wie erschrak man aber dann, als im Frühsommer von den Unterhändlern die Nachricht kam, die Feinde seien aus dem Süden aufgebrochen und schon weit über Schanghai hinaus, dieses Mal unter Führung des Admirals Hope! Man faßte jedoch bald wieder Mut, denn die Taku-Forts waren jetzt stark bewaffnet. Den Soldaten wurden große Belohnungen versprochen, wenn sie dem Angriff tapfer standhalten würden.

Mit Hilfe des Himmels wurde der Angriff tatsächlich abgeschlagen, und zwar mit solchem Erfolg, daß die Engländer drei Kriegsschiffe und dreihundert Mann verloren. Der Kaiser war hocherfreut und lobte Tsu Hsi so, daß diese ihn dazu brachte, alle Forderungen abzuschlagen, so daß der Vertrag nicht erfüllt wurde.

Die Weißen zogen sich zurück, der Friede war wiederhergestellt. Die ganze Nation bewunderte die Weisheit des Himmelssohnes, der genau wußte, wann er mit den Mitteln der Diplomatie und wann mit Waffengewalt vorzugehen hatte. Wie leicht doch die Fremden besiegt worden waren! Aber wäre das möglich gewesen, wenn nicht die Verzögerungstaktik ihnen einen falschen Eindruck von der Schwäche Chinas und ihrer eigenen Stärke gegeben hätte? Der Kaiser erschien allen als ein Meister der Staatskunst.

Alle wußten aber auch, wer den Kaiser beraten hatte. Die Kaiserin des Westlichen Palastes erschien als mächtige Zauberin. In privaten Unterredungen, denn öffentlich konnte man nicht gut davon sprechen, schrieb man ihre Macht ihrer außerordentlichen Schönheit zu. Jeder Eunuch und jeder Höfling suchten ihr jeden Wunsch von den Augen abzulesen.

Nur Prinz Kung konnte in diese allgemeine Freude nicht einstimmen und gab zu bedenken: »Die Weißen sind Tiger, die sich zurückziehen, wenn sie verwundet sind, aber nur, um bald wieder zum Angriff überzugehen.«

Er schien aber ein Schwarzseher zu sein, denn wieder verging ein Jahr, ohne daß etwas geschah. Tsu Hsi vertiefte sich erneut in ihre Bücher. Der Thronfolger wurde stark und mutwillig. Auf einem arabischen Rappen lernte er reiten, sonst sang und lachte er und war immer in bester Laune, denn überall sah er nur freundliche Gesichter. Wenn Tsu Hsi ihren Sohn betrachtete, wie er immer schöner und stärker wurde, hatte sie keine Furcht, denn sie fühlte sich jetzt in ihrer Machtstellung sicher.

Wer hätte ahnen können, was bevorstand? Kaum war der Hof in Yüan Ming Yüan, als die Engländer, dieses Mal unterstützt von den Franzosen, rachsüchtig die Küste hinaufdampften. Im siebenten Monat dieses Jahres liefen auf einmal zweihundert Kriegsschiffe, als wenn sie vom Himmel gefallen wären, im Hafen von Tschefu in der Provinz Tschili ein und landeten dort zwanzigtausend Soldaten. Von Verträgen und Verhandeln war nicht mehr die Rede. Die Streitmacht rückte sofort gegen die Hauptstadt vor.

Jetzt blieb keine Zeit mehr zu Vorwürfen und Zögern. Der alte, kluge Kwei Liang wurde mit noch zwei anderen Adeligen dem Feind entgegengeschickt, um sie zum Anhalten zu bewegen.

»Versprecht, was ihr für möglich haltet, bewilligt, was ihr könnt. Uns bleibt nichts anderes mehr übrig.«

Tsu Hsi war zugegen. »Nein, nein, mein Gebieter!« rief sie. »Wir haben doch schon einmal einen Sieg über sie errungen. Mehr Soldaten her! Wir müssen jetzt stark sein und kämpfen!«

Der Kaiser schob sie mit seinem rechten Arm, in dem er auf einmal Kraft verspürte, zur Seite. »Ihr habt gehört, was ich gesagt habe!«

»Ich höre und gehorche, Höchster«, erwiderte der alte Mann.

Die drei bestiegen mit ihrer Begleitmannschaft ihre Mauleselkarren und machten sich eilig auf den Weg nach Tientsin, denn die Taku-Forts waren schon in Händen der Feinde. Aber als Kwei Liang fort war, wandte Tsu Hsi, die jetzt um ihren Sohn bangte, ihre alten bewährten Mittel an und machte dadurch den Kaiser von neuem unsicher.

»Wenn die Weißen aber nicht haltmachen?« fragte sie in der Nacht den Kaiser. »Wir müssen jetzt daran denken, etwas Außerordentliches zu tun, um uns zu retten.« Dann überredete sie den Kaiser, dem Mongolengeneral Seng-kolin-tschin zu befehlen, die Weißen mit seinen Truppen aus dem Hinterhalt zu überfallen. Dieser General gehörte dem Hause der Kortschin-Fürsten aus der inneren Mongolei an, die immer von den Mandschu-Kaisern wegen ihrer Ergebenheit begünstigt worden waren. Er wurde gewöhnlich Prinz Seng genannt. Durch seinen Mut und seine Geschicklichkeit hatte er den südlichen Rebellen schon zwei Niederlagen beigebracht, einmal, als sie nur vierundzwanzig Meilen vor Tientsin standen, und das zweite Mal in Lien-tschin, wo sich ihre Überreste gesammelt hatten, die er dann bis in die Provinz Schantung hinein verfolgt hatte.

Diesen unbesiegbaren Mann empfahl Tsu Hsi nun dem Kaiser. Wieder gab er nach, aber er teilte den an Prinz Seng gegebenen Befehl, die Feinde anzugreifen, nicht einmal seinem Bruder mit. Der Mongolengeneral führte seine Truppen in die Nähe von Tientsin und verteilte sie so, daß er dem Feinde in den Rücken fallen konnte. Inzwischen waren die Engländer von der Ankuft einer kaiserlichen Kommission verständigt worden und schickten ihr eine Abordnung mit einem Kontingent Soldaten entgegen. Die Abordnung war durch eine weiße Parlamentärflagge kenntlich gemacht. Diese Flagge hielt Prinz Seng für das Zeichen der Übergabe. Er ließ seine Leute vorstürmen, sie fielen über das Kontingent her und nahmen es samt den zwei Delegationsführern gefangen. Die Flagge wurde in Fetzen gerissen, und die Gefangenen wurden gefoltert, weil sie die Frechheit gehabt hatten, den heiligen Boden Chinas ohne Erlaubnis zu betreten.

Diese Nachricht löste in der Hauptstadt große Freudenkundgebungen aus. Wieder waren die Weißen geschlagen worden. Der Kaiser schenkte Tsu Hsi eine goldene, mit Juwelen gefüllte Truhe. Im ganzen Lande wurden siebentägige Feierlichkeiten angeordnet. Prinz Seng sollte hohe Ehre und große Belohnungen erhalten.

Die Freude war verfrüht gewesen. Als die Weißen von dem Überfall auf ihre Kameraden hörten, traten sie zum Kampf an und schlugen den Mongolengeneral so, daß sein Rückzug in regellose Flucht ausartete. Dann marschierten die Sieger im Triumph auf die Hauptstadt zu und fanden erst bei einer in der Nähe der kleinen Stadt Tungtschau über den Peiho führenden Marmorbrücke Widerstand, zehn Meilen von Peking entfernt. Hier stellte sich ihnen eine in aller Eile zusammengeraffte Truppenabteilung entgegen, die aber sofort in die Flucht geschlagen wurde. Den fliehenden Soldaten schlossen sich viele Bauern an, und diese Menge wälzte sich schreiend und weinend durch Pekings Tore, in der Hoffnung, hinter seinen Mauern Schutz zu finden. Die ganze Stadt war in Aufruhr, und viele Einwohner flüchteten in der entgegengesetzten Richtung aufs Land, besonders solche, die schöne Frauen, Konkubinen und Töchter hatten.

Im Sommerpalast herrschte eine ähnliche Verwirrung. Die Prinzen berieten, wie man den Thron retten und vor allem die zwei Kaiserinnen und die Konkubinen wegbringen könnte, aber sie konnten sich nicht einig werden, während der Kaiser zitterte, weinte und erklärte, er würde sich mit Opium das Leben nehmen.

Nur Prinz Kung verlor die Fassung nicht. Er fand den Kaiser mit Tsu Hsi und dem Thronfolger inmitten der Eunuchen und Höflinge, die ihn alle von seinem Entschluß abzuhalten suchten.

»Endlich ein Mann!« rief Tsu Hsi, als sie den Prinzen sah. Es war in der Tat ein Trost, diesen Mann mit ruhigem Gesicht, tadelloser Kleidung und gesetztem Wesen zu sehen.

Prinz Kung respektierte in seinem Bruder immer noch den Kaiser.

»Ich wage es, dem Sohn des Himmels einen Rat zu geben«, sagte er.

»Sprich – sprich!« stöhnte der Kaiser.

»Wenn ich die Erlauhnis erhalte, möchte ich den Führer der Feinde um einen Waffenstillstand ersuchen, diesen Brief aber mit dem kaiserlichen Siegel versehen.«

Tsu Hsi war keines Wortes fähig. Was dieser Prinz vorausgesagt hatte, war eingetreten. Der Tiger war zurückgekehrt, um Rache zu nehmen. Sie drückte die Wange gegen den Kopf des Kindes und verharrte weiter in Schweigen.

»Und Sie, Majestät, müssen sofort nach Jehol aufbrechen und den Thronfolger, die zwei Kaiserinnen und den Hof mitnehmen.«

»Ja – ja«, stimmte der Kaiser gleich zu, und auch die Anwesenden äußerten ihren Beifall.

Da erhob sich Tsu Hsi von ihrem Platz und protestierte laut gegen diese Absicht.

»Niemals darf der Kaiser seine Hauptstadt verlassen! Was soll das Volk von ihm denken, wenn er es jetzt im Stich läßt? Den Thronfolger kann man fortführen und ihn in einem sicheren Versteck unterbringen, aber der Kaiser muß bleiben, und ich will ihm zur Seite stehen.«

Alle Augen richteten sich auf sie. Jeder war von dem Feuer und der Majestät ihrer Schönheit beeindruckt. Prinz Kung aber konnte sie nur bemitleiden.

»Kaiserin des Westlichen Palastes«, sagte er, »ich muß Sie vor Ihrem eigenen Mut in Schutz nehmen. Man kann ja in der Stadt verkünden, daß der Kaiser sich nur zu einem Jagdausflug nach Jehol begeben hat. Die Abreise braucht erst in einigen Tagen ohne Hast und mit dem üblichen Zeremoniell erfolgen, wenn es mir gelingt die Eindringlinge mit dem Angebot eines Waffenstillstandes und dem Versprechen einer Bestrafung des schuldigen Generals aufzuhalten.«

Tsu Hsi wußte, daß sie eine Niederlage erlitten hatte. Alle waren gegen sie, vom Kaiser bis zu dem niedrigsten Eunuchen. Schweigend gab sie das Kind seiner Amme. Dann verabschiedete sie sich mit einer tiefen, zeremoniellen Verbeugung.

Fünf Tage später zog der Hof auf der nordwestlichen Heerstraße der Mongolei zu. Es waren etwa tausend Personen, die in Sänften und Mauleselkarren auf die lange Reise gingen. Hinter den Bannerleuten mit ihren Bannern in allen Schattierungen ritt die kaiserliche Wachgarde, geführt von ihrem Kommandanten Jung Lu. Der Kaiser saß in einer verhängten gelben Sänfte mit goldenem Rahmen. Dann kam die Kaiserin des Östlichen Palastes im Wagen, hinter ihr der Thronfolger mit seiner Amme und dann erst Tsu Hsi. Sie wollte allein sein, sich ausweinen und so ihr Herz erleichtern. Selbst mit dem größten Mut konnte man nur schwer über diese Stunde hinwegkommen. Was sollte nun werden? Wann würden sie zurückkehren? War alles verloren?

Alles hing nun von Prinz Kung ab. Er war nicht in der Stadt geblieben, sondern erwartete die Unterhändler in seinem Sommerhaus in der Nähe von Yüan Ming Yüan, denn er hoffte, die Feinde würden deshalb die Stadt schonen.

»Versuche herauszuschlagen, was eben möglich ist«, hatte ihm der Kaiser zuletzt gesagt. Der Sohn des Himmels war so matt und zermürbt, daß ihn der Obereunuch wie ein Kind in die Sänfte tragen mußte.

Aber Tsu Hsi konnte selbst jetzt nicht immerzu weinen. Ihre Tränen versiegten schließlich, sie mußte mit dem Schicksal fertig werden. Die Zeit ging zu langsam. Der Wagen wurde auf dem unebenen Steinpflaster der Straße hin und her gestoßen, so daß sie trotz der weichen Kissen alle Unebenheiten spürte. Mittags machten alle halt, um das Essen einzunehmen, das durch eine Vorausabteilung schon zubereitet worden war.

Als Tsu Hsi von dem Wagen stieg und ringsum die frischen grünen Felder, das hohe Korn und das reifende Obst sah, wurde ihre Stimmung sogleich besser. Ihr Sohn streckte die Hände nach ihr aus, und sie schloß ihn fest in die Arme. Solange sie lebte und ihren Sohn hatte, war noch nicht alles verloren. Sie hatte noch nie die Paläste von Jehol gesehen. Ihr lebhafter Geist, der immer nach Abenteuern verlangte, beschäftigte sich schon wieder mit dem, was vor ihr lag. In diesem Augenblick sah sie in ihrer Nähe Fräulein Mei. Sie lächelten sich an, und die junge Dame wagte es, Tsu Hsi durch einige muntere Worte von ihrem Unglück abzulenken.

»Ich höre, Ehrwürdige, daß die Paläste in Jehol die schönsten im ganzen Reich sein sollen.«

»Auch ich habe das gehört«, erwiderte Tsu Hsi. »Nun, wir werden sie ja bald zu sehen bekommen. Ich freue mich schon darauf.«

Aber später, als sie wieder in ihren Wagen stieg, blickte sie unwillkürlich nach der Stadt zurück, an der ihr Herz hing. Da sah sie am Horizont einen immer schwärzer werdenden Rauch aufsteigen. Beunruhigt rief sie ihrer Umgebung zu:

»Ist es möglich, daß die Stadt in Flammen steht?«

Alle schauten nun in dieselbe Richtung und sahen die schwarzen Rauchwolken in dem tiefblauen Sommerhimmel. Die Stadt brannte.

»Schnell! Schnell!« rief der Kaiser aus seiner Sänfte. Alle kletterten auf die Wagen, und der Zug setzte sich eilig in Bewegung.

Die Nacht verbrachte der Hof in einem vorbereiteten Zeltlager, aber Tsu Hsi konnte nicht schlafen. Immer wieder ließ sie Li Lienying fragen, ob noch kein Kurier von der Stadt gekommen sei. Gegen Mitternacht traf endlich einer ein. Li Lien-ying packte ihn am Kragen und zog ihn zu seiner Herrin. Tsu Hsi war noch immer nicht im Bett, obschon die Hofdamen schon längst eingeschlafen waren und im Kreise auf dem Boden lagen, nur ein Teppich trennte sie von der bloßen Erde. Als sie den Eunuchen und den erschreckten Kurier sah, legte sie einen Finger an den Mund.

»Ehrwürdige«, flüsterte der Eunuch. »Ich habe ihn hierher gebracht, weil der Sohn des Himmels schläft. Der Obereunuch hat ihm heute die doppelte Dosis Opium gegeben.«

Sie heftete ihre großen Augen auf den Kurier. »Was für Nachrichten bringst du?«

»Ehrwürdige«, keuchte der Mann, während der Eunuch ihn auf die Knie drückte, »am frühen Morgen brach der Feind mit voller Kraft herein. Der Waffenstillstand gilt erst von heute abend ab. Aber den ganzen Tag haben die Fremden geraubt und geplündert, um, wie sie sagen, Rache zu nehmen, weil Prinz Seng die Gefangenen gefoltert und das weiße Tuch zerrissen hat.«

Tsu Hsis Herzschlag stockte von böser Ahnung.

»Laß den Mann los!« befahl sie dem Eunuchen.

Wie ein leerer Sack fiel der Mann vor Erschöpfung zu Boden und lag dort auf seinem Gesicht. Sie blickte auf ihn nieder.

»Haben die Stadttore nicht gehalten?« Ihr Mund war so trocken, daß die Zunge kaum die Worte formen konnte.

Der Kurier zu ihren Füßen stieß die Stirn auf den Boden.

»Die Stadt haben sie unversehrt gelassen, Ehrwürdige.«

»Was war das für ein Rauch, der heute wie Gewitterwolken am Himmel stand?«

»Sie haben Yüan Ming Yüan niedergebrannt!«

»Den Sommerpalast?« schrie sie auf. Sie bedeckte die Augen mit den Händen. »Ich habe gedacht, die Stadt brenne.«

»Nein, Majestät«, stotterte der Mann. »Es war der Sommerpalast. Die Barbaren haben ihn ausgeplündert und dann angezündet. Prinz Kung wollte es verhindern, aber er konnte selbst nur mit Mühe sein Leben retten.«

Ihr Kopf dröhnte, sie meinte, er müsse bersten. Sie sah Flammen und Rauch, in denen Porzellantürme und goldene Decken zusammenstürzten. »Ist er ganz ausgebrannt?« flüsterte sie.

Der Mann hatte das Gesicht noch immer auf dem Boden. »Asche«, stammelte er, »nur noch Asche.«

»Schließ die Fenster!« sagte Tsu Hsı.

Aus Nordwesten blies ständig der heiße, trockene Wind über Jehol, ein Wind, den sie nicht ertragen konnte. Alle Blumen waren verwelkt, die Blätter der Dattelpalmen in Fetzen gerissen. Selbst die Nadeln der Föhren begannen sich gelb zu verfärben. Seitdem sie in dieser Palastfestung eingeschlossen war, hatte der Kaiser noch nicht ein einziges Mal nach ihr verlangt.

Ihre Dienerin schloß die Fenster. – »Fächeln!« befahl Tsu Hsi.

Hinter einem Pfeiler kam Li Lien-ying hervor, trat neben sie und schwenkte einen großen Seidenfächer hin und her. Sie lehnte sich in den großen geschnitzten Sessel zurück und schloß die Augen. Sie war eine Verbannte, eine Fremde, eine mit den Wurzeln ausgerissene Pflanze. Warum hatte der Kaiser sie nicht kommen lassen? Wer hatte ihren Platz eingenommen? Vor einem Monat hatte der Sohn des Himmels seinen Geburtstag gefeiert und vom ganzen Hofe gute Wünsche und Geschenke entgegengenommen. Nur sie hatte nicht erscheinen dürfen. Festlich gekleidet hatte sie stundenlang gewartet, bis die Zeit vorüber war, dann aber hatte sie sich in Furcht und Zorn die Kleider vom Leibe gerissen und eine lange schlaflose Nacht verbracht.

Seitdem war der Kaiser krank, wurde, wie sie hörte, von Tag zu Tag schwächer, obschon die Astrologen vor dem Geburtstag gute Vorzeichen verkündet hatten, eine günstige Konstellation der Sterne, einen Kometen am nordwestlichen Himmel. Jetzt lag er am Sterben, und sie durfte noch immer nicht zu ihm.

»Hör auf!« befahl sie.

Li Lien-ying ließ den Arm sinken und blieb bewegungslos stehen.

»Komm näher zu mir«, sagte sie zu dem Eunuchen.

Li Lien-ying trat in gebückter Haltung vor sie hin.

»Hol mir An Teh-hai!« befahl sie ihm.

»Ehrwürdige, er darf das Zimmer des Kaisers nicht verlassen«, erwiderte er.

»Wer verbietet ihm das?«

»Die Drei –«

Die Drei waren Prinz Yi, Prinz Tscheng und der Großkanzler Su Schun, ihre Feinde, die jetzt an der Macht waren, weil sie allein stand und in der Hauptstadt die Barbaren herrschten.

»Fächle mich!«

Sie lehnte sich wieder zurück und schloß die Augen, und der Eunuch begann erneut, sie langsam zu fächeln. Sie dachte an dies und jenes, konnte aber ihre Gedanken nicht konzentrieren. Sie war mehr als allein, sie war heimatlos. Yüan Ming Yüan, die Heimat ihres Herzens, lag in Trümmern. Sie wußte jetzt Einzelheiten über das Zerstörungswerk.

Der Hof hatte den Sommerpalast kaum verlassen, als die Feinde eindrangen. Lord Elgin, von der Schönheit der Anlagen überwältigt, hatte die Zerstörung verboten, aber er hatte jede Herrschaft über die Soldaten verloren. Prinz Kung hatte in einem nahe gelegenen Tempel Schutz gesucht und bei Lord Elgin protestiert, als die Plünderung begann. Der Engländer entschuldigte sich damit, seine Soldaten seien nicht mehr zu halten, weil Prinz Seng ihre Kameraden gefoltert und ermordet hatte. Als Tsu Hsi das vernahm, konnte sie nur schweigen, denn sie hatte den Mongolengeneral dem Feinde entgegengeschickt.

»Mein Kopf ist in den Staub gebeugt«, hatte der Kurier gesagt, »aber ich muß alles der Wahrheit gemäß berichten. Geplündert wurde alles, was wegzutragen war. Von den Decken wurden die Goldplatten gerissen und von den Altären die goldenen Bildnisse. Alle Juwelen an Thronsesseln und Schreinen wurden abgeschlagen oder zertreten, außer wenn ein Räuber ihren Wert erkannte. Die Soldaten schlugen mit den Gewehrkolben alles kurz und klein. Nur etwa ein Zehntel der Schätze konnten wir vor den Feinden retten, als sie unter wildem Gebrüll mit den kostbaren Gegenständen Fangball spielten. Nachdem sie sich ausgetobt hatten, wurde der ganze Palast in Brand gesteckt. Zwei Tage und zwei Nächte war der Himmel mit Rauchwolken bedeckt und von Flammen erhellt. Aber noch nicht zufrieden damit, drangen die Barbaren auch in den Park ein und zerstörten jeden Tempel, jede Pagode und jedes Lusthäuschen, und selbstverständlich kamen nach ihnen die einheimischen Räuber und Diebe.«

Tsu Hsi quollen unter den geschlossenen Lidern Tränen hervor.

»Weinen Sie nicht, Ehrwürdige«, bat sie Li Lien-ying flehentlich.

»Ich weine um das, was nicht mehr ist«, sagte Tsu Hsi.

»Auch dieser Palast ist schön, Ehrwürdige«, tröstete sie Li Lien-ying.

Sie schwieg dazu. Für sie war Jehol nicht schön. Vor zwei Jahrhunderten hatte Kaiser Tschien Lung diesen hundert Meilen nördlich von Peking gelegenen Festungspalast erbaut, weil er die wilde sandfarbene Landschaft liebte, die tatsächlich nur aus Sand und Felsen bestand und von fernen, in den Himmel ragenden Bergen begrenzt wurde. Im Gegensatz zu diesem öden Land hatte Tschien Lung den Palast um so prächtiger ausgestattet.

Aber Tsu Hsi sehnte sich nach Gärten und Seen, nach Brunnen und Bächen. Hier war Wasser seltener als Jade. Es wurde in Zisternen gesammelt, und wenn diese austrockneten, mußte es aus einer fernen Oase herbeigeschleppt werden. Tsu Hsi war von Zorn und Angst erfüllt, weil Yüan Ming Yüan in Asche lag und sie in diesem schrecklichen Palast von aller Welt abgeschlossen leben mußte. Die ständige Unterdrückung dieser Gefühle zehrte an ihrer Kraft, so daß sie immer schwächer wurde.

Und wie konnte sie gegen ihre Feinde aufkommen, wenn sie keine Freunde mehr hatte? Die drei hatten sich gegen sie verschworen, als der Hof geflohen war, während sie bis zuletzt sich dagegen gesträubt hatte. Aber diese Feiglinge hatten den schwachen und törichten Kaiser davon überzeugt, daß sein Leben in Gefahr wäre, und so schnell hatte er ihnen nachgegeben, daß er seine Pfeife, seinen Hut und seine Papiere auf dem Tisch seines Schlafzimmers zurückgelassen hatte. Die Barbaren mußten diese Sachen gesehen und laut gelacht haben, weil sie an ihnen erkennen konnten, welche Angst der Sohn des Himmels vor ihnen hatte. Aber warum sollte sie sich wegen solcher Kleinigkeiten aufregen, wo alles andere verloren war?

Sie sprang plötzlich auf, stieß mit der Hand den Fächer weg, den Li Lien-ying wieder langsam und geduldig hin und her bewegte, und begann, unruhig auf und ab zu gehen, auf und ab, während draußen der heiße Wind gegen die geschlossenen Fenster prallte.

Sie wußte jetzt, was die Verschwörer beabsichtigten. Su Schun und seine Verbündeten waren mit dem Kaiser geflohen, aber sie hatten dafür gesorgt, daß die Minister und Räte, die ihr hätten helfen können, in Peking zurückgeblieben waren. Sie hatte die Verschwörung zu spät gemerkt und war nun hilflos.

Einen Verbündeten hatte sie jedoch, denn selbst Su Schun konnte die kaiserliche Leibgarde, deren oberste Pflicht es war, ihren Herrn zu schützen, nicht entfernen.

»Hol mir meinen Verwandten, den Kommandanten der kaiserlichen Leibgarde«, wandte sie sich gebieterisch an Li Lien-ying, »ich brauche seinen Rat.«

Noch nie hatte Li Lien-ying gezögert, einen Befehl von ihr auszuführen. Wie überrascht war sie daher, als er mit dem Fächer in der Hand stehenblieb.

»Schnell, schnell!« sagte sie ungeduldig.

Da fiel er vor ihr auf die Knie. »Ehrwürdige«, bat er, »gerade diesen Auftrag möchte ich nicht gern ausführen.«

»Warum nicht?« fragte sie gespannt. Es konnte doch nicht sein, daß auch Jung Lu gegen sie war.

»Ehrwürdige, ich wage es nicht zu sagen«, stammelte Li Lienying. »Sie lassen mir sonst die Zunge herausschneiden.«

»Nein, bestimmt nicht«, versprach sie ihm.

Er wollte jedoch noch immer nicht mit der Sprache heraus, und erst als sie in Wut geriet und drohte, ihn köpfen zu lassen, stotterte er, der Kaiser habe sie nicht rufen lassen, weil ihre Feinde ihm erzählt hätten, daß ... daß ... sie und Jung Lu –

»Sagte man vielleicht, er sei mein Geliebter?«

Er nickte und verbarg das Gesicht in den Händen.

»Lügen – nichts als Lügen –«

»Steh auf!« befahl sie ihm. »Du hast mir sicher noch nicht alles gesagt. Was weißt du sonst noch, von dem ich keine Ahnung habe?«

»Ehrwürdige«, sagte er flehend. »Wenn ich Ihnen jedes Gerücht mitteilen wollte, das ich höre, würden Sie mich ins Gefängnis werfen, um mich zum Schweigen zu bringen. Wer auf hohem Platz steht, wird nie von beleidigendem Geschwätz verschont. Und Sie, Ehrwürdige, standen höher als alle anderen. Wer hätte denken können, daß der Sohn des Himmels auf viel niedriger stehende Leute hören würde?«

»Du hättest dein schwerfälliges Gehirn anstrengen sollen!« rief sie. »Du hättest daran denken sollen, daß Su Schun früher das Ohr des Kaisers besaß. Sie sind zusammen aufgewachsen, und weil der Kaiser schwach und sanft war, liebte er diesen wilden, starken jungen Mann, der jagte, trank und spielte. Wußtest du nicht, daß dieser Su Schun sich von einer niedrigen Stellung im Finanzministerium zum Staatssekretär hinaufgeschwungen hat und dann den guten und ehrenwerten Po Tschun hat hinrichten lassen, um selbst an die Macht zu kommen?«

So war es in der Tat gewesen. Als sie kurz vor ihrer Entbindung gestanden und der Liebe des Kaisers sicher gewesen war, kam eines Tages der alte Prinz Po Tschun zu ihr. Sie war damals noch zu jung und unerfahren gewesen, um die Palastintrigen ganz zu durchschauen. Darum hatte sie der Bitte des Prinzen, sich beim Kaiser für ihn zu verwenden, keine große Bedeutung beigemessen.

»Der Kaiser hört nicht mehr auf mich«, sagte er traurig, indem er sich seinen spärlichen weißen Bart strich.

»Was hat Su Schun gegen Sie vorzubringen?« fragte sie.

»Er beschuldigt mich, ich hätte mich auf Kosten des Thrones bereichert, ich hätte Gelder aus der Staatskasse unterschlagen.«

»Wie kommt er dazu?«

»Weil er selbst ein Dieb ist, und weil er weiß, daß ich von seinen Verfehlungen Kenntnis habe.«

Er hatte so ehrlich und unschuldig ausgesehen, daß sie sich beim Kaiser für ihn verwandt hatte. Aber damals stand Su Schun beim Kaiser noch in Gunst, und dieser glaubte ihm. So wurde der alte Mann enthauptet, und Su Schun nahm seinen Platz ein. Nur die immer zunehmende Liebe des Kaisers hatte sie vor der Wut Su Schuns gerettet. Aber sie war ihrer Macht zu sicher gewesen, denn wohin war sie jetzt geraten?

Die Erregung überwältigte sie plötzlich. Sie stand auf und ohrfeigte Li Lien-ying so, daß ihm das Wasser aus den Augen drang und ihm der Atem ausging. Aber er erhob keinen Einspruch, denn er war gewöhnt, solchen Zorn über sich ergehen zu lassen.

»Da – da! Mir so etwas nicht gleich zu sagen, sondern sich lieber in Schweigen zu hüllen. Unbrauchbarer Mensch!«

Damit setzte sie sich nieder, preßte die Hände gegen die Wangen und gab sich fünf Minuten ihrer Verzweiflung hin. Li Lien-ying kniete wie ein Steinbild vor ihr, noch nie hatte er sie in solcher Wut gesehen.

Nach weiteren fünf Minuten wurde ihr Geist wieder klar. Sie sprang auf und eilte an ihren Schreibtisch, feuchtete den Pinsel an, nahm ein kleines Stück seidenes Schreibpapier und schrieb einen Brief an Prinz Kung. Sie berichtete ihm ihre Lage und bat ihn um sofortige Hilfe. Dann faltete sie das Papier zusammen, verschloß es mit ihrem Siegel und winkte Li Lien-ying herbei.

»Noch in dieser Stunde wirst du dich auf den Weg nach Peking machen«, sagte sie zu ihm, »dort dieses Schreiben Prinz Kung übergeben und mir sofort seine Antwort überbringen. Du darfst hin und zurück nicht länger als vier Tage unterwegs sein.«

»Ehrwürdige«, wandte er ein, »wie wäre das möglich –«

Sie schnitt ihm das Wort ab. »Es ist möglich, weil es nötig ist!«

Er machte ein verzweifeltes Gesicht, schlug sich an die Brust und stöhnte, aber es blieb ihm nichts anderes übrig, als sich auf den Weg zu machen.

Nach vier Tagen kam Prinz Kung selbst. Staubig und müde von der Reise erschien er in dem Flügel des Palastes, in dem Tsu Hsi wohnte. Sie hatte ihre Zimmer nicht mehr verlassen, wenig gegessen und noch weniger geschlafen. Ihre ganze Hoffnung richtete sich darauf, ein Wort von Prinz Kung zu erhalten. Wie froh war sie daher, als Li Lien-ying, der, abgezehrt und ungewaschen, inzwischen kaum eine Schüssel Hirse zu sich genommen hatte, ihn ankündigte.

Sie eilte Prinz Kung in den Vorsaal entgegen, hieß ihn herzlich willkommen, dankte den Göttern und weinte.

»Ich hätte zuerst zu meinem Bruder, dem Kaiser, gehen sollen«, begann er, »aber ich hatte schon Nachricht vom Obereunuchen, der mir einen als Bettler verkleideten Kurier schickte, um mir mitzuteilen, daß diese schändlichen drei mich beim Kaiser verleumdet hätten. Sie haben ihm gesagt, ich hätte mich gegen ihn verschworen, stände in geheimer Verbindung mit den Feinden, die mir versprochen hätten, mich an die Stelle des Kaisers zu setzen. Als mich Ihr Brief erreichte, Ehrwürdige, hielt ich es für höchste Zeit, diesem schändlichen Komplott ein Ende zu machen.«

Weiter kam er nicht, denn Tsu Hsis Dienerin stürzte plötzlich herein und rief:

»O Herrin! Ihr Sohn – der Thronfolger –«

»Was ist mit ihm? Ist ihm etwas geschehen?« Sie schüttelte die Frau an der Schulter, um mehr aus ihr herauszubringen.

»Sprich!« forderte auch Prinz Kung sie auf. »Gaff uns nicht mit offenem Mund an!«

»Man hat ihn entführt. Er ist jetzt bei der Frau des Prinzen Yi. Sie und ihre Damen haben sich seiner bemächtigt«, schluchzte die Frau.

Tsu Hsi fiel vor Schrecken in einen Sessel, aber der Prinz rüttelte sie auf.

»Ehrwürdige«, sagte er mit fester Stimme, »Sie können sich jetzt nicht den Luxus der Angst erlauben.«

Er brauchte kein weiteres Wort zu sagen.

»Wir müssen zuerst handeln!« rief sie. »Das Siegel – wir müssen das große kaiserliche Siegel finden – dann haben wir die Macht!«

»Welche Geistesgegenwart!« rief Prinz Kung bewundernd. »Ich neige mich in Ehrfurcht.«

Aber Tsu Hsi hörte ihn nicht. Sie sprang auf und wollte fortstürmen.

Doch Prinz Kung trat ihr in den Weg. »Ehrwürdige, ich bitte Sie, bleiben Sie hier! Diese Verschwörung ist weiter gediehen, als wir ahnen. Ich muß mich zuerst vergewissern, wie groß die Gefahr ist. Warten Sie, Ehrwürdige, bis ich zurückkomme.«

Er verbeugte sich und ging schnell fort.

So schwer es ihr wurde, sie mußte sich gedulden, denn wenn man ihr auflauerte und sie in einem einsamen Korridor umbrachte, was sollte dann aus ihrem Sohne werden?

Die Überlegung dauerte nicht lange. Sie ging zu ihrem Schreibtisch, goß Wasser über den Tintenstein, rieb von einer Stange Tusche einige feine Späne hinein, verrührte sie und feuchtete ihren Kamelhaarpinsel in der schwarzen Masse an, bis er spitz wie eine Nadel wurde. Dann begann sie in kühnen schwarzen Strichen ein kaiserliches Dekret über die Erbfolge zu schreiben.

»Ich, Hsien Feng«, schrieb sie, »Kaiser des Reiches der Mitte und des abhängigen Staates Korea und Tibet, Indochina und der südlichen Inseln, bin heute aufgerufen, zu meinen kaiserlichen Vorfahren zu kommen. Ich, Hsien Feng, im vollen Besitz meiner geistigen Kräfte und meines Willens, erkläre hiermit, daß ich zum Thronfolger das Kind männlichen Geschlechts bestimme, das mir von Tsu Hsi, der Kaiserin des Westlichen Palastes, geboren wurde. Dieser mein Sohn ist aller Welt als der neue Kaiser, der nach mir den Drachenthron besteigen soll, kundzumachen. Als Regentinnen bestimme ich an meinem heutigen Todestage – bis zur Erreichung seines sechzehnten Lebensjahres meine zwei Gemahlinnen, Tsu Hsi, die Kaiserin des Westlichen Palastes, und Tsu An, die Kaiserin des Östlichen Palastes.«

Für den Todestag ließ Tsu Hsi genügend Raum. Dann setzte sie noch die Worte hinzu:

»Damit dieses, mein Testament, volle Gesetzeskraft erlange, versehe ich es mit meinem Namen und dem Kaiserlichen Reichssiegel.«

Auch dafür ließ sie genug Platz frei.

Sie rollte das Schriftstück zusammen und steckte es in den Ärmel. Ja, sie wollte Sakota als Mitregentin haben und sie so zwingen, sich mit ihr zu verbünden, anstatt sie zu befehden. Über diesen ihren schlauen Streich mußte Tsu Hsi unwillkürlich lächeln.

Inzwischen warteten ihre Kammerfrau und Li Lien-ying auf ihre Befehle. Obschon der Eunuch todmüde war, wagte er doch nicht, sich zur Ruhe zu legen. Die alte Kammerfrau neigte den Kopf plötzlich zu der geschlossenen Tür hin. Sie hatte ein scharfes Gehör, diese Frau, denn sie war ihr ganzes Leben daran gewöhnt gewesen, jedes Geräusch zu vernehmen, vor allem die Stimme ihrer Herrin.

»Ich höre Schritte«, flüsterte sie.

»Wessen Schritte mögen das sein?« sagte der Eunuch, raffte sein langes Gewand mit der rechten Hand, öffnete die Tür ein wenig und schlüpfte durch den Spalt. Die Frau stellte sich mit dem Rücken gegen die wieder geschlossene Tür. Sie hörte, wie jemand mit der flachen Hand leicht dagegenschlug. Vorsichtig sah sie hinaus und sagte dann mit verhaltenem Atem zu ihrer Herrin:

»Ehrwürdige, Ihr Vetter ist da.«

Tsu Hsi, die noch immer am Schreibtisch saß, wandte scharf den Kopf. »Laß ihn eintreten.«

Sie stand bei diesen Worten auf. Die Frau öffnete die Tür weiter, und Jung Lu trat ein.

Er wollte auf sie zugehen und niederknien. Sie begrüßte ihn kurz und sagte dann: »Setz dich nur, und laß uns sein, wie wir immer waren.«

Aber Jung Lu wollte sich nicht setzen, er trat näher zu ihr, heftete die Augen auf den Boden und begann zu sprechen:

»Ehrwürdige, wir haben keine Zeit für den Austausch höflicher Worte. Der Kaiser liegt im Sterben, und der Obereunuch schickt mich zu Ihnen, um Sie zu verständigen. Vor einer knappen Stunde waren Su Schun und die Prinzen Yi und Tscheng bei ihm. Sie hatten ein Dekret bei sich, das der Kaiser unterzeichnen sollte. Sie wurden darin als Regenten bestimmt. Der Kaiser zögerte jedoch, und als sie ihn zwingen wollten, wurde er bewußtlos. Aber sie werden wiederkommen.«

Sie zögerte keinen Augenblick. Sie stürmte an Jung Lu vorbei. Er und der Eunuch folgten ihr schnell. Über die Schulter rief sie dem Eunuchen zu: »Melde mich beim Kaiser – sage ihm, daß ich den Thronfolger mitbringe.«

Sie lief zum Palast des Prinzen Yi und stürmte in die Tür. Niemand wagte, sie aufzuhalten. Sie hörte ein Kind schreien, blieb einen Augenblick stehen und erkannte die Stimme ihres Sohnes. Welch ein Glück, daß er weinte! Dadurch fand sie den Weg zu ihm. Sie eilte durch mehrere Gänge und riß die Tür zu dem Zimmer auf, aus dem das Weinen klang. Sie sah, wie eine Frau ihn zu beruhigen suchte, aber er wollte sich nicht trösten lassen. Sie riß ihn in ihre Arme und trug ihn fort. Er umklammerte, vor Erstaunen, aber nicht vor Furcht plötzlich still geworden, ihren Hals. Mit ihrem Sohn auf den Armen lief sie durch Korridore und Säle, bis sie das Innere des kaiserlichen Palastes erreichte, und ohne Aufenthalt trat sie durch die Tür, die der Obereunuch schon für sie offenhielt, in das Gemach, in dem der Kaiser sterbend lag.

»Lebt der Sohn des Himmels noch?« rief sie.

»Er atmet noch«, sagte der Obereunuch mit heiserer Stimme, denn er hatte einen Weinkrampf. Das große Bett wirkte wie eine Bahre. Rund herum knieten weinende Eunuchen. Sie ging durch sie hindurch wie durch einen Wald, dessen Bäume vom Sturm gebeugt sind. Sie trat an die Seite des Kaisers, ihr Kind auf den Armen.

»Mein Gebieter!« Mit klarer, lauter Stimme sagte sie diese zwei Worte. Sie wartete. Der Kaiser antwortete nicht.

»Mein Gebieter!« wiederholte sie. Würde der alte Zauber wohl noch wirken?

Der Kaiser hob die schweren Lider, drehte den Kopf etwas, richtete die verlöschenden Augen empor und sah ihr Gesicht.

»Mein Gebieter!« sagte sie. »Hier ist der Thronerbe.«

Das Kind blickte mit großen dunklen Augen auf das Bett.

»Mein Gebieter«, sagte sie sie wieder, »du mußt ihn zum Thronfolger erklären. Wenn du mich hörst, hebe deine rechte Hand.«

Alle sahen gespannt hin, ob die Hand sich hob. Sie lag bewegungslos auf der Bettdecke, nichts als gelbe Haut und Knochen. Dann hob sie sich mit solcher Mühe, daß alle anwesenden Eunuchen aufstöhnten.

»Mein Gebieter«, sagte sie nun drängender, »ich muß dem Kinde als Regentin zur Seite stehen. Nur ich kann ihn vor den Nachstellungen seiner Feinde schützen. Hebe noch einmal deine rechte Hand, zum Zeichen, daß du zustimmst.«

Wieder zuckte die Hand hoch.

Jetzt trat sie etwas näher und hob die gelbe Hand selbst auf.

»Mein Gebieter«, rief sie, »komm noch einmal kurz zum Bewußtsein.«

Auf den Klang ihrer Stimme hin kehrte seine Seele noch einmal mit großer Anstrengung zurück. Die trüben Augen ruhten auf ihrem Gesicht. Sie nahm das Schriftstück aus ihrem Busen, und so schnell, wie sie nur wünschen konnte, holte Jung Lu den Pinsel vom Schreibtisch des Kaisers und gab ihn ihr in die Hand. Dann nahm er ihr das Kind ab.

»Du mußt noch dein Testament unterzeichnen«, sagte sie langsam und deutlich zu dem sterbenden Kaiser. »Ich nehme deine Hand – so. Die Finger um den Pinsel – so –«

Seine Finger bewegten sich oder schienen sich zu bewegen, um seinen Namen zu schreiben.

»Danke, mein Gebieter«, sagte sie und steckte das Schriftstück in ihren Busen. »Jetzt darfst du ruhen.«

Sie gab allen ein Zeichen mit der Hand, sich zurückzuziehen. Jung Lu trug das Kind aus dem Zimmer. Die Eunuchen wichen an die Wand zurück und warteten dort weinend auf das Ende. Sie setzte sich aufs Bett und schmiegte den Kopf des Kaisers in ihren Arm. Lebte er noch? Sie lauschte und hörte ein leises Röcheln in seiner Brust. Da öffnete er weit die Augen und tat einen letzten Atemzug.

Sie legte seinen Kopf sanft auf das Kissen, beugte sich über ihn und ächzte zweimal auf. Sie weinte einige Tränen rein aus Mitleid mit dem Mann, der so jung sterben mußte und nie geliebt worden war. Ach, daß sie ihn doch hätte lieben können! Einen Augenblick tat es ihr leid, daß ihr das nicht möglich gewesen war.

Dann stand sie auf und verließ das Sterbezimmer, dieses Mal langsam und würdevoll, wie eine verwitwete Kaiserin geht.

Mit Windeseile verbreitete sich die Nachricht vom Tode des Kaisers im Palast. Der Kaiser lag im Audienzsaal aufgebahrt, dessen Pforten gegen alle Lebenden verschlossen und verriegelt waren. An jeder Tür des großen Gebäudes standen hundert Mann der von Jung Lu kommandierten Leibwache. Still war es im ganzen Palast, aber dieses Schweigen war kein Zeichen des Friedens. Innerhalb der Mauern begann der Kampf um die Macht, und noch niemand wußte, wie und wann er ausgehen würde.

Tsu Hsi war nun die Kaiserinmutter, die Mutter des Thronfolgers. Sie war immer noch jung. Kaiserliche Prinzen und die Oberhäupter starker und eifersüchtiger Mandschu-Sippen umgaben sie. Würde sie sich, selbst als Kaiserinmutter, durchsetzen können? Jeder wußte, daß Su Schun und zwei Prinzen, die Brüder des verstorbenen Kaisers, ihre Feinde waren. War Prinz Kung noch ihr Verbündeter? Unentschlossen wartete der Hof, man wußte nicht recht, auf wessen Seite man sich stellen sollte, jeder Höfling hielt sich abseits und hütete sich wohl, nach der einen oder der anderen Seite Freundschaft oder Feindseligkeit zu zeigen.

Gleich nach dem Tode des Kaisers, von dem er durch seine Spione sofort erfahren hatte, schickte Su Schun den Obereunuchen mit einer Botschaft an Tsu Hsi. »Berichte ihr«, sagte Su Schun voll Anmaßung, »daß ich und Prinz Yi von dem Sohn des Himmels, bevor sein Geist uns verließ, zu Regenten ernannt worden sind. Sag ihr, daß wir bald selbst vor ihr erscheinen werden.«

Ohne eine Bemerkung zu machen, ging der Eunuch fort, um den Auftrag auszuführen, aber vorher verständigte er Jung Lu, der gerade auf Wache war.

Jung Lu wußte sofort, was er zu tun hatte. »Hole die drei so schnell wie möglich zu der Kaiserinmutter«, sagte er zu dem Obereunuchen. »Ich werde in der Nähe sein und eintreten, sobald sie fort sind.«

Tsu Hsi hatte sich mittlerweile zum Zeichen der Trauer ganz in Weiß kleiden lassen, selbst ihre Schuhe waren in dieser Farbe gehalten. Sie hatte seit dem Tode des Kaisers weder etwas gegessen noch Tee getrunken. Die Hände im Schoß gefaltet, den Blick in die Ferne gerichtet, saß sie da wie eine Statue. Ihre Damen standen in der Nähe und betupften sich mit ihren seidenen Taschentüchern die Augen, aber Tsu Hsi weinte nicht.

Sie hörte den Obereunuchen an, blickte aber noch immer wie abwesend in die Ferne und sagte mit müder Stimme, als gälte es, eine lästige Pflicht zu erfüllen:

»Bring den Großkanzler Su Schun und mit ihm die Prinzen Tscheng und Yi zu mir. Sage diesen drei großen Männern, daß sicher alles, was mein Gebieter, der bei den Gelben Quellen weilt, angeordnet hat, streng befolgt werden muß.«

Es dauerte nur kurze Zeit, bis die drei erschienen. Tsu Hsi wandte sich an Fräulein Mei, die Tochter Su Schuns, und sagte liebenswürdig:

»Geh hinaus, Kind, es paßt sich nicht, daß du in Gegenwart deines Vaters hier bei mir stehst.«

Sie wartete, bis das zierliche Persönchen verschwunden war. Dann nahm sie die Höflichkeitsbezeigungen der Prinzen entgegen, und um ihnen zu zeigen, daß sie jetzt, da sie Kaiserinmutter war, nicht hochmütig war, stand sie auf und verbeugte sich ebenfalls vor ihnen. Dann setzte sie sich wieder.

Aber Su Schun war hochmütig für zwei. Er strich seinen kurzen Bart, hob den Kopf und sah sie unverschämt an. Sie bemerkte diese Verletzung der Etikette sehr wohl, rügte sie aber mit keinem Wort.

»Ich bin gekommen«, sagte er, »um Ihnen das Dekret über die Regentschaft mitzuteilen. In seiner letzten Stunde hat der Sohn des Himmels –«

Hier unterbrach sie ihn. »Einen Augenblick, Herr Großkanzler. Wenn Sie ein Dokument mit der Unterschrift des Kaisers haben, werde ich mich pflichtgemäß dem Willen meines verstorbenen Gebieters unterwerfen.«

»Ich habe kein Dokument«, sagte Su Schun, »aber ich habe Zeugen. Prinz Yi –«

Wieder unterbrach sie ihn. »Aber ich habe ein solches Dokument, das der Kaiser in meiner und in Gegenwart vieler Eunuchen eigenhändig unterzeichnet hat.«

Sie hielt vergeblich nach dem Obereunuchen Ausschau, aber dieser schlaue Bursche war draußen geblieben, da er es für besser hielt, nicht in zu großer Nähe zu sein, wenn die Tiger unter sich einen Streit auszumachen hatten. Sie zog aus ihrem Kleid das vom Kaiser unterzeichnete Testament hervor. Mit gleichmäßiger ruhiger Stimme, so daß jedes Wort klar wie der Anschlag einer Silberglocke klang, las sie das Dokument von Anfang bis zu Ende vor.

Su Schun zupfte sich den Bart. »Darf ich die Unterschrift sehen?«

Sie hielt ihm das Schriftstück so hin, daß er den Namen sehen konnte. »Das Siegel fehlt!« rief er. »Ein Dekret ohne das kaiserliche Siegel ist wertlos!«

Er wartete gar nicht auf ihre Antwort, so daß er auch den Ausdruck der Bestürzung auf ihrem Gesicht nicht sah. Er wandte sich um und eilte hinaus, die Prinzen folgten ihm wie Schatten nach. Sie wußte sofort, warum sie es so eilig hatten. Das kaiserliche Siegel befand sich in der verschlossenen Truhe in dem Totenzimmer. Wer es zuerst in seinen Besitz brachte, war Sieger. Sie hätte sich zerfleischen können, weil sie das Siegel nicht sofort mitgenommen hatte. Sie riß sich den Kopfputz ab und warf ihn auf den Boden, sie riß sich mit beiden Fäusten an den Ohren und war außer sich vor Wut.

»Dummkopf!« schrie sie sich selbst an. »Du dummes, blödes Weib und du dummer, blöder Prinz, der mich nicht rechtzeitig gewarnt hat, und dazu dieser dumme Vetter und dieses ganze verräterische Eunuchengesindel! Niemand hat mich gewarnt, niemand hat mir geholfen! Wo ist das Siegel?«

Sie riß die Tür auf, aber niemand stand draußen, weder der Obereunuch noch Li Lien-ying. Sie warf sich auf den Boden und weinte. Alles war umsonst gewesen, sie war verraten.

Fräulein Mei, von Neugier getrieben, sah in diesem Augenblick durch einen Vorhang, und sah ihre Herrin wie tot daliegen, lief zu ihr und kniete neben ihr nieder. Sie versuchte die Weinende aufzuheben, aber es gelang ihr nicht. Plötzlich sah sie Jung Lu und hinter ihm Li Lien-ying.

»Oh!« rief sie und wich zurück, das Blut schoß ihr in die Wangen. Aber Jung Lu sah sie gar nicht. Er trug etwas in den Händen, einen Gegenstand, der in gelbe Seide eingewickelt war.

Er stellte ihn auf den Boden, als er Tsu Hsi auf den Fliesen liegen sah. Er hob sie auf, blickte ihr ins Gesicht und sagte:

»Ich habe das Siegel gebracht.«

Da sprang sie auf. Hochaufgerichtet stand sie neben ihm. Er vermied es jetzt, sie anzuschauen, und nahm das Siegel wieder mit beiden Händen auf, einen Block Jade, in den tief das kaiserliche Siegel eingegraben war. Es war auf Befehl des Kaisers Tschin Schih-huang vor mehr als achtzehnhundert Jahren angefertigt worden und hatte seit dieser Zeit immer als Reichssiegel gedient.

»Als ich vor der Tür stand, um nötigenfalls eingreifen zu können«, sagte Jung Lu, »hörte ich Su Schun sagen, das Testament sei ohne Siegel wertlos. Es fand ein Wettrennen zwischen uns statt. Ich lief auf einem Wege zum Totenzimmer, der Eunuch auf einem anderen, um Su Schun zuvorzukommen.«

Hier erzählte Li Lien-ying, der immer gern seinen Anteil an einem Unternehmen hervorhob, weiter.

»Ich nahm einen kleinen Eunuchen mit mir, Ehrwürdige, und kroch durch ein Luftloch am Boden in das Totenzimmer, das ja, wie Sie wissen, abgeschlossen und versiegelt ist. Ich kroch also mit dem Kopf zuerst hinein, während der kleine Eunuch Wache stand, zerschmetterte die hölzerne Truhe mit einer Jadevase und nahm das Siegel an mich. Der kleine Eunuch zog mich wieder heraus, gerade als die Prinzen das Zimmer aufschlossen. Ich wollte nur, ich hätte drinbleiben können, um ihre Gesichter zu beobachten, als sie die leere Truhe sahen.«

»Jetzt ist keine Zeit für witzige Bemerkungen«, rügte ihn Jung Lu. »Ehrwürdige, jetzt, da man weiß, daß Sie die Macht in Händen haben, wird man versuchen, Sie zu ermorden.«

»Verlaß mich nicht!« flehte sie ihn an.

Jetzt kam auch mit bleichem, verstörtem Gesicht und wehenden Gewändern Prinz Kung hereingeeilt. »Ehrwürdige«, rief er, »das Siegel ist verschwunden. Ich wollte mir von den Wachen das Totenzimmer öffnen lassen, aber Su Schun war mir schon zuvorgekommen, und als ich hineinging, sah ich, daß die Truhe leer und das Siegel entwendet war.«

Da fiel sein Blick auf das in gelbe Seide eingeschlagene Bündel. Er machte zuerst ein törichtes Gesicht, dann huschte ein Lächeln darüber, was bei ihm sehr selten war.

»Jetzt weiß ich, warum Su Schun sagte, solch eine Frau müsse man töten oder sie werde die Welt regieren.«

Sie sahen einander an, Kaiserin, Prinz und Eunuch, und auf ihren Gesichtern lag Triumph.

Das kaiserliche Siegel wurde unter Tsu Hsis Bett versteckt. Die bis auf den Boden reichenden rosaseidenen Vorhänge verdeckten es, so daß in dem ganzen Palast nur ihre Dienerin und ihr Eunuch das Versteck kannten.

»Ich will gar nicht wissen, wo es ist«, sagte Prinz Kung, »denn wenn ich gefragt werde, muß ich beteuern können, daß ich keine Ahnung habe, wo es sich befindet.«

Die dauernde Unruhe, in der Tsu Hsi in der letzten Zeit gelebt hatte, endete endlich. Jeder vermutete natürlich, daß sie das Siegel an sich genommen hatte, und alle, die es vorher an Achtung gegen sie hatten fehlen lassen, konnten sich jetzt nicht genug tun, ihre Ergebenheit zu bezeigen. Nur ihre drei Feinde hielten sich von ihr fern. Tsu Hsi machte sich ein Vergnügen daraus, ihren Eunuchen zur Prinzessin Yi zu schicken und ihr den Dank dafür zu übermitteln, daß sie sich ihres Sohnes angenommen hätte. Das wäre nun nicht mehr nötig, da sie sich jetzt zu ihrem Leidwesen nicht mehr um den Kaiser zu bekümmern brauche.

Dann stattete sie ihrer Kusine Sakota einen Besuch ab und berichtete ihr mit Tränen in den Augen, daß der Kaiser sie beide während der Minderjährigkeit ihres Sohnes zu Regentinnen ernannt habe. »Wir beide, liebe Kusine, werden von nun an in schwesterlicher Eintracht zusammenleben. Das war der letzte Wunsch unseres Gebieters, und er soll uns unser ganzes Leben hindurch heilig sein.«

Sie nahm Sakotas Hand und drückte sie mit liebenswürdigem Lächeln. Sakota blieb nichts anderes übrig, als diese Freundlichkeit zu erwidern, und mit einem Rückfall in ihre alte kindliche Aufrichtigkeit sagte sie:

»Ich bin wirklich froh, liebe Kusine, daß wir wieder Freundinnen werden können.«

»Schwestern«, sagte Tsu Hsi.

»Ja, Schwestern«, verbesserte sich Sakota, »denn, offen gestanden, dieser Su Schun war mir immer unheimlich. Er hat so wilde und unruhige Augen, und wenn er mir auch große Versprechungen machte, wußte ich doch nie –«

»Hat er dir Versprechungen gemacht?«

Sakota wurde rot. »Ich sollte Regentin werden und als solche den Titel Kaiserinwitwe führen.«

»Und ich sollte hingerichtet werden, nicht wahr?« fragte Tsu Hsi ganz ruhig.

»Darin habe ich nie eingewilligt«, antwortete Sakota zu schnell.

Tsu Hsi blieb höflich wie immer. »Davon bin ich überzeugt, aber jetzt können wir das alles vergessen.«

»Ja, aber –«

»Aber?« fragte Tsu Hsi.

»Da du alles weißt, bist du auch sicher darüber unterrichtet, daß eine Vereinbarung bestanden hat, alle Ausländer im ganzen Reich zu töten und die Brüder des Kaisers, die sich nicht an der Verschwörung hatten beteiligen wollen, zu beseitigen. Die Edikte dazu sind schon geschrieben und müssen nur noch mit dem Siegel versehen werden.«

»So ist das also?« fragte Tsu Hsi lächelnd, aber innerlich war sie entsetzt. Sie hatte nicht nur sich selbst, sondern vielen anderen das Leben gerettet!

Wieder drückte sie Sakotas Hände. »Laß uns keine Geheimnisse voreinander haben, Schwester. Für dich brauchst du nichts zu befürchten, denn die Verschwörer haben das kaiserliche Siegel nicht, ohne das diese Edikte keine Gültigkeit haben. Nur wer das alte Siegel hat, das vom Kaiser Tschin Schih-huang stammt, kann auf den Drachenthron Anspruch erheben, denn es trägt die eingeritzten Worte: Gesetzlich und rechtmäßig überlieferte Autorität.«

Bis zu ihrer Rückkehr in die Stadt mußte sie auf die weiteren Schritte ihrer Feinde achtgeben, aber sie hatte jetzt ihre Ruhe und Überlegenheit zurückgewonnen und sah ihnen daher sogar mit einer Art heimlicher Freude entgegen, die sie natürlich nach außen hin nicht zeigte. Äußerlich spielte sie mit Erfolg die Rolle der trauernden Witwe, trug nur weiße Kleider und legte nie Schmuck an.

Prinz Kung war mittlerweile nach Peking zurückgekehrt, um dort mit den Feinden Vereinbarungen zu treffen, damit das Leichenbegängnis in aller Form abgehalten werden konnte.

»Ich habe nur eine Befürchtung«, hatte Prinz Kung beim Abschied gesagt. »Vermeiden Sie es ja, Majestät, mit Ihrem Verwandten Jung Lu zusammenzukommen. Wer kann seine Treue und seinen Mut mehr schätzen als ich? Aber Ihre Feinde werden jetzt alte Gerüchte neu aufwärmen und Sie genau beobachten. Dem Obereunuchen An Teh-hai können Sie jedoch volles Vertrauen schenken. Er ist Ihnen und dem Thronfolger treu ergeben.«

Tsu Hsi sah den Prinzen vorwurfsvoll an. »Halten Sie mich für dumm?« – »Verzeihen Sie«, sagte er, und damit ging er.

Obschon sie diesen Rat nicht gebraucht hätte, verstärkte er doch ihre Absicht, sich nicht in Versuchung führen zu lassen. Sie war eine Frau und hatte ein glutvolles Herz. Jetzt, da der Kaiser tot war, schweiften ihre Gedanken oft durch leere Korridore und stille Säle zu dem Wachthaus am Tor, in dem die kaiserliche Leibwache untergebracht war. Es war daher gut, daß Prinz Kung sie gewarnt hatte, denn ihre Aufgabe war ja noch lange nicht beendet. Je mehr ihr Herz in Sehnsucht Jung Lu entgegenschlug, desto ruhiger mußte sie sich nach außen zeigen. Sie mußte alle durch Liebenswürdigkeit und Höflichkeit auf ihre Seite bringen, vor allem die Soldaten der Leibwache. Sie ließ ihnen häufig Geschenke überbringen und vergaß auch nicht, jeden Tag den Soldaten, die vor dem Totenzimmer Wache hielten, besonders zu danken.

An Teh-hai war jetzt oft bei ihr und übertrug auf sie dieselbe Anhänglichkeit, die er so lange dem Kaiser bewahrt hatte. Von ihm wurde sie über alle Schliche ihrer Feinde unterrichtet. Gern hörte sie, in welcher Verlegenheit die drei waren, denn gleich nach dem Tode des Kaisers hatten sie sich in einem Edikt als Regenten bezeichnet, am nächsten Tage jedoch, als sie das Siegel nicht finden konnten, hatten sie ein neues Edikt herausgegeben, in dem die zwei Gemahlinnen des Kaisers als Regentinnen angegeben waren.

»Jetzt schleichen sie sehr still und betroffen einher«, sagte der Obereunuch mit schadenfrohem Lachen, »besonders deshalb, weil Sie, Ehrwürdige, die Mandschu-Soldaten für sich gewonnen haben.«

Tsu Hsi lächelte so befriedigt, daß sich in ihren glatten Wangen Grübchen bildeten. »Wollen sie mich immer noch umbringen?«

»Vorläufig nicht, denn sie müssen sich in Peking erst wieder eine neue Machtposition schaffen.«

Tsu Hsi trieb ihre Liebenswürdigkeit so weit, daß sie gerade dann, wenn sie einem von den drei Verschwörern begegnete, besonders höflich und entgegenkommend war und sich so gänzlich frei von Furcht zeigte, daß wenigstens Prinz Yi glaubte, sie hätte ihnen alles verziehen, wenn sie überhaupt etwas von ihren Plänen gewußt hatte. Am zweiten Tage des neunten Mondmonats wurde mit den Feinden ein vorläufiger Friede geschlossen, und der Regentschaftsrat erklärte, daß die feierliche Überführung des toten Kaisers nach Peking jetzt stattfinden könne. Nun war es seit Jahrhunderten Sitte gewesen, daß bei einer solchen Überführung die Gemahlinnen des Toten vorausreisen mußten, damit sie den endgültig Heimgekehrten an seiner letzten Wohnstätte empfangen könnten. Diese alte Sitte gab Tsu Hsi einen willkommenen Vorsprung, denn ihre drei Feinde mußten wohl oder übel dem von hundertundzwanzig Mann getragenen Katafalk folgen, so daß die Überführung, wenn man auf fünfzehn Meilen einen Rastplatz rechnete, zehn Tage in Anspruch nahm. In ihrem einfachen Mauleselwagen konnte Tsu Hsi die Stadt in der Hälfte dieser Zeit erreichen und dort inzwischen ihre Macht befestigen.

»Ehrwürdige«, sagte der Obereunuch am Abend vor ihrer Abreise, »Ihre Feinde verzweifeln. Deshalb müssen Sie auf jeden Schritt achtgeben.«

»Ich verlasse mich auf deine Ohren«, sagte sie.

»Ihr Plan ist folgender«, fuhr der Obereunuch fort. »Unter dem Vorwand, daß die Leibgarde dem toten Kaiser als Eskorte dienen muß, hat Su Schun eine Abteilung seiner eigenen Soldaten zu Ihrer Begleitung abkommandiert. Und selbst ich und Ihr eigener Eunuch müssen hierbleiben.«

»O weh!« rief sie aus.

»Aber damit noch nicht genug. Jung Lu soll auch später zur Bewachung Jehols hierbleiben.«

»Für immer?«

»Das hat er mir wenigstens gesagt.«

»Was soll ich tun?« rief sie, nun wirklich besorgt. »Das bedeutet doch nichts anderes, als daß man mich in irgendeinem einsamen Bergpaß, wo niemand meine Hilferufe hört, umbringen will.«

»Ihr Vetter hat sicher seinen eigenen Plan, Ehrwürdige, davon seien Sie überzeugt. Er gab mir den Auftrag, Ihnen zu sagen, Sie könnten sich auf ihn verlassen, er werde in Ihrer Nähe sein.«

Wie oft hatte sie sich danach gesehnt, die düsteren Mauern Jehols zu verlassen, aber jetzt, da sie nicht wußte, was vor ihr lag, ja, nicht einmal, wo sie an diesem Abend schlafen würde, erschienen sie ihr als ein sicherer Zufluchtsort. Ein Landregen hatte der Dürre ein Ende gemacht, er fiel gleichmäßig und reichlich den ganzen Tag, so daß die Bergbäche bereits anschwollen und die engen Wege zwischen den Bergen schlammig wurden. So kam es, daß die Reise nicht so schnell weiterging, wie man angenommen hatte, und als es dämmerte, befand man sich in einem Paß des sogenannten Langen Berges, wo man ein Zeltlager aufschlug.

Es erschien Tsu Hsi verdächtig, daß der Führer der Begleitmannschaft anordnete, daß das Zelt der Kaiserinwitwe und ihres Sohnes wegen ihres hohen Ranges getrennt von den übrigen aufzuschlagen sei.

»Ich werde selbst die Wache bei Ihnen übernehmen, Ehrwürdige«, sagte er. Die rechte Hand an seinem Schwert, das ihm bis auf die Füße hing, konnte dieser grobschlächtige Soldat auch durch seine höflich gedrechselten Worte nur schlecht sein rüpelhaftes Benehmen verbergen.

Sie sah ihn nicht direkt an, und so fielen ihre Blicke zufällig auf seine rechte Hand. Im Licht der Laterne bemerkte sie, daß er am Daumen einen Ring von weinrotem Jade trug. Solche Jade war nicht häufig, und daher fiel ihr die Farbe auf.

»Ich danke Ihnen«, sagte sie ruhig. »Wenn unsere Reise zu Ende ist, werde ich Sie gut belohnen.«

»Ich tue meine Pflicht, Ehrwürdige – nur meine Pflicht«, erwiderte er prahlerisch und stelzte davon.

Es wurde immer dunkler. Durch die enge Schlucht toste der vom Regen geschwollene Bergbach. Felsstücke lösten sich von den Hängen und polterten an Tsu Hsis Zelt vorbei in die Schlucht. Tsu Hsi saß neben ihrem Kind. Die Amme und auch ihre Dienerin schliefen schon, und schließlich nickte auch ihr Sohn ein, ließ aber die Hand seiner Mutter nicht los. Tsu Hsi sah die Kerze in der Hornlaterne immer tiefer herabbrennen. Sie ließ ihren Toilettenkasten, in dem das kaiserliche Siegel verborgen war, nicht aus den Augen. Dieses

Siegel war der große Schatz, den sie mit sich führte, und seinetwegen konnte sie vielleicht ihr Leben verlieren. Sie wußte genau, in welcher Gefahr sie schwebte. Eine so günstige Stunde würde für ihre Feinde kaum wiederkommen. Allein mit dem Kind und den hilflosen Frauen, war sie von den anderen so weit entfernt, daß niemand ihr sofort Hilfe bringen konnte, ja, es war zweifelhaft, ob diese ihre Rufe wegen des tosenden Baches überhaupt hören konnten. Den ganzen Tag hatte sie vergeblich auf ein Zeichen ihres Vetters gewartet. Sie hatte sich die Augen ausgeschaut, ob sie ihn nicht irgendwo an den Hängen der Berge entdeckte. Auch befand er sich nicht etwa als gewöhnlicher Soldat verkleidet unter den Wachmannschaften. Würde er in der Nähe sein, wenn sie ihn brauchte?

Um Mitternacht verkündete die Wache durch einen Trommelwirbel, daß alles in Ordnung war. Tsu Hsi versuchte, sich wegen ihrer Ängstlichkeit Vorwürfe zu machen. Warum sollten ihre Feinde gerade diesen Ort, gerade diese Nacht zu einem Attentat ausgewählt haben? Es wäre sicher ebenso leicht, einen Koch zu bestechen, ihr Gift ins Essen zu mischen, oder einen Eunuchen als Mörder zu dingen, der sich hinter einer Türe verbergen konnte. Sie hieß jeden Gedanken willkommen, der sie von Furcht befreien konnte, stellte sich sogar mit einiger Ironie vor, daß es gar nicht so einfach sein müßte, die Leiche einer toten Kaiserin zu verbergen. Würde nicht das Volk fragen, was aus ihr geworden wäre? Konnten ihre Feinde es gerade jetzt wagen, eine Neugier zu erregen, die so leicht in Wut umschlagen konnte?

Die nächste Stunde verging schneller. Jetzt fürchtete sie nur noch das Erlöschen der Kerze. Wenn sie sich bewegte, würde das Kind erwachen. Sie mußte also ihre Dienerin anrufen, damit diese eine neue Kerze in die Laterne steckte. Als sie den Kopf nach ihr hindrehte, fielen ihre Blicke, die bis jetzt immer auf dem Gesicht des Kindes geruht hatten, auf den Ledervorhang des Zeltes. Bewegte sich der Vorhang nicht? Es war offenbar der Wind oder der Regen, die ihn so nach innen bauschten. Aber sie konnte jetzt die Augen nicht mehr wegwenden und unterließ es auch, ihre Dienerin anzurufen. Da sah sie, wie ein kurzer, scharfer Dolch das Leder geräuschlos durchschnitt, dann erschien eine Hand, die Hand eines Mannes, und am Daumen dieser Hand steckte ein roter Jadering.

Ohne Lärm zu schlagen, faßte sie das Kind und wich an das andere Zeltende zurück. In diesem Augenblick erfaßte jemand die Hand, die den Dolch hielt, und zog sie aus dem Lederschlitz zurück. Tsu Hsi wußte sofort, wem diese Hand gehörte. Sie hörte einen kurzen, heftigen Kampf. Dann fiel jemand gegen das Zelt, daß es zitterte. Ein Ächzen, dann wieder Stille.

»So, das dürfte dir genügen.« Es war Jung Lu, der diese Worte sprach.

Sie war bis ins tiefste erschüttert, so groß war die Erleichterung. Sie legte das schlafende Kind in ihr Bett, schlug den Zeltvorhang beiseite und sah in die stürmische Nacht hinaus. Jung Lu ging in der Dunkelheit einige Schritte auf sie zu und blieb dann stehen.

»Ich wußte, daß du zur rechten Zeit da sein würdest«, sagte sie.

»Ich bleibe jetzt hier«, antwortete er.

»Ist der Kerl tot?«

»Mausetot. Ich habe ihn in die Schlucht geworfen.«

»Wird man es nicht erfahren?«

»Wer wird noch seinen Namen aussprechen, wenn man mich an seiner Stelle sieht?«

Aug in Aug standen sie sich gegenüber, aber keiner von beiden wagte, den nächsten Schritt zum anderen hin zu tun.

»Wenn ich weiß, welche Belohnung groß genug ist, will ich sie dir geben«, sagte sie.

»Daß du lebst, ist für mich Belohnung genug.« Nach einer Weile der Unschlüssigkeit setzte er dann hinzu: »Ehrwürdige, die Augen unserer Feinde sind überall. Sie müssen sich jetzt zurückziehen.«

»Bist du allein?« fragte sie.

»Nein, ich habe zwanzig von meinen Leuten bei mir. Ich bin nur eher gekommen als sie, weil man Pferd das schnellste war. Ist das Siegel in Sicherheit?«

»Hier –«

Er drehte sich um und verschwand in der Dunkelheit. Sie ließ den Vorhang fallen und schlich sich zu ihrem Bett zurück. Jetzt konnte sie schlafen, jetzt brauchte sie sich nicht mehr zu fürchten. Er hielt vor ihrem Zelt Wache, wenn sie ihn auch in der Dunkelheit nicht sehen konnte. Und zum erstenmal seit vielen Wochen schlief sie tief und friedvoll.

*

Gegen Morgen hörte der Regen auf, die Wolken verzogen sich. Als Tsu Hsi aus dem Zelt sah, wölbte sich über den grünen Tälern und den kahlen Bergen ein blauer Himmel. Sie sprach mit der Amme und ihrer Dienerin so freundlich und ungezwungen, als wäre die Nacht gar nichts gewesen. Sie führte ihren Sohn an der Hand aus dem Zelt und suchte mit ihm im Sande nach glänzenden Steinen.

»Ich will sie in mein Taschentuch binden«, sagte sie zu ihm, »dann kannst du unterwegs mit ihnen spielen.«

Nie war sie ruhiger gewesen. Ihre stille Ausgeglichenheit fiel allen auf. Wenn die Umstände nicht so ernst gewesen wären, hätte sie sicher gelacht. Man erstaunte nicht allzusehr, als man sah, daß jetzt Jung Lu den Platz des Führers einnahm und daß er von zwanzig seiner eigenen Leute begleitet war. In solch unsicheren Zeiten stellte man besser keine Fragen, aber jeder wußte, daß Tsu Hsi einen Sieg errungen hatte, und tat daher um so eifriger seine Pflicht.

Nach dem Frühstück wurden die Zelte abgebrochen und die Wagen fertiggemacht. Jung Lu ritt neben dem Thronfolger und dessen kaiserlicher Mutter auf einem großen Schimmel, seine zwanzig Soldaten begleiteten ihn, zehn auf jeder Seite. Tsu Hsi schien von dem Wechsel der Begleitmannschaft gar keine Notiz zu nehmen. Sie saß still auf ihren Kissen, die Vorhänge waren nur so weit geöffnet, daß sie die Landschaft sehen konnte, niemand sah auch nur einmal, daß sie den Kopf nach dem Kommandanten drehte. Aber wer konnte wissen, was sie dachte?

Sie dachte fast nichts, denn ihr Geist ruhte endlich einmal aus. Diese paar Reisetage gehörten ihr, denn sie war in Sicherheit. Der Endkampf um den Drachenthron stand ihr noch bevor. Wenn sie mit dieser gleichmäßigen Schnelligkeit weiterreiste, konnte sie fünf Tage vor dem Eintreffen des Leichenzuges in Peking sein. Sobald sie im Palast war, würde sie ihre Sippenverwandten und die ihr ergebenen Brüder des toten Kaisers zusammenrufen lassen. Sie würden gemeinsam einen Plan ausarbeiten, wie man die Verräter am besten fassen könnte. Das durfte nicht mit Gewalt geschehen, damit niemand Protest erheben konnte, sondern mußte in einem ordentlichen Gerichtsverfahren geschehen, damit allen die Bosheit dieser Männer und ihr eigenes Recht auf die Regentschaft offenkundig wurde. Diese Staatsaffären bedrohten von fern ihre Ruhe, aber sie verstand die Kunst, das Unangenehme wegzuschieben, um dann, wenn der unvermeidliche harte Augenblick kam, frisch und stark zu sein.

Es war für sie eine Erholung, durch die Herbstlandschaft zu fahren. Stunde für Stunde wichen die gefährlichen Berge weiter zurück, während Jung Lu, damit sie nicht in Versuchung kämen, miteinander zu sprechen oder sich anzusehen, schweigend und stolz an ihrer Seite ritt. Aber er war da, und sie stand in seiner Hut. So vergingen die Tage. Nachts schlief sie tief, und morgens stand sie hungrig auf, denn die frische nördliche Luft belebte sie.

Am neunundzwanzigsten Tage des neunten Mondmonats sah sie die Mauern der Stadt aus der Ebene steigen. Die Tore standen offen. Die Straßen waren menschenleer, aber trotzdem zog Tsu Hsi die Vorhänge fest zu, damit nicht etwa einer der Feinde sie erblickte. Die Sorge war unnötig, denn es war keiner da. In der Stadt herrschte große Spannung, denn Neuigkeiten reisen schneller als Menschenfüße. Der ärmste Bürger wußte, daß Tiger untereinander kämpften und der Sieg noch nicht klar entschieden war. In solchen Zeiten hielt man sich am besten zurück.

Tsu Hsi war nunmehr auf alles vorbereitet. Sie betrat den Palast in tiefer Trauerkleidung, nämlich in einem weißen Kleide aus grober Leinwand ohne jeden Schmuck. Ohne nach rechts oder links zu blicken, stieg sie aus dem Wagen, an dessen Seiten Eunuchen knieten. Mit vollendeter Höflichkeit ging sie dann zu Sakotas Wagen, half ihr beim Aussteigen und geleitete ihre Mitregentin mit der rechten Hand zu deren östlichen Palast, ehe sie sich in ihren eigenen begab.

Kaum war eine Stunde verflossen, als ein Eunuch ihr eine Mitteilung von Prinz Kung überbrachte.

»Der jüngere Bruder, Prinz Kung, bittet um Verzeihung, denn er weiß, daß die Kaiserinmutter von Kummer bedrückt und von der Anstrengung der Reise erschöpft ist. Doch die Staatsgeschäfte drängen so, daß sie keinen Aufschub gestatten. Er läßt melden, daß er in der kaiserlichen Bibliothek auf eine Audienz wartet, zugleich mit seinen prinzlichen Brüdern und verschiedenen Häuptern adeliger Mandschu-Sippen.«

»Sag dem Prinzen, daß ich ohne Verzögerung erscheinen werde.« Ohne sich umzuziehen oder etwas zu sich zu nehmen, ging sie wieder zu Sakotas Palast und trat dort ohne Zeremonie ein. Ihre Kusine lag auf dem Bett, und mehrere Dienerinnen waren um sie beschäftigt. Die eine bürstete ihr das Haar, eine andere stand mit Tee bereit, eine dritte mit Sakotas Lieblingsparfüm. Tsu Hsi schob sie beiseite. »Schwester«, sagte sie, »steh sofort auf. Wir dürfen uns keine Ruhe gönnen. Wir müssen eine Audienz geben.«

Sakota schmollte zwar ein wenig, aber ein Blick in das entschlossene Gesicht ihrer Kusine genügte, um ihr klarzumachen, daß sie gehorchen mußte. Seufzend erhob sie sich, ihre Frauen zogen ihr rasch ein Oberkleid an, und auf zwei Eunuchen gestützt folgte sie Tsu Hsi zu den Sänften, die bereits auf dem Hof warteten. Schnell wurden die zwei Regentinnen in die Bibliothek getragen, und Hand in Hand traten sie in die große Halle. Alle Anwesenden verneigten sich tief. Dann trat Prinz Kung mit ernstem Gesicht, wie es sich für ein weißes Trauergewand geziemte, vor, führte die Damen zu ihren Thronsitzen und stellte sich dann auf die rechte Seite Tsu Hsis.

Es fand eine lange Geheimkonferenz statt. Die Türen waren bewacht, die Eunuchen standen hinten an den Wänden, damit sie die Beratungen nicht hören konnten.

»Wir haben eine schwere Aufgabe vor uns«, sagte Prinz Kung schließlich zusammenfassend. »Aber wir haben etwas in unserem Besitz, was den anderen fehlt. Die Kaiserinmutter hat das Reichssiegel mitgebracht, das jetzt an sicherer Stelle verwahrt wird. Es ist allein ein großes Heer wert. Sie und die Kaiserinwitwe des Östlichen Palastes führen rechtmäßig die Regentschaft für den Thronfolger. Aber wir müssen sehr sorgfältig vorgehen und die Rechtsformen streng wahren. Denn es wäre unerhört, wenn während der Beisetzung des Kaisers Gewalt angewendet würde. Feinde in der Gegenwart eines zu seinen Ahnen heimgekehrten Herrschers zu bekämpfen, wäre eine Verletzung der Religion. Das Volk würde so etwas nicht verstehen, und die Regierung des Thronfolgers würde unter einem schlimmen Vorzeichen beginnen.«

Alle stimmten mit den Worten Prinz Kungs überein, und nach vielem Überlegen wurde beschlossen, daß jeder Schritt gemäß der Tradition mit Vorsicht und Würde getan werden sollte. Als regierende Kaiserin und Mutter des Thronfolgers gab Tsu Hsi die notwendige Zustimmung zu den Beschlüssen. Sakota saß mit gesenktem Kopf dabei und äußerte sich nicht.

Drei Tage gingen vorüber, dann kam die Stunde, auf die alle

warteten. Tsu Hsi hatte diese Tage mit Nachsinnen verbracht und sich alles zurechtgelegt, wie sie erscheinen und was sie tun wollte, wenn der Trauerzug zu den Toren der Stadt kommen würde. Sie durfte keine Schwäche zeigen und mußte gegen jedermann höflich und freundlich sein. Kühnheit mußte mit Würde und Rücksichtslosigkeit mit Rechtlichkeit verbunden werden.

Stündlich waren während dieser Tage Kuriere eingetroffen, die über die Entfernung des Zuges berichteten, bis am Morgen des zweiten Tages des zwölften Monats des Mondjahres der letzte Kurier erklärte, der Zug würde bald am östlichen Blumentor eintreffen. Tsu Hsi war vorbereitet. Auf ihren Befehl hatte Prinz Kung schon am Tage vorher ein Regiment zuverlässiger Soldaten in die Nähe des Tores beordert, damit die drei Verräter nicht die Ankunft des toten Kaisers dazu benützen könnten, sich als Regenten zu erklären. Als bekannt wurde, daß sich der Zug näherte, machten sich die zwei Witwen auf den Weg, um ihrem toten Herrn entgegenzugehen, und mit sich führten sie den Thronfolger. Ihre mit weißer Sackleinwand bedeckten Sänften wurden unter Begleitung einer Eskorte weißgekleideter Wachsoldaten durch die stillen leeren Straßen getragen. Hinter ihnen ritten, ebenfalls alle in weißer Trauerkleidung, die Prinzen und die Häupter der vornehmen Mandschu-Sippen. Die Stille wurde nur von der monotonen Flötenmusik buddhistischer Priester unterbrochen, die dem Zuge voranschritten.

An dem mächtigen Stadttor stiegen alle aus den Sänften und von den Pferden, um den Sarg kniend zu empfangen.

Die drei Verräter, Prinz Yi, Prinz Tscheng und der Großkanzler Su Schun, mußten ihre Aufgabe der Rückführung des Kaisers mit einem Bericht an den Thron beenden; zu diesem Zweck war innerhalb des Tores ein großer Pavillon erbaut worden. Dorthin begab sich jetzt Tsu Hsi mit ihrem Sohn, Sakota folgte ihnen langsam und verdrossen, aber wie immer gehorsam. Tsu Hsi setzte sich rechts vom Thronfolger, Sakota links. Ohne Zögern, in ihrer ruhigen anmutigen Art, aber so, als ob ihr das Recht allein zustände, hielt Tsu Hsi eine Ansprache an die drei Verräter:

»Wir danken Ihnen, Prinz Yi, Prinz Tscheng und Großkanzler Su Schun, für die treue Obhut, in die Sie den uns so teuren Toten bis hierher genommen haben. Wir, die zwei Gemahlinnen des Toten, die von ihm in einem eigenhändig unterzeichneten Dekret zu Regentinnen ernannt wurden, statten unseren Dank im Namen unseres neuen Kaisers, des nunmehr regierenden Himmelssohnes, ab. Ihre Aufgabe ist nun zu Ende. Es ist unser Wille, Ihnen keine neuen Verpflichtungen zu übertragen.«

Trotz des freundlichen Tones, in dem diese Ansprache gehalten war, verstand jeder ihre tiefere Bedeutung und spürte den unbezwinglichen Willen, der hinter den sanften Worten stand.

Die drei Verschwörer begriffen jedenfalls sofort, was sie zu bedeuten hatten. Vor sich sah Prinz Yi das schöne Kind auf dem Thron, auf der einen Seite die hilflose Kaiserin Tsu An, auf der anderen die schöne furchtlose Frau, deren Anmut und Kraft alle beeindruckten. Hinter ihnen standen die Prinzen und die Häupter der Mandschu-Sippen, und hinter diesen wieder die Soldaten der Leibwache, vor ihnen der hochragende, furchterregende Jung Lu. Prinz Yi erschrak. Wo war seine Hoffnung?

Da beugte sich Su Schun zu ihm und flüsterte ihm ins Ohr: »Hätten wir dieses verdammte Weib rechtzeitig umgebracht, wie ich geraten habe, hätten wir jetzt nichts zu befürchten. Aber Sie in Ihrer Einfalt waren für halbe Maßnahmen, und nun sitzen uns die Köpfe locker auf den Schultern. Sie müssen jetzt für uns sprechen. Wenn wir nicht durchdringen, ist es um uns geschehen.«

Prinz Yi raffte sein bißchen Mut zusammen, trat mit scheinbarer Kühnheit, obschon seine Lippen zitterten, näher zu dem Thron hin und hielt folgende Ansprache:

»Majestät, uns allein, mich, Prinz Tscheng und den Großkanzler Su Schun, hat der teure Verstorbene, Ihr Herr Vater, zu Regenten ernannt, damit wir in Ihrem Namen handeln. Wir sind Ihre treuen Diener, Majestät und versprechen, alle unsere Kräfte für den Thron einzusetzen. Als rechtmäßig eingesetzte Regenten erklären wir hiermit, daß die zwei Gemahlinnen über ihren Rang hinaus keine Autorität haben und nur mit unserer, der regierenden Regenten, Erlaubnis an Audienzen teilnehmen dürfen.«

Als Prinz Yi zurücktrat, zögerte Tsu Hsi keinen Augenblick. Sie hob die rechte Hand, streckte den Daumen nach unten und rief mit ihrer klarsten Stimme: »Verhaftet die drei Verschwörer!«

Sofort trat Jung Lu mit seinen Soldaten vor, und im Nu waren die drei ergriffen und mit Stricken gebunden. Sie wehrten sich nicht. Keiner rührte sich, um ihnen zu helfen. In Würde und Ordnung setzte sich der Leichenzug wieder in Bewegung. Der junge Kaiser folgte als erster dem Sarge, rechts und links flankiert von den zwei Witwen, und hinter ihnen ordneten sich die Prinzen und Adeligen ein. Als letzte kamen die gefesselten Verschwörer, die mit gesenkten Köpfen durch das Spalier der Soldaten schritten.

So kehrte der Kaiser Hsien Feng wieder heim und wurde zu seinen Ahnen versammelt. Sein Sarg blieb bis zur endgültigen Beisetzung im Heiligen Saal, Tag und Nacht von der Leibwache umgeben und von Kerzen umflackert, während buddhistische Priester seine drei Seelen zum Himmel beteten und seine sieben irdischen Geister durch Abbrennen von Räucherwerk und Absingen vieler Psalmen versöhnten.

Tsu Hsi war darauf bedacht, daß alles in geziemender Ordnung und nach den alten Bräuchen vor sich ging. Sie erließ ein Edikt folgenden Inhalts: Die im Reich entstandenen Unruhen seien durch Prinz Yi und seine Mitverschworenen hervorgerufen worden. Besonders durch ihre falsche Behandlung der Weißen hätten sie Schande über das Reich gebracht. Diese hätten dann in ihrer Entrüstung und aus Rache den Sommerpalast in Brand gesteckt. Damit noch nicht genug, behaupteten diese Verräter jetzt, der verstorbene Kaiser habe sie zu Regenten bestimmt. So hätten sie versucht, die Jugend des jetzigen Kaisers zu benützen, um sich an die Macht zu bringen, und damit den ausdrücklichen Wunsch des Kaisers, daß seine zwei Gemahlinnen die Regentschaft führen sollten, mißachtet.

»Prinz Kung«, so endete das Edikt, »möge in Beratung mit den Großsekretären, den sechs obersten Verwaltungsbehörden und den neun Ministerien dem Thron berichten, welche Strafe diese Verbrecher verdient haben. Sie mögen auch darüber beraten, welche Vollmachten die Kaiserinnenwitwen erhalten sollen und welches Verfahren bei der Erledigung der Staatsgeschäfte eingeschlagen werden soll.«

Unter dieses Edikt setzte Tsu Hsi das kaiserliche Siegel. Diesem Edikt folgte bald ein zweites nach, das nur mit ihrem Namen und dem ihrer Mitregentin unterzeichnet war. In diesem wurde bestimmt, daß die Verräter ihres Ranges und all ihrer Ehren verlustig gehen sollten. Ein drittes Edikt war nur mit ihrem Namen gezeichnet, und in diesem hieß es:

»Su Schun ist des Hochverrats schuldig. Er wollte eigenmächtig die oberste Gewalt übernehmen. Er hat Bestechungen angenommen und Schandtaten jeder Art verübt. Er hat sich ungebührlich gegen Uns selbst benommen und so die geheiligte Beziehung zwischen Herrscher und Untertanen außer acht gelassen. Außerdem hat er im Leichenzug seine Frau und seine Konkubinen mit sich geführt, obschon jeder weiß, daß die Mitführung von Frauen in einem kaiserlichen Leichenzuge ein todeswürdiges Verbrechen ist. Darum bestimmen Wir, daß Su Schun der Leib aufgeschlitzt und sein Fleisch in tausend kleine Streifen zerschnitten werden soll. Sein Vermögen sowohl in der Hauptstadt wie in Jehol ist zu beschlagnahmen. Seiner Familie soll keine Gnade gezeigt werden.«

Dieses Edikt war reichlich kühn, denn Su Schun war der reichste Mann Chinas. Nur unter dem Kaiser Tschien Lung hatte es einen noch reicheren gegeben, einen gewissen Ho Schen, der ebenfalls vom Kaiser mit dem Tode bestraft worden war, weil er seinen Reichtum durch Diebstahl und Wucher erworben hatte.

Durch dieses Edikt verfiel Su Schuns riesiges Vermögen dem Thron. Niemand wußte genau, wie groß es eigentlich war. Das ließ sich erst nach Durchsicht seiner Bücher feststellen, in denen alle in seinen Lagerhäusern befindlichen Schätze aufgezählt waren. Bei dieser Durchsuchung wurde auch ein sonderbares und für Tsu Hsi tröstliches Dokument gefunden, aus dem hervorging, daß Fräulein Mei nicht die richtige Tochter Su Schuns war. Die Aufzeichnung war von einem unbekannten Sekretär Su Schuns verfaßt, der sich offenbar mit diesem entzweit hatte. Sie stand als Schlußbemerkung unter einem Inventar von Grundstücken und Landhäusern.

»Hiermit zur Kenntnis, daß diese Grundstücke früher einem Adeligen aus der Sippe Großes weißes Banner gehörten. Su Schun hat ihn auf Grund falscher Anschuldigungen zum Tode verurteilen lassen. In seinem Haushalt wurde ein kleines Mädchen gefunden, das Su Schun später für seine Tochter ausgab. Es ist Fräulein Mei, die jetzt bei der Kaiserin des Westlichen Palastes Hofdame ist.«

Als Tsu Hsi diese Worte las, ließ sie Fräulein Mei sogleich kommen und zeigte ihr den Bericht. Die junge Dame weinte ein wenig, trocknete sich aber bald die Augen und sagte: »Ich habe mich oft gefragt, warum ich Su Schun nicht als Vater lieben konnte. Wie unkindlich und undankbar kam ich mir deshalb immer vor! Jetzt kann ich aufatmen.«

Sie kniete vor Tsu Hsi nieder und dankte ihr, und von diesem Tage an liebte sie ihre Herrin noch mehr als früher.

Tsu Hsis Rachegefühl war aber noch immer nicht befriedigt. Sie legte den Prinzen und dem Ministerrat noch weitere Edikte vor. Nur Prinz Kung wagte gegen sie seine Stimme zu erheben.

»Majestät«, sagte er, »es würde das Ansehen des Thrones erhöhen, wenn die Art der Todesstrafe gemildert würde. Man sollte Su Schun einfach enthaupten, anstatt ihn aufzuschlitzen.«

Niemand wagte, Tsu Hsi anzusehen, als diese Worte gesprochen wurden. Sie waren offenbar nicht nach ihrem Wunsch, denn es vergingen Minuten, bevor sie antwortete:

»Wir wollen ihm also diese Gnade gewähren, aber die Hinrichtung soll öffentlich stattfinden.«

So geschah es, daß Su Schun auf dem Marktplatz in Peking der Kopf abgeschlagen wurde. Es war ein schöner, sonniger Morgen, und viel Volk strömte wie zu einem Schauspiel zusammen. Tapfer, hocherhobenen Hauptes und mit unbewegtem Gesicht schritt er zum Richtplatz. Stolz bis zum Ende legte er den Kopf auf den Block. Als sein Haupt in den Staub rollte, erhob sich Freudengeschrei, denn Su Schun hatte vielen Unrecht getan.

Da die Prinzen Yi und Tscheng dem kaiserlichen Hause angehörten, wurden sie nicht enthauptet, sondern in das Kaiserliche Hofgefängnis gebracht, das sogenannte Leere Zimmer. Dort überreichte Jung Lu jedem einen seidenen Strick und befahl ihnen, sich an einem Balken aufzuhängen, der eine am Südende, der andere am Nordende des Zimmers. Prinz Tscheng kam dem Befehl entschlossen sofort nach, aber Prinz Yi brauchte lange, bis er den Mut aufbrachte und sich endlich schluchzend selbst erhängte.

So starben die drei Verschwörer. Alle, die gehofft hatten, mit ihnen aufzusteigen, wurden in die Verbannung geschickt. Von diesem Tage an nahm Tsu Hsi öffentlich den Titel Kaiserinmutter an, den der sterbende Kaiser in Jehol ihr verliehen hatte. An diesem Tage begann auch offiziell die Regierung des jungen Kaisers, aber jeder wußte, daß die eigentliche Herrscherin die Kaiserinmutter war.

III

Die Kaiserinmutter

Langsam kroch der Winter von Norden heran und hüllte die Stadt Peking in eisige Kälte. Die Bäume in den Höfen, die im Sommer mit ihrem üppigen Grün an einen tropischen Garten denken ließen, verloren ihre Blätter und ragten, grau von Reif, skelettartig über die Dächer.

Die Kaiserinmutter saß an einem dieser Wintertage allein in ihrem privaten Thronsaal und hatte vor sich auf einem Tisch eine Abschrift eines Vertrages ausgebreitet. Sie war allein und doch nie allein, denn immer war in Rufweite ihr Eunuch Li Lien-ying anwesend.

Sein Leben bestand darin, auf ein Wort oder eine Bewegung von ihr zu warten. Dazwischen vergaß sie ihn, als ob er gar nicht da wäre.

An diesem kalten Morgen las sie den Vertrag immer wieder sorgfältig und ohne Hast durch, überlegte jedes Wort und stellte sich mit ihrer lebhaften Phantasie seine praktische Auswirkung vor. Von nun an würden also in Peking für alle Zeiten ständige Vertreter der englischen, französischen und anderer Regierungen anwesend sein. Das hieß, auch deren Frauen, Kinder und Verwandten würden da sein, Dienstboten, Wachen und Kuriere würden mitkommen. Zügellose Weiße würden Mittel und Wege finden, sich reizende Chinesinnen als Geliebte zu halten, und das würde zu einer Störung der Himmelsordnung führen.

Überdies, so bestimmte der Vertrag, mußte der Thron Tausende von Goldpfunden an die Fremden zahlen als Entschädigung für den Krieg, den sie selbst angefangen hatten. War das Gerechtigkeit, daß ein Krieg, den ihr Volk nicht gewollt hatte, von ihm und nicht von jenen bezahlt werden mußte, die ihn herbeigeführt hatten?

Weiter bestimmte der Vertrag, daß diesen weißen Männern aus dem Westen Häfen geöffnet werden mußten, sogar der Hafen von Tientsin, der weniger als hundert Meilen von der Hauptstadt entfernt lag. Bedeutete das nicht, daß sowohl Waren als auch Menschen ungehindert in das Reich eindringen konnten? Wenn das Volk ausländische Waren sah, würden sicher neue Begierden in ihm erweckt werden, die es bis jetzt noch nicht gekannt hatte. Das würde neue Unruhen zur Folge haben.

Ausländische Priester, besagte der Vertrag ferner, konnten ihre Religion ungehindert verbreiten, durften durch das ganze Reich ziehen, sich niederlassen, wo sie wollten und dem Volke neue Götter bringen. Das hatte schon verheerende Wirkungen gezeitigt.

Von diesen und vielen anderen Übeln las die Kaiserinmutter an diesem dunklen Wintertage in ihrem einsamen Palast. Sie sprach mit niemandem. Gegen Morgen schob sie den Vertrag beiseite, stand aber nicht auf, um sich zu Bett zu legen. Die großen roten Kerzen auf den goldenen Leuchtern brannten nieder, ihr Flackern warf seltsame Schatten auf die bemalten Balken der hohen Decke. Der immer wachsame Eunuch steckte neue Kerzen auf und zog sich wieder zurück. Das Kinn auf die rechte Hand gestützt, war sie in tiefes Nachdenken versunken. So weltentrückt hatte er sie noch nie gesehen. Ihr Sohn, der junge Kaiser, war erst fünf Jahre alt, er hatte noch ein halbes Jahr bis zu seinem sechsten Geburtstage. Sie selbst, seine Mutter, war sechsundzwanzig. Vor seinem sechzehnten Geburtstage konnte ihr Sohn den Drachenthron nicht besteigen. Zehn Jahre lang, die besten Jahre ihres Frauentums, mußte sie die Herrschaft für ihn führen. Und über was für ein Reich! Es war größer, als sie sich vorstellen konnte, die chinesische Nation führte ihre Anfänge bis in die vorgeschichtliche Zeit zurück, noch nie war die Einwohnerzahl dieses Reiches genau festgestellt worden, dazu war sie ihrem Volk eine Fremde. Selbst in friedlichen Zeiten wäre dieses Reich eine gewaltige Last gewesen, aber es war kein Frieden, es herrschte Aufruhr, das Land war geteilt, der Rebellenführer Hung regierte als Kaiser in Nanking, der südlichen Hauptstadt der letzten chinesischen Ming-Dynastie. Die kaiserlichen Heere lagen mit ihm unablässig im Kampf, hatten aber bis jetzt seiner Macht keinen Abbruch getan. In den Gebieten zwischen den feindlichen Heeren herrschte Hungersnot. Sie wußte, daß die regulären Soldaten nicht mehr taugten als die Aufrührer, denn sie erhielten selten Sold, und um sich schadlos zu halten, raubten und plünderten sie, bis das Landvolk, dessen Dörfer in Flammen aufgingen und dessen Aussaaten von anderen geerntet wurden, Rebellen und kaiserliche Soldaten gleicherweise haßte.

Diese Last lag auf ihren Schultern.

Gleichzeitig hatten sich die Moslems in der südlichen Provinz Yünnan erhoben. Diese Mohammedaner stammten von Völkern im Mittleren Osten ab. In früheren Jahrhunderten hatten sich arabische Händler dort niedergelassen und mit chinesischen Frauen eine Mischbevölkerung erzeugt, die rasch zunahm. Sie hatten ihre eigenen Götter, und je mehr sie sich vermehrten, desto frecher wurden sie. Chinesische Vizekönige übten eine nominelle Herrschaft über sie aus und unterdrückten die Bevölkerung, da sie die Verhältnisse an Ort und Stelle nicht kannten, mit harten Abgaben und hohen Steuern. Deshalb hatten sich die Mohammedaner erhoben, verlangten Unabhängigkeit und eine eigene Regierung für ihr Land.

Diese Last lag auf ihren Schultern.

Die größte Schwierigkeit war aber, daß sie eine Frau war. Einer Herrscherin trauten die Chinesen nicht. Sie hatten, wie sie behaupteten, schlechte Erfahrungen mit weiblichen Herrschern gemacht. Der Berechtigung solcher Klagen konnte sich Tsu Hsi nicht ganz verschließen. Nicht umsonst hatte sie in ihren einsamen Stunden chinesische Geschichte studiert. Im achten Jahrhundert unter der Tang-Dynastie hatte die Kaiserin Wu, die Frau des großen Kaisers Kao Tsung, ihrem eigenen Sohn den Thron geraubt und ein so schlechtes Regiment geführt, daß sie den Namen Frau in Verruf gebracht hatte. Sie ließ den jungen Kaiser ins Gefängnis werfen, aus dem er durch einen Aufstand befreit wurde. Aber auch dann war er noch nicht sicher, denn nun begehrte seine Frau, die Kaiserin Wei, den Thron. Sie war jeder Klatscherei zugänglich und richtete ein solches Unheil an, daß erst mit ihrem Tode Ruhe eintrat. Kaum war sie im Grabe, als ihre Feindin, die Prinzessin Tai-ping, den Thronfolger zu vergiften suchte, so daß auch sie umgebracht werden mußte. Als der Thronfolger jedoch Kaiser Hsüan Tsung geworden war, geriet er unter die Herrschaft seiner schönen Konkubine Kuei-fei, die den Kaiser durch ihre körperlichen und geistigen Vorzüge so bezauberte und ihn durch ihre Verschwendungssucht so herunterbrachte, daß wieder ein Aufstand ausbrach, dessen Führer Kuei-fei zwang, sich vor den Augen ihres kaiserlichen Liebhabers aufzuhängen. Doch mit ihr verfiel die Macht der Tang-Dynastie, denn der Kaiser wollte nicht mehr regieren, sondern trauerte sein ganzes Leben lang um die Geliebte. Tsu Hsi haßte diese Frauen, obwohl sie längst tot waren, weil sie einen so schlechten Ruf hinterlassen hatten. Würde das Volk jetzt glauben, daß eine Frau gut und gerecht regieren konnte?

Diese Last lag auf ihren Schultern.

Aber die größte Last von allen trug sie an sich selbst. Sie wußte genau, welche Fehler sie hatte und welchen Gefahren sie ausgesetzt war, wußte, daß sie mit ihrem jungen und leidenschaftlichen Herzen sich selbst der größte Feind war. Sie war auch nicht wie andere Frauen. Verschiedene weibliche Wesen steckten in ihr, und nicht alle waren stark und ruhig. In ihrer Natur war auch etwas Sanftes und Ängstliches, eine Sehnsucht nach einem stärkeren Menschen, als sie selbst es war, nach einem Mann, an den sie sich anlehnen und dem sie vertrauen konnte. Wo war er jetzt?

Mit dieser Frage beendete sie ihre Betrachtung. Fröstelnd erhob sie sich. Li Lien-ying trat ein.

»Jetzt werden Sie sich doch sicher zur Ruhe legen wollen, Ehrwürdige.«

Er reichte ihr den Arm und führte sie bis vor die Türe ihres Schlafzimmers. Er öffnete sie. Ihre Dienerin wartete auf sie und nahm sie von ihm in Empfang.

Helle Wintersonne weckte sie aus dem Schlaf. Die schwermütige Stimmung, in der sie sich niedergelegt hatte, war vergangen. Es lag zwar eine schwere Last auf ihr, aber hatte sie nicht auch die Mittel, sie zu tragen? Sie war jung, doch in der Jugend lag auch Kraft. Sie war eine Frau, aber hatte sie nicht einen Sohn geboren, der schon Kaiser war? Ihre Jugend, ihre Gesundheit und ihr starker Wille würden ihr zu Hilfe kommen, und, von ihrer eigenen Energie gestärkt, stand sie auf.

Von diesem Tage an sahen alle eine neue Kaiserin, eine gutmütige, milde Frau, die immer höflich zu hoch und niedrig war. Niemals jedoch biederte sie sich an. Niemand war ihr Vertrauter, und niemand wußte, was sie dachte und träumte. Sie lebte allein hinter den undurchdringlichen Mauern ihrer Höflichkeit.

So als ob sie sich von ihrer Vergangenheit lösen wollte, zog sie aus den Räumen, in denen sie so lange gewohnt hatte, in den sogenannten Winterpalast. Er lag in jenem Teil der Verbotenen Stadt, der den Namen Östliche Straße trug, und bestand aus sechs getrennten Gebäuden mit vielen Gärten. Er war von dem Kaiser

Tschien Lung gebaut und ausgestattet worden. In einem Anbau war eine große Bibliothek mit sechsunddreißigtausend sehr alten Büchern untergebracht, in der die Werke aller großen Klassiker der Vergangenheit vereinigt waren. Vor dem Eingang des Palastes stand ein sogenannter Geisteraltar, auf dem neun buntfarbige Porzellandrachen den Besucher begrüßten. Von dort kam man in den Audienzsaal. Er war von einer großen Marmorterrasse umgeben. Daran schlossen sich die anderen Gebäude. Eines von diesen wählte sie für ihren privaten Thronsaal. Dort wurden Prinzen und Minister empfangen, die um eine Privataudienz nachgesucht hatten. Hinter ihren prächtig ausgestatteten Wohnräumen stand ihr kleiner Privattempel. Auf einem Marmoraltar thronten ein goldener Buddha, ihm zur Rechten eine kleine goldene Kuan Yin und zur Linken ein mit Gold überzogener Lohan, der Schutzgeist der Gelehrsamkeit. An diesen Tempel schloß sich der Saal der Eunuchen an. Sie waren damit außer Sicht- und Hörweite und doch jederzeit leicht erreichbar.

Alle diese Räumlichkeiten waren mit dem Luxus ausgestattet, den die Kaiserin liebte. Mitten unter diesen Gebäuden lag ein Garten, in dem sich der Kaiser Tschien Lung im Alter viel aufgehalten hatte. Hier hatte er in der Sonne unter den Bambusblättern gesessen und über sein Leben nachgedacht. Die zu diesem Garten führenden Türen waren mondförmig gestaltet und in feiner durchbrochener Marmorarbeit ausgeführt. Die Mauern waren mit buntfarbigem Mosaik bekleidet. Unter den vom Alter gebeugten Föhren wuchs dichtes Moos, und wenn die Sonne schien, war die Luft vom Duft der Föhrennadeln erfüllt. In einer Ecke des Gartens stand ein verschlossener Pavillon, zu dem die Kaiserin den einzigen Schlüssel besaß. Hier war der Kaiser Tschien Lung bis zu seiner endgültigen Beisetzung aufgebahrt gewesen.

In diesem stillen Garten ging die Kaiserinmutter oft und stets allein spazieren. Die Last, die auf ihren Schultern lag, wurde immer drückender. Nur eine starke Natur konnte das Leben aushalten, das sie jetzt führte. Früh, wenn es dämmerte, stand sie auf und ließ sich in ihrer gelben Sänfte in den Audienzsaal tragen. Eingedenk ihres festen Vorsatzes, immer bescheiden und untadelig höflich zu sein, lud sie auch ihre Mitregentin ein oder befahl ihr vielmehr, mit ihr hinter einem Vorhang auf einem zweiten Thron zu sitzen.

Vor diesem Vorhang stand nämlich der leere Drachenthron, der auch leer bleiben sollte, bis der junge Kaiser sein Volk allein regieren konnte. Hinter dem Vorhang saßen also die zwei Kaiserinnen, umgeben von ihren Damen und Eunuchen, und an der rechten Seite des leeren Thrones stand Prinz Kung und nahm die Vorträge von Prinzen und Ministern und alle Eingaben entgegen.

An einem Wintertage erschienen so vor dem leeren Thron die Vizekönige einiger südlicher Provinzen. Sie waren von dem Rebellen Hung vertrieben worden und baten nun die Regentinnen, der Herrschaft dieses Mannes ein Ende zu setzen.

Der Vizekönig, der lange die Provinz Kiangsu regiert hatte, war ein alter, dicker Mann. In seinen dünnen Kinnbart mischten sich die grauhaarigen Stränge eines lang herunterhängenden Schnurrbartes. Er kniete mit Mühe nieder und spürte die von dem Marmorfußboden aufsteigende Kälte durch das Roßhaarkissen hindurch in seinen Knien. Aber knien mußte er vor dem leeren Thron und dem seidenen Vorhang.

»Dieser Aufrührer Hung«, erklärte er, »begann seine Missetaten als Christ, das heißt, er schloß sich einer fremden Religion an. Er ist auch kein richtiger Chinese. Sein Vater war ein ungebildeter Bauer aus dem dunkelhäutigen Hakkastamm der südlichen Bergvölker. Sein eigentlicher Name ist Hsiu Tsuan. Er war sehr ehrgeizig, studierte und meldete sich zu den kaiserlichen Prüfungen in der Hoffnung, einmal Gouverneur zu werden. Aber er fiel dreimal nacheinander durch. Bei dieser Gelegenheit lernte er einen Christen kennen. Dieser erzählte ihm von einem Gott Jesus, der in leiblicher Gestalt als Mensch auf die Erde gekommen, von seinen Feinden getötet worden, aber von den Toten auferstanden und wieder in den Himmel aufgefahren sei. Dieser durchgefallene Examenskandidat war nun auf den Gedanken gekommen, sich als den wiedergeborenen Jesus auszugeben, und er sammelte alle unzufriedenen und aufrührerischen Elemente um sich, um mit ihrer Hilfe die regierende Dynastie zu beseitigen und ein neues Reich aufzurichten, das den Namen Königreich des Großen Friedens führen sollte. Darin sollten die Reichen arm gemacht und die Armen reich werden, die Hohen sollten erniedrigt und die Niedrigen erhöht werden. Mit solchen Versprechungen gewann er natürlich viele Anhänger. Ihre Zahl ist inzwischen auf mehrere Millionen angewachsen. Durch

Räubereien und Plünderungen hat er großen Reichtum gesammelt und damit Waffen von den Weißen gekauft. Verbrecher aus dem ganzen Reich stoßen täglich von neuem zu ihm. Man nennt ihn den Himmlischen König. Unter seinem magischen Einfluß fallen seine Anhänger in Verzückung und haben Visionen. Sie glauben, daß dieser Himmlische König Soldaten aus Papier schneidet, sie anhaucht und sie damit zu wirklichen lebendigen Kriegern macht. Überall verbreitet dieser Unhold Furcht und Schrecken. Unser ganzes Land wird verloren sein, wenn dieser Teufel nicht vernichtet wird. Aber wer wagt es, sich ihm entgegenzustellen? Ohne Gewissen, ohne Furcht, ohne Gefühl für Recht oder Unrecht jagt er wie ein Tobsüchtiger alle in die Flucht.«

Hinter dem gelbseidenen Vorhang hörte die Kaiserinmutter diesen Vortrag mit wachsendem Zorn. Sollte irgendein Wüterich das ganze Reich zertrümmern, während ihr Sohn noch ein Kind war? Die kaiserlichen Armeen mußten umgestaltet werden. Sie mußte neue Generäle zu deren Führung berufen. Sie konnte milde sein, wo Milde am Platze war, aber der Herrschaft dieses Rebellen mußte unerbittlich ein Ende gemacht werden.

Als Prinz Kung sie später in ihrem privaten Thronsaal zu der täglichen Beratung aufsuchte, wie es seine Gewohnheit war, fand er eine kalte, hochmütige, entschlossene Frau vor. Das war ihr anderes Ich. Denn unter vielen anderen hatte sie zwei Haupt-Ichs, und diese waren so verschieden wie Mann und Frau. Ihre Milde hatte ihr schon den Beinamen Wohltätige Mutter und Kuan Yin vom gütigen Antlitz eingebracht, aber sie konnte auch hart und grausam sein. An diesem Tage fand Prinz Kung keine Wohltätige Mutter und auch keine Kuan Yin vom gütigen Antlitz, sondern eine starke, zornige Kaiserin, die keine Schwäche bei ihren Ministern duldete.

»Wo ist der General, der unsere Armeen befehligt?« fragte sie. »Wo ist dieser Tseng Kuo-fan?«

Tseng Kuo-fan war der Oberbefehlshaber der gegen die Rebellen eingesetzten kaiserlichen Truppen. Er war der Sohn einer adeligen Familie aus der Provinz Hunan. Von seinem Großvater unterrichtet, hatte er sich den kaiserlichen Prüfungen unterzogen, eine vorzügliche Note und bald darauf einen Regierungsposten erhalten. Bei Ausbruch des Aufstandes wurde der in Regierungsgeschäften schon erfahrene junge Mann nach Süden geschickt, um die von den Aufständischen in die Flucht geschlagenen Truppen zu reorganisieren. Tseng Kuo-fan bildete in der Provinz Hunan ein Elitekorps, das er in kleineren Kämpfen gegen Banditen schulte. Es wurde bald unter dem Namen »die Tapferen aus Hunan« bekannt und bestand meist aus Bauernsöhnen. Aber er hielt es so lange aus schweren Kämpfen fern, daß die anderen Generäle sich beklagten, da die Aufständischen inzwischen immer größere Fortschritte machten. Nun schloß sich die Kaiserinmutter den Klagen dieser Generäle an.

»Wie kann es dieser Tseng Kuo-fan wagen, die Hauptmacht seiner Tapferen so lange zurückzuhalten, wenn die Aufrührer im Süden immer mehr Boden gewinnen? Wenn alles verloren ist, welchen Wert haben seine Tapferen dann noch?«

»Ehrwürdige«, erwiderte der Prinz, »selbst wenn sie angreifen, können die Tapferen nicht überall sein.«

»Sie müssen gleichzeitig überall sein«, erklärte die Kaiserinmutter. »Es ist die Pflicht ihres Führers, überall dort anzugreifen, wo die Rebellen größere Kräfte zusammenziehen. Dieser Tseng Kuo-fan muß ein sehr eigensinniger Mann sein, daß er so auf eigene Faust handelt.«

»Ich wage, Ihnen einen Plan zu unterbreiten, Ehrwürdige. Die Engländer, mit denen wir gegenwärtig auf friedlichem Fuße leben, haben uns vorgeschlagen, uns einen englischen General zur Verfügung zu stellen, der unseren Widerstand gegen die Rebellen organisieren soll. Zuerst haben diese Weißen Hung unterstützt, weil er sich einen Christen nennt, aber jetzt halten sie ihn für verrückt, was für uns von Vorteil ist.«

Tsu Hsi überlegte die Worte des Prinzen. Ihre schlanken, von Juwelen blitzenden Hände ruhten auf den geschnitzten Lehnen des Thrones wie bunte Vögel. Bald aber begannen ihre Finger zu trommeln, ihre goldenen Nägelschilde pochten gegen das harte Holz.

»Weiß Tseng Kuo-fan von diesem englischen Angebot?« fragte sie.

»Er kennt es, will aber nichts davon wissen. Dieser General ist so störrisch, daß er es lieber sähe, glaube ich, wenn das Reich von einem chinesischen Rebellen erobert würde, als wenn Weiße darin die Herrschaft erlangten.«

Dieser Tseng Kuo-fan gefiel Tsu Hsi plötzlich. »Und warum will er von dem Angebot nichts wissen?«

»Er meint, die Engländer werden uns ihre Hilfe sicher nicht umsonst geben.«

Tsu Hsis Hände griffen um die Stuhllehnen. »Recht hat er!« rief sie. »Sie werden dann das Land, das sie für uns erobern, für sich beanspruchen. Ich beginne zu diesem Tseng Kuo-fan langsam Vertrauen zu bekommen. Er soll nur sein Zögern aufgeben. Er muß jetzt seine Vorbereitungen endlich beenden und zum Angriff übergehen. Er soll mit allen seinen Streitkräften die Stadt Nanking umzingeln. Wenn der Anführer Hung nicht mehr lebt, werden sich seine Anhänger von selbst zerstreuen.«

»Majestät«, sagte der Prinz kühl, »ich halte es nicht für klug, daß Sie Tseng Kuo-fan in Kriegsangelegenheiten Ratschläge erteilen.«

Mit einem wütenden Seitenblick auf ihn erwiderte sie: »Ich habe Sie nicht um Ihren Rat gebeten, Prinz.«

Sie hatte ihre Stimme kaum erhoben, aber er sah, wie ihr Gesicht vor Wut weiß wurde und ihr ganzer Körper zitterte. Er neigte den Kopf, kämpfte seinen eigenen Zorn nieder, verbeugte sich dann tief und verließ den Saal. Als er fort war, stieg sie von ihrem Thron, ging an ihren Schreibtisch und schrieb an den General im fernen Süden folgende Anweisung:

»Wenn Sie auch in bedrängter Lage sind, es ist jetzt Zeit, mit allen Ihren Kräften vorzurücken. Vereinigen Sie sich mit Ihrem jüngeren Bruder Tseng Kuo-tschuan. Er soll mit seiner Armee von Kiangsi aus zu Ihnen stoßen und mit Ihnen in die Provinz Anhuei vorrücken. Die Eroberung der Provinzhauptstadt Anking muß der erste Schritt zu dem großen Angriff auf Nanking sein. Wir wissen, daß Nanking neun Jahre in den Händen der Rebellen gewesen ist, und zweifellos werden sie es mit aller Macht verteidigen. Aber sie sollen endlich einmal erfahren, was es heißt, aus einer festen Stellung geworfen zu werden. Dann rufen Sie den General Pao Tschao zu sich, der jetzt einen Guerillakrieg führt. Er ist ein furchtloser, angriffslustiger Mann und dem Thron treu ergeben. Wir erinnern uns, wie er, obschon er oft verwundet wurde, die Rebellen in Yotschau und Wutschang niedergeworfen hat. Dieser General soll mit seinen Truppen ein schnelles, bewegliches Korps bilden, das überall einsatzbereit ist, so daß er, wenn die Rebellen in Kiangsi sich hinter Ihrem Rücken erheben sollten, während Sie die Stadt Nanking täglich enger einkreisen, sofort gegen diese marschieren kann. Sie haben also eine doppelte Aufgabe: den Anführer Hung zu töten und ferner jeden Aufstand zu unterdrücken, der die Einschließung Nankings gefährden könnte. Belästigen Sie den Thron nicht mit Schilderungen der Schwierigkeiten Ihrer Lage. Klagen und Vorbehalte sind nicht angebracht. Was getan werden muß, soll getan werden, wenn nicht von Ihnen, dann von anderen. Wenn der Rebell Hung tot ist, wird die Belohnung entsprechend groß sein.«

Diese bitteren Worte versüßte die Kaiserinmutter mit vielen höflichen Bemerkungen und Komplimenten, drückte mit eigener Hand das kaiserliche Siegel auf das Dokument und schickte es durch den Obereunuchen an Prinz Kung, damit es für die Archive vervielfältigt und durch einen Kurier an Tseng Kuo-fan übersandt würde.

Der Obereunuch kehrte mit dem Abdruck des Jadestempels zurück, mit dem Prinz Kung den Empfang jedes Ediktes und sein Einverständnis mit ihm bestätigte. Die Kaiserinmutter lächelte, als sie diese Zustimmung sah, und ihre Augen glühten unter den schwarzen Wimpern wie dunkle Juwelen. »Hat er etwas gesagt?« fragte sie.

»Ehrwürdige«, erwiderte der Eunuch, »der Prinz hat das Edikt genau durchgelesen und dann gesagt: ›Diese Frau hat ein Gehirn wie ein großer Kaiser‹.«

Die Kaiserinmutter lachte leise hinter ihrem gestickten Ärmel.

Gleich darauf dachte sie an etwas anderes, das ihr schon viel Kopfzerbrechen gemacht hatte. Welche Namen sollte ihr Sohn als Kaiser führen? Die drei Verschwörer hatten für ihn den Namen Tschi-Hsiang »Erhabene Glückseligkeit« gewählt. Dieser Name war ihr viel zu gespreizt und vor allem nichtssagend. Sie erstrebte einen gesunden, starken Frieden, der auf der Einigkeit des Volkes, auf dem Gehorsam der Untertanen und dem wohlwollenden Entgegenkommen des Thrones beruhte. Frieden und Wohlwollen – sie liebte gute, passende Worte, bei denen man sich etwas denken konnte. Lange genug hatten die Meister der Prosa und der Dichtkunst ihren Geschmack geschult, und nach reiflicher Überlegung wählte sie jetzt zwei Worte, die der kaiserliche Name ihres Sohnes werden sollten. Es waren zwei tief in Geist und Herz wurzelnde Worte: Tung, das Durchdringen, und Tschih, das Ruhe und Frieden bedeutet. Es war eine kühne Wahl, denn die Zeiten waren unruhig, und im Reiche herrschte alles andere als Frieden. Doch durch diesen Namen brachte sie ihren Friedenswillen zum Ausdruck, und was sie wollte, das mußte geschehen.

Sie hatte bereits das Vertrauen des Volkes gewonnen. Große und kleine Angelegenheiten aus dem ganzen Reiche wurden täglich im Audienzsaal besprochen; ob es sich nun um einen Beamten in irgendeiner Provinz handelte, der sich in seinem Amtsbereich Ungerechtigkeiten hatte zuschulden kommen lassen, oder um die Erhöhung des Reispreises in einer Stadt, in der Kaufleute die Ernte aufgekauft hatten, um die Preise in die Höhe zu treiben, oder um eine Anordnung, daß die Götter in einer Gegend, wo zur Winterszeit, wenn die Felder ihn am dringendsten brauchten, kein Schnee gefallen war, durch dreitägige vorwurfsvolle Gebete angehalten werden sollten, ihre Pflicht zu tun, widrigenfalls sie aus ihren warmen und angenehmen Tempeln auf die hartgefrorenen Felder getragen werden sollten – von solchen kleinen Angelegenheiten bis zu den großen, wie dem Schutz der Küsten vor ausländischen Feinden und der Regelung des verhaßten Opiumhandels, fand die Kaiserinmutter Zeit und Geduld für alle.

Dabei behielt sie den ganzen Tag ihren Sohn eifersüchtig im Auge, hatte ihn sogar bei sich, wenn sie Audienz erteilte, wo er dann frei im Saale herumlaufen durfte, wurde nicht ungeduldig, wenn er in die Bibliothek gestürmt kam, wo sie Denkschriften las oder ihre Edikte schrieb, ja, sie beobachtete ihn sogar während der Arbeit, machte eine Pause, um zu fühlen, ob sein Fleisch auch fest und kühl, seine Haut geschmeidig, aber nicht feucht sei, sah ihm in die Augen, ob das Schwarze von tiefer Leuchtkraft und das Weiße von großer Reinheit war, blickte ihm in den Mund, ob auch seine Zähne gesund waren und seine Zunge rot. Und dabei hatte sie noch ein wachsames Auge auf ihren großen Haushalt. Sie sah die Rechnungen durch, die Einträge für die als Tribut empfangenen Nahrungsmittel, die Ausgaben für die gekauften, die Vorräte an Seidenstoffen, von denen nicht ein Ballen ohne ihre ausdrückliche Zustimmung ausgeliefert werden durfte. Sie wußte wohl, daß Diebereien innerhalb eines Palastes schließlich auf die ganze Nation übergreifen. Jeder Diener und jede Bedienstete, jeder Prinz und jeder Minister fühlte ihre kalten, wachsamen Augen.

Aber sie belohnte auch oft und reichlich.

Zwei große Belohnungen hatte sie noch nicht vergeben, und niemand außer ihr wußte, welcher Art sie sein würden. Es handelte sich um die Abtragung ihrer Dankesschuld an Jung Lu und Prinz Kung. Sie hatte sich noch nicht entscheiden können, wer von diesen beiden zuerst an die Reihe kommen sollte. Jung Lu hatte ihr und dem jungen Kaiser das Leben gerettet, und hierfür verdiente er sicher eine Auszeichnung, die nicht hoch genug sein konnte. Prinz Kung hatte die Hauptstadt gerettet, nicht durch Waffengewalt, sondern durch geschickte Verhandlungen mit den Engländern. Es war zwar auch viel gegen den geschlossenen Vertrag einzuwenden. Sie vergaß nicht, daß jetzt Weiße mit ihren Familien in der Stadt lebten. Aber die Stadt war nicht zerstört worden, wie es der Feind angedroht hatte. Den Sommerpalast hatte sie aus ihrer Erinnerung gestrichen, aber dann und wann tauchte er mit seinen Seen, Gärten, Brücken, Felsengrotten und Pagoden, den Schatzhäusern, Bibliotheken, Bildern und herrlichen Möbeln wieder auf. Dann verhärtete sich ihr Herz gegen Prinz Kung. Hätte er den schrecklichen Verlust nicht doch verhindern können? Es war nicht nur ein Verlust für sie, die diesen Palast so geliebt hatte, nicht nur ein Verlust für die Nation, denn eine solche Schönheit wie diese war ein heiliger Besitz für alle und also auch ein Verlust für die ganze Welt. Darum mußte Jung Lu zuerst kommen. Er wenigstens war an keiner Zerstörung beteiligt. Aber wenn sich ihr Herz auch gegen Prinz Kung verhärtete, so war sie doch klug genug, um zu wissen, daß sie, wenigstens dem Schein nach, Prinz Kung gerade in dieser Angelegenheit zu Rate ziehen mußte.

Sie wartete deshalb auf einen günstigen Tag. Dieser kam schließlich nach einem heftigen Schneefall, denn die Götter hatten endlich, nachdem man sie genug bedrängt und sogar beschimpft hatte, ein Einsehen gehabt, die trockenen Felder und die hungrigen Bauern bemerkt und Stadt und Land in eine so tiefe Schneedecke gehüllt, daß es drei Wochen dauerte, bis ihre letzten Spuren vergingen. Die Felder hatten jetzt genug Feuchtigkeit aufgesogen, um die jungen Saaten sprießen zu lassen, und nach einigen milden Tagen schoß der grüne Winterweizen empor, so weit das Auge reichte. Das Volk sagte, nur durch die Fürbitte und die Macht der Kaiserinmutter seien die Götter zu solchen Gnadenerweisen gezwungen worden.

An diesem günstigen Tage also, der am Ende des Winters und schon so nahe am Frühling lag, daß über der Stadt ein warmer Nebel hing, als die Sonne auf die kalte Erde schien, ließ die Kaiserinmutter Prinz Kung in ihren privaten Audienzsaal bitten. Er kam in seinem prächtigen Staatskleid, einem langen Gewande aus dunkelblauem Brokat, denn zu leuchtende Farben durften während der dreijährigen Hoftrauer nicht getragen werden. Es mißfiel ihr, daß er sich so prächtig und stolz dem Throne näherte. Seine Verbeugung war ihr nicht tief genug, er schien zu glauben, sich solche Freiheiten erlauben zu können. Sie fühlte Zorn in sich aufsteigen, aber sie unterdrückte ihn. Sie wollte ihn für etwas gewinnen. Es war jetzt nicht die Zeit, ihm wegen seines Stolzes Vorwürfe zu machen.

»Lassen Sie uns heute ohne Zeremoniell miteinander sprechen«, begann sie mit einer Stimme, die reinste Musik war. »Sie sind der Bruder meines verstorbenen Herrn, der immer sagte, ich solle mich auf Sie stützen, wenn er einmal nicht mehr da wäre.«

Da sie ihn so freundlich einlud, nahm er auf der rechten Seite des Saales Platz, aber nun gefiel ihr die Bereitwilligkeit nicht, mit der er ihrem Wunsche nachkam. Er tat zwar so, als sei das zuviel Ehre für ihn, bevor er sich in ihrer Gegenwart setzte, aber dazu gebrauchte er nur einige konventionelle Worte.

»Ich habe vor«, sagte sie, »dem Kommandanten der kaiserlichen Leibwache eine Belohnung zuteil werden zu lassen, denn ich habe nicht vergessen, daß er mich vor dem Anschlag, den meine Feinde verüben wollten, bewahrt hat. Seine Treue gegen den Drachenthron gleicht dem Berg Omei, der nicht zu erschüttern ist und fest in jedem Sturm steht. Auf mein Leben lege ich keinen zu großen Wert, doch wenn ich gestorben wäre, hätten diese Verschwörer den Thron für sich in Besitz genommen, und der Thronfolger wäre nie Kaiser geworden. Er soll daher nicht so sehr meinetwegen wie meines Sohnes wegen eine Auszeichnung bekommen.«

Obschon Prinz Kung ihr nicht ins Gesicht geblickt hatte, merkte er mit seinem geschulten Ohr und seinem scharfen Geist, daß hinter diesen Worten mehr steckte, als in ihnen zum Ausdruck kam.

»Majestät«, sagte er, »welche Belohnung haben Sie im Sinn?«

Sie wich nicht aus. Es war nicht ihre Art, eine Krise zu umgehen. »Seit Su Schuns Tod ist der Posten des Großkanzlers frei. Ich habe vor, ihn Jung Lu zu geben.«

Sie hob den Kopf, um das Gesicht des Prinzen zu sehen, aber als er ihren Blick fühlte, sah auch er ihr in die Augen.

»Das ist unmöglich.«

»Nichts ist unmöglich, wenn ich es will«, entgegnete sie mit flammenden Augen, aber er ließ sich nicht beeindrucken.

»An einem Hofe wird unaufhörlich geklatscht, wie Sie wissen. Ein Eunuch flüstert es dem andern zu, und so geht ein Gerücht weiter. Man kann solche Gerüchte ignorieren, wie ich es tue, wenn es sich um den Thron und um mein Haus handelt, aber man kann sie nicht aus der Welt schaffen.«

Sie sah ihn unschuldig an, als wüßte sie nicht, wovon er redete. »Was für einen Klatsch meinen Sie?«

War sie vielleicht unschuldig? Er war nicht recht davon überzeugt, aber es konnte sein, da sie noch so jung war. Auf jeden Fall mußte er jetzt Farbe bekennen, nachdem er eine solche Andeutung gemacht hatte. Er tat es ohne Umschweife.

»Manche ziehen die Abstammung des jungen Kaisers in Zweifel.«

Sie blickte weg, ihre Augenlider zuckten, ihre Lippen zitterten, sie hielt ihr seidenes Taschentuch vor den Mund.

»Ach«, stöhnte sie, »und ich glaubte, meine Feinde wären tot.«

War sie unschuldig? Er wußte es nicht und würde es nie wissen. Er sagte nichts mehr.

Sie richtete sich straff auf. »Ich werde Sie nicht mehr um Rat fragen. Heute noch werde ich Jung Lu zum Großkanzler ernennen. Und wenn jemand wagt, eine Stimme gegen ihn zu erheben –«

»Wie unbedacht! Damit erreichen Sie nur, daß der ganze Hof diese Gerüchte von neuem aufwärmt.«

Sie lehnte sich vor und vergaß jede Höflichkeit. »Ich werde diese Schwätzer zum Schweigen bringen, und ich bitte Sie, Prinz, ebenfalls zu schweigen!«

In all den Jahren ihrer Zusammenarbeit hatten sie noch nie einen offenen Streit gehabt. Nun erinnerten sich beide, was sie einander zu verdanken hatten.

Der Prinz war der erste. »Verzeihen Sie mir, Ehrwürdige.« Er stand auf und verbeugte sich tief.

In ihrem sanftesten Ton erwiderte sie: »Ich weiß nicht, warum ich so mit Ihnen gesprochen habe. Sie haben mich alles gelehrt, was ich weiß. *Ich* muß um Verzeihung bitten.«

Er wollte sich dagegen verwahren, aber sie schnitt ihm das Wort ab.

»Wenn Sie etwas zu sagen haben, können Sie das später tun. Denn ich habe vor, auch Ihnen eine hohe Auszeichnung zu verleihen. Sie sollen den ehrenvollen Titel Berater des Thrones führen, und dieser Ehrentitel soll mit hohen Bezügen verbunden sein. Außerdem werde ich – das heißt wir, die zwei Regentinnen – ein Dekret erlassen, daß der Titel Herzog von Tschin, den der verstorbene Kaiser Ihnen aus Dankbarkeit für Ihre Dienste verliehen hat, von nun an in Ihrer Familie erblich ist.«

Das waren hohe Ehren, Prinz Kung war jedoch betroffen, daß sie jetzt so plötzlich damit herausrückte. Wieder verbeugte er sich und sagte in seiner üblichen milden Art: »Majestät, ich wünsche keine Belohnung, denn ich habe nur meine Pflicht getan. Ich habe dem Kaiser gedient, weil er mein älterer Bruder war. Ich werde ebenso seinem Sohn dienen, dem jungen Kaiser, und Ihnen, der Kaiserinmutter, und ebenso Ihnen beiden, den zwei Kaiserinnen, die jetzt die Regentschaft führen. Auch damit tue ich nur meine Pflicht und glaube, keine Belohnung dafür annehmen zu können.«

»Aber Sie müssen annehmen«, drängte ihn die Kaiserinmutter. Und nun begann ein Wettkampf der Höflichkeit zwischen ihnen, in dem sie auf ihrer Absicht bestand und er darum bat, die ihm zugedachte Ehrung ablehnen zu dürfen, bis sie sich schließlich auf einer mittleren Linie entgegenkamen.

»Ich bitte darum, wenigstens einen Titel ablehnen zu dürfen, der für meine Söhne erblich ist«, sagte er. »Es ist in unserer Familie nicht üblich, daß die Söhne erben, was die Väter erwerben. Meine Söhne sollen sich selbst ihre Sporen verdienen.«

Dieser Bedingung stimmte die Kaiserinmutter dann endlich zu. »Dann wollen wir alles auf eine günstigere Zeit verschieben. Aber auch ich möchte Sie um ein Geschenk bitten, verehrter Prinz.«

»Ich gebe gern jedes, das Sie von mir annehmen wollen.«

»Lassen Sie mich Ihre Tochter Jung-tschun als kaiserliche Prinzessin adoptieren. Gewähren Sie mir diese Bitte zu meinem Trost, damit ich das Gefühl habe, mich ein wenig dankbar für die bereitwillige Hilfe bezeigt zu haben, die Sie mir gegen die Verschwörer in Jehol gewährt haben. Sind Sie nicht sofort ohne jedes Zögern gekommen, als ich Sie darum bat?«

Jetzt mußte der Prinz nachgeben, und bei dieser Gelegenheit tat er es gern. Von nun an war seine Tochter kaiserliche Prinzessin, und sie diente ihrer Herrscherin so treu und ergeben, daß die Kaiserin ihr schließlich erlaubte, eine Sänfte zu benützen, deren Vorhänge die kaiserliche Farbe hatten, und zwar auf Lebenszeit, als wäre sie wirklich eine geborene Prinzessin.

Es war wieder Sommer. Angenehm wehten die Winde aus Süden und Osten, trugen leichte Regen und sogar den Geruch des salzigen Meeres herbei, von dem die Kaiserinmutter zwar gehört, das sie aber noch nie gesehen hatte. Als die schwere, schläfrigmachende Hitze des Hochsommers hinter den hohen Mauern der Verbotenen Stadt lag, sehnte sich Tsu Hsi nach den Palästen von Yüan Ming Yüan, die nicht mehr da waren. Sie hatte nie die Trümmer besichtigt, das hätte sie nicht ertragen. Aber es blieben ihr ja immer noch die berühmten Meerpaläste. Warum sollte sie sich dort nicht eine Erholungsstätte schaffen?

Die Kaiserinmutter wählte nun für sich die vielen Hallen und Höfe, die Teiche und Blumengärten des Palastes des Mitleids, der in der Nähe des mittleren Sees stand, wo ihr besonders die Steingärten gefielen. Sie erlaubte sich zwar keine so fröhlichen Lustfahrten wie in Yüan Ming Yüan, wo sie und ihre Damen sich als Göttinnen und Feen verkleidet hatten, aber zum erstenmal seit dem Tode ihres Gemahls gab sie sich wieder dem Genuß einer Theateraufführung hin. Komödien allerdings ließ sie nicht spielen. Es waren meist traurige, ernsthafte Stücke, die von seelischen Konflikten handelten. Das Theater lag hinter einem Gebäude auf einem geschlossenen Hof. Die Zimmerleute, Maurer und Maler unter ihren Eunuchen hatten es aufs angenehmste hergerichtet. Ihre Damen konnten in geschlossenen Logen sitzen und die Schauspieler aus der Nähe betrachten. Ihre eigene Loge war so groß wie ein Zimmer. Ein durch den Hof fließendes Bächlein bewirkte durch sein Plätschern und Murmeln, daß die Stimmen der Schauspieler weich wie Musik klangen. Über diesen Bach führte eine Marmorbrücke, die nicht breiter war als ein schmaler Fußweg.

Als Tsu Hsi fühlte, daß ihre geheimen Pläne zur Reife kamen, ließ sie eines Tages Jung Lu in dieses Theater kommen. Es war ihre Art, nie zwei Dinge in so kurzer Aufeinanderfolge zu tun, daß man sagen konnte: ›Zuerst tat sie dies und dann jenes‹, und so ihre Gedanken erriet. Sie ließ nach der Adoption der Tochter des Prinzen Kung zwei volle Monate verstreichen, ehe sie den nächsten Schritt tat und Jung Lu zu sich bestellte, als wäre das die Laune eines Augenblicks.

Das Spiel war schon im Gange. Die Schauspieler waren alle Eunuchen, denn seit der Zeit des Kaisers Tschien Lung durfte keine Frau mehr auf der Bühne auftreten, weil seine eigene Mutter eine Schauspielerin gewesen war und es ihr keine gleichtun sollte. Es war ein bekanntes Stück, das an diesem Tage aufgeführt wurde: *Die Waise aus der Tschao-Sippe*. Die Kaiserin hatte es schon oft gesehen. Der darin vorkommenden Lieder war sie fast überdrüssig geworden, aber aus Rücksicht auf die Schauspieler wollte sie kein Ende gebieten. Sie konnte sich auch so besser ihren eigenen Gedanken überlassen. Warum sollte ich Jung Lu hier nicht empfangen, dachte sie, es sind zwar Zuschauer da, aber nicht zu viele, und während das Stück seinen Fortgang nimmt, kann ich ihm besser meinen Willen kundtun. Er mußte ihr sein Einverständnis erklären, ehe sie ihn öffentlich zum Großkanzler ernannte.

Sie winkte Li Lien-ying zu sich. »Hol mir meinen Verwandten hierher, ich habe einen Auftrag für ihn.«

Li Lien-ying verzog das Gesicht zu einem Lächeln, ließ seine Fingerknöchel knacken und machte sich auf den Weg. Tsu Hsi wandte sich wieder der Bühne zu und schien dem Spiel aufmerksam zu folgen. Ihre Damen konnten nicht die gleiche Aufmerksamkeit aufbringen, denn sie mußten stets gewärtig sein, daß die Kaiserin nach einer von ihnen hinblickte. Diese mußte sich dann sogleich erheben und sich nach den Wünschen ihrer Herrin erkundigen. Fräulein Mei, die ihrer Herrin gern besonders gefällig war, spürte plötzlich den ihr schon bekannten Blick und sah, daß die Kaiserin sehr nachdenklich nach ihr blickte. Sie stand sofort auf und verbeugte sich. Tsu Hsi winkte sie zu sich, und verlegen ging das schüchterne Mädchen zu ihr hin.

»Beuge dich zu mir nieder«, befahl ihr die Kaiserinmutter. Das Singen auf der Bühne dämpfte die Worte so, daß nur Fräulein Mei sie hörte. Sie senkte den Kopf, und ihre Herrin flüsterte ihr ins Ohr: »Ich habe mein Versprechen nicht vergessen, Kind. Heute werde ich es erfüllen.«

Fräulein Mei blieb gebeugt stehen, um ihr Erröten zu verbergen.

Tsu Hsi lächelte. »Ich sehe, du weißt schon, welches Versprechen ich meine.«

»Kann ich ein Versprechen vergessen, das Majestät gegeben haben?« erwiderte Fräulein Mei.

Tsu Hsi strich ihr über die Wange. »Das war hübsch geantwortet, Kind. Nun, du wirst schon sehen –«

In diesem Augenblick ging Jung Lu auf die Loge zu. Seine große Gestalt hob sich in der Nachmittagssonne klar ab. Er trug seine dunkelblaue Traueruniform. Von seinem Gürtel hing das breite Schwert, dessen silberne Scheide glitzerte. Mit festen Schritten ging er auf die Kaiserin zu und verbeugte sich. Tsu Hsi neigte den Kopf und bedeutete ihm, sich neben sie zu setzen. Er zögerte, nahm aber dann Platz.

Eine Weile schien sie ihn gar nicht zu beachten. Der Hauptdarsteller des Stückes kam gerade auf die Bühne und sang sein berühmtestes Lied. Aller Augen richteten sich auf ihn. Plötzlich begann sie zu sprechen, blickte aber dabei unverwandt auf die Bühne.

»Vetter, schon lange wollte ich dir eine gute Belohnung für die Dienste zukommen lassen, die du mir und dem jungen Kaiser geleistet hast.«

»Majestät«, antwortete Jung Lu, »ich habe nur meine Pflicht getan.«

»Du hast uns das Leben gerettet.«

»Das war meine Pflicht.«

»Du hast sicher geglaubt, ich hätte das längst vergessen. Ich vergesse nichts, mag es auch schon lange her sein. Ich werde dich also belohnen, ob du willst oder nicht, und es ist mein Wille, daß du den Posten einnimmst, den der Verräter Su Schun innegehabt hat.«

»Majestät –«, begann er aufgeregt, aber sie hob die Hand und brachte ihn dadurch zum Schweigen.

Noch immer blickte sie zur Bühne. »Du mußt annehmen. Ich brauche dich in meiner Nähe. Wem kann ich vertrauen? Prinz Kung, ja – ich weiß, du wolltest gerade seinen Namen aussprechen. Ja, ich habe Vertrauen zu ihm. Aber liebt er mich? Oder – liebe ich ihn?«

»So dürfen Sie nicht sprechen«, stammelte er.

Die Stimme auf der Bühne schmetterte, die Trommeln schlugen

Wirbel, ihre Damen gaben laut ihren Beifall kund und warfen dem Sänger Süßigkeiten und Blumen zu.

»Ich liebe dich immer«, sagte sie.

Er bewegte den Kopf nicht.

»Du weißt, daß du mich liebst«, fügte sie hinzu.

Er schwieg. Sie drehte sich zu ihm hin.

»Oder nicht?« fragte sie deutlich.

Zur Bühne blickend, erwiderte er schnell: »Ich will nicht, daß Sie meinetwegen den hohen Platz verlieren, den Sie errungen haben.«

Sie lächelte, und obschon sie den Kopf wieder wegwandte, sah er das Leuchten ihrer großen Augen. »Wenn du im Rat bist, kann ich dich so oft rufen, wie ich will, denn du wirst dann die Last der Regierung mit zu tragen haben. Die Regentinnen müssen sich auf die Prinzen, die Minister und die Räte stützen.«

»Ich werde nur mit anderen Räten zusammen zu Ihnen kommen.«

»Das werden wir sehen.«

»Ich kann keine Schande über Ihren Namen bringen.«

»Für meinen Namen werde ich selbst sorgen, und zwar durch folgendes Mittel: Du wirst eine Dame heiraten, die ich für dich auswählen werde. Wenn du eine junge schöne Frau hast, wer kann dann noch Übles reden?«

»Ich werde nicht heiraten!« beteuerte er mit zusammengebissenen Zähnen.

Auf der Bühne machte der berühmte Schauspieler seine letzte Verbeugung. Ein Bühnendiener eilte mit einer Tasse Tee herbei. Der Schauspieler nahm seinen schweren, bunten Kopfputz ab und wischte sich mit einem seidenen Taschentuch den Schweiß von der Stirn. In dem kleinen Theater tauchten die Eunuchen weiche Handtücher in parfümiertes Wasser, wrangen sie aus und warfen sie dann jedem zu, der sie haben wollte. Der Eunuch Li Lien-ying brachte ein solches heißes, parfümiertes Tuch der Kaiserinmutter auf einem goldenen Tablett. Sie betupfte sich damit zuerst die Schläfen und dann die Handflächen. Als der Eunuch außer Hörweite war, sagte sie leise, aber deutlich:

»Ich befehle dir, meine Hofdame, Fräulein Mei, zu heiraten. Nein, keine Widerrede. Sie ist das sanfteste Geschöpf an unserem Hof, eine kindliche Seele, und dazu liebt sie dich.«

»Können Sie meinem Herzen befehlen?« stöhnte er.

»Du brauchst sie nicht zu lieben«, sagte sie grausam.

»Wenn sie so ist, wie Sie sagen, würde ich ihr ein himmelschreiendes Unrecht zufügen«, entgegnete er.

»Nicht, wenn sie weiß, daß du sie nicht liebst, und sie trotzdem deine Frau sein möchte.«

Er schien diese Worte zu überlegen. Auf der Bühne stand jetzt ein neuer junger Schauspieler, der eine Arie schmetterte, während Eunuchen mit kalten und heißen süßen Speisen hin und her eilten. Da der Schauspieler noch keinen Namen hatte, wurde er weniger beachtet, dafür um so mehr die Kaiserinmutter und Jung Lu. Tsu Hsi fühlte, daß es an der Zeit war, Jung Lu zu entlassen.

Sie sagte mit strenger Miene: »Du kannst meine Befehle nicht mißachten. Es ist beschlossen, daß diese Heirat stattfindet, und am selben Tage wirst du deinen Sitz unter den Räten einnehmen. Jetzt kannst du gehen.«

Er stand auf und machte eine tiefe Verbeugung. Sein Schweigen bedeutete Zustimmung. Sie neigte den Kopf. Mit anmutvoller Gebärde hob sie ihn wieder und schien aufmerksam den Vorgängen auf der Bühne zu folgen.

Die Kaiserin setzte den Hochzeitstag frühzeitig an. Fräulein Mei konnte nicht von den Kaiserpalästen aus verheiratet werden, obwohl sie keine andere Wohnung hatte.

»Hol mir den Obereunuchen«, befahl die Kaiserinmutter.

Li Lien-ying, der wie gewöhnlich still an seinem üblichen Platz an der Tür der kaiserlichen Bibliothek stand, wo Tsu Hsi jetzt vier Tage zugebracht und außer Befehlen kein Wort gesprochen hatte, eilte mit großen Sprüngen fort. Der Obereunuch nahm gerade in seinem Quartier sein zweites Frühstück ein, das aus mehreren Fleischgängen bestand. Er aß langsam und mit Hochgenuß. Seit dem Tode seines früheren Herrn hatte er sich durch Befriedigung seines Gaumens getröstet. Wohlig gestärkt folgte er jetzt Li Lien-ying. Die Kaiserinmutter sah von ihrem Buche auf, als er hereinkam, und musterte ihn mit strengen Blicken.

»Wie kommt das, An Teh-hai«, sagte sie mit großem Mißfallen, »daß du immer rundlicher wirst? Ich möchte wetten, daß du selbst in diesen Tagen der Trauer Fett angesetzt hast.«

Er sah betrübt drein. »Ehrwürdige, ich bin voll Wasser. Stechen Sie mir in die Haut, und Sie werden sehen, wie das Wasser herausströmt. Ich bin krank, Majestät, nicht fett.«

Wenn sie einen Untergebenen zu tadeln hatte, blickte Tsu Hsi immer sehr streng drein. Nichts entging ihr, und wenn sie auch jetzt genug mit sich selbst zu tun hatte, so konnte sie doch für den Augenblick ihre Aufmerksamkeit auf eine so unbedeutende Sache wie die zunehmende Fettleibigkeit des Obereunuchen richten.

»Ich weiß, wie du trinkst und schmausest«, sagte sie. »Das kommt daher, daß du immer reicher wirst, aber gib acht, daß du nicht zu reich wirst. Denke daran, daß ich dich immer im Auge behalte.«

Demütig erwiderte der Obereunuch: »Majestät, wir wissen alle, daß Ihre Augen gleichzeitig überall sind.«

Sie sah ihn noch eine Weile streng an, und wenn er auch die Augen nicht zu ihr erheben durfte, so fühlte er doch, wie ihre strengen Blicke ihn brannten, und der Schweiß trat ihm aus allen Poren. Dann lächelte sie. »Ein so hübscher Mann sollte nicht zu dick werden, und wie kann einer einen Helden auf der Bühne darstellen, wenn sein Gürtel nicht mehr den Bauch umspannen kann.«

Er lachte. Er spielte gern ab und zu im Theater mit. »Majestät«, versprach er, »ich werde hungern, um Ihnen zu gefallen.«

In guter Laune sagte sie dann: »Ich habe dich nicht rufen lassen, um mit dir über deine Figur zu sprechen, sondern um dir den Auftrag zu geben, die Hochzeit Fräulein Meis mit Jung Lu, dem Kommandanten der Leibwache, vorzubereiten. Du weißt ja bereits, daß er sie heiraten wird, nicht wahr?«

»Ja, Majestät«, sagte der Obereunuch.

Er wußte das, wie er alles wußte, was innerhalb des Palastes vorging. Li Lien-ying und jeder andere Eunuch erzählten ihm alles, worauf er neugierig war.

»Die Dame hat keine Eltern«, fuhr sie fort. »Ich muß daher diese bei ihr vertreten. Doch als Regentin bin ich auch Stellvertreterin des jungen Kaisers, und es würde sich nicht schicken, wenn ich durch meine Anwesenheit bei der Hochzeit den Anschein erweckte, sie wäre eine königliche Prinzessin. Du sollst sie in das Haus meines Vetters, des Herzogs von Hui, führen. Sie soll mit allen Ehren und Zeremonien dorthin gebracht werden. Von diesem Hause wird mein Verwandter Jung Lu sie dann abholen.«

»An welchem Tage soll die Hochzeit stattfinden, Majestät?«

»Morgen soll sie sich zum Hause des Herzogs begeben. Du wirst sie dort schon heute anmelden, damit die nötigen Vorbereitungen getroffen werden können. Der Herzog hat zwei alte Tanten, sie sollen der Braut mütterliche Hilfe zuteil werden lassen. Dann wirst du meinem Verwandten melden, daß die Hochzeit heute in zwei Tagen stattfinden wird, wenn alles vorüber ist, erstatte mir Bericht. Laß dich aber nicht eher wiedersehen, als bis alles vorüber ist.«

»Ich bin Ihr ergebener Diener, Majestät.« Er verbeugte sich tief und ging fort. Sie hatte sich bereits wieder über ihr Buch gebeugt und beachtete ihn nicht weiter.

Zwei Tage hindurch schien sie sich nur ihren Büchern zu widmen.

An diesen Tagen verließ sie die Bibliothek nur zum Essen oder zum Schlafen. Am Morgen des dritten Tages hüstelte Li Lien-ying leise an der Tür, um auf sich aufmerksam zu machen. Sie sah von der Seite auf, auf der sie gerade über die giftige Wirkung der Alraunwurzel las.

»Was gibt's?« fragte sie.

»Majestät, der Obereunuch ist da.«

Sie schloß das Buch und berührte mit der Ecke ihres seidenen Taschentuches, das an dem Jadeknopf an ihrer Schulter hing, ihre Lippen.

»Er soll kommen.«

Der Obereunuch kam herein und machte eine tiefe Verbeugung.

»Stell dich hinter mich und sage mir, was du zu sagen hast«, befahl sie ihm.

Er stellte sich hinter sie, und während sie zuhörte, gingen ihre Blicke durch die offenen Türen in den großen Hof, wo in dem ruhigen, hellen Licht des Herbsttages Chrysanthemen in Rot und Gold flammten.

»Majestät«, begann er, »alles geschah mit geziemendem Anstand und großer Feierlichkeit. Der Kommandant schickte die rote Brautsänfte zum Palast des Herzogs von Hui, worauf sich die Träger zurückzogen. Die zwei alten Tanten des Herzogs führten die Braut, wozu ich sie den Befehlen Eurer Majestät gemäß aufforderte, zu der Sänfte, setzten sie hinein, zogen den inneren Vorhang zu und schlossen die Tür. Die Träger wurden wieder herbeigerufen und brachten die Sänfte zum Hause des Kommandanten, die zwei Tanten folgten in ihren eigenen Sänften. Am Palast des Kommandanten gingen zwei andere ältere Damen, die Kusinen seines Vaters, der Brautsänfte entgegen, und die vier Damen führten die Braut zusammen in den Palast. Dort wartete der Kommandant mit seinen jüngeren Verwandten, denn seine Eltern sind tot.«

»Haben die Tanten das Gesicht der Braut nicht mit Reispuder bestäubt?« fragte die Kaiserinmutter.

Der Obereunuch beeilte sich, sein Gedächtnis aufzufrischen. »Das haben sie nicht versäumt, Majestät, sie haben sie auch mit dem rotseidenen Schleier der Jungfräulichkeit bedeckt. Sie trat auch, wie es der Brauch erfordert, über einen Sattel – es war des Kommandanten eigener mongolischer Sattel, den er von seinen Vorvätern geerbt hat –, dann ging sie über glühende Holzkohlen, geleitet von den älteren Damen, ins Haus. Von einem alten Hochzeitssänger begrüßt, kniete das Brautpaar zweimal nieder und stattete Himmel und Erde seinen Dank ab. Dann wurde es von den älteren Damen in die Brautkammer zum Ehebett geführt, auf dem es Platz nahm.«

»Wer saß auf dem Gewand des anderen?« fragte Tsu Hsi.

»Er«, antwortete der Obereunuch und gurgelte ein Lachen hervor. »Er wird in seinem Hause regieren.«

»Ja, das versteht sich. Er war schon als Kind eigensinnig. Weiter!«

»Dann tranken die beiden Wein aus Bechern, die mit roter Seide umhüllt waren, tauschten die Becher und tranken wieder, und ebenso aßen sie Reiskuchen, wie es die Sitte gebietet. Danach fand das Hochzeitsmahl statt.«

»War es ein großes Fest?«

»Ein Fest im richtigen Maßstabe«, sagte der Eunuch vorsichtig, »weder zu groß noch zu klein.«

»Und am Ende gab es zweifellos Teignudeln in Hühnersuppe.«

»Ja, auch die Nudeln wurden nicht vergessen, da sie langes Leben bedeuten.«

Nun wartete er auf die wichtigste Frage, die überall im ganzen Volk nach der Hochzeitsnacht gestellt wird. Aber es dauerte eine Weile, bis die Kaiserin die Frage herausbrachte.

»Wurde die Ehe – vollzogen?« Ihre Stimme zitterte dabei.

»Sie wurde vollzogen«, sagte der Obereunuch. »Ich blieb die

Nacht dort und erfuhr am nächsten Morgen alles von der Brautjungfer. Um Mitternacht lüftete der Kommandant den Schleier der Braut und brachte die Nadel einer Waage in ritueller Weise ins Gleichgewicht. Die Jungfer zog sich bis zur Morgendämmerung zurück, bis sie wieder gerufen wurde. Die Tanten gaben ihr das blutbefleckte Tuch. Die Braut war noch Jungfrau gewesen.«

Die Kaiserin saß schweigend da, bis der Eunuch, der auf das Zeichen der Entlassung wartete, leise hüstelte, um sie darauf aufmerksam zu machen, daß er noch da war.

»Gut«, sagte sie, »man kann sich auf dich verlassen. Ich werde dir morgen die Belohnung zusenden.«

»Majestät sind zu gütig«, sagte der Eunuch und ging.

Die Sonne fiel auf die leuchtenden Blumen. Ein gelber Schmetterling hing mit zitternden Flügeln an einer roten Blüte. War das ein Vorzeichen? Sie durfte nicht vergessen, das Astrologenkollegium darüber zu Rate zu ziehen. Sicher war es ein glückverheißendes Vorzeichen, da sie es gerade in dem Augenblick gesehen hatte, als ihr das Herz brechen wollte. Sie würde es nicht brechen lassen. Sie hatte sich mit eigener Hand die Wunde zugefügt und würde sie auch mit eigener Hand heilen.

Sie stand auf, schloß das Buch und kehrte in ihren Palast zurück, hinter ihr in geziemender Entfernung ihr häßlicher, treuer Eunuch.

Von diesem Tage an wandte sich die Kaiserin ganz ihrem Sohne zu. Um ihn allein kreisten ihre Gedanken. Er war ihr Gesundbrunnen und ihr Trost. Wenn sie nachts nicht schlafen konnte und die Phantasie ihr Bilder vorgaukelte, an denen sie keinen Anteil nehmen konnte, ging sie zu ihm, nahm seine warme Hand, wenn er schlief, zog ihn in ihre Arme, wenn er unruhig wurde, und ließ ihn an ihrer Brust wieder einschlafen.

Er war stark und schön und hatte eine so weiche und helle Haut, daß die Hofdamen sagten, an ihm sei ein Mädchen verlorengegangen. Doch er war nicht nur schön, er hatte auch einen sehr geweckten Geist. Als er vier Jahre alt war, bestellte sie Lehrer für ihn und bereits mit fünf Jahren konnte er nicht nur Bücher in Mandschu lesen, sondern beherrschte auch schon die chinesische Sprache. Seine Hand führte instinktiv den Pinsel, wie es nur ein Künstler tut, und sie erkannte in seiner noch kindlichen Schrift eine Kühnheit und

Festigkeit, die ihn eines Tages zu einem berühmten Kalligraphen machen würde. Sein Gedächtnis war erstaunlich. Man brauchte ihm eine Seite nur ein- oder zweimal vorzulesen, dann wußte er sie auswendig. Aber sie duldete nicht, daß seine Lehrer ihn lobten. Sie tadelte sie, wenn sie seine hervorragenden Eigenschaften rühmten. »Sie dürfen ihn nicht mit irgendeinem anderen Kinde vergleichen«, versetzte sie. »Sie müssen das, was er tut, an dem messen, was er tun kann. Sagen Sie ihm, daß sein Vorfahr Tschien Lung mit fünf Jahren weit mehr leistete als er.«

Dabei züchtete sie in dem Kinde einen Stolz, der ebenso groß war wie ihr eigener. Nur sie, seine Mutter, durfte sich vor ihm setzen. Seinen Lehrern war das verboten. Wenn ihm ein Lehrer wegen irgendeiner Eigenheit, wegen eines Blickes oder seiner Kleidung mißfiel, wurde er sofort entlassen, und niemand durfte sich darüber beklagen.

»Es ist des Kaisers Wille«, sagte sie.

Wäre er ein Schwächling gewesen, hätten ihn eine solche Nachsicht und eine so frühe Machtfülle sicher verdorben, aber dieses Kind war genial, so daß ihm das alles nichts anhaben konnte. Er nahm seine Stellung als so selbstverständlich hin wie Sonne und Regen. Er hatte auch ein mitleidiges Herz, denn wenn ein Eunuch wegen irgendeines Vergehens geprügelt wurde, legte er sich sofort für ihn ins Mittel. Die Kaiserin konnte ihre Dienerin nicht einmal am Ohr zupfen, weil der kleine Herrscher in Tränen ausbrach.

Bei solchen Gelegenheiten zweifelte sie manchmal, ob er zum Herrscher eines großen Volkes stark genug sein würde, aber dann konnte er auch in solche Wut geraten und so gebieterisch sein, daß sie neue Hoffnung schöpfte. Sie mußte sogar einmal einschreiten, weil der Eunuch Li Lien-ying das Mißfallen seiner Majestät erregt hatte. Er hatte von dem kleinen Kaiser den Befehl erhalten, ihm eine Spieldose in einem ausländischen Laden der Stadt zu kaufen. Der Eunuch hatte die Kaiserinmutter zuerst gefragt, ob er den Befehl ausführen sollte, und sie verbot es ihm mit diesen Worten:

»Ein ausländisches Spielzeug soll er nicht bekommen, aber wir wollen ihn nicht ganz enttäuschen. Geh auf den Marktplatz und hol ihm Tiger aus Holz und andere Tiere. Dann wird er nicht mehr an die Spieldose denken.«

Li Lien-ying überreichte seinem kleinen Gebieter einen ganzen

Korb voll solcher Tiere und sagte, er habe den ausländischen Laden nicht gefunden, aber er habe eine ganze Reihe wunderschöner Tiere aus Holz und Elfenbein mit bunten Glasaugen mitgebracht.

Tsu Hsis Sprößling wurde darauf zum Tyrannen. Er warf die Spielsachen auf den Boden, stieg von seinem kleinen Thron herunter und stelzte mit gekreuzten Armen und vor Wut flammenden Augen im Kinderzimmer umher.

»Weg mit diesem dummen Zeug!« rief er. »Bin ich ein Kind, daß ich mit solchem Gerümpel spielen soll? Wie wagst du es, Li Lien-ying, deinem Herrscher zu trotzen? Ich werde dich aufschlitzen lassen.«

Er gab tatsächlich den Befehl, den Eunuchen aufzuschlitzen und ihm sein Fleisch in kleinen Stücken vom Körper zu schneiden, weil er sich gegen den Thron aufgelehnt habe. Die Leibwächter zögerten jedoch, diesen Befehl auszuführen. Ein Eunuch lief zur Kaiserin, die mit fliegenden Gewändern herbeigeeilt kam.

»Mein Sohn«, rief sie, »mein Sohn, du darfst einen Menschen nicht so ohne weiteres zum Tode verurteilen – noch nicht!«

»Mutter«, erwiderte das Söhnchen würdevoll, »der Eunuch ist nicht gegen mich, sondern gegen den Kaiser von China ungehorsam gewesen.«

Dieser Unterschied, den er zwischen sich und seinem Amt machte, setzte sie so in Erstaunen, daß sie für einen Augenblick sprachlos war. Sie wollte ihm gegenüber auch nicht ihre Autorität geltend machen.

»Mein Sohn«, sagte sie schmeichelnd, »du kannst tun, was du willst, aber denke daran, daß Li Lien-ying dir sonst immer gefällig ist. Hast du das vergessen?«

Aber der kleine Herrscher ließ sich nicht überzeugen. Er wollte Li Lien-ying unbedingt aufschlitzen lassen, bis es ihm die Kaiserin einfach verbot.

Dieser kleine Zwischenfall zwang sie jedoch dazu, für ihren Sohn einen richtigen Mann als Erzieher zu suchen, der ihm den fehlenden Vater ersetzen könnte.

Sie entschloß sich kurzerhand, Jung Lu für diesen Posten auszuwählen. Sie hatte ihn seit seiner Verheiratung nicht mehr gesehen. Um ihr Herz vor ihm zu schützen, zog sie Staatskleider an und empfing ihn auf dem Thron, umgeben von ihren Damen. Sie standen zwar in weitem Umkreise, aber sie waren doch da, in ihren bunten Kleidern wie ein Schwarm Schmetterlinge anzusehen. Jung Lu trug nicht mehr seine Uniform, sondern die Robe des Großkanzlers, Samtschuhe und um den Hals eine Kette von Edelsteinen, die bis zu den Hüften reichte, und einen Hut mit einem roten Jadeknopf. Er hatte immer königlich ausgesehen, aber bei diesem Anblick zitterte ihr Herz wie ein in der Hand gehaltener Vogel. Um so mehr mußte sie sich zusammennehmen. Sie ließ ihn knien und bat ihn nicht, aufzustehen. Sie sprach mit ihm in einer nachlässigen, müden Art.

»Mein Sohn ist alt genug, um ein Pferd zu reiten und einen Bogen zu spannen«, sagte sie. »Ich erinnere mich, daß Sie ein guter Reiter sind und selbst das wildeste Pferd zähmen können. Auch habe ich gehört, daß Sie so gut mit Pfeil und Bogen umzugehen verstehen, daß es Ihnen auf der Jagd niemand gleichtut. Lehren Sie also meinen Sohn, den Kaiser, einen Pfeil ins Ziel zu schießen.«

»Zu Befehl, Majestät«, entgegnete er, ohne die Augen zu erheben.

Wie stolz und kalt er ist! dachte sie. Das ist also seine Rache. Ich werde nie erfahren, was zwischen ihm und seiner Frau ist, ob er sie liebt oder haßt. Ach, wie verlassen bin ich doch!

Aber ihr Gesicht veränderte sich nicht. »Beginnen Sie gleich morgen«, befahl sie ihm. »Nehmen Sie ihn mit auf den Übungsplatz der Bogenschützen. Ich werde mich von nun an öfters überzeugen, was für Fortschritte er macht und ob Sie der geeignete Lehrer für ihn sind.«

»Zu Befehl, Majestät«, sagte er, noch immer kniend.

Von diesem Tage an verbrachte der kleine Kaiser den Morgen bei seinen Lehrern, den Nachmittag bei Jung Lu. Mit zärtlichem Bemühen nahm sich der große, starke Mann des Knaben an. Oft stand er große Angst aus, wenn der kühne Knirps seinen schwarzen Araber in Galopp setzte, aber er zeigte seine Angst nicht, weil der Knabe keine Furcht kennenlernen sollte. Wie stolz war er, als er entdeckte, daß der junge Kaiser mit fester Hand den Bogen hielt und mit scharfen Augen den Pfeil ins Ziel schickte. Zuversichtlich führte er seinen Schützling vor, wenn die Kaiserin mit ihren Damen auf den Schießplatz kam.

Sie sah, daß Mann und Knabe sich jeden Tag näherkamen, aber

sie sprach nur ein paar kalte Lobesworte: »Mein Sohn macht sich gut, aber was konnte man auch anderes erwarten!«

Die Sehnsucht ihres Herzens kam nie zum Vorschein. Es brannte ihr vor Schmerz und Freude in der Brust, wenn sie sah, daß diese zwei, die sie liebte, sich so nahekamen wie Vater und Sohn.

»Majestät«, sagte Prinz Kung nicht lange nach diesem Auftrag an Jung Lu. »Ich habe unsere zwei großen Generäle Tseng Kuo-fan und Li Hung-tschang aufgefordert, in die Hauptstadt zu kommen.«

Die Kaiserinmutter, die sich gerade zum Schießplatz begeben wollte, blieb auf der Schwelle ihres privaten Thronsaales stehen. Ihre Damen umgaben sie in einem leuchtenden Halbkreis. Prinz Kung war der einzige Mann, mit dem sie ohne Umstände sprach, er war ja nach dem Gesetz ihr Verwandter, der Bruder des verstorbenen Kaisers. Sie verletzte die Sitte nicht, wenn sie so mit ihm sprach, obzwar er noch jung und hübsch war. Trotzdem wurde sie jetzt unwillig. Er war gekommen, ohne sich vorher angemeldet zu haben oder aufgefordert zu sein, und das war eine Beleidigung. Niemand sollte sich solche Vorrechte herausnehmen.

Sie unterdrückte ihren plötzlich aufsteigenden Zorn, machte mit ihrer gewohnten Würde und Anmut kehrt und ging zu dem kleinen Thron inmitten des Saales. Sie setzte sich, faltete die Hände im Schoß und ließ die weiten Ärmel über sie fallen. Der Prinz stellte sich jedoch nicht vor sie hin, wie sie es erwartete, sondern nahm, ohne dazu aufgefordert zu sein, rechts von dem niedrigen Podium Platz, auf dem der Thron stand. Um ihm ihr Mißfallen zu zeigen, sagte sie kein Wort, sondern richtete den durchdringenden Blick ihrer schwarzen Augen auf den grünen Jadeknopf, der sein Gewand am Hals schloß. Sie vermied es, ihm ins Gesicht zu sehen.

Er wartete jedoch nicht, bis sie ihn anredete, sondern setzte ihr sofort auseinander, warum er gekommen war.

»Ich habe Sie absichtlich nicht mit kleinen Angelegenheiten behelligt, die ich selbst erledigen kann, wie ich auch Tag für Tag die Kuriere empfange, die über die Kriegshandlungen im Süden berichten.«

»Über diese Kriegshandlungen weiß ich genau Bescheid«, sagte sie in eisigem Ton. »Habe ich nicht vor einem Monat Tseng Kuo-fan befohlen, die Rebellen von allen Seiten anzugreifen?«

»Das hat er getan«, erwiderte Prinz Kung, ohne ihren wieder aufsteigenden Zorn zu bemerken, »aber die Aufrührer haben ihn zurückgeworfen. Vor zwei Wochen haben sie nun einen Angriff auf Schanghai angekündigt. Dadurch haben die reichen chinesischen Kaufleute in der Stadt mit den ausländischen Händlern gemeinsame Sache gemacht. Sie stellen eine eigene Armee auf, da sie fürchten, daß unsere Soldaten die Stadt nicht verteidigen können. Ich habe deshalb unsere zwei Generäle herbeordert, damit sie ihre strategischen Pläne darlegen.«

»Sie nehmen zuviel auf sich.«

Prinz Kung war über diesen Tadel erstaunt. Bis jetzt hatte die Kaiserinmutter alle seine Anordnungen gebilligt und ihn dadurch in seinem Diensteifer bestärkt, und so hatte er eine immer größere Verantwortung auf sich genommen. Die Kaiserin war ja schließlich eine Frau, und eine Frau konnte die Staatsangelegenheiten und besonders die Führung eines so erbarmungslosen Krieges, der die Grundlagen des Staates erschütterte, nicht meistern. Die Rebellen hatten sich noch weiter über die südlichen Provinzen verbreitet, brannten Städte und Dörfer nieder und stahlen die Ernte von den Feldern. Wo sie erschienen, flüchtete die Bevölkerung vor ihnen. Millionen waren schon getötet worden. Obschon der Krieg bereits Jahre gedauert hatte, konnten die kaiserlichen Soldaten den Aufruhr nicht unterdrücken, der sich vielmehr wie ein Waldbrand immer schneller ausbreitete. Prinz Kung hatte gehört, daß das kleine Freiwilligenheer in Schanghai, das bisher von einem Weißen namens Ward geführt worden war, einen neuen Führer bekommen sollte, einen Engländer namens Gordon, denn Ward war bei den Kämpfen gefallen. Die Schwierigkeit dabei war nun, daß noch ein anderer Weißer, ein Amerikaner namens Bourgevine, die Führung beanspruchte, und diese Forderung wurde von seinen Landsleuten unterstützt. Dieser Bourgevine sollte ein Abenteurer und Schurke sein, während Gordon ein guter Mann und ein erfahrener Soldat war. Aber wenn dieser Gordon die Rebellen zurückwarf, würden dann die Engländer nicht das eroberte Land für sich beanspruchen? Prinz Kung, der diesen Problemen ziemlich ratlos gegenüberstand, hatte die beiden Generäle Tseng Kuo-fan und Li Hung-tschang aufgefordert, nach Peking zu kommen, aber dann fiel ihm ein, daß die Kaiserinwitwe vielleicht nicht damit einverstanden wäre. Er mochte vor sich selbst nicht gern zugeben, daß er auf Jung Lu eifersüchtig war, weil die Kaiserin jetzt oft dessen Rat suchte. So munkelte man jedenfalls. Den Obereunuchen wollte er nicht befragen, denn er wußte, daß An Teh-hai der Verbündete Tsu Hsis war und alles gut fand, was sie tat.

»Majestät«, sagte er, indem er einen demütigen Ton anschlug, »wenn ich meine Befugnisse überschritten habe, entschuldigen Sie mich, bitte, denn was ich getan habe, ist Ihretwegen geschehen.«

Diese hochmütige Entschuldigung gefiel Tsu Hsi ganz und gar nicht. »Ich entschuldige Sie nicht«, sagte sie kalt, »daher ist es kaum von Bedeutung, wenn Sie sich selbst entschuldigen.«

Er war betroffen. Stolz stieß auf Stolz. Er erhob sich, verbeugte sich und sagte: »Majestät, ich ziehe mich zurück. Verzeihen Sie, daß ich unaufgefordert erschienen bin.«

Mit hocherhobenem Kopf ging er fort. Sie sah nachdenklich hinter ihm her. Mochte er gehen, sie konnte ihn jederzeit zurückrufen. Inzwischen wollte sie sich selbst erkundigen, wie es im Süden stand, dann konnte sie immer noch seinen Rat annehmen oder ablehnen. Sie ließ den Obereunuchen holen. An Teh-hai hatte offenbar ein Schläfchen gemacht, seine Augen waren ganz klein. Er kniete vor ihr nieder und legte den Kopf auf die Hände, um ein Gähnen zu verbergen.

»Fordere die zwei Generäle Tseng und Li, wenn sie schon da sind, auf, morgen früh in den Audienzsaal zu kommen. Benachrichtige Prinz Kung und den Großkanzler Jung Lu, daß ihre Anwesenheit ebenfalls erforderlich ist. Bitte die Kaiserin des Östlichen Palastes, eine Stunde eher als üblich zu kommen. Wir haben ernste Angelegenheiten zu erörtern.«

Dann wandte sie sich an Li Lien-ying. »Sage dem Großkanzler, daß ich heute nicht auf den Schießplatz komme. Er soll dafür sorgen, daß der Rappe, den mein Sohn reitet, keinen Hafer bekommt, damit er nicht bockt.« Li Lien-ying machte sich sofort auf den Weg, aber nach einigen Minuten kam er zurück, während sie noch auf dem Thron saß und über Prinz Kungs Worte nachdachte.

»Was gibt's denn?« fragte sie. »Habe ich nie Ruhe vor dir?«

»Majestät«, sagte er, »der junge Kaiser weint, weil Sie nicht kommen. Er möchte Ihnen gern seinen neuen Sattel zeigen. Der Großkanzler bittet Sie, ihm den Willen zu tun.«

So blieb ihr nichts übrig, als sich den Sattel mit allen seinen Feinheiten genau anzusehen, und während sich ihre Blicke mit denen Jung Lus in gegenseitigem Stolz begegneten und ihr Sohn seine Peitsche weithin schwenkte, fragte sie aus einem plötzlichen Antrieb heraus:

»Weißt du, daß die zwei Generäle aus dem Süden gekommen sind?«

»Ich habe es gehört«, sagte er.

»Sie schlagen vor, wir sollen keinen Einwand erheben, daß die Schanghaier Kaufleute ein stärkeres Heer unter einem ausländischen Führer ausrüsten. Ist das ein weiser Rat?«

»Das wichtigste ist, daß dem Aufstand ein Ende gemacht wird. Es ist doch so, daß wir in Wirklichkeit zwei Kriege führen, einen mit den Rebellen und den anderen mit den Weißen. Zwischen beiden werden wir so eingekeilt, daß uns der Atem ausgehen muß. Zuerst muß mit allen Mitteln der Aufstand unterdrückt werden, dann können schließlich auch die Weißen vertrieben werden.«

Sie nickte und lächelte die ganze Zeit, wie wenn sie sich nur mit ihrem Sohne beschäftigte. Jetzt bestieg auch Jung Lu sein Pferd, und sie sah den beiden zu, wie sie um das Feld galoppierten. Der große, starke Mann hatte das Gesicht dem Kinde zugewandt und ließ dann und wann ein belehrendes Wort fallen, bereit, jeden Augenblick zuzugreifen, wenn sein Schüler fallen sollte. Aber das Kind blickte nicht ängstlich nach ihm hin, sondern geradeaus, und es war wundervoll anzusehen, mit welcher Meisterschaft es schon die Zügel hielt.

»Ein geborener Kaiser«, bemerkte sie. »Und er ist mein Sohn.«

Als sie ihre Pferde am anderen Ende des Feldes zum Stehen brachten, winkte sie mit dem Taschentuch und ging, gefolgt von ihren Damen, zum Palast zurück.

In der kühlen grauen Morgendämmerung des nächsten Tagen saßen die zwei Regentinnen, jede auf ihrem eigenen Thron, hinter dem dünnen gelbseidenen Vorhang, durch den sie selbst wie durch einen Schleier in den Thronsaal blicken konnten, ohne selbst gesehen zu werden. Gemäß ihrem Alter und Rang traten die Mitglieder des Großen Rates ein, zuerst Prinz Kung. Nun war es Aufgabe des Obereunuchen, jeden Ankommenden anzukündigen, und selbst

Prinz Kung mußte warten, bis der Obereunuch seinen Namen rief. Er wartete aber nicht. Li Lien-ying lehnte sich vor und flüsterte der Kaiserinmutter zu:

»Majestät, ohne mich in etwas einzumischen, was mich nichts angeht, zwingt mich meine Besorgnis um Ihre Würde zu der Feststellung, daß Prinz Kung hereingekommen ist, ohne auf den Namensaufruf zu warten.«

So abgestimmt war dieser Eunuch auf jede Gemütsregung und jeden Gedanken seiner Herrin, daß er die wachsende Abneigung der Kaiserin gegen Prinz Kung spürte.

Wenn die Kaiserin auch so tat, als beachte sie seine Worte nicht, so wußte er doch, daß sie diese zweite Unhöflichkeit des Prinzen nicht vergessen würde. Sie war zu klug, voreilig zu handeln. Sie war sich darüber klar, daß Prinz Kung nicht ihr Feind war. Aber trauen konnte sie nur Jung Lu, und selbst dieser war mit einer anderen Frau verheiratet.

Sakota saß schläfrig neben ihr. Sie sah und hörte nichts. Sie haßte diese Audienzen am frühen Morgen, denn sie schlief gern bis Mittag und wartete nur darauf, wieder ins warme Bett zu kommen. Inzwischen hatte sich der Große Rat versammelt. Alle knieten mit dem Gesicht zum Boden vor dem Drachenthron. Prinz Kung begann die Verlesung eines Berichtes, den er in den Händen hielt.

»In dem vierten Monat dieses Mondjahres, dem fünften Monat dieses Sonnenjahres haben die sogenannten Taiping-Rebellen in der Nähe der Stadt Schanghai eine rege Tätigkeit entwickelt. Nicht zufrieden mit ihren Erfolgen im Süden, haben sie sich jetzt auch dieser Stadt genähert. Ja, sie sind sogar in kleinen Trupps vorübergehend in einige Stadtviertel eingedrungen und haben Häuser in Brand gesteckt. Die Schanghaier Armee, die sich den Namen die Immer-Siegreichen gegeben hat, hat sie verfolgt, aber die meisten Rebellen konnten wegen ihrer guten Ortskenntnis entkommen. Inzwischen haben sich mehr als fünfzehntausend geflohene Bauern mit ihren Familien in Schanghai versammelt und stiften dort Unruhe. Die ausländischen Kaufleute sind erbost, weil sie unter ihnen viele starke junge Männer sehen, die gegen die Rebellen kämpfen könnten. Um diese jungen Männer in die Abwehr einzureihen, haben sie nun einen gewissen Gordon, einen Engländer, bestellt, der wegen seiner Furchtlosigkeit und seiner großen Rechtschaffenheit bekannt ist. Er soll die Führung der Immer-Siegreichen übernehmen. Dies ist der Bericht, den die zwei Generäle Tseng und Li dem Thron erstattet haben.«

Hinter dem seidenen Vorhang biß sich die Kaiserinmutter auf die Lippe. Es gefiel ihr nicht, daß Prinz Kung aus eigener Machtvollkommenheit den Bericht vorgelesen hatte. Mit fester und klarer Stimme sagte sie nun:

»Wir wollen jetzt hören, was die zwei Generäle selbst vor dem Drachenthron zu erklären haben.«

Prinz Kung, der den Tadel heraushörte, rief den General Tseng als den älteren vor. Dieser warf sich vor dem Drachenthron nieder und sagte:

»Ich bitte darum, daß mein Mitkämpfer, General Li Hung-tschang, für uns beide sprechen darf, da er der Gouverneur der Provinz Kiangsu ist und sein Hauptquartier in Schanghai hat. Wenn er auch erst dreiunddreißig Jahre alt ist, kann ich Li Hung-tschang als den fähigsten meiner Generäle dem Drachenthron empfehlen.«

Ohne auf die Antwort der Kaiserinmutter zu warten, befahl Prinz Kung: »Li Hung-tschang soll vortreten.«

Die Kaiserinmutter sagte nichts, aber ihr Ärger wuchs. Sie mußte ihn jedoch unterdrücken, bis die Staatsgeschäfte erledigt waren. Auch Li Hung-tschang warf sich vor dem Drachenthron nieder und sagte:

»Im dritten Monat dieses Mondjahres oder nach ausländischer Rechnung im vierten Monat dieses Sonnenjahres führte ich meine Armee auf Befehl des Oberkommandierenden, des Generals Tseng Kuo-fan, in die Stadt Schanghai. Kaiserliche Soldaten fand ich dort nicht vor, denn sie waren anderweitig beschäftigt. Fast die ganze Provinz ist von den Rebellen besetzt. Die Stadt wurde von den Immer-Siegreichen verteidigt, Söldnern, die von den Kaufleuten angeworben sind und von ihnen bezahlt werden. Sie standen unter dem Befehl eines Amerikaners namens Ward. Dieser Ward war ein guter Soldat, fiel aber unglücklicherweise bei einem Angriff der Rebellen im neunten Monat dieses Sonnenjahres. Seinen Posten begehrte dann ein anderer Amerikaner namens Bourgevine, aber dieser Mann ist ein Abenteurer, wenn er auch bei den Soldaten in hohem Ansehen steht, weil er jede Beute mit ihnen teilt. Nominell steht er unter unserem Oberkommando, aber er hält sich selbst für einen König und betrachtet die Söldner als seine Privatarmee. Krieg führt er nur, wann und wo es ihm Spaß macht. Als ich ihm daher den Befehl erteilte, nach Nanking aufzubrechen, wo die Lage sehr kritisch war, weigerte sich Bourgevine, sich dorthin zu begeben. Ich enthob ihn deshalb seines Postens, worauf er die Kasse der Kaufmannsgilde plünderte. Vierzigtausend Silbertaels verteilte er als rückständigen Sold unter seine Soldaten, bei denen sein Ansehen dadurch natürlich noch wuchs. Ich drohte, die Immer-Siegreiche Armee aufzulösen, denn wenn ihr Führer nicht unter meinem Befehl steht, wie ich unter dem Befehl unseres Oberkommandierenden stehe, könnten die Soldaten die Keimzelle für einen neuen Aufstand bilden.«

»Dadurch ist also die Immer-Siegreiche Armee ohne Führer«, bemerkte Prinz Kung.

»So ist es in der Tat, Hoheit«, sagte Li Hung-tschang.

Die Kaiserinmutter hatte diesen Bericht mit großem Interesse angehört. Wenn sie auch Li Hung-tschang nicht klar erkennen konnte, unterschied sie doch durch den seidenen Vorhang einen großen Mann. Er hatte eine Stimme, die von Entschlossenheit zeugte, und alles, was er sagte, war klar und wohlgeordnet. Das war ein Mann, der ihr nützlich sein konnte, sie mußte sich seinen Namen merken. Aber sie äußerte nichts, denn sie war von neuem mit Prinz Kung unzufrieden. Er hatte gesprochen, ohne abzuwarten, ob sie etwas zu sagen hatte.

Li Hung-tschang konnte sie nicht tadeln, weil er Prinz Kung geantwortet hatte, denn dieser hatte einen höheren Rang als er. Um so wütender war sie daher auf Prinz Kung.

»Haben Sie noch immer vor, die Söldner zu entlassen?« erkundigte sie sich, nachdem wieder Stille eingetreten war. Ihre silberhelle Stimme, die hinter dem Vorhang erklang, setzte die zwei Generäle in Erstaunen. Sie blickten in die Richtung, aus der die Stimme gekommen war, konnten aber die Sprecherin nicht sehen.

»Majestät«, antwortete Li, »wenn diese Soldaten auch höchst anmaßend sind, so sind sie doch gut geschult. Wir können es uns nicht erlauben, ihre Kampfkraft zu verlieren. Ich schlage daher vor, den Engländer Gordon einzuladen, die Führung der Immer-Siegreichen Armee zu übernehmen und mit ihr sich an den Kämpfen zu beteiligen.«

»Kennt einer von den Anwesenden diesen Gordon?« fragte die Kaiserinmutter jetzt.

Prinz Kung machte eine Verbeugung gegen den Thron. »Majestät, durch Zufall habe ich seine Bekanntschaft gemacht.«

»Durch welchen Zufall?« fragte die Kaiserinmutter.

Jeder hörte an dem Ton ihrer Stimme, daß sie nicht erfreut über dieses neuerliche Auftreten des Prinzen war, aber Prinz Kung fuhr sogleich fort: »Majestät, als die fremden Eindringlinge die Paläste von Yüan Ming Yüan zerstörten, eilte ich sofort dorthin, in der Hoffnung, die Vernichtung dieses Nationalheiligtums vielleicht aufhalten zu können. Aber die Flammen schlugen bereits gen Himmel, und kein menschliches Eingreifen konnte mehr etwas nützen. Während ich mit Kummer im Herzen dort stand, sah ich neben mir einen großen, bleichen Mann. Er trug die Uniform eines englischen Offiziers und stützte sich auf einen Bambusstock. Ich sah zu meinem Erstaunen, daß er ein sehr betrübtes Gesicht machte. Er ging plötzlich auf mich zu und sagte mir in leidlichem Chinesisch, er sei beschämt, daß seine englischen und europäischen Landsleute so gierig auf Plünderungen aus wären und selbst das zerstörten, was sie nicht mitnehmen könnten: Spiegel, Uhren, herrliche Schnitzarbeiten, Gegenstände aus Elfenbein und Korallen, Seidenballen, die Schätze der Lagerhäuser –«

»Still!«

Sonderbar fremd und zitternd erklang die Stimme der Kaiserinmutter hinter dem Vorhang.

»Majestät«, fuhr Prinz Kung unbeirrt fort, »ich sah, wie ein französischer Soldat einem Plünderer eine Handvoll kleiner Münzen für eine Perlenkette bezahlte, die er dann am nächsten Tage für mehrere tausend Silberdollars verkaufte. Goldornamente wurden als wertloses Messing fortgeworfen, und die Elfenbeinboiserien des Thronsaales –«

»Still!«

Prinz Kung wollte noch immer nicht nachgeben, ja, er leistete ihr offen Widerstand.

»Majestät, ich nehme das Recht für mich in Anspruch, offen reden zu dürfen. Ich fragte Gordon dann: ›Können Sie Ihre Soldaten nicht zurückrufen?‹ Er erwiderte: ›Warum hat Ihr Kaiser unsere Offiziere und Soldaten, die in gutem Glauben unter einer weißen Flagge

Verhandlungen über einen Waffenstillstand führen wollten, foltern lassen, so daß vierzehn von ihnen starben?‹ Was konnte ich darauf antworten, Majestät?«

»Ich will nichts mehr hören!« rief die Kaiserin jetzt. Sie war wütend, denn sie erkannte, daß Prinz Kung sie öffentlich tadelte, weil sie den Kaiser überredet hatte, den Mongolengeneral Seng zu diesem Überfall zu veranlassen. Eine volle Minute lang konnte sie kein Wort hervorbringen. Inzwischen machte Prinz Kung eine Verbeugung und trat auf seinen Platz zurück. Alle warteten, was die Stimme hinter dem Vorhang nun anordnen würde.

»Wir erlauben diesem Engländer, in unsere Dienste zu treten«, erklärte die Kaiserinmutter schließlich mit ruhiger und entschlossener Stimme. Nach einer Weile fügte sie dann hinzu: »Es scheint, wir müssen selbst die Dienste unserer Feinde annehmen.«

Dann beendete sie die Audienz.

Als sie in ihren Palast zurückgekehrt war, grübelte sie viele Stunden lang, und niemand wagte sie zu stören. Sie war beunruhigt, daß Prinz Kung, dem sie ihr Vertrauen geschenkt hatte, so offen gegen sie aufgetreten war. War ihre Macht vielleicht schon im Sinken?

Sie wollte den stolzen Prinzen demütigen und ihren Sohn auf den Drachenthron setzen. Sie würde ihm hinter dem Vorhang die Befehle zuflüstern, die er dann als seine eigenen verkünden konnte.

Sie wollte diesen Plan möglichst schnell durchführen, denn An Teh-hai berichtete ihr wenige Tage später, daß Prinz Kung zweimal Sakota, ihre Mitregentin, besucht und ihr Vorwürfe wegen ihrer Schwäche gemacht hatte. Sie solle doch nicht immer allem zustimmen, was ihr die Kaiserinmutter vorschlüge.

Der Obereunuch hatte noch einen anderen Pfeil im Köcher.

»Und dann, Majestät, beklagte sich Prinz Kung, daß Sie jetzt ständig Jung Lu Ihr Ohr liehen und ihm erlaubten, beinahe Vaterstelle an dem jungen Kaiser zu vertreten. Deshalb müsse er fast einem Gerücht Glauben schenken, das er bisher immer ignoriert habe –«

»Genug!« rief die Kaiserinmutter. Die Wut, die in ihren schwarzen Augen flammte, veranlaßte den Obereunuchen, sich zurückzuziehen. Er wußte jedoch, daß der Samen, den er gesät hatte, aufgehen würde und daß die Kaiserinmutter aus einer Handvoll Worte eine lange Geschichte zusammensetzen könnte.

Noch am gleichen Nachmittag stattete die Kaiserinmutter ihrer Mitregentin einen Besuch ab. Zuerst wurden zwischen den beiden nur höfliche und schmeichelnde Redensarten ausgetauscht, so daß Sakota den Zweck dieses seltenen Besuches nicht ahnen konnte. Dann sagte Tsu Hsi plötzlich ganz offen:

»Schwester, ich komme heute zu dir, um dich zu bitten, mit mir zusammen den Stolz des Prinzen Kung zu dämpfen. Er nimmt sich immer mehr heraus, überschreitet seine Vollmachten und schränkt die deinigen immer mehr ein. Von mir selbst will ich nicht sprechen.«

Sie sah sofort, daß in diesem verfallenen Körper die ehemalige kindliche Sakota noch weiterlebte. Eine krankhafte Röte überflog das hagere Gesicht.

»Ich sehe, du fühlst genauso wie ich. Auch du hast bemerkt, daß mich der Prinz auf unserer letzten Audienz kaum zu Wort kommen ließ. Und jetzt, da ich dran denke, fallen mir noch viele andere Dinge ein. Er betritt sogar den Thronsaal, ohne sich von dem Obereunuchen ankündigen zu lassen.«

Die Kaiserinwitwe baute wie immer zuerst eine schwache Verteidigung auf. »Aber er hat seine Treue doch bewiesen.«

»Ich kann ihm nicht verzeihen, daß er sich so viel herausnimmt, weil er glaubt, mir das Leben gerettet zu haben.«

Die Kaiserinwitwe sammelte ihr bißchen Mut und machte noch einen Ausfall. »Und hat er es nicht gerettet?«

»Wenn es schon so ist, sollte er es jedenfalls nicht so zeigen. Rühmt sich ein großherziger Mann, seine Pflicht getan zu haben? Und wie hat er mir denn das Leben gerettet? Dadurch, daß er nach Jehol kam, als ich ihn rufen ließ? Ich glaube nicht.« Sie hielt inne und setzte dann kühn hinzu: »Es war unser Verwandter Jung Lu, der den Dolch des Mörders beiseite schlug.«

Die Kaiserinwitwe sagte nichts. Die Kaiserinmutter schien ihr Schweigen nicht zu bemerken und fuhr mit flammenden Augen und graziösem Spiel ihrer feinen Hände fort: »Hörst du nicht, wie Prinz Kung seine Stimme erhebt, wenn er mit uns spricht? Er scheint uns für dumm zu halten.«

»Ich bin's«, sagte die Kaiserinwitwe mit schwachem Lächeln.

»Ich nicht!« erklärte die Kaiserinmutter. »Auch du nicht – Ich will das nicht wahrhaben. Selbst wenn wir dumm wären – Männer halten alle Frauen für dumm, obschon sie gerade dadurch ihre eigene Dummheit bezeugen –, müßte Prinz Kung sich anders gegen uns betragen, denn wir sind Regentinnen, Kaiserinnen von Rechts wegen und mehr als Frauen. Ich sage dir, ältere Schwester, wenn wir diesen Prinzen nicht auf seinen Platz verweisen, wird er eines Tages selbst die Regentschaft übernehmen und uns einsperren lassen, wo niemand uns findet, und wer sollte uns auch befreien? Männer halten zu Männern, und niemand wird je erfahren, wo wir geblieben sind. Nein, wir müssen handeln, Sakota.«

Sie sprach sie mit Absicht mit ihrem Kindernamen an und machte ein böses Gesicht. Sakota gab wie immer nach und beeilte sich, ihre Zustimmung zu geben.

»Tu, was dir am besten erscheint, Schwester«, sagte sie.

Mit dieser schüchternen Zustimmung war die Kaiserinmutter zufrieden und erhob sich mit einer tiefen Verbeugung. Dann verabschiedete sie sich mit ihren Damen, die in so weiter Entfernung gestanden hatten, daß sie zwar alles beobachten, aber nichts hören konnten.

Tsu Hsi konnte sich Zeit lassen, sobald einmal ein Plan geschmiedet, seine Ausführung aber noch nicht angebracht war. Sie wartete auf die Unterdrückung des Aufstandes im Süden. Der Engländer Gordon war zwar schon in Schanghai, aber er griff nicht in die Kämpfe ein. Mit stolzer Bescheidenheit erklärte er, er müsse sich erst ein Bild von dem Stand der Dinge machen, bevor er die Führung der Immer-Siegreichen Armee übernähme. Trotz ihrer Ungeduld willigte die Kaiserinmutter in diese Verzögerung ein. Aber während Gordon langsam seine Vorbereitungen traf, wurde ein anderer Weißer vorläufig mit der Führung dieses Söldnerheeres von etwa zweitausendfünfhundert Mann und doppelt so vielen kaiserlichen Hilfstruppen betraut, ein eitler Wichtigtuer. Er schloß die ummauerte Stadt Taitan in der Nähe von Schanghai ein in der Hoffnung, er könnte, wenn er diese Stadt erobert hätte, gleich zum Angriff auf Schanghai übergehen. Aber so unerfahren war dieser Mann, daß er sich nicht einmal persönlich an Ort und Stelle begab, um sich die Stadt anzusehen, sondern den chinesischen Mandarinen glaubte, die ihm sagten, in dem Festungsgraben befände sich nicht ein Tropfen Wasser. Aber beim Angriff entdeckte er, daß der Graben zwölf Meter breit und tief mit Wasser gefüllt war. Boote und

Flöße waren nicht vorhanden, aber man hatte Bambusleitern mitgebracht, die man an die Mauern stellen wollte, und diese wurden nun zusammengebunden und über den Graben gelegt; aber als die Soldaten hinübergingen, brachen die Leitern in der Mitte durch und viele ertranken, während die Rebellen auf der Mauer standen, auf die am Ufer Stehenden schossen und die Ertrinkenden verhöhnten.

»Wie haben wir gelacht!« prahlten die Rebellen nach dem Sieg. »Wir mußten uns schieflachen, als die Leitern brachen und wir die Immer-Siegreichen ins Wasser purzeln sahen. Unser Himmlischer König lachte am lautesten von allen.«

»›Was ist das für ein General‹, so rief er, ›der seine Leute gegen eine Stadt führt, ohne sich vorher überzeugt zu haben, ob Wasser im Graben ist?‹ Dann sah er die geringe Anzahl der Feinde und rief: ›Halten sie uns für Feiglinge? Vorwärts! Greift sie an! Vertreibt diese Teufel aus dem Lande!‹ Wir gingen zum Angriff über und schrien wie mit einer Stimme: ›Blut, Blut, Blut!‹ Wir verfolgten die Feinde, bis alle zerstreut oder tot waren, mitsamt ihren englischen Offizieren. Diese Engländer hatten unbefugterweise die Demarkationslinie überschritten, die sie selbst mit uns vereinbart hatten, weshalb wir sie folterten. Wir danken dem englischen General, daß er uns die 32-Pfünder zurückließ, mit denen wir nun unsere Mauern armiert haben, denn er flüchtete, ehe er die Kanonen wegschaffen ließ, und hatte so keine Waffen, mit denen er seinen Rückzug decken konnte. Die Kaiserlichen sollen nur nicht denken, daß ihnen allein die Ausländer helfen. Auch wir haben Weiße in unseren Reihen, und die Artillerie in Taitan wurde von einem Franzosen kommandiert. Wir selbst werden die Demarkationslinie nicht überschreiten, aber das Land verteidigen, das wir bereits besitzen, und diese fremden Teufel, die es uns nehmen wollen, vernichten.«

Diesen prahlerischen Bericht schickten die Rebellen an den Drachenthron. Die Kaiserinmutter befahl darauf Gordon, sofort die Führung der Immer-Siegreichen und eines Teils der kaiserlichen Truppen zu übernehmen und die Niederlage von Taitan zu rächen. Gordon gehorchte zwar, aber er richtete seine Bemühungen nicht auf die Stadt Taitan allein. Wieder ließ er sich Zeit und suchte die ganze Front nach schwachen Stellen ab. So gewöhnte er seine Leute daran, die Feinde plötzlich hier und da unerwartet anzugreifen, bis er die Rebellen in die Verteidigung gezwungen hatte. Er arbeitete im engsten Einvernehmen mit Li Hung-tschang. Die Städte Tschansu und Quinsan bei Schanghai wurden die Angelpunkte, von denen aus er sich den Weg nach Nanking öffnete. Bald sollte er den Sieg an seine Fahnen heften.

Prinz Kung ließ sich inzwischen durch die Milde, welche die Kaiserin während dieser Krise zeigte, einschläfern und vergaß, von seinen täglichen Geschäften zu sehr belastet, immer mehr die kleinen Höflichkeiten, auf welche die Kaiserin so großen Wert legte. Der Zusammenstoß erfolgte eines Tages, als er sich bei einer Audienz unaufgefordert von den Knien erhob. Wie eine Tigerin sprang ihn die Kaiserinmutter plötzlich an. Mit majestätischer Stimme und zornigem Gesicht rief sie:

»Sie vergessen sich, Prinz. Ist es nicht Sitte und Gesetz, die schon von unseren Vorfahren streng eingehalten wurden, daß alle vor dem Drachenthron knien müssen? Der Zweck dieser Bestimmung ist, den Thron vor plötzlichen Angriffen zu schützen. Und Sie nehmen sich heraus, zu stehen, wo jeder andere knien muß? Sie planen Verrat gegen die Regentinnen!« Sie wandte sich an die Eunuchen: »Holt die Leibwache herbei, daß sie Prinz Kung festnimmt.«

Prinz Kung hielt das Ganze für einen Scherz. Aber da kam auch schon die Leibwache, ergriff ihn und führte ihn ab.

»Was – nach allen diesen Jahren?« rief er.

»Niemand«, entgegnete sie, »wie viele Jahre er uns auch gedient hat, selbst ein Verwandter nicht, darf die Sicherheit des Drachenthrones verletzen.«

Er warf ihr noch einen langen Blick zu und ließ sich abführen. Noch am selben Tag gab sie ein Edikt heraus, das mit dem kaiserlichen Siegel versehen war und ihren eigenen Namen und den ihrer Mitregentin trug. »Da Prinz Kung sich unseres Vertrauens nicht als würdig erwiesen und seine Neffen in ungerechter Bevorzugung zu hohen Ämtern befördert hat, wird er von seinen Pflichten im Großen Rat und anderen hohen Ämtern enthoben. Durch diese Entlassung soll sein aufrührerischer Geist und sein alle Grenzen überschreitender Ehrgeiz gezügelt werden.«

Niemand wagte, für den Prinzen einzutreten, obgleich viele insgeheim zu Jung Lu gingen und ihn baten, er möge sich für einen

Mann verwenden, den niemand für treulos halte. Aber Jung Lu wollte nicht sprechen – noch nicht.

»Es sollen nur alle sagen, was sie denken«, erklärte er. »Wenn die Kaiserin sieht, daß man diese Maßnahmen nicht billigt, wird sie bald anderen Sinnes werden. Sie ist zu klug, um ihren Willen um jeden Preis durchzusetzen.«

Ein Monat verging. Überall klagte man, die Kaiserinmutter sei als Regentin ungerecht zu dem Bruder des verstorbenen Kaisers gewesen. Prinz Kung sei ein treuer Untertan. Er sei unter Lebensgefahr in der Hauptstadt geblieben, als der Kaiser geflohen war, er habe mit Kwei Liang einen Vertrag mit den Ausländern zustande gebracht, der auf Herbeiführung des Friedens ziele und hielte noch jetzt durch Verhandlungen die Fremden von weiterem Vordringen ab.

Die Kaiserinmutter hörte diese Klagen scheinbar ohne Besorgnis. Ihr schönes Gesicht blieb dabei so ruhig wie eine Lotosblume. Doch insgeheim maß sie an ihnen die Reichweite ihrer Macht. Als sie sah, daß Prinz Kung sich dem Urteil unterwarf und sich nicht mehr gegen sie auflehnte, erließ sie zwei weitere Edikte, auch im Namen ihrer Mitregentin. Das erste Edikt erklärte der Bevölkerung, es sei die Pflicht der Kaiserin, alle, die es vor dem Drachenthron an Unterordnung fehlen ließen, mit gleicher Härte zu bestrafen. In dem zweiten Edikt schrieb sie:

»Prinz Kung hat nun seine Fehler erkannt und bereut. Wir haben kein Vorurteil gegen ihn, sondern haben nur aus Gerechtigkeit gehandelt. Es war nicht unser Wunsch, hart mit einem so fähigen Berater zu verfahren oder uns der Mitarbeit dieses Prinzen zu berauben. Wir erlauben ihm hiermit, wieder in den Großen Rat zurückzukehren, erkennen ihn aber nicht mehr als Ratgeber des Thrones an. Wir ermahnen ihn, von nun an unsere Milde durch größere Pflichterfüllung zu belohnen und sich von üblen Gedanken und Eifersüchteleien zu befreien.«

So kehrte Prinz Kung in sein Amt zurück und verrichtete seine Arbeit mit stolzer Würde und geziemender Demut.

Von nun an war der Drachenthron während einer Audienz nicht mehr leer. Sie setzte ihren Sohn auf den Thron, zeigte ihm, wie er seinen Kopf halten, die Hände auf die Knie legen und die Minister anhören mußte, wenn sie Vortrag hielten. In Staatskleidern aus gelber Seide, die mit fünfkralligen Drachen bestickt waren, einen Rubinknopf an der Schulter und den Kaiserhut auf dem Kopf, saß der Knabe auf dem Thron. Im Winter wie im Sommer ließ sie ihn vor Anbruch der Morgendämmerung wecken und ging mit ihm bei schönem Wetter zum Audienzsaal, denn sie ging gern zu Fuß, und nur bei schlechtem Wetter benützten sie Sänften. Dann nahmen sie ihre Plätze ein, er auf dem Thron und sie hinter dem Vorhang, aber ihm so nahe, daß er sie flüstern hören konnte.

Wenn ein Prinz einen Antrag stellte oder ein alter Minister sich durch eine lange Denkschrift hindurcharbeitete, wandte der kleine Kaiser den Kopf und fragte: »Was soll ich sagen, Mutter?« Sie sagte ihm dann die Antwort, und er wiederholte sie Wort für Wort.

Manchmal wurde er müde und drehte an seinen Knöpfen oder zog mit dem Zeigefinger das Drachenmuster nach, manchmal vergaß er auch ganz, wo er war. Dann klang die Stimme seiner Mutter scharf an sein Ohr:

»Setz dich gerade! Vergißt du, daß du der Kaiser bist? Betrage dich doch nicht wie ein gewöhnliches Kind!«

Sie war sonst so zärtlich zu ihm, daß ihn dieser scharfe Ton erschreckte, weil er eine Kraft in ihm spürte, die er noch nicht kannte.

»Was soll ich jetzt sagen, Mutter?«

Das war seine ständige Frage, und sooft er fragte, gab sie ihm Antwort.

So eifrig, als handle es sich um Liebesbriefe, las die Kaiserinmutter die täglichen Berichte, die der mächtige General Tseng Kuofan ihr aus dem Süden schickte. Sie erkannte, da sie selbst Größe in sich hatte, magnetisch angezogen auch die Größe in anderen, und nach Jung Lu schätzte sie jetzt diesen General am meisten. Er war ein hochgebildeter Mann wie sein Vater und Großvater und führte daher nicht nur mit dem Schwert Krieg, sondern auch mit der Schärfe des Geistes. Doch fühlte sie keine menschliche Wärme für diesen General. Ihr Interesse erstreckte sich nur auf seine Taten, sie verstand sehr gut die Erregung, die eine Schlacht herbeiführte, die Gefahren, die eine Niederlage mit sich brachte, den Stolz über einen errungenen Sieg.

Während sich die für den verstorbenen Kaiser vorgeschriebene Trauerzeit ihrem Ende näherte, widmete sich die Kaiserin ganz der

Unterdrückung des Aufstandes, damit an dem großen Tage der endgültigen Beisetzung der Frieden gesichert wäre. Sie hatte Relaisstationen für die Kuriere eingerichtet, so daß an einem Tage die Läufer abwechselnd bis zu vierhundert Meilen zurücklegten. Um Mitternacht brachte ihr An Teh-hai die Depeschen vom Kriegsschauplatz. Sie las sie im Bett beim Licht der zwei großen Kerzenleuchter. Zusammen mit zwei anderen Generälen, die unter seinem Oberkommando standen, einem Peng Yu-lin und seinem eigenen jüngeren Bruder Tseng Kuo-tschan entriß Tseng Kuo-fan den Rebellen in diesem einen Winter mehr als hundert Städte in den vier Provinzen Kiangsu, Kiangsi, Anhui und Tschekiang. Mehr als hunderttausend Rebellen wurden erschlagen und langsam begann ihr allgemeiner Rückzug auf Nanking.

Tseng Kuo-fan kam selbst nach Peking, um dem Thron Bericht zu erstatten. Er erzählte wundersame Geschichten von dem Himmlischen König, die er von Gefangenen vor ihrer Hinrichtung gehört hatte. Der Himmlische König sei in Wirklichkeit nur ein gewöhnlicher Mensch gewesen, der seinen Verstand verloren habe. Zugleich aber sei er von seiner Mission so überzeugt gewesen, daß er noch großspurig geprahlt habe, als seine Sache schon zum Untergang verurteilt war. Er habe, auf seinem Thron sitzend, an die immer mehr zusammenschrumpfende Schar seiner Anhänger folgende Ansprache gehalten: »Gottvater und mein göttlicher älterer Bruder Jesus Christus haben mir befohlen, in diese Welt des Fleisches hinabzusteigen und der alleinige Herrscher aller Nationen und Stämme auf dieser Erde zu werden. Was habe ich also zu fürchten? Ob ihr bei mir bleiben oder mich verlassen wollt, könnt ihr selbst entscheiden. Andere werden an eure Stelle treten. Ich habe auch ein himmlisches Heer an meiner Seite, eine Million Engel werden für mich kämpfen. Wie könnten dann ein paar hunderttausend dieser armseligen kaiserlichen Soldaten meine Hochburg einnehmen?«

Trotzdem erkannte der Himmlische König um die Mitte des fünften Mondmonats, daß er verloren war. Er vermischte ein tödliches Gift mit Wein und trank die Menge in drei Schlucken aus. Dann rief er: »Nicht Gott der Vater hat mich getäuscht, sondern ich bin Gott dem Vater nicht gehorsam gewesen.« So starb er. Seine Leiche wurde in gelbe Seide eingeschlagen und ohne Sarg insgeheim bei Nacht in einer Ecke des Palastgartens vergraben. Seine Anhänger wollten seinen sechzehnjährigen Sohn auf den Thron setzen, aber als sein Tod unter den Soldaten bekannt wurde, verloren sie den Mut und liefen auseinander.

All dies berichtete Tseng Kuo-fan in dem Audienzsaal vor dem Drachenthron.

»War die Leiche dieses Rebellenkönigs nicht schon in Verwesung übergegangen?« fragte die Kaiserinmutter.

»Sie war sonderbar gut erhalten«, erwiderte Tseng Kuo-fan. »Die Seide, die den ganzen Körper, selbst die Füße, einhüllte, war von bester Qualität und schützte die Leiche gegen die Erde.«

»Wie sah dieser Rebellenführer aus?« fragte die Kaiserinmutter wieder.

»Er war sehr breit und groß«, sagte Tseng Kuo-fan. »Sein Kopf war kahl und rund, sein Gesicht groß und massig. Er trug einen schon ergrauenden Bart. Der Kopf wurde dem kaiserlichen Befehl gemäß abgeschnitten, um in allen Provinzen zur Schau gestellt zu werden. Den Körper ließ ich verbrennen, ich selbst sah ihn in Asche zerfallen. Die zwei älteren Brüder des Himmlischen Königs wurde gefangengenommen, aber auch sie hatten den Verstand verloren und stammelten nur unablässig: ›Gottvater – Gottvater –‹. Ich ließ sie enthaupten.«

Bevor der abgeschnittene Kopf auf die Wanderung durch die Provinzen geschickt wurde, wollte ihn die Kaiserinmutter selbst besichtigen. »Viele Jahre lang«, erklärte sie, »habe ich gegen diesen Rebellenkönig Krieg geführt. Jetzt bin ich Siegerin geblieben. Daher will ich meinen besiegten Gegner einmal sehen.«

Sie befahl Li Lien-ying, den Kopf vor ihr niederzulegen und ihn aus der Seide zu wickeln. Sie starrte fasziniert in die offenen Augen des Toten, die keine Hand geschlossen hatte. Diese toten Augen starrten sie schwarz aus dem blutleeren Gesicht an. Der Mund war bleich und erschien durch den spärlichen, stellenweise schon ergrauten schwarzen Bart noch bleicher. Die Lippen waren von den starken weißen Zähnen zurückgezogen.

Die Hofdamen, die um den Thron herumstanden, hielten sich die Ärmel vor die Augen, um sich dem gräßlichen Anblick zu entziehen. Einer von ihnen wurde es schlecht, sie würgte und drohte in Ohnmacht zu fallen. Selbst Li Lien-ying erfaßte ein Grauen.

»Wahrlich das Gesicht eines Schurken«, sagte er.

Aber die Kaiserin gebot mit erhobener Hand Schweigen. »Ein seltsam wildes Gesicht«, bemerkte sie, »ein in Verzweiflung erstarrtes Gesicht, traurig anzusehen. Aber es ist nicht das Gesicht eines Schurken. Du hast kein Gefühl, Eunuch. Es ist nicht das Gesicht eines Verbrechers, eher das eines aus Verzweiflung über seine verlorene Sache wahninnig gewordenen Dichters. Es ist das Gesicht eines Mannes, der schon bei seiner Geburt wußte, daß er verloren war.«

»Trage den Kopf meines Feindes fort«, befahl sie dann Li Lienying. »Man soll ihn dem ganzen Volk zeigen.«

So endete der Taiping-Aufstand im Sonnenjahr achtzehnhundertfünfundsechzig. Fünfzehn Jahre hindurch hatte dieser grausame Krieg neun Provinzen des Reiches verheert. Zwanzig Millionen Menschen kamen dabei durch Kriegshandlungen oder durch Hunger ums Leben. Unter den Anhängern des Himmlischen Königs befanden sich auch viele entwurzelte Weiße, die den Zusammenhang mit ihrer eigenen Nation verloren hatten. Ein paar von ihnen glaubten an den Rebellenführer, weil sie Christen waren und der Himmlische König immer von Christus sprach. Auch sie kamen um.

Als der große Aufstand niedergeschlagen war, unterdrückten die kaiserlichen Armeen, die viel von Gordon gelernt hatten, auch zwei kleinere Aufruhrherde, den einen in der Provinz Yünnan, die als Tribut an den Drachenthron Marmor lieferte, und den anderen in der Provinz Schensi. Im Vergleich zu dem Taiping-Aufstand waren dies kleinere Unternehmungen, die bald beendet waren. Wenn die Kaiserinmutter nun das Reich überblickte, sah sie überall Frieden, und aus dem Frieden mußte Wohlstand entstehen. Ihr Ansehen im Volk stieg gewaltig, und sie machte sich nun daran, endlich auch ihre Macht am Hof selbst zur Geltung zu bringen und die Dynastie auf festen Boden zu stellen.

Sie vergaß dabei nicht den Engländer Gordon. Während Tseng Kuo-fan die kaiserliche Armee gegen Nanking geführt hatte, kämpfte Gordon zusammen mit Li Hung-tschang im Gebiet des unteren Jangtse. Wenn Gordon die Rebellen dort nicht geschlagen hätte, wäre Nanking nicht so leicht gefallen, und Tseng Kuo-fan war großherzig genug, das offen vor dem Thron zu sagen.

Die Kaiserinmutter hatte den sehnlichen Wunsch, diesen Engländer zu sehen, aber sie konnte sich ihn nicht erfüllen, denn noch nie war ein Ausländer vor dem Drachenthron empfangen worden. Sie las jedoch jeden Bericht über ihn und hörte sich alles an, was Chinesen, die ihn kennengelernt hatten, von ihm erzählten.

»Gordons Stärke«, schrieb Li Hung-tschang, »liegt in seiner Rechtschaffenheit. Er glaubt, daß der Kampf gegen die Rebellen im Interesse unseres Volkes und daher seine Pflicht sei. Noch nie ist mir ein solcher Mann wie Gordon vor die Augen gekommen. Er gibt sein eigenes Geld aus, um die Beschwerden der Soldaten und die Not der Bevölkerung zu lindern. Selbst unsere Feinde nennen ihn Große Seele und erklären, daß sie es als eine Ehre betrachten, von einem solchen Mann geschlagen zu werden.«

Auf Grund dieses Berichts verlieh die Kaiserinmutter Gordon den Orden für außergewöhnliche Verdienste und ließ ihm dazu ein Geschenk von zehntausend Taels überbringen. Aber Gordon verweigerte die Annahme dieses Geldes, und als die Kulis, welche die Goldstücke in offenen Schalen auf dem Kopf trugen, ungläubig vor ihm stehenblieben, hob Gordon seinen Bambusstock und trieb sie fort.

Die Kunde von dieser Ablehnung verbreitete sich überall. Kein Chinese konnte glauben, daß ein Mensch eine solche Summe einfach ausschlug. Da machte Gordon die Gründe seiner Ablehnung bekannt. Als die große Stadt Sutschau erobert worden war, hatte Li Hung-tschang im Überschwang des Triumphes viele der feindlichen Führer, die sich ergeben hatten, niedermachen lassen. Nun hatte Gordon diesen Führern versprochen gehabt, man würde ihr Leben schonen, wenn sie sich ergäben. Als er nun entdeckte, daß sein Versprechen von Li Hung-tschang nicht eingehalten worden war, geriet er in solche Wut, daß Li Hung-tschang eine Zeitlang hinter den Mauern seines Hauses in Schanghai Zuflucht suchen mußte.

»Solange ich lebe, werde ich Ihnen das nicht verzeihen«, hatte Gordon ihn angebrüllt, und Li erkannte, als er in das weiße, verzerrte Gesicht mit den frostklaren Augen blickte, daß er tatsächlich nie Verzeihung erhalten würde.

In seiner Empörung sandte Gordon folgenden stolzen Brief an den Drachenthron:

»Major Gordon dankt Ihrer Majestät für die ihm zuteil gewordene Anerkennung, bedauert jedoch aufrichtig, daß er infolge der nach der Eroberung Sutschaus eingetretenen Vorfälle keinerlei Belohnung annehmen kann, und bittet daher Ihre Majestät ehrerbietig, ihr für die beabsichtigte Ehrung seinen Dank abstatten, sie aber gleichzeitig ablehnen zu dürfen.«

Ein paar Tage später las die Kaiserinmutter dieses Schreiben im Wintergarten des mittleren Meerpalastes. Sie las es zweimal. Was für ein merkwürdiger Mann mußte dieser Gordon sein, der wegen einer hohen Auffassung über ein gegebenes Versprechen eine große Geldsumme und große Ehren ablehnte? Zum erstenmal stieg in ihr der Gedanke auf, daß es unter den westlichen Barbaren Menschen gäbe, die nicht grausam und käuflich waren. In dem stillen Garten erschütterte sie dieser Gedanke bis in den Grund ihres Wesens. Wenn sich nämlich unter den Feinden wirklich gute Menschen befanden, hatten die Chinesen alle Ursache, sich vor ihnen zu fürchten. Waren die Weißen rechtschaffen, so waren sie auch viel stärker, als sie annahm, und diese Furcht verließ sie ihr ganzes Leben nicht mehr.

Die Kaiserinmutter hielt Tseng Kuo-fan viele Tage in Peking fest und überlegte, was für eine Belohnung sie ihm für seine Tapferkeit und seine Erfolge geben sollte, denn jetzt bat sie keinen Prinzen und keinen Minister mehr um Rat, sondern entschied alles selbst. Schließlich ernannte sie ihn zum Vizekönig der großen nördlichen Provinz Tschili und wies ihm als Wohnsitz Tientsin zu. Am sechzehnten Tage des ersten Mondmonats des neuen Jahres führte sie den Vorsitz bei einem großen Bankett, das zu Ehren des Oberkommandierenden gegeben wurde. Tseng Kuo-fan saß dabei auf dem höchsten Ehrenplatz. Sechs berühmte Theaterstücke wurden bei diesem Bankett von den Hofschauspielern aufgeführt. Nach vielen anderen Feierlichkeiten bat die Kaiserinmutter Tseng Kuo-fan schließlich, nach Tientsin abzureisen und dort sein Leben in Ruhe und Frieden zu verbringen.

Aber er fand keine Ruhe und keinen Frieden, denn in der Stadt war eine große Volksbewegung gegen französische Nonnen im Gange. Diese Nonnen führten ein Waisenhaus und boten jedem eine Belohnung, der ihnen ein Kind brachte. Das hatte üble Folgen, denn jetzt begannen Übeltäter, Kinder zu rauben und sie an die Nonnen zu verkaufen. Diese nahmen die Kinder auf, ohne zu fragen, wem sie gehörten, und gaben sie auch dann nicht mehr zurück, wenn die Eltern sie wieder holen wollten.

Die Kaiserinmutter ließ Tseng Kuo-fan wieder nach Peking kommen.

»Warum«, fragte sie ihn, »wollen die Ausländer denn chinesische Kinder haben?«

»Majestät«, antwortete er, »ich selbst glaube, daß sie diese zu ihrer Religion bekehren wollen, aber die unwissenden und abergläubischen Leute meinen, die Zaubermedizin der Fremden werde aus den Augen, Herzen und Lebern dieser Kinder bereitet, und aus diesem Grunde nähmen die Nonnen die Kinder auf.«

»Kann das sein?« rief sie entsetzt.

Er beruhigte sie. »Ich glaube das nicht. Die Nonnen nehmen oft auch die Kinder von Bettlern auf, wenn sie solche halbtot auf der Straße finden, oder sie suchen nach neugeborenen Kindern weiblichen Geschlechts, die von armen Eltern ausgesetzt wurden. Diese Kinder würden sicher umkommen, wenn die Nonnen sie nicht mitnähmen. Wenn sie aber nicht mehr lebensfähig sind, werden sie rasch getauft und gelten dann als Christen. Sie werden dann auch auf christlichen Friedhöfen begraben. Die Nonnen rechnen es sich zur Ehre an, möglichst viele Kinder zu taufen.«

Tsu Hsi konnte nicht erkennen, ob Tseng Kuo-fan recht oder unrecht hatte, denn er war ein toleranter Mann und glaubte von den Feinden nichts Schlechtes. Im fünften Monat desselben Jahres nun wurden die Nonnen von einem Fluch der Götter betroffen, so daß viele Waisenkinder starben. Eine Bande von Übeltätern und Nichtstuern, die sich die Geschwollenen Sterne nannten, wiegelte das Volk auf und behauptete, die Kinder würden geschlachtet. Die Nonnen, durch die allgemeine Empörung erschreckt, willigten ein, daß eine Anzahl ausgewählter Männer sich überzeugen sollte, daß das Waisenhaus ein Ort des Erbarmens und nicht des Todes sei. Über eine solche Einmischung von Chinesen in die Rechte der Europäer war jedoch der französische Konsul erbost. Er vertrieb die Kommission, die das Waisenhaus untersuchen sollte. Tschung Hau, der oberste Zollbeamte von Tientsin, warnte ihn vor solch einem gefährlichen Beginnen. Aber er schlug diese Warnung in den Wind und verlangte, ein hoher chinesischer Beamter solle sich wegen dieses Zwischenfalles im französischen Konsulat entschuldigen. Obschon der

Bürgermeister von Tientsin versuchte, die Bevölkerung zu beruhigen, drang doch eine Schar von Wütenden in die Kirche und das Waisenhaus ein und drohte, beide in Brand zu setzen. Wieder eilte der französische Konsul herbei, dieses Mal mit einer Pistole in der Hand. Er wurde jedoch von der Menge ergriffen und auf unbekannte Weise ermordet. Niemand sah je wieder etwas von ihm.

Da kam Prinz Kung mit seiner diplomatischen Geschicklichkeit Tseng Kuo-fan zu Hilfe. Glücklicherweise brach gerade um diese Zeit in Europa der Deutsch-Französische Krieg aus, wodurch Frankreich geneigt war, diesen Zwischenfall zu bereinigen. Trotzdem mußte die Kaiserinmutter eine Entschädigungssumme von viertausend Silbertaels aus dem kaiserlichen Schatz zahlen, und Tschung Hau mußte persönlich nach Frankreich reisen, um im Namen des Thrones um Entschuldigung zu bitten.

Noch im Verlauf dieser Angelegenheit wurde Tseng Kuo-fan erneut zur Kaiserin bestellt, denn sie hatte ernste Nachricht aus dem Süden erhalten. Obwohl der Himmlische König tot war, trat in der Stadt Nanking und den vier Provinzen noch immer keine Ruhe ein. Die Bevölkerung hatte ihren Vizekönig ermordet. Aus diesem Grunde ließ Tsu Hsi General Tseng Kuo-fan kommen und befahl ihm, als Vizekönig nach Nanking zu gehen. Wieder kniete der alternde Mann in der Morgendämmerung vor dem Thron, auf dem der junge Kaiser saß.

Als der General hörte, was von ihm verlangt wurde, bat er, Rücksicht auf sein Alter und seine Gesundheit zu nehmen, besonders auf seine schwindende Sehkraft.

Tsu Hsi unterbrach ihn mit den Worten: »So zuverlässig werden Ihre Augen wohl noch sein, daß Sie Ihre Untergebenen beaufsichtigen können.«

Er erinnerte sie daran, daß die Wirren in seiner Provinz Tschili noch immer andauerten. »Sind die Übeltäter denn noch immer nicht hingerichtet worden?« fragte sie.

»Majestät«, erwiderte Tseng Kuo-fan, »der französische und der mit ihm befreundete russische Gesandte bestehen darauf, daß eine Abordnung von Europäern den Hinrichtungen beiwohnen soll. Ich habe diese Sache jetzt dem mir unterstellten General Li Hungtschang übertragen. Gestern hätten die Hinrichtungen stattfinden sollen.«

»Das große Übel rührt von diesen ausländischen Missionaren und Priestern her!« rief die Kaiserinmutter. »Wenn ich ihnen nur verbieten könnte, China zu betreten! Wenn Sie Ihren Posten in Nanking übernehmen, müssen Sie eine disziplinierte Armee unterhalten, um die Bevölkerung von Ausschreitungen gegen die Fremden zurückzuhalten.«

»Majestät«, sagte Tseng Kuo-fan, »ich beabsichtige am ganzen Laufe des Jangtse Forts zu errichten.«

»Die Verträge, die Prinz Kung mit den Ausländern geschlossen hat, sind sehr lästig. Besonders lästig aber sind die Christen, die im ganzen Lande herumreisen, als wenn es ihnen gehörte.«

»Das ist wahr, Majestät«, erwiderte Tseng Kuo-fan. Da das Zeremoniell ihn zwang, mit unbedecktem Kopf zu knien, zitterte er vor Kälte. Trotzdem setzte er aus Höflichkeit die Unterhaltung mit der Kaiserin fort und suchte sie in ihrer Meinung zu bestärken. »Ja, es ist richtig, daß Missionare überall Unruhe verursachen. Die von ihnen Bekehrten bedrängen alle, die sich ihrem Glauben nicht anschließen wollen; die Missionare beschützen diese Übeltäter, und die Konsuln beschützen die Missionare. Im nächsten Jahre soll der Vertrag mit Frankreich erneuert werden, dann müssen wir unbedingt Einspruch gegen eine allzu starke religiöse Propaganda erheben.«

Mit noch größerer Gereiztheit sagte die Kaiserinmutter: »Ich verstehe überhaupt nicht, warum wir bei uns eine ausländische Religion dulden müssen, zumal wir doch drei eigene gute Religionen haben.«

»Ich auch nicht, Majestät«, erwiderte der alte General.

Damit endete die Audienz. Da Tseng Kuo-fan in diesem Jahre sechzig wurde, gab die Kaiserin wieder ein großes Fest für ihn und ließ ihm prächtige Geschenke überreichen. Sie verfaßte ein eigenhändig geschriebenes Gedicht, in dem sie ihm zum Geburtstag gratulierte und seine Leistungen lobte. Dieses wurde ihm auf einem geschnitzten Tablett überreicht, auf dem die Worte standen: »Dem Manne, der unsere starke Säule und der Fels ist, auf dem die Verteidigung des Reiches ruht.« Sie schickte ferner eine goldene Buddhastatue, ein mit Jade eingelegtes Szepter aus Sandelholz, ein mit goldenen Drachen besticktes Staatskleid, zehn Ballen bester kaiserlicher Seide und zehn Ballen Seidenkrepp.

Tseng Kuo-fan besaß einen so großen Einfluß, daß die Unruhe

im Volke aufhörte, als er in den vizeköniglichen Palast in Nanking einzog. Seine erste Aufgabe war, den Mörder des Vizekönigs zu entdecken und ihn in kleine Stücke zerhacken zu lassen. Er hielt es für gut, die Hinrichtung öffentlich stattfinden zu lassen, damit die Leute sähen, wie er mit solchen Verbrechern umzugehen gedenke. Das Volk schaute schweigend zu, während der Henker mit dünner, scharfer Klinge dem Verbrecher bei lebendigem Leibe das Fleisch von den Knochen schnitt und dann Knochen für Knochen in kleine Stücke zerhackte.

Darauf kehrten die Leute zu ihrer Tagesarbeit und zu ihrem Vergnügen zurück. Wieder zogen die Blumenboote über den Lotossee, und schöne Kurtisanen sangen zu Lautenspiel. Tseng Kuo-fan sah mit Befriedigung, wie das alte friedliche Leben zurückkehrte, und berichtete dem Thron, daß es im Süden jetzt wieder so stehe wie vor dem Taiping-Aufstand.

Aber trotz aller Ehren, die ihm zuteil wurden, trotz seiner hohen Stellung und seiner Rechtschaffenheit sollte Tseng Kuo-fan nicht mehr lange leben. Im Frühling des nächsten Jahres berührten ihn die Götter mit unsanften Händen, während er sich in einer Sänfte zu einer Besprechung mit einem Minister begeben wollte, den die Kaiserinmutter von Peking geschickt hatte. Wie es seine Gewohnheit war, rezitierte er Stellen aus den Klassikern, als ihm sein Geist plötzlich den Dienst versagte. Er bedeutete den Trägern, ihn zum Palast zurückzubringen. Er fühlte sich benommen und verstört. Drei Tage lang lag er still auf seinem Bett.

Zweimal wiederholte sich der Schlaganfall. Dann ließ er seinen Sohn zu sich rufen und gab ihm unter großer Anstrengung folgende Weisungen:

»Ich bin dabei, mich zu den Gelben Quellen zu begeben. Viele Aufgaben bleiben unerledigt zurück. Empfehle der Kaiserinmutter als meinen Nachfolger Li Hung-tschang. Ich selbst bin wie der Morgentau, der schnell vergeht. Wenn das Ende kommt und ich eingesargt werde, soll die Totenfeier nach den alten Riten von buddhistischen Mönchen gehalten werden.«

»Sprich nicht vom Tode, Vater«, bat ihn sein Sohn, dem die Tränen die Wangen hinabliefen.

Darauf schien sich Tseng Kuo-fan wieder etwas zu erholen und bat, man möge ihn in den Garten tragen, damit er die blühenden

Pflaumenbäume sehen könne. Dort bekam er einen neuen Schlaganfall, aber er wollte sich nicht mehr ins Bett legen. Durch Zeichen deutete er an, man solle ihn in den Audienzsaal tragen. Dort setzte man ihn auf den Thron des Vizekönigs. Er saß dort, als hielte er eine Audienz ab. So starb er.

Im Augenblick seines Todes fiel eine Sternschnuppe vom Himmel, was die Bevölkerung in großen Schrecken versetzte, denn alle fürchteten den Eintritt einer Katastrophe. Als man hörte, daß der Vizekönig gestorben war, hatte jeder das Gefühl, einen Vater verloren zu haben.

Die Kaiserinmutter erfuhr dies zwei Tage später. Sie senkte den Kopf und weinte eine Zeitlang schweigend. Dann sagte sie:

»Drei Tage lang soll Trauer herrschen, kein Fest und keine Theateraufführung sollen während dieser Zeit stattfinden.«

Sie gab ein Dekret heraus, nach dem in jeder Provinz für diesen großen und guten Mann, der dem Reich den Frieden gebracht hatte, Tempel gebaut werden sollten.

Am Abend des dritten Tages ließ sie Jung Lu in ihren privaten Audienzsaal holen. Er kniete vor ihr, und sie richtete eine Frage an ihn.

»Was hältst du von Li Hung-tschang, den mir Tseng Kuo-fan als seinen Nachfolger empfohlen hat?«

»Majestät«, erwiderte Jung Lu, »Li Hung-tschang können Sie vor allen anderen Chinesen Ihr Vertrauen schenken. Er ist ein tapferer und aufgeklärter Mann, und je mehr Sie sich auf ihn verlassen, desto ergebener wird er dem Thron sein. Belohnen Sie ihn aber trotzdem oft und reichlich.«

Sie hörte diese Worte, und ihre großen Augen richteten sich nachdenklich auf sein Gesicht.

»Nur du allein suchst keine Belohnung für die großen Dienste, die du mir geleistet hast.«

Als er hierauf nichts erwiderte, sondern weiter schweigend vor ihr kniete, berührte sie seine Schulter mit ihrem zusammengefalteten Fächer und sagte:

»Ich bitte dich, Vetter, bewahre dir deine Gesundheit. Nach dir habe ich Tseng Kuo-fan am meisten geschätzt, und nun, da er tot ist, fühle ich, daß die Götter in ihrem mir unverständlichen Zorn mir jede Hilfe und Stütze nehmen werden.«

»Majestät«, sagte er, »Sie sind für mich, was Sie seit den Tagen unserer gemeinsamen Kindheit immer gewesen sind.«

»Steh auf«, befahl sie, »und laß mich dein Gesicht sehen.«

Groß und stark stand er vor ihr, und einen Augenblick sahen sie sich offen an.

Im Herbst des nächsten Jahres bestimmte das Astrologenkollegium den Tag für die Beisetzung des toten Kaisers. Während der langen Zeit zwischen Tod und Begräbnis hatte sein juwelengeschmückter Sarg in einem entlegenen Tempel der Verbotenen Stadt gestanden, aber jetzt wurden eifrige Vorbereitungen für das feierliche Begräbnis getroffen. Der Bau des Grabmals hatte vier Jahre gedauert. Als Zeichen des wiederhergestellten Vertrauens hatte die Kaiserinmutter Prinz Kung mit dem Einsammeln der für diesen Zweck benötigten Geldmenge beauftragt. Ohne Klagen hatte sich Prinz Kung dieser Aufgabe unterzogen. Sie war schwierig, denn die südlichen Provinzen, von denen die meisten Tributgelder hätten kommen sollen, waren durch den Krieg verarmt. Durch Zwang und Überredung sammelte er zehn Millionen Silbertaels. In jeder Provinz wurden die Steuern erhöht, alle Innungen mußten größere Abgaben leisten, aber von der gesamten Summe mußten an hohe und niedrige Beamte, von Prinzen und Ministern angefangen bis zu den Eunuchen und Steuereinnehmern herunter, große Bestechungsgelder bezahlt werden, weil sonst das Geld nicht eingegangen wäre. Nur seiner sanften Frau wagte Prinz Kung sein Herz zu öffnen, und in der Abgeschlossenheit seines Palastes sagte er zu ihr:

»Was bleibt mir übrig, ich muß dem weiblichen Drachen gehorchen, denn wenn ich noch einmal in Ungnade falle, wird er uns alle umbringen.«

»Ach, mein Gemahl«, seufzte die Gattin, »ich wollte, wir wären arme Leute, damit wir in Frieden leben könnten.«

Vier Jahre verbrachte Prinz Kung mit dem Bau des Grabmals, denn diese Zeit war nötig nicht nur für das Einsammeln der Geldmittel, sondern die Bildhauer mußten auch die großen Tiere und Krieger, die den Eingang zum Grabe bewachten, aus Marmor hauen. Marmorblöcke von fünfzig bis achtzig Tonnen Gewicht wurden aus einer Entfernung von hundert Meilen herbeigeschafft. Jeder Block ruhte auf einem sechsrädrigen Wagen, der von sechshundert Pferden und Mauleseln gezogen wurde. Solche rechteckigen Blöcke waren zum Beispiel für die zwei Elefanten fünf Meter lang, vier Meter breit und vier Meter hoch. Die Pferde und Maulesel zogen an zwei dicken, mit Draht durchflochteten Hanfstricken, deren Länge eine drittel Meile betrug. Auf dem Wagen saß ein Bannermann und schwenkte die kaiserliche Flagge. Vier Eunuchen saßen ihm zur Seite. Jede halbe Stunde wurde Rast gemacht, und wenn gehalten oder wieder angefahren werden sollte, schlug einer der Eunuchen auf einen großen Messinggong. Vor dem Wagen ritt ein Leibwächter mit einer Signalflagge. Auf diese Weise wurden fünfzig große Blöcke herbeigeschafft, an denen sich die besten Bildhauer sofort mit Hammer und Meißel an die Arbeit machten.

Das Grab selbst hatte eine Marmorkuppel. Unter ihr stand ein großes Podium aus Gold, in das Edelsteine eingefügt waren. Auf diesem sollte der Sarg des Kaisers ruhen. An einem klaren kalten Herbsttage wurde der tote Kaiser in einem großen Trauerzug in dieses Mausoleum überführt. In Gegenwart der zwei Regentinnen, der Kaiserinmutter und der Kaiserinwitwe, des jungen Kaisers, der Prinzen und Minister wurde der große Sarg auf das Podium gesetzt, während unzählige Kerzen aufflammten und Räucherwerk angezündet wurde. Der Sarg war aus fein poliertem Katalpaholz. Bevor er versiegelt wurde, bestreute man den zusammengeschrumpften Körper des toten Kaisers mit Juwelen. Er wurde mit Rubinen, Jade, indischen Smaragden und einem Halsband aus herrlichen gelben Perlen geschmückt. Dann wurde der Sargdeckel mit Pech und einem aus Tamariskenholz hergestellten Leim verschlossen. Dieser Leim wurde, wenn er eintrocknete, so hart wie Stein. In den Sarg waren buddhistische Sutras geschnitzt, und rundherum stellten Eunuchen aus Seide und Papier gefertigte kniende Gestalten. In alten Zeiten wären lebende Menschen mit ihrem Herrscher begraben worden, damit er bei den Gelben Quellen nicht allein sei. Mit dem Kaiser wurde seine erste Gemahlin, die ältere Schwester der Kaiserinwitwe, die auch Sakota geheißen hatte, begraben. Fünfzehn Jahre lang hatte ihr Leichnam in einem ruhigen Tempel eines sieben Meilen von der Stadt entfernten Dorfes geruht, wo sie auf den Tod des Kaisers gewartet hatte. Nun wurde sie wieder mit ihrem Gemahl vereinigt. Ihr Sarg wurde zu seinen Füßen gestellt.

Als die Priester ihre Gebete gesungen, und die Regentinnen und der junge Kaiser sich vor dem Toten niedergeworfen hatten, zogen sich alle aus dem Mausoleum zurück. Nur die Kerzen warfen ihr flackerndes Licht auf den mit Juwelen geschmückten Sarg und auf die farbigen Gedenktäfelchen, welche die Mauern des Grabes bedeckten. Die großen Bronzetüren wurden geschlossen und versiegelt, und alle, die an dem Trauerzug teilgenommen hatten, kehrten wieder in ihre Wohnungen zurück. Am Tage nach dem Begräbnis gab die Kaiserinmutter ein Edikt heraus, in dem Prinz Kung volle Verzeihung gewährt wurde. Es hatte folgenden Wortlaut:

»Prinz Kung hat sich in den letzten fünf Jahren unter Unserer Aufsicht mit den Beisetzungsfeierlichkeiten für den verstorbenen Kaiser beschäftigt. Er hat sich seiner Aufgabe mit großem Fleiß unterzogen und sie zu Unserer Zufriedenheit zu Ende geführt. Die Pracht des Kaisergrabes und die Würde, mit der die Beisetzung vor sich gegangen ist, hat Unseren Kummer über sein früheres Betragen gänzlich getilgt. Damit der wie weißer Jade glänzende Name des Prinzen Kung fernerhin nicht getrübt wird, ordnen Wir an, daß der Vermerk über seine frühere Entlassung im Reichsarchiv gelöscht wird. So belohnen Wir Unseren guten Diener. Möge sein Name für alle Zeiten wieder hell erstrahlen.«

Am Abend dieses Tages ging die Kaiserinmutter allein in ihrem Lieblingsgarten spazieren.

Langsam ging sie auf dem Gartenweg zwischen den letzten blühenden Chrysanthemen auf und ab. Ihre Hunde folgten ihr Schritt für Schritt, starke mongolische Wachthunde, die ihr Tag und Nacht nicht von der Seite wichen, und kleine Spielhunde, die sie in den Ärmel stecken konnte. Wie schon so oft raffte sie nun ihren Willen zusammen und richtete ihren Geist und ihre Phantasie wieder nach innen. Sie mußte sich den großen Aufgaben zuwenden, die ihre Stellung ihr auferlegten.

Zwei Sommer später, als der Hof zum Vergnügen in den Meerpalast umgezogen war, saß die Kaiserinmutter eines Tages auf ihrem Thron im Theater und schaute sich ein Stück an. Es war kein altes Stück, sondern erst vor zweihundert Jahren von einem Lustspieldichter geschrieben worden. Der Schurke in diesem Stück war ein Europäer mit einer gewaltigen Nase, ein portugiesischer Schiffskapitän, dem ein langes Schwert am Gürtel baumelte. Unter seiner mächtigen Nase wuchs ein Schnurrbart, der wie die ausgebreiteten Flügel eines Raben aussah. Der Held war der chinesische Premierminister. Diese Rolle wurde vom Obereunuchen An Teh-hai gespielt, der ein genialer Schauspieler war.

Li Lien-ying, der gerade noch laut gelacht hatte, wurde plötzlich still, stand von seinem Stuhl auf und versuchte, sich davonzuschleichen. Die Kaiserinmutter jedoch, der nichts entging, winkte ihn zu sich heran. Mit ziemlich betroffenem Gesicht kam er zurück.

»Wohin willst du?« fragte sie. »Gehört es sich, daß du aus dem Theater gehst, wenn dein Vorgesetzter auf der Bühne ist?«

»Majestät«, flüsterte Li Lien-ying, »beim Anblick dieses ausländischen Schurken ist mir ein Versprechen eingefallen, das ich gestern dem jungen Kaiser gab. Ich hatte es ganz vergessen.«

»Was für ein Versprechen?« forschte sie.

»Er hat von einem ausländischen Wagen gehört, der ohne Pferd oder Menschen laufen kann, und er bat mich, ihm einen zu kaufen. Aber ich weiß nicht, wo ich ihn finden kann. Ich habe schon den Obereunuchen gefragt, und er meinte, ich solle in dem ausländischen Laden auf der Straße der Gesandtschaften nachfragen. Dorthin wollte ich jetzt gerade gehen.«

Die Kaiserinmutter runzelte ihre schönen schwarzen Brauen. »Du bleibst hier!« rief sie aus.

»Majestät«, sagte der Eunuch schmeichelnd, »bitte bedenken Sie, daß der junge Kaiser leicht in Zorn gerät und ich Prügel bekommen werde.«

»Ich werde ihm sagen, daß er kein ausländisches Spielzeug bekommt«, erklärte die Kaiserin. »Was will er überhaupt mit einem Spielzeug, er ist ja längst kein Kind mehr!«

»Majestät«, bettelte der Eunuch, »das Spielzeug war mein Einfall, da ich nicht hoffen konnte, in unserem ganzen Lande einen wirklichen Geisterwagen zu finden.«

»Spielzeug oder nicht, es handelt sich um einen ausländischen Gegenstand«, sagte die Kaiserinmutter unerbittlich, »er bekommt ihn nicht! Setz dich wieder hin.«

Li Lien-ying blieb nichts anderes übrig als zu gehorchen, aber das Lachen war ihm vergangen, obschon An Teh-hai auf der Bühne die tollsten Sprünge machte, um die Kaiserinmutter zum Lachen zu bringen. Aber auch sie lachte nicht mehr, blieb jedoch noch eine Stunde mit ernstem Gesicht sitzen, dann bedeutete sie ihren Damen, daß sie gehen wolle. Als sie wieder in ihrem Palast war, überlegte sie noch eine Weile und schickte dann nach dem Obereunuchen.

An Teh-hai war trotz seiner zunehmenden Verfettung noch immer ein großer und schöner Mann. Er hatte kühnblickende dunkle Augen. Wenn er sie auch in Gegenwart seiner kaiserlichen Herrin immer demütig niederschlug, wußte sie doch, daß er sonst unverschämt genug dreinschauen konnte. Immer wieder tauchte das Gerücht auf, daß An Teh-hai kein richtiger Eunuch sei und in der Verbotenen Stadt sogar Kinder gezeugt habe. Doch die Kaiserinmutter fragte nicht nach etwas, was sie nicht wissen wollte.

»Was schmiedest du denn da für Komplotte mit Li Lien-ying?« fragte sie mit strengem Blick.

Vor Erstaunen blieb ihm der Mund offen. »Ich, Majestät? Komplotte?«

»Ja, er sollte doch meinem Sohn einen ausländischen Geisterwagen bringen!«

An Teh-hai versuchte zu lachen. »Ist das ein Komplott, Majestät? Ich wollte ihm doch nur einen Spaß machen.«

»Du weißt ganz genau, daß er keine ausländischen Gegenstände haben soll«, sagte sie in demselben strengen Ton. »Soll er seinem eigenen Volk entfremdet werden?«

»Majestät, ich schwöre, eine solche Absicht lag mir ganz fern. Müssen wir nicht dem Kaiser alle Wünsche erfüllen?«

»Nicht, wenn er etwas Unrechtes wünscht«, schnitt sie ihm unerbittlich das Wort ab. »Ich will nicht, daß er solche Laster lernt, wie sein Vater. Wenn du so töricht bist, ihm hierin nachzugeben, wirst du ihm dann nicht schon in anderen Dingen nachgegeben haben?«

»Majestät –«, begann er.

»Geh mir aus den Augen, du treuloser Diener!« rief die Kaiserinmutter zornig.

Diese Worte erschreckten den Obereunuchen. Lange war er ihr Favorit gewesen, aber jeder Eunuch wußte, daß die Gunst eines Herrschers unbeständiger ist als Sonnenschein im Vorfrühling.

Weinend warf er sich ihr zu Füßen. »Majestät, mein ganzes Leben gehört Ihnen! Ihre Befehle stehen für mich über allem anderen!«

Sie stieß ihn mit dem Fuß fort. »Weg mit dir, weg mit dir – ich will dich nicht mehr sehen!«

Hierauf kroch er auf Händen und Knien zur Türe hinaus. Als er draußen war, fing er an zu laufen und rannte zu dem einzigen Menschen, der ihn vor der Wut der Kaiserin retten konnte. Jung Lus Palast war eine Meile weit entfernt; diesen ganzen Weg legte der Eunuch laufend zurück.

Zu dieser Tagesstunde studierte Jung Lu die Denkschriften, die am nächsten Tage dem Thron vorgelegt werden sollten. Früher war das die Aufgabe Prinz Kungs gewesen, aber jetzt hatte Jung Lu sie als Großkanzler übernommen. Er saß allein in seiner Bibliothek vor einem großen Tisch, den Kopf über die vor ihm liegenden Schriftstücke gebeugt.

Fast gleichzeitig mit dem ihn anmeldenden Diener trat der Obereunuch ein und machte eine so tiefe Verbeugung, wie sie Jung Lu lange nicht mehr von ihm gesehen hatte.

»Was führt Sie her?« fragte Jung Lu.

In ein paar Worten brachte An Teh-hai sein Anliegen vor. »Ich flehe Sie an, retten Sie mich vor dem kaiserlichen Zorn.«

Jung Lu sah nicht so aus, als ob er ihm das sofort versprechen wollte. Statt dessen bedeutete er dem Obereunuchen, Platz zu nehmen, und nach einer Weile sagte er:

»Was ich in den letzten zwei Jahren im Palast des Kaisers gesehen habe, macht mir Sorgen.«

»Was haben Sie gesehen, Ehrwürdiger?« fragte der Obereunuch, der in dem Kerzenlicht außergewöhnlich bleich erschien.

Mit großem Ernst sagte Jung Lu: »Der Vater des jungen Kaisers, Hsing Feng, wurde durch seine Eunuchen ruiniert, zu denen auch Sie gehörten, An Teh-hai. Sie waren zwar zu jener Zeit noch kein Obereunuch, aber es stand in Ihrer Macht, den damals regierenden Kaiser zu redlichem Denken und rechtschaffenen Handlungen zu erziehen. Statt dessen haben Sie ihn verwöhnt, und er liebte Sie, weil Sie jung und sehr hübsch waren, und anstatt ihm zu helfen, haben Sie ihn auf eine abschüssige Bahn geführt, indem Sie seinen Schwächen und Lüsten Vorschub leisteten, so daß er vor seinem vierzigsten Lebensjahre als Greis starb. Nun haben Sie seinen Sohn –«

Mit bewegtem Gesicht brach er ab und legte seine rechte Hand vor den Mund. Es war eine starke Hand und auch ein starker Mund.

An Teh-hai zitterte vor Angst. Er war in der Hoffnung gekommen, Hilfe zu finden, und nun wurde er von neuem angegriffen.

»Ehrwürdiger«, erklärte er, »es ist sehr schwer, als Eunuch seinem Herrn nicht zu gehorchen.«

»Aber es ist möglich«, sagte Jung Lu, »und schließlich hätten Sie Ehre davon gehabt, denn in jedem Menschen, selbst in einem Kaiser, steckt Gutes und Böses. In der Kindheit wird eines von beiden zerstört und das andere am Leben erhalten. Sie haben das Gute in ihm zerstört.« – »Ehrwürdiger«, stammelte der Eunuch, »ich hatte keine Wahl – ich konnte nicht das eine oder das andere tun.«

»Sie wissen, was ich meine«, sagte Jung Lu noch ernster. »Wenn der jetzt tote Kaiser Schmerzen hatte, haben Sie ihm Opium gegeben. Wenn er launenhaft war, haben Sie ihn durch schlimme Lüste besänftigt. Sie lehrten ihn, im Laster Zuflucht zu suchen, wenn er Sorgen hatte oder krank war. Bevor er noch ein Mann war, hatte er nichts Männliches mehr.«

An Teh-hai war weder feige noch dumm. Die Zeit war jetzt gekommen, eine gefährliche Waffe zu gebrauchen. »Ehrwürdiger«, sagte er, »wenn der Kaiser kein Mann mehr war, wie war es dann möglich, daß er einen Sohn bekommen hat und dazu einen so starken, wie es der junge Kaiser ist?«

Jung Lus Gesicht veränderte sich nicht. Er blickte den Eunuchen fest an. »Wenn dieses Kaiserhaus fällt«, sagte er, »müssen Sie und ich mit ihm fallen, und so auch die ganze Dynastie. Sollen wir also diesen jungen Mann krank machen, der unsere einzige Hoffnung für die Zukunft ist?«

So bog Jung Lu den Dolch, den der Obereunuch auf ihn gezückt hatte, zur Seite. Und der Obereunuch verstand, daß zwischen ihnen Freundschaft und keine Feindschaft herrschen sollte. Er schlüpfte wieder in seine übliche Demut zurück und stammelte: »Ich wollte Sie nur bitten, mich vor dem Zorn der Kaiserinmutter zu retten. Ich weiß überhaupt nicht, warum sie plötzlich so wütend auf mich geworden ist, denn es handelt sich nur um ein Spielzeug, einen Spielzeugzug, den Schusterpech Li für den jungen Kaiser zu kaufen vergaß. Ich verstehe gar nicht, wie hier in diesen Mauern immer aus einer Mücke ein Elefant gemacht wird.«

Jung Lu fuhr sich müde mit der Hand über die Augen. »Ich will für Sie ein gutes Wort einlegen«, versprach er.

»Ehrwürdiger, mehr will ich nicht«, sagte der Obereunuch, verbeugte sich tief und ging schnell fort. Er war sehr zufrieden. Seine kitzlige Frage hatte ihm bessere Dienste geleistet als ein Schwert, und Jung Lu hatte den Hieb nur mit Mühe pariert.

In seiner Bibliothek saß Jung Lu so lange allein wach, daß seine sanfte Frau ab und zu durch die Vorhänge lugte, aber sie wagte nicht, ihn anzureden, wenn er ein so ernstes Gesicht machte. Sie wußte sehr wohl, daß sie nie seine wahre Liebe besitzen konnte, aber sie selbst liebte ihn so sehr, daß sie sich mit dem begnügte, was er ihr gab, einer milden Zuneigung, einer immer geduldigen und höflichen Zärtlichkeit. Nie kam er ihr ganz nahe, selbst dann nicht, wenn er sie in seinen Armen hielt. Sie fürchtete ihn nicht, denn seine Güte war unwandelbar, aber sie konnte den Abstand, der zwischen ihnen lag, nicht überbrücken.

Heute jedoch blieb er so lange auf, daß sie in ihren Satinpantoffeln fast unhörbar an seine Seite trat und ihre Hand so leicht auf seine Schulter legte, daß er sie nicht spürte. »Es ist fast Morgen«, sagte sie, »und du gehst immer noch nicht zu Bett?«

Er war überrascht und konnte seinen Gesichtsausdruck nicht so schnell verändern. Da sah sie ein solche Qual in seinen Zügen, daß sie ihm die Arme um den Hals warf.

»Liebster«, rief sie, »was peinigt dich?«

Er kam zu sich und löste sich aus ihren Armen. »Alte Geschichten«, murmelte er, »Probleme, die nie zu lösen sind. Dumm, daß man sich überhaupt damit beschäftigt. Komm, laß uns schlafen gehn.«

Seite an Seite gingen sie über den Korridor zu ihren Zimmern. An der Tür ihres Schlafzimmers verabschiedete er sich und sagte, wie wenn ihm das gerade einfiele:» Geht es dir besser mit diesem Kinde als mit dem ersten?« denn sie trug zum zweitenmal ein Kind unter dem Herzen.

»Danke, mir geht es gut«, sagte sie.

Da erwiderte er lächelnd: »Dann werden wir eine Tochter bekommen, wenn die Altweibermärchen, die ich in meiner Kindheit gehört habe, wahr sind. Nur die Söhne stiften Unruhe im Leibe der Mutter.«

»Hast du etwas dagegen, wenn ich eine Tochter bekomme?« fragte sie.

»Nicht, wenn sie so aussieht wie du«, sagte er höflich, verbeugte sich und ging in sein Zimmer.

Als am nächsten Tage die Wasseruhr die dritte Stunde nach Mittag anzeigte, meldete der Eunuch Li Lien-ying, der heute übereifrig war, seiner Herrin zu gefallen, daß der Großkanzler Jung Lu um eine Audienz nachsuche, wann es der Kaiserin passe.

Sie sagte sofort: »Wann paßt es mir nicht, meinen Verwandten zu empfangen? Er kann gleich kommen.«

Bald erschien Jung Lu in ihrem privaten Audienzsaal, wo sie schon auf dem Throne saß, um ihn zu empfangen. Sie bedeutete dem Eunuchen, bis an die Wand zurückzutreten, dann bat sie Jung Lu, sich von den Knien zu erheben und sich zu setzen.

»Laß uns ganz ungezwungen zueinander sein«, sagte sie. »Lassen wir das Zeremoniell beiseite, sage mir gleich, was du auf dem Herzen hast. Du weißt, daß in der Kaiserin immer das Mädchen verborgen ist, das du in deiner Jugend gekannt hast.«

Gerade weil sie so offen sprach, war er wegen der Drohung des Obereunuchen um so mehr beunruhigt. Er blickte zuerst hierhin und dorthin, um sich zu überzeugen, ob sich nicht etwa ein Vorhang bewegte, oder ob Li Lien-ying nicht die Ohren spitzte. Aber der Eunuch hatte sich in sein Buch vertieft und die Vorhänge blieben unbewegt. Der Saal war so groß, daß niemand, der nicht in der Nähe des Thrones stand, hören konnte, was gesprochen wurde, besonders da die geliebte Frau ihn heute mit so leiser und sanfter Stimme anredete. Trotzdem war er noch immer scheu und hielt sich die rechte Hand vor den Mund.

»Nimm deine Hand vom Mund«, sagte sie.

Er ließ die Hand fallen, und sie sah, wie er sich in die Unterlippe biß.

»Du hast ein so weißes und starkes Gebiß wie ein Tiger. Beiß dir doch nicht so heftig in die Lippe.«

Mit Mühe sah er von ihr weg. »Ich bin gekommen, um über den Kaiser zu sprechen.«

Er gebrauchte diese List, weil er wußte, daß er nur auf diese Weise ihrem durchdringenden Blick entgehen konnte.

»Was ist mit ihm?« rief sie. »Fehlt ihm etwas?«

Er war wieder frei, das starke Band zwischen ihnen hatte sich etwas gelockert.

»Mir gefallen gewisse Dinge nicht«, sagte er. »Die Eunuchen verwöhnen ihn, und da sie selbst verderbt sind, können sie auch ihm leicht Verderben bringen. Sie wissen, was ich sagen will, Majestät. Sie haben selbst gesehen, wie weit sie den verstorbenen Kaiser gebracht haben. Ihr Sohn muß vor ihnen gerettet werden, bevor es zu spät ist.«

Sie errötete und antwortete nicht sofort. Dann sagte sie ruhig: »Ich freue mich, daß du wie ein Vater zu meinem vaterlosen Sohn sprichst. Auch ich mache mir große Sorgen, aber was kann ich als Frau tun? Soll ich meine Zunge besudeln, indem ich von Schandtaten spreche, die ich nicht einmal kennen dürfte? Das sind Männerangelegenheiten.«

»Darum bin ich hier«, sagte er, »und ich rate Ihnen, Ihren Sohn frühzeitig zu verloben. Möge er mit Ihrer Zustimmung eine Frau auswählen, die ihm gefällt. Wenn er auch erst in zwei Jahren heiraten kann, denn dann ist er sechzehn, wird doch das Bild eines Mädchens, das er selbst erwählt hat, ihn rein erhalten.«

»Wie kannst du das wissen?« fragte sie.

»Ich weiß es«, erklärte er schroff und wollte nicht mehr sagen, und als sie ihn wieder in den Bann ihrer Augen zwingen wollte, wandte er den Kopf weg.

Sie schickte sich schließlich mit einem Seufzer in sein hartnäckiges Schweigen. »Ja, ich will tun, wozu du mir rätst. Die Mandschumädchen sollen bald zur Musterung erscheinen – wie ich einst. Wie schnell doch die Jahre dahinschwinden! Wie einst die Kaiserinwitwe neben dem Kaiser saß, um seine Wahl zu überwachen, so werde ich jetzt dasitzen. Erinnerst du dich noch, daß sie mich nicht leiden mochte?«

»Aber Sie gewannen sie bald für sich, wie Sie alle gewinnen«, schmeichelte er, noch immer ohne sie anzusehen.

Sie lachte leise, ihre roten Lippen zitterten, als wollte sie etwas Spaßhaftes sagen, aber sie unterdrückte diese Regung und wurde wieder ganz Kaiserin.

»Nun, dann wollen wir es so halten, Vetter. Ich danke dir für deinen Rat.«

Sie sprach absichtlich so laut und klar, daß Li Lien-ying es hörte, das Buch in sein Gewand steckte und herbeikam, um den Großkanzler aus dem Saal zu geleiten. Jung Lu verbeugte sich kniend bis auf den Boden, die Kaiserinmutter neigte leicht den Kopf, und so schieden sie wieder einmal voneinander.

Inzwischen wurde es dem Obereunuchen unbehaglich zumute. Er hatte seine Stellung für so sicher wie den Thron selbst gehalten. Kaiser kamen und gingen, aber Eunuchen blieben, und über allen Eunuchen stand der Obereunuch. Doch die Kaiserinmutter konnte selbst auf ihn böse sein! Er war erschüttert, er fühlte sich unsicher und sehnte sich danach, eine Weile aus den Mauern der Verbotenen Stadt, in denen er sein Leben verbracht hatte, herauszukommen.

»Hier habe ich gelebt«, knurrte er in sich hinein. »Nie habe ich die Welt jenseits dieser Mauern gesehen.« Aus verschütteten Schichten seiner Erinnerung zog er einen alten Traum hervor, den er längst vergessen hatte, und mit ihm ging er zu der Kaiserinmutter.

»Majestät«, sagte er, »wie ich wohl weiß, verstößt es gegen das Hofgesetz, daß ein Eunuch die Hauptstadt verläßt. Aber immer habe ich die geheime Sehnsucht gehabt, einmal auf dem Großen Kanal südwärts zu fahren und die Wunder unseres Landes zu besichtigen. Bitte lassen Sie mich einmal eine solche Vergnügungsfahrt machen, ich werde sicher wiederkommen.«

Als die Kaiserinmutter diese Bitte hörte, schwieg sie eine Weile. Sie wußte, daß Prinzen, Minister und Hofdamen sie in privaten Unterredungen oft tadelten, weil sie Eunuchen zu viel Achtung und Ehre erwies. Vor zweihundertfünfzig Jahren hatte der damals regierende Kaiser Fu Lin den Eunuchen einen zu großen Einfluß im Palast gewährt. Dieser Kaiser, der die Bücher und die Einsamkeit geliebt hatte und gern ein Mönch geworden wäre, wurde von diesen gierigen und mächtigen Eunuchen schmählich hintergangen. Eines Tages hatte Prinz Kung ohne ein Wort der Erklärung der Kaiserinmutter ein Buch über die Herrschaft der Eunuchen während der sogenannten Schun-Tschih-Zeit hingelegt. Die Lektüre, die ihr oft Zornesröte ins Gesicht trieb, hatte ihr großen Ärger verursacht. Sie gab das Buch ebenso schweigend an Prinz Kung zurück, und wenn er gewagt hätte, seine Augen zu ihrem Gesicht zu erheben, hätte er gesehen, daß sie wütend war.

Manchmal kam es ihr vor, als ob die Eunuchen auch jetzt zu viel Macht hätten. Sie benutzte sie überall als Spione und gab ihnen große Belohnungen, wenn sie ihr interessante Nachrichten brachten. Vor allem hatte sie den Obereunuchen An Teh-hai geehrt, denn er war ihr nicht nur treu ergeben, sondern auch ein hübscher Mann und ein begabter Schauspieler, auch als Musikant hatte er ihr oft die Schwermut vertrieben. Mit solchen Überlegungen entschuldigte sie sich vor sich selbst. Sie war eben eine Frau, und eine Frau kann als Herrscherin niemandem trauen. Ein Mann, der auf einem Thron sitzt, hat sicher seine Feinde, aber er hat auch viele treue Anhänger, die durch ihn ihre eigenen Interessen fördern wollen. Eine Frau kann auf eine solche Treue nicht rechnen. Spione sind daher für sie eine Notwendigkeit.

»Was für Schwierigkeiten du mir machst!« sagte sie nun zu An Teh-hai. »Wenn ich dich gehen lasse, werden mich alle wegen Mißachtung der Gesetze und der Tradition tadeln.«

Er seufzte tief auf: »Ich habe wahrhaftig ein schweres Opfer gebracht, als ich meine Männlichkeit aufgegeben und auf Frau und Kinder verzichtet habe, und jetzt muß ich auch noch damit zufrieden sein, daß ich zeit meines Lebens aus den Mauern einer einzigen Stadt nicht herauskomme.«

Er war immer noch ein schöner Mann und jung genug, um wegen seiner hohen Gestalt und seines stolzen und kühnen Gesichts Beachtung zu finden. Allerdings sah man die Spuren seiner Ausschweifungen an den Falten seiner aufgedunsenen Wangen und an den scharfen Linien um seinen sinnlichen Mund; außerdem war er zu dick geworden. Aber er hatte eine melodische Stimme, die nicht so hoch und blechern klang wie die Stimmen anderer Eunuchen. Er sprach mit klassischer Vollendung, legte auf jedes Wort den richtigen Ton und Nachdruck, so daß seine Rede die reinste Musik war. Sein Gang war von vollendeter Anmut, die sich auch in den Bewegungen seiner schönen Hände zeigte.

Die Kaiserinmutter verhehlte nicht, daß sie empfänglich für seine Schönheit war. Sie erinnerte sich auch, daß er immer gehorsam gegen sie gewesen war und sie oft belustigt und getröstet hatte. Sie gab daher seiner Bitte nach. »Ich könnte dich«, sagte sie nachdenklich, indem sie den goldenen Nagelschild des kleinen Fingers ihrer linken Hand betrachtete, »zu der südlichen Stadt Nanking schikken, wo du die Gobelins inspizieren könntest, die dort für mich gewoben werden. Ich habe besondere Muster für meinen Sohn, den

Kaiser, bestellt, die für seine Hochzeit und endgültige Thronbesteigung bestimmt sind, denn das Weben solcher Gobelins erfordert viel Zeit. Ich habe zwar genaue Anweisungen dafür gegeben, aber ich weiß, wie leicht dabei Fehler gemacht werden. In früheren Zeiten haben die Weber in Nanking oft Satin geliefert, der nicht das richtige kaiserliche Gelb hatte. Ja, geh dorthin und überzeuge dich, ob das Gelb den richtigen Goldton hat und ob das Blau nicht zu schwach ist, denn du weißt, daß ein kräftiges Blau meine Lieblingsfarbe ist.«

Als sie diesen Entschluß gefaßt hatte, hielt die Kaiserinmutter an ihm fest und ließ nie durchblicken, daß er vielleicht falsch gewesen sein könnte. In einigen Tagen segelte der Obereunuch mit sechs großen Barken nach Nanking ab. Auf der Barke, die er selbst bewohnte, wurde die kaiserliche Flagge gehißt. In jeder kleinen und größeren Stadt am Großen Kanal eilten die Vertreter der Behörden herbei, als sie die kaiserliche Flagge sahen, um An Teh-hai Geschenke zu bringen. Sie verneigten sich vor ihm so tief wie vor dem Kaiser selbst. Durch diese Ehrenbezeigungen ermutigt, forderte der hochmütige Eunuch nicht nur Geld, sondern auch schöne Jungfrauen von ihnen. Obschon er Eunuch war, gebrauchte er sie auf seine eigene, widernatürliche Art. So wurden die Barken Lasterhöhlen, denn auch die anderen Eunuchen, die ihn begleiteten, folgten seinem Beispiel.

Ein solcher Skandal blieb natürlich nicht unbeachtet und kam auch Prinz Kung zu Ohren, denn die Beamten, die sehr gegen die Eunuchenwirtschaft der Kaiserinmutter eingenommen waren, schickten ihm Geheimberichte, und gleichzeitig ließen Eunuchen, gegen die sich An Teh-hai manchmal grausam und ungerecht benommen hatte, auch Sakota, der Kaiserinwitwe des Östlichen Palastes, Nachrichten zukommen. Diese bestellte Prinz Kung zu sich und sagte bekümmert zu ihm:

»Ich lasse meine Schwester gewöhnlich in allem gewähren, was sie tut. Sie ist eine starke und leuchtende Sonne, und ich bin nur ein blasser Mond neben ihr. Aber es hat mir nie gefallen, daß sie die Eunuchen begünstigt und besonders diesen An Teh-hai.«

Daran erkannte Prinz Kung, daß sie von den Schandtaten des Obereunuchen gehört hatte, und er sagte kühn: »Jetzt ist es Zeit, Majestät, der Kaiserinmutter endlich eine Lektion zu erteilen, was

Sie ja schon oft vorhatten. Mit Ihrer Erlaubnis will ich diesen schändlichen An Teh-hai verhaften und enthaupten lassen.«

Die Kaiserinwitwe tat einen leisen Schrei und hielt ihre Hände geballt vor den Mund. »Es liegt mir nicht, einen Menschen töten zu lassen«, sagte sie abwehrend.

»Es ist der einzige Weg, den Hof von einem Favoriten zu befreien, so ist es immer in unserer Geschichte gewesen«, erwiderte Prinz Kung. Seine Haltung war ruhig, seine Stimme fest. »Überdies«, fuhr er fort, »hat dieser An Teh-hai zwei Kaiser auf dem Gewissen. Unser verstorbener Kaiser wurde von ihm schon als Kind verdorben, und jetzt höre ich – ja, ich habe es sogar mit eigenen Augen gesehen –, daß unser junger Kaiser denselben schlimmen Weg geht. Er wird sogar in Verkleidung nachts in die Stadt in Bordelle und obszöne Theateraufführungen mitgenommen.« Die Kaiserinwitwe seufzte und sagte verwirrt, sie wisse nicht, was sie tun solle. Darauf stellte ihr Prinz Kung eine ganz klare Frage: »Wenn ich ein Dekret vorbereite, Majestät, würden Sie dieses mit Ihrem eigenen kaiserlichen Siegel versehen?«

Sie schauderte, ein Zittern ging durch ihre zarte Gestalt. »Dann müßte ich ja – der anderen trotzen!« sagte sie kläglich.

»Was kann sie Ihnen tun, Majestät?« drängte Prinz Kung.» Der ganze Hof, ja selbst die Nation würde sie verdammen, wenn sie Ihnen ein Leid antäte.« So bedrängt und überredet, unterzeichnete sie das Dekret, als Prinz Kung es ihr zur Unterschrift vorlegte. Er ließ es sofort durch einen Kurier weiterbefördern.

Inzwischen war An Teh-hai schon über Nanking hinausgefahren und hatte die Himmlische Stadt Hangtschau erreicht. Dort hatte er sich in dem großen Hause eines reichen Kaufmanns einquartiert und forderte von der Bevölkerung Tributgeschenke in Geld, Sachwerten und schönen Mädchen. Alle Bürger waren bald gegen ihn aufgebracht, aber niemand wagte, gegen ihn aufzutreten, denn er hatte seine Eunuchen und eine Leibwache von sechshundert Soldaten bei sich. Nur der Bürgermeister der Stadt wagte, sich zu beklagen. Auch er hatte schon an Prinz Kung geschrieben und ihm berichtet, welche Orgien der anmaßende Eunuch feierte. An diesen Beamten schickte Prinz Kung daher das Todesurteil. Sofort lud der Bürgermeister An Teh-hai zu einem großen Bankett ein, wo ihm angeblich die schönsten Jungfrauen der Stadt vorgeführt werden sollten. Völlig ahnungslos und hocherfreut bereitete sich An Teh-hai für dieses Fest vor. Aber als er den Festsaal betrat, wurde er ergriffen und auf die Knie gezwungen, während seine Eunuchen und Leibwachen in dem äußeren Hofe eingeschlossen wurden. Der Bürgermeister zeigte ihm das Dekret und erklärte, er würde es sofort ausführen. An Teh-hai schrie, daß es nur von der Kaiserinwitwe und nicht von der Kaiserinmutter, der eigentlichen Herrscherin und seiner Gönnerin, gesiegelt sei. Aber der Bürgermeister erwiderte:

»Nach dem Gesetz sind die beiden eins, und ich erkenne der einen keinen Vorrang über die andere an.«

Damit hob er die Hand, streckte den Daumen aus der geballten Faust nach unten, und bei diesem Zeichen trat der Henker vor und schlug An Teh-hai mit einem Streich seines breiten Schwertes den Kopf ab. Dieser fiel so heftig auf den Boden, daß der Schädel brach und das Gehirn herausquoll.

Als die Kaiserinmutter hörte, daß ihr Favorit und treuer Diener tot war, geriet sie in eine solche Wut, daß sie vier Tage krank war. Sie wollte weder essen noch schlafen. Ihre Wut richtete sich gegen ihre Mitregentin, aber vor allem gegen Prinz Kung.

»Er allein konnte aus dieser Maus eine Löwin machen!« rief sie. Am liebsten hätte sie sofort Prinz Kung enthaupten lassen. Das wurde nur verhindert, weil Li Lien-ying, erschreckt über solchen Wahnsinn, sich hinter ihrem Rücken an Jung Lu wandte.

Jung Lu ging unverzüglich zu ihrem Palast, drang ohne Zeremoniell in ihr Schlafzimmer ein, wo die Kaiserinmutter ruhelos auf ihrem Bett lag. Nur der Vorhang war zwischen ihnen. Mit kalter und ruhiger Stimme sagte er:

»Wenn Sie Ihren Platz behalten wollen, Majestät, werden Sie nichts unternehmen. Stehen Sie auf und tun Sie so, als wäre alles in Ordnung. Denn es läßt sich nicht leugnen, daß der Obereunuch viele Schandtaten begangen hat und trotzdem Ihr Günstling war. Es läßt sich ferner nicht leugnen, daß Sie Gesetz und Tradition verletzt haben, als Sie ihm erlaubten, die Hauptstadt zu verlassen.«

Sie hörte an seiner Stimme, daß er sie verurteilte, und sagte eine Weile nichts. Dann appellierte sie an sein Mitleid.

»Du weißt, warum ich diese Eunuchen besteche. Ich bin als Herrscherin ganz allein – eine einsame Frau.«

Hierauf erwiderte er nur ein Wort. »Majestät –«

Sie wartete auf mehr, aber das war alles. Er war schon fort. Schließlich stand sie auf, ließ sich baden und ankleiden und nahm etwas Nahrung zu sich. Keine von ihren Damen wagte ein Wort zu sprechen, aber es schien ihr gleichgültig zu sein, ob sie etwas sagten oder nicht. Mit langsamen und schwankenden Schritten ging sie in ihre Bibliothek und las dort viele Stunden lang in den Akten, die auf dem Tisch für sie zurechtgelegt waren. Am Ende dieses Tages ließ sie Li Lien-ying kommen und sagte zu ihm:

»Von heute an bist du der Obereunuch. Dein Leben hängt davon ab, ob du mir treu ergeben bist, und zwar mir allein.«

Er war außer sich vor Freude, hob den Kopf vom Boden, wo er demütig kniete, und schwor ihr Treue.

Von diesem Tage an haßte die Kaiserinmutter Prinz Kung. Sie nahm seine Dienste weiterhin an, aber sie haßte ihn und wartete auf die Zeit, da sie seinen Stolz für immer demütigen könnte.

Bei all dieser inneren Unruhe hatte die Kaiserinmutter Jung Lus Rat, den jungen Kaiser bald zu verloben, nicht vergessen, und je länger sie über diesen Vorschlag nachdachte, desto mehr gefiel er ihr, und zwar aus einem Grunde, den nur sie selbst kannte. Ihr Sohn, der ihr seinem Aussehen und stolzen Herzen nach so ähnlich war, hatte eine Schwäche an sich, die sie so tief verwundete, daß sie nicht einmal zu ihm offen davon sprechen konnte, im Gegenteil, sie mußte sich hüten, ihm ihr Verletztsein überhaupt zu zeigen. Schon als Kind war er immer lieber im Palast Sakotas als in dem seiner Mutter gewesen. Wenn sie ihn damals besuchte und ihn nicht antraf, erfuhr sie, daß er bei der Kaiserinwitwe war, und diese seine Gewohnheit hatte sich im Laufe der Jahre immer mehr gefestigt. Ihr Stolz verbot ihr, ihm zu zeigen, daß ihr das weh tat, und sie machte ihm nie einen Vorwurf, aber sie überlegte bei sich, wie es käme, daß ihr Sohn lieber zu der anderen als zu ihr ging. Sie liebte ihn mit wahrer Besitzwut, wagte aber nicht, ihn zu fragen, denn sie hätte dann hören können, was sie fürchtete. Auch zu Prinz Kung oder zu Jung Lu sprach sie niemals von dieser geheimen Wunde. Was hätten sie ihr auch sagen können? Sie wußte längst, warum ihr Sohn so oft zu Sakota ging und so lange bei ihr blieb, wogegen er zu ihr nur kam, wenn er gerufen wurde, und froh war, wenn er bald wieder gehen konnte.

Wut und Eifersucht mischten sich in der Kaiserinmutter oft bis zur Raserei. Möglicherweise hatte ihm Sakota sogar das ausländische Spielzeug, die Eisenbahn, gekauft und sie bei sich verborgen, damit er im geheimen damit spielen konnte. Zweifellos war es so, denn heute morgen, nach der Audienz, hatte ihr Sohn es gar zu eilig gehabt, von ihr wegzukommen, aber sie hatte ihn gezwungen, bei ihr in der Bibliothek zu sitzen, weil sie sich überzeugen wollte, ob er auch den Verhandlungen im Audienzsaal mit Aufmerksamkeit gefolgt war. Es hatte sich herausgestellt, daß er überhaupt nicht zugehört hatte. Auf ihre vorwurfsvollen Fragen hatte er in sehr unartiger Weise geantwortet:

»Soll ich jeden Tag behalten, was irgendein Mummelgreis in seinen Bart murmelt?«

Diese Unverschämtheit hatte sie so gereizt, daß ihr die Hand ausglitt und sie ihm eine Ohrfeige gab, obschon er Kaiser war. Er sagte kein Wort und machte auch keine Bewegung, aber sie sah die Wut in seinen großen Augen und die roten Flecken an seiner Wange. Dann hatte er sich, ohne ein Wort zu sagen, steif vor ihr verbeugt und das Zimmer verlassen. Zweifellos war er geradewegs zu Sakota gegangen, die ihn sicher gestreichelt und getröstet und ihm erzählt hatte, wie sie, seine Mutter, schon als Kind böse gewesen wäre und Sakota mehr als einmal mit Ohrfeigen traktiert hatte.

Bei diesem Gedanken schluchzte die stolze Kaiserinmutter plötzlich auf. Wenn sie nicht das Herz ihres Sohnes besaß, dann hatte sie nichts. Sie hatte alles für ihn aufgegeben, ihr Leben ganz auf ihn zugeschnitten, für ihn ein Volk gerettet, ihm den Thron freigehalten.

Diese bitteren Gedanken entlockten ihr Tränen. Dann überlegte sie, wie sie ihren Sohn wieder für sich gewinnen könnte. Sakota mußte durch eine andere Frau, durch eine junge und hübsche Frau ersetzt werden. In dem Jüngling reifte schon der Mann heran, und dieser ließ sich nur durch eine reizende junge Frau bezaubern. Ja, Jung Lus Rat war klug und gut. Ja, sie wollte ihren Sohn verloben, ihn den Eunuchen, diesen Halbmännern, entreißen und ihm eine sanfte Gemahlin geben, die ihn auch ein wenig bemuttern könnte.

Auf keinen Fall soll Sakota Mutterstelle an ihm vertreten, dachte sie, Sakota, die nur ein schwachsinniges Mädchen zur Welt gebracht hat!

Wie immer durch ihren Zorn gestärkt, klatschte sie nach ihrem Eunuchen und ließ den Obereunuchen Li Lien-ying holen. Binnen einer Stunde hatte sie Anordnungen für die Vorführung der Jungfrauen gegeben, für deren Zulassungsbedingungen, ja, sogar den Tag und den Ort der Musterung bestimmt. Es kamen natürlich nur Mandschumädchen in Betracht, keine durfte häßlich sein und keine mehr als zwei Jahre älter als der Kaiser.

Der Obereunuch war Feuer und Flamme und sagte, er wisse genau, was der junge Kaiser wünsche. Er verlangte ein halbes Jahr für die Vorbereitungen, aber die Kaiserinmutter gewährte ihm nur ein Vierteljahr und entließ ihn mit diesem Auftrag.

Als sie so einen Entschluß über ihren Sohn gefaßt hatte, richtete sie ihre Gedanken wieder auf die Angelegenheiten des Reiches, die ihr nie Ruhe ließen. Es gab große und kleine, aber die lästigste war zweifellos die unerschütterliche Hartnäckigkeit der fremden Eindringlinge, die das Recht für sich verlangten, Gesandtschaften beim Drachenthron zu unterhalten, sich jedoch weigerten, sich den Gesetzen der Höflichkeit zu unterwerfen, nach denen sich ihre Vertreter vor dem Kaiser niederwerfen mußten. Sie hatte bei dieser Sache schon oft die Geduld verloren, denn immer wieder wurde sie als Regentin mit dieser heiklen Angelegenheit behelligt.

»Wie können wir Gesandte empfangen, die nicht niederknien wollen?« hatte sie immer wieder gefragt. »Sollen wir den Drachenthron entehren, indem wir Leuten von niederem Range erlauben, vor uns zu stehen?«

Wie gewöhnlich hatte sie ein Problem, das sie nicht lösen konnte, unerledigt liegenlassen, und als ein Mitglied des Zensorenkollegiums, Wu Ko-tu mit Namen, dem Thron eine Denkschrift zugunsten der ausländischen Gesandten vorlegen wollte, verweigerte sie deren Annahme mit der Begründung, daß diese Angelegenheit nicht neu sei und sich auch im Augenblick nicht lösen lasse. Da sie in der chinesischen Geschichte gut bewandert war, zählte sie ähnliche Vorfälle aus früheren Jahrhunderten auf. Zweihundert Jahre vorher hatte ein russischer Gesandter das Recht für sich in Anspruch genommen, vor dem Drachenthron zu stehen, statt zu knien. Diese Forderung war abgelehnt worden. Der Gesandte war nach Rußland zurückgekehrt, ohne den damals regierenden Kaiser gesehen zu haben. Allerdings hatte ein holländischer Gesandter sich einmal dem chinesischen Zeremoniell unterworfen und war vor dem Drachenthron niedergekniet, aber andere Gesandte aus dem Westen weigerten sich noch immer, diesem Beispiel zu folgen. Auch eine englische Gesandtschaft unter Führung des englischen Lords McCartney war einmal von dem Kaiser Tschien Lung empfangen worden. Sie hatte nicht knien und auch nicht den Kopf auf die Erde beugen müssen, sondern durfte sich mit tiefen Verbeugungen begnügen. Allerdings hatte diese Begegnung im Park zu Jehol in einem Zelt und nicht im Thronsaal stattgefunden. Dreiundzwanzig Jahre später war ein anderer Engländer, Lord Amherst, erfolglos wieder abgezogen, weil der Kaiser Tschia Tsching darauf bestanden hatte, daß der Engländer vor ihm knien müßte. Aus demselben Grunde, so antwortete die Kaiserinmutter dem Zensor Wu, hatten die Kaiser Tao Kuang und Hsien Feng niemals einen westlichen Gesandten empfangen; und sie sollte tun, was diese Kaiser mit Recht abgelehnt hatten? Ferner erinnerte sie diesen Zensor, der immerzu bereit war, den Fremden Vorrechte zuzuerkennen, daran, wie Prinz Kungs Schwiegervater, der ehrenwerte Kwei Liang, dem amerikanischen Gesandten Ward auseinandergesetzt hatte, daß er, Kwei Liang, ohne weiteres bereit wäre, vor dem Präsidenten der Vereinigten Staaten Weihrauch anzuzünden, da jedem Herrscher eines großen Volkes dieselbe Ehrerbietung erwiesen werden müßte, wie den Göttern selbst. Aber der Amerikaner wollte dem nicht zustimmen und wurde deshalb nicht empfangen.

»Niemand soll sich dem Drachenthron nähern, der ihm nicht die schuldige Achtung erweisen will«, erklärte sie hartnäckig, »denn damit würde man der allgemeinen Unordnung immer mehr Tür und Tor öffnen.«

Für sich faßte sie den festen Entschluß, nie einem Ausländer das Betreten der Verbotenen Stadt zu erlauben, denn diese Ausländer wurden von Tag zu Tag lästiger. Sie erinnerte sich, daß ihr großer General, Tseng Kuo-fan, der jetzt leider nicht mehr unter den Lebenden weilte, ihr erzählt hatte, wie die Bewohner der Stadt Yangtschau am Jangtse sich gegen die ausländischen Priester in der Stadt erhoben, deren Häuser und Tempel zerstört und diese vertrieben hatten, weil sie die Lehre verbreiteten, die jungen Leute brauchten nicht mehr ihren Eltern zu gehorchen, sondern nur dem einen ausländischen Gott, den sie predigten. Sie erinnerte sich ferner, wie die

Bewohner von Tientsin entrüstet gewesen waren, als die Franzosen einen Tempel in ein Konsulat verwandelt und die Götter auf einen Dunghaufen geworfen hatten, als wären sie Müll.

Damals waren diese Dinge der Kaiserinmutter als unbedeutende Angelegenheiten erschienen, aber jetzt wußte sie, daß sie die größte Gefahr für das Reich darstellten. Als solche erkannte sie das Eindringen der Christen. Sie reisten im Lande umher und verkündeten ihren Gott als den einzig wahren. Die Frauen dieser Christen waren ebenso gefährlich wie die Männer, denn sie blieben nicht in ihren Häusern, wie es sich gehört, sondern gingen in Begleitung von Männern offen auf den Straßen spazieren und benahmen sich, wie es sonst nur schlecht beleumundete Mädchen tun. Nie zuvor waren in China Leute mit dem Anspruch aufgetreten, ihre Religion sei die einzig wahre. Hunderte von Jahren hatten die Anhänger des Konfuzius, Buddhas und Laotses friedlich und freundschaftlich zusammengelebt, ein jeder ehrte die Götter und die Lehren des anderen. Nicht so diese Christen, die alle Götter außer ihrem eigenen vertreiben wollten. Sie wußte mittlerweile auch, daß den Christen immer die Händler und diesen bald die Kriegsschiffe folgten.

Prinz Kung gegenüber gab die Kaiserinmutter eines Tages folgende Erklärung ab:

»Früher oder später werden wir uns von den Ausländern befreien müssen, aber zuerst müssen wir die Christen loswerden.«

Prinz Kung, der immer beunruhigt war, wenn sie solche Ansichten äußerte, warnte: »Denken Sie bitte daran, Majestät, daß wir keine solchen Waffen besitzen wie sie. Lassen Sie mich mit Ihrer Erlaubnis eine Reihe von Bestimmungen abfassen, die das Verhalten der Christen in unserem Lande regeln sollen, so daß der Frieden möglichst wenig gestört wird.«

Sie gab ihm die Erlaubnis, und kurze Zeit später überreichte er ihr eine Denkschrift mit acht Richtsätzen. Als sie ihn in ihrem privaten Thronsaal empfing, sagte sie, als sie hörte, was er mitbrachte:

»Ich habe heute Kopfweh. Lesen Sie mir vor, was Sie niedergeschrieben haben, dann brauche ich meine Augen nicht anzustrengen.«

Sie schloß die Augen, und er begann:

»Infolge des Zwischenfalles, der sich in Tientsin mit den französischen Nonnen ereignet hat, halte ich es für gut, anzuordnen, daß Christen nur Angehörige ihrer Religionsgemeinschaft in Waisenhäuser aufnehmen dürfen.« Sie nickte beistimmend, ohne die Augen zu öffnen.

»Ich fordere auch«, fuhr Prinz Kung mit gesenktem Kopf fort, »daß Chinesinnen in den ausländischen Tempeln nicht mit Männern zusammensitzen dürfen. Das ist gegen unsere Sitte und Überlieferung.«

»Es verstößt gegen den Anstand«, bemerkte die Kaiserinmutter.

»Überdies fordere ich, daß ausländische Missionare die Grenzen ihres Berufes nicht überschreiten, das heißt, sie sollen ihre Schützlinge nicht den Gesetzen unseres Landes entziehen, wenn diese ein Verbrechen begehen. Ausländische Priester sollen nicht mehr in schwebende Gerichtsverfahren eingreifen, wie sie das jetzt dauernd tun.«

»Ganz vernünftig«, sagte die Kaiserinmutter zustimmend.

»Ich fordere ferner, daß Missionaren nicht die Vorrechte von offiziellen Persönlichkeiten und Gesandten ihrer Nation zustehen.«

»Das wäre noch schöner«, sagte die Kaiserinmutter.

»Wenn Chinesen eine Straftat begangen haben, dürfen sie sich nicht in christlichen Kirchen der gerechten Bestrafung entziehen.«

»Die Justiz muß frei walten können«, erklärte Tsu Hsi.

»Diese Forderungen habe ich den ausländischen Gesandten hier in Peking vorgelegt«, sagte Prinz Kung dann.

»Es sind so milde Forderungen, daß sie sicher nichts an ihnen auszusetzen haben«, meinte die Kaiserin.

»Majestät«, erwiderte Prinz Kung mit sehr ernstem Gesicht, »ich muß Ihnen mitteilen, daß die ausländischen Gesandten diese Forderungen ablehnen. Sie bestehen darauf, daß alle Ausländer hier völlig frei leben und tun und lassen können, was sie wollen, ohne von chinesischen Behörden zur Rechenschaft gezogen werden zu können. Obwohl ich ihnen meine Forderung in herkömmlicher Weise auf diplomatischem Wege übermittelt habe, weigern sie sich, über mein Schreiben überhaupt zu verhandeln, ja, sie haben mir nicht einmal eine Bestätigung über den Eingang desselben gesandt, mit einer einzigen Ausnahme: von dem Gesandten der Vereinigten Staaten habe ich eine höfliche Bestätigung, wenn auch keine Zustimmung zu unseren Forderungen erhalten.«

Die Kaiserinmutter konnte ihre Entrüstung über eine so ungeheuerliche Beleidigung nicht verbergen. Sie fragte Prinz Kung:

»Haben Sie ihnen gesagt, daß sie hier einen Staat im Staate errichten? Nein, nicht einen Staat, sondern viele, denn die vielen verschiedenen Sekten ihrer Religion möchten uns ohne Rücksicht auf unsere Gesetze alle ihren Willen aufzwingen.«

Betrübt erwiderte Prinz Kung: »Majestät, diese Seite der Angelegenheit habe ich den Gesandten aller hier vertretenen Nationen eindringlich dargelegt.«

»Was würden sie uns antun, wenn wir in ihre Länder eindrängen und so aufführten wie sie, uns weigerten, ihren Gesetzen zu gehorchen, und forderten, nach Belieben in ihrem Lande schalten und walten zu können, als ob es uns gehörte? Haben Sie ihnen vielleicht diese Frage gestellt?«

»Ich habe es getan«, sagte Prinz Kung.

»Und was sagen sie dazu?« fragte sie mit funkelnden Augen.

»Sie sagen, daß die Kultur ihrer Länder nicht mit der unsrigen zu vergleichen ist, daß sie bessere Gesetze haben als wir und daher ihre Bürger vor uns schützen müssen.«

Sie knirschte mit den Zähnen. »Aber sie leben hier, sie wollen hier bleiben, sie denken gar nicht daran, dieses minderwertige Land zu verlassen!«

»Nein, Majestät«, bestätigte Prinz Kung.

Sie setzte sich wieder auf ihren Thron. »Ich sehe, sie werden nicht eher zufrieden sein, als bis sie unser Land besitzen, wie sie es schon mit anderen Ländern gemacht haben – mit Indien und Birma, den Philippinen und Java und vielen Inseln.«

Hierauf konnte Prinz Kung nichts erwidern, denn auch er fürchtete, daß es so kommen würde.

Sie hob den Kopf, ihr schönes Gesicht war bleich und ernst.

»Ich sage Ihnen, wir müssen uns von den Ausländern befreien!«

»Aber wie?« fragte er.

»Irgendwie«, sagte sie, »auf jeden Fall! Von nun an bis zu meinem Tode werde ich alle meine Gedanken darauf richten und mein ganzes Herz daran hängen.«

Sie richtete sich gerade auf, ihre Augen wurden kalt, sie sagte kein Wort mehr. Prinz Kung wußte, daß er entlassen war.

Von nun an verlor die Kaiserinmutter, ob sie bei der Arbeit war oder sich dem Vergnügen hingab, diese eine Frage nicht mehr aus den Augen: Wie konnte sie das Reich von den Fremden befreien?

Im Herbst wurde der junge Kaiser Tung Tschih sechzehn Jahre alt. Es wurde nun Zeit, für ihn eine Gemahlin auszusuchen. Die Kaiserin teilte ihren Entschluß dem Großen Rat, den Prinzen und den vornehmen Mandschufamilien mit, die sie bei einer so wichtigen Sache nicht übergehen konnte. An dem von dem Astrologenkollegium festgesetzten Tage fanden sich sechshundert schöne Jungfrauen ein. Hundertundeine wurden von dem Obereunuchen Li Lien-ying ausgesucht, die vor dem jungen Kaiser und seiner Mutter paradieren sollten.

Es war ein schöner, sonniger Herbsttag, auf den Höfen und Terrassen standen die Chrysanthemen in voller Blüte. Die Kaiserin und ihre Mitregentin saßen in dem Saal des Ewigen Frühlings. Dieser Saal gefiel der Kaiserinmutter besonders, denn die Hofmauern waren mit Bildern aus dem *Traum der Roten Kammer* bemalt, einem Buch, das sie immer wieder gerne las; und so geschickt hatte der Künstler gearbeitet, daß die Bilder mit ihrem weiten Hintergrund sich auf eine Landschaft zu öffnen schienen. Mitten in diesem Saal waren drei Throne aufgestellt. Auf dem mittleren, der höher war als die anderen, saß der Kaiser, während die Regentinnen zu beiden Seiten Platz genommen hatten. Der junge Kaiser war in sein Staatsgewand aus leuchtendem kaiserlichem Gelb gekleidet, auf dem Kopf trug er einen runden Hut mit der heiligen, durch einen roten Jadeknopf befestigten Pfauenfeder. Er saß gerade aufgerichtet, aber seine Mutter wußte, daß er innerlich vor Aufregung zitterte. Für seine Mutter war er der schönste junge Mann auf Erden, sie war stolz, daß er ihr Sohn war. Dieser Stolz war jedoch mit Eifersucht gemischt, denn eine von den Jungfrauen konnte vielleicht so schön sein, daß er nichts mehr sah als sie, und doch wollte sie ihm die schönste geben, um ihn glücklich zu machen.

Die Augen auf das Blütenmeer der großen Terrasse gerichtet, dachte die Kaiserinmutter an den Tag, an dem sie selbst als eines der Mädchen vor dem Kaiser gestanden hatte. Eine ganze Lebenszeit schien inzwischen vergangen zu sein, und doch war es erst weniger als zwanzig Jahre her.

Aber was für ein Unterschied zwischen jenem Kaiser und diesem ihrem schönen Sohn! Wie enttäuscht war sie damals gewesen, als sie die dürre Gestalt, die bleichen Wangen jenes Kaisers sah! Doch ihren Sohn mußte jede Jungfrau auf den ersten Blick lieben. Sie drehte den Kopf nach ihm hin. Er blickte verstohlen zum Eingang des Saales, von dem die Mädchen eines nach dem anderen über die glatten Fliesen des Saales auf den Thron zuschritten. Da kam schon die erste, ihr Name – aber es war unmöglich, sich ihren Namen zu merken. Die Kaiserinmutter sah auf die Liste, die ein Eunuch neben sie auf einen kleinen Tisch gelegt hatte und in der Name, Alter und Abstammung verzeichnet waren. Nein, diese nicht! Das Mädchen ging weiter, betrübt senkte es den Kopf.

Eine nach der anderen kamen sie herbei, einige groß, einige klein, einige stolz, andere wieder ganz kindlich, manche von zarter Schönheit, andere kräftig wie junge Männer. Der Kaiser sah sich jede an, gab aber kein Zeichen. So ging der Morgen vorüber, die Sonne stand schon hoch, die breiten Lichtbalken auf dem Boden wurden schmal und verschwanden schließlich ganz. Ein sanftes graues Licht füllte den Saal, nur die Chrysanthemen, die noch von der Sonne beleuchtet waren, glühten auf den Terrassen wie flackerndes Feuer. Es war schon spät am Nachmittag, als die letzte Jungfrau vorüberging. Wieder blies die Trompete dreimal. Da sagte die Kaiserinmutter: »Hast du eine gesehen, die dir gefällt, mein Sohn?«

Der Kaiser blätterte die Liste durch und zeigte mit dem Finger auf einen Namen.

»Diese«, sagte er.

Seine Mutter las die bei dem Namen gemachten Angaben.

»Alute, sechzehn Jahre alt, Tochter des Herzogs Tschung Yi, eines der ersten Bannerleute und eines hervorragenden Gelehrten. Obschon er aus einer reinen Mandschufamilie stammt, die sich dreihundertsechzig Jahre zurückverfolgen läßt, hat dieser Herzog die chinesischen Klassiker studiert und den hohen Gelehrtenrang eines Han Li erworben. Das Mädchen selbst besitzt alle Erfordernisse absoluter Schönheit. Ihre Maße sind normal, ihr Körper ist gesund, ihr Atem rein und angenehm. In der schönen Literatur und in den Künsten ist sie wohl bewandert. Sie hat einen guten Ruf, denn ihr Name ist außerhalb ihrer Familie unbekannt. Sie ist von sanfter Natur und eher zum Schweigen als zum Reden aufgelegt, was von ihrer natürlichen Bescheidenheit zeugt.«

Die Kaiserinmutter las diesen günstigen Bericht.

»O weh, mein Sohn«, sagte sie, »es waren so viele, daß ich mich an diese eine nicht erinnere. Sie muß also noch einmal kommen.«

Der Kaiser wandte sich an die Kaiserinwitwe zu seiner Linken. »Pflegemutter, erinnerst du dich an sie?«

Zur allgemeinen Überraschung erwiderte die Kaiserinwitwe: »Ja, ich sehe sie vor mir. Sie hat ein liebes, gütiges Gesicht und ist nicht hochmütig.«

Die Kaiserinmutter war unangenehm berührt, daß die andere ein besseres Gedächtnis hatte als sie, aber mit großer Höflichkeit bemerkte sie:

»Deine Augen sind doch weit besser als meine, Schwester. Dann muß ich allein das Mädchen noch einmal ansehen.«

Sie winkte einen Eunuchen herbei, der ihren Befehl dem Obereunuchen überbrachte. So wurde Alute noch einmal vorgeführt. Das kaiserliche Dreigestirn betrachtete sie mit großer Aufmerksamkeit, als sie die lange Entfernung zwischen der Tür und dem Thron durchschritt. Alute war ein schlankes junges Mädchen, das sich mit großer Anmut bewegte und mehr zu schweben als zu gehen schien. Sie hielt den Kopf gesenkt, ihre Hände waren halb in ihren Ärmeln verborgen.

»Komm näher zu mir her, Kind«, sagte die Kaiserinmutter zu ihr.

Ohne Schüchternheit, aber mit großer Bescheidenheit kam das Mädchen der Aufforderung nach. Die Kaiserinmutter nahm ihre Hand und drückte sie sanft. Sie war weich, aber fest, und kühl, ohne kalt zu sein. Die Handfläche war trocken, die Nägel waren glatt und hell. Die Kaiserinmutter hielt die schmale Hand fest und prüfte dann des Mädchens Gesicht. Es war oval mit weicher, glatter Haut, die Augen waren groß, die schwarzen Wimpern lang und gerade. Sie war bleich, aber es war keine krankhafte Blässe, man sah schon an der glatten Haut, daß sie gesund war. Der Mund war nicht zu klein, die Lippen waren zart geschnitten und die Mundwinkel tief und wohlgerundet. Die Brauen waren breit und saßen weder zu hoch noch zu niedrig. Der Kopf wurde von einem langen, aber wohlgeformten und nicht zu schlanken Hals getragen. Ihre Schönheit beruhte auf der guten Proportion aller Glieder, die Gestalt war weder zu groß noch zu klein. Das Mädchen war sehr schlank, aber nicht mager.

»Ist dies eine passende Frau für meinen Sohn?« fragte die Kaiserinmutter zweifelnd.

Sie sah sich das Mädchen noch einmal an. Ließ das Kinn auf Charakterstärke schließen? Die Lippen waren reizvoll, aber nicht kindlich. Das Gesicht war ernster, als man es sonst bei sechzehnjährigen Mädchen findet.

»Wenn ich dieses Gesicht richtig beurteile«, fuhr sie fort, »deutet es auf einen gewissen Eigensinn hin. Ich möchte lieber ein Mädchen mit vollerem Gesicht. Selbst für einen gewöhnlichen Mann ist eine gehorsame Frau die beste, und die Gemahlin eines Kaisers muß vor allem unterwürfig sein.«

Alute stand weiter mit erhobenem Kopf und niedergeschlagenen Augen ruhig da.

»Sie sieht gescheit aus, Schwester«, bemerkte die Mitregentin.

»Mein Sohn soll sich doch nicht mit einem gescheiten Frauenzimmer herumplagen«, sagte die Kaiserinmutter.

»Du bist für uns alle gescheit genug, Mutter«, bemerkte der junge Kaiser lachend.

Über eine solche Entgegnung mußte die Kaiserinmutter natürlich lächeln, und da sie guten Willen zeigen und an einem solchen Tage sogar edelmütig sein wollte, sagte sie: »Nun, mein Sohn, dann wähle dieses Mädchen, aber mach mir keine Vorwürfe, wenn sie eigensinnig ist.«

Das Mädchen kniete nieder und beugte die Stirn bis auf den Boden. Dreimal verbeugte sie sich vor der Kaiserinmutter, dreimal vor dem Kaiser, dessen Braut sie nun war, und dreimal vor der Kaiserinwitwe. Dann erhob sie sich und verschwand mit denselben anmutvollen Bewegungen, mit denen sie eingetreten war.

»Alute«, sagte die Kaiserinmutter sinnend. »Ein netter Name –.«

»Und was ist mit den Konkubinen«, fragte sie ihren Sohn, denn die vier schönsten Mädchen nach der Erwählten wurden gewöhnlich als Konkubinen des Kaisers bestimmt. »Die kannst du ja dann für mich auswählen, Mutter«, sagte der Kaiser gleichgültig.

Das gefiel der Kaiserinmutter, denn wenn sie einmal wünschen sollte, das Band zwischen ihrem Sohn und seiner Gemahlin ein wenig zu lockern, konnte sie dazu eine Konkubine benützen, die sie selbst gewählt und sich dadurch verpflichtet hatte.

»Morgen«, versprach sie ihm, »heute habe ich genug schöne Mädchen gesehen.«

Als die Kaiserinmutter am nächsten Tage die Konkubinen ausgewählt hatte, blieb nur noch übrig, daß die Astrologen den Himmel um Rat fragten und die Sterne nach dem besten Datum für eine glückliche Hochzeit durchforschten. Sie erklärten schließlich, der sechzehnte Tag des zehnten Sonnenmonats desselben Jahrs sei der geeignetste. Die Stunde setzten sie genau auf Mitternacht fest. Damit ja der richtige Augenblick nicht verpaßt wurde, ging ein Mitglied des Astrologenkollegiums vor der Brautsänfte mit einer dikken roten Kerze her, auf der die Stunden vermerkt waren. Um die festgesetzte Zeit, ja, auf die Minute und die Sekunde genau empfing der Kaiser, umgeben von seinen Höflingen, der Kaiserinmutter und der Kaiserinwitwe seine Braut Alute, die hinter roten Vorhängen vom Hause ihres Vaters zum Palast des Kaisers getragen worden war. Vier ältere Damen, die sogenannten Lehrerinnen des Hochzeitsbettes, traten vor, nahmen sie in Empfang und führten sie zum Kaiser.

Es wurden Feierlichkeiten für dreißig Tage angeordnet. Das Volk wurde aufgefordert, Arbeit und Streitigkeiten zu unterlassen und das große Ereignis in Muße mitzufeiern. Als auch diese Zeit vorüber war, mußten der junge Kaiser und seine Gemahlin zu Häuptern der Nation erklärt werden, aber zuerst mußten die Regentinnen – die Kaiserinmutter bezeichnete sich immer als eine von den zweien, aber jeder wußte, daß sie die alleinige Herrscherin war – nach Ablauf von zwölf Jahren von ihrem Amt zurücktreten. Wieder wählten die Astrologen den glückbringenden Tag aus. Es war der sechsundzwanzigste Tag des ersten Mondmonats. Am dreiundzwanzigsten Tage dieses Monats erließ die Kaiserinmutter ein Edikt, das auch vom Kaier unterzeichnet war und in dem die Regentinnen ihre Absicht erklärten, die Regentschaft niederzulegen und dem Kaiser endgültig den Thron zu überlassen. Dieses Edikt beantwortete der Kaiser mit einem eigenen, in dem es hieß: »Mit geziemender Ehrfurcht gehorchen Wir den Befehlen Ihrer Majestäten am sechsundzwanzigsten Tage des ersten Monats des zwölften Jahres der Regierung Tung Tschihs und übernehmen die Uns übertragene wichtige Pflicht.«

Hierauf kündigte die Kaiserinmutter an, ihr Ziel sei nunmehr erreicht, sie habe ihre Pflicht getan, das Reich unversehrt ihrem Sohn, dem Kaiser, übergeben, und sie wolle nun die ihr verbleibenden Lebensjahre in Ruhe und Frieden genießen.

Es kamen nun wirklich ruhige und friedliche Tage für sie.

Sie schlief bis tief in den Morgen hinein, stand auf, wann es ihr paßte, lag noch gern wach im Bett und malte sich den Tag aus, an dem sie keine schweren Pflichten mehr drücken würden. Bis jetzt hatte sie jeden Morgen die Last der Staatsgeschäfte gefühlt, nun konnte sie an ihren Päonienberg denken. Auf dem größten ihrer Palasthöfe hatte sie einen Hügel aufschütten und auf diesem Terrassen anlegen lassen, die mit Päonien bepflanzt waren. Das Laub war jetzt voll entwickelt, die schwellenden Knospen brachen zu großen weißen, hell- und tiefroten Blüten auf. Jeden Morgen zeigten sich Hunderte neuer Knospen. So schnell und so neugierig wie zu diesem Berg war sie noch nie zum Thronsaal geeilt. Wie gewöhnlich schlief sie in langen, an den Knöcheln zugebundenen Hosen und einer weichen Seidenjacke mit weiten Ärmeln. Nach dem Bade zog sie frische Hosen, ein Obergewand aus rosa Seide und ein Kleid aus blauem Brokat an, das nur bis zu den Knöcheln reichte, denn sie wollte den ganzen Tag bei ihren Blumen und Vögeln verbringen, und ein langes Kleid war dabei nur hinderlich. Während ein alter Eunuch ihr das Haar kämmte, sah sie ihren Damen zu, wie diese das große Bett machten, das kein Eunuch und keine alte Frau berühren durften, denn sie behauptete, diese hätten schmutzige Finger, einen schlechten Atem oder irgendeinen körperlichen Fehler. Nur ihre jungen und gesunden Damen durften das Bett richten. Ihre Damen entfernten die Filzdecke, die über die weiche Bettunterlage gebreitet war, und stäubten diese mit einem Handbesen aus geflochtenem Roßhaar ab, ebenso jede Rille der geschnitzten Pfeiler und den Rahmen, an dem die Vorhänge befestigt waren. Über die Filzunterlage wurden dann die drei Matratzen gelegt, die am Tage zuvor gelüftet und gesonnt worden waren. Über diese kamen ein gelbes Brokattuch, frische Laken von sehr weicher, zart getönter Seide und über diese wieder sechs seidene Decken in Purpur, Blau, Grün, Rosa, Grau und Elfenbein. Eine gelbseidene, mit goldenen Drachen und blauen Wolken bestickte Steppdecke bildete dann den Abschluß. In den Bettvorhängen hingen kleine Beutel mit getrockneten und mit Moschus vermischten Blumen.

Der Eunuch scheitelte ihr Haar in der Mitte, flocht es und wand den Zopf auf dem Kopf in einen Knoten. Auf diesem wurde mit zwei langen Nadeln der Kopfputz befestigt, den sie immer trug.

Die Kaiserinmutter steckte dann selbst frische Blumen hinein. Heute waren es kleine, eben geschnittene Orchideen. Dann wusch sie selbst ihr Gesicht noch einmal und rieb es fest mit parfümiertem Seifenschaum ein. Nachdem dieser mit sehr heißem Wasser beseitigt war, massierte sie sich die Haut mit einer Flüssigkeit aus Honig, Eselsmilch und Orangenschalenöl. Wenn die Lösung gut eingetrocknet war, bestäubte sie ihr Gesicht mit einem sehr feinen parfümierten blaßrosa Puder.

Heute war die Kaiserin bei guter Laune. Sie machte keiner Dame Vorhaltungen, streichelte ihre Hunde und gab diesen höflicherweise keinen Bissen, ehe die Damen gefrühstückt hatten. Nicht immer war sie so liebenswürdig, denn wenn sie in schlechter Stimmung war, fütterte sie ihre Hunde zuerst und sagte dann wohl, nur Hunde seien treu und nur ihnen allein könne sie trauen.

Wenn alle gesättigt waren, ging sie in den Garten zu ihrem Päonienberg. Es war gerade die Zeit, als die Singvögel aus dem Süden zurückkehrten, und ihrem ersten süßen Gesang konnte sie nicht genug lauschen. Wenn ein Vogel zu singen anfing, gab sie Antwort, sie ahmte seinen Ruf so täuschend nach, daß manchmal ein Vogel herbeigeflogen kam. Heute war es ein kleiner gelbbrüstiger Fink, den die Kaiserinmutter mit leisen Locklauten dazu brachte, sich auf ihre ausgestreckte Hand zu setzen. Flatternd, halb ängstlich, halb bezaubert, klammerte er sich fest, während das Gesicht der Kaiserinmutter einen so zärtlichen, so rührenden Ausdruck bekam, daß ihre Damen nicht genug staunen konnten, wie dasselbe Gesicht manchmal so hart und grausam aussehen konnte. Als der Vogel fortgeflogen war, rief die Kaiserinmutter ihre Damen herbei und hielt ihnen, wie sie es gern tat, einen kleinen belehrenden Vortrag.

»Ihr seht, wie Liebe und Güte sogar bei Tieren die Furcht vertreiben. Laßt euch das eine Lehre sein und vergeßt sie nicht.«

»Ja, Majestät«, hauchten sie ehrerbietig und staunten wieder, wie ein Mensch so liebevoll, gutmütig und zärtlich und zugleich so rücksichtslos und rachsüchtig sein konnte, wie es die Kaiserinmutter war.

Aber heute hatte sie einen guten Tag, ihre fröhliche Stimmung hielt an, und ihre Damen freuten sich darauf, den Tag mit ihr zu genießen. Es war der dritte Tag des dritten Monats des Mondjahres.

Heute erinnerte sich die Kaiserinmutter an ein Stück, das sie geschrieben hatte, denn jetzt, da die Staatsgeschäfte nicht mehr sie, sondern ihren Sohn, den Kaiser, bedrückten, verbrachte sie ihre Muße nicht nur mit Malen und kalligraphischen Übungen, sondern betätigte sich auch als Theaterschriftstellerin. Wenn diese geniale Frau eine ihrer vielen Begabungen besonders gepflegt hätte, würde sie auf einem Gebiet Bedeutendes geleistet haben, aber sie konnte sich nicht auf eine Sache allein konzentrieren. Die Staatsgeschäfte, die sie bis zur Thronbesteigung ihres Sohnes fast ganz für sich beansprucht hatten, schien sie vollständig vergessen zu haben und sich nicht mehr um sie zu kümmern, aber die Eunuchen waren ihre Spione, und so wurde sie ständig über alle Vorgänge auf dem laufenden gehalten.

Als sie eine Stunde in den Gärten spazierengegangen war und mit ihren Damen ein zweites Frühstück eingenommen hatte, sagte sie: »Heute ist ein schöner, windstiller Tag, die Sonne scheint warm, und so wäre es ein angenehmer Zeitvertreib, wenn unsere Schauspieler mein Stück *Die Göttin der Barmherzigkeit* aufführen würden. Was meint ihr dazu?«

Ihre Damen klatschten diesem Vorschlag begeistert Beifall, nur der Obereunuch Li Lien-ying sagte mit einer tiefen Verbeugung: »Ich fürchte, Majestät, die Schauspieler können ihre Rollen noch nicht richtig auswendig. Das Stück ist sehr schwierig, die Verse müssen mit Sicherheit, Klarheit und Eleganz gesprochen werden, damit ihr Reiz und ihre feinen humorvollen Anspielungen nicht verlorengehen.«

Diese Worte konnten jedoch die Kaiserinmutter nicht von ihrem Vorsatz abbringen. »Die Schauspieler haben Zeit genug gehabt, ihre Rollen zu lernen«, sagte sie. »Sage ihnen, ich erwarte, daß der Vorhang vor dem Beginn des nächsten Ablaufes der Wasseruhr aufgeht. Inzwischen will ich meine tägliche Andacht verrichten.«

Mit diesen Worten schritt die Kaiserinmutter anmutvoll wie immer durch einen Pavillon zu ihrem Privattempel, wo ein Buddha aus weißem Nephrit auf einem Lotosblatt aus grüner Jade saß und eine Lotosblume aus rosaroter Jade in der erhobenen Hand hielt. Zu seiner Rechten stand die zarte Kuan Yin und zu seiner Linken der Gott des Langen Lebens. Tsu Hsi kniete nicht vor dem Buddhabildnis nieder, sondern beugte nur ihren stolzen Kopf, während sie die Kügelchen einer Gebetskette aus Sandelholz, die sie vom Altar genommen hatte, durch die Finger gleiten ließ.

Als sie aus dem Tempel kam, führten sie ihre Damen und Hunde durch einen großen Hof, in dem zwei aus Zedernstämmen ausgehöhlte Behälter standen. In ihnen wuchsen alte purpurrote Wistarien. Die Ranken standen in voller Blüte und dufteten so stark, daß der Geruch die Pavillons und die Korridore des Palastes durchzog. Um diese Jahreszeit ging Tsu Hsi jeden Tag mit ihrer ganzen Gefolgschaft zu ihnen, um ihre Blüten zu bewundern. Von diesem Hof aus kam man durch einen Tunnel in das Theater.

Ein solches Theater gab es im ganzen Reich und, wie sie glaubte, in der ganzen Welt nicht wieder. Um einen großen offenen Hof stand ein fünf Stockwerk hohes Backsteingebäude. Die drei oberen Stockwerke waren Requisitenräume, die zwei unteren Bühnen, eine über der anderen. Die obere war wie ein Tempel gestaltet und für die Stücke reserviert, in denen Götter und Göttinnen mitspielten, denn die Kaiserinmutter sah sehr gern, wenn die Überirdischen sich als menschliche Wesen bewegten, und war immer neugierig darauf, wie sie sich benahmen. In dem Hofe selbst standen zwei Quergebäude mit Pavillons, in denen sich der Hof niederlassen konnte. Sie standen auf Pfeilern drei Meter über dem Boden auf gleicher Höhe mit der unteren Bühne und waren vorn und an den Seiten mit Glas abgeschirmt, so daß Tsu Hsi auch bei windigem und kaltem Wetter der Vorführung folgen konnte. Im Sommer wurde das Glas entfernt und durch Gazestoff ersetzt. Er war so dünn, daß der Blick nicht behindert wurde, aber gleichzeitig so stark, daß Fliegen und Moskitos abgehalten wurden, vor allem Fliegen, die Tsu Hsi besonders verabscheute. Wenn eine Fliege sich auf eine Speise gesetzt hatte, durfte diese nicht einmal mehr den Hunden vorgesetzt werden. In diesem Gebäude waren drei Räume für sie selbst reserviert, ein Wohnzimmer, eine Bibliothek, damit sie ein Buch zur Hand nehmen konnte, wenn das Stück langweilig war, und ein Schlafzimmer, wo sie sich niederlegte, bis das Stück wieder interessant wurde.

An diesem Tage, eine Stunde nach Mittag, nahm sie mit ihren Damen in dem großen Wohnzimmer Platz, um sich ihr eigenes Stück anzusehen. Sie hatte es sich schon einmal vorführen lassen, aber das Spiel hatte ihr nicht gefallen, und sie hatte einige Änderungen vorgenommen. Im geheimen beklagten sich die Schauspieler, daß die Kaiserinmutter Wunderdinge von ihnen erwartete, aber es blieb ihnen nichts übrig als sich ständig zu bemühen, den hohen Anforderungen gerecht zu werden, und heute taten sie ihr Bestes. Sie vollführten die reinsten Zauberkunststücke. Mitten aus der Bühne wuchs eine große Lotosblume, in der die Göttin der Barmherzigkeit saß. Sie wurde durch einen jungen Eunuchen dargestellt, der ein so zartes und hübsches Gesicht hatte, daß er wie ein Mädchen aussah. Als die Göttin aus der Lotosblume stieg, wuchsen rechts von ihr ein Knabe und links ein Mädchen aus dem Boden, die sie zu bedienen hatten. Das Mädchen hielt eine Jadeflasche mit einem Weidenzweig, denn die Legende berichtet, daß ein Toter aufersteht, wenn die Göttin diese beiden Gegenstände über einen Leichnam hält. Die Kaiserinmutter schmückte ihre Stücke mit vielen solchen Szenen aus, denn für Zauberei jeder Art hatte sie eine große Schwäche. Sie lauschte gern Altweibermärchen und Gespenstergeschichten, welche die Eunuchen, die buddhistische Priester waren, in den Tempeln bereitwillig erzählten. Am besten gefielen ihr die Geschichten, welche die ersten buddhistischen Mönche vor tausend Jahren aus Indien mitgebracht hatten. Sie berichteten von Runen, Zaubersprüchen und magischen Worten, die, mit der richtigen Betonung ausgesprochen, Menschen gegen Speerwürfe oder Schwerthiebe unempfindlich machen könnten. Trotz ihrer angeborenen Klugheit und ihres Mißtrauens glaubte Tsu Hsi beinahe an diese Märchen, denn sie dachte nicht gern an den Tod, sann vielmehr darüber nach, ob es nicht ein Zaubermittel gäbe, durch das sie dem Tode entgehen und ewiges Leben gewinnen könnte. Alle diese Sehnsüchte und Hoffnungen, der Glaube an übernatürliche Kräfte, kamen in ihren Stücken zum Ausdruck, und sie verlangte von den Schauspielern, solche Szenen möglichst anschaulich darzustellen, denn sie war auch die Regisseurin ihrer eigenen Stücke und erfand mit ihrer reichen Phantasie sehr wirksame, aber mit den damaligen Mitteln nicht immer leicht zu realisierende Bühneneffekte.

Als das Stück zu Ende war, klatschte sie in die Hände, denn die Aufführung war gut gewesen, und sie war auch mit sich als Bühnendichterin sehr zufrieden. Wie immer, wenn sie in guter Stimmung war, erklärte sie, sie habe Hunger. Sofort machten sich die Eunuchen ans Werk, um den Tisch zu decken. Die Kaiserinmutter war daran gewöhnt, ihre Mahlzeiten überall da einzunehmen, wo sie sich gerade befand. Inzwischen unterhielt sie sich mit ihren Damen, fragte sie, welche Szenen ihnen am besten gefallen hätten, ermunterte sie, Mängel des Textes oder der Aufführung aufzuzeigen, denn in Theaterdingen hörte sie gern selbständige Urteile und nahm es nicht übel, wenn diese einen Tadel enthielten, denn sie war immer bestrebt, sich ständig zu vervollkommnen. Als die Tische gedeckt waren, bildeten die Eunuchen zwei lange Reihen zu einer mehrere Höfe entfernten Küche und gaben die zugedeckten Schüsseln mit heißen Speisen von Hand zu Hand bis zu den vier oberen Eunuchen, die sie servierten. Die Damen traten nun zurück, während die Kaiserinmutter auswählte, nach was es sie gelüstete; sie hatte sich nie über Appetitlosigkeit zu beklagen. Da sie in guter Laune war, taten ihr die Damen leid, weil diese hungernd zusehen mußten, und sie befahl ihren Eunuchen, ihr den Tee in die Bibliothek zu bringen, damit ihre Damen auch essen konnten. Zwei Eunuchen folgten ihr, der eine trug eine mit einem goldenen Deckel verschlossene Tasse aus weißer Jade, die auf einer rein goldenen Untertasse stand, und der andere ein silbernes Tablett mit zwei Jadeschalen. Die eine enthielt getrocknete Heckenkirschen- und die andere Rosenblätter. Diese mischte die Kaiserin mit Hilfe zweier goldener Eßstäbchen in ihren Tee, denn nur sie selbst konnte das richtige Aroma herstellen.

Während sie nun ihren Tee schlürfte, fiel unvermutet der dunkle Schatten auf sie, der manchmal über ihrem jetzigen Leben hing. Als sie auf der mit Kissen bedeckten Ruhebank saß, hörte sie ein Hüsteln an der Tür, an dem sie den Obereunuchen Li Lien-ying erkannte.

»Komm herein!«

Er kam herein und warf sich vor ihr nieder, während ihr die anderen Eunuchen aufwarteten.

»Warum werde ich gestört?« fragte die Kaiserinmutter.

Er hob den Kopf. »Majestät, ich bitte darum, allein mit Ihnen sprechen zu dürfen.«

Sie setzte ihre Teetasse nieder und machte eine Geste mit der rechten Hand.

Die Eunuchen zogen sich zurück, einer schloß die Tür.

»Steh auf«, sagte sie zu Li Lien-ying. »Nimm dort Platz. Was hat der Kaiser wieder verbrochen?«

Der große Eunuch stand auf und setzte sich auf die Kante eines geschnitzten Sessels, wandte sein Gesicht aber von der Kaiserinmutter ab. »Ich habe diese Denkschrift aus den Archiven gestohlen«, sagte er, »ich muß sie in einer Stunde wieder zurückbringen.«

Er zog aus seinem Gewande ein zusammengefaltetes Papier und überreichte ihr es kniend mit beiden Händen. Er blieb auch knien, während sie es schnell überflog. Sie kannte die Handschrift. Das Dokument stammte von Wu Ko-tu, einem Mitglied des Zensorenkollegiums, der schon früher einmal dem Thron eine Denkschrift über die fremden Gesandten hatte vorlegen müssen, die sie jedoch abgelehnt hatte. Diese war an ihren Sohn, den Kaiser, gerichtet.

»Ich niedriger Sklave überreiche hiermit diese geheime Denkschrift, in der ich den Thron inständig bitte, den Konflikt mit den ausländischen Delegationen zu beenden, indem den fremden Gesandten die Erlaubnis gegeben wird, vor dem Thron zu stehen anstatt zu knien, und durch eine solche Erlaubnis die kaiserliche Großherzigkeit und Überlegenheit der konfuzianischen Lehre zu zeigen. Bis jetzt hat das starre Festhalten an der Überlieferung zu nichts geführt und die fremden Gesandten nur vor den Kopf gestoßen.«

Die Kaiserinmutter fühlte wieder den alten Zorn in sich aufsteigen. Sollte ihr Wille wieder mißachtet werden? Wollte sich nun auch ihr eigener Sohn gegen sie erheben? Wenn der Drachenthron nicht mehr respektiert wurde, was blieb dann noch an Ehre übrig?

Sie überflog das Schriftstück, und ihre Blicke blieben an einem Zitat des alten Weisen Mencius haften. Er hatte einmal geschrieben: »Warum soll sich der überlegene Mensch in Streitigkeiten mit den niederen Ordnungen der Vögel und anderer Tiere einlassen?«

»Dieser verfluchte Zensor«, rief sie leidenschaftlich, »verdreht selbst die Worte eines großen Weisen für seine eigenen Zwecke.« Trotzdem las sie weiter, um zu sehen, welche Gründe Wu Ko-tu vorgebracht hatte.

»Ich höre, daß die Herrscher fremder Nationen von ihren Untertanen abgesetzt werden, als ob sie Puppen wären. Ist das nicht ein Beweis, daß diese Herrscher nur Menschen sind und kein einziger ein Sohn des Himmels ist? Mit meinen eigenen Augen habe ich Ausländer in den Straßen Pekings wie Diener ohne jedes Schamgefühl einhergehen sehen, wobei ihre Frauen ihnen vorausgingen oder in Sänften saßen, während sie selbst zu Fuß gehen mußten. In allen Verträgen, welche diese Ausländer mit uns abgeschlossen haben, steht nicht ein einziges Wort über die den Eltern und älteren Leuten oder die den neun kanonischen Tugenden geschuldete Verehrung. Der vier Prinzipien, nämlich der Beachtung der Zeremonien, der Verpflichtung des einzelnen gegenüber anderen Menschen, der Charakterstärke und des Schamgefühls wird keine Erwähnung getan. Statt dessen sprechen diese Verträge immer nur von Handelsgewinn. Diese Menschen kennen gar nicht die Bedeutung der Pflicht und des Zeremoniells, sie sind dumm und glaubenslos. Und wir erwarten von ihnen, daß sie sich wie zivilisierte Wesen benehmen. Sie kennen auch die Bedeutung der fünf Beziehungen nicht, deren erste die zwischen Herrscher und Untertan ist, aber wir behandeln sie, als wüßten sie davon. Wir könnten ebensogut Schweine und Hunde in den Audienzsaal treiben und von ihnen erwarten, daß sie sich vor dem Drachenthron niederwerfen. Wie kann der Glanz des Thrones dadurch vermehrt werden, daß solche ungebildete Menschen vor ihm knien?

Dazu wagen diese Ausländer noch zu behaupten, ihre lächerlichen Herrscher, die sie anmaßenderweise Kaiser nennen, ständen auf einer Ebene mit Eurer Heiligen Majestät. Wenn wir eine solche Schande übersehen, warum sollen wir uns dann über die Weigerung ihrer Gesandten, vor dem Drachenthron zu knien, so aufregen? Als vor zwei Jahren die russischen Barbaren von Ili und dem ganzen Nordwesten aus China bedrückten und ihm große Strecken Landes entrissen und sich dadurch einen Angriff auf unsere Rechte gestatteten, wie er in unserer ganzen Geschichte nicht bekannt ist, haben sich unsere Staatsmänner nicht dagegen aufgelehnt.

Warum sollen wir dann so großes Aufheben davon machen, daß Ausländer sich weigern, vor dem Drachenthron zu knien? Wie sollen wir sie überhaupt zum Knien bringen, wenn sie nicht wollen? Haben wir die Heere und die Waffen, sie zu zwingen? Auch dies muß man in Erwägung ziehen: Unser großer Weiser Konfuzius antwortete einmal auf die Frage, worin die Kunst des Regierens läge, es seien dazu drei Erfordernisse nötig: genug Nahrung, ein starkes Heer und das Vertrauen des Volkes. Auf die weitere Frage, welches von diesen dreien man etwa in Zeiten der Not entbehren könne, erwiderte der Meister: das Heer und die Nahrung. Wenn daher unsere kaiserliche Regierung die Fremden nicht zwingen kann, ist es besser, großmütig nachzugeben, als das Volk mißtrauisch zu machen.

Es scheint mir daher das beste zu sein, wenn der Thron ein Dekret herausgäbe, das die fremden Gesandten von der Beachtung des höfischen Zeremoniells ausnimmt, und wenn in Zukunft diese Ausländer sich ungesetzliche Handlungen zuschulden kommen lassen, sollen solche übersehen werden, denn es ist unwürdig, sich mit diesen Menschen in einen Streit einzulassen. Gleichzeitig soll den Ausländern und auch dem Volke klargemacht werden, daß dies ein Akt der Milde ist und durchaus keinen Präzedenzfall schaffen soll. Inzwischen müssen wir versuchen, uns stark zu machen und eine günstigere Zeit abzuwarten.

Ich, der Verfasser dieser wertlosen Denkschrift, bin nur ein armseliger Außenseiter und verstehe nichts von Staatsangelegenheiten. Aber frech und unbeherrscht im Ausdruck wie ich bin, unterbreite ich diese Denkschrift dem Thron, wohl wissend, daß ich mir dadurch womöglich die Todesstrafe zuziehe.«

In ihrem natürlichen Zorn über die Anmaßung der fremden Gesandten und die Frechheit des Zensors hätte die Kaiserinmutter am liebsten das Schriftstück in tausend Fetzen zerrissen, aber sie widerstand diesem Drang. Dieser Wu Ko-tu war ein weiser alter Mann, dem viele Ehren zuteil geworden waren. Er predigte nicht nur Pflichten, sondern lebte sie auch vor. Als der Hof nach Jehol geflohen war und die Ausländer die Stadt besetzt hatten, war Wu bei seiner alten kranken Mutter dort geblieben. Unter Lebensgefahr hatte er bei ihr ausgehalten und, als sie starb, ihr den besten Sarg anfertigen lassen, der in dieser Notzeit zu haben war; aber damit nicht genug, er hatte auch einen Wagen gemietet und sie zu einem Tempel in einer anderen Stadt gefahren, wo sie in Frieden und Sicherheit bis zu ihrer endgültigen Beisetzung schlummern konnte.

Die Kaiserinmutter wußte, daß solche Rechtschaffenheit selten war. Sie unterdrückte daher ihren Zorn, faltete das Schriftstück zusammen und gab es dem Obereunuchen zurück.

»Bring das wieder dorthin, wo du es gefunden hast«, sagte sie, ohne ihm ihre Gedanken zu enthüllen.

Mit ihrer guten Laune war es vorbei. Das Theater machte ihr keine Freude mehr. Während die Aufführung weiterging, saß sie in finsteren Gedanken da und beachtete die Vorgänge auf der Bühne und die verführerischen Gesänge nicht mehr. In der letzten Szene waren alle Schauspieler als Götter und Göttinnen verkleidet auf der Bühne versammelt, während zu ihren Füßen eine Schar kleiner Affen hockte, die so dressiert waren, daß sie die Rolle der von den himmlischen Wesen gezähmten Teufel spielten. Die Hofdamen waren von dieser Szene bezaubert und merkten gar nicht, daß die Kaiserinmutter schon im Gehen war. Verwirrt standen sie dann auf, aber Tsu Hsi bedeutete ihnen durch eine gebieterische Handbewegung, sitzenzubleiben. Allein kehrte sie zu ihrem Palast zurück. Sie ließ sofort Li Lien-ying kommen.

Der Obereunuch eilte mit großen Schritten herbei und sah sie in der Bibliothek, ohne Buch, unbeweglich wie eine Göttin sitzen. Ihr Gesicht war bleich, und ihre großen Augen blickten nachdenklich und kalt.

»Bitte meinen Sohn, zu mir zu kommen«, sagte sie, als sie den Eunuchen sah. Auch ihre Stimme war kalt, so kalt wie Silber.

Li Lien-ying ging sofort, um den Auftrag auszuführen. Als eine Hofdame die Tür öffnete, winkte sie ab, und sie war wieder allein.

Der Obereunuch blieb lange aus. Eine Stunde verging, und er war noch immer nicht da, es kam auch keine Nachricht vom Kaiser. Tsu Hsi wartete, bis das Nachmittagslicht auf den Höfen verblaßte und die Dämmerung in die Bibliothek kroch. Eunuchen kamen lautlos herein, um die Kerzen in den Hängelampen anzuzünden. Sie wartete, bis alle Lampen brannten, dann fragte sie mit silberkalter Stimme:

»Wo ist der Obereunuch?«

»Majestät«, antwortete der Eunuch, »er steht draußen.«

»Warum kommt er nicht herein?«

»Er hat Angst«, sagte der Eunuch.

»Hol ihn her!«

Wie ein großer Schatten kam Li Lien-ying aus dem dunkel werdenden Garten herein. Er warf sich vor ihr nieder, sie blickte auf die am Boden liegende Gestalt.

»Wo ist mein Sohn?« fragte sie scheinbar ohne Zorn. Nur an der silbernen Kälte ihrer Stimme erkannte Li Lien-ying das Ungewitter.

»Majestät, ich wage nicht –«, stammelte er.

»Wagst nicht, mir seine Antwort zu bringen?«

»Majestät, er ließ mir sagen, er sei krank.«

»Und *ist* er krank?« fragte sie.

»Majestät – Majestät –.«

»Er ist *nicht* krank«, sagte sie.

Sie stand auf, ohne daß man ihr eine besondere Aufregung ansah. »Wenn er nicht zu mir kommen will, muß ich zu ihm gehen«, erklärte sie und eilte so schnell fort, daß der Eunuch sich nicht rasch genug aus seiner knienden Stellung aufrichten konnte, um ihr sofort zu folgen. Sie beachtete ihn auch gar nicht, sie sah sich nicht um, und da sie ihre Damen weggeschickt hatte, wußte niemand als der Obereunuch und die in den Gängen und an den Türen stehenden Untereunuchen, daß sie den Palast verlassen hatte.

Sie ging geradewegs zum Palast des Kaisers und so schnell, daß Li Lien-ying ihr kaum folgen konnte. Die Marmorterrasse lag im Dunkeln, aber durch die Gazevorhänge der Fenster strömte helles Licht. Sie sah in die Zimmer. Dort saß ihr Sohn in einem großen weichen Sessel, und Alute beugte sich über ihn. Sie hielt dem Kaiser ein paar Kirschen vor den Mund, es waren frühe Kirschen aus dem Süden, die er sehr liebte. Er bemühte sich, die Früchte zu schnappen, beugte den Kopf zurück und lachte, wie ihn seine Mutter noch nie hatte lachen sehen. Rundherum standen die Eunuchen und die Damen der jungen Kaiserin; auch sie waren fröhlich wie Kinder.

Sie riß die Tür auf und stand wie eine Göttin lichtumflossen vor der Dunkelheit. Das Licht von tausend Kerzen fiel auf ihre schimmernden Kleider, ihren Kopfputz und ihr schönes, zorniges Gesicht. Ihre weit aufgerissenen, funkelnden Augen blickten zuerst nach rechts und links und blieben dann auf ihrem Sohn und Alute haften.

»Mein Sohn, ich habe gehört, daß du krank bist«, sagte sie mit ihrer klaren, aber jetzt ironisch klingenden Stimme. »Ich wollte einmal nachsehen, wie es dir geht.«

Der Kaiser sprang auf, während Alute bewegungslos wie eine Statue dastand, die Kirschen noch immer in der Hand.

»Ich sehe, du bist sehr krank«, fuhr die Kaiserinmutter fort, die Augen unverwandt auf das Gesicht ihres Sohnes gerichtet. »Ich werde sofort die Hofärzte kommen lassen.«

Der Kaiser konnte kein Wort hervorbringen, er blickte seine Mutter an, Furcht flackerte in seinen Augen.

»Und du, Alute« – jedes Wort war kalt wie ein Eiszapfen – »sorgst du dich gar nicht um die Gesundheit deines Gemahls? Einem Kranken gibt man keine frischen Kirschen zu essen. Du scheinst die Pflichten, die man gegen den Himmelssohn hat, gar nicht zu kennen. Du hast Strafe verdient.«

Der Kaiser schloß den offenstehenden Mund und schluckte. »Mutter« stammelte er, »Alute trifft keine Schuld. Ich war nur müde – die Audienz dauerte den ganzen Tag – beinahe den ganzen Tag. Ich fühlte mich krank.«

Tsu Hsi richtete ihre Blicke wieder auf ihn und fühlte die Glut, mit der sie ihn ansah, in ihren Augenhöhlen. Sie trat drei Schritte vorwärts. »Auf die Knie!« rief sie. »Meinst du, weil du der Kaiser bist, hättest du keine Sohnespflichten mehr gegen mich?«

Alute hatte sich bis jetzt nicht gerührt. Sie stand groß und aufrecht da, keine Furcht zeigte sich auf ihrem feinen, stolzen Gesicht. Jetzt ließ sie die Kirschen fallen, faßte den Kaiser beim Arm und sagte leise, aber bestimmt:

»Nein, du sollst nicht knien!«

Die Kaiserinmutter tat zwei weitere Schritte nach vorn. Sie streckte die rechte Hand vor, der Zeigefinger wies auf den Boden.

»Knie!« befahl sie.

Einen Augenblick lang zögerte der Kaiser. Dann löste er den Arm aus Alutes Hand.

»Es ist meine Pflicht«, sagte er und fiel auf die Knie.

Die Kaiserinmutter blickte in schrecklichem Schweigen auf ihn nieder. Dann sank ihr die Hand zur Seite.

»Gut, daß du dich an deine Pflicht erinnerst. Selbst der Kaiser ist nur ein Kind von seiner Mutter, solange sie lebt.«

Dann hob sie den Kopf und überblickte die Schar der Eunuchen und Hofdamen.

»Fort mit euch allen!« rief sie. »Laßt mich mit meinem Sohn allein.«

Sie schlichen sich fort, so daß nur noch Alute da war.

»Auch du!« sagte die Kaiserin unnachgiebig.

Alute zögerte erst, dann ging sie mit betrübtem Gesicht lautlos hinaus.

So schnell wie das Wetter im Frühling schlug die Stimmung der Kaiserin um. Sie lächelte, ging zu ihrem Sohn und tätschelte ihm mit ihrer weichen, parfümierten Hand die Wange.

»Steh auf, mein Sohn«, sagte sie sanft. »Wir wollen uns setzen und uns aussprechen.« Sie setzte sich ohne Zögern in seinen thronähnlichen Sessel, während er auf Alutes niedrigerem Stuhl Platz nehmen mußte. Sie sah, wie seine Lippen und Hände nervös zitterten.

»Selbst in einem Palast muß Ordnung herrschen«, erklärte sie. Ihre Stimme war betont ruhig und freundlich. »Ich mußte in Gegenwart der Eunuchen und deiner Gemahlin die Ordnung, die zwischen den Generationen zu herrschen hat, wiederherstellen. Für mich ist die Kaiserin nur die Frau meines Sohnes.«

Er gab keine Antwort, fuhr sich nur verstohlen mit der Zunge über die trockenen Lippen.

»Nun, mein Sohn, ich habe gehört, daß du im geheimen meinem Willen widerstrebst. Ist es wahr, daß du die ausländischen Gesandten ohne das übliche Zeremoniell empfangen willst?«

Er nahm seinen ganzen Stolz zusammen. »Man hat mir diesen Rat gegeben«, sagte er, »selbst Prinz Kung ist damit einverstanden.«

»Und du willst ihn befolgen?« Er kannte nur zu gut die gefährlich geschliffene Schärfe ihrer silbernen Stimme.

»Ja«, antwortete er.

»Ich bin deine Mutter. Ich verbiete es dir.«

Ihr Herz wurde wider ihren Willen weich, als sie sein schönes jugendliches Gesicht, seinen zarten Mund, seine großen feuchten Augen betrachtete. Trotz seiner Widerspenstigkeit sah sie, daß er sich noch immer vor ihr fürchtete wie einst als Kind. Das machte sie traurig. Sie hätte ihn gern so stark gesehen, daß er nicht einmal vor ihr Angst hatte, denn jede Furcht ist Schwäche. Wenn er sie fürchtete, dann würde er auch Alute fürchten, ihr immer mehr nachgeben, bis sie eines Tages die Stärkere sein würde. War er nicht oft im geheimen zu Sakota gegangen, um sich von ihr trösten zu lassen? So konnte er auch bei Alute Zuflucht suchen, weil er Angst vor seiner Mutter hatte, die doch weit besser wußte, was ihm guttat, als so ein unerfahrenes Mädchen. Sie hatte seinetwegen darauf verzichtet, Frau zu sein, sie hatte ihm alles geopfert, sein Schicksal zu ihrem eigenen gemacht.

Vor ihrem forschenden Blick senkte er die Wimpern. Sie waren viel zu lang für einen Mann, aber schließlich hatte er sie von ihr. Wenn eine Frau auf einen Sohn ihre Schönheit übertragen konnte, warum nicht auch ihre Kraft?

Sie seufzte, nagte an ihrer Lippe und schien die Lust zu verlieren, ihm ihren Willen aufzuzwingen. »Was macht es mir aus, ob die Ausländer vor dem Drachenthron knien oder nicht? Ich dachte nur an dich, mein Sohn.«

»Ich weiß, Mutter, daß das, was du tust, für mich geschieht. Ich wollte nur, ich könnte auch etwas für dich tun. Etwas, das nichts mit diesen leidigen Staatsangelegenheiten zu tun hat, etwas, das dir Spaß machte – dir einen Garten anlegen, einen Berg in einem Garten, ich könnte für dich Berge versetzen lassen –«

Sie zuckte die Schultern. »Das alles habe ich schon.« Aber sein Wunsch, ihr einen Gefallen zu tun, rührte sie. Dann sagte sie langsam: »Das, wonach ich mich sehne, kann nicht wiederhergestellt werden.«

»Was denn, Mutter?« Er war froh, sie auf ein anderes Gebiet abgelenkt zu haben, ihrem Zorn entronnen zu sein.

»Was hat es für einen Sinn?« sagte sie nachdenklich. »Kannst du Asche zu neuem Leben bringen?«

Er wußte, was sie meinte. Sie dachte an den zerstörten Sommerpalast. Sie hatte ihm oft von ihm erzählt. Nie würde sie den Ausländern verzeihen, daß sie ihn zerstört hatten.

»Wir könnten einen neuen Sommerpalast bauen, Mutter«, sagte er, »du könntest die Arbeiten leiten, damit er dem ersten so ähnlich wie möglich würde. Ich werde den Provinzen dafür einen Sondertribut auferlegen. Dann brauchten wir kein Geld aus der Staatskasse zu nehmen.«

Es war nicht schwer, seine Absicht zu durchschauen. »Ah«, grollte sie, »du möchtest mich bestechen, damit ich dir den Weg freigebe – dir und deinen Beratern.«

»Vielleicht«, sagte er und sah sie mit hochgezogenen Brauen schelmisch an.

Sie lachte plötzlich. »Na, meinetwegen! Warum mache ich mir solche Sorgen? Ein neuer Sommerpalast? Warum nicht?«

Sie stand auf, tätschelte ihm wieder die Wangen und verabschiedete sich. Wie ein dunkler Schatten folgte ihr Li Lien-ying.

Von ihrem Hauptspion Li Lien-ying gut bedient, erfuhr die Kaiserinmutter bald, daß ihr Sohn sie angelogen hatte, als er sagte, auch Prinz Kung habe zugestimmt, die ausländischen Gesandten ohne strenges Zeremoniell zu empfangen. Prinz Kung hatte im Gegenteil ihrem Sohn vorgestellt, daß die früheren Kaiser Ausländern keine Rechte gewährt hatten, die sie ihren eigenen Bürgern versagten. Unter dem Kaiser Tschien Lung hatte der englische Lord McCarney sich vor dem Drachenthron bis auf den Boden verbeugen müssen, wenn dafür auch ein Mandschuprinz vor dem Bild des englischen Königs Georg eine ebenso tiefe Verbeugung hatte machen müssen. Prinz Kung hatte die Gesandten monatelang hingehalten, als sie darauf bestanden, bei Hofe empfangen zu werden, und als Grund die Krankheit des Staatssekretärs im Auswärtigen Amt vorgeschoben. Als sich diese Krankheit jedoch nach vier Monaten noch immer nicht gebessert hatte, machte der Kaiser dem Streit ein Ende und befahl, daß die Gesandten empfangen werden sollten. Dadurch hatte er bewiesen, daß er und nur er allein zu nachgiebig und zu schwach war.

Das erfuhr die Kaiserinmutter an einem schönen Frühsommertage in ihrem Orchideengarten. Sie war gar nicht aufgelegt, sich mit Staatsangelegenheiten zu beschäftigen, denn sie hatte den ganzen Tag in der Bibliothek den Bauplan für den neuen Sommerpalast entworfen, den sie fertigstellen wollte, ehe die Architekten ihre Träume in Marmor umsetzen sollten.

»Hole mir Prinz Kung«, sagte sie zu Li Lien-ying, der ihr die Nachricht überbracht hatte. Ungeduldig warf sie ihren Pinsel hin, um die Ankunft des Prinzen abzuwarten.

Als er kam, ging sie mit großen Schritten vor den offenen Türen der Bibliothek auf und ab. Die Granatapfelbäume standen in voller Blüte, ihr dunkelgrünes Laub war mit den roten Blüten übertupft.

»So schöne Bäume sieht man nirgends, Majestät. Was Ihnen nahe kommt, erhält neues Leben.«

Er hatte inzwischen gelernt, untertänig und in zierlichen Redewendungen mit ihr zu sprechen.

Sie neigte lächelnd den Kopf, wie immer durch Lob geschmeichelt. Sie war bereit, ihm wieder entgegenzukommen, weil er sich dem Kaiser widersetzt hatte. »Wir wollen unsere Unterredung hier auf dem Hof führen«, schlug sie vor. Sie setzte sich auf eine porzellanene Gartenbank und lud ihn ein, ebenfalls Platz zu nehmen. Nach anfänglichem höflichem Zögern ließ er sich auf einer Bank aus Bambusstäben nieder.

»Es ist unrecht vor mir, daß ich Ihre Zeit in Anspruch nehme«, begann sie, »aber mir ist zu Ohren gekommen, daß der Kaiser den ausländischen Gesandten den Kniefall erlassen will, und das beunruhigt mich sehr.«

»Majestät, er ist neugierig wie ein Kind«, erwiderte Prinz Kung. »Er kann es kaum erwarten, das Gesicht eines Ausländers zu erblicken.«

»Bleiben denn Männer immer Kinder?« rief sie aus. Sie pflückte eine Granatapfelblüte ab, zerriß sie und ließ sie fallen.

Er gab hierauf keine Antwort und schwieg, bis sie ungeduldig wurde. »Sie sind der Vertreter der älteren Generation. Haben Sie sich nicht widersetzt?«

Prinz Kung zog die Brauen hoch. »Wie kann ich das, wenn er mir jederzeit den Kopf abschlagen lassen kann?«

»Sie wissen, daß ich das nie dulden würde.«

»Ich bin Ihnen sehr dankbar, aber Sie werden wohl auch wissen, daß seine Gemahlin Tag für Tag größeren Einfluß auf ihn gewinnt – man darf wohl sagen, es ist kein schlechter Einfluß, den sie auf ihn ausübt, denn sie hält ihn davon ab, sich von den Eunuchen verkleidet in Freudenhäuser führen zu lassen.«

»Und wer beeinflußt diese Alute?« fragte die Kaiserinmutter scharf. »Zu mir kommt sie nur, um mir die unumgänglichen Höflichkeitsbesuche abzustatten, und dann macht sie kaum den Mund auf.«

»Majestät, ich weiß nicht, unter wessen Einfluß sie steht.«

Sie strich die Blütenblätter von ihrem Schoß. »Sie wissen es genau. Es ist die Kaiserinwitwe – meine Kusine Sakota.«

Er senkte den Kopf und schwieg eine Weile. Dann sagte er beruhigend: »Majestät, wenigstens sollten die Gesandten nicht im kaiserlichen Audienzsaal empfangen werden.«

»Ja, das ist ein guter Gedanke«, stimmte sie bei. Prinz Kung war froh, daß ihr Starrsinn gebrochen war. Das Sonnenlicht fiel durch die Bäume auf ihre Hände, die jetzt gefaltet in ihrem Schoß lagen. Plötzlich lächelte sie.

»Ich hab's! Man soll sie im Pavillon des Purpurnen Lichtes empfangen. Sie werden nicht wissen, daß es nicht der eigentliche Palast ist. So schlagen wir ihnen ein Schnippchen, und sie können sich der Illusion hingeben, ihren Willen durchgesetzt zu haben.«

Dieser Streich gefiel ihm, wenn er auch Bedenken dagegen hatte, denn der Pavillon des Purpurnen Lichtes lag an der Westgrenze der Verbotenen Stadt, jenseits des mittleren Sees. In ihm empfing der Kaiser nur die Abgesandten ferner tributzahlender Stämme, und nur am Neujahrstage.

»Majestät«, sagte Prinz Kung, »kein Mann ist Ihnen an Klugheit überlegen. Ich bewundere Ihre Geschicklichkeit, die Ihnen immer einen Ausweg zeigt. Ich werde alles so anordnen, wie Sie vorgeschrieben haben.«

Sie war jetzt in bester Laune. Seine Schmeichelei hatte ihr wohlgetan. Sie lud ihn deshalb ein, sich ihre Pläne für den Sommerpalast anzusehen.

Eine Stunde lang stand Prinz Kung vor dem langen, breiten Tisch. Auf ihm waren die Pläne ausgebreitet, die ihren Träumen feste Gestalt gaben. Er hörte sich ihre Erklärungen an. Da wanden sich Flüsse durch Felsenpartien und weiteten sich zu Seen. Berge türmten sich auf, die noch in den westlichen Provinzen standen und erst herbeigeschafft werden mußten. Schon wuchsen Wälder auf ihnen, ihre Hänge und die Ufer eines großen Sees waren mit Palästen und Pagoden bedeckt, deren Dächer von Gold schimmerten. Prinz Kung sagte kein Wort, so groß war sein Entsetzen. Er wagte den Mund nicht zu öffnen, damit sein Ärger über eine solche Verschwendung nicht in Entrüstungsrufen zum Ausdruck käme, was ihm Ungnade und womöglich den Tod eingetragen hätte. Schließlich preßte er mit Mühe den Satz hervor:

»Wer außer Ihnen, Majestät, könnte eine solche steinerne Pracht entwerfen?«

Er war froh, als er endlich entlassen wurde. Die Kaiserinmutter erriet sofort, als Jung Lu sie am Abend desselben Tages um eine Audienz bitten ließ, daß Prinz Kung von ihr aus gleich zum Großkanzler gegangen war.

Sie war um diese Zeit wieder über ihre Pläne gebeugt und gerade dabei, eine schlanke, hohe Pagode, die sie leicht skizziert hatte, mit dem Pinsel auszufüllen.

»Der Großkanzler soll eintreten«, sagte sie, ohne den Kopf zu heben. Sie wußte, daß Jung Lu ihr Vorhaben nicht billigen würde, und ließ ihn eine Weile hinter ihrem Rücken stehen.

»Wer ist da?« fragte sie dann.

»Das wissen Sie, Majestät.«

Der Ton seiner tiefen Stimme ging ihr jetzt ebenso schnell zu Herzen wie immer, aber sie tat so, als hätte er gar keine Wirkung auf sie.

»Ach so«, sagte sie gleichgültig, »und warum bist du gekommen? Siehst du nicht, daß ich zu tun habe?«

»Das ist der Grund für mein Kommen«, erklärte er. »Ich bitte Eure Majestät, mich anzuhören, denn es ist kurz vor Torschluß.«

Sie konnte seinem Zauber nicht widerstehen. Auf der ganzen Welt fürchtete sie allein diesen Mann, weil er sie liebte und sich ihr nicht ergeben wollte. Aber sie war noch ebenso launisch wie als junges Mädchen, als sie ihm versprochen gewesen war, und ließ ihn warten, während sie die Tusche zudeckte, den Pinsel auswusch und alle die kleinen Dinge erledigte, die sie sonst einem Eunuchen überließ. Er wartete geduldig, wußte aber sehr gut, was ihre Absicht war und daß sie genau wußte, daß er sie durchschaute.

Schließlich ging sie langsam durch den großen Saal zu ihrem Thronsessel und setzte sich. Er kniete vor ihr nieder, wie es die Sitte erforderte. Ihre schwarzen Augen blickten schelmisch und zärtlich zugleich.

»Schmerzen deine Knie?« fragte sie nach einer Weile.

»Das spielt keine Rolle, Majestät«, erwiderte er ruhig.

»Steh auf. Ich mag nicht, daß du vor mir kniest.«

Er erhob sich würdevoll und stand groß und aufrecht vor ihr. Sie maß ihn von Fuß bis Kopf. Als ihre Augen sein Gesicht erreichten, sah sie ihn eine Zeitlang unverwandt an. Sie waren allein, niemand konnte daran Anstoß nehmen. Ihr Eunuch stand fern in der Eingangshalle und paßte auf, daß niemand sie störte.

»Was habe ich verbrochen?« sagte sie wie ein Kind, das sich einer Schuld bewußt ist, sie aber nicht so wichtig nimmt.

»Sie wissen selbst, was Sie tun«, antwortete er.

Sie zuckte ihre seidenglatten Schultern. »Ich habe dir nichts von dem neuen Sommerpalast gesagt, denn ich wußte, du würdest es schon erfahren – von Prinz Kung zum Beispiel. Aber ich erhalte diesen neuen Sommerpalast als Geschenk von meinem Sohn. Es ist sein Wunsch, daß er gebaut wird.«

Hierauf antwortete Jung Lu sehr ernst. »Für solche Spielereien hat der Staat in diesen Zeiten kein Geld. Das Volk steht schon unter zu hohem Steuerdruck. Aber wenn dieser Palast gebaut wird, müssen in jeder Provinz neue Steuern ausgeschrieben werden.«

Sie zuckte die Schultern. »Es braucht kein Geld zu sein. Die Abgaben können in Stein, Holz, Jade und Handwerksarbeit geleistet werden. Diese gibt es überall.«

»Die Arbeiter müssen bezahlt werden.«

»Das ist nicht nötig«, antwortete sie leichtfertig. »Die Bauern, welche die Große Mauer bauten, wurden auch nicht bezahlt. Wenn sie starben, wurden ihre Knochen mit in die Mauer verbaut, so daß man auch das Geld für die Beerdigung sparte.«

»In jener Zeit«, sagte Jung Lu mit demselben Ernst, »war die Dynastie stark. Das Volk wagte nicht zu murren. Der Kaiser war Chinese, kein Mandschu wie heute. Die Große Mauer sollte das Volk selbst gegen Einfälle von Norden schützen. Aber werden die Leute heute bereit sein, Waren und Menschen herzugeben, nur damit Sie einen Sommerpalast bauen können? Und könnten Sie Vergnügen an einem Ort finden, dessen Mauern mit Knochen von Menschen gefüllt sind, die sinnlos starben? Ich glaube, selbst Sie sind nicht so hart.«

Nur er allein konnte ihre Augen so leicht mit Tränen füllen. Sie wandte den Kopf zur Seite, um sie zu verbergen. »Ich bin nicht hart –.« Ihre Stimme war nur ein Flüstern. »Ich bin – einsam.«

Sie nahm das Ende des blumenbunten Gazetuches, das an dem Jadeknopf ihres Kleides hing, und wischte sich die Augen. Die Spannung zwischen dem Mann und der Frau verstärkte sich. Sie sehnte sich danach, daß er einen Schritt auf sie zutue, daß er seine Hand ausstreckte, um die ihre zu berühren.

Er stand unbeweglich da. Er sprach weiter, und seine Stimme war noch immer von demselben tiefen Ernst. »Sie hätten Ihrem Sohn, dem Kaiser, sagen sollen, daß es ihm schlecht ansteht, Ihnen Paläste zu schenken, wenn die Nation von Krieg, Armut und Überschwemmungen bedrängt ist. Es war Ihre Pflicht, ihn daran zu erinnern.«

Darauf drehte sie ihm den Kopf wieder zu. Die Tränen glitzerten an ihren langen schwarzen Wimpern und zogen einen feuchten

Schleier über ihre trauererfüllten Augen. »Ach, dieses Reich!« rief sie. »Immer herrscht Elend in ihm!« Ihre Lippen zitterten, sie preßte die Hände zusammen. »Und warum sagst *du* es ihm nicht? Du vertrittst Vaterstelle an ihm –«

»Pst!« sagte er zwischen den Zähnen. »Wir sprechen vom Kaiser.«

Sie senkte den Kopf, und die Tränen fielen auf den rosaroten Satin ihres Kleides.

»Was fehlt dir denn?« fragte er. »Du hast alles, was du je erstrebt hast. Was wünschest du noch mehr? Steht irgendeine Frau in der Welt höher als du?«

Sie antwortete nicht. Ihre Tränen rannen weiter, während er fortfuhr: »Die Dynastie ist in Sicherheit, wenigstens solange du lebst. Du hast ihr einen Kaiser gegeben und diesem eine Gemahlin. Er liebt sie, und da sie jung ist und ihn wiederliebt, wird sie ihm einen Erben schenken.«

Sie hob den Kopf, Erstaunen in den Augen.

»Jetzt schon?«

»Ich kann nicht sagen, ob es schon soweit ist«, erwiderte er, »aber zweifellos wird es einmal so sein, denn ich weiß, daß sie sich gern haben.«

Ihre Blicke trafen sich, in seinen Augen stand Mitleid. »Ich habe sie zufällig vor ein paar Tagen beobachtet, ohne daß ich gewußt hatte, daß sie in der Nähe waren. Es war schon spät, ich war auf dem Wege zu dem großen Tor, das sich bald schließen mußte. Ich sah sie in dem Pavillon der Günstigen Winde.«

»Zu nahe dem Palast der Kaiserinwitwe –«, murmelte sie.

»Die Tür stand offen, und ich sah sie im Zwielicht, wie sie wie zwei Kinder Arm in Arm hineingingen.«

Sie biß sich in die Lippe, ihr rundes Gesicht zitterte, und ihre Tränen quollen wieder hervor. Als er ihr schönes, verhärmtes Gesicht sah, konnte er nicht mehr an sich halten.

Er trat drei Schritte vor und dann nochmals zwei. So nahe war er ihr in vielen Jahren nicht mehr gewesen. »Mein Herz«, sagte er leise, »sie haben, was du und ich niemals haben können. Hilf ihnen, es zu bewahren. Führe sie den richtigen Weg. Unterbaue diese Verbindung mit deiner ganzen Kraft und Stärke, denn sie ruht auf Liebe.«

Mehr konnte sie nicht ertragen. Sie bedeckte ihr Gesicht mit den Händen und weinte laut. »Geh«, schluchzte sie, »geh fort! Laß mich allein – wie ich es immer gewesen bin!«

Vor dem Ende des sechsten Sonnenmonats hatte der Kaiser Tung Tschih die Gesandten des Westens empfangen. Die Kaiserinmutter hörte den Bericht darüber von Li Lien-ying. Sie unterbrach den Eunuchen nicht, während er sprach.

»Die Audienz fand in dem Pavillon des Purpurnen Lichtes um sechs Uhr morgens bald nach Sonnenaufgang statt. Der Kaiser saß mit gekreuzten Beinen auf einem Podium hinter einem niedrigen Tisch. Er betrachtete neugierig die sonderbaren weißen Gesichter der großen Männer aus dem Westen, der Gesandten Englands, Frankreichs, Rußlands, Hollands und der Vereinigten Staaten. Alle, außer den Russen, trugen dunkle Anzüge mit engen Hosen und kurzen Jacken, als ob sie Arbeiter wären. Jeder trat aus der Reihe, in der sie standen, hervor, machte eine Verbeugung vor dem Kaiser, kniete aber nicht nieder und stieß auch den Kopf nicht auf den Boden. Jeder überreichte dann Prinz Kung ein Schriftstück, das dieser laut vorlas. Es war auf Chinesisch abgefaßt, und alle Schreiben hatten denselben Wortlaut. Jedes enthielt einen Glückwunsch zur Thronbesteigung des Kaisers und gute Wünsche für eine erfolgreiche und friedliche Regierung.

Auf jedes mußte der Kaiser in derselben Form antworten. Prinz Kung hielt sich an das strengste Zeremoniell. Jedesmal, wenn er ein Schreiben überreichte, fiel er auf die Knie und berührte mit der Stirn den Boden. So überreichte er die Schreiben und nahm dann die Antwort des Kaisers entgegen. Wenn er hin- und herging, breitete er seine Arme wie Flügel aus, seine Kleider flogen, sein Gesicht lag in Sorgenfalten, damit die Fremden ja sahen, wie eifrig er nach den Regeln des Konfuzius seinem Herrn diente. Dann legten die Gesandten ihre Beglaubigungsschreiben auf einen eigens dafür aufgestellten Tisch und verließen wieder mit einer leichten Verbeugung den Saal, zweifellos hocherfreut, daß sie ihren Willen durchgesetzt hatten, jedoch ohne zu ahnen, daß sie nur in einem einfachen Pavillon empfangen worden waren.«

Die Kaiserinmutter hörte sich diesen Bericht an, ohne eine Bemerkung darüber zu machen. Ihre Mundwinkel zogen sich nach unten, ihre Augen funkelten vor Zorn, ihr Herz verhärtete sich. Ihr Sohn hätte sicher nie gewagt, ihrem Willen zu trotzen, wäre er nicht von Alute in seinem Eigensinn bestärkt worden. Diese hatte jetzt offenbar größeren Einfluß auf ihn als seine eigene Mutter. Tsu Hsi stellte sich die beiden vor, wie Jung Lu sie gesehen hatte. Sie spürte den Stich, der ihr ins Herz drang, aber die Wunde machte es nur noch härter. Warum sollte sie nicht bekommen, was sie haben wollte, fragte dieses sich immer mehr verhärtende Herz. Sie wollte ihren Sommerpalast bauen und ihn um so prächtiger machen, je mehr ihr Sohn Alute liebte.

Wie ein schwirrender Pfeil drang auf einmal der Gedanke in ihr Gehirn: Wenn Alute einen Sohn bekommen würde, und Jung Lu war dieser Meinung, weil aus einer starken Liebe immer Söhne hervorgehen, dann würde Alute Kaiserinmutter werden!

»Ich Dummkopf!« murmelte sie. »Wie konnte es mir entgehen, daß Alute die Absicht hat, mich abzusetzen? Ich würde dann nur noch eine in einem Palast eingesperrte alte Frau sein!«

»Geh mir aus den Augen!« schrie sie den Eunuchen an.

Ihre Stimme drang ihm so schrill ins Ohr, daß er sofort davonrannte. Sie saß wie ein Bild aus Stein da. In ihrer Verlorenheit suchte sie nach einem Mittel, sich an der Macht zu halten.

Sie mußte diese Liebe zerstören, um deren Förderung Jung Lu sie gebeten hatte. Aber wie?

Da erinnerte sie sich plötzlich an die vier Konkubinen, die sie am Hochzeitstage des Kaisers für ihn ausgesucht hatte. Sie wohnten zusammen in dem Palast der Vollendeten Eleganz und warteten darauf, zum Kaiser gerufen zu werden. Aber er hatte bis jetzt nicht an sie gedacht, und es war auch nicht wahrscheinlich, daß sich das ändern würde, da Alute sein Herz gewonnen hatte. Es fiel der Kaiserinmutter ein, daß eine dieser Konkubinen sehr schön war. Drei hatte sie wegen ihrer vornehmen Abstammung und ihrer Verständigkeit ausgewählt, aber die vierte wegen ihrer Schönheit. Warum sollte sie nicht diese jungen Konkubinen um sich versammeln? Sie könnte sie dann leichter dem Kaiser empfehlen unter dem Vorwand, er brauche Abwechslung und Zerstreuung. Alute, so könnte sie ihm sagen, sei zu ernst für ihn, dränge ihn zu sehr zu schwieriger staatsmännischer Arbeit, sie stelle zu hohe moralische Anforderungen an einen so jungen und vergnügungssüchtigen

Mann. Die vierte Erwählte kam aus einer Familie, die selbst für eine Konkubine zu niedrig war, und nur wegen ihrer großen Schönheit war sie überhaupt auf die Liste der Mandschumädchen gesetzt worden. Dieses Mädchen konnte den Kaiser wieder zu seinem früheren lockeren Leben verführen, und so würde Alute ihn verlieren.

Während sich die Kaiserinmutter mit solchen Plänen beschäftigte, wußte sie genau, daß sie Böses tat, und doch war sie entschlossen, auf diesem Wege weiterzugehen. War sie nicht allein auf der Welt? Niemand wagte sie zu lieben, Furcht war ihre einzige Waffe. Wenn niemand sie mehr fürchtete, würde sie bald zum alten Eisen geworfen werden. Jetzt war sie noch schön und kräftig, jetzt mußte sie, wenn es nicht anders ging, sogar den Thron für sich selbst wiedergewinnen, um sich vor dem Lebendigbegrabenwerden zu bewahren.

Sie ging ihr ganzes Leben noch einmal durch. Sie sah sich wieder als kleines Mädchen, das schon über ihre Kräfte im großen Haushalt ihres Onkels Muyanga mitarbeiten mußte, wo ihre Mutter nur eine verwitwete Schwägerin, und sie selbst nicht mehr als eine Sklavin war. Wohin sie auch ging, sie mußte auf dem Rücken eine jüngere Schwester oder einen Bruder mitschleppen, und nie hatte sie frei herumlaufen oder spielen können, bis ihre jüngeren Geschwister laufen konnten. Dann hatte sie, weil sie behende und gescheit war, in der Küche und in den Vorratsräumen arbeiten müssen. Entweder hatte sie den Besen in der Hand, oder sie kochte oder nähte oder ging auf den Markt und feilschte um Fische oder Geflügel. Abends sank sie, sobald sie ins Bett kroch, das sie mit ihrer Schwester teilte, in tiefen Schlaf. Nicht einmal Jung Lu hatte ihr die tägliche Last erleichtern können, denn er war ein heranwachsender Jüngling und konnte ihr keine Arbeit abnehmen. Hätte sie ihn geheiratet, so wäre er ein Leibwächter geblieben. Sie hätte in seinem Hause weitergeschuftet, Kinder zur Welt gebracht, mit der Dienerschaft gestritten und sich über deren kleine Diebereien geärgert. Um wieviel mehr hatte sie Jung Lu genützt, daß sie seine Herrscherin anstatt seine Frau geworden war. Aber er war ihr nicht dankbar, sondern gebrauchte seine Stellung nur dazu, ihr Vorwürfe zu machen.

Und ihr Sohn, der sie aus Dankbarkeit immer hätte lieben sollen, hatte seine Frau lieber als sie. Ja, sie dachte sogar daran, daß ihm seine Pflegemutter Sakota näherstand als sie. Und so viele ermüdende Stunden hatte sie mit jenem kindischen Kaiser, der nie ihr Gatte gewesen war, nur deshalb verbracht, weil sie ihrem Sohn den Thron verschaffen wollte. Ach, diese vielen schrecklichen Stunden! Jedesmal, wenn sie an das bleiche gelbe Gesicht, an die heißen, fiebrigen Hände dachte, wurde sie von Ekel erfaßt.

Solche Gedanken machten ihren Geist düster, trieben ihr Herz an, alle seine Kraft zusammenzunehmen und gegen das Schicksal anzukämpfen, das ihr bevorstand. So verletzt und in ihrem tiefsten Wesen verwundet war sie, daß sie alle Liebe vergaß und ihr Wille sich scharf wie ein Schwert aufrichtete, um sich wieder den Weg zur Macht zu erkämpfen.

Ihr Gerechtigkeitssinn erlaubte ihr jedoch nicht, einzig aus Rache zu handeln, sie mußte andere Gründe für ihren Entschluß finden, wieder allein die Macht in die Hand zu bekommen. Als ihr Sohn vor einem Jahr seine Regierung antrat, herrschte zum erstenmal nach vielen Jahren wieder Friede im Reich. Jetzt zeigten sich plötzlich neue Wirren. Auf der fernen Insel Taiwan, die von wilden Stämmen bewohnt war, waren einige schiffbrüchige Seeleute an Land gespült worden. Sie wurden von den Einwohnern getötet. Es waren japanische Seeleute gewesen, und als der Kaiser von Japan von ihrer Ermordung hörte, ließ er Soldaten an Land setzen. Diese ergriffen von der Insel und auch noch von anderen kleinen Inseln in der Nähe in seinem Namen Besitz. Als Prinz Kung, der in Peking an der Spitze des Auswärtigen Amtes stand, dagegen protestierte, drohte der Kaiser von Japan mit Krieg.

Aber das war nicht alles. Fünfzehn Jahrhunderte lang hatten die Kaiser von China Annam als Lehnsherrn regiert. Das Volk fuhr nicht schlecht dabei, da es dadurch vor äußeren Angriffen geschützt war, denn das chinesische Reich war damals so mächtig, daß niemand seine tributzahlenden Völker anzugreifen wagte. Niemand außer den Weißen. Denn während des letzten Jahrhunderts waren Franzosen in Annam eingedrungen und hatten sich dort in den letzten zwanzig Jahren als Händler und Priester so festgesetzt, daß der König von Annam einen Vertrag unterzeichnen mußte, durch den er die nordwestliche Provinz Tonking den Franzosen übereignete.

Die Kaiserinmutter hatte sich um die Händel dieser Welt nicht mehr kümmern wollen, um sich ganz mit dem Bau des neuen Palastes zu beschäftigen. Jetzt aber fand sie, daß diese Dinge sie sehr angingen, und erklärte, ihr Sohn tue nichts, die Prinzen seien dem Vergnügen ergeben, und wenn diese Interesselosigkeit nicht aufhörte, würde das Reich noch vor ihrem Tode zerfallen.

An einem Frühsommertage kamen die jungen Konkubinen wie aus dem Käfig entlassene Vögel in den Palast geflattert. Sie hatten die Hoffnung schon aufgegeben, vom Kaiser empfangen zu werden, aber jetzt waren sie von neuem Leben erfüllt und umgaben die Kaiserinmutter anbetend wie Engel eine Göttin. Tsu Hsi ließ sich das lächelnd gefallen, obgleich sie wohl wußte, daß diese Liebe nicht ihr galt, sondern daß die jungen Frauen nur aus eigenem Interesse handelten. Sie allein konnte sie in das kaiserliche Schlafzimmer bringen. Sie taten ihr leid, sie winkte sie näher zu sich heran und sagte:

»Ihr wißt wohl, meine Vögelchen, daß ich euch nicht alle auf einmal dem Kaiser zuführen kann. Seine Gemahlin würde dann ungehalten werden und euch wieder wegschicken. Ich will ihm also vorläufig nur eine vor Augen führen, und es ist nur vernünftig, daß die Hübscheste von euch die erste sein soll.«

Wenn sie diese vier jungen Mädchen um sich versammelt sah, mußte sie unwillkürlich an die Zeit denken, da sie zum erstenmal die Verbotene Stadt betreten hatte. Sie sah von einem Gesicht zum anderen, die hellen leuchtenden Augen blickten voll Vertrauen und Hoffnung zu ihr auf, und sie hatte nicht das Herz, irgendeiner von ihnen wehe zu tun. »Wie kann ich die Hübscheste von euch auswählen?« fragte sie. »Das müßt ihr schon selbst besorgen.«

Die vier jungen Mädchen sahen sich lachend an. »Ehrwürdige«, rief die älteste und am wenigsten Hübsche, »Sie wissen sicher ganz genau, wer von uns in erster Linie in Betracht kommt. Jasmin ist die Hübscheste.«

Alle Blicke richteten sich auf Jasmin, die errötend den Kopf schüttelte und sich das Taschentuch vor das Gesicht hielt.

»Du bist also die Hübscheste?« fragte die Kaiserinmutter lächelnd. Sie spaßte und spielte gern mit jungen Wesen, ob es nun Menschen oder Tiere waren.

Jasmin schüttelte nun noch heftiger den Kopf und verhüllte ihr Gesicht auch mit den Händen, während die anderen laut lachten.

»Nun«, sagte Tsu Hsi schließlich, »nimm die Hände vom Gesicht, Kind, so daß ich auch sehen kann, ob die anderen recht haben.«

Die Mädchen zogen Jasmins Hände weg, und die Kaiserinmutter betrachtete das gesenkte rosige Gesicht. Es kam ihr vor, daß dieses Gesicht einen verschmitzten Zug hatte, oder vielleicht war es auch nur eine Jungmädchenfröhlichkeit. Sanft war es sicher nicht. Es lag eine gewisse Kühnheit, wenn nicht Frechheit in den vollen, geschwungenen Lippen, den großen Augen, den leicht geblähten Nasenflügeln. Alute ähnelte ihrem Vater, der den Kaiser mit unterrichtet hatte, er war ein Mann von ausgesprochen schönem Gesicht und zierlicher Gestalt. Zu einer Frau wie Alute paßte Jasmin sehr gut als Ergänzung. Alute war groß und schlank, Jasmin klein und üppig, ihre größte Schönheit war eine fehlerlose Haut, sie hatte eine Haut wie ein kleines Kind, cremeweiß, nur der Mund war rot, und die Wangen waren rosig angehaucht.

Nachdem die Kaiserinmutter Jasmins Bild in sich aufgenommen hatte, verging ihre fröhliche Stimmung.

»Ich werde nach dir schicken, wenn der Tag kommt«, sagte sie ziemlich gleichgültig zu Jasmin. Die Konkubinen flatterten davon, ihre gestickten Ärmel ähnelten gebreiteten bunten Schwingen.

Der Obereunuch brauchte jetzt nur noch von Alutes Kammerfrau zu erfahren, an welchen Tagen im Monat die Gemahlin des Kaisers sein Schlafzimmer nicht betreten konnte. In sieben Tagen würde dieses Ereignis eintreten, und die Kaiserinmutter ließ Jasmin verständigen, sich für den achten Tag bereit zu halten. Sie sollte ein pfirsichrotes Kleid tragen, für das Parfüm wolle die Kaiserinmutter selbst sorgen. An dem angegebenen Tage stellte sich Jasmin pünktlich in dem befohlenen Kleid ein. Die Kaiserinmutter betrachtete sie lange von Kopf bis Fuß. Die kleinen, billigen Juwelen, die sie trug, mußte sie sofort abnehmen.

»Geht in mein Juwelenzimmer«, sagte sie zu ihren Damen, »und bringt mir die Schachtel mit der Nummer zweiunddreißig«. Sie entnahm der Schachtel zwei aus Rubinen und Perlen geformte Päonienblüten. Diese mußte Jasmin über ihren Ohren befestigen. Auch mit Armbändern und Ringen bedachte sie das Mädchen reichlich, bis Jasmin außer sich vor Entzücken war. Ihre scharlachroten Lippen flammten, und ihre schwarzen Augen blitzten vor Freude.

Dann ließ die Kaiserinmutter ein schweres Moschusparfüm kommen, das Jasmin in ihre Handflächen, unter ihr Kinn, hinter die Ohren, zwischen die Brüste und an die Lenden reiben mußte.

»So, das dürfte genügen«, sagte die Kaiserinmutter, als sie fertig war. »Jetzt komm mit mir und meinen Damen. Wir gehen zu meinem Sohn, dem Kaiser.«

Kaum hatte sie diese Worte gesprochen, als sie sich eines Besseren besann. Warum sollte sie zum Kaiser gehen? Alute würde davon Kenntnis bekommen, denn sie hatte zweifellos ihre Spione. Sie würde die Gelegenheit benützen, um ihrer Schwiegermutter ihre Aufwartung zu machen. Aber hierher in den eigenen Palast der Kaiserinmutter konnte sie nicht kommen, ohne dazu aufgefordert zu sein.

»Halt!« Tsu Hsi hob die Hand. »Da mein Sohn heute allein ist, will ich ihn hierher einladen. Meine Köche sollen ihm seine Lieblingsspeisen bereiten. Wir wollen ein kleines Fest feiern. Bei dem schönen Wetter können wir unter den Bäumen im Hof speisen, die Hofmusiker sollen uns aufspielen, und nachher werden die Schauspieler ein Theaterstück aufführen.«

Diese nach links und rechts gesprochenen Worte waren zugleich Befehle. Die Eunuchen und die Hofdamen eilten nach allen Richtungen, um sie auszuführen.

»Und du, Jasmin«, fügte sie dann hinzu, »bleibst bei mir stehen und schenkst mir den Tee ein. Du hältst mir schön den Mund, bis ich dich zum Sprechen auffordere.«

»Ja, Ehrwürdige«, sagte das Mädchen mit lebhaften Augen und hochroten Wangen.

Etwa eine Stunde später kündigten Hörner die Ankunft des Kaisers an. Und bald darauf wurde seine Sänfte in den großen Hof getragen, in dem die Eunuchen bereits eifrig die Tische deckten und die Musiker ihre Instrumente stimmten.

Die Kaiserinmutter saß in ihrem privaten Audienzsaal auf ihrem kleinen Thron. Neben ihr stand Jasmin mit gesenktem Kopf und spielte mit einem Fächer. Hinter diesen beiden standen die Hofdamen im Halbkreis.

Der Kaiser kam in einem himmelblauen Satingewand herein, das mit goldenen Drachen bestickt war, auf dem Kopf einen Hut mit einer Quaste und in der Hand ein Stück Jade, mit dem er seine

Handflächen kühlte. Er verbeugte sich vor seiner Mutter, ohne niederzuknien, da er Kaiser war. Sie nahm seinen Gruß entgegen, ohne aufzustehen. Das mußte etwas zu bedeuten haben, denn alle mußten vor dem Kaiser aufstehen. Die Damen sahen einander fragend an. Warum blieb die Kaiserinmutter sitzen? Der Kaiser schien das jedoch nicht zu bemerken, er setzte sich auf einen kleinen Thron rechts von seiner Mutter. Seine Eunuchen und Leibwächter zogen sich auf den äußeren Hof zurück.

»Ich hörte, du wärest heute allein, mein Sohn«, begann die Kaiserinmutter, »und damit du nicht melancholisch wirst, da deine Gemahlin jetzt nicht zu dir kommen kann, dachte ich daran, dich ein wenig zu unterhalten. Die Sonne ist nicht zu heiß, so daß wir unter den Bäumen auf dem Hofe essen können. Die Musiker werden uns während der Mahlzeit aufspielen, und die Schauspieler werden ein Stück aufführen, das du selbst auswählen kannst. Dann wird es langsam Abend werden, und so hast du den Tag gut herumgebracht.«

Sie sagte das in liebenswürdigstem Ton, ihre großen Augen ruhten warm auf ihm, ihre schönen Finger streichelten seine Hand, die auf seinem Knie lag.

Der Kaiser lächelte. Er war erstaunt, wie jeder sehen konnte, denn in der letzten Zeit war seine Mutter nicht sehr freundlich zu ihm gewesen, ja, sie hatte ihm sogar heftige Vorwürfe gemacht, und er wäre heute nicht zu ihr gekommen, wenn ihn nicht die Einladung neugierig gemacht hätte.

»Vielen Dank, Mutter«, sagte er, froh, daß sie in guter Laune war. »Ja, ich fühlte mich etwas einsam heute, und ich habe auch schon hin und her überlegt, wie ich wohl den Tag verbringen könnte.«

Da sagte die Kaiserinmutter zu Jasmin: »Schenk deinem Herrn Tee ein, mein Kind.«

Bei diesen Worten hob der Kaiser den Kopf und erblickte Jasmin. Er betrachtete sie erstaunt, als sie mit großer Anmut die Schale Tee einem Eunuchen abnahm und sie dem Kaiser mit beiden Händen überreichte.

»Wer ist diese Dame?« fragte der Kaiser, als wäre sie gar nicht da.

»Was!« rief die Kaiserinmutter mit gespielter Überraschung.

»Erkennst du deine eigene Konkubine nicht? Sie ist doch eine von den vieren, die ich für dich ausgewählt habe. Ist es möglich, daß du sie noch gar nicht kennst?«

Leicht verwirrt schüttelte der Kaiser den Kopf und lächelte reumütig. »Ich habe sie bis jetzt noch nicht gesehen. Die Zeit ist noch nicht gekommen –«

»Schon aus Höflichkeit hättest du eine jede wenigstens einmal kommen lassen können«, sagte seine Mutter in schmollendem Ton. »Alute darf nicht so selbstsüchtig sein, ihre jüngeren Schwestern verzehren sich vor Erwartung.«

Der Kaiser antwortete nicht. Er hob seine Schale, wartete aber, bis sie selbst aus ihrer eigenen getrunken hatte. Jasmin nahm ihm kniend die Schale wieder ab. Dabei schlug sie die Augen zu ihm auf. In diesem Augenblick sah er ihr ins Gesicht, das so frisch und lebhaft war, so kindlich in seinen cremeweißen und rosa Tönungen unter dem weichen schwarzen Haar, daß es ihm schwerfiel, rasch wieder wegzublicken. So begann der Tag. Oft noch forderte die Kaisermutter Jasmin auf, den Kaiser zu bedienen, ihn zu fächeln, eine Fliege zu verscheuchen, die ihn belästigte, ihm beim Essen ausgesuchte Speisen vorzulegen, ihm während des Theaterspiels Süßigkeiten zu reichen, ihm eine Fußbank unter die Füße zu stellen und ihm Kissen unter die Ellenbogen zu schieben, und so ging es weiter bis zum Abend. Schließlich lächelte der Kaiser Jasmin offen an, und auch sie lächelte ihm zu, nicht scheu, aber auch nicht frech, sondern eher wie ein Kind einem Spielgefährten.

Die Kaiserinmutter sah diese kleinen Zärtlichkeiten gern. Als die Dämmerung kam und der Abschied nahte, sagte sie zum Kaiser:

»Bevor du gehst, mein Sohn, möchte ich dir noch einen Wunsch sagen.«

»Bitte, Mutter«, erwiderte er. Er war in glücklicher Stimmung, er hatte sich an seinen Lieblingsspeisen satt gegessen, sein Herz war leicht, das hübsche Mädchen hatte seine Phantasie angeregt. Sie gehörte ja ihm, er brauchte sie nur zu nehmen, wenn er Lust dazu hatte.

»Du weißt, wie ich mich immer im Frühling danach sehne«, sagte seine Mutter, »aus der Stadt herauszukommen. Viele Monate lang habe ich diese Mauern nicht mehr verlassen. Warum sollten wir zwei nicht einmal zusammen zu den Gräbern unserer Vorfahren wallfahren? Sie sind nur achtzig Meilen entfernt. Ich will den Vizekönig unserer Provinz, Li Hung-tschang, bitten, uns seine eigene Leibwache zum Schutz zur Verfügung zu stellen. Wenn wir zwei zusammen gingen, verträten wir zwei Generationen. Es wäre wohl nicht angebracht, wenn du auf eine aus so traurigem Anlaß unternommene Reise deine Gemahlin mitnähmst.«

Sie hatte bereits insgeheim beschlossen, Jasmin mitzunehmen. Sie konnte leicht sagen, daß sie diese zu ihrer persönlichen Bedienung brauchte. Dann würde es ein leichtes sein, Jasmin nachts in das Zelt ihres Sohnes zu senden.

Der Kaiser überlegte, den Finger an der Unterlippe. »Und wann sollen wir gehen?« fragte er.

»Heute in einem Monat«, sagte die Kaiserinmutter. »Du wirst dann so allein sein wie heute. In den Tagen, an denen deine Gemahlin nicht zu dir kommen kann, werden wir die Reise machen. Sie wird dich dann um so mehr willkommen heißen, wenn du zurückkehrst.«

Wieder wunderte sich der Kaiser, warum seine Mutter jetzt auf einmal so freundlich von Alute sprach. Aber wie konnte man jemals hinter ihre Gründe kommen? So grausam und rachsüchtig sie manchmal sein konnte, so gütig und liebevoll konnte sie auch sein, und zwischen diesen zwei so verschiedenen Seiten ihres Wesens hatte er sich sein ganzes Leben lang unsicher bewegt.

»Es ist in der Tat meine Pflicht, eine Wallfahrt zu den Gräbern zu unternehmen. Ich werde deshalb mit dir gehen, Mutter«, sagte er schließlich.

So kam alles genau, wie sie es geplant hatte. In einer Nacht weit vor den Toren Pekings, im Schatten der kaiserlichen Gräber, schickte der Kaiser einen Eunuchen, der Jasmin zu ihm führen sollte. Er hatte den Tag gemeinsam mit seiner Mutter in Andacht vor den Gräbern verbracht. Der Tag begann mit Sonnenschein, aber am Nachmittag kam ein Gewitter und nach ihm setzte ein unaufhörlicher Landregen ein. Unter dem Lederdach seines Zeltes lag der junge Kaiser wach und fühlte sich einsam. Es schickte sich nicht, daß sein Eunuch Violine spielte oder ihm etwas vorsang, denn man befand sich inmitten der Gräber der acht kaiserlichen Ahnen. Er lauschte auf den niederfallenden Regen und mußte unwillkürlich daran denken, daß er eines Tages der neunte sein würde. Während er so dachte, befiel ihn eine schreckliche Melancholie, er hatte plötzlich eine unheimliche Vorahnung, es könnte ihm kein langes Leben beschieden sein, und er müßte früh sterben. Ein Schüttelfrost ergriff ihn, er sehnte sich nach seiner jungen Frau, die so weit weg war. Er hatte ihr versprochen, ihr treu zu sein, und das war der Grund, warum er bis jetzt noch keine Konkubine in sein Schlafzimmer gerufen hatte. Aber für diese Zeit, die er bei den Gräbern verbringen wollte, hatte er kein neues Versprechen gegeben, denn weder er noch Alute konnten wissen, daß seine Mutter Jasmin als Begleiterin mitnehmen würde. Seine Mutter hatte auch nicht mehr von ihr gesprochen, aber er hatte sie im Zelt seiner Mutter gesehen, wo er nach dem zeremoniellen Fasten des Tages sein Abendessen eingenommen hatte. Jetzt dachte er an sie und ihr Bild wollte sich nicht mehr verscheuchen lassen.

Zu seinem Eunuchen sagte er nur, ihn fröre. »Ich bin kalt bis auf die Knochen. Noch nie habe ich eine solche Kälte gespürt, es ist mir, als müßte ich für immer erstarren.«

Die Eunuchen des Kaisers hatten von Li Lien-ying große Bestechungssummen bekommen, und darum sagte dieser Eunuch sofort:

»Warum lassen Sie nicht die Erste Konkubine kommen? Sie wird Ihr Bett wärmen und Ihnen schnell die Kälte aus dem Blut treiben.«

Der Kaiser tat zuerst so, als wollte er ablehnen. »Ich kann doch nicht – hier im Schatten der Gräber meiner Vorfahren.«

»Es handelt sich ja nur um eine Konkubine«, sagte der Eunuch. »Eine Konkubine ist so gut wie nichts.«

Während der Eunuch in die Nässe und Dunkelheit hinauslief, lag der Kaiser zitternd im Bett und hörte den Regen auf das festgespannte Lederdach klopfen. Dann sah er den Lichtschein von Laternen.

Die Zelttüre teilte sich wie ein Vorhang. Da stand Jasmin, in einen Mantel aus geölter Seide gehüllt. Aber ihr Haar hing ihr wirr und naß in das Gesicht, Regentropfen glitzerten auf ihren Wangen und hingen an ihren Augenwimpern.

»Ich habe dich kommen lassen, weil mich friert«, sagte der Kaiser.

»Hier bin ich, Herr«, antwortete sie. Sie legte den Regenmantel und nacheinander ihre Kleidungsstücke ab. Dann schlüpfte sie zu ihm ins Bett. Er fühlte ihren Körper warm gegen sein kaltes Fleisch.

Auch die Kaiserinmutter lag wach in der Dunkelheit und lauschte auf das gleichmäßige Rauschen des Regens. Der Ton beruhigte sie, Friede zog ein in ihr Herz und in ihren Geist. Der Eunuch hatte berichtet, was er getan hatte, und sie hatte ihm eine Unze Gold gegeben. Sie brauchte sich jetzt nicht mehr einzumischen, Jasmin und Alute mußten allein sehen, wie sie miteinander fertig wurden, aber da Tsu Hsi ihren Sohn kannte, wußte sie, daß Jasmin bereits gesiegt hatte.

Der Sommer ging zu Ende. Die Kaiserinmutter klagte, daß sie alt würde, und versicherte, daß sie nach der Fertigstellung des Sommerpalastes dort ihre letzten Jahre verbringen würde. Sie sagte, die Knochen schmerzten sie, ihre Zähne würden locker. Manchmal blieb sie den ganzen Morgen im Bett liegen. Ihre Damen wußten nicht, was sie aus dieser angeblichen Krankheit machen sollten, und von Altern konnte keine Rede sein, denn noch nie war ihnen die Kaiserinmutter so jung und stark erschienen. Wenn sie im Bett lag und über Kopfweh klagte, leuchteten ihre Augen so hell, ihre Haut war so frisch, daß die Hofdamen sie verwundert anschauten und sich fragten, was wohl in diesem schönen Kopf vor sich gehen mochte. Noch nie hatte die Kaiserinmutter so reichlich und herzhaft gegessen, ja, sie nahm auch zwischen den Mahlzeiten mehr Süßigkeiten zu sich als früher. Wenn sie aufstand, schleppte sie sich nicht etwa mühselig dahin, sondern bewegte sich mit jugendlicher Anmut.

Doch sie behauptete weiter, sich nicht wohl zu fühlen, und als Jung Lu um eine Audienz bat, schlug sie ihm diese ab, und selbst Prinz Kung wurde nicht vorgelassen.

»Was will dieser tyrannische Prinz von mir?« fragte sie den Obereunuchen.

Der grinste. Er wußte genau, daß es mit ihrer Krankheit nicht weit her war und daß sie damit eine Absicht verfolgte, die er jedoch noch nicht kannte. »Majestät«, sagte er, »Prinz Kung ist über das jetzige Verhalten des Kaisers sehr besorgt.«

»Und warum?« fragte sie, obschon es ihr nicht unbekannt war.

»Majestät«, sagte der Obereunuch, »alle sagen, der Kaiser sei ganz verändert. Er verbringt seine Tage mit Spielen und Schlafen, und bis spät in die Nacht hinein strolcht er, als einfacher Mann verkleidet, durch die Straßen der Stadt, nur begleitet von zwei Eunuchen und der Ersten Konkubine.«

Die Kaiserinmutter machte ein entsetztes Gesicht. »Von der Ersten Konkubine? Das kann doch nicht möglich sein!«

Sie setzte sich mit einem Ruck im Bett auf und fiel dann stöhnend mit geschlossenen Augen wieder zurück.

»Oh, ich bin krank – sehr krank. Sagt dem Prinzen, daß mich diese schlechte Nachricht dem Tode nahe bringt. Sag ihm, daß ich nichts mehr unternehmen kann. Mein Sohn ist jetzt Kaiser, und nur Prinzen können ihn beraten. Auf mich hört er nicht. Der Prinz soll sich doch an das Zensorenkollegium wenden. Dort wird er eher Hilfe finden können als bei mir.« Mit diesen Worten schlug sie Prinz Kung die erbetene Audienz ab.

Der Prinz faßte ihre Worte als Befehl auf und griff den Kaiser unter vier Augen so an, daß er bei seinem Neffen in Ungnade fiel. Am zehnten Tage des neunten Sonnenmonats desselben Jahres erließ der Kaiser ein mit seinem Namen unterzeichnetes und mit dem kaiserlichen Siegel versehenes Dekret, in dem Prinz Kung und sein Sohn Tsai Tsching aller ihrer Würden für verlustig erklärt wurden. Als Grund wurde angegeben, Prinz Kung habe vor dem Drachenthron zum Kaiser beleidigende Äußerungen getan.

Auf einmal merkte man nicht mehr viel von der Krankheit der Kaiserinmutter, denn am nächsten Tage erließ sie ein eigenes Edikt, das auch von ihrer Mitregentin Sakota unterzeichnet war. Durch dieses Edikt wurden Prinz Kung und sein Sohn wieder in alle ihre Ämter eingesetzt. Sie hatte das Edikt allein und ohne Sakotas Wissen erlassen, da sie überzeugt war, ihre Mitregentin würde nicht gegen die Verwendung ihres Namens protestieren. Die Kaiserinmutter stand noch immer in solchem Ansehen, daß niemand die Wirksamkeit ihres Erlasses in Zweifel zu ziehen wagte. Scheinbar war sie aus Liebe zu Prinz Kung, der von allen sehr geachtet wurde und als Vertreter der älteren Generation galt, diesem zu Hilfe gekommen, in Wirklichkeit aber hatte sie sich durch ihre Festigkeit der Macht wieder um einen großen Schritt genähert.

Der Kaiser kam nicht mehr dazu, über diesen aufsehenerregenden Schritt seiner Mutter einen Entschluß zu fassen, denn er hatte sich bei seinen Streifzügen durch die Stadt die Blattern geholt. Nach einigen Tagen hohen Fiebers war sein ganzes Gesicht verschwärt. Er war dem Tode nahe. Oft kam die Kaiserinmutter in das Krankenzimmer. Sie war immun gegen Blattern, weil sie diese schon als Kind gehabt hatte, ohne daß sie eine Spur auf ihrer Haut hinterlassen hatten. Sie war jetzt ganz Mutter oder wäre es wenigstens in aller Aufrichtigkeit gern gewesen, aber wie sie nie ganz Frau hatte sein können, so konnte sie jetzt auch nicht ganz Mutter sein. Qualvoll fühlte sie ihr schweres Geschick, das sie daran hinderte.

Am vierundzwanzigsten Tage des zehnten Monats jedoch besserte sich der Zustand des Kaisers. Das Fieber fiel, die glühende Haut wurde kühl, und die Kaiserinmutter tat in einer amtlichen Erklärung kund, daß das Volk wieder Hoffnung schöpfen könnte. An demselben Tage durfte auch die Gemahlin des Kaisers sein Zimmer betreten. Bis jetzt war ihr der Zutritt verweigert worden, weil sie schwanger war. Die Ärzte erklärten, es bestände keine Gefahr mehr für sie. Als sie die Nachricht hörte, eilte sie, so schnell sie ihre Füße trugen, zu ihm. Die vorhergehenden Tage hatte sie im Gebet im Tempel verbracht, sie hatte kaum Nahrung zu sich genommen, ihre Nächte waren schlaflos gewesen. Sie hatte ihre zarte Schönheit, die so viel von ihrer Stimmung und ihrer Gesundheit abhing, für den Augenblick verloren. In ihrer Ungeduld, den Kaiser zu sehen, hatte sie sich nicht die Zeit genommen, das graue Kleid, das ihr gar nicht stand, mit einem anderen zu vertauschen. Als sie nun ins Zimmer eilte, um den Kaiser zu umarmen, blieb sie wie gebannt auf der Schwelle stehen. An dem großen Bett, in dem der Kaiser lag, saß die Kaiserinmutter.

»O weh!« stieß Alute hervor.

»Warum o weh?« fragte die Kaiserinmutter scharf. »Ich sehe keinen Grund für ein O weh, wenn es dem Kaiser besser geht. Du bist o weh, denn du bist so bleich und gelb wie ein altes Weib. Wie kann eine Frau, die ein Kind trägt, sich so vernachlässigen? Ich bin sehr ungehalten über dich!«

»Mutter«, bat der Kaiser mit schwacher Stimme, »bitte, verschone sie –.«

Aber Alute konnte nun ihren Zorn nicht mehr unterdrücken. Nach all diesen Tagen des Wartens verlor sie die Geduld. Sie hatte zwar viel Geduld, aber sie war nicht gerade ihre Stärke. Bei ihrer starken Natur, ihrem klaren und disziplinierten Geist und ihrem ausgesprochenen Wahrheitssinn stand ihr die Demut schlecht zu Gesicht. Schlank und hoch aufgerichtet stand sie in der Tür.

»Nein, ich verlange keine Schonung«, sagte sie. »Ich will keine Gunst von der Kaiserinmutter haben. Möge ihr Zorn auf mich fallen, da er einen Gegenstand haben muß, gegen den er sich richten kann. Wir können tun, was wir wollen, wir können sie nicht zufriedenstellen.« Jedes dieser Worte kam getrennt und deutlich von ihren schmalen Lippen.

Die Kaiserinmutter sprang auf, eilte mit erhobenen Händen voll Zorn auf die junge unglückliche Frau zu und gab ihr links und rechts Ohrfeigen, bis die goldenen Nagelschilder die Wangen blutig rissen.

Der Kaiser weinte laut aus Schwäche und Verzweiflung. »Oh, laßt mich sterben«, schluchzte er. »Wie soll ich weiterleben, wenn ich zwischen euch beiden wie eine Maus zwischen zwei Mühlsteinen zermahlen werde?«

Er drehte sein Gesicht zur Wand und schluchzte weiter. Die zwei Frauen eilten jetzt besorgt zu ihm. Eunuchen stürzten herein, man schickte nach den Hofärzten. Niemand konnte seinen Weinkrampf zum Aufhören bringen. Es war kein Grund mehr vorhanden, daß er sich so unsinnig aufführte, aber man konnte ihn einfach nicht beruhigen. Er wurde immer schwächer, sein Puls war kaum mehr fühlbar und setzte schließlich ganz aus. Da warf sich der leitende Arzt vor der Kaiserinmutter nieder, die auf einem Stuhl am Bett saß.

»Majestät«, sagte er betrübt, »ich fürchte, menschliche Geschicklichkeit kann hier nicht mehr helfen. Unheil ist über den Sohn des Himmels gekommen, und wir haben nicht mehr die Macht, ihm das Leben zu retten. Wir, die Hofärzte, haben solch ein Schicksal kommen sehen, denn vor zwei Tagen, am neunten Tage des zehnten Sonnenmonats, kamen zwei Amerikaner in unsere Stadt. Sie brachten ein großes Instrument mit, setzten es auf den Boden und versuchten, durch seine lange Röhre in den Himmel zu schauen. In diesem Augenblick, Majestät, war gerade der Abendstern in strahlender Klarheit aufgegangen. Auf seiner leuchtenden Oberfläche sahen wir plötzlich einen schwarzen Flecken, etwas dunkler als ein Schatten. Darauf trieben wir die Fremden fort. Aber o weh, es war zu spät. Ihre böse Zauberei hatte schon ihren Einfluß auf den Stern ausgeübt. Wir sahen einander an, das Herz von Furcht erfüllt. Das war ein schlimmes Vorzeichen, wie der heutige Tag bewiesen hat.«

Die Kaiserinmutter wollte diesen Bericht nicht glauben, sie rief Li Lien-ying herbei und fragte ihn, ob sich derartiges zugetragen hätte. Der Obereunuch konnte es nur bestätigen, und er tat es so heftig, daß er kniend den Kopf auf den Boden stieß.

So endete das kurze Leben des Kaisers. Als er still und kalt dalag, schickte die Kaiserinmutter alle fort, auch die Prinzen und Minister, die gekommen waren, um den Tod zu bezeugen. Selbst Alute mußte gehen.

»Laß mich mit meinem Sohn allein!« sagte Tsu Hsi zu der jungen Witwe. Ihr Blick war nicht feindselig, sondern trostlos und kalt, als stände der Kummer einer Mutter weit über dem einer Frau.

Was blieb Alute anderes übrig als zu gehorchen? Die Mutter ihres toten Herrn war nun ihre Herrscherin.

Als alle fort waren, setzte sich die Kaiserin auf das Bett neben ihren Sohn. Heftig weinend vergaß sie alles um sich. Sie war nur noch eine Mutter, der das einzige Kind gestorben war. Tief in der Nacht öffnete sich die Tür, und ein Mann kam herein. Über das Bett gebeugt weinte sie noch immer still in sich hinein. Sie hörte die Schritte nicht. Dann fühlte sie sich an den Schultern ergriffen und hochgehoben. Sie wandte den Kopf und sah sein Gesicht.

»Du –«, flüsterte sie.

»Ich«, sagte Jung Lu. »Ich habe drei Stunden draußen vor der Türe gewartet. Warum zögerst du? Die Häupter der Mandschusippen sind schon versammelt und in heftiger Aufregung. Bis zur Morgendämmerung muß schon ein neuer Kaiser auf dem Thron sitzen, noch ehe sich die Kunde von dem Tode verbreitet. Du darfst dir das Heft nicht aus der Hand nehmen lassen.«

Im Augenblick brachte sie ihr Herz zum Schweigen und machte sich den Kopf klar, um an einen Plan zu denken, den sie schon lange für eine solche Stunde vorbereitet hatte.

»Der älteste Sohn meiner Schwester ist drei Jahre alt«, sagte sie, »ihn habe ich als Erben ausersehen. Sein Vater ist der siebente Bruder meines eigenen verstorbenen Gemahls.«

Er sah ihr gerade in die Augen. Sie stachen tiefschwarz gegen ihr bleiches Gesicht ab. Keine Furcht zeigte sich in ihnen, die festgeschlossenen Lippen zitterten nicht.

»Deine Schönheit hat heute etwas Schreckliches an sich.« Staunen lag in seiner Stimme, die einen sonderbaren Klang hatte. »Gefahr macht dich unbeschreiblich schön.«

Sie hob den Kopf, ihre Lippen öffneten sich, die traurigen Augen bekamen einen weichen Glanz.

»Sprich weiter«, flüsterte sie. »Liebster, sag mir noch mehr!«

Er schüttelte den Kopf und ergriff sie dann sanft bei der Hand. Seite an Seite blickten die beiden auf das große Bett, auf dem der tote Kaiser lag, während ihre Hände ineinanderlagen. Durch seine Hand fühlte sie, wie sein Körper zitterte.

»Liebster«, flüsterte sie, »er ist unser –«

»Still!« sagte er. »Kein Wort über das, was vergangen ist. In einem Palast haben die Wände Ohren –.« Sie durften nicht sprechen, nie konnten sie sprechen. Einen langen Augenblick standen sie noch schweigend da, dann lösten sich ihre Hände. Er trat zurück und warf sich vor ihr nieder. Sie war wieder die Kaiserin und er ihr Untertan.

»Majestät«, sagte er leise mit einem Blick zur Tür, »holen Sie sofort das Kind. Ich habe diesen Augenblick vorausgesehen und habe in Ihrem Namen den Vizekönig Li Hung-tschang verständigt. Seine Soldaten stehen schon vor den Stadttoren. Niemand weiß es. Die Hufe der Pferde sind in Tücher gehüllt, die Soldaten haben hölzerne Beißzäume im Mund, damit sie nicht achtlos laut sprechen können. Bei Sonnenaufgang müssen Sie das Kind in Ihrem Palast haben, und Li Hung-tschangs zuverlässige Soldaten werden dann die Stadt besetzen. Wer wird dann noch wagen, Ihre Herrschaft anzutasten?«

Zwei starke Herzen fanden sich wie schon oft. In einer durch ihre geheime Liebe zur Vollkommenheit gereiften Übereinstimmung schieden die beiden voneinander, um wieder einmal ein gemeinsames Ziel zu erreichen. Jung Lu ging zuerst, einen Augenblick später verließ die Kaiserin das Sterbezimmer. Draußen vor der Tür warteten der Obereunuch und die Hofdamen, die in dieser kritischen Stunde ihre Treue bekunden wollten. Niemand fragte, wie Jung Lu um diese Zeit in die Verbotene Stadt gekommen war, die nach Einbruch der Dunkelheit kein Mann betreten durfte. In der allgemeinen Aufregung fiel dieser kleine Umstand nicht auf.

Die Kaiserin ging unverzüglich ans Werk.

»Laß meine Sänfte herbringen«, befahl sie Li Lien-ying. »Die Träger sollen weder laut noch leise sprechen und ihre Füße mit Tüchern umwickeln.«

Es ging alles sehr schnell. Die Kaiserin warf sich einen Mantel um, ging ohne jede Erklärung an ihren Hofdamen vorüber und setzte sich in die Sänfte. Hinter dem Palast wurde ein sonst nicht benütztes Tor geöffnet, der Obereunuch ging voran, und so ging es durch dunkle und menschenleere Straßen in die Nacht hinaus. Es hatte den ganzen Tag geschneit, der Schnee lag tief auf den Wegen und dämpfte die Schritte. Voran stampfte der riesenhafte Obereunuch durch das noch immer andauernde Schneegestöber. So kam man zu dem Palast des Prinzen Tschun. Die Träger setzten die Sänfte nieder, der Obereunuch klopfte an das Tor, und als geöffnet wurde, drängte er sich gleich hinein und hielt dem Torwächter die Hand vor den Mund. Hinter ihm kam mit fliegenden Gewändern die Kaiserinmutter. Sie mußten viele Höfe überqueren, ehe sie an das Haus kamen. Alle schliefen, außer dem Wächter, der mit offenem Munde die Kaiserinmutter passieren ließ.

Der Obereunuch ging voraus und weckte den Prinzen und seine Gemahlin. Ängstlich und nur notdürftig bekleidet kamen sie hastig aus ihren Zimmern und fielen vor der Kaiserinmutter nieder.

»Schwester«, sagte diese schnell, »ich habe keine Zeit, dir lange Erklärungen zu geben – nur die eine, mein Sohn ist tot – gib mir deinen Sohn, er soll sein Nachfolger werden.«

Da rief Prinz Tschun flehentlich:

Majestät, ich bitte Sie, das Kind nicht einem solchen Schicksal zu überliefern.«

»Wie kannst du so sprechen?« rief die Kaiserinmutter. »Gibt es ein größeres Los auf der Welt, als Kaiser zu werden?«

»Ach, ich Armer!« antwortete Prinz Tschun. »Ich, der Vater, muß jeden Tag vor meinem eigenen Sohn niederfallen! Das natürliche Verhältnis zwischen Vater und Sohn wird dadurch auf den Kopf gestellt, und der Himmel wird mein ganzes Haus strafen.«

Weinend stieß er den Kopf so heftig auf den Steinboden, daß ihm die Stirn blutete und er in Ohnmacht fiel.

Doch die Kaiserin achtete nicht weiter auf ihn. Sie stieß ihre Schwester beiseite, eilte in das Zimmer des Kindes, riß es aus dem Bett und nahm es auf den Arm, nachdem sie es in eine Decke eingewickelt hatte. Das Kind schlief so fest, daß es zwar wimmerte, aber nicht wach wurde.

Als sie es forttrug, lief ihre Schwester hinter ihr her und faßte sie beim Ärmel.

»Das Kind wird weinen, wenn es an einem fremden Ort aufwacht«, flehte sie. »Laß mich ein paar Tage bei ihm bleiben.«

»Folge mir«, sagte die Kaiserinmutter über die Schulter. »Aber halte mich nicht auf. Ich muß ihn vor Sonnenaufgang sicher in meinem Palast haben.«

Die Nacht ging vorüber. Als die Sonne aufging und die Tempelpriester mit ihren Gongs zum Morgengebet riefen, gingen die amtlichen Ausrufer durch die Straßen Pekings und verkündeten den Tod des Kaisers Mu Tsung, welches der dynastische Name Tung Tschihs war, und im nächsten Atemzuge gaben sie bekannt, daß schon ein neuer Kaiser auf dem Drachenthron säße.

In seinem fremden Kinderzimmer schrie der kleine Kaiser vor Angst. Nicht einmal seine Mutter konnte ihn beruhigen, obschon sie ihn fortwährend auf den Armen trug. Jedesmal wenn er den Kopf von ihrer Brust hob, sah er die geschnitzten, vergoldeten Drachen an den hohen Deckenbalken, dann kreischte er von neuem auf, und doch mußte er immer wieder hinschauen. Nach zwei Tagen schickte seine Mutter schließlich einen Eunuchen zu der Kaiserin und ließ ihr sagen, sie befürchte, das Kind werde von dem vielen Weinen krank werden.

»Er soll nur weinen«, ließ ihr die Kaiserinmutter antworten. Sie arbeitete wieder an ihren Bauplänen in der Bibliothek und wandte nicht einmal den Kopf. »Er kann gar nicht früh genug lernen, daß er nichts durch Weinen erreichen kann, selbst wenn er Kaiser ist.«

Sie arbeitete weiter, bis das weiße Licht des Schneetages verblaßte. Als sie nichts mehr sehen konnte, legte sie den Pinsel weg und saß lange Zeit in tiefes Nachsinnen versunken. Dann winkte sie einen Eunuchen herbei.

»Hol mir die junge Witwe«, sagte sie. »Sie soll aber allein kommen.«

Der Eunuch lief, so schnell er konnte, um seinen Eifer zu zeigen, und kam bald mit Alute wieder. Die Kaiserinmutter bedeutete dem Eunuchen, sich zurückzuziehen, und bat die Gemahlin des Kaisers, die vor ihr auf die Knie gefallen war, sich zu erheben und auf einem Sessel Platz zu nehmen. Eine Weile starrte sie wortlos auf die junge Frau, die ein Trauerkleid aus weißem Sackleinen trug.

»Du hast wieder nichts gegessen«, sagte sie schließlich.

»Ehrwürdige Mutter, ich kann nichts essen«, sagte Alute.

»Dein Leben ist von nun an inhaltslos«, bemerkte die Kaiserin dann.

»Ich weiß es, Ehrwürdige Mutter«, sagte Alute.

»Und wird es auch bleiben«, fuhr die Kaiserinmutter fort, »und darum würde ich an deiner Stelle meinem Herrn dorthin folgen, wo er ist.«

Bei diesen Worten hob Alute ihren gesenkten Kopf und sah die ernste, schöne Frau an, die so ruhig auf ihrem kleinen Thronsessel saß. Sie stand langsam auf, blieb einen Augenblick stehen und sank dann wieder auf die Knie.

»Ich bitte Sie, Ehrwürdige Mutter, mir die Erlaubnis zum Sterben zu geben«, flüsterte sie.

»Du hast sie«, sagte die Kaiserinmutter.

Die beiden sahen sich noch einmal lange an, dann erhob sich Alute und ging wie der Geist einer Abgestorbenen auf die offene Tür zu. Der Eunuch schloß die Tür hinter ihr.

Die Kaiserinmutter saß eine Weile regungslos wie eine Marmorstatue da, dann klatschte sie in die Hände und befahl dem Eunuchen:

»Alle Lampen anzünden! Ich muß arbeiten.«

Um Mitternacht hustete der Obereunuch an ihrer Schlafzimmertüre. Sie stand auf und öffnete sie schweigend. Der Eunuch sagte:

»Alute ist nicht mehr.«

»Wie ist sie gestorben?« fragte die Kaiserinmutter.

»Sie hat Opium genommen«, sagte er.

Sie sahen sich verständnisinnig an.

»Dann hat sie wenigstens keine Schmerzen zu leiden brauchen«, sagte die Kaiserinmutter.

IV

Die Kaiserin

Im vierten Monat des Jahres blühte die Wistaria.

Am Morgen dieses Tages saß Tsu Hsi in ihrem Gartenhäuschen in ihrem großen geschnitzten Sessel, der wie ein kleiner Thron auf einem Podium stand. Sie gab sich jetzt nicht mehr den Anschein, als ob jemand die Macht mit ihr teilte, denn diese hing nunmehr allein von ihr selbst und ihrer inneren Kraft ab.

»Tut jetzt, meine Kinder, was euch beliebt«, sagte sie zu ihren Damen, »geht im Garten spazieren, seht den Goldfischen zu, unterhaltet euch, wie ihr wollt, laut oder leise. Denkt daran, daß wir hier sind, um uns an der Blütenpracht zu erfreuen, und sprecht daher nicht von traurigen Dingen.«

Sie nahmen die Aufforderung ihrer Herrin jedoch nicht wörtlich, sondern waren darauf bedacht, daß immer einige von ihnen bei ihr blieben. Wenn zwanzig fortgingen, wurden sie durch zwanzig andere ersetzt. Tsu Hsi schien sie nicht zu bemerken. Ihre Augen waren auf ihren Neffen, den kleinen Kaiser gerichtet, der auf einer Terrasse nebenan sich mit seinem Spielzeug vergnügte. Die zwei jungen Eunuchen, die ihn bewachten, waren zwar für sie nur wesenlose Schatten, erweckten aber trotzdem ihr Mißtrauen. Sie winkte jetzt das Kind zu sich heran.

»Komm zu mir, mein Sohn«, sagte sie.

Sie nannte ihn nicht gern Sohn, denn das Wort weckte bittere Erinnerungen, und wenn sie es aussprach, verhärtete sich ihr Herz gegen das Kind. Aber sie hatte ihn selbst zum Nachfolger des Kaisers bestimmt und nannte ihn daher Sohn.

Der Knabe blickte zu ihr hin und ging dann langsam auf sie zu, wobei ihn der ältere der Eunuchen an der Schulter vorwärts schob.

»Nimm deine Hand weg«, sagte die Kaiserin ungehalten, »er soll aus freien Stücken zu mir kommen.«

Jetzt blieb der Kleine stehen. Er steckte den Finger in den Mund, starrte zu der Kaiserin hin und ließ das Spielzeug fallen, das er in der Hand hielt.

»Heb es auf«, sagte Tsu Hsi, »bring es mir her, damit ich sehe, womit du spielst.«

Ihr schönes Gesicht blieb ruhig. Es zeigte zwar kein Lächeln, aber ihr Ton hatte nichts Drohendes an sich. Sie wartete. Von ihrer steinernen Ruhe bezwungen, bückte sich das Kind schließlich, nahm das Spielzeug auf und kam langsam zu ihr. So klein er war, kniete er doch schon vor ihr nieder, wobei er das Spielzeug hochhielt.

»Was ist das?« fragte sie.

»Eine Maschine«, hauchte er so leise, daß sie ihn kaum verstehen konnte.

»Immer diese Maschinen!« sagte sie ebenso leise für sich, streckte aber nicht die Hand aus, um das Spielzeug zu nehmen. »Wer hat dir das gegeben?«

»Niemand«, antwortete das Kind.

»Was für ein Unsinn!« sagte sie. »Ist dir das Ding vielleicht aus der Hand gewachsen?« Fragend sah sie den Eunuchen an.

»Erhabene Majestät«, sagte der Eunuch, »der kleine Kaiser ist immer so allein. Im Palast sind keine Kinder, mit denen er spielen kann. Damit er sich nicht krank weint, bringen wir ihm viele Spielsachen. Am meisten gefallen ihm die Sachen aus dem ausländischen Laden im Gesandtschaftsviertel.«

»Ausländische Spielsachen?« Ihr Ton nahm eine drohende Schärfe an.

»Der Laden gehört einem Dänen, erhabene Majestät«, erklärte der Eunuch. »Dieser Däne sucht überall in Europa nach neuen Spielsachen für unseren kleinen Kaiser.«

»Eine Maschine«, sagte sie. Sie war jetzt neugierig und nahm das fremde Spielzeug in die Hand. Es war aus Eisen, klein, aber schwer. Es war mit Rädern versehen, oben ragte ein Schornstein heraus.

»Wie spielst du denn damit?« fragte sie das Kind.

Der kleine Kaiser vergaß nun seine Furcht und krabbelte auf die Füße.

»Ehrwürdige Mutter, das will ich dir zeigen.« Er nahm das Spielzeug wieder an sich und öffnete eine kleine Tür. »Hier drinnen kann ich mit Holzspänen Feuer machen. Hier in den Kessel schütte ich Wasser, und wenn es kocht, kommt oben Dampf heraus, und dann drehen sich die Räder. Hinten spanne ich ein paar Wagen an, und die Maschine zieht sie dann. Das nennt man einen Zug, Ehrwürdige Mutter.«

»So, das weißt du schon, daß das ein Zug ist?«

Nachdenklich betrachtete sie das Kind. Es war zu bleich, zu mager, das Gesicht zu schlaff. Ein Knabe, den man umblasen konnte.

»Was für Spielsachen hast du sonst noch?«

»Oh, noch viele Züge«, sagte das Kind nun mit Feuereifer. »Man kann sie mit einem Schlüssel aufziehen, dann fangen sie an zu laufen. Ich habe auch Soldaten, ganze Armeen –«

»Was für Soldaten?«

»Alle möglichen, Mutter.« Der kleine Kaiser fürchtete sich jetzt nicht mehr und kam sogar so nahe, daß er seinen Arm auf ihre Knie stützte. Sie fühlte an der Stelle, wo er sie berührte, einen sonderbaren Schmerz und im Herzen eine wehe Sehnsucht nach etwas Verlorenem.

»Meine Soldaten haben Gewehre und tragen Uniformen. Die sind natürlich nur gemalt, weil es Zinnsoldaten sind, keine echten.«

»Hast du auch chinesische Soldaten?«

»Nein, chinesische nicht, aber englische und französische, deutsche, russische und amerikanische. Die Russen haben –«

»Kannst du denn die einen von den anderen unterscheiden?«

Da lachte er laut: »Oh, leicht, Mutter! Die Russen haben Bärte – so lange –.« Er zeigte die Länge mit den Händen. »Aber die Franzosen haben nur hier einen Bart –« Dabei fuhr er sich mit dem Zeigefinger unter der Nase hin und her. »Und die Amerikaner –«

»Und alle – alle haben weiße Gesichter«, sagte sie in kaltem, abweisendem Ton.

»Woher weißt du denn das?« fragte er überrascht.

»Das weiß ich.«

Sie griff ihn an den Ellbogen und schob ihn weg. Er trat zurück, seine Augen leuchteten nicht mehr. In diesem Augenblick kam die Kaiserinwitwe mit vier Damen. Sie ging langsam, etwas gebeugt unter dem schweren Kopfputz, der ihr Gesicht so klein machte.

Der kleine Kaiser lief ihr entgegen. »Ma-Ma!« rief er. »Du bist aber lange ausgeblieben!« Er griff beinahe gierig nach ihren Händen und drückte sie gegen seine Wange. Über seinen dunklen Kopf hinweg blickte Sakota über den Hof und sah die Augen der Kaiserin auf sich gerichtet.

»Laß mich los, Kind«, sagte sie leise.

Aber er klammerte sich an sie, und als sie weiterging, faßte er eine Falte ihres grauen Seidenkleides und ging dicht an sie gedrängt neben ihr her. Und die ganze Zeit sah die Kaiserin nach ihnen hin.

»Setz dich neben mich, Schwester«, sagte sie dann. Sie zeigte mit dem beringten Daumen auf einen Sessel. Sakota verbeugte sich und setzte sich dann.

»Die Bienen aus der ganzen Stadt scheinen sich hier zu versammeln«, bemerkte die Kaiserin.

»Es scheint so, Schwester«, erwiderte Sakota. Sie sah jedoch nicht nach dem Blütenmeer, sondern tätschelte die kleine Kinderhand, an der unter der weichen Haut die blauen Adern allzu sichtbar waren.

»Der kleine Sohn des Himmels«, murmelte sie, »ißt nicht genug.«

»Er ißt nicht die richtigen Speisen«, sagte die Kaiserin.

Das war ein alter Streit zwischen den beiden. Die Kaiserin glaubte, man müsse einfache Speisen essen, wenn man gesund bleiben wolle, nicht zu lange gekochte Gemüse, kein fettes Fleisch, nur wenig Süßigkeiten. Eine solche Ernährung hatte sie für den kleinen Kaiser vorgeschrieben, doch sie wußte sehr gut, daß er die Aufnahme solcher Speisen verweigerte, sobald sie den Rücken gekehrt hatte, und dann zu Sakota lief, wo er süße Krapfen, stark gewürzte, mit Schweinefleisch vermischte Klößchen bekam. Wenn er Leibschmerzen hatte, ließ Sakota ihn in ihrer blinden Liebe einige Züge aus ihrer Opiumpfeife tun. Auch das machte die Kaiserin ihrer Kusine zum Vorwurf, daß sie sich dem Laster des Opiumrauchens ergeben hatte. Das verderbliche schwarze Zeug, das unter ausländischer Flagge aus Indien kam, war ihr unentbehrlich geworden. Und diese törichte und immer traurige Sakota glaubte noch, die einzige zu sein, die den kleinen Kaiser wirklich liebte!

Der Glanz des Morgens verblich unter solchen Gedanken. Sakota, die den Gesichtsausdruck ihrer Kusine gut zu deuten wußte, erschrak, winkte einen Eunuchen herbei und flüsterte ihm zu: »Nimm den kleinen Kaiser mit und spiele irgendwo mit ihm.«

Tsu Hsi hatte diese Worte gehört. »Laß das Kind da!« befahl sie. Dann wandte sie sich Sakota zu: »Du weißt, Schwester, daß ich ihn nicht gern mit diesen kleinen Eunuchen allein lasse. Alle diese Schlingel sind verdorben. Der Kaiser wird, wie schon so viele seiner Vorgänger, ein Greis sein, bevor er das Mannesalter erreicht hat.«

Bei diesem Wort schlich der kleine Eunuch, ein Junge von fünfzehn oder sechzehn Jahren, beschämt davon.

»Aber, Schwester!« stammelte Sakota, die plötzlich rote Flecken im Gesicht bekam. »Wie du das nur so laut sagen kannst, daß alle es hören!«

»Ich sage nur die Wahrheit. Ich weiß, du bist der Meinung, daß ich das Kind nicht liebe. Aber wer liebt ihn mehr, du, die du jeder seiner Laune nachgibst, oder ich, die ihn durch richtige Ernährung und körperliche Bewegung gesund machen möchte? Du, die du ihn diesen kleinen Teufeln, den Eunuchen, überläßt, oder ich, die ihn vor ihrer Verderbtheit schützen möchte?«

Sakota verbarg hinter dem Ärmel ihre Tränen. Ihre Damen kamen herbei, aber die Kaiserin schickte sie wieder fort. Dann nahm sie Sakota bei der Hand und führte sie in den Saal auf der rechten Seite des Hofes. Sie drückte ihre Kusine auf eine Ruhebank und setzte sich neben sie.

»So, nun sind wir allein. Jetzt sag mir einmal, warum du immer so garstig zu mir bist.«

Unter ihrer Sanftmut verbarg Sakota einen gewissen Eigensinn. Sie antwortete nicht, sondern weinte weiter und fing jetzt auch noch jämmerlich zu schluchzen an. Die Kaiserin, die nie lange Geduld hatte, konnte dieses läppische Gebaren schließlich nicht mehr ertragen und sagte rücksichtslos:

»Na, dann heule dich aus, bis du zufrieden bist. Ich glaube, du fühlst dich nicht wohl, wenn dir die Tränen nicht die Wangen herabkollern. Erstaunlich, daß du dir noch nicht die Augen ausgeheult hast.«

Dann stand die Kaiserin auf und ging durch den Garten in ihre Bibliothek, wo sie den Rest des sonnigen Tages bei ihren Büchern verbrachte. Der Duft der Wistaria strömte durch die offenen Türen.

Ihre Gedanken waren jedoch heute nicht bei ihren Büchern. Sie saß regungslos da wie ein Bildnis aus Elfenbein, aber in ihrem Kopf ging es um so unruhiger zu.

Nie würde sie den Gedanken fassen können, daß ihr Sohn bereits im Grabe lag. Wieder ging sie in den Garten hinaus, wo ihre Damen stundenlang geduldig auf sie gewartet hatten. Die Abendkühle kam, die Blumen dufteten nicht mehr so berauschend. Sie erschauerte und betrachtete noch eine Weile die Pracht, die sie um sich sah. Paläste, Teiche, goldene Dächer waren nicht mehr so leuchtend wie vorher und nicht nur, weil es Abend wurde, sondern auch, weil

Sorgen sie verdunkelten. Der geheime Kampf zwischen der schönen alternden Kaiserin und dem jungen Thronfolger, der Sakotas Liebling war, beeinflußte den ganzen Hof, und in diesem Zwiespalt gab sich diese törichte Sakota geheimen Machtträumen hin. Sie, die immer die schwächste und schüchternste Person im ganzen Palast gewesen war, begann auf einmal, Mut zu fassen. Von Li Lien-ying hatte die Kaiserin gehört, daß Sakota mit dem Gedanken umging, ihren rechtmäßigen Platz als Gemahlin des toten Kaisers Hsien Feng einzunehmen, der, wie sie erklärt hatte, zu Unrecht von ihrer Kusine in Anspruch genommen wurde.

Die Kaiserin hatte bei diesem Bericht laut gelacht. Sie konnte noch immer herzlich lachen, wenn sie solch einer dummen Einbildung begegnete.

»Das wäre ja so, als wagte ein Kätzchen gegen eine Tigerin aufzutreten«, sagte sie und schlug die Warnung des Obereunuchen in den Wind, auch tadelte sie ihn nicht, als er in ihr Lachen einstimmte.

In demselben Jahr zeigte Sakota jedoch, daß unter ihren Samtpfoten Krallen verborgen waren. Es war an dem Tage, als der ganze Hof eine Wallfahrt zu den östlichen Kaisergräbern unternahm. Als Tsu Hsi gegen Mittag mit ihrer Begleitung dort eintraf, sah sie zu ihrem Erstaunen, daß Sakota sich in den Kopf gesetzt hatte, vor dem toten Kaiser Hsien Feng das Opfer darzubringen, um so bei allen Zeremonien des Tages den Vortritt zu haben. Nun hatte sich die Kaiserin mit großem Ernst innerlich auf diesen Tag vorbereitet. Sie hatte tags zuvor streng gefastet. Vor dem Tempel, in dem sie die Nacht in Gebet und Versenkung zugebracht hatte, erwarteten sie Jung Lu und die anderen Prinzen mit den Ministern, um sie zu den Gräbern zu begleiten. Durch den tiefen, großen Wald, der die Gräber der acht Kaiser umgibt, wurde sie in einer Sänfte getragen. Nicht einmal der Gesang eines Vogels wurde dort laut, kein Wort wurde gesprochen. In feierlicher Stimmung schwebte sie durch dieses Halbdunkel und fühlte die Last ihrer Stellung schwer auf ihren Schultern. Ihr allein oblag die Aufgabe, ihre vielen Völker vor den Ausländern, die jetzt stärker als je das Reich bedrängten, zu bewahren. Was selten vorkam, heute betete sie wirklich zum Himmel um Weisheit und Kraft und bat die toten Kaiser, die ja jetzt Götter waren, sie in ihren Gedanken und Plänen zu leiten. Sie hatte ihre buddhistische Gebetskette in der Hand, und bei jeder Jadeperle, die durch ihre Finger glitt, erneuerte sie diese Bitte mit immer größerem Ernst.

In dieser feierlichen Stimmung wirkte es wie ein Schlag auf sie, daß diese törichte Sakota, von Prinz Kung verleitet, der jetzt immer eifersüchtiger auf Jung Lu wurde, sich schon vor ihr zu den Gräbern begeben hatte. Ja, sie stand bereits vor dem Marmoraltar an dem ihr, der Kaiserin, gebührenden Platz. Als Tsu Hsi aus der Sänfte stieg und zu dem Altar schritt, lächelte Sakota sie böse an und bedeutete ihr, sich zu ihrer Rechten zu stellen, denn ihre linke Seite sollte frei bleiben.

Die Kaiserin sah sie mit ihren großen schwarzen Augen hochmütig an, ignorierte die Einladung und ging ohne die geringste Hast in den Seitenpavillon. Dort winkte sie Jung Lu heran.

»Ich halte es unter meiner Würde, irgendeine Frage zu stellen«, sagte sie, als er vor ihr niederkniete. »Ich beauftrage Sie, meiner Mitregentin folgendes auszurichten: Wenn sie mir nicht sofort ihren Platz einräumt, werde ich der Leibwache befehlen, sie zu ergreifen und sie ins Gefängnis zu werfen.«

Jung Lu stieß die Stirn auf den Boden. Dann erhob er sich. Sein schönes, leicht gealtertes Gesicht war noch immer so kalt und stolz wie früher. Er ging fort, um Sakota die Botschaft zu überbringen. Als er zurückkehrte, kniete er wieder nieder, ehe er der Kaiserin Sakotas Antwort kundgab.

»Majestät, die Mitregentin läßt Ihnen auf Ihre Aufforderung sagen, sie nähme ihren Platz mit vollem Recht ein, da Sie nur die Erste Konkubine seien. Der leere Platz zu ihrer Linken ist für die verstorbene Erste Gemahlin, ihre ältere Schwester, bestimmt, die nach ihrem Tode in den Rang der Ersten Kaiserin erhoben wurde.«

Die Kaiserin blickte eine Weile in die düsteren Föhren und auf die am Tempeleingang stehenden Marmortiere. In ihrem ruhigsten Ton sagte sie dann:

»Gehen Sie noch einmal mit derselben Aufforderung zu der Mitregentin. Wenn sie dann noch nicht nachgibt, geben Sie der Leibwache den Befehl, sie zu verhaften und mit ihr Prinz Kung, gegen den ich immer zu nachgiebig gewesen bin. Von nun an hat niemand mehr Gnade von mir zu erwarten.«

Jung Lu erhob sich, stellte sich an die Spitze der blau uniformierten Leibwache, die ihm mit erhobenen Speeren folgte, und trat wieder an Sakota heran. In wenigen Minuten konnte er der Kaiserin berichten, daß Sakota nachgegeben hatte.

»Majestät«, sagte er mit kalter ruhiger Stimme, »Ihr Platz wartet auf Sie. Die Mitregentin ist nach rechts beiseite getreten.«

Dieser Zwischenfall schien keine weiteren Folgen zu haben. Friedlich folgte ein Tag dem anderen. Doch alle wußten, daß es zwischen den beiden Frauen nunmehr keinen Frieden mehr geben würde. Jede hatte ihre Anhänger. Auf seiten der Kaiserin standen Jung Lu und der Obereunuch, auf seiten Sakotas Prinz Kung, der jetzt ein alter Mann, aber immer noch stolz und furchtlos war.

Das Ende war vorauszusehen, aber es bleibt ungewiß, ob es so eingetreten wäre, wie es schließlich kam, wenn Jung Lu nicht eine unverständliche und nicht vorauszusehende Torheit begangen hätte. Im Herbst dieses Jahres verbreitete sich die Kunde, daß Jung Lu, der Treue, der Edelmütige, der Fels, auf den man bauen konnte, den Liebeslockungen einer jungen Konkubine des toten Kaisers Tung Tschih erlegen war, die Jungfrau geblieben war, weil ihr Herr nur Alute geliebt hatte. Als die Kaiserin dieses Gerücht von den dicken Lippen ihres Eunuchen zum erstenmal hörte, wollte sie es nicht glauben.

»Was – mein Vetter?« rief sie. »Ich könnte ebensogut sagen, ich selbst hätte meine fünf Sinne nicht mehr beisammen.«

»Ehrwürdige«, sagte Li Lien-ying mit häßlichem Grinsen, »ich schwöre, es ist so. Die kaiserliche Konkubine sieht ihn bei allen festlichen Veranstaltungen, wo sie mit ihm zusammentrifft, verliebt an. Vergessen Sie nicht, daß sie noch jung und schön ist, so jung, daß sie seine Tochter sein könnte, und er in einem Alter ist, wo Männer für Frauen empfänglich sind, die nicht älter sind als ihre Töchter. Bedenken Sie auch, daß er die Dame, die Sie ihm zur Frau gegeben haben, nie geliebt hat. Nein, drei und drei ist noch immer sechs und fünf und fünf noch immer zehn.«

Aber die Kaiserin lachte noch immer über eine so törichte Anschuldigung, während sie aus der in Reichweite stehenden Porzellanschale ein Konfekt nahm. Als Li Lien-ying ihr jedoch ein paar Monate später Beweise brachte, lachte sie nicht mehr.

»Hol mir den Großkanzler!« befahl sie dem Eunuchen. »Wenn er eintritt, schließe die Türen, ziehe die Vorhänge zu und laß niemanden herein, bis du hörst, daß ich den bronzenen Gong schlage.«

Nichts tat Li Lien-ying lieber als Unheil stiften, und er eilte deshalb so schnell fort, daß seine bauschigen Gewänder sich blähten. Wäre Jung Lu nicht so rasch gekommen, hätte sich ihre Wut vielleicht gelegt. Als er nun in seinem langen blauen Gewande eintrat, auf der Brust eine viereckige Stickerei aus Goldfäden, auf dem Kopf eine hohe, ebenso bestickte Mütze, in den Händen einen geschnitzten Jadestab, den er, als er sich der Kaiserin näherte, vor das Gesicht hielt, war sie nicht von seiner männlichen Schönheit beeindruckt, sondern sah in ihm den Feind. Selbst in ihm!

Jung Lu wollte niederknien, aber sie wehrte ab.

»Setzen Sie sich, Prinz«, sagte sie mit ihrer hellsten Silberstimme. Sie saß auf ihrem Thron in der großen Bibliothek, ihr rotes, mit goldenen Drachen besticktes Kleid fiel bis auf die Füße herab, ihr Kopfputz war mit frischen Jasminblüten durchflochten, deren einzigartiger Duft sie einhüllte. »Legen Sie Ihren Jadestab nur hin. Es handelt sich nicht um Staatsangelegenheiten, sondern um eine private Sache, nämlich um einen Brief, der mir vor einer Stunde von einem meiner Spione, die, wie Sie wissen, überall sind, übergeben wurde.«

Er wollte sich nicht setzen, obschon sie es ihm befohlen hatte. Er kniete auch nicht nieder, sondern blieb vor ihr stehen, und als sie den Brief aus ihrem Ärmel zog, streckte er auch nicht die Hand aus, um ihn entgegenzunehmen.

»Wissen Sie, was dies ist?« fragte sie.

»Ich sehe es«, sagte er, ohne daß sich sein Gesichtsausdruck veränderte.

»Sie schämen sich nicht?« fragte sie.

»Nein«, antwortete er.

Sie ließ den Brief zu Boden fallen und faltete die Hände im Schoß. »Haben Sie nicht das Gefühl, daß Sie eine Untreue begangen haben?«

»Nein, denn ich bin nicht untreu«, erwiderte er. »Was Sie von mir fordern, gebe ich. Was Sie nicht fordern oder nicht brauchen, gehört mir.«

Diese Worte erschütterten die Kaiserin so, daß sie nicht wußte, was sie antworten sollte. Schweigend wartete Jung Lu eine Weile, dann verbeugte er sich und ging, ohne sie um Erlaubnis zu bitten. Sie rief ihn auch nicht zurück. Allein gelassen, saß sie unbeweglich wie eine Statue, während die Bedeutung dieser Worte ihr langsam zum Bewußtsein kam.

Einige Wochen später, einen Tag nach der üblichen Audienz, in der die Kaiserin die Prinzen und Minister um sich versammelte, brachte ihr ein Eunuch, nicht Li Lien-ying, einen Brief von dem Lehrer des Kaisers, Weng Tung-ho, in dem dieser angesehene Mann es als seine Pflicht bezeichnete, ihr über eine geheime Angelegenheit zu berichten. Sie ahnte sofort, daß diese Mitteilung mit der jungen Konkubine zu tun hatte, denn dieser Lehrer haßte Jung Lu, der ihn einmal beim Bogenschießen dem Gelächter preisgegeben hatte. Der Lehrer war in dieser Kunst nicht geübt, hatte sich aber doch in ihr hervortun wollen, und Jung Lu hatte ihm öffentlich bewiesen, daß er nichts von ihr verstand.

Trotzdem las die Kaiserin das Schreiben, das der Lehrer ihr auf einem so ungewöhnlichen Wege zugesandt hatte. Es hieß darin, daß sie eine große Überraschung erleben würde, wenn sie sich zu einer gewissen Stunde in die Wohnung einer gewissen Konkubine begäbe. Er, Weng Tung-ho, würde nicht wegen der Enthüllung eines solchen Geheimnisses seinen Kopf riskieren, wenn er es nicht für seine Pflicht hielte, es mitzuteilen, denn wenn die Unordnung im Kaserpalast selbst um sich griffe, was sei dann im Volk zu erwarten, für das die Kaiserin eine Göttin sei.

Als Tsu Hsi diesen Brief gelesen hatte, ging sie mit ihren Damen zum Palast der vergessenen Konkubinen und dort zu dem Zimmer des Mädchens, das sie selbst für ihren Sohn ausgewählt hatte.

Mit eigener Hand öffnete sie leise die Tür, während die Eunuchen, von ihrem unerwarteten Erscheinen betroffen, vor Angst auf die Knie fielen und das Gesicht in den Ärmeln verbargen. Sie stieß die Tür weit auf und sah die Szene ungefähr so vor Augen, wie sie sich diese vorgestellt hatte. Jung Lu saß in einem großen Sessel. Auf einem Tisch neben ihm standen allerlei köstliche Gerichte und ein Krug dampfenden Weines. An seiner Seite kniete die Konkubine, die Hände auf seinen Knien. Er blickte ihr lächelnd in das vor Liebe glühende Gesicht.

Als die Kaiserin dieses Bild sah, fühlte sie einen solchen Schmerz in der Brust, daß sie die Hände auf ihr Herz pressen mußte. Jung Lu blickte auf und sah sie. Eine Weile blickte er sie an, dann schob er die Hände des Mädchens von den Knien, erhob sich und wartete mit gekreuzten Armen, daß sich der Zorn der Kaiserin über ihn ergösse.

Tsu Hsi konnte nicht sprechen. Sie standen einander gegenüber, Mann und Frau, und in diesem Augenblick erkannte sie, daß sie sich so hoffnungslos, stark und ewig liebten, daß nichts das Band zwischen ihnen zerreißen konnte. Sein stolzer Geist war, wie sie sah, unverändert, seine Liebe ohne Makel und sein Aufenthalt in diesem Zimmer für sie beide ohne Bedeutung. Sie schloß die Tür ebenso leise, wie sie sie geöffnet hatte, und kehrte zu ihrem Palast zurück.

»Laßt mich allein«, sagte sie zu ihren Damen und Eunuchen. Sie dachte über die Szene nach, die sie soeben beobachtet hatte. Nein, an seiner Liebe und Treue zweifelte sie nicht, und doch war sie verwundet – er war wie alle anderen Männer.

Am nächsten Tag verkündete sie in der morgendlichen Audienz und dann durch Edikt, daß der Großkanzler Jung Lu aller seiner Posten in der Regierung und am Hofe enthoben sei. Für diese Maßnahme wurde keine Begründung gegeben. Das war auch nicht nötig, denn das Gerücht hatte schon die Neuigkeit, daß die Kaiserin Jung Lu bei einem Stelldichein mit der Konkubine überrascht hatte, weit über die Mauern der Verbotenen Stadt hinausgetragen.

In der Morgendämmerung saß sie auf dem Drachenthron, den sie nach dem Tode ihres Sohnes selbst eingenommen hatte. Die Minister und Prinzen standen vor ihr und hörten das Verdammungsurteil über einen aus ihren Reihen. Ihre Gesichter waren ernst, denn wenn einer, der so hoch stand wie Jung Lu, so tief fallen konnte, dann war keiner mehr sicher.

Die Kaiserin sah ihre Mienen, ließ sich aber nichts anmerken. Wenn Liebe sie nicht schützen konnte, dann mußte Furcht ihre Waffe sein. In Einsamkeit regierte sie nun, niemand stand ihr nahe, und alle hatten Furcht vor ihr.

Aber Furcht genügte noch nicht. Im zweiten Mondmonat desselben Jahres übernahm Prinz Kung eine undankbare Aufgabe, zu der er jedoch, wie er sagte, gezwungen wurde. An einem kühlen Frühlingstage bat er um eine Privataudienz. Lange hatte er nicht mehr um eine solche Gunst nachgesucht. Es war nach der morgendlichen Audienz. Die Kaiserin hatte es eilig, in ihren Palast zurückzukehren, denn sie wollte den Tag in ihren Gärten verbringen, wo die Pflaumenbäume bereits Knospen angesetzt hatten. Trotzdem mußte sie den Prinzen anhören, denn er war ihr Hauptratgeber und der Vermittler zwischen ihr und den Weißen, die immer größere Forderungen stellten. Bei den Ausländern stand Prinz Kung in hohem Ansehen. Sie vertrauten ihm, und daraus zog die Kaiserin natürlicherweise Vorteil. Deshalb blieb sie, und als die anderen Prinzen und Minister gegangen waren, trat Prinz Kung vor, machte seine übliche kurze Verbeugung und begann so zu sprechen:

»Majestät, nicht meinetwegen habe ich Sie um diese Audienz gebeten, denn für mich fordere ich nichts mehr, weil ich in der Vergangenheit reichlich genug belohnt worden bin. Ihren Edelmut, den ich an mir selbst erfahren habe, möchte ich für die Kaiserinwitwe, Ihre Mitregentin, erbitten.« – »Ist sie krank?« erkundigte sich die Kaiserin nicht sonderlich interessiert.

»Ja, man könnte sie wohl krank nennen, wenigstens ist sie krank vor Kummer.«

»Was für ein Kummer ist das?« fragte die Kaiserin noch immer kalt und fern.

»Majestät, ich weiß nicht, ob es Ihnen zu Ohren gekommen ist, daß der Eunuch Li Lien-ying über alles erträgliche Maß hochmütig geworden ist. Er nennt sich sogar Herr über neuntausend Jahre, ein Titel, der zuerst jenem üblen Eunuchen des Kaisers Tschu Yutschiao aus der Ming-Dynastie gegeben wurde. Dieser Titel bedeutet, wie Sie wissen, Majestät, daß Li Lien-ying sich einbildet, gleich nach dem Kaiser zu kommen, der allein Herr über zehntausend Jahre ist.«

Die Kaiserin lächelte kühl. »Bin ich dafür verantwortlich, welchen Namen die untergebenen Eunuchen ihrem Herrn geben? Li Lien-ying regiert sie für mich. Wie könnte ich mich mit den kleinen Angelegenheiten meines Hofstaates beschäftigen, wenn ich die schwere Last der Regierung zu tragen habe? Wer herrscht, wird immer gehaßt.«

Prinz Kung kreuzte die Arme und hielt die Augen nur auf die Fußbank der Kaiserin gerichtet und nicht höher, aber sein Mund zeigte Entschlossenheit. »Majestät, wenn es nur die Bediensteten im Palast wären, die unter Li Lien-yings Herrschsucht leiden, stünde ich nicht hier vor dem Thron. Aber dieser Eunuch ist besonders gegen die Mitregentin unhöflich, grausam und anmaßend.«

»So? Und warum beklagt sich meine Mitregentin nicht selbst über ihn? Komme ich ihr nicht in jeder Beziehung entgegen, habe ich es jemals an Aufmerksamkeiten gegen sie fehlen lassen? Ich habe für sie die Zeremonien und Riten übernommen, weil ihre schwache Gesundheit und ihr bedrücktes Gemüt ihr nicht erlauben, diese zu vollziehen. Daher mußte ich sie ihr abnehmen. Wenn sie sich zu beklagen hat, soll sie selbst zu mir kommen.«

Mit erhobener Hand entließ sie den Prinzen, der wußte, daß er wieder einmal ihr Mißfallen erregt hatte.

Aber trotzdem war für die Kaiserin der Tag verdorben.

Am Nachmittag ging sie mit ihren Damen zu dem buddhistischen Tempel und brannte vor ihrer Lieblingsgöttin Kuan Yin Räucherwerk ab. In der Stille ihres Herzens bat sie die Göttin, sie zu erleuchten und sie Barmherzigkeit zu lehren, damit Sakota dieser teilhaftig würde und so ihr Leben gerettet werden könne.

Gestärkt durch ihr Gebet schickte sie sodann Boten zum Östlichen Palast und ließ ihren Besuch ankündigen. In der Dämmerung machte sie sich auf den Weg und fand Sakota im Bett liegen.

»Ich würde aufstehen, Schwester«, sagte Sakota, »wenn mir nicht heute die Beine den Dienst versagt hätten. Ich habe solche Schmerzen in den Gelenken, daß ich jede Bewegung fürchte.«

Die Kaiserin setzte sich in einen großen Sessel, den man ihr hingestellt hatte, und schickte ihre Damen fort, um mit dieser schwächlichen Frau allein zu sein. Dann sagte sie ohne alle Umschweife so wie früher, als sie Kinder unter demselben Dach waren:

»Sakota, ich will keine Klagen hören, die du durch andere vorbringen läßt. Wenn du nicht zufrieden bist, dann sage mir selbst, was du haben möchtest. Ich will dir gewähren, was ich kann, aber du mußt diese Wühlereien aufgeben.«

Ob nun Prinz Kung die törichte Sakota mit einer Kraft erfüllt hatte, die nicht von ihr selbst war, oder ob sie durch Verzweiflung angestachelt wurde, ist ungewiß. Sie stützte sich auf den Ellbogen, sah die Kaiserin mürrisch an und sagte:

»Du vergißt, daß ich über dir stehe, Orchidee, und zwar nach dem Gesetz und von Rechts wegen. Du hast dir meinen Rang angemaßt. Nicht ich allein behaupte das, es gibt andere, die dasselbe sagen. Ich habe meine Freunde und Anhänger, wenn du das auch nicht für möglich hältst.«

Wenn eine Katze eine Tigerin angesprungen hätte, wäre die Kaiserin nicht überraschter gewesen, als sie es jetzt war. Sie schnellte hoch, ergriff Sakota bei den Ohren und schüttelte sie.

»Was! Du armseliger kleiner Wurm!« rief sie zähneknirschend. »Du undankbares, wertloses Geschöpf! Ich bin zu gut zu dir gewesen –.«

Aber Sakota, die jetzt ebenfalls in Wut geraten war, schnappte mit den Zähnen zur Seite und biß die Kaiserin in den Daumenballen. Sie schlug die Zähne so tief ein, daß Tsu Hsi die Ohren loslassen mußte.

»Es tut mir gar nicht leid«, zischte Sakota schadenfroh. »Jetzt hast du's! Jetzt weißt du wenigstens, daß ich nicht hilflos bin.«

Die Kaiserin blieb stumm. Sie zog ihr Taschentuch von dem Jadeknopf an ihrer Schulter und wickelte es um den blutenden Daumenballen. Dann erhob sie sich und verließ ruhig und langsam das Zimmer. Draußen drängten sich ihre Dienerinnen und Eunuchen an der Tür, um zu lauschen.

Die Kaiserin kehrte zu ihrem Palast zurück. Mitten in der Nacht, nachdem sie lange nachgedacht hatte, schlug sie den silbernen Gong an, der das Zeichen für Li Lien-ying war. So eng waren diese beiden verbunden, daß der Eunuch immer in der Nähe war, und besonders jetzt, da er gehört hatte, was vorgefallen war.

»Majestät«, sagte er, »Ihre Hand schmerzt sicher.«

»Ja«, sagte sie, »dieses Weib hat Giftzähne wie eine Schlange.«

»Lassen Sie mich die Wunde verbinden. Ein alter Onkel von mir, der jetzt schon tot ist, war Arzt, und darum verstehe ich etwas von Wunden.«

Sie ließ sich das Taschentuch abnehmen. Der Eunuch goß heißes Wasser in eine Schale und so viel kaltes dazu, daß es körperwarm wurde. Mit diesem Wasser wusch er das geronnene Blut ab und trocknete die Hand mit einem Tuch.

»Können Sie noch mehr Schmerzen ertragen, Majestät?«

»Brauchst du das zu fragen?«

»Nein«, sagte er. Er nahm ein Stückchen glühender Holzkohle aus der Kohlenpfanne und drückte es auf die Wunde. Sie zuckte nicht zurück und stöhnte auch nicht. Dann warf er die Kohle weg, nahm aus einer Schublade, die sie ihm zeigte, ein seidenes Tuch und verband damit die Hand.

»Ein wenig Opium, Majestät, und morgen sind die Schmerzen vorbei.«

»Schön«, sagte sie, als wäre das gänzlich unwichtig.

Er blieb wartend stehen. Sie schien das Brennen ihrer Hand vergessen zu haben und an etwas anderes zu denken. Dann sagte sie:

»Wenn ein lästiges Unkraut im Garten wuchert, was läßt sich da anderes tun, als es mit der Wurzel auszureißen?«

»Allerdings, da bleibt nichts anderes übrig«, sagte er.

Am zehnten Tage dieses Monats wurde Sakota plötzlich krank. Es war eine sonderbare Krankheit, deren Art die Hofärzte nicht feststellen konnten. Ihre Heilmittel versagten. Eine Stunde vor ihrem Tode, als Sakota schon ihr Schicksal kannte, ließ sie einen Schreiber kommen und diktierte ihm ein Edikt, das nach ihrem Tode im ganzen Reich verbreitet werden sollte. Es hatte folgenden Wortlaut:

»Ich war immer bei guter Gesundheit und hatte die begründete Hoffnung, in Ruhe ein hohes Alter zu erreichen. Gestern jedoch wurde ich von einer unbekannten, äußerst schmerzhaften Krankheit befallen, und nun scheint es, daß ich aus dieser Welt scheiden muß. Die Nacht kommt näher, alle Hoffnung ist dahin. Ich sterbe im Alter von fünfundvierzig Jahren. Zwanzig Jahre lang habe ich die hohe Stellung einer Regentin des Reiches innegehabt. Viele Titel habe ich erhalten und große Anerkennung wegen meiner Tugend und Milde gefunden. Warum sollte ich mich deshalb vor dem Tode fürchten? Ich bitte nur darum, daß die siebenundzwanzig Monate der üblichen Trauer auf siebenundzwanzig Tage abgekürzt werden, damit die Sparsamkeit, Bescheidenheit und Mäßigkeit, die mich während meines Lebens ausgezeichnet haben, bei meinem Tode unserem Volk in Erinnerung gerufen werden. Ich habe in meinem ganzen Leben keinen Pomp und keine eitle Pracht entfaltet und wünsche diese auch nicht bei meinem Begräbnis.«

Dieses Edikt wurde von Prinz Kung im Namen der Toten verkündet. Die Kaiserin schwieg dazu, obschon sie wußte, daß in den letzten Worten eine Verurteilung ihrer Prachtentfaltung und Schönheitsliebe enthalten war. Aber sie vergaß diese neue Beleidigung nicht, und als nach einem Jahr ein neues Unheil die Nation befiel, nahm sie die Gelegenheit wahr, Prinz Kung hierfür verantwortlich zu machen. Die Franzosen hatten die Provinz Tongking für sich beansprucht, und als die Kaiserin eine Flotte chinesischer Dschunken in den Min-Fluß sandte, wurde diese von den Franzosen völlig vernichtet. Die Kaiserin geriet in heftige Aufregung und beschuldigte in einem Edikt Prinz Kung der Unfähigkeit, wenn nicht des Verrats. Die Anschuldigung war zwar in milde und sanfte Worte gehüllt, verlor dadurch aber nichts von ihrer Schroffheit.

»Wir erkennen die früheren Verdienste des Prinzen Kung an und wollen ihm daher aus Gnade seinen erblichen Prinzentitel und alle Bezüge, die damit verbunden sind, belassen, aber alle seine Ämter und die aus ihnen gezogenen Einnahmen werden ihm hiermit aberkannt.«

Mit Prinz Kung entließ die Kaiserin auch verschiedene seiner Kollegen. An seiner Stelle ernannte sie Prinz Tschun, den Mann ihrer Schwester und den Vater des kleinen Kaisers, und mit ihm einige andere Prinzen ihrer Wahl. Die Yehonalas waren hierüber ungehalten, denn sie fürchteten, Prinz Tschun würde eine eigene Dynastie begründen. Aber die Kaiserin wich jetzt vor niemandem mehr zurück. Ihre Feinde waren beseitigt, alle, die ihr entgegentraten, brachte sie zum Schweigen. Doch sie war zu klug, um sich als willkürliche Tyrannin zu gebärden, und als der Zensor Erch-hsün in einer Denkschrift erklärte, der Große Rat sei nutzlos, wenn Prinz Tschun so viel Macht erhielte, erinnerte sie sich, daß dieser Zensor ein guter und aufrechter Mann war, der ihr als Vizekönig der Mandschurei und später als Vizekönig von Setschuan vortreffliche Dienste geleistet hatte, und antwortete ihm mit Höflichkeit und Umsicht. In einem Edikt, das sie im ganzen Reich anschlagen ließ, erklärte sie, daß nach dem Gesetz und der Tradition ein Prinz königlichen Geblütes nie eine solche Macht in seinen Händen hätte vereinigen sollen, wie sie von ihr Prinz Kung verliehen worden war. Aber es sei ihr nichts anderes übriggeblieben, als beim Wiederaufbau des Reiches jede erreichbare Hilfe anzunehmen. Prinz Tschuns Ernennung sei zeitlich begrenzt. Der Schluß ihres Ediktes lautete:

»Die Prinzen und Minister wissen nicht, wie groß und zahlreich die Probleme sind, mit denen ich allein fertig werden muß. Was den Großen Rat betrifft, so sollen seine Mitglieder sich hüten, Prinz Tschuns Stellung als eine Entschuldigung für eine lässigere Auffassung ihrer Pflichten zu betrachten. Zum Schluß sprechen Wir den Wunsch aus, Unsere Minister möchten den Beweggründen, die den

Maßnahmen ihrer Herrscherin zugrunde liegen, mehr Achtung entgegenbringen und Uns mit ihren kleinlichen Beschwerden verschonen. Die Forderung des Zensors wird hiermit als unbegründet abgewiesen.«

Sie hatte immer die Gewohnheit gehabt, in klaren Worten ohne große Förmlichkeiten zu schreiben, und als ihre Minister dieses Edikt lasen, waren sie sprachlos. Ohne Widerstand regierte die Kaiserin nunmehr sieben Jahre als absolute Herrscherin.

Die sieben Jahre waren eine gute, stille und friedliche Zeit. Die Kaiserin, die nun keinen Widerspruch der Prinzen und Minister zu befürchten hatte, gab nur wenige Audienzen. Die vorgeschriebenen Zeremonien beobachtete sie jedoch mit großer Sorgfalt und war auch darauf bedacht, ihr Volk bei guter Laune zu halten. Sie bestimmte alle Festtage und ergänzte sie noch durch eine Reihe weiterer Feiertage. Der Himmel war ihrer Herrschaft wohlgesinnt, denn in allen diesen Jahren wurde das Reich weder von Überschwemmungen noch von Dürre heimgesucht. Es gab außergewöhnlich gute Ernten. Auch herrschte überall Friede. An den Grenzen drängten allerdings die ausländischen Feinde weiter heran, aber sie führten wenigstens keinen Krieg. Da die Kaiserin überdies durch Furcht regierte, war es auch im Reiche selbst still, und ihre Berater behielten ihre Zweifel und Befürchtungen für sich.

Bei dieser allgemeinen Ruhe konnte sich die Kaiserin der Erfüllung ihres Traumes widmen, nämlich den neuen Sommerpalast zu bauen. Kaum hatte sie diese Absicht verkündet, fanden im ganzen Reiche Sammlungen statt, man schickte Gold und Silber, manche Provinzen verdoppelten ihre Tribute. Die Kaiserin dankte dem Volk in Rundschreiben an die Behörden. Sie erklärte, sie baue den Sommerpalast nicht nur zu ihrem Vergnügen, sondern wolle sich in ihn zurückziehen, wenn sie den Thron dem rechtmäßigen Erben, dem jungen Kaiser Kwang Hsü, übergeben hätte. Sie versprach, sich von allen Staatsgeschäften zurückzuziehen, sobald dieser das siebzehnte Lebensjahr erreicht hätte.

So ließ die Kaiserin ihr Vorhaben nicht nur vor dem Volk, sondern auch vor sich selbst als gerechtfertigt erscheinen. Es war ihr eine angenehme Pflicht, prächtige Bauten und schöne Landschaftsbilder zu entwerfen. Vor allem aber beschloß sie, den Sommerpalast auf demselben Gelände, das Tschien Lung für ihn gewählt hatte, wieder aufzubauen. Dieser starke Sohn einer starken Frau hatte damit einen Wunsch seiner Mutter erfüllt. Als diese einmal Hangtschau, eine Stadt von reiner Schönheit, besucht hatte, war sie von den dortigen großen Lusthäusern entzückt gewesen. Deshalb baute ihr Sohn für sie außerhalb der Mauern Pekings den sogenannten Sommerpalast und trug in ihm Schätze aus der ganzen Welt zusammen. Dieser Palast war auf Befehl des englischen Lords Elgin zerstört worden; nur die Ruinen waren stehengeblieben.

Als die Kaiserin nun an derselben Stelle neue Paläste baute, erfüllte sie damit nicht nur ihren eigenen Wunsch, sondern brachte auch den kaiserlichen Vorfahren ein Sühneopfer dar. Mit dem größten künstlerischen Geschmack schloß sie in ihren Plan den Tempel der Zehntausend Buddhas, den Tschien Lung errichtet hatte, die bronzenen Pavillons, die das Feuer nicht hatte vernichten können, und den schönen stillen See ein. Andere Ruinen wollte sie weder aufbauen noch entfernen lassen. »Laßt sie als Zeichen der Erinnerung stehen«, sagte sie, »die Betrachter können bei ihrem Anblick darüber nachdenken, wie vergänglich das Leben ist.«

Im Südosten des Sees ließ sie ihre eigenen Paläste bauen, wo sie und der Kaiser getrennt und doch nicht zu weit voneinander entfernt leben konnten. Dort wurde auch ein großes Theater errichtet, wo sie sich in ihren alten Tagen ihrem liebsten Zeitvertreib hingeben konnte. Gleich hinter dem marmornen Tor, das ein Dach aus blauen Ziegeln hatte, stand der Audienzsaal, denn selbst an festlichen Tagen und während seiner Erholungszeit, meinte sie, müsse ein Herrscher bereit sein, die Ratschläge der Minister und Prinzen anzuhören. Es war ein sehr großer und stattlicher Saal, der mit geschnitzten Balken und kostbaren alten Lackmöbeln verziert war. An den Glastüren stand groß das Zeichen für Langlebigkeit. Von einer Marmorterrasse aus führte eine breite Marmortreppe zum See. Auf der Terrasse selbst standen große Vögel und andere Tiere aus Bronze, und im Sommer schützten seidene Markisen die tiefen Veranden vor der Sonne.

Die Wohnung der Kaiserin bestand aus vielen Häusern, die durch große Höfe verbunden waren. Die Höfe waren von Pfeilerveranden umgeben.

Ermutigt durch die Freigebigkeit des Volkes trieb die Kaiserin eine rücksichtslose Verschwendung. Sie beschäftigte Tausende von Handwerkern, darunter die besten Stickerinnen des Reiches. So leuchteten ihre Bettvorhänge von einem Schwarm fliegender Phönixe. Zu ihrer Unterhaltung ließ Tsu Hsi in Europa alle möglichen Uhren sammeln, von der kleinsten goldenen, mit Juwelen besetzten Taschenuhr bis zu den kompliziertesten Kunstwerken, Uhren mit Vogelgesang und Hahnenschreien und solche, deren Räder mit Wasser getrieben wurden. Sie beschäftigte sich jedoch nicht nur mit solchen Spielereien, sie errichtete auch eine Bibliothek, um die sie die größten Gelehrten beneideten und deren eifrigste Besucherin sie selbst war.

Wohin sie auch sah, immer hatte sie das blaue Wasser des Sees vor sich. In der Mitte war eine Insel, auf welcher der Tempel des Drachenkönigs stand. Zu ihm führte eine Marmorbrücke mit siebzehn Bogen. Diese Insel hatte eine kleine sandige Bucht. Dort stand, halb im Sand begraben, die Bronzekuh, die Tschien Lung hatte aufstellen lassen. Hunderte von Jahren hatte sie standhaft Überschwemmungen abgewehrt. Noch viele andere Brücken gab es, über Seen und Bäche. Am meisten liebte sie eine spitzbogige Brücke, die sich zehn Meter hoch in die Luft erhob. Dort oben stand sie gern und blickte über das Wasser auf die Dächer, die Pagoden und Terrassen ihres weiten Besitzes.

Von soviel Schönheit eingehüllt ließ sie die Jahre ruhig verstreichen, bis eines Tages ihr Eunuch, der die Aufgabe hatte, sie an alles zu erinnern, was sie etwa vergaß, sie darauf aufmerksam machte, daß der junge Kaiser Kwang Hsü, ihr Neffe, nun bald sein siebzehntes Lebensjahr vollenden würde und sie deshalb eine Gemahlin für ihn wählen mußte. An diesem Tage sah die Kaiserin dem Bau einer schon fast fertigen Pagode zu, die einen Berg hinter dem Sommerpalast krönte. Es war ihr unangenehm, daß Li Lien-ying sie gerade an diesem Tag mit einer so lästigen Angelegenheit behelligte, aber sie sah ein, daß sie die Verheiratung des Kaisers nicht mehr hinauszögern durfte. Welche Mühe hatte sie sich gegeben, um für ihren Sohn die richtige Frau zu finden! Jetzt würde sie sich damit begnügen, eine Frau auszuwählen, die ihr treu ergeben und vor allem nicht so wie Alute war, die ihren Mann zu heftig geliebt hatte.

»Ich will nun Frieden haben«, sagte sie zu Li Lien-ying, »nenne mir einige Mädchen, die du kennst, aber sie dürfen meinen Neffen nicht so lieb haben, wie Alute meinen Sohn geliebt hat. Ich kann keine Streitigkeiten mehr ertragen; weder durch Liebe noch durch Haß will ich mich in meiner Gemütsruhe stören lassen.«

Als sie sah, daß Li Lien-ying das Knien schwer wurde, forderte sie ihn auf, sich zu setzen und sich auszuruhen. Der Eunuch war froh. Schnaubend und seufzend erhob er sich und fächelte sich Kühlung zu, denn die Frühlingsluft war ihm schon zu heiß. Überall sproßte und blühte es. »Majestät«, sagte er nach kurzem Nachdenken, »wie wäre es mit dem guten und einfachen Mädchen, der Tochter Ihres Schwagers, des Herzogs Kwei Hsiang?«

Die Kaiserin klatschte als Zeichen der Zustimmung in die Hände und streifte das häßliche Gesicht ihres Sklaven mit einem freundlichen Blick. »Wieso sie mir nur nicht eingefallen ist!« sagte sie. »Sie ist die beste unter meinen jüngeren Hofdamen, still, bescheiden, immer diensteifrig und mir treu ergeben. Sie ist mein Liebling, ich möchte beinahe sagen – weil ich vergessen kann, daß sie überhaupt da ist.«

»Und die kaiserlichen Konkubinen?« fragte Li Lien-ying.

»Nenne mir einige hübsche Mädchen«, antwortete sie gleichgültig, die Augen bereits zu der hohen Pagodenspitze über den Föhrenwipfeln erhoben. »Sie müssen nur dumm sein«, setzte sie hinzu.

»Der Vizekönig von Kanton verdient eine Belohnung«, bemerkte der Eunuch, »weil er die immer unruhigen Rebellen in den südlichen Provinzen niederhält. Er hat zwei Töchter, die eine ist dick, die andere mager, aber dumm sind sie beide.«

»Dann will ich sie ernennen«, sagte die Kaiserin, ohne diesem Punkt große Aufmerksamkeit zu schenken. »Bereite das Dekret vor!« befahl sie ihm.

Mit diesem Auftrag erhob sich Li Lien-ying unter heftigem Schnaufen und Stöhnen. Sie lachte ihn aus, was ihm gefiel. Sein alter Buddha brauche sich gar nicht stören zu lassen, murmelte er, er würde schon alles besorgen. Sie habe weiter nichts zu tun, als am Hochzeitstage zu erscheinen.

»Du!« schimpfte sie, indem sie mit dem ausgestreckten kleinen Finger oder vielmehr mit dem von Edelsteinen funkelnden Nagelschild dieses Fingers auf ihn deutete. »Ich werde dir helfen, wenn du mich noch einmal alter Buddha nennst!«

»Majestät«, sagte er keuchend, »überall im Volk nennt man Sie so, seitdem Sie im vergangenen Jahr den Regen herabgebetet haben.«

»Mach, daß du fortkommst«, sagte sie lachend. »Was wirst du mir das nächste Mal sagen, du Schelm!«

Aber als er fort war, wurde ihr Gesicht wieder ernst. Sie fühlte sich einsam und machte einen Spaziergang durch die herrlichen Gärten, die ihr Werk waren. Die Sonne fiel auf ihr schönes, langsam alterndes Gesicht, das prächtige Kleid, das sie trug, glitzerte in allen Farben. Ihre Hofdamen folgten ihr wie ein Schwarm bunter Schmetterlinge, aber sie mußten jetzt viel größeren Abstand von ihr halten als früher.

Der Hochzeitstag kam langsam näher. Er war nicht vom Himmel gesegnet. Die Vorzeichen waren nicht gut. In der Nacht vorher hatte ein mächtiger Sturm von Norden her geweht und die Mattendächer weggerissen, welche die Eunuchen auf dem großen Eingangshofe zur Verbotenen Stadt, auf dem nach Anordnung der Kaiserin die Hochzeitszeremonien stattfinden sollten, als Schutz gegen die Sonne errichtet hatten. Der Morgen war grau und trüb, ein Rieselregen fiel, die dichten Wolken ließen kein Stückchen blauen Himmels sehen. Die roten Hochzeitskerzen wollten nicht brennen, die Süßigkeiten, die man herumreichte, waren von der Feuchtigkeit aufgeweicht. Als die Braut den großen Hof betrat und ihren Platz neben dem Bräutigam einnahm, wandte dieser den Kopf nach der anderen Seite, um ihr seine Abneigung zu zeigen. Als die Kaiserin sah, daß er die Braut, die sie für ihn ausgewählt hatte, so beleidigte, konnte sie nur mit Mühe ihre Entrüstung verbergen. Ihre Wut aber kehrte sich nach innen und wurde in ihrem Herzen zu einem bitteren, dauernden Haß gegen diesen Neffen, der ihr so zu trotzen wagte. Dort saß er, ein großer, bleicher, schwächlicher Jüngling, noch ohne Spur eines Bartes, seine zu zarten Hände zitterten, und doch war er eigensinnig. Das war der Thronfolger, den sie selbst auserkoren hatte. Seine Schwäche war ein Vorwurf für sie, sein Eigensinn verhieß für die Zukunft nichts Gutes. So verdrängte sie ihre Wut nach innen, während der jungen Braut Tränen über die bleichen Wangen liefen.

Die Trauungszeremonien setzten sich endlos fort, aber die Kaiserin schien jedes Interesse an ihnen verloren zu haben.

Als der Tag zu Ende ging, verließ sie die Verbotene Stadt und kehrte zu ihrem Sommerpalast zurück, wo sie sich von nun an immer aufhielt.

Von dort aus richtete sie im ersten Monat ihres sechsundfünfzigsten Lebensjahres eine Proklamation an das Volk, in der sie erklärte, daß sie die Regentschaft wiederum niedergelegt hätte und daß der Kaiser nunmehr die Regierung allein übernähme. Sie selbst habe die Verbotene Stadt endgültig verlassen. So sah es auch aus, denn in demselben Monat ließ sie alle ihre Schätze in den Sommerpalast bringen. Viele Prinzen und ihre Minister waren mit ihrer Absicht, sich von der Politik gänzlich zurückzuziehen, nicht einverstanden. Sie baten sie, die Zügel wenigstens nicht ganz aus der Hand zu geben, denn der Kaiser sei starrköpfig und dabei willensschwach, seine Natur sei eine gefährliche Mischung aus Launenhaftigkeit und Nachgiebigkeit.

»Er steht zu sehr unter dem Einfluß seiner Lehrer Kang Yu-wei und Liang Tschi Tschao«, sagte sie.

»Und Majestät«, bemerkte der Oberzensor, »er beschäftigt sich noch immer mit seinen ausländischen Spielsachen. Obschon er jetzt ein verheirateter Mann ist, dreht er noch seine Eisenbahn mit einem Schlüssel auf oder läßt sie mit einer vorgespannten Lokomotive, unter der er selbst Feuer macht, über die Schienen laufen. Wir glauben nicht, daß das nur Spielerei ist. Wir fürchten, er hat vor, auf unserem ehrwürdigen Boden ausländische Eisenbahnen bauen zu lassen.«

Sie lachte sie aus, froh, daß sie alle Sorgen und Pflichten abgeschüttelt hatte. »Jetzt müssen Sie sich um ihn kümmern, meine Herren Prinzen und Minister«, erklärte sie. »Tun Sie mit Ihrem jungen Herrscher, was Sie wollen, und lassen Sie mich in Ruhe.«

Sie waren alle bestürzt, um so mehr, als Prinz Kung und Jung Lu vom Hofe verbannt waren. »Aber wir dürfen doch zu Ihnen kommen, wenn unser junger Kaiser nicht auf uns hören will?« fragten sie. »Denken Sie daran, Majestät, daß er nur Sie allein fürchtet.«

»Ich bin ja nicht in einem anderen Lande«, sagte sie scherzend. »Ich bin nur neun Meilen entfernt. Ich habe meine Eunuchen, meine Spione und Höflinge. Solange Sie mir treu ergeben sind, werde ich dem Kaiser nicht erlauben, Ihnen den Kopf abschlagen zu lassen.«

Bei diesen Worten leuchteten und funkelten ihre großen Augen, die Winkel ihrer roten, noch jugendlichen Lippen zogen sich lächelnd nach oben, während sie so mit ihnen scherzte. Ihre gute Laune beruhigte die Minister.

Wieder ließ sie einige Jahre ruhig verstreichen, hatte aber in jedem Palast ihre Spione, die sie über alle Vorkommnisse unterrichteten. So erfuhr sie, daß der junge Kaiser seine wenig schöne Gemahlin nicht liebte, daß sie manchmal Streit hatten und daß er sich immer mehr seinen zwei Konkubinen zuwandte, die den Beinamen die Perle und die Glänzende hatten.

»Sie sind dumm«, beruhigte Li Lien-ying sie, »wir brauchen sie nicht zu fürchten.«

»Sie werden ihn zugrunde richten«, sagte sie unbekümmert. »Die Männer sind alle gleich.« Sie schien sich darüber keine große Sorge zu machen, aber für eine Weile wich der Glanz aus ihren großen Augen. »Da läßt sich nichts machen«, sagte sie schließlich und zwang sich, an etwas anderes zu denken.

Manchmal jedoch benahm sie sich noch so, als ob sie die Herrschaft gar nicht abgegeben hätte. Als die Häupter ihrer eigenen Sippe, die Yehonalas, sie in einer Denkschrift ersuchten, Prinz Tschun, dem Vater des Kaisers, einen höheren Rang zu verleihen, damit sein Sohn ihm kindliche Aufmerksamkeit erweisen könnte und so das Gesetz der Generationen wiederhergestellt würde, stimmte sie nicht zu. Nein, die kaiserliche Linie ginge auf sie selbst zurück und nicht auf irgendeinen anderen. Kwang Hsü sei ihr Adoptivsohn, und ihr stehe der Titel Kaiserlicher Vorfahr zu. Sie hüllte jedoch diese Weigerung in so milde Worte, daß sie Prinz Tschun nicht verletzen konnten, den sie vor vielen Jahren ihrer Schwester zum Mann gegeben hatte. Sie sprach in Worten hohen Lobes von dem Prinzen, pries seine unveränderliche Treue und sagte, daß er in seiner Bescheidenheit die Ehre gar nicht annehmen würde.

»Wenn ich diesem Prinzen eine besondere Ehrung zukommen lassen wollte«, erklärte sie in einem Edikt, »hat er sie mit Tränen in den Augen abgelehnt. Schon seit langem hat er meine Erlaubnis, in seiner Sänfte aprikosengelbe Vorhänge anzubringen, die auf seinen kaiserlichen Rang hinweisen sollten, aber nie hatte er von dieser Erlaubnis Gebrauch gemacht. So beweist er meinem Volk, wie mir selbst, seine Treue und selbstlose Bescheidenheit.«

Allmählich näherte sich nun der denkwürdige Tag, an dem die

Kaiserin ihren sechzigsten Geburtstag feiern sollte. Mit unermüdlicher Kraft hatte sie den Sommerpalast vollendet, in dem sie in Schönheit und Frieden ihr Alter zubringen wollte. In der letzten Zeit waren hierfür Regierungsgelder verwendet worden, die sie einfach angefordert hatte. Sogar der Kaiser wagte nicht, sie ihr abzuschlagen. Schließlich, als alles fertig war, fiel ihr noch ein, mitten in den lotosüberspponnenen See ein großes Boot aus Marmor zu bauen, das durch eine Marmorbrücke mit dem Land verbunden werden sollte. Woher aber sollte das Geld für diese kostspielige Laune kommen? Der Kaiser seufzte und schüttelte den Kopf, als er die Aufforderung erhielt, die Mittel hierfür bereitzustellen. Diesmal erhob er Einwendungen, die zart und vorsichtig in Beteuerungen seiner kindlichen Ergebenheit eingebettet waren. Aber sie bekam sofort einen ihrer jetzt immer häufiger auftretenden Wutanfälle, riß den Brief in Fetzen und warf sie in die Luft.

»Mein fauler Neffe weiß schon, wo das Geld zu finden ist!« schrie sie. Je älter sie wurde, desto häufiger erlaubte sie sich solche Zornesausbrüche und schrie und fluchte, wie sie es einst als Kind immer dann getan hatte, wenn sie irgendwo auf Widerstand gestoßen war. Jeder, der sie so sah, war erstaunt, daß eine Kaiserin sich so betragen konnte. Nur Li Lien-ying konnte sie in solchen Stimmungen beruhigen.

»Sagen Sie mir, Majestät, wo das Geld ist«, sagte er. Er war jetzt so asthmatisch, daß ihm das Atmen schwerfiel. »Sagen Sie, wo es ist, und Sie sollen es haben.«

»Nun, du dicker Windbeutel, in den Kassen der Admiralität liegt Geld genug«, rief sie.

Tatsächlich lagen dort für Millionen Dollar Silberbarren, und zwar aus folgendem Grunde: In jenen Zeiten bedrohten die Zwergmänner von den Inseln im Ostmeer auch die chinesischen Küsten. Diese Inselbewohner waren an Schiffe und Seefahrt gewöhnt, wogegen die Chinesen Landratten waren und nur alte, schwerfällige Dschunken hatten, die zum Fischen oder zur Beförderung von Waren dienten. Mit diesen Dschunken konnte man nur an den Küsten entlangfahren und sich nicht aufs offene Meer wagen. Aber die Zwergmänner, wie die Chinesen die Japaner nannten, hatten von den Weißen gelernt, Schiffe aus Eisen zu bauen, auf deren Decks Kanonen aufgestellt waren. In großer Besorgnis hatten reiche chinesische Bürger große Geldbeträge gesammelt und sie zuerst der Kaiserin, als sie noch Regentin war, und jetzt dem Kaiser übermittelt. Für dieses Geld sollten Kriegsschiffe nach europäischem Muster gebaut werden, damit man die Inselbewohner zurücktreiben konnte, wenn sie zum Angriff übergingen.

»Warum brauchen wir diese Zwerge zu fürchten?« hatte die Kaiserin mit tiefer Verachtung gesagt. »Sie können höchstens Räubereien an unseren Küsten verüben, denn in China selbst können sie nie einmarschieren. Es ist töricht, gutes Gold für ausländische Schiffe auszugeben, die nicht mehr wert sind als die Spielsachen, mit denen sich mein Neffe als Kind die Zeit vertrieb und mit denen er noch immer spielt, wie ich höre.«

Als sie den Brief des Kaisers in Stücke riß, sagte sie: »Für meinen Neffen sind diese Schiffe nur Spielsachen, mit denen er diesmal auf den Meeren herumfahren möchte. Auf diese Weise will er den Staatsschatz verschwenden.«

Sie bestand so hartnäckig auf ihrem Verlangen, daß der Kaiser schließlich die Vorstellungen seiner Berater in den Wind schlug und nachgab. Und so bekam sie ihr Marmorboot. Auf diesem Boot wollte sie nun ihren sechzigsten Geburtstag feiern. Im zehnten Mondmonat jenes Jahres waren die Pläne für die Feierlichkeiten fertig. Ein Fastenmonat sollte vorausgehen, dann sollte ein Feiertag für die ganze Nation mit einer großen Amnestie und Belohnung für treue Dienste folgen.

Sich selbst wollte die Kaiserin zur Feier ihres Geburtstages einen Herzenswunsch erfüllen. Seitdem Jung Lu vom Hof verbannt war, weil er die Liebe einer einsamen Konkubine angenommen hatte, war er ihr nicht mehr unter die Augen getreten. Nun war die Konkubine tot, und mit der Frau war auch der Zorn der Kaiserin verraucht. Es war kein Grund mehr vorhanden, sich selbst zu bestrafen, indem sie den einzigen Menschen, den sie wirklich liebte, weiterhin von sich fernhielt. Die Zeit der Liebe war auch längst vorbei, und sie und Jung Lu konnten wieder Freunde, Vetter und Kusine sein. Aus der Asche ihres Herzens stieg wieder ein warmes, menschliches Gefühl, es war ein köstlicher Gedanke, daß sie sein Gesicht wiedersehen und mit ihm zusammensitzen konnte. Dann würden sie ihre Zwistigkeiten vergessen und sich als alte Freunde unterhalten, denn sie war sechzig und er schon darüber hinaus. Sie schickte ihm einen Brief.

»Dies ist nicht der Befehl einer Herrscherin«, schrieb sie mit den festen und doch zarten Strichen ihrer schönen Handschrift. »Es soll ein Gruß und eine Einladung sein, eine Hoffnung, daß wir uns mit ruhigem Herzen und abgeklärtem Geist wiedersehen. Komm daher, bevor die Feierlichkeiten für meinen sechzigsten Geburtstag beginnen. Wir wollen vorher eine ruhige Stunde zusammen verbringen.«

Dann gab sie ihm den Tag und die Stunde an. Er sollte kurz nach Mittag eintreffen und sie in ihrer Bibliothek aufsuchen. Weil sie wußte, daß Jung Lu Eunuchen nicht leiden konnte, schickte sie sogar Li Lien-ying auf einen Gang in die Stadt. Es war ein schöner, windstiller Nachmittag im Spätherbst. Die Sonne schien in die Palasthöfe und auf die Tausende spätblühender Chrysanthemen. Die Hofgärtner hatten das Aufbrechen der Knospen so lange hinausgezögert, daß die Blumen am Geburtstage der Kaiserin in ihrem vollen Glanze leuchteten. Die Kaiserin saß in ihrer Bibliothek in ihrem mit blauen Phönixen bestickten gelben Seidenkleide. Ihre Hände waren still auf den Knien gefaltet.

Um die dritte Stunde nach Mittag hörte sie Schritte. Ihre Damen öffneten weit die Tür. Auf dem langen Gang sah sie die große Gestalt Jung Lus auf sich zukommen. Ihr altes Herz erwachte auf einmal wieder.

»Lege dein Zepter hin«, sagte sie gebieterisch. Er legte es auf den kleinen Tisch zwischen sie, als wäre es ein Schwert, und wartete, daß sie wieder das Wort an ihn richtete.

»Wie ist es dir ergangen?« fragte sie. In ihre leuchtenden Augen trat plötzlich ein weicher und zärtlicher Ausdruck.

»Majestät«, begann er.

»Nenne mich nicht Majestät«, sagte sie.

Er beugte den Kopf und begann wieder:

»Ich muß fragen, wie es Ihnen geht«, sagte er, »aber ich sehe es mit meinen eigenen Augen. Sie haben sich nicht verändert. Ihr Gesicht ist noch so, wie ich es in all diesen Jahren im Herzen getragen habe.«

Aber es war nicht mehr nötig, von der Vergangenheit zu sprechen. Keine andere Seele konnte jetzt mehr zwischen ihre Liebe treten. Wenn sie zusammen waren, gab es kein anderes Wesen mehr in ihrer Gegenwart als sie selbst. Ja, dachte sie, als sie ihn offen mit ihren jung-alten Augen ansah, er war noch der ihrige, der einzige

Mensch, der mit ihr verwachsen war. Es war sonderbar, diese Liebe wieder ganz frisch zu fühlen, nur war sie jetzt ohne Sehnsucht, still und zufrieden. Sie seufzte auf und fühlte sich von einem warmen Glück durchströmt.

»Warum mußt du so seufzen?« fragte er.

»Ich dachte, ich hätte dir viel zu erzählen«, erwiderte sie, »aber jetzt, nun wir einander gegenübersitzen, habe ich das Gefühl, daß du alles von mir weißt.«

»Und du weißt alles, was sich von mir zu wissen lohnt«, sagte er. »Ich habe mich nicht verändert – seit dem ersten Tage, an dem wir erkannten, was wir einander waren, ich dir und du mir, habe ich mich nicht eine Spur geändert.«

Sie gab darauf keine Antwort. Es war schon genug gesprochen. Von Jugend auf waren sie gewohnt gewesen, nicht zuviel zu sagen, weil die Wände in den Palästen Ohren hatten, und so saßen sie eine Weile ruhig da und fühlten ihre Seelen durch einen solchen stummen Austausch erfrischt. Als sie nun eine Frage stellte, war nur an ihrer Stimme zu erkennen, daß sie mit ihm sprach.

»Hast du mir einen Rat zu geben? Da ich diese ganzen Jahre deinen Rat entbehrte, habe ich niemand anderen gefragt.«

Er schüttelte den Kopf. »Du hast alles recht gemacht.«

Sie fühlte jedoch, daß er etwas zurückhielt, Worte, die er nicht sagen wollte.

»Komm, haben wir beide nicht immer aufrichtig miteinander gesprochen? Was habe ich getan, das nicht deine Zustimmung findet?«

»Nichts«, sagte er, »nichts! Ich will dir deinen Geburtstag nicht verderben. Der Geringste deiner Untertanen kann sich über seinen sechzigsten Geburtstag freuen und ihn genießen, und du sollst nicht das Recht dazu haben?«

Ihr Geburtstag? Der war doch jetzt ganz unwichtig. »Komm«, drängte sie, »die Wahrheit – die Wahrheit will ich wissen!«

»Ich glaube, du weißt selbst, was du zu tun hast«, erwiderte er zögernd. »Wenn unsere Streitkräfte vielleicht durch die Japaner, die sich nach der Invasion des letzten Sommers in dem schwachen Staat Korea verschanzt haben, geschlagen werden sollten, dann könnte es wohl sein, daß du inmitten der allgemeinen nationalen Trauer auf deine Vergnügungen verzichtest.«

Diese Bemerkung brachte sie zu langem Nachdenken. Bewegungslos, in Nachsinnen versunken, saß sie mit niedergeschlagenen Augen da. Dann erhob sie sich langsam, ging wieder zu ihrem Thron und setzte sich. Auch er stand auf, schritt dann auf sie zu und kniete wie früher vor ihr nieder, und diesmal verbot sie es ihm nicht. Sie sah auf seinen breiten, gebeugten Rücken herab und sagte: »Manchmal sehe ich solche Wirren voraus, daß ich nicht mehr weiß, wohin ich mich um Hilfe wenden soll. Nachts wache ich plötzlich auf, starre in die Zukunft und sehe lauter dunkle Wolken auf mich zukommen. Was wird aus meinem Reiche werden? Sobald mein Geburtstag vorüber ist, möchte ich Wahrsager kommen lassen, um das Unheil, das ich nahen fühle, zu erfahren, wie fürchterlich es auch sein mag.«

Mit seiner starken, tiefen Stimme sagte er: »Es ist besser, sich vorzubereiten, Majestät, als Wahrsager anzuhören.«

»Dann übernimm das Kommando über unsere Streitkräfte hier in unserer Hauptstadt«, bat sie ihn. »Bleibe in meiner Nähe und beschütze mich, wie du es früher getan hast. Ich werde die Nacht nicht vergessen, als du in den wilden Bergen bei Jehol an mein Zelt kamst. Dein Schwert hat mir in jener Nacht das Leben gerettet – und meinem Sohn.«

Sie hatte das tiefe Verlangen, die Worte, die sie dachte, laut auszusprechen: »Unserem Sohn hast du das Leben gerettet«, aber sie blieben ihr in der Kehle stecken. Er war tot, dieser Sohn, und als Kaiser und Sohn eines Kaisers begraben. Und so sollte er in seinem Grabe ruhen.

»Ich nehme das Amt an«, sagte Jung Lu, erhob sich, nahm sein Prinzenzepter fest in beide Hände und ging.

Ach, der Geburtstag der Kaiserin sollte nie gefeiert werden! Bevor diese Feierlichkeiten eröffnet werden konnten, fiel der Feind von den japanischen Inseln plötzlich über die chinesische Dschunkenflotte her und vernichtete sie vollständig. Das koreanische Volk, das unter der Oberherrschaft des Drachenthrones stand, rief laut um Hilfe, denn die Japaner fielen jetzt auch in das Land ein, und wenn keine Hilfe kam, würde es bald keine koreanische Nation mehr geben.

Die Kaiserin, die Stunde um Stunde solche Unglücksbotschaften erhielt, geriet in äußerste Wut. Insgeheim wußte sie wohl, daß sie selbst schuld an dieser Katastrophe hatte, weil sie das für den Ausbau der chinesischen Flotte bestimmte Geld für den Sommerpalast verwendet hatte. Aber es lag in ihrer Natur, einen begangenen Fehler niemals vor anderen zuzugeben, weil das die kaiserliche Macht geschwächt hätte. Der Thron mußte erhaben über allen Vorwürfen stehen. Sie flüchtete sich deshalb in einen Wutanfall. Sie verweigerte jede Nahrungsaufnahme und ging Tag und Nacht in ihrem Palast auf und ab.

Obwohl sie genau wußte, wer der Hauptschuldige war, wählte sie zwei aus, die sie für die Niederlage verantwortlich machen wollte, aber sie gehörte nicht zu diesen zweien. Zuerst wollte sie den Geringeren von beiden kommen lassen, den General Li Hung-tschang. Sie wartete auf ihn in ihrem privaten Audienzsaal, dessen Türen auf ihren Befehl weit offenstanden, damit alle ihre Zornesausbrüche hören könnten und sich die Nachricht durch den ganzen Palast und von dort in der Stadt und in der Nation verbreite.

»Sie!« schrie sie den dicken großen General an, als er vor ihr stand. Es wäre noch zuviel der Ehre gewesen, wenn sie mit ihrem Zeigefinger auf ihn gedeutet hätte, nein, sie benützte, um ihre Verachtung deutlich zu machen, die zwei kleinen Finger. »Sie sind schuld, daß unsere Schiffe, sogar der große Truppentransporter, die *Kausching*, auf dem Grund des Meeres liegen. Woher sollen wir das Geld nehmen, um eine neue Flotte zu bauen? Ihre Dummheit hat das Reich zugrunde gerichtet.«

Der General hütete sich, ein Wort zu erwidern. Er blieb demütig knien. Seine prächtigen Gewänder lagen um ihn auf den Boden gebreitet. Sie wußte, daß er nicht wagen würde, sich gegen ihre Anschuldigungen zu verteidigen, und fuhr in höchstem Zorn fort:

»Sie!« Sie schleuderte ihm das Wort wie eine Verwünschung entgegen und stieß ihre zwei kleinen Finger in die Luft, wie wenn sie ihn durchbohren wollte. »Womit haben Sie sich in all diesen Jahren beschäftigt? Das Wohl der Nation haben Sie vergessen! Ihre Hauptsorge war, auf unseren Flüssen Handelsdampfer fahren zu lassen und Eisenbahnen zu bauen, obschon Sie genau wissen, wie ich solche ausländischen Errungenschaften hasse. Dazu haben Sie, wie ich höre, eine ausländische Spinnerei in Schanghai errichtet, deren Gewinne Sie in Ihre eigene Tasche stecken. Wissen Sie nicht, daß Ihre ganze Zeit und alle Ihre Gedanken dem Drachenthron gehören? Wie wagen Sie es, nur an sich selbst zu denken?«

Er antwortete noch immer nicht, obzwar die Kaiserin jetzt mit beiden ausgestreckten kleinen Fingern wartete. So begann sie von neuem, indem sie die zwei Finger über seinem Kopf in die Luft stieß.

»Wieviel ist während des letzten Jahrzehnts durch Ihre Raffgier und Ihre Selbstsucht verlorengegangen! Frankreich hat Annam besetzt und Taiwan angegriffen, und nur mit größter Mühe sind wir einer kriegerischen Auseinandersetzung mit dieser Nation entgangen, und zu derselben Zeit haben wir uns mit Japan in Korea herumschlagen müssen. Und wie kommt es, daß diese fremden Völker uns bedrohen und angreifen? Weil unser Heer und unsere Flotte schwach sind, und daran sind nur Sie schuld. Aber Sie sollen auf Ihrem Posten bleiben, Sie Abtrünniger und Verräter, denn was Sie bis jetzt nicht zustande gebracht haben, sollen Sie nun vollbringen. Ehrlos wie ein Sklave sollen Sie von nun an unablässig tätig sein, und wie einen Sklaven werde ich Sie bestrafen.«

Sie zog die Hände zurück und atmete mehrmals tief ein und aus. Dann schickte sie ihn fort.

»Stehen Sie auf! Tun Sie sofort Ihre Pflicht! Machen Sie mit allen Mitteln ungeschehen, was Sie getan haben. Wir müssen Frieden haben, Frieden um jeden Preis. Sehen Sie zu, daß Sie Ihrer Herrscherin einen ehrenvollen Frieden verschaffen.«

Er stand auf, staubte seine Knie ab und zog sich unter fortwährenden Verbeugungen von ihr zurück. Auf seinem breiten Gesicht lag ein solcher Ausdruck von Geduld, daß sie beinahe gerührt wurde, denn dieser Mann hatte sie mehr als einmal gerettet, hatte immer ihre Befehle befolgt und war ihr auch jetzt noch ergeben. Eines Tages würde sie wieder milde mit ihm sein, aber jetzt sollte ihr Herz gegen keinen weich werden. Die Fülle ihres Zornes wollte sie über einen anderen ergießen. Sie lud den Kaiser durch einen Brief, unter den sie zur Hervorhebung seiner Wichtigkeit das kaiserliche Siegel setzte, zu sich ein.

An demselben Tage, an dem sie diese Einladung abschickte, ereignete sich ein sonderbarer Vorfall, der den ganzen Sommerpalast in Aufregung versetzte. Gegen Abend, als sich die Kaiserin im Orchideenpavillon ausruhte, stürzte eine ihrer Damen mit fliegenden Gewändern und aufgelöstem Haar durch das runde Marmortor. Die Dienerin, die neben der Kaiserin kniete und die Mücken wegfächelte, hob die Hand, um der Dame zu bedeuten, daß die

Kaiserin schlief. Aber diese war zu ängstlich, um darauf zu achten, und rief mit hoher schriller Stimme:

»Majestät, Majestät – ich sah – ich sah –«

Die Kaiserin war sofort hellwach. Sie setzte sich auf dem Sofa auf und fragte die Hofdame mit durchdringendem Blick:

»Was?«

»Einen Mann, der wie ein Priester rasiert war«, keuchte die Dame. Sie drückte die Hand gegen ihr Herz und begann vor Schrecken zu weinen.

»Also wohl ein Priester«, sagte die Kaiserin, »was soll das?«

»Kein Priester, Majestät, er war nur kahl wie ein Priester. Vielleicht war er ein tibetanischer Mönch, aber dann hätte er doch ein gelbes Gewand tragen müssen. Nein, er war schwarz von Kopf bis Fuß und größer als gewöhnliche Menschen und hatte außerordentlich große Hände. Die Tore sind schon geschlossen, Majestät, und nur Eunuchen sind innerhalb der Mauern.«

Die Kaiserin sah zum Himmel empor. Die Sonne war bereits untergegangen, und das sanfte Abendlicht strömte in den Hof des Pavillons. Nein, um diese Zeit sollte kein Mann mehr hier im Palast sein.

»Du hast wohl geträumt«, sagte die Kaiserin zu der aufgeregten Dame. »Die Eunuchen stehen doch Wache. Kein Mann kann hereinkommen.«

»Aber ich habe ihn gesehen, Majestät, ich habe ihn gesehen«, beteuerte die Dame.

»Dann will ich selbst auf die Suche gehen«, erklärte die Kaiserin energisch. Sie ließ den Obereunuchen kommen und berichtete ihm den Vorfall. Er sammelte eine Schar seiner Untergebenen. Sie nahmen die Kaiserin in die Mitte und zogen mit Laternen und gezückten Schwertern aus, um den fremden Mann zu suchen. Obschon sie lange suchten, fanden sie ihn nicht.

»Man hat uns zum Narren gehalten«, sagte die Kaiserin schließlich. »Eine Dame hat einen bösen Traum gehabt oder sie war betrunken. Die Eunuchen, Li Lien-ying, sollen die Suche fortsetzen, während du mich zurückbegleitest.«

Er ging ihr mit der Laterne voraus, und sie kehrte in ihre Bibliothek zurück. Kaum hatte sie die Schwelle überschritten, sah sie auf dem Schreibtisch einen langen Bogen roten Papiers liegen, auf dem in großen kühnen Strichen die Worte gepinselt waren: »Ich halte dein Leben in meiner Hand.«

Sie nahm den Papierbogen auf, las ihn zweimal und warf ihn dann Li Lien-ying hin.

»Schau dir das an!« rief sie. »Es ist ein Mörder – er verbirgt sich hier. Geh zu deinen Leuten, sie sollen weitersuchen.«

Während Li Lien-ying keuchend davoneilte, nahmen die Hofdamen die Kaiserin in die Mitte und trösteten sie mit vielen Worten und Seufzern.

»Seien Sie überzeugt, Majestät, die Eunuchen werden ihn schon finden«, sagten sie. Da man jetzt wisse, daß der kahle Mann wirklich existiere und kein Traum sei, könne man ihn sicher schnell finden.

Sie führten die Kaiserin in ihr Schlafzimmer und sagten, sie würden die ganze Nacht bei ihr wachen. Aber als sie das Schlafzimmer betraten, sahen sie ein auf das gelbe seidene Kopfkissen geheftetes rotes Papier, auf dem in denselben großen Schriftzeichen die Worte standen:

»Wenn die Stunde kommt, bringe ich mein Schwert. Ob du schläfst oder wach bist, du mußt sterben.«

Die Damen schrien auf, aber die Kaiserin war nur wütend. Sie knüllte das Papier zusammen und warf es auf den Boden. Lachend sagte sie: »Laßt das Kreischen sein, meine Kinder. Ein Spaßvogel macht sich über uns lustig. Geht zu Bett und schlaft, dasselbe werde auch ich tun.«

Die Damen protestierten einmütig. »Nein, Majestät, nein, nein, wir werden Sie nicht verlassen.« Lächelnd gab sie nach, ließ sich entkleiden und zu Bett bringen.

Als die Kaiserin am Morgen erwachte, gähnte sie lächelnd hinter ihrer Hand. Sie sagte, die Aufregung von gestern abend habe ihr gutgetan. »Ich fühle mich heute sehr wohl«, erklärte sie, »der Aufenthalt in all dieser Schönheit unseres Palastes hat uns alle erschlafft.«

Nachdem sie gebadet, sich angekleidet und ihr Haar mit frischen Blumen geschmückt hatte, begab sie sich zum Frühstückstisch. Plötzlich sah sie dort wieder den Bogen roten Papiers, in denselben starken schwarzen Schriftzeichen standen auf ihm die Worte:

»Während Sie schliefen, habe ich gewartet.«

Wieder kreischten ihre Damen laut auf, einige weinten heftig. Die Dienerinnen kamen herbeigelaufen und gaben sich selbst Ohrfeigen. »Wir haben den Tisch doch gerade gedeckt und wir haben niemanden gesehen!«

»Man wird ihn schon finden«, sagte die Kaiserin leichthin, knüllte das Papier wieder zusammen und warf es auf den Boden. Ihre Damen flehten sie an, die Speisen nicht zu berühren, da sie vergiftet sein könnten, aber sie aß herzhaft, und nichts geschah ihr. Den ganzen Tag lang ging die Suche weiter. Niemand sah den Mann, aber im Laufe des Tages wurden noch vier solcher Drohbriefe gefunden.

Zwei volle Monate lang ging es so weiter, es gab immer neue Aufregung, denn ab und zu erblickte ein Eunuch oder eine Hofdame für einen kurzen Augenblick den haarlosen Mann. Eine Hofdame wurde krank und fing an, irre zu reden, denn sie sagte, sie habe am Morgen, als sie aus dem Schlaf erwachte, das Gesicht des Mannes über sich erblickt, aber so, als hinge es von der Decke herab, und als sie geschrien habe, sei der Kopf senkrecht nach oben gestiegen.

Außerhalb der Palastmauern wußte niemand etwas von dieser Geschichte, denn die Kaiserin hatte allen streng verboten, ein Wort darüber verlauten zu lassen.

Als die Kaiserin eines Nachts schlafend im Bett lag, standen die Eunuchen wie gewöhnlich in den Korridoren und in den Höfen auf Wache. In den stillen Stunden nach Mitternacht hörten sie eine Tür knarren und sahen in dem schwachen Mondlicht zuerst einen schwarzen Fuß und dann langsam ein Bein erscheinen. Die Eunuchen sprangen sofort auf das geheimnisvolle Wesen zu, der Schwarze floh, aber schließlich wurden sie seiner hinter einem großen Felsen habhaft.

Die Kaiserin wurde von den Rufen und Schreien der Eunuchen wach und stand rasch auf, denn sie hatte befohlen, daß der Mann sofort nach seiner Festnahme zu ihr gebracht werden sollte. Ihre Dienerinnen kleideten sie schnell an und setzten ihr den Kopfputz auf, und gleich darauf setzte sie sich auf ihren Thron im Audienzsaal. Dorthin brachten die Eunuchen den Mann, den sie ganz mit Stricken umschnürt hatten.

Er wollte vor der Kaiserin nicht niederknien, obwohl die Eunuchen sich an ihn hängten, um ihn zu Boden zu zwingen.

»Laßt ihn stehen«, sagte die Kaiserin mit ruhiger, kalter Stimme. Sie blickte auf den großen, starken jungen Mann, der vor ihr stand. Sein Kopf war glattrasiert, sein Gesicht erinnerte an das eines Tigers, die fliehende Stirn, der festgeschlossene Mund, die schrägen Augen gaben ihm ein furchterregendes Aussehen. Ein schwarzes, seiner Gestalt genau angepaßtes Gewand bedeckte seinen mageren Körper wie eine Haut.

»Wer bist du?« fragte sie.

»Ich bin niemand«, erwiderte der Mann, »namenlos, ohne jede Bedeutung.«

»Wer hat dich hierhergeschickt?« fragte sie.

»Töte mich«, sagte der Mann gleichgültig, »denn ich werde nichts aussagen.«

Die Eunuchen waren über eine solche Unverschämtheit entrüstet und hätten ihn mit ihren Schwertern niedergemacht, wenn die Kaiserin nicht die Hand erhoben hätte.

»Seht zu, ob er etwas bei sich trägt«, befahl sie ihnen. Sie untersuchten den Mann, der sich gar nicht um sie zu kümmern schien, und fanden nichts.

»Majestät«, sagte jetzt Li Lien-ying, »bitte überlassen Sie den Burschen mir. Unter der Folter wird er schon sprechen.«

Alle wußten, wie vortrefflich Li Lien-ying foltern konnte, und stimmten ihm mit Lust- und Schreckensrufen zu.

»Nimm ihn und mach mit ihm, was du willst«, sagte die Kaiserin. Dabei sah sie auf einmal, daß die Augen des Mannes nicht schwarz waren, wie die anderer Menschen, sondern gelb und eine Wildheit in sich hatten wie die Augen von Raubtieren. Wie gebannt blickte sie in diese Augen, die schreckenerregend und doch von sonderbarer Schönheit waren.

»Macht eure Arbeit gut«, sagte sie zu den Eunuchen.

Zwei Tage später erstattete ihr Li Lien-ying Bericht.

»Hat er Namen genannt?« fragte die Kaiserin.

»Nicht einen, Majestät«, erwiderte er.

»Dann setzt die Folter fort und macht sie durch Langsamkeit noch schrecklicher.«

Li Lien-ying schüttelte den Kopf. »Majestät«, sagte er, »es ist zu spät. Er starb, wie wenn er den Tod suchte, und wir brachten kein Wort aus ihm heraus.«

Zum erstenmal in ihrem Leben fürchtete sich die Kaiserin. Sie hatte das Gefühl, daß die sonderbaren gelben Augen noch immer auf sie gerichtet waren.

»Wir wollen ihn vergessen«, sagte sie.

Das war leichter gesagt als getan. Der haarlose Mann hinterließ in allen ein Gefühl der Ungewißheit und des Mißtrauens. Obgleich sie wie früher in ihren Gärten spazierenging und sich täglich eine Komödie vorspielen ließ, brachte sie doch nicht mehr dieselbe Heiterkeit und Leichtigkeit auf wie ehedem. Sie hatte keine Todesfurcht, doch breitete sich über ihr ganzes Wesen eine schwere Melancholie, denn es gab Menschen, die ihren Tod wünschten. Hätte sie diese Feinde entdecken können, würden sie nicht mehr lange leben, aber wo waren sie zu finden? Niemand wußte es.

Eines Tages am späten Nachmittag saß sie unter ihren Damen auf dem großen Marmorboot und sah Li Lien-ying kommen. Sie hatte den ganzen Tag mit Glücksspielen verbracht. Sie hielt die Teetasse in einer Hand, während sie mit der anderen die Steine hin und her schob, um das Spiel zu gewinnen.

»Ihr Tee ist kalt«, sagte der Eunuch. Er nahm ihre Tasse und ließ sie wieder füllen. Als er sie auf den Tisch neben sie stellte, flüsterte er ihr zu, er habe ihr etwas Wichtiges mitzuteilen.

Sie tat, als habe sie seine Worte nicht gehört, spielte die Partie zu Ende und stand dann auf, während sie ihm mit einem Blick bedeutete, ihr zu folgen.

Sie kehrte zu ihrem Palast zurück. Ihre Damen hielten sich in geziemender Entfernung, da sie sahen, daß der Eunuch ihr etwas zu berichten hatte. Sie ließ Li Lien-ying gar nicht erst niederknien, sondern nickte ihm zu, er solle sofort beginnen.

»Majestät – es ist eine Verschwörung im Gange, Majestät.«

Sie wandte das Gesicht ab und hielt sich den Fächer vor die Nase. Wenn dieser Eunuch ihr nicht so treu ergeben wäre, würde sie ihn trotz der Enthüllungen, die er ihr zu machen hatte, fortschicken, denn der Geruch seines Atems war ihr unerträglich.

Mit der Verschwörung hatte es folgende Bewandtnis: Der Berater des Kaisers, Weng Tung-ho, stellte dem Kaiser dauernd vor, er müsse die Nation stark machen, denn die Feinde des chinesischen Volkes sperrten den Rachen schon weit auf, um es zu verschlingen. Weng hatte dem Kaiser geraten, den großen Gelehrten Kang Yu-wei kommen zu lassen, denn er sei nicht nur in der chinesischen Geschichte bewandert, sondern kenne auch genau die Methoden des Westens. Kang verträte die Ansicht, daß es nicht genüge, Schiffe und Eisenbahnen zu bauen, sondern man müsse Schulen errichten, in denen die jungen Chinesen mit den Errungenschaften des Westens vertraut gemacht würden. Der Kaiser sei auf diesen Rat eingegangen.

Die Kaiserin wandte den Kopf wieder etwas zu dem Eunuchen hin, hielt aber immer noch ihren Fächer vor ihr Gesicht. »Ist dieser Kang bereits in der Verbotenen Stadt?« fragte sie.

»Er ist täglich viele Stunden beim Kaiser und schlägt ihm, wie ich höre, als erste Reform vor, daß die Chinesen ihre Zöpfe abschneiden müßten.«

Die Kaiserin senkte ihren Fächer. »Zweihundert Jahre haben die Chinesen jetzt Zöpfe getragen, sie sind das äußere Zeichen der Unterwerfung unter unsere Mandschu-Dynastie.«

Li Lien-ying nickte dreimal mit seinem schweren Kopf. »Kang Yu-wei ist ein chinesischer Revolutionär, ein Kantonese. Er hetzt den Kaiser gegen Eure Majestät auf. Ich habe noch Schlimmeres zu berichten. Er hat den Kaiser veranlaßt, Yuan Schi-kai kommen zu lassen, den Untergeneral Li Hung-tschangs. Er hat den Befehl erhalten, sich mit Gewalt Eurer Majestät zu bemächtigen und Sie gefangenzuhalten.«

»Zweifellos geht mein Neffe mit dem Gedanken um, mich umbringen zu lassen«, sagte sie.

»Nein, nein«, erwiderte der Eunuch, »so schlimm ist der Kaiser nicht. Es mag sein, daß Kang Yu-wei ihm diesen Rat gegeben hat, aber meine Spione berichten mir, daß der Kaiser verboten hat, Ihrer geheiligten Person ein Leid anzutun. Sie sollen nur hier in Ihrem Sommerpalast gefangengehalten werden. Sie sollen weiter Ihren Vergnügungen nachgehen können, aber jede Machtbefugnis soll Ihnen genommen werden.«

»So, so«, sagte sie. Sie fühlte auf einmal, wie eine wohltuende geheimnisvolle Kraft in sie einströmte. Der Kampf war für sie noch immer ein Genuß, sie sah ihm zuversichtlich entgegen, des Sieges sicher.

»So, so« wiederholte sie lachend. Li Lien-ying war über die Sorglosigkeit, mit der sie seine Mitteilung entgegennahm, erstaunt.

»Sie sind einzigartig unter dem Himmel«, sagte er zärtlich. »Sie haben sich weit über die gewöhnlichen Menschen erhoben, sind weder Mann noch Weib, aber mehr als beide, größer als beide.«

Sie sahen sich verständnisvoll an. Ausgelassen schlug sie ihn mit dem zusammengefalteten Fächer ins Gesicht, als sie ihn entließ.

Es war nicht ihre Gewohnheit, irgendeine Sache mit Hast durchzuführen. Sie dachte lange nach über das, was ihre Spione ihr berichtet hatten, ließ die Tage mit leichter Unterhaltung verstreichen und zeigte keine Furcht. Ein Tag folgte dem anderen, sie änderte nichts an ihrer Lebensweise, aber während sie in ihren Gärten spazierenging oder mit ihren Damen im Freien saß oder sich im Theater ihre Lieblingsstücke ansah, dachte sie an die Welt draußen und an den Preis, den sie für die Erhaltung des Friedens und der sie umgebenden Schönheit zahlen mußte. Zweimal hatte sie den Japanern den Frieden abgekauft, einmal durch Gold und das andere Mal durch politische Konzessionen in Korea. Der Vizekönig Li Hung-tschang war ihr zwar treu, aber schwach. Hätte er sie nicht zweimal überredet nachzugeben, würden diese braunen Inselzwerge jetzt nicht davon träumen, sich des ganzen Reiches zu bemächtigen. Sie mußte sich durch einen offenen Krieg verteidigen, durch einen Angriff, wenn nicht zu Wasser, dann zu Lande. Yuan Schi-kai sollte den Krieg beginnen, nicht auf chinesischem Boden, sondern in Korea, und von dort die Japaner ins Meer und auf ihre unfruchtbaren Felseninseln zurückwerfen, wo sie ihretwegen verhungern konnten.

Als sie an einem lieblichen Sommernachmittag diesen Plan faßte, lauschte sie gerade einem Liebeslied, das in dem alten Stück *Die Erzählung vom westlichen Pavillon* von einem als Mädchen verkleideten jungen Eunuchen gesungen wurde. Sie summte die Melodie mit, während ihre Gedanken und Gefühle auf Krieg gerichtet waren. Am Abend empfing sie Li Hung-tschang und gab ihm ihre Befehle. Alle seine Vorstellungen, daß das Heer zu schwach wäre und er nicht genügend Schiffe hätte, schlug sie in den Wind.

»Sie brauchen kein großes Heer und keine starke Flotte«, sagte sie. »Im schlimmsten Fall, wenn der Feind chinesischen Boden angreifen sollte, wird sich das Volk erheben und ihn ins Meer zurücktreiben, wo er ertrinken mag.«

»Ah, Majestät«, ächzte der General. »Sie wissen nicht, wie es um uns steht. Sie leben hier in Ihrem Palast abgeschlossen von der wirklichen Welt.«

Laut seufzend und kopfschüttelnd ging er fort.

Noch bevor das Jahr zu Ende ging, war der Krieg da und der Sieg entschieden, aber nicht für China. Der Feind kam schnell. Innerhalb weniger Tage landeten die Japaner in Korea ein großes Heer. Yuan Schi-kai wurde aus dem Lande vertrieben, und der Feind stand auf chinesischem Boden. Die Kaiserin hatte nicht recht behalten. Ihr Volk rührte sich nicht. Die Dorfbewohner ließen die kleinen, starken japanischen Soldaten auf ihrem Weg zur Hauptstadt durchziehen, ohne eine Hand gegen sie zu erheben. Sie wußten, daß ihre Messer und Sensen gegen die Waffen der Japaner nur Spielzeug waren. Wenn der Feind zu essen und zu trinken begehrte, so stellten sie ihm Wein, Tee und gefüllte Fleischschüsseln hin.

Die Kaiserin handelte, als sie diese schlimme Nachricht erfuhr, wie ein Spieler, der zwar leidenschaftlich gern spielt, aber sofort aufhört, wenn er weiß, daß er nicht gewinnen kann. Sie befahl Li Hung-tschang, um jeden Preis Frieden zu schließen, bevor das Reich verloren wäre. Die Bedingungen des Vertrages, der dann geschlossen wurde, waren so hart, daß die stolze Tsu Hsi drei Tage und Nächte kein Auge schloß und keinen Bissen zu sich nahm. Schließlich kam Li Hung-tschang selbst zum Sommerpalast, um sie zu trösten. Der Vertrag sei in der Tat bitter, erklärte er, aber der Thron habe jetzt einen neuen Freund im Norden gewonnen, den russischen Zaren, der aus eigenem Interesse wünsche, daß Japan nicht zu stark würde.

Bei dieser Mitteilung faßte die Kaiserin neuen Mut. »Dann laßt uns diese gelben Fremden von unseren Küsten vertreiben«, sagte sie. »Wir müssen sie um jeden Preis loswerden. Von nun an will ich meine ganze Kraft auf ein einziges Ziel richten und nicht eher ruhen, als bis alle Ausländer, Weiße oder Gelbe, vom Boden Chinas vertrieben sind. Bis ans Ende der Zeiten soll kein Ausländer mehr den Fuß in unser Land setzen. Die Chinesen, die wir Mandschus regieren, werde ich zurückgewinnen, außer den jungen Leuten, die fremde Luft geatmet und fremdes Wasser getrunken haben. Das Mitglied des Großen Rates, Kang Yi, sagte mir erst neulich, wir hätten nie den Christen erlauben sollen, in China Schulen zu errichten, denn die Christen haben die jungen Chinesen dazu ermuntert, nach Selbständigkeit zu streben, darum sind sie jetzt alle so rebellisch und von trügerischem ausländischem Wissen aufgeblasen.«

Sie schlug die Hände zusammen und stampfte mit dem rechten Fuß auf den Boden. »Ich schwöre, ich werde nicht sterben oder alt werden, ehe ich nicht jeden ausländischen Einfluß beseitigt und China seiner eigenen Geschichte zurückgegeben habe.«

Der General konnte die Frau, die seine Herrscherin war, nur bewundern. Die Kaiserin war noch immer schön und lebensvoll, ihre Haare waren noch so schwarz, ihre großen Augen noch so sprühend wie in ihrer Jugend. Auch ihre Willenskraft hatte in den langen Jahren in keiner Weise nachgelassen.

»Wenn jemand das zuwege bringen kann, dann können nur Sie es, Majestät«, sagte Li Hung-tschang und schwor in wenigen, einfachen Worten, ihr immer treu zu dienen.

So verstrich die Zeit. Die Kaiserin schien sich keinerlei Sorgen zu machen, sie malte, schrieb Gedichte, zeichnete neue Fassungen für ihre Smaragde und Perlen und kaufte Diamanten von arabischen Händlern. Aber dieser Zeitvertreib verdeckte nur ihre Wachsamkeit. Sie schien sich um den Kaiser und dessen Berater gar nicht zu kümmern. Aber in der stillen Nacht kamen ihre Spione zu ihr und berichteten ihr alles, was am Hofe vor sich ging. So konnte sie sich gegen die Pläne, die dort geschmiedet wurden, rüsten. Zuerst gab sie Jung Lu wieder ein hohes Amt, sie machte ihn zum Vizekönig, was ihr durch den Tod des Prinzen Kung erleichtert wurde, der zwar nicht ihr Feind, aber schon lange nicht mehr ihr Freund gewesen war. Er starb am zehnten Tage des vierten Monats dieses harten Jahres an einem Lungen- und Herzleiden.

Sie erfuhr inzwischen, daß der Kaiser Yuan Schi-kai zu seinem General ernannt hatte. Als sie diese Nachricht hörte, war sie zuerst im ungewissen, was sie tun sollte. Sollte sie noch länger warten, bis sie wieder vom Thron Besitz ergriff, oder sollte sie sofort handeln? Sie entschied sich fürs Warten, denn sie liebte es, wie Buddha auf der Szene zu erscheinen, wenn alles klar war und nur noch der Richterspruch verkündet werden mußte.

Nachdem Prinz Kung gestorben und mit allen Ehren begraben war, saß die Kaiserin eines Tages in ihrer Bibliothek und arbeitete an einem Gedicht. Da erschien ungebeten der Obereunuch, um ihr mitzuteilen, daß Vizekönig Jung Lu durch einen Boten aus Tientsin seine Ankunft habe melden lassen.

Seit der Zeit, als er auf Befehl Tsu Hsis die kleine Mei als Frau heimgeführt hatte, war er nicht oft aus eigenem Antrieb zur Kaiserin gekommen. Er hatte immer gewartet, bis er zu ihr befohlen wurde, und einmal hatte sie ihn deshalb getadelt. Er hatte darauf erwidert, er werde immer ihr treuer Diener bleiben, sie brauche ihm nur durch einen Eunuchen ihr Jadesiegel zu schicken, dann würde er zu jeder Stunde und unter allen Umständen erscheinen.

Die Kaiserin gab ihren Eunuchen Anweisungen für seinen Empfang und kehrte dann zu ihrem Gedicht zurück. Aber sie konnte es nicht beenden, denn als sie aufblickte, um nach der Libelle zu sehen, die sie lange umschwirrt hatte, war diese verschwunden. Nun war sie sicher, daß es sich um ein Vorzeichen handelte. Sie konnte es den Wahrsagern nicht mitteilen, denn Jung Lu kam bestimmt nur aus einem sehr ernsten Grund, und sie wollte den Hof nicht in Aufregung versetzen, ehe sie wußte, was die Ursache seines Kommens war. Sie bewahrte äußere Ruhe, wurde aber von Ungeduld verzehrt und wanderte bis Mittag in den Gärten umher, ohne sich auszuruhen oder etwas zu essen, denn sie mußte erst wissen, was Jung Lu ihr zu sagen hatte.

Gegen Abend traf er ein. Die Kaiserin erwartete ihn auf dem großen Innenhof, der um diese Jahreszeit einem Wohnzimmer ähnelte, denn Matten aus honigfarbenem Stroh, die über Bambusgerüste gelegt waren, bildeten ein Dach über dem ganzen Hof. In dem weichen, kühlen Schatten standen Tische und Stühle und auf den Balustraden der Veranden Töpfe mit blühenden Blumen. Die Kaiserin setzte sich in einen geschnitzten Sessel zwischen zwei alten Zypressen, die Gärtner im Laufe der Jahre so zurechtgestutzt hatten, daß sie aussahen wie zwei weise alte Männer.

Der Tag war noch einmal sommerlich warm gewesen, und jetzt wehte ein Südwind den Duft der letzten Lotosblüten vom See her. Sie schlossen sich langsam für die Nacht. Der Geruch durchdrang den ganzen Hof. Tsu Hsi fühlte wie schon oft den schmerzlichen Zwiespalt zwischen der Ruhe immerwährender Schönheit und der Hast und Aufregung menschlichen Treibens. Ah, wenn Jung Lu jetzt als ihr gealterter, aber noch immer geliebter Mann gekommen wäre und sie ihn als seine Frau liebevoll empfangen könnte! Sie waren nicht mehr jung, ungenützt war die Leidenschaft vergangen, aber die Erinnerung an ihre Liebe erlosch nie. Ja, ihr Herz war jetzt weicher und zärtlicher als je, und es gab nichts mehr, was sie ihm nicht hätte verzeihen können.

Durch die von großen, in Bronzeleuchtern flackernden Kerzen erhellte Dämmerung sah sie ihn auf sich zukommen. Er war ohne Begleitung. Sie saß regungslos, den Blick auf ihn gerichtet. Als er vor ihr stand, wollte er auf die Knie fallen, aber sie legte ihm die Hand auf den Arm. »Hier ist dein Platz«, sagte sie und zeigte mit der anderen Hand auf den leeren Sessel zu ihrer Linken.

Er setzte sich neben sie. Durch das offene Tor konnten sie die Fackeln sehen, die zur abendlichen Illumination auf dem See angezündet waren.

»Ich wünsche Ihnen von Herzen«, sagte er, »daß Sie Ihr Leben hier in dieser schönen Umgebung in Ruhe und Frieden verbringen können. Aber ich muß Ihnen die Wahrheit sagen. Die Verschwörung gegen Sie steht vor dem Ausbruch.«

Er verschränkte die Hände auf den Knien. Sie sah auf diese großen und starken Hände, die einem jungen Mann zu gehören schienen. Würde er nie alt werden?

»Man kann es kaum glauben«, sagte sie, »und doch wird es wohl so sein, da du es mir sagst.«

»Vor vier Tagen kam Yuan Schi-kai insgeheim zu mir und hat mir alles enthüllt. Ich verließ sofort meinen Posten, um Ihnen Bericht zu erstatten. Vor zwölf Tagen ließ ihn der Kaiser zum letztenmal kommen. Sie trafen sich um Mitternacht in dem kleinen Raum zur Rechten des Audienzsaales.«

»Wer war noch zugegen?«

»Sein Berater Weng Tung-ho.«

»Dein Feind«, murmelte sie. »Aber warum erinnerst du mich jetzt an eine andere Frau? Ich habe sie vergessen.«

»Wie grausam Sie doch sind, Majestät«, entgegnete Jung Lu. »Ich habe ihm längst verziehen, aber Sie nicht. Die blasse, zarte Liebe, die in dem einsamen Herzen einer Frau entstand, bedeutet für mich nichts, aber ich habe trotzdem etwas von ihr gelernt.«

»Was mußtest du noch lernen?« fragte sie.

»Daß Sie und ich weit von anderen Menschen entfernt sind, zwei einsame Sterne am Himmel, daß wir unsere Einsamkeit geduldig tragen, weil sie nicht gemildert werden kann. Manchmal habe ich das Gefühl, daß gerade sie uns vereint hat.«

Sie wurde unruhig. »Warum sagst du das jetzt? Du wolltest mir doch von einer Verschwörung berichten!«

»Ich sage das, weil ich in diesem Augenblick meine unveränderliche Treue noch einmal betonen will.«

Sie hielt ihren Fächer gegen die Wange, als wollte sie sich gegen den Ansturm seines Gefühls schützen.

»Und war sonst niemand bei dieser Zusammenkunft in dem kleinen Saal?« fragte sie.

»Die Favoritin des Kaisers, seine Konkubine Perle. Da Sie über alles unterrichtet sind, wissen Sie sicher auch, daß der Kaiser seine Gemahlin nicht empfängt. Sie ist noch Jungfrau. Daher hat sich ihre Liebe in Haß verkehrt. Sie ist Ihre Verbündete.«

»Das weiß ich«, sagte sie.

»Wir müssen mit jedem Verbündeten rechnen«, fuhr er fort, »denn der Hof ist geteilt. Die ganze Bevölkerung weiß das. Die eine Partei wird in Peking Ehrwürdige Mutter und die andere Kleiner Knabe genannt.«

»Schändlich!« bemerkte sie. »Wir sollten unsere Familiengeheimnisse für uns behalten.«

»Die Chinesen sind wie Katzen. Sie schlüpfen durch jede Öffnung und spionieren alles aus. Das Land ist wieder in Aufruhr. Die Aufständischen, die lange niedergehalten wurden, wollen durch Beseitigung der Mandschu-Dynastie zur Macht gelangen. Sie müssen die Regierung wieder in die Hand nehmen, Majestät.«

»Mein Neffe ist ein Dummkopf«, erklärte sie.

»Seine Berater sind es nicht. Haben Sie die Edikte gelesen, die täglich wie Tauben aufflattern – hundert Edikte in weniger als hundert Tagen?«

»Ich habe ihn gewähren lassen.«

»Fragen Sie ihn nichts, wenn er Ihnen jede Woche seine Aufwartung macht?«

»Nein, ich habe meine Spione.«

»Einer der Gründe, warum er Sie haßt, ist der, daß Ihr Eunuch ihn draußen vor Ihrer Tür kniend warten läßt. Haben Sie den Befehl dazu gegeben?«

»Nun ja, er kniet«, sagte sie gleichgültig. »Es ist seine Pflicht, vor mir zu knien.«

Sie wußte jedoch, daß sie mit dieser Antwort auf Jung Lus Vorwürfe nicht einging. Li Lien-ying ließ in seiner unverschämten Art und im Vertrauen auf seine Machtstellung den Kaiser über Gebühr knien. Sie tat so, als wüßte sie das nicht, fand aber im geheimen Vergnügen daran. Auch solche kleine Bosheiten lagen in ihrer Natur, obwohl sie wirklicher Größe fähig war. Sie kannte sowohl das Große wie das Kleinliche in sich, bemühte sich aber nicht, sich zu ändern, sondern begnügte sich damit, so zu sein, wie sie war.

»Ich weiß auch«, fuhr Jung Lu fort, »daß Ihre Eunuchen den Sohn des Himmels gezwungen haben, ihnen Bestechungsgelder zu zahlen, um überhaupt bei Ihnen vorgelassen zu werden, als ob er nur ein kleiner Beamter wäre. Das gehört sich nicht, wie Sie zugeben müssen.«

»Natürlich nicht«, sagte sie, beinahe lachend, »aber er ist so schwach und hat solche Angst vor mir, daß er mich direkt herausfordert, ihn zu quälen.«

»So große Angst, wie Sie denken, hat er nicht«, entgegnete Jung Lu. »Die hundert Edikte zeugen nicht von Schwäche. Denken Sie daran, daß er Ihr Neffe ist und das Blut der Yehonalas in seinen Adern fließt.«

Der Ernst, ja, die Feierlichkeit, mit denen er das sagte, zwangen sie, auch ihren Ton zu ändern. Sie wandte den Kopf ab. Das war der Mann, den sie fürchtete. Jedesmal, wenn sie dieses Gefühl spürte, überfiel sie ein inneres Zittern, und sie fragte sich, ob sie nicht ihre Jugend vertan hatte und am Leben selbst vorbeigegangen war. Aber jetzt war sie zu alt, es konnte nichts mehr geändert werden.

»Wir vergessen die Verschwörung«, sagte sie, »von der wir eigentlich sprechen wollten.«

»Ja. Der Plan ist folgender: Man will Sie zwingen, endgültig abzudanken, keine Spione mehr zu unterhalten und das große kaiserliche Siegel herauszugeben. Sie sollen sich in Zukunft nur noch mit Blumen, Singvögeln und Hunden beschäftigen dürfen.«

»Aber warum?« rief sie. Ihr Fächer fiel zu Boden, ihre Hände sanken schlaff auf die Knie.

»Sie stehen den anderen im Wege. Wenn Sie nicht wären, meinen Sie, könnten sie eine neue Nation schaffen und alles nach westlichem Vorbild umgestalten –«

»Eisenbahnen bauen, nehme ich an, Kanonen kaufen, eine große

Flotte und ein starkes Heer aufstellen, andere Völker angreifen, anderen ihr Land und ihr Eigentum wegnehmen –« Sie sprang auf, warf die Hände hoch und rückte ihren Kopfputz zurecht. »Niemals werde ich meine Hand zur Zerstörung des Reiches bieten, das wir von unseren ruhmreichen Vorfahren ererbt haben. Ich liebe das Volk, das ich seit langen Jahren regiere. Die Chinesen sind meine Untertanen, und ich bin für sie keine Fremde. Zweihundert Jahre lang haben wir Mandschus den Drachenthron eingenommen, und jetzt gehört er mir. Mein Neffe übt schändlichen Verrat an mir und allen unseren Vorfahren.«

Jung Lu hatte sich gleichfalls erhoben. »Geben Sie mir Ihre Befehle, Majestät –«

Diese Worte gaben ihr Kraft. »Hier sind sie: Rufe sofort den Großen Rat zusammen. Alles muß geheim vor sich gehen. Auch die Führer unserer Sippe sollen kommen. Sie werden mich ersuchen, meinen Neffen abzusetzen, und mich anflehen, auf den Drachenthron zurückzukehren. Sie werden erklären, daß mein Neffe das Land an unsere Feinde verraten hat. Diesmal werde ich sie anhören und ihrer Bitte willfahren. Inzwischen löst du die Wachen der Verbotenen Stadt durch deine eigenen Leute ab. Wenn der Kaiser morgen in aller Frühe den Dschung-Ho-Tempel betritt, um unseren Schutzgöttern die Herbstopfer darzubringen, soll er festgenommen und hier auf die kleine Insel inmitten des Sees gebracht werden. Dort werde ich ihn dann als Gefangenen besuchen.«

Sie war wieder sie selbst, ihr Gesicht arbeitete mit voller Kraft, in ihrer Phantasie sah sie alle Szenen vor sich, als entwürfe sie ein Theaterstück. Jung Lu betrachtete sie bewundernd: »Welcher Mann kann so schnell Pläne fassen! Ich brauche keine Fragen zu stellen. Der Plan ist vollkommen.«

Sie sahen einander lange in die Augen, dann ging er.

Binnen zwei Stunden kamen die Mitglieder des Großen Rates aus allen Teilen der Stadt zur Kaiserin. Sie saß in Staatskleidern auf dem Thron und trug ihren von Edelsteinen funkelnden Kopfputz wie eine Krone. Zwei große Fackeln an ihrer Seite warfen ihr Licht auf die Goldstickerei ihrer Kleidung und die Juwelen und ließen ihre Augen glitzern. Jeder Prinz stand im Kreise seiner Leute. Auf ein gegebenes Zeichen fielen alle vor ihr auf die Knie. Sie erklärte ihnen, warum sie hierhergerufen worden waren.

»Meine Herren Prinzen, Stammesverwandte, Minister und Räte! Es ist eine Verschwörung gegen mich im Gange. Mein Neffe, den ich zum Kaiser gemacht habe, beabsichtigt, mich gefangenzunehmen und mich zu töten. Nach meinem Tode will er Sie alle vernichten und neue Männer einsetzen, die ihm willenlos gehorchen. Unsere alten Sitten sollen abgeschafft, unsere alte Kultur zerstört, unsere Schulen geschlossen werden. Unsere Feinde, die Ausländer, sollen unsere Berater sein. Ist das nicht Verrat?«

»Verrat!« riefen alle wie aus einem Munde.

Mit einer anmutsvollen einladenden Bewegung streckte sie die Hände aus. »Stehen Sie bitte auf, setzen Sie sich, als wären Sie alle meine Brüder, und lassen Sie uns gemeinsam beraten, wie wir diese schändliche Verschwörung im Keim ersticken könnten. Nicht meinen Tod fürchte ich, sondern den Untergang und die Versklavung der Nation. Wer wird das Volk schützen, wenn ich nicht mehr da bin?«

Dann erhob sich Jung Lu. »Majestät«, sagte er, »Ihr General Yuan Schi-kai ist hier. Ich hielt es für wichtig, ihn einzuladen, und nun bitte ich ihn, daß er selbst uns Auskunft über die Verschwörung gibt.«

»Am Morgen des fünften Tages dieses Monats«, begann Yuan Schi-kai laut, aber ruhig, »wurde ich zum letztenmal zum Sohn des Himmels bestellt. Ich war schon dreimal vorgeladen, um in die Verschwörung eingeweiht zu werden, aber dies sollte die letzte Audienz sein, bevor die Verschwörer losschlagen wollten. Der Tag war noch nicht angebrochen. Der Kaiser winkte mich zu sich heran und erteilte mir leise seine Befehle. Ich sollte in aller Eile nach Tientsin reisen und dort den Vizekönig Jung Lu dem Tode überliefern, dann sofort mit meiner ganzen Streitmacht nach Peking zurückkehren, um Sie, Majestät und Heilige Mutter, in Ihren Palast einzuschließen und dann das große kaiserliche Siegel dem Sohn des Himmels zu überbringen. Dieses Siegel hätte ihm bei seiner Thronbesteigung ausgehändigt werden müssen, behauptete er. Sie hätten es aber für sich behalten, Majestät, und ihn so gezwungen, seine Edikte nur mit seinem Privatsiegel zu versehen, wodurch es dem ganzen Volk offenbar wurde, daß Sie ihm kein Vertrauen schenkten. Zum Zeichen, daß ich absolute Vollmacht von ihm hatte, gab er mir einen kleinen goldenen Pfeil.«

Yüan Schi-kai zog ihn aus seinem Gürtel und hielt ihn hoch, so daß ihn alle sehen konnten. Ein drohendes Raunen ging durch die Versammlung.

»Und was für eine Belohnung hat er Ihnen versprochen?« fragte die Kaiserin.

»Er wollte mich zum Vizekönig dieser Provinz ernennen«, erwiderte Yuan.

»Eine kleine Belohnung für ein so großes Unternehmen«, sagte sie. »Seien Sie überzeugt, daß Sie von mir eine viel größere erhalten werden.«

Als der General geendet hatte, fiel die ganze Versammlung auf die Knie und bat die Kaiserin, die Regierung wieder zu übernehmen und die Nation vor den westlichen Barbaren zu retten.

»Ich schwöre, daß ich Ihrer Bitte nachkommen werde«, sagte die Kaiserin huldvoll.

Alle erhoben sich erneut. Es fand eine kurze Beratung statt, worauf beschlossen wurde, daß Jung Lu sofort auf seinen Posten zurückkehren sollte, nachdem die Wachen der Verbotenen Stadt durch seine eigenen Leute ersetzt worden waren. Wenn der Kaiser die Litanei verlesen würde, welche die Ritenkongregation für die Opferhandlung vorbereitet hatte, sollten ihn die Wachen und Eunuchen ergreifen und ihn auf die kleine Insel im See bringen, wo ihn dann die Kaiserin aufsuchen würde.

Es war Mitternacht, als dieser Plan von allen gebilligt wurde. Die Räte kehrten zur Stadt zurück, und Jung Lu begab sich ohne weiteren Abschied auf seinen Posten.

Als sie erwachte, war alles still. Die Sonne stand schon hoch am Himmel, die Luft war balsamisch, aber kühl. Trotz der Befürchtungen und Warnungen der Hofärzte, welche die Nachtluft für schädlich hielten, schlief die Kaiserin immer bei offenen Fenstern und zog nicht einmal die Bettvorhänge zu.

Sie frühstückte herzhaft, spielte mit ihren kleinen Hunden und neckte einen Vogel. Erst dann ließ sie Li Lien-ying rufen, der draußen gewartet hatte.

»Hat alles geklappt?« erkundigte sie sich.

»Majestät, ihre Befehle sind ausgeführt«, antwortete er.

»Ist unser Gast auf der Insel?« Ihre Lippen zitterten, als müsse sie ein Lachen unterdrücken.

»Wir haben zwei Gäste, Majestät. Die Konkubine Perle lief hinter uns her und klammerte sich so heftig an ihren Herrn, daß wir sie mitnehmen mußten, um keine Zeit zu verlieren. Ohne den Befehl Eurer Majestät konnten wir sie nicht töten.«

»Nun, die Hauptsache ist, daß wir ihn dort haben. Die Konkubine spielt keine Rolle. Ich werde ihm seinen Verrat vorhalten. Du wirst mich begleiten, nur du allein. Ich brauche keine Wache – er ist harmlos.« Den großen Hund an der Seite, den großen schwarzen Eunuchen hinter sich, betrat sie die Insel und den Pavillon.

Der Kaiser, noch mit den priesterlichen Gewändern angetan, in denen er die Opferhandlung hatte vornehmen wollen, erhob sich, als er sie erblickte. Sein schmales Gesicht war bleich, Kummer stand in seinen großen Augen, sein Mund, der einer Frau hätte gehören können, so weich und sinnlich war er, zitterte. Die schön geschweiften Lippen trennten sich immer wieder, wenn er sie im Bestreben, seine Furcht zu verbergen, fest schloß.

»Auf die Knie!« rief sie und setzte sich auf einen erhöhten Sessel. Wo sie auch war, in jedem Saal, Pavillon oder Zimmer, gehörte der Hauptsitz ihr.

Er fiel vor ihr auf die Knie und beugte die Stirn bis auf den Boden. Der große Hund beschnupperte ihn von Kopf bis Fuß und legte sich dann vor die Füße seiner Herrin, um sie zu bewachen.

»Du Schurke!« rief die Kaiserin entrüstet und blickte auf ihren knienden Neffen herab. »Man müßte dich erdrosseln, in Stücke zerschneiden und den wilden Tieren zum Fraße vorwerfen!«

Er machte keine Bewegung und sprach kein Wort.

»Wer hat dich auf den Thron gesetzt?« Sie brauchte ihre Stimme nicht zu erheben, sie drang ihm kalt wie Stahl in die Ohren. »Wer hat dich nachts als wimmerndes Kind aus dem Bett gehoben und dich zum Kaiser gemacht?«

Er stammelte etwas, aber sie konnte seine Worte nicht verstehen. Sie stieß ihn mit dem Fuß an.

»Was sagst du? Hebe den Kopf, wenn du wagst, mir etwas zu erwidern.«

Er hob den Kopf. »Ich sagte – ich möchte lieber, du hättest das Kind nicht aus dem Bett gehoben.«

»Du Schwächling, dem ich den höchsten Platz in der ganzen Welt gegeben habe! Ein Starker würde sich freuen, würde sich meines Vertrauens würdig erweisen, mir, seiner Pflegemutter, dankbar sein. Aber du mit deinem ausländischen Spielzeug, verdorben von deinen Eunuchen, hast Angst vor deiner Gemahlin und ziehst ihr eine kleine Konkubine vor. Es gibt keinen Mandschuprinzen und keinen Mandschusoldaten, sage ich dir, der mich nicht anfleht, ich möge wieder den Thron besteigen. Und du, wen hast du hinter dir? Du Narr, du wolltest dich auf die chinesischen Rebellen stützen, die dir schmeicheln, damit du ihnen Gehör schenkst, und wenn sie dich in ihrer Macht haben, werden sie dich absetzen und unserer Dynastie ein Ende bereiten. Du hast nicht nur mich, sondern alle unsere heiligen Vorfahren verraten. Die mächtigen Männer, die vor uns regiert haben, die hättest du opfern wollen. Reformen! Ich spucke auf sie! Die Rebellen gehören umgebracht – und du, und du –«

Es ging ihr plötzlich der Atem aus. Sie drückte die Hand aufs Herz und fühlte es so stark schlagen, als müsse es jeden Augenblick zerspringen. Ihr Hund blickte auf und knurrte. Da mußte sie lächeln.

»Ein Hund ist treuer als ein Mensch«, fuhr sie fort. »Aber ich will dich nicht töten, Neffe. Du sollst sogar den Namen Kaiser behalten, aber als mein Gefangener leben, als elender Gefangener, bewacht und verachtet. Du sollst mich anflehen, daß ich an deiner Stelle regiere. Ich will dich erhören, aber wider Willen, denn wie stolz wäre ich gewesen, wenn du stark gewesen wärest und wie ein Herrscher regiert hättest. Doch da du schwach bist und nicht regieren kannst, bin ich gezwungen, deinen Platz einzunehmen. Und von nun an bis zu deinem Tode –«

In diesem Augenblick teilten sich die Vorhänge einer Tür, und die Konkubine Perle stürzte herein, warf sich neben den Knienden auf den Boden und bat laut schluchzend die Kaiserin, ihm keine Vorwürfe mehr zu machen.

»Ich versichere Ihnen, Heilige Mutter, es tut ihm leid, daß er Ihr Mißfallen erregt hat. Er will nur das Beste, denn einen gütigeren und sanfteren Mann kann es nicht geben. Er kann keiner Maus etwas zuleide tun. Neulich, Heilige Mutter, fing meine Katze eine Maus, er entriß sie ihr und versuchte, sie wieder zum Leben zu erwecken.«

»Hör auf, törichtes Mädchen!« sagte die Kaiserin.

Aber die Konkubine wollte nicht schweigen. Sie hob den Kopf und setzte sich auf die Fersen. Während ihr die Tränen über die Wangen liefen, schrie sie zu der hochmütigen Frau hinauf, die verächtlich auf sie niederblickte.

»Nein, ich will nicht aufhören. Sie können mich töten, wenn Sie wollen. Sie haben kein Recht, ihm den Thron zu nehmen. Durch den Willen des Himmels ist er Kaiser, und Sie waren nur das Werkzeug zu seiner Erhöhung.«

»Genug«, sagte die Kaiserin. Ihr schönes Gesicht wurde finster. »Du hast die dir gezogenen Grenzen überschritten. Von nun an sollst du deinen Herrn nie wiedersehen.«

Der Kaiser sprang auf. »O Heilige Mutter!« rief er. »Du wirst doch diese Unschuldige, das einzige Wesen, das mich liebt, nicht töten wollen! Sie macht keine Ansprüche, kein Falsch ist in ihr –«

Auch die Konkubine erhob sich nun, umklammerte seinen Arm und legte zärtlich ihr Gesicht an seine Wange. »Wer soll dir deine Mahlzeiten so zubereiten, wie du sie gern magst?« schluchzte sie. »Und wer wird dir dein Bett wärmen, wenn es kalt ist –«

»Meine Nichte, seine Gemahlin, wird hier mit ihm wohnen«, erklärte die Kaiserin, »du wirst nicht benötigt.«

Mit einer gebieterischen Handbewegung winkte sie Li Lien-ying herbei. »Bringe diese Konkubine fort. Im Palast der Vergessenen Konkubinen sind zwei innere Zimmer. Die sollen bis zu ihrem Tode ihr Gefängnis sein. Sie soll ihre Kleider tragen, bis sie ihr in Fetzen vom Leibe fallen. Wie eine Bettlerin soll sie nur groben Reis und Kohl essen. Ihr Name darf in meiner Gegenwart nicht mehr erwähnt werden. Wenn sie stirbt, soll man mir davon keine Mitteilung machen.«

»Ja, Majestät«, sagte er leise und zeigte durch seinen Gesichtsausdruck, daß selbst er das Urteil zu hart fand. Er ergriff die Konkubine am Handgelenk und zerrte sie weg. Als sie fort war, fiel der Kaiser ohnmächtig vor die Füße der Herrscherin. Über ihm stand knurrend der weiße Hund, während die Kaiserin regungslos durch die offenen Türen auf den See hinausstarrte.

V

Der alte Buddha

Wieder einmal hatte die Kaiserin die Regierung übernommen. Und weil sie, wie sie selber sagte, nun eine alte Frau war und ihr keine Spur von Weiblichkeit mehr anhaftete, ließ sie den Schein, den sie früher gewahrt hatte, endgültig fallen. Ohne Vorhang und ohne Fächer saß sie nun stolz in prächtiger Kleidung im vollen Licht der Sonne oder der Fackeln wie ein Mann auf dem Drachenthron. Da sie alles erreicht hatte, was sie wollte, konnte sie milde sein und gewährte ihrem Neffen manchmal gnädig die Freude, sich als Kaiser zu fühlen. Sie ließ ihn beim Herbstfest am Mondaltar den Göttern danken. Vorher empfing sie ihn im Audienzsaal unter dem Schutz von Jung Lus Wachen und ließ ihn vor den Würdenträgern des Reiches die neun Verbeugungen machen, die allen zeigten, daß er sie als Herrscherin anerkannte. Dann dankte er am Mondaltar dem Himmel für die gute Ernte und die Fortdauer des Friedens. Er sollte mit den Göttern verhandeln, so meinte die Kaiserin, während sie selbst sich auf die Menschen beschränken wollte.

Sie hatte weit mehr mit den Menschen zu tun als er mit den Göttern. Zuerst mußten die sechs Aufrührer hingerichtet werden, die den Kaiser durch ihren Rat in die Irre geführt hatten. Sie geriet in große Wut, weil der Hauptrebell, Kang Yu-wei, mit Hilfe der Engländer geflüchtet war und in einem englischen Hafen ein sicheres Asyl gefunden hatte. Auch ihre kaiserlichen Verwandten ließ sie nicht unbestraft. Prinz Tsai, Freund und Bundesgenosse ihres Neffen, wurde ins kaiserliche Familiengefängnis geworfen. Sie erfuhr seine Verräterei, weil seine Frau eine ihrer Nichten war und er sie haßte. Dafür rächte sie sich jetzt. Als alle, die des Todes würdig befunden waren, beseitigt und ihre Feinde am Hofe ausgerottet worden waren, machte sie sich an die Aufgabe, dem Volk ihre Handlungsweise als gerechtfertigt erscheinen zu lassen. Sie wußte, daß die Nation geteilt war und viele auf seiten des Kaisers standen und sagten, China müsse sich der neuen Zeit anpassen, von seinen Feinden lernen und Schiffe, Kanonen und Eisenbahnen haben, während andere sich für den weisen Konfuzius und die alten Sitten erklärten und von neuzeitlichen Reformen nichts wissen wollten.

Die Kaiserin wollte beide Parteien für sich gewinnen. Durch Edikte und eine ausgedehnte Flüsterpropaganda wurden dem Volk die schweren Verfehlungen des Kaisers vor Augen geführt. Er habe gegen seine Tante eine Verschwörung angezettelt, sogar ihren Tod geplant, damit er sich ganz seinen neuen Beratern zuwenden könnte, er sei von den Ausländern unterstützt worden, ohne daß er in seiner Einfältigkeit gesehen habe, daß ihn diese nur zu ihrem Werkzeug machen und dann das ganze Land selbst in Besitz nehmen wollten. Diese zwei schweren Anschuldigungen überzeugten alle, daß die Kaiserin gut daran getan hatte, den Thron wieder einzunehmen. Die Anhänger des Konfuzius konnten es einem jungen Mann nicht verzeihen, daß er seine alte Tante hatte beseitigen wollen, und die Reformpartei hatte nichts für einen Herrscher übrig, der sich mit Weißen anfreundete. Nach einigen Monaten hatte sich das ganze Volk mit der Herrschaft der Kaiserin abgefunden, und selbst Ausländer sagten, es sei besser, es mit einer starken Frau als mit einem schwachen Mann zu tun zu haben, denn auf Stärke konnte man bauen, auf Schwäche nicht.

Der alte Buddha, wie die Kaiserin jetzt im Volk genannt wurde, besaß eine besondere Verschlagenheit und Schlauheit. Sie kannte den Einfluß der Frauen und lud daher zur Feier ihres Geburtstages die Frauen der westlichen Gesandten ein, die in Peking ihre Regierung vertraten. In ihrer ganzen Lebenszeit hatte die Kaiserin noch nie in ein weißes Gesicht geblickt. Schon der Gedanke war ihr zuwider, aber sie wollte durch die Frauen die Männer gewinnen. Es war nur ein kleiner Geburtstag, ihr vierundsechzigster, und sie wollte ihn nicht mit großem Gepränge feiern. Sie lud sieben weiße Damen ein, die Frauen von sieben ausländischen Gesandten.

Der ganze Hof war in Aufregung, denn fast niemand hatte dort bis jetzt einen Weißen zu Gesicht bekommen. Nur die Kaiserin war ruhig. Sie bereitete alles sorgfältig vor, schickte Eunuchen aus, die erforschen sollten, ob die Ausländer Fleisch essen durften oder ob ihre Götter das verboten, ob sie lieber grünen chinesischen Tee oder schwarzen indischen tranken, ob ihre Kuchen mit Schweinefett oder Pflanzenöl zubereitet wurden. Dies geschah nur, damit man ihre Höflichkeit pries, denn sie bekümmerte sich gar nicht um die Auskünfte, welche die Eunuchen erhielten.

Der Höflichkeit mußte aber Genüge getan werden. Schon am

Morgen schickte sie berittene Palastwächter in scharlachroten Uniformen, um die Ankunft der Sänften anzukündigen. Eine Stunde später standen die Sänften, jede mit fünf Trägern und zwei Berittenen, an der Tür der britischen Gesandtschaft. Aufs höflichste wurden die Damen gebeten, die Sänften zu besteigen. Aber noch nicht genug damit, die Kaiserin schickte ihnen ihren Protokollchef mit vier Dolmetschern in Begleitung von achtzehn Offizieren und sechzig Soldaten entgegen. Es waren alles auserwählte Leute, die sich auch als solche benahmen und den ausländischen Damen jede Höflichkeit erwiesen.

Am ersten Tor des Winterpalastes hielt der Zug. Die Damen wurden gebeten, zu Fuß durch das Tor zu gehen. Hinter dem Tor warteten sieben mit rotem Satin ausgeschlagene und mit weichsten Kissen versehene Hofsänften, jede von sechs Eunuchen getragen, die in hellgelbe, mit roten Schärpen umgürtete Gewänder gekleidet waren. Mit großem Gefolge wurden nun die Damen zu dem zweiten Tor gebracht, wo sie wieder aussteigen mußten.

Die Kaiserin hatte für sie eine besondere Überraschung bereit. Sie wurden gebeten, in einen kleinen, von einer Dampfmaschine gezogenen Zug einzusteigen. Diese winzige Eisenbahn hatte der Kaiser vor einigen Jahren anlegen lassen, um mit eigenen Augen dieses Weltwunder zu sehen. Der Zug führte die Gäste durch die Verbotene Stadt zu der Eingangshalle des Hauptpalastes. Hier stiegen die Damen aus, setzten sich auf sieben Stühle, um sich auszuruhen, und tranken Tee. Die höchsten Prinzen baten sie dann in den großen Audienzsaal, wo der Kaiser und seine Tante auf ihren Thronen saßen. Die Kaiserin hatte ihren Neffen an diesem Tage an ihre rechte Seite gesetzt, um so Einigkeit und Frieden vorzutäuschen.

Nach der Dauer ihres Aufenthaltes in Peking geordnet, traten die Gäste nun vor die Throne, und ein Dolmetscher stellte sie nacheinander Prinz Tsching vor und dieser wiederum der Kaiserin.

Die Kaiserin hätte am liebsten jedes Gesicht lange und eingehend betrachtet, so erstaunt war sie über das, was sie sah, aber sie ließ sich ihre Neugierde nicht anmerken, sondern lehnte sich vor und ergriff mit ihren von Edelsteinen funkelnden Händen die Hand jeder Dame und steckte ihr einen Ring aus schwerem chinesischem Golde an den Zeigefinger.

Sie nahm ihren Dank mit einem huldvollen Neigen des Kopfes entgegen. Dann stand sie auf, gefolgt von ihrem Neffen, und verließ den Saal.

Vor dem Tor wandte sie sich nach links zu ihrem Palast, und ohne ein Wort zu sprechen, bedeutete sie dem Kaiser, nach rechts zu gehen. Die vier Eunuchen, die ihn Tag und Nacht bewachten, führten ihn wieder in sein Gefängnis.

In ihrem Eßzimmer tafelte die Kaiserin mit ihren Lieblingsdamen, während ihre Gäste von den übrigen Hofdamen im Bankettsaal bewirtet wurden, wobei ihnen Eunuchen und Dolmetscher halfen. Die Kaiserin war in bester Laune und lachte herzlich über die sonderbaren Gesichter der weißen Damen. Am seltsamsten erschienen ihr die Augen. Sie sagte, sie wären wie die Augen wilder Katzen, einige hellgrau, andere hellgelb oder blau. Für Frauen wären die Fremden zu grobknochig, aber sie gab zu, daß sie eine sehr schöne Haut hatten, weiß und rosa, mit Ausnahme der Japanerin, die häßlich braun war. Am hübschesten sei die Engländerin gewesen, auch habe sie das schönste Kleid getragen, ein kurzes Jackett über einer Spitzenbluse mit einem langen fließenden Rock von schönem Seidenbrokat. Sie lachte über die hohe Kokarde, welche die Russin auf ihrem Hut trug. Die Amerikanerin habe wie eine strenge Nonne ausgesehen. Ihre Damen lachten mit ihr. Alles, was sie sagte, fand ihren Beifall. Noch nie, erklärten sie, hätten sie die Kaiserin in so guter Stimmung gesehen. So wurde unter Scherzen und Lachen das Mahl beendet. Dann zog sich die Kaiserin um und begab sich in den Bankettsaal. Die Gäste waren, während die Tische abgedeckt wurden, in einen anderen Saal geleitet worden, und als sie zurückkehrten, saß die Kaiserin bereits auf ihrem Thronsessel, um sie zu empfangen. Sie hatte mittlerweile ihre Nichte, die junge Kaiserin, kommen lassen, die nun neben ihr stand. Alle Damen wurden jetzt der jungen Kaiserin vorgestellt. Als ihre Tante sah, wie sehr die Weißen das prächtige rote Kleid und die Juwelen der Nichte bewunderten und daß sie, obschon sie Ausländerinnen waren, doch einen Blick für die Qualität von Seide und Edelsteinen hatten, nahm sie sich vor, beim dritten und letzten Empfang am Abend sie durch ihre eigene Toilette in Staunen zu versetzen, denn bis jetzt hatte sie noch nicht ihre prächtigsten Kleider angelegt. Ihre Gäste gefielen ihr. Sie gab jeder die Hand, legte ihre eigene Hand zuerst auf ihre Brust und dann auf die der Damen und wiederholte dabei die Worte des alten Weisen: »Alle Menschen unter dem Himmel sind eine Familie.« Die Dolmetscher übersetzten diese Worte in Englisch und Französisch. Dann lud sie ihre Gäste in ihr Theater ein. Sie ließ ihnen ihr Lieblingsstück vorspielen, das ihnen die Dolmetscher während der Aufführung erklärten.

Sie selbst kehrte in ihre Gemächer zurück. Da sie etwas müde geworden war, nahm sie, bevor sie Toilette machte, ein Bad in warmem, parfümiertem Wasser. Diesmal wählte sie ihr kostbarstes Kleid, ein Satinkleid mit Goldgrund, das mit Phönixen in allen Farbschattierungen bestickt war. Dazu legte sie ihr berühmtes großes Halsband mit genau abgestimmten Perlen an und vertauschte sogar ihre goldenen, mit Perlen und Jade verzierten Fingernagelschilde mit ähnlichen goldenen, aber mit birmanischen Rubinen und indischen Saphiren besetzten. Sie trug einen Kopfputz aus Perlen und Rubinen, zwischen die afrikanische Diamanten verstreut waren. Ihre Damen erklärten, sie hätten sie noch nie so schön gesehen.

Wieder kehrte die Kaiserin in den Bankettsaal zurück, wo ihre Gäste jetzt Tee tranken und Kuchen aßen. Sie kam nicht zu Fuß, sondern in ihrer Palastsänfte, und Eunuchen hoben sie auf den Thronsessel. Die ausländischen Damen erhoben sich und konnten ihre Bewunderung nicht verbergen. Sie lächelte ihnen zu, rief jede Dame einzeln zu sich und setzte ihnen die andere Seite der Tasse an die Lippen, wobei sie wieder die Worte sagte: »Alle eine Familie – unter dem Himmel sind alle Menschen eine Familie.« Da sie sah, welch großen Eindruck sie auf die Damen gemacht hatte, ließ sie Geschenke für sie kommen und gab jeder die gleichen: Einen Fächer, ein von ihr selbst gemaltes Bild und ein Schmuckstück aus Jade. Die Damen waren überwältigt und konnten sich nicht genug tun, ihr Dank zu sagen.

Ihre Spione berichteten ihr bald, daß die ausländischen Damen voll des Lobes über sie seien. Eine so anmutige, schöne und freigebige Frau, hätten sie ihren Männern erklärt, könne doch unmöglich böse und grausam sein. Sie war sehr zufrieden und selbst davon überzeugt, daß sie genauso war, wie die Ausländerinnen gesagt hatten. Jetzt, da sie sich so bei ihnen in Gunst gesetzt hatte, machte sie sich daran, unter den chinesischen Rebellen und Reformern gründlich aufzuräumen und das Volk wieder ganz unter ihre Herrschaft zu bringen. Je mehr sie sich dieser Aufgabe widmete, desto deutlicher erkannte sie, daß ihr dies nicht gelingen konnte, solange der Kaiser noch lebte. Seine Traurigkeit, sein nachdenkliches Wesen, seine Ergebung hatten alle, die mit ihm zu tun hatten, gewonnen. So zwang sie sich, das zu tun, was getan werden mußte, und schenkte den Einflüsterungen Li Lien-yings ein geneigtes Ohr.

»Solange er lebt«, sagte der unheimliche Eunuch immer wieder, »wird die Nation geteilt bleiben. Diese Chinesen können nicht einig sein, und durch ihn haben sie einen Grund zur Spaltung. Nichts ist ihnen lieber, als wenn sie gegen ihre Herrscher rebellieren können.«

»Wenn mein Neffe nur ein starker Mann wäre!« seufzte sie. »Wie gern würde ich ihm dann das Schicksal des Volkes anvertrauen!«

»Aber er ist nicht stark, Majestät«, flüsterte der Eunuch. »Er ist schwach und eigensinnig. Er hört auf die schlimmsten Rebellen und will nicht wahrhaben, daß sie nur eigennützige Ziele verfolgen. Er zerstört die Dynastie von innen her, ohne zu wissen, was er tut.«

Sie wußte, daß es so war, aber sie konnte sich noch nicht entschließen, den geheimen Befehl zu geben, auf den der Eunuch wartete.

An diesem Tage ging sie lange auf der Terrasse ihres Palastes auf und ab und blickte über den mit Lotosblüten übersäten See zu der Insel hinüber, auf der ihr Neffe gefangengehalten wurde. Aber ein Gefängnis konnte man seine Wohnung nicht nennen, er hatte zwar nur vier Zimmer, aber sie waren groß und gut möbliert, und eine reine und gesunde Luft umgab das Haus. Sie konnte sogar ihren Neffen selbst sehen, wie er über die kleine Insel wanderte und wie ihm in einiger Entfernung die stets wachsamen Eunuchen folgten.

Es wurde Zeit, diese Eunuchen auszuwechseln und sie durch andere zu ersetzen, denn wenn sie mehr als ein paar Monate blieben, konnte ihr Mitgefühl mit dem jungen Mann, den sie bewachten, geweckt werden. Bis jetzt waren sie ihr treu geblieben, und jede Nacht schrieb der eine oder der andere das Tagebuch ab, in das ihr Neffe täglich Eintragungen machte. Bis in die Nacht hinein las sie oft diese Bemerkungen und kannte daher alle seine Gedanken und Gefühle. Nur ein Eunuch mit Namen Huang war ihr verdächtig, denn er gab immer zu günstige Berichte über seinen Schützling. »Der Kaiser verbringt seine Zeit mit dem Lesen guter Bücher«, berichtete Huang, »und wenn er müde ist, malt er oder schreibt Gedichte.«

Während sie so auf und ab ging, dachte sie über Li Lien-yings

Worte nach. Ganz plötzlich verwarf sie dann den Gedanken. Nein, ihr Neffe durfte noch nicht sterben. Sie durfte nicht in den Verdacht geraten, an seinem Tode schuld zu sein. Sie wünschte zwar seinen Tod, aber sie wollte seine Beseitigung dem Himmel überlassen.

Als sie Li Lien-ying wiedersah, zeigte sie ihm die kalte Schulter und sagte frostig: »Sprich mir nicht mehr von der Reise des Kaisers zu den Gelben Quellen. Was der Himmel will, wird von selbst geschehen.«

Der Eunuch hörte an ihrer Stimme, daß dies ihr Ernst war, so verbeugte er sich bis auf den Boden.

Wer hätte gedacht, daß es den chinesischen Rebellen gelingen könnte, insgeheim mit dem einsamen jungen Kaiser in Verbindung zu treten? Doch es geschah dies durch Vermittlung des Eunuchen Huang. Eines Morgens im zehnten Mondmonat jenes Jahres entkam der Kaiser den ihn bewachenden Eunuchen und floh durch den Föhrenwald auf der Nordseite der Insel zu einer kleinen Bucht, wo ein Boot auf ihn wartete, aber ein Eunuch sah seine flatternden Kleider zwischen den Bäumen und schlug so laut Alarm, daß alle Eunuchen hinter dem Flüchtling herstürzten und ihn gerade noch erwischten, als er das Boot besteigen wollte. Sie hielten ihn fest und baten ihn, doch zu bleiben.

»Wenn Sie fliehen, Sohn des Himmels«, flehten sie ihn an, »wird der alte Buddha uns alle köpfen lassen.«

Sie hätten kein besseres Argument wählen können. Der Kaiser hatte ein mitleidiges Herz. Er zögerte, während der Bootsmann, ein verkleideter Anhänger der Untergrundbewegung, ihn drängte, einzusteigen, und sagte, das Leben von Eunuchen sei wertlos. Unter den Eunuchen befand sich ein junger Bursche, fast noch ein Kind, der seinen kaiserlichen Herrn immer aufs freundlichste bedient hatte. Als der Kaiser diesen weinen sah, konnte er es nicht über sich bringen, das Boot zu besteigen. Er schüttelte traurig den Kopf, und der Bootsmann wagte nicht länger zu bleiben und ruderte schnell in den Schutz des morgendlichen Nebelschleiers.

Die Kaiserin erfuhr natürlich von diesem Vorfall, aber sie zog keine Folgerungen daraus, wenigstens schien es so. In ihrer Erinnerung jedoch lag dieser Fluchtversuch gut verwahrt. Anstatt des Kaisers mußten viele seiner Anhänger, sogar Prinzen und Minister, für diese Tat büßen. Aber ihn ließ sie leben, denn sie hatte eine Waffe in der Hand, mit der sie ihn jederzeit erledigen konnte. So tief war die Verehrung ihrer Untertanen für die Weisheit des Konfuzius, daß sie nur die Tatsache bekanntzugeben brauchte, der Kaiser habe beabsichtigt, sie umzubringen, dann würde ihn jedermann als einen todeswürdigen Verräter bezeichnen. Sie wußte auch, daß der Kaiser diese Waffe kannte und daß sie ihm damit drohen und ihn quälen konnte, denn er hatte ein empfindsames Gewissen und war selbst ein großer Verehrer des Konfuzius.

Jung Lu lobte sie wegen ihrer Milde. In einer Privataudienz, um die er sie gebeten hatte, sagte er: »Es stimmt zwar, Majestät, daß das Volk nie eine Verschwörung gegen Sie verzeihen würde, aber es würde Ihnen auch keine hohe Achtung entgegenbringen, wenn Sie deswegen dem Kaiser das Leben nehmen würden, selbst wenn es so aussähe, als wäre sein Tod ohne Ihre Mitwirkung erfolgt. Man muß ihn allerdings gefangenhalten, das gebe ich zu, denn Ihre Feinde werden ihn als Werkzeug benützen. Erweisen Sie ihm aber jede Höflichkeit. Wenn Sie in zehn Tagen den japanischen Gesandten empfangen, lassen Sie den Kaiser an Ihrer Seite sitzen, ebenso wenn Abgesandte aus den tributpflichtigen Grenzstaaten kommen. Sie dürfen ruhig gnädig und gütig sein. Ich möchte sogar vorschlagen, daß die Konkubine Perle –«

Aber bei diesen Worten erhob sie beide Hände, um ihm Schweigen zu gebieten. Allein der Name dieser Konkubine durfte in ihrer Gegenwart nicht erwähnt werden. Sie blickte ihn kalt und still an, und er beendete den Satz nicht.

Er fuhr fort:

»Es herrscht zwar Friede im Reich, aber die allgemeine Unruhe ist deutlich spürbar. Die Menschen sind gereizt, und ihre Mißstimmung entlädt sich vor allem gegen die Weißen. In der Provinz Kweitschau ist ein englischer Priester ermordet worden. Nun werden die Engländer dem Thron aufs neue wie ein Hornissenschwarm zusetzen und Entschädigungsgelder und Konzessionen fordern.«

Die Kaiserin wurde plötzlich wütend. Sie ballte die Hände und schlug sie dreimal auf die Knie. »Immer wieder diese ausländischen Priester!« rief sie. »Warum bleiben sie nicht zu Hause? Schicken wir vielleicht unsere Priester in die Welt hinaus, um die Götter anderer Völker zu schmähen und abzusetzen?«

»Wenn wir den Männern aus dem Westen nicht im Kampfe unterlegen wären, würden auch ihre Priester nicht hier sein«, erinnerte sie Jung Lu. »Wir haben Priestern und Händlern den Zutritt in unsere Häfen nicht verwehren können.«

»So wahr ich lebe, ich will keine mehr im Lande dulden!« erklärte die Kaiserin. Sie vergaß, daß Jung Lu vor ihr stand, oder tat wenigstens so. Als er sah, in welcher Stimmung sie war, verbeugte er sich und ging fort. Sie hob nicht einmal den Kopf.

Im letzten Monat jenes Jahres wurde wieder ein ausländischer Priester ermordet, diesmal in der westlichen Provinz Hupeh, aber er wurde nicht sofort umgebracht wie die anderen, sondern auf grausame Weise zu Tode gefoltert. Im selben Monat erhob sich der Pöbel in den Dörfern und Städten der Provinz Setschuan gegen die fremden Priester, weil von unbekannter Seite das alte Märchen erzählt wurde, daß die Priester Zauberer seien, die Kinder stählen und aus deren Augen und gemahlenen Knochen Medizin und Zaubertränke herstellten.

Die Kaiserin war außer sich, denn sobald ein Ausländer getötet wurde, wurden die fremden Mächte anmaßend und drohten mit Krieg, wenn nicht voller Schadenersatz geleistet würde. Die ganze Welt schien sich auf einmal gegen sie zu erheben. Rußland, England, Frankreich und Deutschland erhoben dauernd Vorstellungen und wollten sich nicht zufriedengeben. Frankreich, das die meisten Priester verloren hatte, ließ durch seinen Gesandten erklären, es würde mit seinen Kriegsschiffen die Küste blockieren, wenn es keine Landkonzession in Schanghai erhielte. Auch Portugal forderte weiteres Gebiet um Macao. Belgien verlangte für zwei ermordete Priester eine Landkonzession in Hankau, dem großen Flußhafen am Jangtse. Japan schielte auf die reiche und fruchtbare Provinz Fukien, und selbst Spanien ließ ein Donnergrollen am Horizont ertönen, weil sich unter den Ermordeten auch ein spanischer Priester befand. Am wütendsten drängte Italien, das als Konzession die Samun-Bucht in der Provinz Tschekiang forderte, eines der reichsten Gebiete Chinas.

Durch solche Unglücksnachrichten erschreckt, ließ die Kaiserin ihre Minister und Prinzen zu einer Sonderaudienz zusammenrufen, zu der sie auch General Li Hung-tschang bestellte, der mit seinen Truppen am Gelben Fluß Dämme gegen eine Überschwemmung baute.

Der Tag, an dem die Audienz stattfand, war heiß. Von Nordwesten her blies ein Sandsturm. Die Luft war mit feinem Sand erfüllt. Während die Prinzen und Minister auf die Kaiserin warteten, mußte sie ihre Taschentücher vor das Gesicht halten, damit ihnen der Sand nicht in die Augen drang. Aber die Kaiserin schien den Sturm gar nicht zu beachten. Sie stieg in Staatskleidern aus ihrer Sänfte und ging, gestützt auf den Arm Li Lien-yings, zum Drachenthron. Durch ihre stolze Gleichgültigkeit zwang sie alle, die Taschentücher vom Gesicht zu nehmen und vor ihr niederzufallen. Sie bemerkte sogleich, daß Jung Lu nicht anwesend war.

»Wo ist mein Vetter?« fragte sie Li Lien-ying.

»Majestät, er hat sich wegen Krankheit entschuldigen lassen. Ich glaube, er ist krank, weil Sie Li Hung-tschang herbeordert haben.«

Die Kaiserin eröffnete mit feierlicher Anmut die Audienz. Jeden Prinzen und Minister fragte sie nach seiner Meinung. Zuletzt rief sie den alten General Li Hung-tschang auf, der mit unsicheren Schritten vortrat und mit großer Schwierigkeit niederkniete. Dennoch bot sie ihm keinen Sitz an. Heute verlangte sie alle äußeren Zeichen der Unterwerfung.

»Und was haben Sie zu sagen, hochgeehrter Beschützer unseres Thrones?« fragte sie in freundlichstem Ton.

Li Hung-tschang antwortete, ohne die Stirn vom Boden zu erheben: »Majestät, viele Monate habe ich mir diese Angelegenheit durch den Kopf gehen lassen. Wir sind von Feinden umgeben, die weder uns noch unsere Art verstehen. Aber wir müssen um jeden Preis den Krieg vermeiden, denn wenn wir uns in einen Kampf mit ihnen einließen, würde das nichts anderes bedeuten, als einen wütenden Tiger anzuspringen. Ich rate daher, einen dieser Feinde als unseren Verbündeten zu gewinnen. Am besten wählen wir dazu unseren nördlichen Feind, Rußland. Das russische Volk ist uns zwar fremd, aber jedenfalls ist es auch ein asiatisches Volk.«

»Nein«, erklärte sie energisch. »Der Preis ist zu hoch. Was nützt es, wenn wir unsere anderen Feinde schlagen, aber der Vasall dieses einen werden? Gibt es eine Nation, die etwas, und sei es noch so wenig, für nichts gibt? Nein, wir werden alle Feinde zurückschlagen. Ich will nicht eher ruhen, als bis alle Weißen, Männer, Frauen und Kinder, von unseren Küsten vertrieben sind. Ich will nicht mehr nachgeben. Wir nehmen zurück, was uns gehört.«

Sie erhob sich bei diesen Worten vom Thron, und es schien den Ministern und Prinzen, als ob sie größer wäre als sonst. Warum war Jung Lu nicht gekommen, um sie zu unterstützen? Da sah sie das Mitglied des Großen Rates Kang Yi, einen schon älteren Mann, der in seinem ganzen Leben immer für das Alte eingetreten war und das Neue bekämpft hatte.

Mit lauter, klarer Stimme sagte sie: »Meine Herren Minister und Prinzen, Sie können jetzt gehen, nur Kang Yi möchte ich zu einer Privataudienz empfangen.« Sie stieg vom Thron, Li Lien-ying führte sie zwischen den Knienden hindurch zu ihrer Sänfte. Sie hatte ihren Entschluß gefaßt. Sie wollte den Weißen nicht mehr nachgeben.

Eine Stunde später – es war die Stunde des Affen am frühen Nachmittag – stand Kang Yi vor ihr in ihrem Privataudienzsaal. Auch der Obereunuch war zugegen. Er fühlte das Geschenk, das Kang Yi ihm zugesteckt hatte, in der Innentasche seines langen Kleides. Während sie sprach, blickte die Kaiserin durch die offenen Türen in den Garten. Der Wind hatte sich gelegt, die Luft war durch den Sandsturm gereinigt.

»Ich werde nicht mehr schwanken«, sagte die Kaiserin. »Ich werde das Land, das die Feinde uns genommen haben, zurückfordern. Wenn sie es nicht zurückgeben, werden wir es Fuß um Fuß wieder erobern, koste es, was es wolle.«

»Majestät«, sagte Kang Yi, »zum erstenmal bin ich hoffnungsvoll.« Er war ein Anhänger des Konfuzius und ein bekannter Gelehrter.

»Was raten Sie mir?« fragte die Kaiserin.

»Majestät, Prinz Tuan und ich haben uns oft darüber unterhalten, was wir Ihnen raten würden, wenn Sie uns um Rat fragten. Wir sind beide der Ansicht, daß wir den Haß der Chinesen gegen die Weißen ausnützen sollten. Die Chinesen sind wütend wegen des Landes, das man ihnen gestohlen hat, wegen der Kriege, die man gegen sie geführt hat, wegen der Entschädigungssummen, die sie wegen der ermordeten Priester haben zahlen müssen. Sie haben geheime Gesellschaften gebildet, deren Ziel die Vernichtung dieser Feinde ist. Ich erhebe nicht den Anspruch, Majestät, Ihnen einen sicheren Weg weisen zu können, ich gebe meinen Rat in aller Demut. Aber da die umherziehenden Banden, die von den geheimen Gesellschaften unterstützt werden, nun einmal da sind, warum sollen wir sie uns nicht dienstbar machen? Sie brauchen ihnen nur unter der Hand ihre Billigung auszusprechen. Wenn die reguläre Armee durch diese Banden verstärkt wird, wer kann uns dann widerstehen? Die Chinesen werden sich in Anhänglichkeit an Sie, Heilige Mutter, überbieten, wenn sie wissen, daß Sie mit ihnen gegen die Fremden im Bunde sind.«

Die Kaiserin überlegte, der Plan schien gut zu sein. Sie stellte noch einige Fragen, sagte ihm einige Liebenswürdigkeiten und entließ ihn dann. Diese neue Hoffnung hatte sie in so gute Stimmung versetzt, daß sie auch Li Lien-ying anhörte, als dieser in dieselbe Kerbe schlug. »Gibt es einen besseren Plan?« fragte er. »Kang Yi ist ein sehr kluger Mann.«

»Das ist er in der Tat«, gab sie zu.

Sie bemerkte, daß sein Gesicht hart wurde, seine Augen sich verengten und tückisch wurden. »Nun?« fragte sie. Sie kannten einander sehr genau, diese beiden.

»Ich warne Sie, Majestät«, sagte er, »ich glaube, Jung Lu wird den Plan nicht billigen.« Er fuhr sich mit der Zunge über die Oberlippe und machte ein mißmutiges Gesicht.

»Das macht nichts«, erwiderte sie nach kurzer Überlegung, »ich werde nicht auf ihn hören.«

Einige Tage später mußte sie Jung Lu kommen lassen, um ihn wegen eines Vergehens zur Rede zu stellen, von dem sie durch ihre Spione gehört hatte.

»Was habe ich verbrochen, Majestät?« fragte er.

Zum erstenmal kam er ihr alt und abgespannt vor. »Ich höre, Sie haben den ausländischen Gesandten erlaubt, ihre Wachen zu vermehren.«

»Dazu war ich gezwungen«, sagte er. »Auch sie scheinen ihre Spione zu haben, die ihnen wohl gemeldet haben, daß Sie Kang Yi empfangen haben, Majestät, und beabsichtigen, den sogenannten Boxern insgeheim Ihre Billigung angedeihen zu lassen. Nun ist es bekannt, daß diese Banden das Ziel haben, alle Ausländer bis auf das letzte Kind umzubringen. Ich habe darauf erwidert, Majestät, ich könnte nicht glauben, daß Sie einen solchen Wahnsinn billigten. Nicht einmal Sie können gegen die ganze Welt kämpfen. Wir müssen verhandeln und gute Miene zum bösen Spiel machen, bis unsere Streitmacht so groß ist, daß wir mit einem Sieg rechnen können.«

»Ich höre, daß die Leute auf den Straßen laut geflucht haben, als die ausländischen Truppen in die Stadt kamen. Kang Yi berichtet mir, daß die Provinz Tschutschau schon für den Kampf gerüstet ist. Die Behörden hatten einige der Rebellen, die zu den sogenannten Boxern gehören, verhaften lassen, aber auf Veranlassung Kang Yis wurden sie wieder in Freiheit gesetzt und sollen demnächst vor mir ihre Zauberkünste vorführen. Man sagt, sie könnten nicht einmal durch Gewehrfeuer verwundet werden.«

Ärgerlich sagte Jung Lu: »Wie können Sie einen solchen Unsinn glauben, Majestät?«

»So unsinnig ist dieser Glaube nicht«, entgegnete sie. »Am Ende der Han-Dynastie vor mehr als tausend Jahren führte Tschang Tschau die sogenannten Rebellen vom Gelben Turban gegen den Thron und nahm viele Städte ein, obschon er weniger als eine halbe Million Mann zur Verfügung hatte. Auch diese Rebellen waren gegen Verwundungen und Tod gefeit. Kang Yi sagt, daß Freunde von ihm vor vielen Jahren dieselbe Zauberei in der Provinz Schensi gesehen haben. Es gibt Geister, die den Rechtschaffenen helfen.«

Jung Lu war außer sich. Er riß sich den Hut vom Kopf und warf ihn ihr vor die Füße, griff sich ins Haar und riß sich zwei Büschel aus.

»Ich vergesse nicht, daß Sie die Kaiserin sind«, sagte er dann gefaßter, aber immer noch mit verbissener Wut. »Doch außerdem sind Sie doch meine Kusine, der ich vor langer, langer Zeit mein Leben geweiht habe. Deshalb darf ich auch wohl sagen, daß Sie unsinniges Zeug reden. Wenn Sie auf diesen Tropf Kang Yi hören, der unsere Zeit gar nicht kennt, sondern in längst toten Jahrhunderten lebt, wenn Sie Ihrem Obereunuchen und seinesgleichen oder selbst Prinz Tuan Gehör schenken, vernichten Sie sich selbst und die ganze Dynastie. Hören Sie auf mich – hören Sie auf mich –«

Flehend hob er die Hände zu ihr empor und blickte in das Gesicht, das ihn immer noch bezauberte. Ihre Blicke tauchten ineinander, er sah, wie ihr Wille schwankend wurde, und wagte nicht weiterzusprechen, da er fürchtete, er könne dann die Wirkung seiner Worte wieder zerstören.

Kleinlaut sagte sie: »Ich habe auch Prinz Tsching um Rat gefragt, und er meinte, die Boxerbanden könnten uns zweifellos von Nutzen sein.«

»Nur ich wage, Ihnen die Wahrheit zu sagen.« Er trat einen Schritt vor und steckte seine Hände in den Gürtel, um nicht die ihrigen zu ergreifen, wie es ihn drängte. »In Ihrer Gegenwart wagt Prinz Tsching nicht, seine eigentliche Meinung zu sagen, die er jedoch mir anvertraut hat – er hält diese Boxer für Betrüger, Aufrührer und unwissende Räuber, die versuchen, mit Ihrer Hilfe zur Macht zu gelangen. Hören Sie auf mich, denn wer verehrt Sie so wie ich?« Seine Stimme sank zu einem Flüstern herab. Sie merkte, wie schwer es ihm wurde, ihr das jetzt zu sagen. Sie senkte den Kopf. Die Macht, die er über sie hatte, wirkte immer noch. Ihr ganzes Leben lang hatte seine Liebe sie aufrechterhalten.

»Versprechen Sie mir wenigstens, daß Sie nichts tun werden, ohne mich zu verständigen«, sagte er. »Das ist doch nicht zuviel verlangt.« Als sie nichts erwiderte, drängte er sie noch einmal. »Die einzige Belohnung, um die ich bitte.«

Die ganze Zeit über hielt er den Blick auf ihren gesenkten Kopf gerichtet. Sie hob ihn nicht. Vor sich auf dem Boden sah sie seine Füße, die Samtstiefel, die zum Teil durch sein langes blaues Seidengewand verdeckt wurden. Treu, stark und unwandelbar hatte er durch all die Jahre in ihrem Dienst auf diesen Füßen gestanden – ein ganzes Leben lang.

Sie hob den Kopf. »Ich verspreche es.«

»Majestät«, sagte Kang Yi, »warum zögern Sie? Mit zunehmendem Alter wird Ihr Herz weich. Warum geben Sie nicht die Erlaubnis, die Ausländer zu beseitigen?«

Er hatte erfahren, daß Jung Lu gegen ihn arbeitete, und schleunigst um eine Audienz nachgesucht.

Sie wandte den Kopf ab. »Ich bin dieser ganzen Sache müde – ich habe euch alle satt«, sagte sie.

»Aber Majestät«, drängte er. »Jetzt darf man nicht müde sein, jetzt muß man an den Sieg denken. Sie brauchen nicht einmal einen Finger zu rühren. Sagen Sie nur ein Wort, und andere werden die Arbeit für Sie tun. Wir brauchen nur ein Wort von Ihnen, Majestät.« Sie schüttelte den Kopf. »Ich kann es nicht sagen.«

»Majestät«, drängte Tung Fu-hsiang, »geben Sie mir Ihre Erlaubnis, und ich werde binnen fünf Tagen alle Häuser in unserer Stadt, in denen Ausländer wohnen, dem Erdboden gleichmachen.«

Die Kaiserin hielt Audienz im Winterpalast. Sie war am Tage vorher aus dem Sommerpalast in die Verbotene Stadt zurückgekehrt, da die Boxer ohne Erlaubnis die Eisenbahn nach Tientsin zerstört hatten. Sie wußte immer noch nicht genau, ob sie unverwundbar waren.

»Majestät«, sagte Kang Yi, »Tung hat zwar die rauhe Sprache eines Soldaten, aber er steht auf unserer Seite, obwohl er Chinese ist.« Jung Lu war nicht da. Er hatte vor zwei Tagen um Urlaub gebeten, aber sie hatte ihm nicht geantwortet. Trotzdem war er gegangen.

»Majestät«, sagte das Mitglied des Großen Rates, Tschi Hsiu, »lassen Sie mich ein Dekret vorbereiten, das Sie nur zu unterschreiben brauchen. Wir wollen wenigstens die diplomatischen Beziehungen mit den Ausländern abbrechen. Das wird sie erschrecken, sie vielleicht sogar zur Vernunft bringen.«

»Vorbereiten können Sie es«, entgegnete die Kaiserin, »aber ich verspreche nicht, es zu unterzeichnen.«

»Majestät«, fuhr Kang Yi fort, »gestern war ich bei einer Geburtstagsfeier im Hause des Herzogs Lan. Mehr als hundert Boxer lagen dort im Vorhof. Sie können böse Geister in ihren Körper treten lassen. Ich sah, wie Burschen von vierzehn oder fünfzehn Jahren in Ekstase gerieten und in fremden Zungen redeten. Herzog Lan sagt, daß die bösen Geister in ihnen die Boxer zu den Häusern von Christen führen, wenn die Zeit dafür kommt.«

»Ich habe es nicht mit eigenen Augen gesehen«, sagte die Kaiserin. Sie hob die Hand und entließ die Anwesenden.

»Majestät«, sagte Li Lien-ying im Zwielicht, »viele Bürger gewähren den Boxern Unterkunft.« Zögernd fuhr er dann fort: »Sie dürfen nicht böse werden, Majestät, aber Ihre Adoptivtochter, die kaiserliche Prinzessin, verköstigt zweihundertfünfzig Boxer, die draußen vor der Stadt kampieren, und ihr Bruder, Prinz Tsai Ying, lernt deren Zaubereien. Die Boxer aus Kansu wollen in die Stadt eindringen. Viele Einwohner reisen fort, da sie Unruhen befürchten. Alle warten auf Ihr Losungswort, Majestät.«

»Ich kann es nicht geben«, sagte die Kaiserin.

Am sechzehnten Tage des fünften Mondmonats ließ sie Jung Lu holen. Sie mußte ihr Versprechen zurücknehmen. Am Morgen hatte sie erfahren, daß noch mehr ausländische Soldaten von der Küste her nach Peking unterwegs waren. Der Grund war, daß wieder ein Fremder in der Provinz Kansu erschlagen worden war.

Gegen Mittag kam Jung Lu. Er hatte nicht einmal Zeit, sich umzuziehen, und sah aus, als ob er von seinem Garten oder von der Jagd käme.

»Soll ich noch immer untätig zusehen, während sich die Stadt mit ausländischen Soldaten füllt?« fragte sie. »Das Volk wird sich gegen den Thron auflehnen und die Dynastie stürzen.«

»Ich gebe zu, Majestät, daß wir die Tore gegen den weiteren Zuzug dieser Truppen sperren müssen«, erwiderte Jung Lu. »Aber es würde Schande über uns bringen, wenn wir die Gesandtschaften fremder Nationen angriffen. Wir würden gegen das Völkerrecht und die Gesetze der Gastfreundschaft verstoßen und als Barbaren gelten. Es wäre genauso, als würden wir einen Gast in unserem Hause vergiften.«

»Und was soll ich tun?« fragte sie vorwurfsvoll.

»Bitten Sie die Gesandten, die Stadt mit ihren Familien und Bekannten zu verlassen. Wenn sie fort sind, werden auch ihre Truppen abziehen.«

»Und wenn sie nicht gehen wollen?«

»Man müßte versuchen, sie dazu zu bringen. Wenn sie diesen Rat nicht beachten, trifft Sie kein Tadel, Majestät.«

»Gibst du mir mein Versprechen zurück?« fragte sie.

»Warten Sie noch bis morgen, Majestät – bis morgen.«

Mitten in der Nacht wurde die Kaiserin durch einen hellen Lichtschein geweckt. Wie immer schlief sie mit offenen Vorhängen, die Fenster waren plötzlich hell. Sie sah sofort, daß das Licht nicht von einer Laterne oder vom Mond kam, sondern der Himmel rot von Feuer war. Sie weckte ihre vier Damen, die auf Liegematratzen auf dem Boden schliefen. Sie liefen zum Fenster.

Die Tür wurde aufgerissen, und Li Lien-ying rief, eine ausländische Kirche sei von unbekannten Tätern in Brand gesteckt worden.

Die Kaiserin stand auf und ließ sich sofort ankleiden. Dann ging sie mit ihren Damen und den Eunuchen auf den sogenannten Päonienberg, von dem man über die Mauern in die Stadt sehen konnte. Der aufsteigende Rauch behinderte die Sicht, aber bald machte sich ein furchtbarer Geruch bemerkbar. Li Lien-ying gab eine erschreckende Erklärung. Die Boxer hatten die französische Kirche in Brand gesetzt, in die sich Hunderte christlicher Chinesen – Männer, Frauen und Kinder – geflüchtet hatten.

»Entsetzlich!« stöhnte die Kaiserin. »Hätte ich doch den Ausländern von vornherein den Zutritt zu unserem Land verboten, dann hätten meine Untertanen sich nicht zu fremden Göttern verirren können.« – »Beruhigen Sie sich, Majestät«, sagte Li Lien-ying. »Die Ausländer feuerten auf eine Menschenmenge, die vor der Kirche stand, dann erst haben die Boxer Rache genommen.«

»Ich sehe Unheil voraus«, antwortete die Kaiserin, »denn die Geschichte lehrt uns, daß jedesmal, wenn Feuersbrünste in der Kaiserstadt ausbrachen, die Flammen keinen Unterschied zwischen gewöhnlichen Kieseln und kostbarem Jade machten.«

»Majestät«, drängten sie die Versammelten, »wenn Sie nicht wollen, daß alles verlorengeht, müssen Sie sich jetzt auf die Boxer stützen. Wie Wasserfluten dringen die ausländischen Soldaten durch die Stadttore.«

»Es ist höchste Zeit, Majestät, Sie dürfen nicht mehr zögern.«

»Majestät –, Majestät –«

So flehten alle sie in dem kleinen Thronsaal an, Kang Yi, Prinz Tuan, Yuan Schi-kai und die anderen Prinzen und Minister. Das Zeremoniell wurde nicht mehr beachtet. Die Zeit drängte.

Zu ihrer Rechten saß der Kaiser auf einem niedrigeren Sessel. Er hatte den Kopf gesenkt, sein Gesicht war bleich, seine langen mageren Hände lagen schlaff auf den Knien.

»Sohn des Himmels«, fragte sie ihn, »sollen wir die Boxer auf unsere Feinde loslassen?«

Hatte nicht er die Verantwortung zu tragen, wenn er ja sagte?

»Dein Wille geschehe, Heilige Mutter«, sagte er, ohne den Kopf zu erheben.

Sie sah Jung Lu an. Er stand abseits mit gekreuzten Armen.

»Majestät! Majestät!« Die Stimmen hallten von den bemalten Balken der hohen Decke zurück.

In der grauen Dämmerung des Morgens stand sie auf und gebot mit erhobenen Händen Schweigen. Sie hatte die ganze Nacht kein Auge geschlossen und nichts gegessen, während überall in der Stadt die Feuersbrünste wüteten und die ausländischen Soldaten in die Stadt marschierten – nicht mehr durch ein Tor, sondern durch alle vier. Was blieb jetzt noch übrig als Krieg?

»Die Stunde ist gekommen. Wir müssen die Ausländer in ihren Gesandtschaften vernichten!« rief sie in die plötzlich eintretende Stille. »Kein Stein soll auf dem anderen bleiben und niemand der Vernichtung entgehen!«

Sie hatte das Versprechen, das sie Jung Lu gegeben hatte, gebrochen. Er trat vor und fiel vor ihr nieder.

»Majestät«, sagte er, und die Tränen rannen ihm die Wangen hinab, »obwohl die Ausländer unsere Feinde sind und ihre schlimme Lage selbst herbeigeführt haben, möchte ich Sie doch bitten, Majestät, Ihren Entschluß noch einmal zu überprüfen. Wenn wir ihre paar Häuser zerstören, diese Handvoll Menschen vernichten, so werden ihre Regierungen uns anklagen und mit gewaltiger Macht gegen uns anrücken. Das Meer ist für sie kein Hindernis, da sie über genug Schiffe verfügen. Die heiligen Stätten unserer Ahnen werden zerstört werden, unsere Tempel und deren Schutzgötter wird man dem Erdboden gleichmachen.«

Ihr Herz zitterte, das Blut erstarrte ihr in den Adern. Sie verbarg ihre Angst, wie sie das immer getan hatte. Die alte Gewohnheit wirkte auch jetzt, und obschon sie der Verzweiflung nahe war und von Entsetzen gepackt wurde, ließ sie sich das äußerlich nicht anmerken. Ihr schönes Gesicht zeigte keine Veränderung, ihre Augenlider zitterten nicht.

»Ich kann das Volk nicht mehr zurückhalten«, erklärte sie. »Es dürstet nach Rache. Wenn es sich an unseren Feinden nicht rächen kann, wird es mich in Stücke reißen. Wenn Sie als Mitglied des Großen Rates keinen besseren Rat zu geben wissen, dann verlassen Sie die Versammlung. Ihre Gegenwart ist hier nicht mehr nötig.«

Sofort stand Jung Lu auf. Seine Tränen versiegten. Ohne Wort oder Gebärde ging er aus dem Saal.

Da zog der Rat Tschi Hsiu aus seinen hohen Samtstiefeln ein gefaltetes Papier. Er öffnete es langsam und legte es mit tiefer Verbeugung vor dem Thron nieder. »Majestät«, sagte er, »ich habe mir die Freiheit genommen, ein Dekret abzufassen, das Sie nur zu unterzeichnen brauchen. Wenn Sie erlauben, will ich es laut vorlesen.«

»Tun Sie das«, forderte ihn die Kaiserin auf. Ihre Lippen waren kalt und starr, aber ihre Haltung blieb unerschüttert.

Tschi Hsiu begann zu lesen. Das Schriftstück war eine Kriegserklärung an die ausländischen Mächte. Es herrschte eine tiefe, feierliche Stille.

»Es ist ausgezeichnet«, sagte sie mit ruhiger, kalter Stimme. »Ich habe nichts gegen seine Veröffentlichung einzuwenden.«

Alle gaben ihren Beifall mit einer dem Ernst der Stunde angemessenen Feierlichkeit kund. Tschi Hsiu faltete das Papier zusammen, steckte es in den Stiefelschaft und ging auf seinen Platz zurück.

Es wurde jetzt hell, die übliche Zeit für die allgemeine Audienz, der diese vorausgegangen war. Li Lien-ying reichte der Kaiserin seinen Arm und führte sie auf die Terrasse zu ihrer Sänfte. Dann begab sie sich in den Saal der Fleißigen Regierung. Dort wartete der Kaiser auf sie. Als sie eintrat, stieg er zuerst aus seiner Sänfte und kniete vor ihr nieder, als sie die ihre verließ.

»Gnädige Mutter!« begrüßte er sie.

Sie nickte leicht, gab aber keine Antwort und ging, auf Li Lien-ying und einen anderen Eunuchen gestützt, langsam in den Saal.

Hinter der Kaiserin folgte der junge Kaiser mit wachsbleichem Gesicht und niedergeschlagenen Augen. Er setzte sich auf den kleineren Thron zur Rechten der Kaiserin.

Als die üblichen Zeremonien beendet waren, begann die Kaiserin zu sprechen. Ihre Stimme war zuerst schwach, aber der Gedanke an ihre Feinde verlieh ihren Worten bald Kraft und ihren müden Augen Glanz.

»Unsere Entscheidung ist getroffen«, erklärte sie, »und wir sind entschlossen, ihr Nachdruck zu verleihen. Stolz und Einsicht verbieten uns, den unverschämten Forderungen der Ausländer noch weiter nachzugeben. Wir hatten ursprünglich die Absicht, die Boxerbewegung, wenn möglich, zu unterdrücken. Jetzt ist das nicht mehr angängig. Auch die Boxer haben die Drohungen unserer Feinde vernommen, die sich sogar auf meine Person erstreckten, denn gestern haben sie durch ihre Gesandten gefordert, daß ich abdanken und den Thron meinem Neffen übergeben soll, obgleich alle wissen, wie kläglich er als Herrscher versagt hat. Und warum verlangen sie meinen Rücktritt? Weil sie mich fürchten. Sie wissen, daß ich unwandelbar bin, während mein Neffe Wachs in ihren Fingern wäre.«

Sie machte eine Pause und ließ ihre Blicke über die Versammlung schweifen. Das flackernde Licht der Fackeln fiel auf die gespannten Gesichter der aufmerksamen Zuhörer und den gesenkten Kopf des an ihrer Seite sitzenden Kaisers.

»Willst du nicht sprechen?« fragte sie ihn.

Der Kaiser sah nicht auf. Er feuchtete seine Lippen an, krampfte seine langen mageren Hände zusammen und öffnete sie wieder. Es schien, als sei er nicht fähig, auch nur ein Wort hervorzubringen. Sie wartete und hielt unverwandt ihre großen Augen auf ihn gerichtet. Schließlich sagte er mit zitternder Stimme, wobei er sich fast nach jedem Wort mit der Zunge über die Lippen fuhr:

»Heilige Mutter, ich kann nur sagen – vielleicht steht es mir nicht zu, meine Meinung zu äußern –, aber da du mich fragst, will ich es tun. Es scheint mir, daß Jung Lu sehr weise gesprochen hat. Ich meine – um Blutvergießen zu vermeiden – und da wir unmöglich gegen die ganze Welt kämpfen können – da wir keine Schiffe oder gleichwertige Waffen haben –, halte ich es für besser, wenn wir den ausländischen Gesandten und ihren Familien erlauben, ungestört die Stadt zu verlassen. Aber ich – ich kann natürlich keine solche Entscheidung treffen. Es muß alles so geschehen, wie meine Gütige Mutter will.«

Sogleich rief ein Mitglied des Großen Rates zu der Kaiserin hinauf: »Ich bitte Eure Majestät, halten Sie an Ihrem Plan fest. Jeder Ausländer ist zu töten und ihre ganze Brut auszurotten. Wenn das getan ist, wird der Thron Zeit und Kraft haben, mit den Aufrührern fertig zu werden, die im Süden neue Unruhen stiften.«

Die Kaiserin war über diese Zustimmung erfreut und sagte: »Ich habe Jung Lus Rat gehört, und er braucht mir nicht wiederholt zu werden. Das Edikt über die Kriegserklärung ist zur Veröffentlichung vorzubereiten.«

Sie stand auf, um die Audienz zu beenden, aber plötzlich hatte man allerlei Einwände zu machen. Da erklärte einer, ein Krieg würde das Ende der Dynastie bedeuten, denn China würde sicherlich geschlagen werden, und Chinesen würden dann die Herrschaft übernehmen. Der Minister für Auswärtige Angelegenheiten sagte sogar, er habe in seinen Unterhandlungen die Fremden ganz zugänglich gefunden, und er glaube nicht, daß ein Dokument, das den Thronverzicht der Kaiserin fordere, vorliege. Hätten nicht die ausländischen Damen die Kaiserin gelobt? Er habe sogar bemerkt, daß die Gesandten nach dem Empfang ihrer Damen viel freundlicher und höflicher geworden seien.

Über diese Worte geriet Prinz Tuan in Zorn, und die Kaiserin bat den Minister, sich zurückzuziehen, damit ein Streit vermieden werde. Dann stand Herzog Lan, der Beschützer der Boxer, auf, und sagte, er habe in der vergangenen Nacht im Traum Yü Huang, den göttlichen Jadekaiser, inmitten einer großen Schar Boxer gesehen, die gerade ihre patriotischen Übungen abgehalten hätten. Der Kaisergott habe diese offenbar gebilligt.

Dieser Traum fand bei der Kaiserin großes Interesse. Sie lächelte dem Herzog liebenswürdig zu und sagte, sie erinnere sich, in ihren Büchern gelesen zu haben, daß der Jadekaiser in alten Zeiten einmal einer Kaiserin erschienen sei. »Das ist ein gutes Vorzeichen«, schloß sie. »Es bedeutet, daß die Götter für uns und gegen die westlichen Barbaren sind.« Aber noch immer wollte sie sich nicht herbeilassen, die Zaubermittel der Boxer für den Kampf in Anspruch zu nehmen. Wer wußte, ob sie wirksam oder unwirksam waren?

Dann entließ sie die Versammlung und kehrte zu ihrem Palast zurück, ohne den Kaiser noch eines Wortes, ja, nicht einmal eines Blickes zu würdigen. Jetzt, da sie ihren Willen durchgesetzt hatte, fühlte sie sich nicht mehr so bedrückt. Sie war müde und sehnte sich nach Schlaf.

»Ich will heute den ganzen Tag schlafen«, sagte sie zu ihren Damen, als diese sie zu Bett brachten. »Man soll mich ja nicht wecken.«

Eine Stunde nach Mittag, zur Stunde des Schafes, rieß sie jedoch Li Lien-ying durch seine laute Stimme aus der Ruhe.

»Majestät«, rief er, »Prinz Tsching und Kang Yi müssen Sie dringend sprechen.«

Ein solches Ersuchen konnte die Kaiserin natürlich nicht ablehnen. Nachdem sie wieder angezogen war und sogar ihren Kopfputz aufgesetzt hatte, ging sie ins Vorzimmer und fand dort die zwei, die ungeduldig auf sie warteten.

»Majestät«, rief Kang Yi, nachdem er sich vor ihr niedergeworfen hatte, »der Krieg hat schon begonnen. En Hai, ein Mandschu-Sergeant, hat heute morgen zwei Ausländer getötet, einer von ihnen war der deutsche Gesandte, der, wie es heißt, in seiner Sänfte unterwegs war, um Sie um eine Sonderaudienz zu bitten. En Hai ermordete ihn und eilte dann zu Prinz Tsching, um von ihm eine Belohnung zu erhalten.«

Die Kaiserin fühlte, wie Angst ihr das Herz einschnürte.

»Aber wie konnte unser Edikt im Volke so schnell bekannt werden?« fragte sie. »Der Sergeant darf keine Belohnung bekommen, wenn er seine Tat ohne ausdrücklichen Befehl ausgeführt hat.«

Prinz Tsching räusperte sich verlegen. »Majestät«, sagte er, »da das Unvermeidliche nicht mehr aufzuhalten war, gaben Prinz Tuan und Tschi Hsui heute morgen sofort nach der Audienz den Befehl heraus, daß alle Ausländer, wo man sie antreffe, umzubringen seien.«

Die beiden blickten einander an.

»Majestät«, sprach jetzt Kang Yi weiter, »unsere Feinde haben ihre Vernichtung selbst herbeigeführt. Nach Aussage des Sergeanten hat die weiße Bewachung zuerst gefeuert und drei Chinesen getötet.«

Die Kaiserin rang die Hände. Beinahe hätte sie sich verraten. »Wo ist Jung Lu?« rief sie. »Schnell, holt ihn mir – der Kampf beginnt zu früh, wir sind noch nicht fertig.« Mit diesen Worten floh sie in ihre Gemächer. Dort wartete sie auf Jung Lu. Es dauerte zwei Stunden, bis er kam. Er sah finster und mürrisch aus.

»Laßt mich allein«, sagte sie zu ihren Damen und zu dem Eunuchen: »Daß niemand sonst hereinkommt!«

»Sprich«, sagte sie leise. »Sag mir, was ich tun soll.«

»Ich hatte schon die Eskorte zusammengestellt, welche die Ausländer an die Küste geleiten sollte«, sagte er betrübt. »Warum bist du meinem Rat nicht gefolgt?«

Sie wandte den Kopf ab und wischte sich mit dem Taschentuch die Augenwinkel.

»Jetzt, nachdem du anderen gefolgt bist, fragst du mich, was du tun sollst.«

Sie seufzte auf.

»Woher wohl willst du das Geld nehmen, um die Boxer zu bezahlen?« fragte er. »Meinst du, daß sie umsonst für dich arbeiten?«

Sie wandte ihm den Kopf wieder zu, blickte zu ihm auf, um ihn zu bitten, ihr zu helfen, sie noch einmal zu retten. Da bemerkte sie, wie er plötzlich aschfahl wurde, sich an die linke Seite faßte und dann zu Boden sank.

Sie beugte sich über ihn, ergriff seine Hände, aber sie waren schlaff und kalt, die Pupillen seiner Augen waren starr, er rang mühsam nach Atem.

»Hilfe! Hilfe!« rief sie. Ihre Damen stürzten herein, und als sie die Kaiserin neben dem großen Jung Lu knien sahen, schrien auch sie um Hilfe. Eunuchen eilten herbei. »Hebt ihn auf!« befahl die Kaiserin. »Legt ihn auf das Opiumlager!«

Sie hoben Jung Lu auf und legten ihn auf ein weiches Lager, auf dem die Kaiserin manchmal Opium rauchte, und schoben ihm ein hartes Kissen unter den Kopf. Inzwischen ließ die Kaiserin die Hofärzte herbeiholen, während Jung Lu noch immer starr dalag und nach Atem rang. »Majestät«, sagte der Oberarzt, »der Großkanzler lag krank darnieder, als Sie ihn rufen ließen.«

Zornig wandte sich die Kaiserin an Li Lien-ying. »Warum hat man mir das nicht gesagt?«

»Der Großkanzler wollte es nicht«, erwiderte Li Lien-ying.

Was konnte sie sagen? Sie war aufs tiefste durch die stets gleichbleibende Liebe dieses Mannes bewegt, der ihretwegen aufgegeben hatte, was er war und sein konnte. Sie unterdrückte den Aufruhr in ihrem Herzen, denn sie durfte weder Liebe noch Furcht zeigen, und daher sagte sie ruhig: »Bringt ihn in seine Wohnung, wo die Ärzte Tag und Nacht bei ihm bleiben und mir laufend Nachricht geben sollen, wie es ihm geht.«

Die Eunuchen machten sich sofort an die Arbeit, Jung Lu fortzubringen, und die Hofärzte begleiteten den Zug. Die Kaiserin ging, ohne ein Wort mit ihren Damen zu sprechen, in ihren Privattempel. Es war jetzt die Stunde des Hundes, wo es nicht mehr Tag und noch nicht Nacht war. In den dämmerigen Höfen lag noch die Hitze des Tages. Die Kaiserin ging langsam, als trüge sie eine schwere Last. Sie zündete vor dem Bildnis ihrer geliebten Göttin Kuan Yin drei Sandelholzstäbchen an, nahm dann die Gebetskette mit den Jadekügelchen zur Hand, die auf dem Altar immer für sie bereit lag, und betete, wie nur eine einsame Frau beten kann.

Dabei ließ sie die Kügelchen durch die Hände gleiten, bis keines mehr übrig war. Und sie fühlte, daß ihr Gebet erhört war. Mochten auch ihre Feinde siegen und der geliebte Mann sterben, sie würde ein gleichmütiges Gesicht bewahren, ihre Schönheit nicht welken und ihre Anmut nicht versiegen lassen. Sie würde stark sein.

Jeder Tag war so lang und so mit Ereignissen ausgefüllt wie sonst ein Monat, aber in ihre schreckliche Einsamkeit drangen nur wenige Stimmen, wie die des Prinzen Tuan.

»Majestät«, flehte er sie an, »die Boxer haben einen geheimen Talisman, ein rundes Stück gelben Papiers, das jeder bei sich trägt, wenn er in den Kampf zieht. Auf dieses Papier ist eine Gestalt ganz in Rot gemalt, ein Wesen, das weder Mensch noch Teufel ist. Es hat Füße, aber keinen Kopf und doch ein Gesicht, das spitz und von vier Heiligenscheinen umgeben ist. Die Augen und Brauen sind außerordentlich schwarz und brennend. Auf seinem sonderbaren Körper stehen die Zauberworte: Ich bin der Buddha der Kalten Wolke. Der schwarze Gott des Feuers bahnt mir meinen Weg. Lao Tsu selbst schützt mir den Rücken. In der oberen linken Ecke stehen die Worte: Rufe zuerst den Hüter des Himmels an, und in der unteren rechten Ecke: Rufe dann die schwarzen Götter der Pest an. Wer diese geheimnisvollen Worte lernt, vernichtet jedesmal, wenn er sie hersagt, das Leben eines Ausländers. Es kann sicher nicht schaden, wenn man diese Zauberworte lernt.«

»Nein, schaden kann es nicht«, stimmte ihm die Kaiserin zu, lernte die Worte und wiederholte sie siebzigmal täglich. Li Lienying war des Lobes voll und zählte jedesmal auf, wie viele fremde Teufel schon tot waren. Er erzählte ihr auch, daß alles, was vom Schwert eines Boxers berührt wurde, mochte es nun Holz oder Fleisch sein, aufflammte, wenn sie aber einen Gefangenen machten, sie den Willen des Himmels dadurch zu erkennen suchten, daß sie eine Papierkugel in Brand setzten, und wenn die Asche aufwärts flog, mußte der Gefangene getötet werden, fiel sie aber zu Boden, ließen sie ihn am Leben. Viele solche Geschichten erzählte der Eunuch der Kaiserin. Sie zog sie zwar in Zweifel, war aber so hart bedrängt, daß sie ihnen halbwegs Glauben schenkte.

Es kam aber immer größeres Unheil. Als ob ihr die wütenden Ausländer noch nicht genug zu schaffen machten, trafen aus dem ganzen Lande Meldungen über Hungersnöte und Überschwemmungen ein. Im ganzen Reich bildeten sich Banden, welche die Reichen ausplünderten, und allen, die noch etwas zu essen hatten, die Vorräte wegnahmen. Daher wurden auch ausländische Priester angegriffen, die immer über Nahrungsmittel und Geld verfügten. Unter den Tausenden, die ausgeplündert wurden, befanden sich auch ein paar Ausländer, aber selbst wegen eines einzelnen drohten die Mächte mit neuen Repressalien. In der ganzen Welt gab es keine Nation, keinen Menschen, an die sich die Kaiserin hätte um Hilfe wenden können. Jung Lu lag gelähmt auf seinem Krankenbett, und als die Kaiserin General Yuan Schi-kai fragte, was sie tun sollte, erwiderte er nur, daß die Boxer Narren wären. Er habe zwanzig von ihnen vor seinen Augen erschießen lassen, habe sie selbst sterben und fallen sehen wie gewöhnliche Sterbliche. Er bat die Kaiserin, doch ja nicht diesen Betrügern zu vertrauen, aber er sagte auch nicht, auf wen sie sich dann verlassen sollte. So fand sie nirgends Hilfe.

Inzwischen stand Prinz Tuan bei der täglichen Audienz immer in der Nähe des Thrones und rühmte sich, er könne die Barbaren ins Meer treiben, sie brauche nur den Befehl dazu zu geben. Aber die Kaiserin hoffte immer noch auf eine friedliche Beilegung des Konfliktes, während Prinz Tuan insgeheim fanatische Boxer zu Überfällen auf die Gesandtschaften anstiftete. Andererseits bekam die Kaiserin von dem ihr immer treu ergebenen Vizekönig aus Nanking eine Bittschrift, in der er sie beschwor, solche Angriffe zu vermeiden, die Gesandten und ihre Familien und die Priester samt ihren Angehörigen nicht nur in Peking, sondern auch im ganzen Reiche zu schützen und den Aufruhr überall zu unterdrücken.

»Der jetzige Krieg«, schrieb er, »ist durch Banditen entstanden, die unter dem Vorwande, das Christentum zu bekämpfen, plündern und brandschatzen. Wir stehen einer ernsten Krise gegenüber. Die fremden Regierungen haben sich schon über die gemeinsame Entsendung von Schiffen und Truppen geeinigt. Sie werden den Angriff auf China mit dem Vorgeben durchführen, sie wollten ihre Untertanen schützen und die Revolution unterdrücken. Unsere Lage ist kritisch. Ich habe in meiner Provinz bereits die nötigen Vorbereitungen getroffen, um diesem Angriff mit meiner ganzen Macht zu begegnen.

Lassen Sie trotzdem, Majestät, Milde und Macht Hand in Hand gehen. In aller Untertänigkeit rate ich Ihnen, alle Aufrührer, die unschuldige Diplomaten und Missionare angreifen, exemplarisch zu bestrafen, sonst aber Verzeihung zu üben. Gerechter Zorn und Milde mögen wie Sonne und Mond ihr Licht abwechselnd erstrahlen lassen.«

Dieser Brief machte die Kaiserin sehr nachdenklich, weil sie wußte, daß er von einem Mann stammte, an dessen Treue kein Zweifel aufkommen konnte, und so antwortete sie ihm durch Sonderkuriere, die in Staffeln mehr als zweihundert Meilen täglich zurücklegten. Sie schrieb mit eigener Hand die folgende Anweisung:

»Nichts liegt uns ferner, als mutwillig einen Krieg vom Zaun zu brechen. Teilen Sie den ausländischen Delegationen in Ihrem Bereich mit, daß wir nur freundschaftliche Gefühle gegen sie hegen und ihnen für einen Plan dankbar wären, durch den im Interesse aller eine friedliche Regelung herbeigeführt werden könnte.«

Als sie diese Depesche abgesandt hatte, schrieb sie nach langer Überlegung ein Edikt, das an die ganze Welt gerichtet war:

»Durch eine Reihe unglücklicher Umstände, die in verwirrender Schnelligkeit aufeinanderfolgten und sich unserer Kontrolle entzogen, sind Feindseligkeiten zwischen China und den Westmächten entstanden. Unsere Gesandten im Ausland sind durch weite Meere von uns getrennt und können deshalb den Mächten, bei denen sie beglaubigt sind, nicht erklären, wie wir die so entstandene Lage ansehen und über sie denken.«

Sie gab dann eine Schilderung der Entstehungsgeschichte des Krieges. Chinesische Rebellen und räuberische Elemente hätten in jeder Provinz Unruhe gestiftet, und wenn sie nicht eingegriffen und die Schuldigen bestraft hätte, wären alle ausländischen Missionare getötet worden. Um das Unglück vollzumachen, sei zu diesem Zeitpunkt der deutsche Gesandte ermordet und die Forderung auf Auslieferung der Taku-Forts gestellt worden, welcher der chinesische Kommandant nicht hätte stattgeben können, worauf die Forts bombardiert worden seien.

Sie schloß:

»So befinden wir uns ohne unsere Schuld im Kriegszustande. Wie hätte China, das sich seiner Schwäche bewußt ist, so töricht sein können, der ganzen Welt auf einmal den Krieg zu erklären? Wie könnte es hoffen, in einem solchen Kriege durch das Aufgebot undisziplinierter Banden zu siegen? Das muß doch allen einleuchten. Dies ist eine wahre Darlegung unserer Lage und der zu ihrer Bewältigung uns aufgezwungenen Maßnahmen. Unsere Gesandten im Ausland müssen den Inhalt dieses Ediktes den Regierungen, bei denen sie beglaubigt sind, klarmachen. Wir haben inzwischen unseren militärischen Befehlshabern den Auftrag gegeben, die Gesandtschaften zu schützen. Wir tun, was in unseren Kräften steht. Mittlerweile müssen unsere Minister ihre Pflichten mit besonderer Sorgfalt erfüllen. Niemand kann in einer solchen Stunde unbeteiligter Zuschauer sein.«

Doch damit war die Kaiserin noch nicht zufrieden. Sie sandte an die mächtigsten Herrscher der Welt Telegramme. Dem russischen Zaren gab sie zu bedenken:

»Seit mehr als zweihundertfünfzig Jahren haben unsere benachbarten Reiche in ununterbrochener Freundschaft gelebt und unsere Beziehungen waren herzlicher als zu irgendwelchen anderen Mächten. Trotzdem haben Unstimmigkeiten zwischen chinesischen Christen und unseren übrigen Untertanen üblen Elementen die Gelegenheit gegeben, das Reich in Zwietracht zu stürzen und mit Gewalt vorzugehen, so daß die ausländischen Mächte zu der Überzeugung kamen, daß der Thron selbst ein Feind des Christentums sei.« Sie schloß mit den Worten:

»Und jetzt, da China sich durch Umstände, die sich unserem Einfluß entzogen, die Feindschaft der westlichen Welt zugezogen hat, können wir uns nur der Hoffnung hingeben, daß Ihr Land sich als Vermittler und Friedensstifter bei den anderen Mächten für uns verwendet. Ich richte den dringenden Appell an Eure Majestät, Schiedsrichter zwischen uns zu sein und so uns alle zu retten.«

Der Königin von England sandte sie schwesterliche Grüße und erinnerte sie daran, daß England der größte Handelspartner Chinas sei, und schloß mit folgenden Worten:

»Wir bitten Eure Majestät, daher zu erwägen, daß die Interessen Ihres Landes großen Schaden leiden würden, wenn die Unabhängigkeit unseres Reiches verlorengehen würde. Wir bemühen uns in aller Eile, ein Heer zu unserer Verteidigung aufzustellen, und vertrauen inzwischen auf Ihre Vermittlung und erwarten stündlich Ihre Entscheidung.«

Zusammen mit dem Kaiser richtete sie dann durch ihren Gesandten in Tokio an den Kaiser von Japan einen Appell.

»China und Japan gehören zusammen wie Lippen und Zähne. Da Europa und Asien sich nun feindlich gegenüberstehen, müssen unsere zwei asiatischen Nationen fest zusammenhalten. Die landhungrigen Völker des Westens werden sich eines Tages auch auf

Japan stürzen. Wir müssen die zwischen uns bestehenden Unstimmigkeiten vergessen und zusammenstehen. Wir bitten Sie, zwischen Uns und den Uns umgebenden Feinden das Amt des Vermittlers zu übernehmen.«

Auf alle diese Botschaften erhielt die Kaiserin keine Antwort. Sie wollte es nicht glauben, daß das möglich sei, und wartete Tag und Nacht. Inzwischen bedrängten sie Prinz Tuan und dessen Anhänger immer mehr. »Freunde und Feinde des Thrones, Minister oder Rebellen sind einig in dem Haß gegen die Christen, die gegen unseren Willen in unser Land eingedrungen sind, um Handel zu treiben und zu predigen.«

Sie fand keinen Bundesgenossen, weder auf der Erde noch im hohen Himmel. Sie stand ganz allein. Weder Menschen noch Götter traten für sie ein. Tag für Tag saß die Kaiserin in ihrem Thronsaal. Die Minister und Prinzen schwiegen, wenn Prinz Tuan und seine Anhänger sprachen. Es schwiegen auch die Majestäten, an die sie sich gewandt hatte – und selbst Jung Lu lag schweigend auf seinem Bett. Der strahlende Sommer ging vorüber und kein Regen fiel. Wolkenlos breitete sich der Himmel über das unruhige Land. Während im vergangenen Jahr Überschwemmungen schwere Schäden angerichtet hatten, trat jetzt Dürre ein, und die Leute klagten über die schlechten Zeiten und über den Zorn des Himmels. Nach außenhin blieb die Kaiserin heiter und ruhig wie die Göttin Kuan Yin, aber innerlich war sie der Verzweiflung nahe. Die Stadt füllte sich immer mehr mit Boxern, und die allgemeine Unruhe nahm mit jedem Tag zu. Die ausländischen Gesandtschaften bereiteten sich auf einen Angriff vor und schlossen ihre Tore.

Am zwanzigsten Tage des fünften Monats wußte die Kaiserin, daß alles Warten nutzlos war. Nichts konnte jetzt mehr den Massenwahn aufhalten. Gegen Morgen schlugen Flammen hoch. Mehr als tausend Läden wurden von den Boxern geplündert und angezündet. Die reichen Kaufleute flohen mit ihren Familien aus der Stadt. Nun richteten sich die Feindseligkeiten nicht mehr nur gegen die Ausländer, sondern auch gegen den Thron und sie selbst.

An diesem Tage erhielt sie zwei Berichte von den Ministern Yuan und Hsü, die beide im Auswärtigen Amt arbeiteten. Sie teilten ihr mit, daß sie selbst tote Boxer in der Gesandtschaftsstraße gesehen hätten, die von den Kugeln ausländischer Soldaten niedergestreckt worden waren. Man könne aber deshalb den Gesandten keinen Vorwurf machen, denn sie hätten schon früher dem Thron mitgeteilt, daß die Wachen zum Zwecke der Verteidigung verstärkt worden wären und wieder zurückgezogen würden, wenn der Sturm vorüber wäre. Der Kaiser habe erst vor ein paar Tagen den Minister Hsü nach der Konferenz gefragt, ob China einem Angriff von außen standhalten könne, und weinend den Minister am Ärmel festgehalten, als dieser die Frage verneint hatte. Der Minister Yuan aber gab zu bedenken, daß der Angriff auf die Gesandtschaften eine schwere Verletzung des Völkerrechts darstelle.

Die zwei Berichte schoben in unverschämter Weise die Verantwortung der Kaiserin zu. Der Himmel blieb stumm, als sie ihn anflehte, ihr einen Ausweg zu zeigen.

Wieder vergingen einige Tage. Die Ausländer hatten sich im Gesandtschaftsviertel wie in einer Festung verschanzt. Als die Kaiserin hörte, daß sie Mangel litten, schickte sie ihnen in ihrer Angst Lebensmittel, aber diese wurden aus Furcht, daß sie vergiftet sein könnten, zurückgewiesen. Auch das reine Wasser, das sie für die fieberkranken Kinder schickte, wurde nicht angenommen.

Am fünfzehnten Tage des sechsten Monats sandte der Himmel den letzten Bannstrahl. Hunderte von chinesischen Christen wurden von den Boxern vor dem Palast eines Prinzen ermordet. Als die Kaiserin vom Tod so vieler unschuldiger Menschen erfuhr, war sie entsetzt. »Wenn doch die Christen ihrem Glauben abschwören würden«, rief sie, »wäre dieser schreckliche Krieg vermeidbar.«

Aber sie schworen ihrem Glauben nicht ab, und das brachte die Boxer erst recht in Wut. Eines Morgens trank die Kaiserin gerade ihren Tee, die Sonne schien noch nicht über die Mauer, und der Tau lag kühl auf den Lilien. Inmitten des Aufruhrs und der Straßenkämpfe war sie für einen solchen Augenblick wie diesen dankbar. Plötzlich hörte sie Schreie und lautes Aufstampfen auf den äußeren Terrassen. Sie sprang auf und eilte an die Tür. Mit hochroten Gesichtern und gezogenen Schwertern stand eine Herde betrunkener Männer draußen. Sie wurden von dem dicken Prinzen Tuan angeführt, der zwar prahlerisch an ihrer Spitze stand, sich aber offenbar vor ihnen fürchtete.

Er gebot seinen Anhängern Schweigen, als er die Kaiserin erblickte, und sagte in anmaßendem Tone:

»Majestät! Ich kann diese echten Patrioten nicht mehr zurückhalten. Sie glauben, daß Sie Christen, diesen Kindern des Teufels, Unterschlupf gewähren, ja, man hat ihnen sogar gesagt, daß der Kaiser selbst Christ ist. Ich lehne jede Verantwortung ab –.«

Sie hielt die Jadetasse noch in den Händen, hob sie jetzt hoch über den Kopf und zerschmetterte sie auf den Steinen. Ihre großen Augen sprühten Feuer.

»Verräter!« rief sie Prinz Tuan entgegen. »Wie wagst du es, in aller Frühe hierherzukommen, wenn ich Tee trinke und meinen Morgenspaziergang mache? Siehst du dich schon als Kaiser? Wie wagst du es, dich so rücksichtslos und unverschämt aufzuführen? Dein Kopf sitzt dir nicht fester auf den Schultern als einem anderen Mann. Ich regiere, und nur ich allein! Glaubst du, du könntest dich dem Drachenthron nähern, wenn du nicht dazu aufgefordert bist?«

»Majestät! Majestät!« stammelte Prinz Tuan.

Aber er konnte ihren Zorn nicht dämpfen. »Glaubst du, in diesen unruhigen Zeiten könntest du tun, was du wolltest? Mach, daß du nach Hause kommst. Ein Jahr lang wirst du kein Geld mehr bekommen. Und diesen Vagabunden da werde ich den Kopf abschlagen lassen!«

Einen solchen Eindruck machten ihr Auftreten, die harte Klarheit ihrer Stimme, die Schönheit, die sie immer noch besaß, daß selbst diese Strolche kleinlaut wurden und sich wegschlichen. Sie befahl der kaiserlichen Leibwache sofort, sie zu ergreifen, sie zu enthaupten und ihre Köpfe an den Stadttoren auf Stangen zu stekken, weil sie gewagt hatten, unaufgefordert in ihre Nähe zu kommen.

An demselben Tage kam die schlimme Nachricht aus Tientsin, daß die ausländischen Soldaten die Stadt genommen hatten und nun mit voller Macht auf die Hauptstadt marschierten, um ihre im Gesandtschaftsviertel eingeschlossenen Landsleute zu befreien. Das kaiserliche Heer befand sich auf dem Rückzug.

Am zehnten Tage des siebten Mondmonats erhielt die Kaiserin die Nachricht, daß Jung Lu dank ihrer täglichen Gebete aus seiner Lethargie erwacht war. Sie ging sofort in den Tempel, um der Göttin ihren Dank zu sagen. Dann sandte sie Körbe voll auserlesener Speisen an ihren Vetter, damit er bald wieder zu Kräften käme.

Trotzdem dauerte es noch vier Tage, bis er in seiner Sänfte zu ihr getragen werden konnte. Als sie seine Totenblässe und seine Schwäche sah, rief sie ihm zu, sich ja nicht anzustrengen und sich nicht zu erheben. Dafür stieg sie von ihrem Thron herab und setzte sich auf einen Stuhl an seiner Seite.

»Wo bist du gewesen, Vetter?« fragte sie mit großer Zärtlichkeit. »Dein Körper lag leblos auf dem Bett, während deine Seele und dein Geist weit weg waren.«

»Ich kann mich nicht erinnern, wo ich gewesen bin«, erwiderte er mit schwacher Stimme. »Aber jetzt bin ich zurückgekehrt, und es waren wohl deine Gebete, die mich zurückgeholt haben.«

»Ja, ich habe gebetet, denn ich war gänzlich allein. Sage mir doch nur, was ich tun soll! Weißt du, daß der Krieg in der Stadt selbst wütet und daß Tientsin schon gefallen ist? Der Feind nähert sich unaufhaltsam Peking –«

»Ich weiß alles. Es ist keine Zeit zu verlieren. Achte wohl auf meine Worte. Du mußt Prinz Tuan verhaften und hinrichten lassen. Ihn machen die Feinde für alles Geschehene verantwortlich. Dadurch wirst du deine Unschuld und deine Friedensliebe beweisen.«

»Was – ich soll mich den Feinden ergeben?« rief sie entrüstet. »Prinz Tuan mag man meinetwegen hinrichten, aber mich den Feinden ausliefern – das ist zu viel. Mein ganzes Leben würde dadurch sinnlos werden.«

Er stöhnte auf, als er sie so reden hörte. »O du eigensinniges Weib!« seufzte er. »Wann wirst du lernen, daß du dich nicht gegen die Zukunft stemmen kannst?« Damit gab er den Sänftenträgern ein Zeichen, ihn wieder wegzutragen, und die Kaiserin war so verbittert, daß sie ihn wortlos ziehen ließ.

Sie klammerte sich an jeden Tag in der Hoffnung, daß die Zaubermittel der Boxer doch noch ihre Wirkung tun würden. Die halbe Stadt lag in Schutt und Asche, und die Ausländer in den Gesandtschaften wollten sich noch immer nicht ergeben. Was konnte das anderes bedeuten, als daß sie auf Entsatz durch ihre immer näher kommenden Landsleute hofften? Am dritten Tage versammelte sie die Prinzen und Minister fünfmal im Audienzsaal. Zu diesen Audienzen kam auch Jung Lu. Mit großer Anstrengung stieg er aus seiner Sänfte und nahm seinen Platz ein. Aber er hatte keinen anderen Rat zu geben als den, den sie schon gehört hatte und nicht befolgen wollte. Die Minister und Prinzen hatten nichts mehr zu sagen. Ihre Gesichter waren bleich und von Müdigkeit gezeichnet.

Allein Prinz Tuan prahlte nach wie vor. Er erklärte, die Boxer hätten ihre geheimen Zaubermittel bereit und wenn die ausländischen Truppen an den Festungsgraben der Stadt kämen, würden sie ihn nicht überschreiten können, sondern ins Wasser fallen und ertrinken.

Mit plötzlich starker und lauter Stimme rief da Jung Lu in den Saal: »Die Boxer werden vor den Feinden auseinanderstieben wie der Distelsamen vor dem Winde!«

Und so geschah es. Am frühen Nachmittag des fünften Tages zur Stunde des Affen stürzte Herzog Lan in die Bibliothek, wo die Kaiserin Trost bei ihren Büchern suchte, und rief ohne jede Begrüßung: »Alter Buddha, sie sind da – die fremden Teufel sind durch die Tore eingebrochen wie Feuer durch Wachs!«

Sie sah auf. Das Blut wich aus ihrem Herzen.

»Sie müssen fliehen, Majestät!« rief der alte Herzog. »Nach Norden fliehen, und Sie müssen den Kaiser mitnehmen.«

Sie schüttelte den Kopf, in Gedanken verloren, und da der Herzog sah, daß er sie nicht zur Eile antreiben konnte, eilte er fort, um Jung Lu zu holen, der sie allein zur Flucht bewegen konnte. In weniger als einer Stunde war Jung Lu da. Er ging unsicher, auf einen Stock gestützt, aber der Gedanke, daß er jetzt etwas für sie tun konnte, gab ihm Kraft.

Sie hatte sich wieder gesetzt. Sie hatte ihre Hände so fest um die Knie geschlossen, daß ihre Knöchel und Finger weiß waren. Um so schwärzer waren ihre großen Augen.

Er ging nahe zu ihr heran und sagte leise und zärtlich:

»Mein Lieb, du mußt jetzt auf mich hören. Hier kannst du nicht bleiben. Du bist immer noch das Symbol des Thrones. Wo du bist, ist das Herz der Nation. Heute nach Mitternacht zur Stunde des Tigers, wenn der Mond untergegangen ist, mußt du fliehen.«

»Wieder einmal«, flüsterte sie, »wieder –«

»Ja, wieder einmal! Du kennst den Weg und du sollst nicht allein gehen.« – »Du –?«

»Nein, ich nicht. Ich muß hierbleiben, um die Truppen, die uns noch verbleiben, zu sammeln. Denn du wirst zurückkommen wie früher, und ich muß den Thron für dich retten.«

»Wie kannst du das, ohne Macht –?« Sie senkte den Kopf. Er sah an ihren langen Wimpern dicke Tränen hängen. Sie fielen langsam auf den glatten schweren Satin ihres silbergrauen Kleides.

»Was ich nicht mit Gewalt tun kann, werde ich mit Klugheit zuwege bringen«, sagte er. »Der Thron wird für dich bereitstehen. Das verspreche ich.«

Sie hob den Kopf, und er sah, daß sie nachgegeben hatte. Wenn nicht er, so hatten doch der Schrecken und die Furcht sie überwältigt.

»Majestät«, sagte er, »es ist keine Zeit zu verlieren. Ich muß Ihre Verkleidung besorgen und die Leute auswählen, die Sie begleiten sollen. Lassen Sie sich von Ihren Damen die Haut dunkel färben und Ihr Haar nach Bäuerinnenart richten. Sie müssen durch das geheime Palasttor fliehen. Sie können nur zwei Damen mitnehmen – mehr als zwei würden Verdacht erregen. Der Kaiser wird Sie als Bauer verkleidet begleiten. Die Konkubinen müssen hierbleiben –.«

Sie hörte ihn an, aber sagte kein Wort mehr. Als er fort war, schlug sie ihr Buch wieder auf, und ihre Augen fielen auf eine sonderbare Stelle, die vor Jahrhunderten von dem weisen Konfuzius niedergeschrieben war: »Durch Mangel an Übersicht und richtigem Verständnis ist ein großes Unternehmen mißglückt.«

Sie starrte auf die Worte und hörte sie, wie wenn eine Stimme sie gesprochen hätte. Aus ferner Vergangenheit drangen sie ihr unmittelbar in Herz und Geist, und sie nahm sie in Demut auf. Ihr Geist war zu eng gewesen, sie hatte die Zeit nicht verstanden, und ihr großes Unternehmen – die Rettung ihres Landes – war mißglückt. Ihre Feinde hatten obsiegt. Langsam schloß sie das Buch und nahm seine Lehre dankbar entgegen. Von nun an würde sie nicht mehr versuchen, die Zeit nach ihrem Willen zu gestalten, sondern auf ihre Zeichen achten und danach handeln.

Man staunte über ihre stolze Gelassenheit. Zur Stunde des Tigers ließ sie den Kaiser kommen und dann die Konkubinen. Sie erklärte ihnen, warum sie nicht mitgenommen werden konnten.

»Ich muß sehen, daß der Kaiser und ich heil durchkommen, nicht wegen unseres persönlichen Wertes, denn wir sind an und für sich nichts, sondern des Thrones wegen. Ich nehme das kaiserliche Siegel mit, und wo ich bin, da ist der Staat. Ihr müßt hierbleiben, braucht aber keine Angst zu haben, denn der Großkanzler Jung Lu, der auf wunderbare Weise für diese Zeit der Entscheidung wiederhergestellt ist, wird unsere Truppen sammeln. Überdies glaube ich nicht, daß der Feind hier bei uns eindringen wird. Lebet also so weiter, wie wenn ich hier wäre. Die Eunuchen, außer Li Lien-ying, der mich begleitet, werden bei euch bleiben und euch bedienen.«

Die Konkubinen weinten gebührend und wischten sich mit den Ärmeln über die Augen. Die Eunuchen hatten sogar die Favoritin des Kaisers, Perle, aus ihrem Gefängnis geholt, und sie war nun die einzige, die den Mund auftat. Bleich, mit hohlen Wangen stand sie da, ihre frühere Schönheit war dahin, die Kleider hingen ihr in Lumpen vom Leibe. Aber sie war noch immer aufsässig. Ihre Onyxaugen unter den schönen Brauen besaßen noch immer Leuchtkraft.

»Ich will nicht hierbleiben, Kaiserliche Mutter!« rief sie. »Ich nehme das Recht in Anspruch, mit meinem Herrn zu gehen und ihm zu dienen.«

Die Kaiserin sprang auf wie ein wütender Phönix. »Gerade du!« rief sie und stach mit ihren kleinen Fingern in die Luft. »Gerade du, die zum größten Teil an seinem jetzigen Unglück schuld ist, wagst es, einen Einwand zu machen! Von selbst hätte er nicht so schlimme Dinge anrichten können, wenn du sie ihm nicht eingegeben hättest.«

Ihr Zorn mußte ein Opfer haben.

»Führe sie fort und wirf sie in den Brunnen am Osttor!« befahl sie Li Lien-ying.

Der Kaiser fiel auf die Knie, als er diesen Befehl hörte, aber sie ließ ihn nicht zu Wort kommen. Diese herrschsüchtige Frau, die so sanft und anmutig sein konnte, war in Zeiten der Gefahr grausam und rücksichtslos.

»Kein Wort!« rief sie und stocherte mit ihren Fingern in die Luft. »Diese Konkubine ist aus einem Eulenei ausgebrütet. Ich habe sie aufgenommen, damit sie mir Freude macht und mich unterstützt, und sie hat sich gegen mich aufgelehnt.«

Sie sah Li Lien-ying an, der sogleich einen Eunuchen herbeirief. Zu zweit ergriffen sie die bleiche Konkubine und führten sie fort.

»Steig auf deinen Wagen und ziehe die Vorhänge zu, damit dich niemand sieht«, sagte die Kaiserin zu ihrem knienden Neffen. »Prinz Pu Lun wird kutschieren, und ich werde vorausfahren. Li Lien-ying muß reiten, was ihm sehr schwerfallen wird. Wenn jemand uns anhält, so sind wir arme Landleute, die in die Berge flüchten. Wir fahren zuerst am Sommerpalast vorbei.«

Hinter ihren Vorhängen saß die Kaiserin ruhig und aufrecht wie ein Buddha, aber sie lauschte auf jedes Geräusch, unruhig gingen ihre Augen hin und her. Erst Stunden später, als man am Sommerpalast vorbeikam, rührte sie sich wieder. »Halt!« rief sie, als die geliebten Türme der Pagoden in Sicht kamen. »Wir wollen hier eine Weile bleiben.«

Sie stieg aus, aber alle anderen mußten im Wagen bleiben. Nur von einem Eunuchen begleitet, wanderte sie durch die stillen Korridore der Paläste und am See entlang. Hier war ihr Herz verankert. Hier hatte sie in Frieden ein ruhiges Alter verleben wollen. Vielleicht konnte sie nun nie mehr zurückkehren. Wenn nun die Feinde den Sommerpalast wieder zerstörten, wie schon einmal?

Noch einen letzten, langen Blick schickte sie zurück, dann stieg sie wieder in ihren Wagen. Obwohl sie die einfache blaue Baumwollkleidung einer chinesischen Bäuerin trug, wirkte sie doch schlank und elegant in ihr.

»Westwärts«, befahl sie, »westwärts zur Stadt Sian.«

Neunzig Tage lang war die Kaiserin unterwegs. Wie es ihr auch innerlich zumute sein mochte, nach außen hin bewahrte sie Entschlossenheit und Ruhe. Nie vergaß sie, daß die Augen des Hofes auf sie gerichtet waren, mochte sie auch auf der Flucht sein. Als sie in die nächste Provinz kamen, war die Verkleidung nicht mehr nötig, und die Kaiserin legte, nachdem sie gebadet hatte, wieder ihre Staatskleider an. Dadurch besserte sich ihre Stimmung, sie gewann neuen Mut. In der Provinz Schansi war nichts von Kriegsfurcht zu spüren, aber dafür herrschte dort eine schreckliche Hungersnot. Trotzdem überraschte sie der General der nach Norden ausgewichenen Truppen am ersten Abend mit einem Korb frischer Eier, einem Gürtel mit Edelsteinen und einem seidenen Tabakbeutel. Auch das trug zu ihrer guten Laune bei, denn sie ersah aus diesen Geschenken, daß ihre Untertanen noch immer mit Liebe an ihr hingen. Obschon die Leute selbst hungerten, brachten sie ihr in den nächsten Tagen Körbe voll Weizen und Hirse, dazu magere Hühner. Sie fand jetzt wieder Gefallen an der sie umgebenden schönen Natur.

Auf dem Paß der Fliegenden Gänse ließ sie haltmachen, damit alle das Schauspiel, das sich den Augen darbot, genießen konnten.

Die hohen kahlen Berge erhoben sich gegen einen purpurroten Himmel. In den Tälern lagen schwarze Schatten.

Am achten Tage des neunten Monats erreichte sie die Hauptstadt der Provinz. Der dortige Vizekönig Yü Hsien empfing sie mit allen Ehren. Auch er hatte an die Zaubermittel der Boxer geglaubt und alle Ausländer, selbst Frauen und Kinder, in seiner Provinz umbringen lassen. Die Kaiserin nahm seine Begrüßung und seine Geschenke am Tor der Stadt entgegen und sagte, er habe wohl daran getan, die Provinz von den Feinden zu säubern. Sie setzte jedoch dann hinzu: »Wir sind allerdings geschlagen, und es kann sein, daß der Feind Ihre Bestrafung verlangt. Wenn das der Fall ist, muß ich Sie bestrafen, aber im geheimen werde ich Sie belohnen. Trotz unserer jetzigen Niederlage müssen wir hoffen, daß uns in Zukunft der Sieg beschieden sein wird.«

Yü Hsien stieß darauf neunmal die Stirn in den Staub. »Majestät«, sagte er, »gern nehme ich von Ihrer Hand meine Entlassung und jede Strafe entgegen.«

Aber trotz seiner Ergebenheit drohte sie ihm mit dem Zeigefinger. »Sie hätten mir allerdings nicht versprechen sollen, daß Kugeln den Boxern nichts anhaben könnten. Die Ausländer haben sie durchlöchert, als bestände ihr Körper aus Wachs.«

»Majestät«, erwiderte Yü Hsien in vollem Ernst. »Ihre Zauberei hat nur deshalb versagt, weil sie sich nicht an die Regeln ihres Ordens gehalten haben. Aus Raublust haben sie unschuldige Personen getötet, die keine Christen waren. Die Zaubermittel wirken nur bei solchen, die ein reines Herz haben.«

Sie nickte zustimmend und fuhr dann zum vizeköniglichen Palast, der für sie hergerichtet war. Es machte ihr große Freude, daß man goldenes und silbernes Geschirr auftrug, das vor hundert Jahren für den Kaiser Tschien Lung angefertigt worden war, als er auf seinem Wege zu dem heiligen fünfgipfeligen Berg durch diese Stadt kam.

Einen so herrlichen Herbst hatte es lange nicht gegeben. Tag für Tag schien die Sonne. Die Ernte war gut, und alle waren wieder mit Lebensmitteln versorgt. Viele Einwohner hatten kaum vom Kriege gehört, so weit weg war er. Wie im tiefsten Frieden nahm die Kaiserin die Huldigung der Bevölkerung entgegen. Sie war für diese Menschen tatsächlich der leibhaftige Buddha, und sie dankten ihr für die gute Ernte. Sie hatte ihre Zuversicht jetzt wiedergewonnen, um so mehr, da nun viele Prinzen und Minister ihr folgten, und der Hof sich langsam wieder versammelte.

Diese gute Stimmung wurde plötzlich durch einen Brief Jung Lus gedämpft. Er berichtete ihr, daß die Sache Chinas verloren sei, und zwar so sehr, daß sich sein braver Adjutant, Tschung Tschi, aus Verzweiflung erhängt habe. Die Kaiserin antwortete sofort, indem sie dem Toten für seine Tapferkeit und Ergebenheit öffentlichen Dank aussprach und Jung Lu befahl, zu ihr zu kommen und ihr persönlich Bericht zu erstatten. Sie erwartete durch seine Ankunft keine besseren Nachrichten, denn inzwischen hatte ihr ein Kurier die Meldung überbracht, daß Jung Lus Frau auf der Reise plötzlich krank geworden und in einer fremden Stadt gestorben sei. Sie nahm sich vor, Jung Lu zu trösten und ihn durch ihre neu gewonnene Kraft und Zuversicht von seinen düsteren Gedanken abzubringen.

Sie empfing ihn in einem kleinen alten Saal, in dem auf einem Podium ein großer geschnitzter Sessel aufgestellt war. Wie gewöhnlich empfing sie ihn allein. Ihre Damen hatte sie unter dem Vorwand weggeschickt, sie müßten frische Luft genießen. Obschon er erst vor einer Stunde angekommen war, hatte er doch Zeit gefunden, zu baden und frische Kleidung anzuziehen. Wie gewöhnlich machte er Anstalten, sich vor ihr niederzuwerfen, aber sie wehrte mit einer Handbewegung ab. Sie erhob sich und erschien auf dem Podium größer als sie war.

»Es tut mir leid«, sagte sie, »daß deine Frau zu den Gelben Quellen gegangen ist und dich allein zurückgelassen hat.«

Er dankte ihr für diese Beileidsbezeigung mit einer leichten Verbeugung. »Sie war eine gute Frau«, sagte er, »und hat mir treu gedient.«

»Ich werde eine andere auf ihren Platz setzen«, versprach sie.

»Wie es Ihnen beliebt, Majestät«, erwiderte er steif.

»Du bist müde. Lassen wir daher das Zeremoniell beiseite. Wir wollen uns zusammensetzen. Ich brauche deinen Rat.« Sie stieg von ihrem Podium herunter und setzte sich auf einen der zwei einfachen Holzsessel, die zu beiden Seiten eines kleinen Tisches standen. Er nahm dann auf dem anderen Platz und wartete auf ihre Fragen.

Sie spielte mit einem seidenen Fächer, auf den sie einmal in einer Mußestunde eine Landschaft gemalt hatte. »Ist alles verloren?«

wollte sie dann schließlich wissen, wobei sie ihn von der Seite aus ansah.

Er hatte seine großen, schönen Hände auf die Knie gelegt, und auf diese Hände heftete sich nun ihr Blick. Sie waren knochig, aber außerordentlich stark.

»Alles. Zu retten ist nichts mehr«, sagte er.

»Und was soll ich tun?«

»Es gibt nur einen Weg für Sie, Majestät, Sie müssen in die Hauptstadt zurückkehren und die Forderungen des Feindes annehmen, damit Ihnen wenigstens der Thron erhalten bleibt. Ich habe Li Hung-tschang in Peking zurückgelassen, damit er weiter über den Frieden verhandelt. Aber vor Ihrer Rückkehr müssen Sie als Zeichen Ihrer aufrichtigen Reue Prinz Tuan enthaupten lassen.«

»Niemals!« rief sie und faltete ihren Fächer so heftig zusammen, daß die Elfenbeinstäbchen einen scharfen hellen Klang gaben.

»Dann können Sie nie zurückkehren«, erwiderte er. »Die Fremden betrachten Prinz Tuan als den Anstifter der Christenverfolgungen und hassen ihn so, daß sie lieber die Kaiserstadt zerstören, als Ihnen die Rückkehr dahin erlauben werden.«

Sie fühlte, wie ihr das Blut in den Adern erstarrte. Der Fächer fiel ihr aus der Hand. Sie dachte an den vermauerten Schatz, noch mehr aber an die Macht und den Glanz des Thrones, den sie von ihren ruhmreichen Vorfahren geerbt hatte. Wenn das alles verloren war, was blieb dann noch übrig?

»Du siehst immer gleich zu schwarz«, sagte sie und zeigte mit dem kleinen Finger auf den Fächer. Er bückte sich, hob ihn auf und legte ihn auf den Tisch. Sie wußte, daß er ihn ihr nicht überreichte, weil er fürchtete, ihre Finger könnten sich berühren.

Mit seiner ruhigen, tiefen Stimme sagte er geduldig: »Die Fremden werden Sie sogar bis hierher verfolgen, Majestät, wenn Sie unnachgiebig sind.«

»Ich kann noch viel weiter nach Westen ziehen. Wo ich bin, dort ist meine Hauptstadt. So haben es früher schon unsere Vorfahren gehalten. Ich trete nur in ihre Fußstapfen.«

»Wie Sie wollen, Majestät. Aber Sie wissen ebensogut wie ich und jeder andere, daß Sie so lange auf der Flucht sind, solange Sie nicht in unsere alte Hauptstadt zurückkehren.«

Aber sie wollte nicht nachgeben – noch nicht. Sie stand auf und sagte ihm, er solle sich ausruhen, sie werde dafür sorgen, daß er mit besonders delikaten Speisen versorgt würde. Nein, sofort wollte sie nicht klein beigeben, und sie ließ daher ihrem Hofstaat mitteilen, er solle sich bereit halten, zu der fernen Stadt Sian in der Provinz Schensi aufzubrechen. Es sei dies keine weitere Flucht, so erklärte sie, sondern nur eine Rücksichtnahme auf die Provinz, in der sie sich jetzt aufhielten, da hier wegen der kürzlichen Hungersnot die Bedürfnisse des Hofes nicht gedeckt werden könnten. Niemand glaubte an diese Begründung, aber alle ordneten sich unter, und sobald die nötigen Vorbereitungen getroffen waren, brach man nach Westen auf.

Jung Lu ritt auf ihren Befehl neben ihrer Sänfte her. Er sagte nichts mehr von einer Rückkehr nach Peking, und sie fragte ihn nicht weiter um Rat. Um ihre Verzweiflung zu verbergen, sprach sie von der Wüstenschönheit der Landschaft, von kleinen Zwischenfällen, die sich unterwegs ereigneten, oder sie rezitierte Gedichte. Sie wußte schon, daß sie eines Tages Jung Lus Rat befolgen und nach Peking zurückkehren mußte, aber trotzdem setzte sie ihre Reise fort, die sie jeden Tag weiter vom Drachenthron entfernte. In Sian schlug sie ihre Residenz im neu hergerichteten Palast des Vizekönigs auf und gab wieder Audienzen. Täglich liefen durch Kuriere Nachrichten aus Peking ein. Die schmerzlichste war für sie, daß die ausländischen Soldaten den Sommerpalast wieder entweiht hatten. Sie hatten an dieser geheiligten Stätte allerlei Kurzweil getrieben. Ihren Thron im See versenkt, ihre Kleider gestohlen und die Wände ihres Schlafzimmers mit obszönen Zeichnungen und Inschriften versehen. Sie wurde vor Wut krank. In ihrer Schwäche erkannte sie jetzt ganz klar, daß sie nach Peking zurückkehren mußte, dies aber unmöglich war, wenn sie nicht vorher die Forderung des Feindes erfüllte, daß alle, die den Boxern behilflich gewesen waren, hingerichtet würden. Das hatte ihr General Li Hung-tschang in seinen täglichen Berichten als unumgänglich bezeichnet. Aber wie konnte sie um einen solchen Preis nachgeben? Von Jung Lu erhielt sie keinen Trost mehr. Schweigsam und verbissen wartete er nur auf das unvermeidliche Ende.

»Kann ich auf keine andere Weise unsere Feinde zufriedenstellen?« fragte sie ihn eines Tages.

»Nein, Majestät«, antwortete er.

Eines Abends saß sie allein in der Dämmerung in ihrem Hof. Da stand er plötzlich unangemeldet vor ihr.

»Ich komme als Ihr Verwandter«, sagte er. »Warum wollen Sie gegen das unvermeidliche Schicksal ankämpfen? Wollen Sie Ihr Leben in der Verbannung beschließen?«

Sie sagte langsam und mit großen Pausen:

»Wie kann ich Menschen töten lassen, die mir treu ergeben gewesen sind. Von den kleineren will ich nicht reden ... aber wie soll ich es fertigbringen, meinen braven Minister Tschao Schu-tsiao dem Henker zu überliefern? Ich glaube nicht, daß er an die Zaubermittel der Boxer glaubte. Sein Fehler war, daß er auf deren Kampfkraft vertraute. Doch die Ausländer bestehen auf seiner Hinrichtung ... Man fordert ferner von mir den Tod des Prinzen Tschia, von Ying Nien und Yu Hsien gar nicht zu sprechen. Auch Tschi Hsiu steht auf der Liste... und Prinz Tuan. Ich will und kann nicht noch weitere Namen anführen. Ich habe ihnen nichts vorzuwerfen, und viele von ihnen sind mir ins Exil gefolgt. Und ich soll sie alle dem Tod überantworten?«

Jung Lu war ganz Güte und Geduld. Sein Gesicht, auf dem die Spuren des Alters und der Sorge deutlich sichtbar waren, hatte einen Ausdruck unendlicher Zärtlichkeit. »Sie können hier nicht glücklich sein, Majestät«, sagte er.

»Mein Glück habe ich schon vor langer, langer Zeit weggeworfen«, erwiderte sie.

»Dann denken Sie an das Reich«, fuhr er mit unerschöpflicher Geduld fort. »Wie kann das Reich gerettet und das Volk wieder einig werden, wenn Sie im Exil bleiben? Wenn der Feind Peking aufgibt, wird die Stadt von chinesischen Revolutionären besetzt werden. Wie eine Diebesbeute wird man das Land teilen. Ihre Untertanen, die dann in Schrecken und Angst leben müssen, werden Sie zehntausendmal verfluchen, weil Sie, um ein paar Menschenleben zu retten, nicht an die Millionen gedacht haben, die durch Ihren Verzicht auf den Thron ins Unglück gestürzt werden.«

Das waren ernste Worte, die sie nicht unbeachtet lassen konnte. Wie immer, wenn man an ihre Größe appellierte, wurde sie groß.

»Ich habe bis jetzt nur an mich selbst gedacht«, sagte sie. »Von nun an werde ich nur an mein Volk denken. Ich kehre auf den Thron zurück.«

Am vierundzwanzigsten Tage des achten Mondmonats, welcher der zehnte Monat des Sonnenjahres ist, waren die Straßen nach dem Sommerregen getrocknet, und der Boden war fest. Die Kaiserin begann die lange Reise mit allem Pomp ihrer Stellung.

Das schöne Herbstwetter hielt an, es gab weder Wind noch Regen. Nur ein Schatten breitete sich über diese Rückkehr, und das war die Nachricht vom Tode ihres treuen Generals Li Hung-tschang, der an Altersschwäche gestorben war. Sie hatte manchmal Streitigkeiten mit ihm gehabt, denn er allein unter allen ihren Generälen hatte ihr die Wahrheit zu sagen gewagt. Seine lange militärische Laufbahn hatte dadurch ihren Abschluß gefunden, daß er mit den Feinden den Frieden ausgehandelt hatte. Es war zwar ein trauriger Frieden, aber doch einer, der ihr den Thron freihielt. Das war das Verdienst dieses Generals, dem sie nun nach seinem Tode die gebührende Anerkennung zuteil werden ließ. Sie kündigte an, daß sie ihm innerhalb der Kaiserstadt einen Tempel errichten lassen würde, wie auch in jeder Provinz, wo er ihr gedient hatte. Im Leben hatte sie ihn oft ungnädig behandelt. Aber solche Launenhaftigkeiten gehörten der Vergangenheit an. Sie hatte nunmehr eine Lehre erhalten, die sie nicht mehr vergessen würde.

Es zeigte sich bald, daß Jung Lu ihr richtig geraten hatte. Ihre Rückkehr zur Hauptstadt glich einem Triumphzug. Überall liefen die Menschen zusammen, begrüßten sie herzlich und veranstalteten Feste. Sie glaubten, daß jetzt das Land gerettet war und alles wieder sein würde wie vorher. In Kaifeng, der Hauptstadt der Provinz Honan, hatte man prächtige Theateraufführungen vorbereitet, damit sie ihr liebstes Vergnügen genießen könnte, das sie im Exil entbehrt hatte. In einer öffentlichen, wenn auch in milden Worten abgefaßten Erklärung tadelte sie den Vizekönig, weil er ihr vorher geraten hatte, nicht nach der Hauptstadt zurückzukehren, sondern im Exil zu bleiben. Als der Vizekönig Wen Ti ihr anbot, als Sühne für sein Verbrechen Gold zu schlucken, war sie gnädig und lehnte das Angebot ab, wodurch sie sich sehr beliebt im Volke machte. Als sie an den Gelben Fluß kam, machte sie wieder halt. »Ich werde dem Flußgott ein Opfer darbringen«, erklärte sie, »und ihm öffentlich meinen Dank abstatten.«

Diese Feierlichkeit ging unter großem Gepränge vonstatten. Während sie opferte, sah sie unter der Menge, welche die Ufer säumte, einige weißhäutige Personen. Sie wußte nicht, welcher Nation sie angehörten. Da sie sich vorgenommen hatte, höflich zu ihren Feinden zu sein, ließ sie den Weißen durch zwei Eunuchen Wein, getrocknete Früchte und Wassermelonen überbringen. Ihren Ministern gab sie die Anweisung, daß bei ihrem Einzug in die Stadt auch Weiße zuschauen dürften. Darauf bestieg sie ein Fährboot, das die Stadt für sie hatte bauen lassen. Es sah aus wie ein gewaltiger Drachen, mit Schuppen aus Gold, die Augen waren rotfunkelnde Rubinen.

Der sicherste Beweis für ihre innere Umkehr war für ihre Feinde jedoch, daß sie kurz vor der Stadt aus ihrer Sänfte in einen Eisenbahnzug umstieg. Der Zug lief auf eisernen Schienen. Der Kaiser hatte ihn als Spielzeug bauen lassen, aber sie hatte seine Benützung immer verboten. Jetzt aber wollte sie mit ihm fahren, um den Ausländern zu beweisen, daß sie sich in der Tat geändert hatte, ganz modern war und auf der Höhe der Zeit stand. Jedoch durch die heiligen Mauern der Stadt wollte sie nicht im Bauch dieses eisernen Ungeheuers fahren. Aus Achtung vor ihren kaiserlichen Vorfahren befahl sie, daß der Zug vor der Stadt halten sollte und sie dann in der Sänfte durch das Kaisertor getragen würde. Deshalb wurden draußen vor der Stadt ein Behelfsbahnhof und große Hallen gebaut. Diese wurden mit schönen Teppichen, hauchdünnen Porzellanvasen, eingetopften Bäumen und spätblühenden Chrysanthemen und Orchideen ausgestattet. In der mittleren Halle wurden zwei Throne aufgestellt, ein großer für die Kaiserin, ein kleinerer für den Kaiser. Hier sollte die offizielle Begrüßung durch die Behörden und die ausländischen Gesandten stattfinden.

Dreißig Eisenbahnwagen wurden für den Hof und das mitgebrachte Gepäck benötigt. Die Kaiserin blickte aus einem Fenster und stellte mit Freuden fest, daß eine große Menge ihrer Untertanen, voran die Prinzen, Generäle und städtischen Behörden, zu ihrem Empfang versammelt war. Seitlich von ihnen standen die fremden Gesandten in ihren sonderbaren schwarzen Röcken und Hosen. Ihre grimmigen, bleichen Gesichter verursachten ihr Unbehagen, aber dann zwang sie sich zu einem höflichen Lächeln.

Alles ging in großer Ordnung und Feierlichkeit vor sich. Als die Prinzen und Generäle und andere Mandschus und Chinesen das Gesicht der Kaiserin am Fenster sahen, fielen sie auf die Knie, die Fremden nahmen ihre Hüte ab.

Der erste Fahrgast, der ausstieg, war der Obereunuch Li Lienying. Er war sich zwar seiner Würde voll bewußt, hatte aber keine Zeit, sie zur vollen Entfaltung zu bringen, denn er mußte scharf auf die Träger aufpassen, die jetzt anfingen, die Gepäckwagen zu leeren. Als nächster stieg der Kaiser aus, aber seine Tante machte ihm ein Zeichen, und er eilte auf eine wartende Sänfte zu, ohne von den Versammelten begrüßt zu werden. Dann erst kam die Kaiserin zum Vorschein, gestützt und eskortiert von den Prinzen. Sie blieb auf dem Bahnsteig stehen, um sich alles anzusehen und sich ansehen zu lassen. Nur ihre Untertanen sahen sie nicht, denn sie berührten mit der Stirn die blankgefegte Erde.

Die Ausländer standen mit entblößtem Haupt, aber ohne sich niederzubeugen, auf der linken Seite. Sie war erstaunt über deren Zahl.

»Wie viele dieser Ausländer sind denn hier?« fragte sie so laut und klar, daß die Fremden diese Worte durch die windstille Luft hören konnten. Als sie bemerkte, daß diese ihre Frage anscheinend verstanden hatten, lächelte sie ihnen huldvoll zu. Alle sagten ihr Schmeicheleien über ihr gesundes und jugendliches Aussehen, und tatsächlich war ihre Haut trotz der Sonne fleckenlos geblieben, und ihr Haar war noch üppig und schwarz.

Dann bat der Vizekönig Yuan Schi-kai sie, ihr den Zugführer und den Lokomotivführer vorstellen zu dürfen. Als die zwei Weißen barhäuptig vor ihr standen, dankte sie ihnen, daß sie nicht mit mehr als zwanzig Kilometer Stundengeschwindigkeit gefahren waren, wie sie es vorher angeordnet hatte. Dann stieg sie in ihre goldene Sänfte und wurde in die Stadt getragen. Vom Südtor der Chinesenstadt gelangte sie zum großen Eingangstor der inneren Kaiserstadt. Hier machte sie wieder halt, um dem Kriegsgott ein Rauchopfer darzubringen. Sie kniete vor dem Bild des Gottes nieder und verbrannte Räucherwerk, während die Priester Gebete und Gesänge anstimmten. Dann stieg sie wieder in die Sänfte und ließ sich in ihren Palast tragen.

Wie schön erschien ihr dieser alte Palast jetzt. Die Feinde hatten ihn nicht entweiht, sie hatte ihn durch ihre Unterwerfung gerettet. Sie ging von Zimmer zu Zimmer und dann in den großen Thronsaal, den Tschien Lung gebaut hatte.

Auch die Höfe und Gärten waren unberührt, still und klar lagen die Teiche da. Sogar der goldene Buddha in ihrer Privatkapelle war unberührt.

Hier will ich wie mein erlauchter Vorfahr Tschien Lung in Frieden leben und sterben, dachte sie.

Es war jedoch noch zu früh, an den Tod zu denken. Nachdem sie gegessen und sich ausgeruht hatte, war ihre erste Sorge, nachzusehen, ob der zugemauerte Schatz unversehrt war. Sie ging mit Li Lien-ying zu der von ihm aufgeführten Wand und überzeugte sich, daß alle Fugen noch fest waren.

Sie befahl, die Mauer niederzureißen, den Inhalt eines jeden Kästchens genau zu prüfen und ihr Bericht zu erstatten.

»Mach deine Augen auf! Ich will nicht das, was mir die fremden Teufel gelassen haben, an diebische Eunuchen verlieren.«

»Verdiene ich kein Vertrauen, Majestät?« fragte der Eunuch, rollte die Augen und stellte sich beleidigt.

»Schon gut, schon gut«, versetzte sie und ging wieder in ihr Zimmer. Ah, welcher Friede herrschte hier! Wie schön war es, wieder daheim zu sein! Der Preis dafür war hoch und war noch nicht bezahlt, konnte auch nie voll beglichen werden. Sie hatte Schulden gemacht, die nie ganz abzutragen waren, denn so lange sie lebte, würde sie ihren Feinden ein freundliches Gesicht zeigen und so tun müssen, als ob sie die fremden Teufel liebte.

Dann setzte sie eine Trauerfeier für die Konkubine Perle an, um jeden Verdacht von sich abzuwälzen. In einem Edikt verkündete sie, diese Konkubine habe sich nicht entschließen können, den Kaiser ins Exil zu begleiten, habe sich aber dann, weil sie die Entweihung der Heiligtümer und der kaiserlichen Paläste nicht habe mit ansehen können, in einen tiefen Brunnen gestürzt.

Gegen Abend erkundigte sie sich bei Li Lien-ying, ob Jung Lu schon angekommen sei, sie müsse ihn dringend sprechen.

Nach kurzer Zeit meldete der Eunuch, Jung Lu sei schon da und werde bald erscheinen.

Sie erwartete ihn in ihrem privaten Thronsaal. Er stützte sich schwer auf zwei junge Eunuchen, als er hereinkam, und sah zwischen diesen so alt und gebrechlich aus, daß die Freude, wieder daheim zu sein, in ihrem Herzen erstarb.

»Führt ihn hier zu diesem weichen Sessel. Das Zeremoniell ist für ihn aufgehoben, er soll sich ja nicht anstrengen. Und du, Li

Lien-ying, bring ihm eine Schale starker Fleischbrühe, einen Krug Glühwein und gebähtes Brot. Mein Vetter hat sich in meinem Dienste überanstrengt.«

Die Eunuchen eilten fort. Als sie mit Jung Lu allein war, ging die Kaiserin nahe zu ihm hin, legte ihm die Hand auf die Stirn und streichelte ihm die Hände.

»Ich bitte dich«, flüsterte er, »komme mir nicht zu nahe. Die Vorhänge haben Augen, die Wände Ohren.«

»Nicht einmal pflegen darf ich dich, wenn du krank bist!«

Aber er war offenbar so besorgt um ihren Ruf und daher so zurückhaltend, daß sie seufzend wieder zu ihrem Thron ging. Er zog eine Rolle hervor und las deren Inhalt langsam und mit Schwierigkeit vor, denn er konnte sich nicht mehr auf seine Augen verlassen. Ihm war die Aufgabe zugefallen, die Hofdamen sicher heimzugeleiten und vor allem den Abtransport der mit Gold und Silber gefüllten Kisten zu beaufsichtigen. »Die Aufgabe war nicht leicht, Majestät, denn Sie werden sich erinnern, daß das mitgeführte Gepäck, bevor wir es im Zug verstauten, allein dreitausend Wagen füllte. Ich fürchte nur, daß das Volk murren wird, wenn es erfährt, was diese lange Heimreise gekostet hat. Die Instandsetzung der Straßen und die prächtig ausgestatteten Rasthäuser bedeuten eine drückende Steuerlast.«

Hier unterbrach ihn die Kaiserin mit gütiger Besorgnis in seinem Bericht. »Du bist übermüdet. Ruhe dich aus. Wir sind ja jetzt wieder daheim.«

Mit sorgender Liebe betrachtete sie sein noch immer schönes Gesicht, und er ließ sich ihren forschenden Blick gerne gefallen. Sie gehörten jetzt enger zusammen, als es je durch eine Ehe hätte erreicht werden können. Sie lehnte sich vor und streichelte seine Hand. Dann wechselten sie wortlos einen langen tiefen Blick.

Wie wußte sie, daß sie ihn zum letztenmal lebend gesehen hatte? In derselben Nacht brach seine alte Krankheit wieder aus. Er lag mehrere Tage lang bewußtlos. Als die Hofärzte nichts ausrichten konnten, empfahl ihr Bruder Kuei Hsiang einen Mann, der halb Arzt, halb Wahrsager war und schon viele Wunderheilungen vollbracht haben sollte. Aber auch der konnte ihm nicht das Leben retten. Er starb, ohne das Bewußtsein wiedererlangt zu haben, im dritten Mondmonat des nächsten Jahres vor Tagesanbruch. Die

Kaiserin ordnete Hoftrauer an, sie selbst trug ein Jahr lang keine farbige Kleidung und legte keine Juwelen an.

Aber nichts konnte die innere Düsterkeit ihres Herzens erhellen. Wenn sie nur Frau gewesen wäre, hätte sie dem Toten die seidene Decke über die Schultern breiten, nachts bei ihm wachen und weiße Kleider tragen können. Sie hätte weinen und wehklagen können, um ihr Herz zu erleichtern. Aber da sie Kaiserin war, konnte sie ihren Palast nicht verlassen und keine größere Trauer zeigen, als man sie beim Verlust eines treu ergebenen Dieners des Thrones zeigen kann.

Eines Nachts, als sie die Bettvorhänge zugezogen hatte, um ungestört weinen zu können, fiel sie in einen Traum, in eine Art Ekstase, sie fühlte, wie sich ihre Seele vom Körper löste. In diesem Traum sah sie Jung Lu, aber als jungen Mann, obschon er mit der Weisheit des Alters sprach. Er nahm sie in die Arme und hielt sie so lange umschlungen, daß sie sich frei und leicht und ohne jede Sorgenlast fühlte. Dann hörte sie ihn sagen:

»Ich bin immer bei dir.« Unverkennbar war das seine Stimme. »Und wenn du sehr milde bist und klug handelst, bin ich zutiefst bei dir, mein Geist in deinem Geist, und mein Wesen in deinem.«

Ein warmes Gefühl der Sicherheit und eines wirklichen Erlebnisses durchdrang ihre Seele und ihren Körper. Als sie erwachte, war die Schwere aus den Gliedern verschwunden. Jung Lu liebte sie noch immer, und sie konnte nie mehr allein sein.

*

Im Leben der Kaiserin trat danach eine solche Veränderung ein, daß niemand sie begreifen konnte. Nur sie allein kannte das Geheimnis. Sie erfuhr an sich die Wahrheit aller Weisheit. Sie machte aus der Niederlage einen Sieg. Sie kämpfte nicht mehr gegen etwas, sondern für etwas. So ermutigte sie sogar die jungen Chinesen, ins Ausland zu gehen und sich mit der Wissenschaft des Westens vertraut zu machen.

»Junge Leute, gesund und mit guter Auffassungsgabe, zwischen fünfzehn und fünfundzwanzig«, verkündete sie in einem Dekret, »können auf Wunsch über die vier Meere fahren. Für die Kosten werden wir aufkommen.«

Nach langen Besprechungen mit ihrem Minister Yuan Schi-kai und dem revolutionären chinesischen Gelehrten Tschang Tschihtung verkündete sie, daß die alten kaiserlichen Prüfungen der Vergangenheit angehörten. Die Studenten sollten daher nicht nur nach Japan, sondern auch nach Europa und Amerika gehen, da unter dem Himmel und um die vier Meere alle Völker eine Familie seien.

Dieses Edikt wurde ein Jahr nach dem Tode Jung Lus erlassen.

Nach einem weiteren Jahr verbot sie den Genuß von Opium. Da sie an die alten Männer und Frauen dachte, die daran gewöhnt waren, abends eine Opiumpfeife zu rauchen, damit sie schlafen konnten, sollte der Verbrauch nicht sofort unterdrückt, sondern der Import und die Herstellung von Opium im Laufe eines Jahrzehntes von Jahr zu Jahr immer mehr gedrosselt werden.

Da sie einsah, daß die Ausländer, die sie nicht mehr Feinde nennen konnte, aber auch nicht als Freunde bezeichnen wollte, nie ihre besonderen Vorrechte, wie die Nichtunterstellung unter die chinesische Gerichtsbarkeit aufgeben würden, wenn sie nicht die Folter abschaffte, dekretierte sie, daß von nun an jede Gewaltmaßnahme bei Gerichtsverfahren aufhören müßte. Zerstückelung und Aufschlitzen, körperliche Strafen und Sippenhaftung wurden abgeschafft. Schon vor langer Zeit hatte Jung Lu ihr zu diesem Schritt geraten, aber sie hatte ihn damals abgelehnt. Jetzt erinnerte sie sich.

Noch eine Frage war zu lösen. Wer würde ihren Platz einnehmen, wenn sie starb? Dem schwachen Kaiser, der ihr Gefangener war, wollte sie das Reich nicht überlassen. Nein, starke junge Hände mußten das Staatsruder ergreifen, aber wer war stark genug für die kommenden Jahrhunderte? Sie spürte den geheimnisvollen Zauber der Zukunft. Die Menschen, sagte sie zu ihren Prinzen, können vielleicht einmal den Göttern gleich werden. Sie wurde neugierig auf den Westen, woher neue Kraft strömte, und sagte oft, daß sie selbst hinreisen würde, wenn sie jünger wäre. Sie schickte jedoch eine Kommission unter Führung des Herzogs Tsai Tse zu den Ländern des Westens und gab dieser folgende Instruktion:

»Geht in alle Länder und seht zu, welche die glücklichsten und die wohlhabendsten sind, in welchen die Menschen in Zufriedenheit und Frieden mit ihren Herrschern leben. Sucht euch die vier besten aus und bleibt in jedem ein Jahr. Studiert in jedem, wie ihre Herrscher regieren und was man unter Verfassung und Volksherrschaft versteht, so daß wir diese Dinge von Grund auf verstehen können.«

Sie hatte auch Feinde, und zwar unter ihren eigenen Untertanen.

Diese warfen ihr vor, daß sie sich vor den fremden Eroberern erniedrige, daß sie ihren Stolz verloren hätte, daß die Nation durch ihre Nachgiebigkeit gedemütigt würde.

»Wir Chinesen«, schrieb ein chinesischer Gelehrter, »werden wie Bauern verachtet, wenn wir vor Ausländern kriechen, aber was sollen wir sagen, wenn unsere Kaiserin selbst sich durch zu offene Freundschaft mit den Frauen ausländischer Gesandter erniedrigt? Wenn sie auf ihrem Wege zum Himmelsaltar eine Ausländerin auf der Straße sieht, lächelt sie dieser zu und winkt ihr aus ihrer Sänfte mit dem Taschentuch. Wie man hört, werden in den Palästen sogar ausländische Nahrungsmittel verzehrt und die Speisezimmer mit ausländischen Möbeln ausgestattet. Und dies alles geschieht, während die Geandtschaften immer neue unverschämte Forderungen an unser Auswärtiges Amt stellen!«

Ein anderer schrieb: »Bei ihrem Alter kann die Kaiserin ihre Gewohnheiten nicht mehr ändern oder ihre Abneigung gegen die Fremden ablegen. Zweifellos fragen diese sich selbst, welche tiefen Pläne sie gegen sie schmiedet.«

Ein anderer: »Zweifellos sucht die Kaiserin durch diese neue sonderbare Einstellung nur Ruhe und Frieden für ihre alten Tage.«

Für alle diese Urteile hatte die Kaiserin nur ein Lächeln.

»Ich weiß, was ich tue«, sagte sie. »Ich weiß sehr wohl, was ich tue, und nichts ist mir jetzt mehr fremd. Ich habe von solchen Dingen schon vor langer Zeit gehört, aber sie nicht beachtet. Man hat mir von ihnen berichtet, aber erst jetzt glaube ich sie.«

Wer sie so reden hörte, verstand sie nicht, aber auch das wußte sie, und sie änderte sich nicht.

Als die Trauerzeit für Jung Lu beendet war, lud die Kaiserin alle ausländischen Gesandten mit ihren Frauen und Kindern zu einem großen Fest am Neujahrstage ein. Die Gesandten sollten sich in dem großen Bankettsaal versammeln, ihre Frauen in dem privaten Festsaal der Kaiserin, und die Konkubinen sollten die Kinder in ihren Wohnungen unterhalten. Kammerfrauen und Eunuchen wurden ihnen zur Bedienung in großer Anzahl zur Verfügung gestellt.

Noch nie hatte die Kaiserin ein so großes Fest gegeben. Der Kaiser sollte die Gesandten empfangen, später, nach dem Festessen, wollte sie dann auch bei diesen erscheinen. Dreihundert Köche mußten Speisen nach westlicher und östlicher Art zubereiten. Die Hofmusiker und die kaiserlichen Schauspieler wurden zu Höchstleistungen angespornt. Die Schauspieler probten vier Stücke ein, von denen jedes drei Stunden lang dauerte.

Die Kaiserin selbst ließ es an eigener Anstrengung nicht fehlen. Sie wollte die Gesandten in englischer Sprache begrüßen und ließ sich darin von der Tochter eines ihrer Gesandten in Europa, die sich für zwei Jahre als Hofdame verpflichtet hatte, unterweisen. Frankreich, so erklärte die Kaiserin, nachdem sie eingehend Landkarten studiert hatte, sei ein zu kleines Land, und es lohne sich daher nicht, seine Sprache zu erlernen. Amerika sei zu neu und wenig zivilisiert. Aber England werde auch von einer großen Frau regiert, die sie immer verehrt habe. Sie wählte daher die Sprache der englischen Königin. Sie ließ sogar ein Bild dieser Königin in ihr Zimmer hängen.

Wie erstaunt waren die ausländischen Gesandten, als die Kaiserin sie in englischer Sprache begrüßte. Sie wurde von zwölf in gelbe Uniform gekleideten Eunuchen in ihrer Palastsänfte in den Bankettsaal getragen. Der Kaiser ging ihr entgegen, um ihr beim Aussteigen behilflich zu sein. Sie glitzerte von Kopf bis Fuß in einem aus Goldfäden gewebten Kleid, das mit hellblauen Drachen bestickt war. Um den Hals trug sie ihr großes Perlenkollier, ihr Kopfputz war mit Blumen aus Rubinen und Jade geschmückt. Während sie mit unverändert jugendlicher Grazie zum Thron schritt, lächelte sie nach links und rechts. Die Gesandten, die sich vor ihr verbeugten, hörten Worte, die sie zuerst nicht verstehen konnten, die aber bei ständiger Wiederholung klar wurden:

»Hao ti din –«, sagte sie, »Ha-pi nin yerch! Te – rin – ko ti!«

Einer nach dem anderen verstand nun, daß die Kaiserin fragte, wie es ihnen ginge, ihnen ein glückliches neues Jahr wünschte und sie einlud, Tee zu trinken. Die Gesandten, große, steife Männer in steifer Kleidung, waren jetzt so gerührt, daß sie ihr Beifall klatschten, was die Kaiserin zuerst in Verlegenheit brachte, denn sie hatte noch nie Männer gesehen, die ihre Handflächen gegeneinander schlugen. Aber sie las dann in den kantigen Gesichtern nur Bewunderung für ihr Bemühen und lachte hochbefriedigt, und als sie auf dem Thron Platz genommen hatte, sagte sie zu ihren Ministern und Prinzen, die rechts und links von ihr standen:

»Da seht ihr, wie leicht es ist, selbst mit Barbaren gut Freund zu werden! Gebildete Menschen brauchen sich nur ein wenig Mühe zu geben, und schon gelingt es ihnen.«

In fröhlicher Stimmung endete das Fest. Als die Geschenke an die ausländischen Damen und Kinder verteilt waren, und deren Dienstboten in rotes Papier eingewickelte Geldstücke erhalten hatten, zog sich die Kaiserin in ihre Gemächer zurück. Sie hatte nach ihrer Meinung diesen Tag gut genutzt. Sie hatte die Grundlagen für Verständigung und Freundschaft mit fremden Mächten gelegt, die Feinde werden könnten, wenn sie keine Freunde waren. Sie dachte an Viktoria, die Königin des Westens. Sie hätte sie gern einmal kennengelernt und mit ihr besprochen, wie ihre beiden Welten einander nähergebracht werden könnten.

Alle Menschen unter dem Himmel sind eine Familie, würde sie zu Viktoria sagen.

Bevor aber solche Träume Wirklichkeit werden konnten, kam die Nachricht, daß Viktoria gestorben war. Die Kaiserin war entsetzt.

»Wie ist meine Schwester gestorben?« wollte sie wissen.

Als sie hörte, daß Viktoria, obschon sie von ihrem Volke geliebt worden war, an Altersschwäche wie ein anderer Mensch gestorben war, drang ihr diese häßliche Tatsache wie ein Schwert ins Herz.

Es war offenbar, daß sie sich bis jetzt dem Tode noch nicht nahe gefühlt hatte. Ihr nächster Gedanke war, daß es jetzt Zeit sei, nach einem Thronfolger Umschau zu halten, denn wenn Viktoria aus dem Leben geschieden war, dann konnte jeder sterben. Sie war zwar noch kräftig und hatte das Gefühl, noch eine lange Reihe von Jahren weiterleben zu können, lange genug, um ein Kind zu einem Jüngling, oder sogar, wenn es der Himmel gut mit ihr meinte, zu einem Manne heranwachsen zu sehen. Ja, wieder einmal mußte sie einen Nachfolger suchen, einen Knaben, für den sie die Regierung führte, bis er als Kaiser den Thron besteigen konnte. Aber diesmal sollte er erfahren, wie die Welt wirklich war. Sie würde für ihn Lehrer aus dem Westen bestellen, er sollte Eisenbahnen, Kriegsschiffe, Gewehre und Kanonen haben. Er sollte die westliche Kriegsführung erlernen. Dann würde er zu seiner Zeit, wenn sie Viktoria zu den Gelben Quellen gefolgt war, fertigbringen, was ihr nicht gelungen war: Die Feinde ins Meer zu treiben.

Welches Kind sollte sie auswählen? Die Frage quälte sie, bis ihr einfiel, daß in Jung Lus Haus ein Knabe das Licht der Welt erblickt hatte. Jung Lus Tochter, die mit Prinz Tschuns Sohn verheiratet war, hatte vor einigen Tagen einen Sohn geboren. Er war Jung Lus Enkel. Sie senkte den Kopf, um vor dem Himmel ihr Lächeln zu verbergen. Der geliebte Mann würde dann in Gestalt seines Enkels sogar auf dem Drachenthron sitzen!

Sie wollte jedoch nicht zu früh bekanntgeben, wen sie auserwählt hatte. Sie wollte die Götter nicht gleich auf das Kind aufmerksam machen und ihren Plan geheimhalten, bis der Kaiser auf dem Sterbebett läge. Sehr lange konnte das ohnehin nicht mehr dauern, denn er wurde zunehmend kränklicher. Er hatte nicht einmal mehr persönlich die Herbstopfer darbringen können, da das viele Knien über seine Kräfte ging, und sie hatte ihn vertreten müssen. Es war eine alte Sitte, daß der Thronfolger erst verkündet werden sollte, wenn der Kaiser das Gesicht den Gelben Quellen zuwandte und dem Tode nahe war. Und wenn er ihm nicht nahe genug war, konnte ihr Eunuch ihn ja auf schmerzlose Weise ...

Sie hörte einen Windstoß und hob den Kopf.

»Hört!« rief sie ihren Damen zu. »Ob der Wind wohl Regen bringt?«

Zwei Monate hatte eine trockene Kälte geherrscht, die der Wintersaat auf den Feldern schwer zugesetzt hatte. Dann trat eine für die Jahreszeit ungewöhnliche Wärme ein, so daß sogar die Päonien Schößlinge trieben. Die Leute waren in die Tempel gelaufen, um den Göttern Vorwürfe zu machen. Vor einer Woche hatte daher die Kaiserin den buddhistischen Priestern befohlen, täglich in einer Prozession die Götter draußen herumzuführen, damit sie mit eigenen Augen sähen, welchen Schaden sie angerichtet hatten.

»Aus welcher Richtung kommt der Wind?« fragte die Kaiserin.

Die Eunuchen liefen auf den Hof, hielten die Hände hoch und drehten den Kopf hierhin und dorthin. Dann kamen sie zurück und sagten, der Wind komme vom östlichen Meer und sei mit Feuchtigkeit gesättigt. Noch während sie sprachen, hörte man ein Donnergrollen, das zu dieser Jahreszeit ganz ungewöhnlich war. Auf den Straßen wurde es plötzlich lebendig. Die Leute liefen aus den Häusern und blickten zum Himmel.

Die Windstöße wurden stärker und rüttelten an den Türen und Fenstern, aber es war ein reiner Seewind ohne Staub und Sand. Die

Kaiserin stieg vom Thron, ging auf den Hof und blickte ebenfalls zum Himmel auf, der jetzt durch dichte Wolken verhüllt war. Gleich darauf öffnete er seine Schleusen, und ein starker, kühler Regen prasselte hernieder, eine große Seltenheit in dieser Jahreszeit.

»Ein gutes Vorzeichen«, murmelte sie.

Ihre Damen kamen herbeigelaufen, um sie hereinzuholen, aber sie blieb noch eine Weile stehen und ließ sich naßregnen. Da hörte man über die Mauern herüber die Stimmen vieler Menschen, die riefen: »Der alte Buddha – den Regen schickt der alte Buddha!«

Der alte Buddha – das war sie. Ihre Untertanen sahen sie als eine Gottheit an.

Da ging sie in ihren Thronsaal zurück, triefend vor Nässe. Ihre Damen machten sich sogleich mit ihren seidenen Taschentüchern daran, sie trockenzureiben, und zeigten große Besorgnis, daß sie sich erkälten könnte.

»So glücklich bin ich seit meiner Kindheit nicht mehr gewesen«, sagte sie lachend. »Ich weiß noch, daß ich als Kind immer gern in den Regen hinauslief.«

»Alter Buddha!« stimmten ihre Damen begeistert in den Ruf des Volkes ein.

Die Kaiserin gebot ihnen lächelnd Schweigen.

»Der Himmel schickt den Regen«, sagte sie. »Wie kann ich, ein sterblicher Mensch, den Wolken befehlen?«

Aber sie wollten nicht aufhören, da sie sahen, daß die Kaiserin sich geschmeichelt fühlte.

»Ihretwegen, alter Buddha, schickt der Himmel den Regen, Ihretwegen segnet er das Land und uns alle.«

Schließlich gab sie ihren Beteuerungen lachend nach. »Ja, ja, wer weiß?« rief sie. »Vielleicht – vielleicht –«

ENDE

Daran glaube ich

Ich liebe das Leben, weil mich die Menschen und ihr Werden unendlich interessieren. Durch mein Interesse wächst mein Wissen um sie beständig. Und dieses wiederum läßt mich glauben, daß das gewöhnliche menschliche Herz von Natur aus gut ist. Das heißt, es ist von Natur aus empfindsam und zart, es möchte sich bestätigt sehen und bestätigen, es sehnt sich nach Glück und nach dem Leben. Es will weder getötet werden, noch will es töten. Wenn besondere Umstände dazu führen, daß es dem Bösen verfällt, wird es doch nie ganz böse. Ein guter Kern bleibt erhalten – und mag es noch so sehr im Verborgenen sein –, aus ihm kann das Gute sich immer wieder nähren.

Ich glaube an die Menschheit, aber mein Glaube ist ohne Sentimentalität. Ich weiß, daß der Mensch in einer Atmosphäre von Unsicherheit, Angst und Hunger verkrüppelt, daß er geformt wird, ohne daß er es merkt. Es ist mit ihm wie mit einer Pflanze, die sich unter einem Stein hervordrängt und ihre eigenen Lebensbedingungen nicht kennt. Nur wenn der Stein weggerollt wird, kann sie frei dem Licht entgegenwachsen. Aber die Kraft dazu ist ihr angeboren, und nur der Tod setzt dem ein Ende.

Ich brauche keinen anderen Glauben als den an die Menschheit. Wie einst Konfuzius nimmt mich das Wunder dieser Welt und das Leben darauf so gefangen, daß ich für Himmel und Engel keine Gedanken mehr habe. Dieses Leben bietet mir genug. Gäbe es kein anderes – es hat sich gelohnt, geboren zu werden, ein Mensch zu sein.

Ich glaube fest an das menschliche Herz und seine Kraft, dem Licht zuzustreben. Und dieser Glaube läßt mich auf die Zukunft der Menschheit hoffen und vertrauen. Der gesunde Menschenverstand wird der Welt eines Tages sicherlich beweisen, daß gegenseitige Hilfe und Zusammenarbeit für die Sicherheit und das Glück aller nur vernünftig sind.

Dieser Glaube gibt mir immer wieder die Kraft, alles zu tun, was ein Mensch nur tun kann, um die Lebensverhältnisse so zu formen, daß man sich in Freiheit entwickeln kann. Diese Lebensverhältnisse, glaube ich, müssen unbedingt auf Sicherheit und Freundschaft aufgebaut sein.

Die hoffnungsvolle Tatsache, daß die Welt genug Nahrungsmittel für alle Menschen hat, gibt mir Mut. Unser medizinisches Wissen ist schon so weit vorgeschritten, um die Gesundheit der ganzen menschlichen Rasse zu heben. Die Mittel, die uns für die Erziehung zur Verfügung stehen, können – in weltweitem Rahmen angewandt – die Intelligenz aller steigern. Nur dies eine bleibt uns noch zu tun: Wir müssen herausfinden, wie wir die Vorteile, die einige von uns genießen, aller Welt zugänglich machen. Mit anderen Worten, um auf mein Gleichnis zurückzukommen: wir müssen den Stein wegrollen.

Auch das können wir schaffen, denn genügend Menschen werden den Glauben an sich und die anderen finden. Zwar nicht zur gleichen Zeit. Aber die Zahl derer, die den Glauben haben, wächst. Vor einem halben Jahrhundert noch dachte niemand an Welternährung, Weltgesundheit, Welterziehung. Viele denken heute daran. Vor der Möglichkeit eines Weltkrieges, einer Massenvernichtung, ist dies meine einzige Frage: Gibt es genug Leute, die den Glauben haben? Bleibt uns Vernünftigen noch genug Zeit zum Handeln? Es ist ein Kampf auf Leben und Tod, ein Kampf zwischen Wissen und Unwissen. Mein Glaube an die Menschheit ist unerschütterlich.

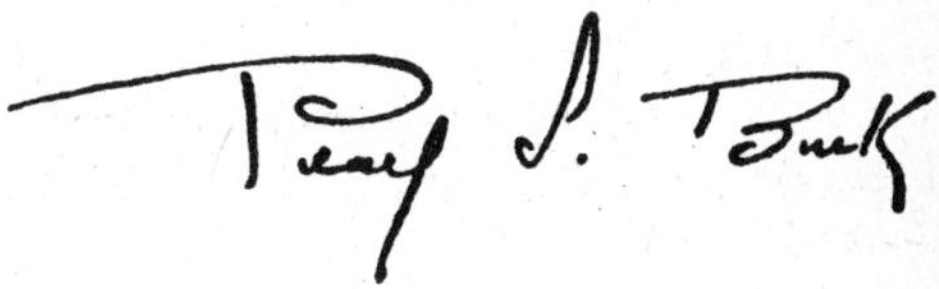

Inhalt

Goldmann GELBE

Wolfgang Hildesheimer: Das Paradies der falschen Vögel. Ein zeitkritischer Roman, der trotzdem heiter ist. Band 565. DM 3.–

Tilly Hütter: Die vollautomatische Ehe. Geschichte einer jungen Ehe und einer merkwürdigen Erfindung. Band 1956. DM 3.–

P. G. Kaufmann: Meine Frau macht Schlagzeilen. Die Geschichte einer turbulenten Ehe. Roman. Band 2368. DM 3.–

Gottfried Kölwel: Bayernspiegel. Herzhafte und heitere Geschichten aus Stadt und Land. Band 1726. DM 3.–

Julius Kreis: Echt Bayerisches. Geschichten von Käuzen, Originalen und Lebenskünstlern. Band 1836. DM 3.–

Jean Lartéguy: Glück mit leeren Taschen. Ein moderner Schelmenroman aus Südfrankreich. Band 1909. DM 3.–

Karl Hans Leiter: Vera im Bade und andere heitere Filmepisoden. Band 1861. DM 3.–

Compton Mackenzie: Herrlich und in Freuden. Zwei Schotten in Indien. Ein humoristischer Roman. Band 1456. DM 3.–

Compton Mackenzie: Der Herr im Hochmoor. Ein humoristischer Roman aus Schottland. Band 1848. DM 3.–

Compton Mackenzie: Das Whiskyschiff. Ein humoristischer Roman über das schottische Lebenselixier. Band 1716. DM 3.–

Compton Mackenzie: Ein Häuschen auf dem Lande. Humoristischer Roman um eine schottische Familie. Band 1863. DM 3.–

Goldmann GELBE

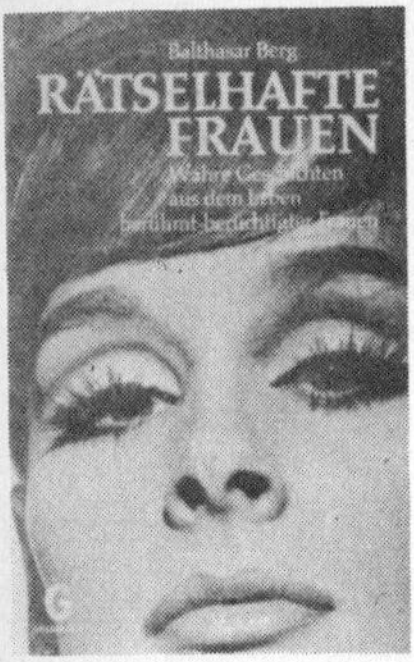

Balthasar Berg: Rätselhafte Frauen. Wahre Geschichten aus dem Leben berühmt-berüchtigter Frauen. Band 2706. DM 3.–

Zeugenaussagen, Briefe, Gerichtsakten und Zeitungsberichte lieferten den Stoff zu dieser heiter-ironischen »Chronik« über die »Kameliendame«, Zarin Marina, Madame Bovary, die 11. Braut des Massenmörders Landru u. a. Enthüllungen über 22 Frauen, die Geschichte(n) machten.

Ernst Sander: Liebe und Laster an europäischen Höfen. Die Schwestern Napoleons. Band 2781. DM 3.–

Der bekannte Romancier und Übersetzer Ernst Sander schildert hier Aufstieg und Niedergang der Familie Bonaparte. Am Beispiel der drei Schwestern Napoleons, Elise, Caroline und Pauline, wird das Schicksal dieser Sippe, die gleichsam im Schatten ihres großen Sohnes Weltgeschichte machte, als glanzvoll intrigantes Spektakel aufgerollt.

Französische Erzähler der galanten Zeit. Übertragen und eingeleitet von Joachim Kühn. Band 2654. DM 3.–

Frivolität, Witz und Raffinesse – das sind die Ingredienzien dieser neun Erzählungen von bekannten französischen Autoren. Die Skala der amüsanten Geschichten reicht von der psychologischen Analyse bis zur Burleske.

WILHELM GOLDMANN VERLAG MÜNCHEN

Goldmann GELBE

Jane Gilmore Rushing: Geh schlafen, mein Herz, es ist Zeit . . . Ein Familienroman aus Texas. Band 2727. DM 4.–

Mit Spannung und sicherem Einfühlungsvermögen schildert die junge Autorin aus West-Texas das Leben einer Farmerfamilie. Die schlichte, aber bezwingende Sprache dieses Romans atmet den herben Duft und die Poesie der weiten texanischen Landschaft.

Rolf Ulrici: Die Oder gluckste vor Vergnügen. Eine zauberhafte Sommerliebe zu dritt. Band 2341. DM 3.–

Dies ist die entzückende Geschichte einer vierzehntägigen Urlaubsfahrt mit Fahrrad und Motorboot zu dritt. Barbara und Raffaela, zwei siebzehnjährige Berliner Schulmädel, und Rex, ein einundzwanzigjähriger Student, machen eine Rad- und Bootstour von Berlin nach Swinemünde und erleben dabei sehr eindrucksvoll Amors Wirken.

Rusia Lampel: Schuhe für Adina. Roman aus dem heutigen Israel. Band 2668. DM 3.–

Die Autorin, eine aus Europa stammende Jüdin, erzählt realistisch und spannend vom Leben im heutigen Israel. Anhand eines Frauenschicksals zeigt sie die Gegensätze zwischen Tradition und Fortschritt, orientalischem und europäischem Denken. Ein Buch, das nicht nur ausgezeichnet erzählt ist, sondern auch bestens über Israel informiert.

WILHELM GOLDMANN VERLAG MÜNCHEN

Hans Bender: Eine Sache wie die Liebe. Roman. Band 1400. DM 3.–

Über den Erstlingsroman dieses heute namhaften Vertreters deutscher Gegenwartsliteratur urteilt Friedrich Sieburg:

»Eine echte Liebesgeschichte, wie man sie eine Zeitlang schon ausgestorben glaubte ... Benders Geschichte vermag den Leser ernsthaft zu beschäftigen.«

Rolf Ulrici: Wien, Wien – nur du allein. Ein Roman zwischen Lachen und Weinen. Band 2366. DM 3.–

Ein Berliner Ehepaar kommt auf einer Ferienreise nach Wien. Dort trifft die Frau einen ihr bekannten Schauspieler und ihr Mann wird von einer reizenden Begleiterin betreut. Mißverständnisse und Intrigen erfüllen die Ferienzeit. Ein Buch voll heiter-prickelnder Spannung.

Peter Norden: Der Tag wird kommen ... Ein Roman um Leidenschaft und Liebe. Band G 2824. DM 4.–

München. Faszination einer Weltstadt. Magischer Anziehungspunkt für Menschen aus allen Himmelsrichtungen. Hinundhergerissen zwischen Alltagswirklichkeit und Illusion, zwischen Liebe und Haß, Leidenschaft und Verbrechen begegnen sich sechs Menschen. Und wohin sie sich auch wenden, die Stadt bestimmt ihr Schicksal ...

Eine Rose für Emily. Die besten unheimlichen Geschichten der Welt. Herausgegeben von Richard Hoffmann und W. A. Oerley. Band 1382. DM 3.–

Traditionelle Gespenstergeschichten, surrealistische Gruselgeschichten und Alpträume – eine erstaunliche Fülle birgt dieser internationale Band. Jedes Land – siebzehn an der Zahl – findet eine eigene Form, um das Unheimliche, Bedrohliche in besonderer Weise auszusprechen.

Der Vampyr. Die besten unheimlichen Geschichten Europas. Herausgegeben von Richard Hoffmann und W. A. Oerley. Band 1358. DM 4.–

Zeitgenössische Autoren aus vielen Ländern Europas sind hier vereint. Die ›Tat‹, Zürich, schreibt: »Wer Surrealismus liebt, Hexen, Gespenster und Spuk, Bereiche des Übersinnlichen und krauser Seelenmagie, der wird mit diesem Kompendium illustre Stunden zubringen.«

Edgar Allan Poe: Der Doppelmord in der Rue Morgue und andere Erzählungen. Band 523. DM 3.–

Die moderne Form der Kurzgeschichte und vor allem die Kriminalgeschichte verdanken ihre Entstehung Edgar Allan Poe, dem hervorragendsten amerikanischen Dichter in der ersten Hälfte des 19. Jahrhunderts. Seine phantastischen und unheimlichen Erzählungen hatten nachhaltigen Einfluß auf die gesamte Literatur.

Goldmann GELBE

Angelika Schrobsdorff: Diese Männer. Ein heiterer Reigen kapriziöser Abenteuer. Band 1935. DM 3.–

Mary Scott: Es tut sich was im Paradies. Die aufregenden Erlebnisse einer jungen Dame, die in einem einsamen Fremdenort eine Leihbibliothek gründet. Band 730. DM 4.–

Mary Scott: Frühstück um Sechs. Susan, ein verwöhntes Mädchen, wird durch ihre Heirat plötzlich Herrin über 1000 Schafe. Band 1310. DM 4.–

Mary Scott: Mittagessen Nebensache. Die Fortsetzung von Frühstück um Sechs, mit Temperament und Humor erzählt. Band 1636. DM 4.–

Mary Scott: Tee und Toast. Die beiden Heldinnen Susan und Larry können es nicht lassen, am Schicksal anderer Menschen herumzubasteln. Band 1718. DM 3.–

Mary Scott: Es ist ja so einfach. Ein unternehmungslustiges junges Geschwisterpaar richtet auf einem geerbten Grundstück an der See ein Camp ein. Band 1904. DM 4.–

Mary Scott: Und abends etwas Liebe. Ein Supermarkt, eine neue Schule und die Nichte Tony erregen die Gemüter der Farmersleute. Band 2377. DM 4.–

Mary Scott/Joyce West: Lauter reizende Menschen. Ein heiter-kriminalistischer Roman aus Neuseeland. Ein kluger Kriminalbeamter klärt nicht nur einen Mordfall, sondern findet bei dieser Gelegenheit auch die Frau seines Lebens. Band 1465. DM 4.–

WILHELM GOLDMANN VERLAG MÜNCHEN

Goldmann Taschenbücher sind mit über 3200 Titeln (Frühjahr 1972) die größte deutsche Taschenbuchreihe. Jeden Monat etwa 25 Neuerscheinungen. Gesamtauflage über 125 Millionen.

Aus dem WILHELM GOLDMANN VERLAG
8 München 80, Postfach 80 07 09 bestelle ich
durch die Buchhandlung

Anzahl	Titel bzw. Band-Nr.	Preis

Datum: Unterschrift:

4020 · 7024 · 3.000

Bitte mit Postkarten-Porto frankieren.

Wilhelm Goldmann Verlag

8000 MÜNCHEN 80

Postfach 80 07 09